HEYNE BÜCHER

Fantasy

Herausgegeben von Friedel Wahren

Von **Gordon R. Dickson** erschienen in der Reihe
HEYNE SCIENCE FICTION & FANTASY:

Nichts für Menschen · 06/3656
Der ferne Ruf · 06/3662
Uralt, mein Feind · 06/3682
Sturm der Zeit · 06/3871
Wolf und Eisen · 06/5662

DRACHENRITTER-ZYKLUS:
1. Die Nacht der Drachen · 06/3769; auch: 06/5902
2. Der Drachenritter · 06/5903
3. Der Drache an der Grenze · 06/5904
4. Der Drache im Krieg · 06/5905
5. Der Drache, der Graf und der Troll · 06/5906
6. Der Drache und der Dschinn · 06/5907 (in Vorb.)

GORDON R. DICKSON

DER DRACHE, DER GRAF UND DER TROLL

Fünfter Roman
des Drachenritter-Zyklus

Deutsche Erstausgabe

WILHELM HEYNE VERLAG
MÜNCHEN

HEYNE SCIENCE FICTION & FANTASY
Band 06/5906

Titel der Originalausgabe
THE DRAGON, THE EARL, AND THE TROLL
Übersetzung aus dem Amerikanischen von
Michaela Link
Das Umschlagbild malte Ralph Voltz

Umwelthinweis:
Dieses Buch wurde auf
chlor- und säurefreiem Papier gedruckt.

Redaktion: Ralf Oliver Dürr

Erstausgabe 1994 bei The Berkley Group, New York (›An Ace Book‹)

Printed in Germany 1997
Umschlaggestaltung: Atelier Ingrid Schütz, München
Technische Betreuung: M. Spinola
Satz: Schaber Satz- und Datentechnik, Wels
Druck und Bindung: Elsnerdruck, Berlin

ISBN 3-453-13350-1

Kirby McCauley
in Dankbarkeit und Respekt

1

Der Kobold war wieder einmal in der Küche gewesen.

»Ich verstehe es einfach nicht!« sagte Jim. »Flöhe, Läuse, Ratten, Igel, die nach einem warmen Plätzchen zum Schlafen suchen – aber Kobolde!«

»Beruhige dich«, sagte Angie.

»Warum müssen ausgerechnet wir Kobolde haben?« fragte Jim.

Alle Kobolde lebten in Schornsteinen. Sie waren kleine, harmlose, manchmal nützliche Elementarwesen. Man ließ ihnen ein Schüsselchen mit Milch stehen – oder was immer man übrig hatte, um es mit ihnen zu teilen –, und das jeden Abend.

Der Kobold verzehrte es dann und hielt sich von allem anderen fern. Aber der Küchenkobold auf Malencontri unternahm anscheinend regelmäßige Festgelage. Er trank nichts, es sei denn Milch; und wenn er ein Festgelage abhielt, nahm er von allem Eßbaren in der Küche nur einen einzigen Bissen – und danach rührte das Küchenpersonal aus irgendeinem Aberglauben nichts mehr an, was er möglicherweise angerührt hatte.

»Beruhige dich …«, ermahnte ihn Angie …

»… Weißt du noch?« sagte Angie nun. »Und das war erst vorgestern.«

Sie schmiegte sich ein wenig enger an Jim, der neben ihr stand. Alle anderen schliefen noch, und so spazierten sie als einzige über den hölzernen Wehrgang unmittelbar hinter der Ringmauer der Burg – ihrer Burg *Malencontri,* ihres Zuhauses.

Gerade eben dämmerte eisig unter einem wolkenschweren Himmel ein Dezembermorgen herauf. In seinem grauen Licht blickten sie auf die niedergetrampelte freie Fläche vor der Mauer hinunter und weiter zu dem dichten Waldgürtel, der die Burg in einigen hundert Metern Entfernung umgab. Ein kleines Stück hinter den ersten Baumwipfeln erhoben sich die ersten bleistiftdünnen, geisterhaften grauen Rauchfähnchen.

Das Blut von gestern war auf dem Schnee schwarz geworden und unterschied sich kaum noch von der Schwärze des schlammigen Bodens, den schwere Stiefel und Eisenabsätze aufgewühlt hatten.

Am späten Nachmittag des Angriffs war ein wenig Schnee gefallen und bedeckte nun die dunklen Gestalten, die immer noch auf dem Boden lagen. Es waren die Leichen jener Angreifer, die man den Krähen und Raubtieren überlassen hatte, die sich nach der Einnahme Malencontris einstellen würden. Und eingenommen werden würde die Burg – heute.

Die Verteidiger waren zu wenige und zudem erschöpft. Auf dem Wehrgang rechts und links von Jim und Angie lagen ermattete Bogenschützen, Armbrustschützen und Bewaffnete, jene, die trotz ihrer Wunden noch kämpfen konnten. Sie waren dort erschöpft niedergesunken und eingeschlafen, wo sie den Versuch der Angreifer, mit Leitern die Ringmauer zu erklettern, zurückgeschlagen hatten.

Mit ausreichender Besatzung hätte Malencontri eine ganze Armee abwehren können, ganz zu schweigen von dieser kleinen Streitmacht mit zwei oder drei Rittern, vielleicht einhundertfünfzig ausgebildeten Bewaffneten und Bogenschützen und einigen Hundert zerlumpter, verlotterter Männer der übelsten Sorte, die mit allem bewaffnet waren, was sie mitgebracht oder auf ihrem Plünderzug in diesen Teil von Somerset geraubt hatten.

Aber der Angriff hatte Malencontri ohne Vorwarnung ereilt – es war nicht einmal genug Zeit geblieben, um ihre Gefolgschaft aus dem nahen Wald und den Feldern herbeizurufen. Mit deren Hilfe hätte es ihnen vielleicht gelingen können, den Angriff abzuwehren.

So, wie die Dinge lagen, wußten die Angreifer offensichtlich nicht, daß Jim selbst in der Burg war. Sonst hätten sie kaum den Mut aufgebracht, die Festung eines Magiers niederen Ranges anzugreifen – und schon gar nicht die Burg eines Mannes von der Berühmtheit des Drachenritters.

»Die dort draußen werden sicher bald aufwachen«, murmelte Angie.

»Ja«, sagte Jim. Auch er hatte die dürren Rauchfinger beobachtet, die den Überresten der nächtlichen Feuer ihrer Angreifer entstiegen, und nach dichteren Rauchschwaden Ausschau gehalten, die darauf hindeuten würden, daß die Angreifer neues Holz auf die Feuerstellen gelegt hatten und eine Mahlzeit zubereiteten.

Angie drückte Jim, dem sie einen Arm um die Taille gelegt hatte, fester an sich. »Damit wäre das Thema Baby endgültig erledigt.« Sie schwieg einen Augenblick. »War ich wirklich unerträglich, weil ich ständig darüber nachgedacht habe?«

»Nein«, sagte Jim und küßte sie. »Du warst nie unerträglich. Das weißt du doch.«

Das Baby, wie sie es zu nennen pflegten, war seit mindestens einem Jahr Angies Hauptsorge gewesen. Sie war zwar erst Mitte Zwanzig, aber in ihrer mittelalterlichen Welt hatten überall um sie herum viel jüngere Frauen – sogar Mädchen – bereits Kinder. Angie war hin- und hergerissen zwischen ihrem Wunsch nach einem Kind und ihrem Gefühl – das sie mit Jim teilte –, daß es dem Kind gegenüber unverantwortlich gewesen wäre, es hier zur Welt zu bringen. Und schlimmer noch wäre es gewesen, es in dieser mittelalterlichen Zeit großzuziehen.

Also hatten sie das Thema Kinder immer wieder hinausgeschoben. Jetzt war es zu spät – wahrscheinlich ein Glück, wenn man bedachte, daß die Angreifer jeden in der Burg töten würden, wenn sie erst einmal hineingelangt waren.

»Tatsache ist«, sagte Jim, »daß ich eine Möglichkeit zur Rückkehr hätte finden müssen, bevor wir in diese ausweglose Lage gerieten.«

»Hast du doch – ganz am Anfang«, sagte Angie. »Ich habe es dir ausgeredet.«

»Nein, hast du nicht.«

»Doch, habe ich wohl.«

In gewisser Hinsicht hatten sie beide recht. Für kurze Zeit, nachdem Jim hierhergekommen war, um Angie vor den Dunklen Mächten zu retten, die das Gleichgewicht von Zufall und Geschichte in dieser mittelalterlichen Version der Erde durcheinanderzubringen trachteten, hatte Jim genug magischen Kredit besessen, um sie beide zurück ins zwanzigste Jahrhundert zu bringen.

Angie hatte damals gesagt, daß sie tun wolle, was er tun wollte; und die Wahrheit war, daß er bleiben wollte. Das hatten sie beide gewollt – würden es immer noch wollen, wenn da nicht die Sache mit dem Baby gewesen wäre.

Aber andererseits hatte keiner von ihnen die Tatsache bedacht, daß ihr Leben weiterging und daß sie älter wurden – und daß ein Tag wie dieser herandämmern konnte, an dem feststand, daß sie beide sterben würden – hoffentlich bevor man sie gefangennahm. Denn sonst stand ihnen Kreuzigung, Pfählung oder Folter durch jene bevor, die ihre Burg erobern und plündern würden. Und davon konnte die Angreifer kaum noch etwas abhalten, bevor die Sonne ein weiteres Mal unterging.

Hätte es sich um einen im Sinne des Mittelalters rechtmäßigen Krieg gehandelt, wären Jim und Angie mit etwaigen Kindern in der Hoffnung auf ein Lösegeld festgehalten worden. Aber nicht bei einem Plünderzug wie diesem, der seinem Wesen nach gesetzlos war.

Jim richtete den Blick abermals auf die Rauchwölkchen. Man konnte unmöglich sagen, ob sie dichter oder dunkler geworden waren, aber der Tag wurde unleugbar heller, und es konnte jetzt nicht mehr lange dauern, bis die da draußen sich rühren würden. Einige der Bewaffneten von Malencontri hatten einige von jenen erkannt, die versuchten, in die Burg zu gelangen. Es handelte sich um Gefolgsleute Sir Peter Carleys, eines ehemaligen Lehensmanns und Ritters des Grafen von Somerset, der sich vom Grafen losgesagt hatte und nun in Diensten des Grafen von Oxford stand.

Seit seinem Zerwürfnis mit dem Grafen von Somerset betrachtete Sir Peter nach gewohnter Manier des vierzehnten Jahrhunderts ganz Somerset als Feindesland und alles darin als seine rechtmäßige Beute. Und er hatte den jüngsten Marsch einer Rotte von aufständischen Bauern nach London als Vorwand benutzt, um in Somerset einzufallen, wo ihn sein Zug nach Malencontri geführt hatte.

»Ich wecke die Männer schrecklich ungern.« Angie warf einen Blick auf die Bogenschützen und Bewaffneten, die sich an die Innenmauer der Burg kauerten, die Beine angewinkelt und die Arme um den Leib geschlungen, um im Schlaf so viel Körperwärme wie nur möglich zu bewahren. »Ich begreife nicht, wieso die meisten von ihnen nicht hier draußen erfroren sind, so ungeschützt, wie sie hier liegen.«

»Einige sind vielleicht erfroren«, sagte Jim.

»Vielleicht ist es besser so für sie«, sagte Angie. »Ich kann einfach nicht glauben, daß keiner unserer Boten durchgekommen sein soll. Wir hatte so viele Freunde ...«

Sie hatten tatsächlich viele Freunde. Das war einer der Gründe, die sie in diesem vierzehnten Jahrhundert festhielten, trotz der Kobolde, Igel, Ratten, Läuse und anderem Ungeziefer ... trotz der Elementarwesen, der Magier, der Hexenmeister und der Dunklen Mächte –

und all der anderen Dinge, die das Leben hier ebenso aufregend wie gefährlich machten.

In der Tat waren einige ihrer neuen Freunde mehr als nur gute Freunde – es waren unglaublich loyale, vertrauenswürdige Freunde, die ihnen ohne Wenn und Aber jederzeit zur Seite standen und stets bereit waren, ihnen zu Hilfe zu eilen. Mysteriös war nur, daß keiner von diesen Freunden diesmal gekommen war.

Allerdings, dachte Jim, hatten sie ihre Boten buchstäblich in letzter Minute ausgesandt, nachdem ihre Angreifer weniger als eine halbe Meile vor der Burg entdeckt worden waren. Möglich, daß die Männer, die nun versuchten, Malencontri einzunehmen, all diese Boten gefangengenommen oder getötet hatten. Aber einige hätten eigentlich durchkommen müssen.

Nun gut, sowohl zu Dafydd ap Hywel wie auch zu Giles o' the Wold war es so weit, daß die zwei Tage, seit die Angreifer erschienen waren, möglicherweise nicht ausgereicht hatten, um die belagerte Burg rechtzeitig zu erreichen.

Aber Sir Brians Burg – Burg Smythe – lag nur wenige Meilen von Malencontri entfernt, und bis zur Burg Malvern, auf der Lady Geronde Isabel de Chaney herrschte – Sir Brians Anverlobte –, war es auch nicht viel weiter. Sir Brian hätte herkommen und Geronde Bewaffnete zu ihrer Rettung schicken müssen, falls die Boten unbeschadet zu ihnen durchgekommen waren. Aber keiner von beiden hatte ihnen irgendwelchen Beistand geschickt.

Das Merkwürdigste von allem war, daß Aragh ausblieb, der englische Wolf, der unausweichlich alles wußte, was sich in einem Umkreis von vielen Meilen im Land ereignete. Von Aragh hätte man vielleicht sogar erwarten dürfen, daß er aus eigenem Antrieb auftauchte; gewiß hätte er das auch getan, wenn er gewußt hätte, was vorging. Er hatte sich, als ihre Burg vor einiger Zeit schon einmal belagert worden war, zu ihnen gesellt und war zu diesem Zwecke über die Rücken Hunderter dicht an dicht liegender Seeschlangen gelaufen; damals hatten sie ihm von der Ringmauer aus ein Seil hinuntergeworfen und ihn daran hochgezogen, als er es mit den Zähnen gepackt hatte.

Auch die Tatsache, daß Carolinus nicht auftauchte, war reichlich mysteriös. Nun gut, Jim hatte törichterweise sein magisches Konto überzogen – diesmal zu einem Zwecke, den selbst Angie (aber bestimmt nicht Carolinus) gebilligt hätte, nämlich um im Herbst zu helfen, die Ernte einzubringen und die Burg gegen den Winter zu feien.

Kurzum: Niemand war ihnen zu Hilfe gekommen.

»Höchstwahrscheinlich sind die Boten nicht durchgekommen«, sagte Jim, der geflissentlich die Tatsache übersah, daß Angie genausogut wie er wissen mußte, daß weder Aragh noch Carolinus einen Hilferuf benötigten. Sie hätten wissen müssen, daß Malencontri belagert wurde; und dann wären beide aus Freundschaft zu ihnen geeilt – obwohl keiner von ihnen eine solche Schwäche zugegeben hätte. Carolinus wäre außerdem aus Verantwortung für seinen Magierlehrling gekommen, denn das war Jim ebenfalls.

»Es spielt keine Rolle«, murmelte Angie dicht an Jims Brust gepreßt.

»Seid mir gegrüßt!« donnerte eine gewaltige Stimme.

Jim und Angie blickten erschrocken auf und sahen einen Riesen – einen richtigen Riesen von ganz bestimmt dreißig Fuß Größe – mit zwanzig Fuß langen Schritten vom Wald auf die Burgmauer zukommen.

2

»Rrrnlf!« sagte Angie.

Es war tatsächlich der Seeteufel, den sie seit dem Sommer kannten, in dem die Seeschlangen zusammen mit den Franzosen eine Invasion Englands versucht hatten. Der unwahrscheinlichste aller Retter – so er dies denn war.

Jim blickte kurz zu den Rauchschwaden über den Baumwipfeln hinüber. Rrrnlf mußte in der Nähe der Feuerstellen vorübergekommen sein. Die Rauchfahnen waren immer noch zu sehen, aber unverändert, sie schienen keineswegs dichter oder dunkler geworden zu sein. Also waren die Feuer nicht mit neuem Brennholz versorgt worden. Bei genauerem Hinsehen schien es sogar, als wäre der Rauch dünner und geisterhafter denn je, als würden die Feuer, von denen er aufstieg, langsam ersterben.

Jim wandte sich hastig wieder dem Seeteufel zu. Rrrnlf hatte die Ringmauer jetzt beinahe erreicht und schien schon jetzt über ihnen aufzuragen.

Er war nicht nur ein Elementargeist, sondern auch einer der größten Bewohner der Ozeane dieser Welt, obwohl er sich offensichtlich im Süßwasser ebenso wohl fühlte wie an der frischen Luft, in der er sich jetzt befand. Aber abgesehen von seinen dreißig Fuß Größe war sein Körper ein seltsames Gebilde.

Im wesentlichen war er keilförmig, wobei die Spitze des Keils nach unten zeigte. Er lief buchstäblich vom Kopf bis zu den Fußsohlen hin spitz zu. Sein Kopf war, gemessen am Rest seines Körpers, überdimensioniert. Die Schultern waren ein wenig kleiner, als sie es nach menschlichen Proportionen hätten sein sollen, aber wirklich nur ein klein wenig. Unter diesen Schultern jedoch lief nicht nur sein Rumpf zur Taille hin spitz zu, sondern auch die Arme wurden nach unten hin bis zu den Händen schmaler – wenn auch nicht übermäßig, denn die Hände waren immer noch so groß wie die Ladeflächen eines Lastenkrans. Unterhalb der Taille verjüngte er sich weiter bis zu den Füßen, die aber immer noch ein Mehrfaches größer waren als Jims. Es war bemerkenswert, daß diese eher kleinen Füße das Gewicht des restlichen Riesenkörpers so sicher und klaglos trugen. Aber natürlich besaß er wie alle Elementargeister angeborene Magie, wenn ihm auch – wie allen Elementargeistern – die bewußte Kontrolle darüber fehlte.

Mittlerweile hatte er die Mauer erreicht. Er legte die gewaltige Hand auf die Mauerkrone und stemmte sich mit einem zwanzig Fuß hohen Sprung hinüber, so daß er stehend im Burghof landete. Die Mauer zitterte und weckte sämtliche Schläfer dahinter, und der Aufprall seines gewaltigen Gewichts auf der festgetretenen Erde des Hofs machte wahrscheinlich Lärm genug, um alle zu wecken, die innerhalb der Burggebäude in einen Schlaf der Erschöpfung gesunken waren.

»*Thu ne grete …*«, begann er und verfiel dabei in die angelsächsische Sprache von vor tausend Jahren. Dann aber hielt er inne. »Ich meine – Ihr habt mich nicht begrüßt!« Anklagend blickte er mit einem tadelnden Stirnrunzeln in seinem grobknochigen, blauäugigen Gesicht auf sie herab.

»Seid mir gegrüßt!« sagten Jim und Angie hastig und gleichzeitig.

Rrrnlfs Gesicht hellte sich auf. Es wurde zu einem recht schlichten, freundlichen Antlitz, das außer seiner Größe nichts wirklich Erschreckendes hatte.

»Meine Mutter hat mir immer erzählt, dies sei die Zeit im Jahr, zu der Ihr kleinen Leute Euch Grüße bringt«, brummte er, »oder habe ich seit meinem letzten Aufenthalt hier den Überblick über Zeit und Sitten verloren?«

»Nein, Rrrnlf«, sagte Angie, »Ihr seid erst vor fünf Monaten oder so hiergewesen.«

»So ist es!« bestätigte Rrrnlf. »Ich hätte aber nicht gedacht, daß das schon so lange her ist. Ich habe gerade die Zeit gehabt, einige Geschenke für Euch zu suchen. Meine Mutter – habe ich Euch jemals von meiner Mutter erzählt?«

»Ja«, antwortete Jim, »habt Ihr.«

»Ich hatte eine wunderschöne Mutter«, sagte Rrrnlf beinahe verträumt und ohne auch nur im geringsten auf Jims Worte zu achten. »Sie war wunderschön. Ich kann mich nicht genau daran erinnern, wie sie aussah, aber ich erinnere mich, daß sie wunderschön war. Sie hat sich während der ersten vier- oder fünfhundert Jahre meiner Kindheit um mich gekümmert. Eine solche Mutter hat es nie wieder gegeben. Aber wie dem auch sei, sie hat mir viele Dinge erzählt; unter anderem, daß Ihr kleinen Leute um diese Zeit des Jahres herum, wenn die Tiefseeströmungen sich verändern, Grüße und Geschenke austauscht. Weil Ihr mir geholfen habt, meine Dame zurückzubekommen, wollte ich Euch dieses Jahr unbedingt Geschenke bringen. Ich hatte einige Mühe, welche zu finden, aber dann habe ich es doch geschafft.«

Rrrnlfs Dame war, wie Jim seinerzeit herausgefunden hatte, die ehemalige Galionsfigur eines Schiffes, eine Holzschnitzerei von einem gesunkenen Schiff, die die neunte Welle darstellte.

Im Volksmund hieß es, daß ›die neunte Welle immer am weitesten den Strand hinaufkommt‹, und die Nordmänner hatten der neunten Welle den Namen Jarnsaxa gegeben – *»das Eisenschwert«*.

Jarnsaxa war die jüngste Tochter von Aegir, dem nordischen Meeresgott, und Ran, der Riesin. Rrrnlf hatte behauptet, er und die echte Jarnsaxa – so verrückt es klang – seien ein Liebespaar gewesen. Aber er hatte sie verloren, als Aegir und Ran mit den anderen nordischen Göttern und Riesen fortgingen und ihre Töchter mitnahmen.

Daher war ihm die Galionsfigur unendlich teuer gewesen. Aber im Laufe der Ereignisse, die zu dem Angriff der Seeschlangen auf England geführt hatten, war sie ihm gestohlen worden.

Jim hatte es geschafft, Carolinus – einen der wenigen Magier der Kategorie Eins Plus auf dieser Welt – gerade rechtzeitig aus einer tiefen Depression herauszureißen, um den riesigen Tiefseetintenfisch zu bezwingen, der die Schlangen zu ihrem Kriegszug angestiftet hatte. Auf diese Weise hatte Rrrnlf auch seine Galionsfigur zurückbekommen.

»So, da habt Ihr sie«, sagte Rrrnlf und ließ die gewaltige Hand in einen Beutel gleiten, der an einem starken Tau um die eher schmale Taille des Seeteufels hing. Das Tau war über einem Fell verknotet. Er war nach Art der Höhlenmenschen gekleidet; das Fell lag über einer Schulter und endete wie ein Kilt unmittelbar oberhalb seiner Knie.

Die Hand umschloß und verbarg, was er zuerst hervorholte, und er streckte diese gigantische Faust Angie hin, die unbewußt einen halben Schritt zurücktrat.

»Für Euch!« Rrrnlf war offensichtlich nicht aufgefallen, daß Angie vor ihm zurückgewichen war. »Das ist für Euch, kleine Dame. Haltet die Hände auf.«

Angie hielt ihm die Hände hin, und Rrrnlf öffnete sehr vorsichtig und ganz allmählich seine riesige Faust, schüttelte sie ein wenig – und etwas, das wie eine Reihe zusammengebundener kleiner Gegenstände aussah und in dem Licht des frühen, wolkenverhangenen Tageslichts rötlich glitzerte, fiel in Angies Hände und füllte sie zur Hälfte.

Angie zog scharf die Luft ein.

Jim riß die Augen auf.

Angie schien eine Art Collier in Händen zu halten; mehrere Schnüre liefen zu einer einzigen zusammen, die wahrscheinlich im Nacken verknotet werden sollte. Eine jede dieser Schnüre wurde von etwas geziert, bei dem es sich offensichtlich – auch wenn es wegen ihrer Größe kaum zu glauben war – um riesige Rubine handelte. Sie waren nicht geschliffen, wie man es in späteren Jahrhunderten mit Juwelen gemacht hätte. Aber sie waren blankpoliert worden, und sie verströmten in dem grauen Tageslicht und vor dem Hintergrund der winterlichen Bäume, der Steine, des Schnees und der zertrampelten Erde ein herrliches, warmes Leuchten.

»… und das ist für Euch, kleiner Magier«, fuhr Rrrnlf fort.

Jim konnte gerade rechtzeitig ebenfalls die Hände aufhalten, um einen Kasten in Empfang zu nehmen. Der Kasten war ungefähr zehn Zoll lang, acht Zoll tief und vier Zoll hoch und wunderschön geschnitzt und bemalt. Auf dem Deckel und allen Seiten waren Zeichen zu sehen, die nach Sanskrit aussahen.

Der Kasten war außergewöhnlich leicht. Da Rrrnlf dies von ihm zu erwarten schien, unternahm Jim den Versuch, den Deckel zu öffnen. Er ließ sich mühelos abheben.

Der Kasten war leer. Sauberes, hellbraunes, wunderschön gearbeitetes Holz bildete ein Behältnis, in dem sich absolut nichts befand. Das einzig Auffällige war ein schwacher, aber angenehmer Duft, der an Zedernholz erinnerte.

Jim setzte ein erfreutes Lächeln auf und öffnete den Mund, um Rrrnlf zu danken. Aber Angie, die sich mittlerweile von der Überraschung angesichts ihres Geschenks erholt hatte, kam ihm zuvor.

»Rrrnlf!« rief sie. »Die sind ja riesig! Wo habt Ihr die bloß gefunden?«

»Ach, auf dem Boden des Meeres, irgendwo. In irgendeinem alten Schiffswrack …«

Rrrnlf blickte auf die Rubine hinab, die in Angies geöffneten Händen lagen.

»Riesig? Nein. Ihr seid zu freundlich, kleine Dame, wie das eben Eure Art ist. Aber ich werde noch etwas für Euch finden, damit Euer Geschenk dem gleichkommt, das ich dem kleinen Magier gegeben habe. Das verspreche ich. Übrigens, wie gefällt Euch sein Geschenk? Es war gar nicht leicht, das zu bekommen, das kann ich Euch sagen! Es ist ein Kasten für seine Magie.«

»Oh – ja?« sagte Jim zweifelnd. »Ich meine – ja natürlich! Genau das, was ich brauchte. Ich kann gar nicht glauben, daß ich ihn wirklich geschenkt bekommen habe. Ich kann es kaum fassen, daß er echt ist!«

Er fing Angies Blick auf.

»Ja«, sagte Angie, »ja wirklich. Jim wird dieses Geschenk niemals vergessen, Rrrnlf, das verspreche ich Euch!«

»Hm, nun …«, meinte Rrrnlf mit einem beinahe verlegenen Lächeln.

»Hm, nun«, sagte er noch einmal. »Es ist nichts Besonderes, nein wirklich. Aber für den Augenblick wird es wohl genügen. Euch jedoch, kleine Dame, verspreche ich, Euch bei nächster Gelegenheit ein würdigeres Geschenk zu überreichen.«

»Das ist nicht nötig, Rrrnlf«, sagte Angie mit großem Ernst.

Während Jim überlegte, mit welchen Worten er sich bei Rrrnlf noch für das Geschenk des leeren Kastens, so hübsch dieser auch sein mochte, bedanken sollte, ließ er den Blick über die Ringmauer hinwegschweifen und bemerkte augenblicklich, daß die aufsteigenden Rauchfahnen über dem Wald kaum noch sichtbar waren. Die Zwänge des Hier und Jetzt verscheuchten alle anderen Gedanken. Unvermittelt wandte er sich an Rrrnlf.

»Ihr seid von dort gekommen«, sagte er und zeigte auf die Bäume. »Sagt mir, habt Ihr irgendwelche Spuren von anderen – ehm – kleinen Männern im Wald gesehen?«

»Nein«, erwiderte Rrrnlf nachdenklich. »Ich habe aber auch nicht darauf geachtet.«

Dann hellte seine Miene sich auf.

»Allerdings habe ich eine ziemlich große Herde kleiner Leute ein Stück weiter weg von hier gesehen. Sie gingen alle in diese Richtung – alle zusammen und ziemlich schnell.«

Er zeigte nach Osten, und die Richtung, die er beschrieb, bildete ungefähr einen Winkel von neunzig Grad zu dem Weg, auf dem er selbst sich der Burg genähert hatte.

Angie und Jim wandten sich sogleich einander zu und fielen sich erleichtert in die Arme.

»Wahrscheinlich haben sie Euch kommen sehen und sind deshalb weggelaufen!« sagte Angie zu dem Seeteufel. Sie und Jim lösten sich voneinander.

»Ich hätte ihnen doch nichts getan«, protestierte Rrrnlf. »Ich hätte es ihnen erklärt. Ich hätte gesagt: ›Ich bin Rrrnlf. Ich bin ein Seeteufel. Ich bin Euer Freund.‹«

»Macht Euch nichts draus, Rrrnlf«, sagte Angie. »Wir sind Euer Freund; wir und alle anderen in der Burg hier. Ihr habt viele Freunde hier.«

»Das stimmt …«, meinte Rrrnlf und strahlte.

»Das stimmt? Was stimmt?« fragte Carolinus, der plötzlich neben Jim auf dem Wehrgang auftauchte.

»*Jetzt* kommt Ihr!« rief Angie ohne einen Hauch von Freundlichkeit in der Stimme.

»Es stimmt, daß ich viele Freunde habe«, erklärte Rrrnlf dem Meistermagier. »Aber das wißt Ihr wahrscheinlich selbst, Magier.«

Die Art, wie Rrrnlf das Wort ›Magier‹ aussprach, wenn er mit Carolinus redete, unterschied sich sehr deutlich von der Art, wie er Jim als ›kleinen Magier‹ bezeichnete. Weder Rrrnlf noch irgend jemand sonst wandte die Beschreibung ›klein‹ jemals auf Carolinus an, und das hatte nichts mit dessen Körpergröße zu tun. In der Tat war er ein zerbrechlicher, weißbärtiger und ziemlich hagerer – wenn auch hochgewachsener – alter Mann in einer roten Robe, die ständig eine Wäsche nötig zu haben schien. Angie wußte zufällig, daß er eine ganze Anzahl solcher Roben besaß; aber er hatte auch eine gewisse Neigung, die Gewänder, die er eine Zeitlang getragen hatte, einfach in einer Ecke seines Steinhauses am Klingenden Wasser aufzustapeln, bis ihm einfiel, ihnen den magischen Befehl zu geben, wieder sauber zu werden. Auf diese Weise erweckte seine Robe den Anschein, als habe ein wohlhabender Magier sie weggeworfen.

»Ich habe gerade dem kleinen Magier und seiner kleinen Dame Geschenke gebracht, weil sie mir geholfen haben, meine Dame zurückzubekommen. Ihr habt auch dabei geholfen, Magier. Es tut mir leid, daß ich kein Geschenk für Euch habe. Aber seht, was ich dem kleinen Magier gegeben habe!«

Carolinus betrachtete das Geschenk.

»Ein Wahrheitskästchen!« sagte er. Er nahm Jim den Kasten ab, öffnete ihn, blickte hinein, schnupperte, schloß den Deckel und gab Jim den Kasten zurück. »Da solltet Ihr aber dankbar sein, Jim.«

In Carolinus' Stimme schwang ein trockener Tonfall mit, vor allem bei seinen letzten Worten. Und er hatte ihn ›Jim‹ genannt – was niemand außer Angie im vierzehnten Jahrhundert jemals tat. Üblicherweise sprach man ihn hier mit James an, Sir James, den Drachenritter, oder man nannte ihn ›Mylord‹.

Jim hätte normalerweise nichts gegen diese vertraute Anrede einzuwenden gehabt – hätte Carolinus seinen Namen nicht auf eine Art und Weise ausgesprochen, die beinahe verächtlich klang, so als redete er mit einem schlecht abgerichteten Hund. Aber Carolinus sprach jeden so vertraut an – Gemeine, Könige, Elementargeister, Mitmagier und sogar die Revisionsabteilung, die die Höhe des magischen Kontos eines jeden Magiers überwachte. Jim hatte einmal gehört, wie die Revisionsabteilung Land, Meer und Himmel gleichzeitig unter dem Klang eines herrischen Befehls ihrer Baßstimme hatte erbeben lassen; aber zu Carolinus war sie immer höflich.

Jim hatte sich mittlerweile mit dem Benehmen des Meistermagiers abgefunden. Nicht so jedoch Angie, jedenfalls nicht in diesem Augenblick. Jim sah, wie sie sich vor Ärger versteifte. Genau in diesem Augenblick war Angie nicht in der Stimmung, zu dulden, daß irgend jemand Jim verächtlich kam. Schon gar nicht Carolinus, der nicht dagewesen war, als sie ihn gebraucht hatten.

»Er kann seine Magie darin aufbewahren«, sagte Rrrnlf, der strahlend auf Carolinus hinabblickte.

»Ich brauche keinen Seeteufel, der mir das erklärt!« blaffte Carolinus ihn an.

»Nein, Magier!« erwiderte Rrrnlf zerknirscht. »Natürlich nicht. Ich meinte nur …«

Er wurde unterbrochen – eine ziemliche Leistung angesichts der Lautstärke seiner Stimme – von dem heiseren Klang eines mit einem Mundstück versehenen Kuhhorns.

Alle drehten sich um und blickten über die Ringmauer. Eine Kolonne Bewaffneter rückte von dem Teil des Waldes her näher, aus dem auch Rrrnlf gekommen war. An ihrer Spitze ritt eine Gestalt in Rüstung, bei der es sich offensichtlich um Jims und Angies sehr guten Freund Sir Brian Neville-Smythe handelte, und neben ihm ritt eine zierliche weibliche Gestalt mit einem hohen, spitz zulaufenden Hut, von dem ein züchtiger Reiseschleier herabwehte, der den Staub und andere Widrigkeiten fernhalten sollte.

Eine Frau, die keine andere sein konnte als Brians Verlobte, Geronde Isabel de Chaney, die überdies die Herrin von Burg Malvern und die einzige Autorität dort war, jetzt, da ihr Vater seit fast drei Jahren auf Kreuzzug war.

»Na halleluja, dann wären wir ja vollzählig versammelt!« murmelte Angie.

Um dem Ganzen die Krone aufzusetzen, trottete eine weitere vertraute, vierbeinige Gestalt aus dem Wald, um sich Sir Brians Gruppe anzuschließen und Lady Geronde das Geleit zu geben. Es war Aragh, der englische Wolf.

»Carolinus!« explodierte Angie. »Was hat das zu bedeuten? Versucht nicht, mir zu erzählen, Ihr wäret nicht für all das verantwortlich! Habt Ihr absichtlich alle anderen davon abgehalten, uns zu Hilfe zu kommen?«

»Oh, Aragh hat gesehen, was hier vorging, und ist zum Klingelnden Wasser gekommen«, erklärte Carolinus. »Es waren zu viele, die Euch angegriffen haben, als daß er selbst hätte viel ausrichten können. Wie der Zufall es wollte, war ich nicht zu Hause, sondern gerade bei einer Beratung der Magier aller ersten Ränge. Da Sir Brian Euer nächster Nachbar ist, hat Aragh ihn aufgesucht, fand aber seine Burg von ihm und den meisten seiner Männer verlassen. Die dort zurückgelassenen Gefolgsleute kannten Aragh jedoch und erzählten ihm, daß Brian unterwegs sei, um Geronde und ihren Troß von Burg Malvern abzuholen, weil die beiden das Weihnachtsfest des Grafen besuchen wollten. Daher folgte Aragh ihm zur Burg Malvern, aber von dort hatte sich der Zug zu den alljährlichen Weihnachtsfeiern beim Grafen von Somerset bereits in Bewegung gesetzt, und der Wolf hat ihn erst eingeholt, als ich ebenfalls dazustieß.«

»Ihr seid zu ihnen gestoßen?« fragte Jim.

»So ist es«, antwortete Carolinus. »Ich war gerade von der Beratung zurück …«

Carolinus brach ab.

»Rrrnlf«, sagte er, »habt Ihr nicht irgendwelche seeteuflischen Dinge zu tun?«

»Hm, ja tatsächlich!« donnerte Rrrnlf mit einem breiten Lächeln. »Ich wollte gerade aufbrechen, um für die kleine Lady etwas Passenderes zu finden, als diese roten Kinkerlitzchen, die ich ihr geschenkt habe, damit ihr Geschenk sich mit dem messen kann, das ich dem kleinen Magier gemacht habe.«

»Nun«, sagte Carolinus, »dann solltet Ihr Euch jetzt besser auf den Weg machen, oder?«

»Ja, Magier!« Rrrnlf drehte sich um, legte eine Hand

auf die Mauer, sprang darüber und machte sich mit großen Schritten in den Wald davon.

Jim betrachtete ängstlich die Mauer, die unter Rrrnlfs Gewicht erbebt war wie ein Wesen, das schlimme Schmerzen litt. Dann sah er wieder Carolinus an, der seinen Blick über den Wehrgang gleiten ließ, als wolle er sichergehen, daß niemand sonst in Hörweite war.

»Ich muß ihm das unbedingt abgewöhnen«, sagte er.

»Nun! Hört mir zu!« sagte Carolinus energisch. »Wie ich bereits bemerkte, habe ich Brian, Geronde und Aragh erreicht; viel wichtiger aber war, daß ich sofort nach meiner Rückkehr von der Beratung die Situation hier in meiner Hellseherkugel sah und mich augenblicklich zu Sir Brian, Geronde und ihrer Eskorte zauberte, die zu der Weihnachtsfeier des Grafen unterwegs waren. Ich habe ihnen jedoch erklärt, ich hätte gesehen, daß der Seeteufel nach Malencontri unterwegs sei und daß Rrrnlf vor allen anderen hier sein konnte – bis auf mich natürlich –, und zwar noch bevor weiterer Schaden angerichtet werden konnte. Und natürlich war uns allen klar, daß der Seeteufel die Angreifer sofort vertreiben würde. Sie müssen gewußt haben, daß die Burg Jim gehört, und wenn ein Riese auf sie zukam, mußten sie einfach davon ausgehen, daß Jim auf die Burg zurückgekehrt war. Nun, kurz und gut, ich habe Brian und Geronde aufgefordert, mir hierher zu folgen, denn Ihr und Angie werdet sie zu dem Grafen begleiten.«

Jim und Angie starrten ihn an.

»Das werden wir nicht«, sagte Jim.

»O doch«, widersprach Carolinus grimmig. »Die Gegebenheiten erfordern es.«

»Die Gegebenheiten …«, begann Jim und fing sich gerade rechtzeitig wieder, um nicht hinzuzufügen, was die Gegebenheiten ihn konnten. Es verlangte ihn jedenfalls nicht im mindesten, eines der wilden, zwölf Tage währenden Feste des Grafen zu besuchen, auf denen Frömmigkeit, Gelage und gefährliche Gewalttätigkeit, die unter dem Namen Körperertüchtigung daherkam, miteinander abwechselten. Eine Feierlichkeit, von der Jim nicht glaubte, daß sie Angie auch nur im geringsten gefallen würde. Und daß das Ganze ihm nicht gefiel, das wußte er genau.

»Die Antwort lautet NEIN«, sagte er.

»Jim!« entgegnete Carolinus kalt. »Wollt Ihr mir wohl zuhören?«

Carolinus hatte eine ganze Anzahl ärgerlicher Tonarten zu seiner Verfügung. Das hier war keine davon. Dies war kalter Ernst – kalt genug, um Jim eine Gänsehaut über den Rücken zu jagen.

»Natürlich werde ich zuhören«, sagte Jim.

»Die Beratung, der ich beigewohnt habe«, erklärte Carolinus, »wurde einberufen, weil eine Anzahl von genügend ranghohen Magiern unserer Welt Hinweise darauf bemerkt hat, daß die Dunklen Mächte versuchen werden, den Lauf der Geschichte bei einem ganz bestimmten Christenfest zu verändern – genauer gesagt, bei der Weihnachtsgesellschaft, die sich in einigen Tagen bei Eurem Grafen versammeln wird.«

»Aber das können sie doch nicht, oder?« fragte Angie. »Es ist ein christliches Fest. Die Dunklen Mächte haben doch gar nicht die Macht, sich dort einzumischen. Selbst wenn sie es versuchten – von der Heiligen Feier einmal ganz abgesehen –, wird doch jeder Kirchenmann dort das Haus und seine Umgebung gewiß gesegnet haben, und nichts, was zu den Dunklen Mächten gehört, könnte sich dem Ort auch nur nähern.«

»Ganz richtig«, erwiderte Carolinus, »deswegen ist die Situation auch so ernst. Wir können uns nicht vorstellen, wie sie unter solchen Bedingungen irgend etwas erreichen wollen. Aber die Hinweise sind zu zahlreich und zu auffällig, als daß man sie ignorieren könnte.«

»Was für Hinweise sind es denn?« wollte Jim wissen.

»Ich werde nicht versuchen, sie Euch jetzt zu erklären«, sagte Carolinus. »Wenn Ihr zum Beispiel sehen könntet, was am Weltende los ist – aber nein, es hat keinen Sinn, in die Einzelheiten zu gehen. Zum einen seid Ihr nicht annähernd weit genug in der Magie fortgeschritten, um die Bedeutung vieler Dinge, von denen ich Euch erzählen könnte, zu erkennen. Dazu müßtet Ihr einen Rang der ersten Kategorie bekleiden. Aber alles, was Angie gerade sagte, ist völlig zutreffend. Vernünftig betrachtet gibt es keinen *direkten* Weg, auf dem die Dunklen Mächte bei solch einer Gelegenheit irgend etwas erreichen könnten. Nehmt mein Wort darauf. Sie tun lediglich so, als könnten sie etwas erreichen – und das macht uns Sorgen.«

»Aber wenn sie doch nichts erreichen können …«, begann Angie.

»Wir möchten nicht einmal, daß sie es versuchen«, entgegnete Carolinus grimmig. »Wenn sie glauben, irgend etwas bewirken zu können, dann liegt es nur daran, daß sie sich einen Plan zurechtgelegt haben, wie sie ihren Einfluß ausdehnen können. Und das muß auf eine Art und Weise geschehen, von der keiner der Magier in unserer Welt etwas weiß. Es war nicht mein Vorschlag, aber die Versammlung hat sich mit einer überwältigen Mehrheit dafür ausgesprochen, daß Ihr mit Eurer anderweltlichen Vergangenheit an dem Fest des Grafen teilnehmen sollt, um festzustellen, ob Euch etwas auffällt, was einer von uns vielleicht übersehen würde. Wenn dem so sein sollte, erzählt es mir. Ich werde ebenfalls dort sein.«

Sie sahen ihn fassungslos an.

»Ihr?« fragte Angie.

»Ich!« antwortete Carolinus. »Ist das in irgendeiner Weise besonders bemerkenswert? Ich bin ein alter Freund des Bischofs von Bath und Wells, der ebenfalls dort sein wird. Falls es zu irgendwelchen Schwierigkeiten kommen sollte, könnt Ihr Euch an mich wenden.«

Er sah die beiden unverwandt an.
»Also, Jim«, sagte er, »das ist doch wohl nicht zuviel verlangt von Euch?«

Jim hätte ihm gern geantwortet, daß eine Teilnahme an dem zwölftägigen Weihnachtsfest des Grafen unter allen Umständen zuviel verlangt gewesen wäre. Aber Jim, der sich bereitgefunden hatte, die Magie dieser Welt zu seinen eigenen Zwecken zu nutzen, konnte sich in einem Fall wie diesem kaum auf dem Absatz umdrehen und sich weigern, seinerseits etwas zu geben. Aber so viele gute Gründe sprachen gegen eine Teilnahme an diesem Fest, auch wenn es nicht leicht sein würde, Carolinus das begreiflich zu machen.

Glücklicherweise kam Angie ihm zuvor.

»Wie Jim schon sagte«, erklärte sie Carolinus. »Die Antwort ist NEIN.«

Carolinus schien gut einen Fuß zu wachsen. Es fehlte nicht viel, und seine Augen hätten buchstäblich Funken gesprüht.

»Na schön!« sagte er. »Dann seht selbst!«

Und plötzlich waren sie alle drei am Weltende.

3

ES WAR UNVERKENNBAR das Weltende. Es gab zwar kein diesbezügliches Schild, nichts, was in den Felsen eingemeißelt gewesen wäre, aber es war einfach ausgeschlossen, daß sie an irgendeinem anderen Ort sein konnten.

Sie standen unterhalb einer Felsnase, die in großer Höhe aus einem Berg ragte. Der Berg, zu dem sie wahrscheinlich gehörte, lag jedoch vollkommen in Nebel verborgen, so daß der sichtbare Fels eine Art Sims mit einem Höcker auf der einen Seite ergab, der vielleicht fünfzehn oder zwanzig Fuß in die Höhe ragte.

Die Felsnase verjüngte sich zu einer scharfen Spitze,

die anscheinend bis in die Unendlichkeit hineinragte, falls sich hinter dem dichten Nebel, der auch sie umschloß, Unendlichkeit verbarg. In diesem Nebel ließ sich unmöglich ausmachen, welche Weiten oder Ödnisse hinter der scharfen Spitze des Felssimses existieren mochten.

In dem Winkel, wo sich aus dem waagerechten Fels der Höcker erhob, etwa zwanzig Fuß vor dem Ende des Vorsprungs, sah man ein riesiges Nest. Es war anscheinend aus irgendeinem goldgelblichen Material wie gesponnener Seide gemacht, und darin schlief etwas, das auf den ersten Blick wie ein mehr als straußengroßer Pfau aussah.

Es war jedoch kein Pfau. Zum einen hatte es noch nie einen so schönen Pfau gegeben. Sein Fächer aus Schwanzfedern enthielt das gesamte Farbspektrum und zeigte Schattierungen, die Jim den Atem verschlugen.

Der Pfau döste mit einem zufriedenen Lächeln um den Schnabel vor sich hin. Nicht so das übergroße Stundenglas neben dem Nest. Es war größer als Jim und so gebaut, daß eine sehr große Menge Sand äußerst langsam durch eine winzige Öffnung zwischen dem oberen und dem unteren Teil sickern konnte.

Diese Teile bestanden aus zwei riesigen Glaskugeln mit einem schmalen Hals und steckten in einem zierlichen Rahmen aus dunklem Holz. In eben diesem Augenblick schien sich annähernd der gesamte Sand in der oberen Hälfte des Stundenglases zu befinden, und nur wenige Körner waren bisher in die untere Kammer gesickert. Auf dieser unteren Kammer war übrigens ein glückliches Gesicht aufgemalt – oder vielmehr ein Gesicht, das ursprünglich mit einem glücklichen Ausdruck aufgemalt worden war, im Augenblick jedoch alles andere als glücklich zu sein schien. Jim mußte zweimal hinsehen, weil es auf dem Kopf stand, bevor er begriff, daß die Mundwinkel nach unten zeigten statt nach oben. Und in der Tat war es ein überaus unglückliches Gesicht, das da auf dem Kopf stand.

»Der Phönix!« blaffte Carolinus ihn an. »Und sein tausendjähriges Stundenglas.«

Jim und Angie bestaunten das Nest und das Stundenglas, die Seite an Seite an dem Felsen ruhten.

»Warum ...«, begann Jim, wurde aber von dem Stundenglas unterbrochen, als der Mund in dem Gesicht plötzlich sprach.

»Ja, wirklich, warum!« rief er mit einer schrillen, wütenden Stimme. »Müßt Ihr das noch fragen? Ich tue meine Arbeit, oder? Ich bin geduldig, oder? Ich warte meine tausend Jahre ab, oder? Bitte ich um Überstundenzuschlag? Nehme ich mir jemals frei? Nein! Eine Unzahl von Phönixen, seit Beginn dieser Welt, und ich hatte nie Schwierigkeiten, bis dieser daherkam. Er hatte die Frechheit, die maßlose Unverschämtheit ...«

Das glückliche Gesicht geriet ins Stottern, und Carolinus hob die Hand.

»Na, na«, sagte er mit beschwichtigender Stimme, »wir verstehen dich vollkommen.«

»Nun, ich bin froh, daß irgend jemand irgend etwas versteht!« sagte das Stundenglas plötzlich mit einer Baßstimme. »Könnt Ihr Euch vorstellen, Jim und Angie ...«

»Woher kennst du unsere Namen?« fragte Angie.

»Tss, tss, tss!« sagte das Stundenglas ungeduldig.

»Tss ... tss ... tss!« sagte auch Carolinus.

»Also, woher *kennst* du sie?« beharrte Angie.

»Ich weiß alles!« sagte das Stundenglas nun wieder mit seiner Fistelstimme. »Könnt Ihr Euch das vorstellen? Ihr seht ihn dort schlafen. Seine Zeit ist abgelaufen! Sie ist jetzt seit neun Tagen, dreizehn Stunden, sechsundvierzig Minuten und zwölf Sekunden abgelaufen – und er schläft immer noch. Es ist nicht meine Schuld. Ich habe ihn genau rechtzeitig geweckt, als seine tausend Jahre um waren. Wer hätte je einen Phönix mit so geringem Pflichtgefühl gesehen, einen so ...«

Das Gesicht begann abermals zu stottern.

»Na, na«, sagte Carolinus.

»Nun, es ist unerträglich, Magier, und das wißt Ihr auch«, sagte das Stundenglas.

»Es ist nicht deine Schuld«, sagte Carolinus. »Du hast ihn geweckt. Er ist aufgestanden, und von da an trug allein er die Verantwortung.«

»Aber was ist mit mir?« rief das Stundenglas. »Hier stehe ich und zähle die zweiten tausend Jahre ab. Glaubt Ihr, der Faulpelz will noch einmal tausend Jahre schlafen, während die Welt wartet? Es mag ja seine Schuld sein, aber ich bin derjenige, an den sich alle zuerst wenden werden. ›*Warum hast du nichts dagegen unternommen?*‹ werden sie mich fragen!«

»Nein, werden sie nicht«, widerspach ihm Carolinus. »Erkläre Jim und Angie die Sache und laß dir sagen, ob sie nicht auch der Meinung sind, daß dich keine Schuld trifft und niemand dir einen Vorwurf machen wird.«

»Dann macht Euch nun selbst ein Bild«, sagte das Stundenglas nun wieder mit seiner Baßstimme. »Ich habe den Phönix geweckt – und es war schwer, ihn zu wecken. Er hatte immer schon einen festen Schlaf. Ich habe ihn geweckt, er ist aufgestanden, ein wenig herumgestolpert, hat sein Nest durchsucht, einen Feuerstein und Stahl gefunden, versucht, einen Funken zu schlagen, hat auch ein paar Funken hervorgebracht, es aber nicht fertigbekommen, sich in Brand zu setzen, so daß er wie ein lodernder Stern am Himmel aufflammen konnte – was seine Pflicht gewesen wäre, als ein Omen für die Erde unter ihm, daß in den nächsten tausend Jahren ein neues Zeitalter anbrechen wird. Von jetzt an bis zum vierundzwanzigsten Jahrhundert, versteht Ihr?«

Sowohl Jim als auch Angie nickten.

»Aber der Funke entzündete das Feuer nicht, und ...

ich weiß nicht, wie ich das sagen soll«, meinte das Stundenglas, das in Schluchzen ausgebrochen war, »aber schließlich hat er den Feuerstein und den Stahl weggeworfen, und ich habe ihn sagen hören: ›Ach, zum Teufel damit!‹ Dann ist er in sein Nest zurückgetaumelt und einfach wieder eingeschlafen!«

Auf dem Glas am Boden, wo es mit dem Rahmen verbunden war, bildeten sich Feuchtigkeitstropfen, die nach oben über die Wölbung der unteren Hälfte des Stundenglases rollten, über den schmalen Hals zwischen den beiden Teilen und auf die Rundung des oberen Teils.

»Da, seht Ihr«, schluchzte das Glas mit Fistelstimme, »sogar meine Tränen laufen in die falsche Richtung!«

»Na, na«, sagte Angie.

»Und *mir* werden sie die Schuld geben!« schluchzte das Stundenglas.

»Nein, werden sie nicht«, sagten Jim und Angie wie aus einem Mund.

Die Tränen hörten auf, nach oben zu rollen, und das Gesicht auf der unteren Hälfte des Stundenglases wagte ein zittriges Lächeln.

»Glaubt Ihr wirklich?« fragte es.

»Ich bin mir da ganz sicher!« erwiderte Angie. »So ungerecht würde doch niemand sein!«

»Das Schlimme ist«, sagte das Gesicht nun mit einer ruhigeren, vernünftigeren Stimme in einer mittleren Lage, »daß mir hier unten niemand hilft. Wenn einer von denen bloß die Ärmel aufkrempeln und ein paar von den Problemen lösen würde, die sie sich selbst eingebrockt haben, dann würde der Phönix wieder aufwachen, ob es ihm gefällt oder nicht; und er würde nicht wieder einschlafen können. Glaubt Ihr, daß das passieren könnte?«

»Da bin ich mir sicher!« antwortete Angie fest.

»Ich bin ja so erleichtert!« rief das Stundenglas. Es lächelte jetzt sogar, das glückliche Gesicht war glücklich.

»Ich werde sofort Bescheid wissen, wenn das passiert, weil ich mich dann wieder auf die richtige Seite stelle und der Sand, der bereits durchgefallen ist, in den oberen Teil von mir zurückrinnt, wo er hingehört. Oh, ich kann es gar nicht erwarten!«

»Ich glaube«, sagte Carolinus mit einer Stimme, die beinahe unheilverkündend war, »daß wir jetzt vielleicht besser aufhören sollten zu reden, Angie und Jim. Und gehen sollten wir auch. Leb wohl.«

»Lebt wohl«, sagte das Stundenglas. »Lebt wohl, Jim und Angie.«

Plötzlich standen sie wieder auf dem Wehrgang hinter der Ringmauer von Malencontri. Die Sonne war ein kleines Stück weiter den Himmel hinaufgekrochen, und es schien sogar etwas wärmer geworden zu sein. Brian, Geronde und Aragh näherten sich zusammen mit ihrem Gefolge bereits dem Tor, das durch die Ringmauer führte.

»Nun«, sagte Carolinus zu Jim, »da habt Ihr es gehört. Die Dunklen Mächte sind wieder am Werk und müssen aufgehalten werden. Ihr habt eine Aufgabe zu erfüllen, und die Aufgabe beginnt mit Eurem Besuch bei der Feier des Grafen. Und Ihr werdet Angie mitnehmen.«

»So ist es recht«, meinte Jim verbittert. »Also heißt es wieder einmal, ich gegen die Dunklen Mächte!«

»Ja!« sagte Angie. »Das ist ungerecht, Carolinus! Ihr habt es selbst gesagt – einen Magier der dritten Kategorie mit einer Aufgabe zu betrauen, der selbst die stärksten Magier dieser Welt nicht gewachsen wären!«

»Natürlich ist es nicht gerecht!« fuhr Carolinus sie an. »Was hat Euch bloß auf die Idee gebracht, daß diese Welt gerecht sein würde? War Eure Welt gerecht – die Welt, aus der Ihr gekommen seid?«

Angie antwortete nicht.

»Mach dir nichts draus«, sagte Jim müde. »Ich werde natürlich gehen. Angie ...«

Außerhalb der Tore ertönte ein Schrei, der sich beinahe mit den Stimmen der Wachen vermischte, die zu ihnen hinaufriefen, daß es Sir Brian und Lady Geronde seien, die Einlaß begehrten. Angie drückte Jims Arm, um ihn wissen zu lassen, daß sie bereit war, ihn zu begleiten.

»Laßt sie hinein!« rief Jim dem Torhüter zu. Dann wandte er sich wieder an Carolinus.

»Worauf genau soll ich achten?« fragte er.

»Wir haben keine Ahnung«, antwortete Carolinus. »Die Dunklen Mächte können nicht offen vorgehen, daher werden sie durch andere Mittel oder Wege zu Werke gehen müssen. Ihr werdet einfach nach etwas Ausschau halten müssen, das nicht so sein sollte. Haltet nach allem Ausschau, was unvernünftig erscheint oder eine Wurzel in dem Bestreben der Dunklen Mächte haben könnte, der Geschichte ein Übergewicht über den Zufall zu verschaffen oder umgekehrt. Wie ich schon sagte, sie bereiten irgendeine Verschiebung der Kräfte vor.«

Er schwieg einen Augenblick lang und bedachte sie abwechselnd mit einem scharfen Blick. »Noch ein Wort jedoch. Weil sie auf diese Art und Weise vorgehen und sich möglicherweise einiger Leute bedienen, die nicht wissen, daß sie benutzt werden, dürft Ihr nichts von Eurem Verdacht erwähnen – niemandem gegenüber. Nicht einmal Menschen gegenüber, die Euch so nahe stehen wie Sir Brian und Lady Geronde; denn sie könnten ihrerseits benutzt werden, ohne davon zu wissen.«

»Und natürlich auch kein Wort zu Aragh«, sagte Jim mit einem Anflug von Sarkasmus, den er nicht unterdrücken konnte.

»Ich bezweifle, daß Aragh in der Nähe sein wird«, meinte Carolinus. »Er hat genausowenig für das Fest des Grafen übrig wie Ihr, und er wäre in weit größerer Gefahr, falls ihn irgend jemand dort zu Gesicht bekommen sollte, der ihn nicht kennt. Die anderen Gäste –

vor allem die Ritter – werden auf alles Jagd machen, was sich bewegt, und Aragh würde in ihren Augen nicht mehr sein als ein Beutetier, das verfolgt und getötet werden will.«

Unten waren Brian und Geronde mit ihrem Gefolge bereits durch das mittlerweile geöffnete Burgtor in der Ringmauer gezogen; sie traten gerade durch die Tür in den Palas.

»Wir sollten hinuntergehen«, meinte Angie, die Brian und Geronde nachsah, als die beiden durch die großen Doppeltüren verschwanden.

»Na schön«, sagte Carolinus. »Aber Ihr habt verstanden – auch Ihr, Angie –, daß niemand wissen darf, daß Jim etwas mit dem Problem zu tun hat, das ich ihm gerade gezeigt habe?«

»Nein, nein ...«, sagte Angie, die immer noch zum Palas hinüberblickte.

»Na schön«, sagte Carolinus noch einmal, »dann gehen wir.«

Er verschwand. Angie und Jim gingen gerade den Wehrgang entlang zu der nächstbesten Leiter, die in den Burghof hinunterführte, als Carolinus mit ungehaltener Miene wieder neben ihnen auftauchte.

»Warum trödelt Ihr hier oben herum?« blaffte er Jim an. »Benutzt Eure Magie, Junge! Benutzt sie ausnahmsweise einmal zu einem guten Zweck!«

Die letzte Bemerkung war ziemlich unfair, fand Jim. Seiner Meinung nach hatte er seine Magie immer zu einem guten Zweck benutzt. Aber unglücklicherweise mußte er jetzt seine Armut in dieser Hinsicht eingestehen.

»Ich habe im Augenblick keine Magie«, sagte er zu Carolinus.

Carolinus sah ihn wütend an.

»Euch ist die Magie ausgegangen?« fragte Carolinus. »Schon wieder?«

Und wie so oft klang er eher verblüfft als wütend.

»Hm, ja«, erwiderte Jim. »Seht Ihr, das war so. Ich war während der Erntezeit hier, und da wir doch Malencontri für den Winter rüsten und uns um alles kümmern und ein paar kleine Veränderungen an der Burg vornehmen mußten ...«

Carolinus schloß die Augen und schüttelte den Kopf.

»Bitte«, sagte er, »verschont mich mit den Einzelheiten. Mich erstaunt nur, wie Ihr das angestellt habt. Wie kann einem bei einem unbegrenzten Guthaben die Magie ausgehen!«

»Unbegrenzt?« wiederholte Jim.

Carolinus riß die Augen auf.

»Unbegrenzt ist der Ausdruck, den ich benutzt habe!« rief er und klang dabei schon eher, wie man ihn kannte. »*Unbegrenzt!* Ihr erinnert Euch doch sicher daran, daß ich nach Eurer Rauferei mit diesen Hohlmenschen oben an der schottischen Grenze zur Revisionsabteilung gegangen bin und die Sache mit denen geklärt habe? Ich habe dafür gesorgt, daß Ihr in die dritte Kategorie befördert wurdet. Und ich habe Euch ein spezielles Konto verschafft, weil Ihr – na ja, jedenfalls in gewisser Weise – anders seid als der gewöhnliche Magierlehrling. Ich kann mir mit einiger Mühe vorstellen, daß Ihr Eure Zulassung zur dritten Kategorie durchbringt – zwar nur mit Mühe, aber ich kann es. Aber daß Ihr darüber hinaus auch ein unbegrenztes Girokonto durchbringt?«

»War es denn unbegrenzt?« fragte Jim.

»Natürlich!« rief Carolinus. »Das habe ich Euch doch gesagt.«

»Nein, habt Ihr nicht«, widersprach Jim. »Ihr sagtet nur, Ihr hättet Euch um alles gekümmert; und ich habe Euren Teil des Gesprächs mit der Revisionsabteilung mit angehört. Von ›unbegrenzt‹ habe ich nichts gehört – nur, daß ich ein zusätzliches Konto bekommen sollte. Aber ich hatte nie eine Ahnung, wie man es benutzt.«

»Keine Ahnung, wie man ...« Carolinus unterbrach

sich und sah Jim kopfschüttelnd an. »Aber jeder Magier der dritten Kategorie weiß, wie man mit einem zusätzlichen Konto verfährt.«

»Aber ich war damals noch kein Magier der dritten Kategorie«, sagte Jim, der langsam seinerseits wütend wurde. »Erinnert Euch, ich war damals erst viertklassig, und Ihr habt sie einfach dazu gebracht, mich in die dritte Kategorie zu befördern, auch wenn ich nicht dazu qualifiziert war.«

Carolinus starrte ihn wütend an, öffnete den Mund, schloß ihn wieder und öffnete ihn abermals.

»Revisionsabteilung!« explodierte er.

»Ja?« erkundigte sich eine tiefe Baßstimme aus der dünnen Luft zwischen ihnen, ungefähr auf derselben Höhe wie Jims Zwerchfell.

»Ihr habt ihm nicht erklärt, wie er sein Konto überziehen kann!« fauchte Carolinus.

»Nein«, entgegnete die Baßstimme.

»Warum nicht?«

»Ich habe keinen Mechanismus und auch keine Prozedur, die der Notwendigkeit solcher Erklärungen Rechnung trüge«, sagte die Revisionsabteilung.

»Warum nicht?«

»Das weiß ich nicht. Vielleicht hat man ein solches Ereignis nicht ins Auge gefaßt.«

»Nun, dann faßt es jetzt ins Auge!« rief Carolinus. »Und erklärt es ihm!«

»Das kann ich nicht«, sagte die Revisionsabteilung. »Er muß von einem Magier der ersten Kategorie in die Methode eingeführt werden.«

»Ihr …« Carolinus riß sich am Riemen. Dann wandte er sich an Jim und sagte mit beinahe freundlicher Stimme: »Jim, wenn Ihr etwas von der zusätzlichen Magie benötigt, deren Bereitstellung ich für Euch veranlaßt habe, und falls Ihr Euch in einer ungewöhnlichen Lage befinden solltet, in der Ihr zusätzliche Magie benötigt, ruft Ihr die Revisionsabteilung an und sagt:

›Ich möchte meinen Dispokredit aktivieren. Also, fügt bitte den entsprechenden Betrag eines vollen Magiekontos für einen Magier der dritten Kategorie meinem Konto hinzu – oder das Doppelte dieses Betrages – oder das Fünffache – oder das Fünfhundertfache!‹ Was auch immer Ihr benötigt. Habt Ihr mich verstanden?«

»Ja ...«, entgegnete Jim.

»Revisionsabteilung«, sagte Carolinus immer noch mit derselben freundlichen Stimme, »habt *Ihr* verstanden, und habt *Ihr* jetzt die notwendige Prozedur, um Jim Eckerts Konto wie vereinbart aufzufüllen, wenn er Euch darum bittet?«

»Wenn ich einen Vorschlag machen dürfte«, bemerkte die Stimme der Revisionsabteilung, »das Fünfhundertfache des Kontos eines Magiers der dritten Kategorie ist ...«

»... nicht soviel mehr, als er dem Magievorrat der Welt durch seine Verdienste bei der Niederzwingung der Dunklen Mächte beim Verhaßten Turm hinzugefügt hat, damals, als er zu uns kam!« brauste Carolinus auf. »Ich wiederhole: Habt Ihr jetzt den Mechanismus? Und werdet Ihr die Magie in erforderlicher Höhe zur Verfügung stellen?«

»Jawohl«, antwortete die Revisionsabteilung. »Jetzt ist es nur noch eine Frage der ...«

Aber Jim hörte nicht länger zu. Ein entschiedenermaßen unfairer, aber sehr verlockender Gedanke war ihm plötzlich gekommen. Er hatte keine Ahnung gehabt, daß der Sieg, den er am Verhaßten Turm errungen hatte, nachdem er zu Angies Rettung in diese Welt gekommen war, soviel neue Magie verfügbar gemacht hatte.

Danach hatte Carolinus ihm eröffnet, daß er über genug Magie verfügte, um zusammen mit Angie in ihre eigene Welt im zwanzigsten Jahrhundert zurückzukehren. Wenn er nun Magie von diesem Konto abhob – immer in kleinen Portionen, um keine Aufmerksamkeit zu erregen, aber genug, um auf seinem regulären Konto ausreichenden Kredit aufzubauen, dann würde er sie wahrscheinlich auch jetzt noch zurückbringen können.

Angie würde ihr Kind in der Welt bekommen können, in der sie und Jim aufgewachsen waren. Es wäre Carolinus und all ihren Freunden in dieser Welt gegenüber nicht fair; aber die Möglichkeit war jetzt gegeben und konnte nicht ignoriert werden. Er hatte sie im Hinterkopf, und er wußte, daß sie in ihm gären würde.

Er lenkte seine Gedanken wieder in die Gegenwart zurück.

»... Na schön. Also dann noch einen guten Tag«, sagte Carolinus gerade mit eisigem Tonfall. Dann wandte er sich wieder Jim zu.

»Also«, sagte er, »was steht Ihr noch da rum? Ruft die Revisionsabteilung an und hebt etwas zusätzliche Magie ab.«

»Revisionsabteilung?« sagte Jim ein wenig zögernd. Er hatte sich nie die Freiheit genommen, so mit der Revisionsabteilung umzuspringen, wie Carolinus es tat.

»Ja?« antwortete die Baßstimme.

»Könnte ich – sagen wir, das Doppelte des üblichen Magievorrats für einen Magier der dritten Kategorie auf mein Konto überwiesen bekommen?«

»Es ist bereits geschehen.«

»Vielen Dank«, sagte Jim. Aber die Revisionsabteilung antwortete nicht mehr.

»Da das nun endlich geregelt wäre«, sagte Carolinus, »könntet Ihr wohl ein wenig von dieser Magie, die Ihr gerade bekommen habt, benutzen, um uns drei in Euren Palas zu bringen, damit Euer notleidender alter Meister es nicht zu tun braucht. Tut es jetzt.«

Jim tat es.

Alle drei tauchten sie von einem Augenblick auf den anderen am Podium auf, auf dem die hohe Tafel stand.

Brian und Geronde saßen bereits am einen Ende des Tisches, tranken Wein und aßen einige von den süßen Kuchen, die man in der Burgküche bereits für Weihnachten gebacken hatte – es waren jetzt nur noch fünf Tage bis zu dem großen Fest, und man brauchte reichlich Vorräte.

Brian war ein wackerer Ritter mit einem rechteckigen, hageren Gesicht und brennenden blauen Augen über einer großen Hakennase. Sein vorspringendes Kinn deutete auf Großzügigkeit hin. Jim wußte zufällig, daß Brian einige Jahre jünger war als er, aber – wahrscheinlich wegen seines wettergegerbten Gesichts und der kleinen Narben darin – Brian machte den Eindruck, nicht nur etwa ein halbes Dutzend Jahre älter zu sein als er, sondern auch überaus erfahren und kenntnisreich zu sein – ein Eindruck, den Jim liebend gern ebenfalls erweckt hätte.

Geronde war kleiner als Angie, wahrscheinlich um gute vier Zoll. Darüber hinaus hatte sie einen so feinen Knochenbau, daß sie beinahe zerbrechlich wirkte. In der Tat hatte sie starke Ähnlichkeit mit einer lebensgroßen, schwarzhaarigen, sehr hübschen Puppe – ein klassischer Fall von trügerischer Verpackung, wie Jim sehr wohl wußte – mit blauen Augen, die denen Brians verblüffend ähnlich waren. Sie trug eine herbstlaubbraune Reiserobe mit enger Taille und hochgeschlossenem Ausschnitt, dazu einen knöchellangen, sehr weiten Rock.

Insgesamt, dachte Jim, sah sie aus wie etwas, das bei der ersten Berührung zerbrechen könnte – wäre da nicht die häßliche Narbe auf ihrer linken Wange gewesen, die sie Sir Hugh de Bois de Malencontri zu verdanken hatte, dem ehemaligen Besitzer der Burg, die jetzt Jim und Angie bewohnten. Sir Hugh, mehr Schurke als Ritter, hatte sich unter falschen Vorspiegelungen Zugang zu ihrer Burg verschafft, ihre Bewaffneten niedergeworfen und Geronde davon in Kenntnis gesetzt, daß sie ihn heiraten werde, damit er auch Herr von Burg Malvern würde.

Geronde hatte dies abgelehnt, woraufhin er ihre linke Wange aufgeschlitzt und versprochen hatte, auch ihre rechte Wange aufzuschlitzen, falls sie sich am nächsten Tag immer noch störrisch zeigen solle. Danach wollte er erst ihr linkes Auge, dann einen Tag später ihr rechtes Auge ausstechen – und auf diese Weise fortfahren, bis sie nachgab.

So, wie er Geronde mittlerweile kannte, wußte Jim, daß sie niemals nachgegeben hätte. Bei seiner ersten Begegnung mit ihr hatte er im Körper eines Drachen gesteckt, in den er bei seinem Übergang in diese alternative Welt des vierzehnten Jahrhunderts aus Versehen geraten war. Er war auf die Spitze des Bergfrieds von Malvern geflogen, und der Bewaffnete, der dort Dienst getan hatte, war Hals über Kopf die Treppe hinunter geflohen. Aber als Jim hinuntergegangen war, hatte er Geronde mit einem Bärenspeer auf sich zukommen sehen. Später hatte Geronde ihm sehnsüchtig von ihrer Hoffnung erzählt, ihren Peiniger Sir Hugh de Bois eines Tages wieder in ihre Finger zu bekommen, um ihn langsam auf kleiner Flamme zu rösten. Sie hatte es ernst gemeint. Geronde, die nach den Maßstäben des vierzehnten Jahrhunderts ungeheuer loyal und sanftmütig war, war kein Mensch, den sich irgend jemand vernünftigerweise zur Feindin gewünscht hätte.

Aber jetzt waren sowohl sie als auch Brian bei Jims, Angies und Carolinus' Erscheinen aufgesprungen. Geronde und Angie umarmten einander. Brian umarmte Jim – herzlich und schmerzhaft, da sie beide Kettenpanzer trugen. Dann küßte er Jim auf beide Wangen.

Jim hatte sich mittlerweile an diese regelmäßige Küsserei im vierzehnten Jahrhundert gewöhnt. Er ließ sie mit anerkennenswerter Grazie über sich ergehen und übte sich sogar, wenn nötig, selbst darin. Glücklicherweise war Brian diesmal frisch rasiert, wahrscheinlich, weil er mit Geronde zusammen war.

»Eine großartige Neuigkeit, James!« rief Brian jubilierend. »Eine großartige Neuigkeit, zu hören, daß Ihr uns zu dieser Weihnachtsgesellschaft begleiten werdet – und ich habe auch großartige Neuigkeiten für Euch. Setzen wir uns doch. Ich habe gerade Eurem Knappen und John Steward einige Anweisungen gegeben, wie jene auszurüsten sind, die Euch zum Grafen begleiten sollen, und diejenigen, die in Eurer Abwesenheit die Burg beschützen werden.«

Zum ersten Mal fiel Jim nun auch John Steward auf, ein großer eckiger Mann von Mitte vierzig, der ziemlich stolz darauf war, daß er noch die meisten seiner Vorderzähne besaß. Neben ihm stand Theoluf, Jims ehemaliger Erster Bewaffneter und jetziger Knappe, ein Mann mit hartem, dunklem Gesicht, an dem Ende des Tisches, an dem Brian gesessen hatte.

»Ihr könnt jetzt gehen, alle beide«, sagte Brian zu den beiden Männern. »Sir James oder Lady Angela werden euch in Kürze eure Anweisungen geben. Aber für den Augenblick wollen wir uns ungestört unterhalten. Kommt, setzen wir uns alle!«

Für Carolinus war die Aufforderung unnötig. Er hatte sich sofort hingesetzt, als er erschienen war. Angie jedoch stand nach wie vor und Geronde auch.

»Ich muß zuerst hinauf in die Kemenate«, sagte Angie zu Geronde. »Kommt mit mir, Geronde. Ich möchte dringend mit Euch reden.«

Und damit kehrten sie den Männern den Rücken zu.

»Meinetwegen«, sagte Brian, der hinter ihnen hersah. »Geronde weiß, worüber ich mit Euch sprechen will; und ich möchte unbedingt hören, wie es zu der Belagerung Eurer Burg gekommen ist. Außerdem möchte ich Euch erzählen, welche Nachrichten ich habe. Großarige Nachrichten, James – von denen, wenn ich darüber nachdenke, wohl zuerst die Rede sein sollte.«

Mit plötzlicher Mutlosigkeit ließ Jim sich auf eine der gepolsterten und mit Rückenlehnen versehenen Bänke sinken, deren sich die hohe Tafel von Malencontri rühmen durfte – Möbelstücke, die modernen, bequemen Stühlen so nahe kamen, wie Jim und Angie es in dieser Zeit und an diesem Ort ihren Mitmenschen zuzumuten zu dürfen glaubten.

»Mundschenk, füll deinem Herrn das Weinglas!« sagte Brian barsch. »Beim heiligen Ives! Wenn du mein Diener wärst, würdest du nur ein einziges Mal so herumtrödeln, das kann ich dir sagen!«

Der Dienstbote, ein junger Mann mit breitem Mund und gewinnendem Lächeln, schickte sich bereits an, Jims Glas zu füllen. Trotz der Bummelei, deren Brian ihn bezichtigt hatte, war der Mann wahrscheinlich von der unterschwelligen Drohung in Brians Stimme nicht allzu beeindruckt. Der Mundschenk wußte genausogut wie Jim selbst, daß dies Brians Art war, sich schützend vor Jim zu stellen, den er oft behandelte, als wisse er kaum genug, um hinaus in den Regen zu treten – unter den für ihn ungewohnten mittelalterlichen Bedingungen.

»Hm, so«, sagte Brian, als zuerst Theoluf und John Steward, dann auch der Mundschenk sich zurückgezogen hatten. »Nur Ihr und ich und Carolinus – wo ist Carolinus?«

Jim sah sich um. Carolinus war verschwunden.

»Es ist vielleicht irgend etwas passiert«, meinte Jim diplomatisch. Insgeheim vermutete er, daß Carolinus nicht hatte bleiben wollen.

»Trinkt! So ist's recht, James. Seht zu, daß Ihr ein wenig guten, kräftigen Wein in Euren Magen bekommt! Über das, was ich Euch zu erzählen habe, werdet Ihr glücklich und erstaunt sein. Ich hatte ohnehin herkommen und Euch bitten – Euch sogar anflehen – wollen, uns zu begleiten. Schon bevor Carolinus uns fand und sagte, daß Ihr ohnehin mitkommen würdet.

Könnte es sein, daß Ihr bereits von dem Prinzen gehört habt?«

»Vom Prinzen?« fragte Jim. »Nein.«

»Er wird mit uns anderen auf der Weihnachtsgesellschaft des Grafen sein. Und John Chandos ebenfalls und viele weitere würdige Persönlichkeiten, die sonst vielleicht nicht dort wären. Seid Ihr nicht erstaunt?«

Jim war erstaunt. Brian zuliebe gab er entsprechende Laute von sich.

»Giles de Mer wird auch dort sein. Ich habe Euch vielleicht schon erzählt, daß er den Wunsch hegte zu kommen!« fuhr Brian fort. »Ihr erinnert Euch sicher, daß ich ihm versprochen hatte, einmal mit ihm eine Lanze zu brechen, um ihm die Gelegenheit zu geben, einige Tricks auf dem Gebiet zu lernen. Ich war sehr traurig, als ich vor einigen Monaten hörte, daß es wahrscheinlich bei dieser Weihnachtsgesellschaft beim Graf kein Turnier geben würde, weil der Graf sich – wie man mir insgeheim anvertraut hat – wegen der Unkosten sorgte.«

»Ach, ja?« fragte Jim. Er hatte vermutet, daß das Turnier ein fester Bestandteil der Weihnachtsfestlichkeiten des Grafen sei.

»Ja«, sagte Brian. »Der Hof seiner Burg ist zu klein, als daß zwei Ritter zu Pferd gegeneinander anrennen könnten, ganz zu schweigen von den Zelten und anderen notwendigen Dingen an jedem Ende des Kampfplatzes. Daher kann ein Turnier nur außerhalb der Mauern stattfinden – und man kann von den Leuten auf den Ländereien der Burg kaum verlangen, an Festtagen zu arbeiten, den Schnee wegzuräumen und zu tun, was sonst noch notwendig ist, um den Kampfplatz vorzubereiten. Wenn sie solche Arbeit tun, muß man sie irgendwie entlohnen, und dieser Lohn hat sich in der Vergangenheit als ziemlich üppig erwiesen – es sind ja mittlerweile fast alles Freie, wie Ihr wißt, James.«

»Ja«, sagte Jim. Seine eigenen Pächter auf Malencontri hatten nicht gezögert, ihn auf diese Tatsache hinzuweisen – zuvorkommend und höflich, aber doch sowohl einzeln wie auch gemeinsam.

»Aber es scheint«, fuhr Brian fort, »als hätten sich diese Freien als wahre Abkömmlinge des englischen Blutes genauso auf das Turnier gefreut wie die Gäste. Daher haben sie sich erboten, aus Gefälligkeit die Herrichtung des Kampfplatzes zu übernehmen. Natürlich muß man ihnen trotzdem ordentlich zu essen und zu trinken geben und noch ein paar andere Kleinigkeiten wie einen Platz vor all den anderen gemeinen Leuten, die einen Blick auf das Turnier werfen wollen.«

»Verstehe«, meinte Jim. »Aber Ihr sagtet, Giles würde ebenfalls kommen?«

»Ja!« erwiderte Brian. »Ich habe einen Brief von ihm bekommen – hm, genaugenommen, einen Brief von seiner Schwester. Giles ist kein großer Freund der Feder, wie Ihr vielleicht wißt. Aber ich habe sein Versprechen. Wie schön es sein wird, ihn wiederzusehen!«

»Ja!« stimmte Jim begeistert zu. Auch er mochte Sir Giles de Mer, der sich ihnen angeschlossen hatte, als es darum ging, den englischen Kronprinzen vor einem vom Wege abgeirrten Magier der ersten Kategorie zu retten.

Giles war ein Silkie – also ein Mensch, wenn er sich an Land befand, aber ein Seehund, sobald er ins Meerwasser eintauchte. In seiner Familie lagen offensichtlich einige Gene von irgendwelchen Elementargeistern. Giles hatte in seiner dem Meer angepaßten Tiergestalt wie ein ganz gewöhnlicher Seehund ausgesehen.

Ansonsten war er ein ziemlich kleiner, streitlustiger, junger Ritter mit einem prächtigen, blonden Schnauzbart, was bemerkenswert war in einer Zeit, in der die meisten Ritter entweder glattrasiert daherkamen oder einen ordentlichen kleinen Schnurrbart auf der Oberlippe trugen und etwas wie einen gleichermaßen ordentlichen Spitzbart am Kinn.

Überdies kam er aus Northumbria und lebte an der Nordgrenze Englands, wo sie an das unabhängige Königreich Schottland stieß; er träumte davon, auf ritterliche Art und Weise große Dinge zu tun. Als Giles gehört hatte, daß Brian nicht nur regelmäßig an Turnieren teilnahm, sondern sie auch häufig gewann, war er verständlicherweise begierig gewesen, so viel wie nur möglich von diesem rauhen Spiel von Brian zu lernen. Tatsache war, daß er wegen seines Wohnortes bisher nie Gelegenheit gehabt hatte, an einem Turnier teilzunehmen. Diese Kampfspiele waren an der Grenze nicht üblich.

Brian sprach nun über die anderen, die sie beim Grafen treffen würden. John Chandos würde als Teil des prinzlichen Gefolges zugegen sein. Dieses Gefolge würde groß sein, und daher war es für Brian und Geronde – und nun auch für Jim – eine Frage der Höflichkeit, die Anzahl ihrer eigenen Gefolgsleute gering zu halten. Es mußte genau abgewogen werden, wie viele Männer erforderlich waren – um Staat zu machen und eine sichere Reise zu gewährleisten. Der Graf würde ohnehin mehr Leute versorgen müssen, als mühelos zu verkraften waren. Auch die Gefolgsleute seiner Gäste würden während der zwölf Weihnachtstage etwas zu essen und ein Dach überm Kopf benötigen.

»... da Lady Angela und Geronde noch nicht zurück sind«, fuhr Brian fort und senkte die Stimme, bevor er einen Blick auf die Tür warf, durch die die beiden Genannten kommen würden, »würde es Euch vielleicht interessieren, von der Reise nach Glastonbury zu hören, die ich erst vor anderthalb Monaten unternommen habe.«

»Aber ja ...«, sagte Jim.

»Geronde war bei mir, aber von einigen der unbedeutenderen Dinge, die sich unterwegs ereignet haben, hat sie nichts bemerkt«, erklärte Brian. »Der Zufall wollte, daß die Gattin des Gastwirts im ersten Gasthaus, das wir besuchten, keinen unerfreulichen Anblick bot. Ich habe ihr selbstverständlich kaum Aufmerksamkeit geschenkt; und natürlich war Geronde bei mir. Daher gingen wir auf unser Zimmer und aßen dort. Aber während Geronde früh zu Bett ging, litt ich an Schlaflosigkeit, erhob mich wieder und ging auf einen Tropfen Wein und in der Hoffnung auf ein wenig Gesellschaft hinunter. An diesem Abend war noch ein Ritter in dem Gasthaus ...«

Sir Brian erzählte mit leiser Stimme weiter, und Jim wurde schon bald offenbar, worauf die Sache hinauslief: Jener andere Ritter hatte ebenfalls bemerkt, daß die Gastwirtin keinen unerfreulichen Anblick bot, und war irgendwie auf den Gedanken – den natürlich vollkommen irrigen Gedanken – gekommen, daß Sir Brian dies ebenfalls bemerkt hatte.

»... Ich kann mir nicht vorstellen, wie der Bursche auf so einen Gedanken gekommen sein will ...«, meinte Brian.

Der Gedanke war natürlich, wie Brian immer wieder betonte, vollkommen aus der Luft gegriffen.

Schließlich war er mit Geronde dort und konnte keine andere Frau ansehen, die in der Nähe war. Aber die Vorstellung dieses anderen Ritters entwickelte sich offensichtlich zu einer fixen Idee, und die Dinge näherten sich dem Punkt, an dem die beiden Männer drauf und dran waren, das Gasthaus zu verlassen, um das Thema mit ihren Schwertern zu erörtern.

»... es wurden Worte gewechselt, müßt Ihr verstehen«, sagte Brian nun, »die ein Edelmann nicht übergehen kann. Daher hatte ich keine andere Wahl, als mich genauso bereitwillig dem Schwerterspiel zu stellen wie er. Nun, um eine lange Geschichte kurz zu machen ...«

Aber es war bereits zu spät, um eine lange Geschichte kurz zu machen. In diesem Augenblick traten Angie und Geronde durch die Eingangstür, die sowohl Jim als auch Brian aus den Augenwinkeln beobachtet hatten. Die beiden Frauen kamen an den Tisch und setzten sich zu ihnen – und beide trugen sie diesen kaum wahrnehmbaren Ausdruck geheimer Selbstzufriedenheit, der für gewöhnlich darauf schließen ließ, daß irgendeine Angelegenheit geregelt war und einen Punkt erreicht hatte, jenseits dessen niemand mehr noch etwas an den Dingen ändern konnte.

»Nun, nun!« unterbrach Brian sich selbst mit ziemlich lauter, munterer Stimme. »Wir sind wirklich froh, Euch zu sehen, meine Damen! Es war richtig einsam ohne Euch, nicht wahr, James?«

»Ja«, antwortete Jim. »O ja, wirklich.«

Brian kippte den letzten Wein in sein Glas und setzte sich aufrecht hin.

»Hm, na ja«, sagte er. »Hier sitzen wir; die Frühmette liegt längst hinter uns, und bis zur Terz ist es nicht mehr allzu lange. Wenn wir nicht bald aufbrechen, wird es Mittag sein, bevor wir uns versehen. Wir müssen in der Priorei von Edsley übernachten, wenn wir am Tag des heiligen Thomas beim Grafen ankommen wollen. Und wenn wir bis dahin nicht dort sind ... es schaudert mir bei dem Gedanken, welche Quartiere im Haus dann noch für uns übrig sein werden. Also, auf die Pferde!«

Jim erhob sich ruckartig. Die Terz war die kanonische Stunde, die neun Uhr morgens entsprach. Nicht unbedingt früh, wenn man schon in der Dämmerung zur Frühmette ging, dem ersten Gottesdienst des Tages – was sie theoretisch alle getan hatten.

»Das stimmt«, sagte er. »Ich muß noch ...«

»Das ist alles erledigt«, sagte Angie.

»Ja, wirklich«, warf Geronde mit ihrer sanften Stimme ein. »Malencontri wird gut geführt werden, während Ihr fort seid. Lady Angela hat gute Dienstboten zu ihrer Verfügung, und Eure Eskorte sitzt gewiß schon im Sattel.«

»Aber müssen wir nicht packen?« Jim sah Angie fragend an.

»Alles erledigt«, erwiderte sie.

Wieder einmal war ihm alles aus der Hand genommen worden. Nun gut, es hatte keinen Sinn zu protestieren. Die Reisevorbereitungen waren bereits getroffen.

»Und Ihr werdet ebenfalls eine Lanze mit mir brechen können, wenn wir erst einmal da sind, James!« sagte Brian glücklich, als wäre dies das schönste Weihnachtsgeschenk, das er seinem engsten Freund machen konnte.

Jim brachte ein klägliches Lächeln zustande.

4

ES ERSCHIEN RATSAM, nur fünfzehn von Malencontris Bewaffneten mitzunehmen und darüber hinaus Theoluf, Jims Knappen, der ihn bei solchen Gelegenheiten natürlich begleiten mußte. Damit kamen sie auf sechzehn bewaffnete Gefolgsleute und dazu drei Dienstfrauen, zwei für Geronde von Malvern und eine für Angie, so daß sie insgesamt – zusammen mit den neun Bewaffneten aus Brians Burg und den fünfundzwanzig von Malvern – auf dreiundfünfzig zusätzliche Mäuler kamen, die der Graf würde stopfen müssen.

Damit hätten sie die Gastfreundschaft des Grafen ein wenig überstrapaziert, wenn es sich um das Gefolge eines einzigen Gastes gehandelt hätte. Aber sie waren insgesamt zu viert und obendrein vornehme Leute von Rang, daher ließ sich gegen die Zahl ihrer Gefolgsleute kaum etwas einwenden.

Jim hatte nur die wenigen Minuten, die notwendig waren, um sich für einen Ritt an diesem Wintertag zu kleiden und sein Kettenhemd sowie die leichte Rüstung anzulegen, in der er die Reise antreten würde. Seine beste Rüstung folgte ihm auf einem Packpferd unter der Aufsicht eines der berittenen Bewaffneten.

Es war kein Plattenpanzer, denn dieser wurde hier noch nicht allgemein benutzt, und nur die Berühmten oder Wohlhabenden besaßen einen – Männer wie Sir John Chandos und andere in der unmittelbaren Umgebung des Königs. Aber Jims Rüstung würde allen Anforderungen gewachsen sein, die die zwölf Tage des Feierns an sie stellen konnten. Nur eines fehlte Jim für das Turnier.

»Aber ich kann Euch einen Turnierhelm leihen«, hatte Brian fröhlich gesagt, als sie in den Sattel gestiegen waren. »Ihr könnt meinen besten Helm haben, da der alte für mich vollkommen genügen wird. Ich hatte ohnehin vor, zwei Helme mitzunehmen, weil ich mir schon dachte, daß ich Giles einen würde leihen müssen.«

»Ihr seid zu freundlich«, meinte Jim.

»James!« rief Brian bekümmert. »Das dürft Ihr nicht sagen, niemals!«

Jim kam sich vor wie ein geprügelter Hund.

Der Ritt durch die winterliche Landschaft – glücklicherweise hatte es inzwischen aufgehört zu schneien – war zuerst angenehm und beinahe belebend gewesen. Aber nachdem sie zu Mittag Rast gemacht hatten und dann den Nachmittag durchgeritten waren, schmolz ihre gute Laune dahin, und sie konnten es kaum mehr erwarten, die Mauern und Behaglichkeiten der Priorei von Edsley zu erreichen.

»Ich würde sagen«, meinte Brian, als sie haltmachten, um den Pferden nach dem Ritt über einen steilen Hügel und durch dichten Wald ein wenig Atem zu gönnen, »daß wir jetzt keine zwei Meilen mehr von der Priorei entfernt sind. Das Mahl, das man uns vorsetzen wird, James, wird wahrhaft karg sein, denn es ist Fastenzeit, und die endet erst mit dem Weihnachtsfest. Aber ich bezweifle nicht, daß Lady Angela einige erlaubte, aber doch angenehmere Speisen eingepackt hat, und ich weiß, daß Geronde dasselbe getan hat … Ja? Was ist los?«

Er stand in den Steigbügeln auf, und Jim tat es ihm nach. Der Wald vor ihnen war so dicht, daß sie nicht weit sehen konnten. Aber ihre Ohren hatten das Geräusch eines Pferdes ausgemacht, das auf sie zugaloppiert kam, und einen Augenblick später tauchte ein berittener Bewaffneter auf, einer von den drei Männern, die Sir Brian, der aus langjähriger Erfahrung keine Risiken einging, als Spähtrupp vorausgeschickt hatte.

»Mylord!« keuchte der Bewaffnete – einer von Brians Männern, dessen Name Jim im Augenblick nicht einfallen wollte –, bevor er sein Pferd schlitternd vor ihnen zum Stehen brachte. »Wir hörten abseits der Straße rechts von uns ein Geräusch. Alfred, der der Sache auf den Grund ging, stellte fest, daß man ein kleines Stück weiter, wo ein Weg auf unsere Straße stößt, einer Reisegruppe aufgelauert und die Reisenden ermordet hatte. Er kam zu uns zurück, um uns zu berichten. Dann bin ich hingeritten, und schließlich haben wir dieses Geräusch wieder gehört, das uns durch Mark und Bein ging – das Geräusch, das wir schon zuvor gehört hatten, wie das Piepsen eines Vogels –, aber es war niemand mehr am Leben, niemand, der ein solches Geräusch hätte von sich geben können. Die Toten waren ein Edelmann von höherem Alter, eine junge Dame, zwei gemeine Frauen und acht Bewaffnete. Alle erschlagen und ausgeraubt.«

Angie und Geronde, die dicht hinter Jim und Brian geritten waren und sich bis zu diesem Augenblick angeregt unterhalten hatten, drängten nun ihre Pferde nach vorn.

»Beschreibt mir noch einmal dieses Geräusch!« befahl Angie.

»Wie ich schon sagte, Mylady«, erwiderte der Bewaffnete. »Es war wie das Piepsen eines Vogels, aber kein lebendiges Wesen …«

»Ich möchte mir das ansehen!« sagte Angie.

Sie und Geronde drängten ihre Pferde an Jim und Brian vorbei und ritten die Straße hinunter.

»Wartet! Verdammt!« schrie Brian und setzte sein Pferd in Bewegung; Jim war nur eine halbe Sekunde langsamer als er. »Ich bitte um Vergebung, meine Damen, aber bitte bleibt, wo Ihr seid.«

Brian und Jim hatten sie mittlerweile eingeholt. Die beiden Frauen hielten an, und Brian drehte sich im Sattel um, um den Knappen und Bewaffneten hinter sich etwas zuzurufen. Mit einem guten Dutzend bewaffneter Männer, die Angie und Geronde folgten und sie abschirmten, ritten Jim und Brian voraus. Sie folgten den Bewaffneten, die die Botschaft gebracht hatten, die Straße entlang in den Wald hinein und kamen an den Ort, von dem der Bewaffnete berichtet hatte.

Dort saß einer der Bewaffneten des Spähtrupps – in dem Jim nun mit ein wenig Verspätung den gerade erwähnten Alfred erkannte – auf seinem Pferd; er sah wie ein Wächter aus, der den Schauplatz des Grauens hütete. Nicht nur menschliche Leichen, sondern auch tote Pferde lagen auf dem schneebedeckten Boden.

»Habt Ihr es noch einmal gehört – dieses Piepsen?« rief Angie, sobald sie auf die Lichtung kamen.

Der wartende Bewaffnete drehte sich zu ihr um.

»Dreimal, Mylady«, sagte er. »Es hielt eine ganze Weile an – so lange, wie man braucht, um den Anfang eines Vaterunser zu beten. Ich war gerade bis *›Pater noster qui est in coelis‹* gekommen …«

»Wann habt Ihr es das letzte Mal gehört?«

»Erst vor wenigen Augenblicken, Mylady. Aber hier ist niemand, der noch lebt.« Alfred warf einen abergläubischen Blick auf die Leichen um ihn herum.

Es war tatsächlich eine Szene, an die sie sich ihr Lebtag erinnern würden, und das keineswegs mit Gefühlen, die auch nur im entferntesten erfreulich genannt werden konnten.

Der Weg, auf dem die ermordeten Reisenden gekommen waren, war kaum mehr als ein Pfad durch die Bäume, kenntlich durch die Hufabdrücke ihrer Pferde.

Am Ort des Gemetzels weitete sich dieser Weg zu einer Lichtung von ungefähr dreißig Metern Länge und bis zu einer Breite von etwa fünfzehn Metern; ringsum standen Bäume dicht an dicht. Die Angreifer hatten sich nur wenige Meter von jenen entfernt verstecken können, auf die ihre Pfeile zielten.

»Alles mal herhören!« rief Angie. »Wenn wir dieses Piepsen noch einmal hören, möchten wir wissen, woher es kommt.«

Ihre Stimme klang angespannt. Jims Gedanken konzentrierten sich jedoch weniger auf das mysteriöse Geräusch als auf die Szenerie selbst. Die schwarzen Stämme und Äste der blattlosen Bäume, der graue spätnachmittägliche Himmel über ihnen und das tote Weiß des Schnees verliehen dem Ganzen etwas von einem surrealistischen Gemälde.

Es war offensichtlich, daß die meisten Reisenden von den Pfeilen sofort getötet worden waren; man hatte mit Langbögen aus kürzester Entfernung, aus dem dichten Gebüsch und von den Bäumen in der unmittelbaren Umgebung auf sie geschossen. Jim sah, daß die Schäfte mühelos durch die Lederwämse der Bewaffneten gedrungen waren, die sie auf größere Schußweiten wahrscheinlich geschützt hätten.

Die Bewaffneten waren nur zu acht gewesen – eine kleine Schar von Beschützern, wenn man durch einen so dichten Wald wie diesen wollte, auf einem so wenig benutzten Pfad und zu dieser Jahreszeit, da die Gesetzlosen in den Wäldern Hunger litten und manchmal weniger als menschlich waren in ihrer Not. Die Toten waren fast alle auf der Stelle gestorben, und die beiden, die nicht sofort tot gewesen waren, hatten beim ersten Schuß tödliche Wunden empfangen. Wahrscheinlich waren sie überdies von ihren Pferden geworfen worden und waren außerstande gewesen wieder aufzustehen, bevor man ihnen die Kehlen aufschlitzte.

Neben den toten Bewaffneten fanden sich noch vier weitere Leichen. Ein großer dünner Mann von mindestens Mitte Fünfzig, wenn nicht sogar älter. Er trug einen Plattenpanzer unter einem Umhang mit einem Wappen darauf, aber sein kostbares Ritterschwert steckte nicht mehr in der Scheide.

Sein Stahlhelm war heruntergefallen, und sein ergrauendes Haar regte sich leicht in der Brise, die jetzt aus den Bäumen kam. Unter diesem Haar erschien sein Gesicht für einen so gewaltsam getöteten Mann seltsam ruhig. Auch er war sofort gestorben, denn der Schaft ragte aus seiner Brust. Das Gesicht wirkte vornehm mit hoher Stirn und friedlichen, blauen Augen, die jetzt blicklos die dunkler werdenden Wolken am Himmel anstarrten. Nur er und die tote Frau neben ihm waren reich genug gekleidet, um einer vornehmeren Gesellschaftsschicht angehört zu haben.

Die tote Frau war nicht so leicht gestorben. Ein Pfeil war durch ihren Unterleib gedrungen, anschließend hatte man ihr die Kehle aufgeschlitzt. Sie lag nicht auf dem Rücken wie der ältere Mann, sondern auf der Seite, und ihr schmerzverzerrtes Gesicht verriet, obwohl es in dem knapp drei Zoll hohen Schnee halb verborgen war, daß sie nicht älter als Mitte Zwanzig gewesen sein konnte.

Sowohl ihr graues Reisegewand wie auch der dunkelrote Umhang des Mannes waren zerschnitten und aufgerissen worden – offensichtlich in einer hastigen Suche nach irgendwelchen besonderen Wertgegenständen, die die beiden vielleicht bei sich gehabt hatten. Die Leichen der übrigen hatte man nicht angerührt; lediglich die Stiefel und die Waffen der Bewaffneten waren genau wie das Schwert des toten Ritters verschwunden.

»Ich glaube, sie haben uns kommen hören, Sir Brian«, sagte Alfred zu Brian. »Wer immer das getan hat, ist nicht dageblieben, um sich gründlicher umzusehen, ob es noch mehr zu stehlen gab als Essen oder Wertgegenstände. Als wir diese Leichen erreichten, waren sie noch ganz warm – und das bei diesem Wetter.«

»Pst!« sagte Angie. »Hört doch. Wenn dieses Piepsen noch einmal ertönt, möchte ich herausfinden, was es damit auf sich hat!«

Sie drängte ihr Pferd, das auf gleicher Höhe mit Gerondes Pferd gestanden hatte, einige Schritte vor.

»Können wir da so sicher sein?« fragte Jim. »Würden die Leichen nicht mindestens fünfzehn oder sogar zwanzig Minuten lang warm bleiben?«

»Der Mann hat recht«, sagte eine rauhe Stimme ein kleines Stück hinter ihm. »Sie sind weggelaufen, als sie Eure Bewaffneten kommen hörten. Es waren Männer in zerlumpten Kleidern, und die ganze Angelegenheit dauerte nur wenige Augenblicke – dann war alles vorüber.«

Der Wolf war, wie er es so gern tat, aus dem Nichts erschienen. In dem verblassenden Tageslicht wirkte er noch größer als gewöhnlich, so daß er zwischen den Pferden – die sofort versuchten, vor ihm zurückzuscheuen – buchstäblich die Ausmaße eines Ponys zu haben schien.

»Ihr seid dabeigewesen und habt zugesehen?« fuhr Geronde auf. »Und nichts getan?«

»Ich bin ein englischer Wolf!« entgegnete Aragh. »Was bedeutet es für mich, ob Ihr Menschen Euch tötet oder einander beraubt?«

Er blickte von einem zum anderen, aber dann sprach er weiter, und sein Tonfall war eine Spur weniger grimmig. »Aber zufälligerweise, Geronde«, sagte er,

»hatte ich sie kaum erreicht, als es schon losging. Obwohl ich alles hören konnte, ihre Stimmen und die anderen Geräusche und das Näherkommen der Leute, die sie ermordet haben – und erst recht natürlich das Herannahen Eurer eigenen Männer.«

»Aber als sie flüchteten, habt Ihr nichts unternommen«, sagte Geronde.

»Was hätte das schon geändert?« fragte Aragh zurück. »Hätte es die Toten wieder lebendig gemacht? Richtet mich nicht nach Euren Zweibeinergrundsätzen, Geronde!«

»Ich dachte«, sagte Geronde eisig, »daß selbst ein Wolf wenigstens einen Funken Ehre im Leib hätte!«

»Ehre bedeutet mir nichts«, erwiderte Aragh. »Ich weiß, daß Leute wie ihr für Ehre lebt und sterbt, aber mir bedeutet sie nichts. Töten und getötet werden, so ist es immer gewesen, und so wird es immer sein. Auch ich werde eines Tages sterben – so wie jene hier gestorben sind.«

»Pst, sagte ich!« meldete Angie sich mit einem lauten, aber zornigen Flüstern zu Wort. »Hört doch!«

Sie lenkte ihr Pferd noch einige Schritte weiter nach vorn, bis es neben einer der beiden toten Dienstfrauen stand, die den Ritter und die Dame in seiner Gesellschaft begleitet hatten. Sie blickte nicht auf die Leiche hinab, bei der es sich um eine ziemlich stämmige Frau in mittleren Jahren und Kleidern der unteren Klasse handelte, die augenblicklich getötet worden war, da ein Pfeil aus ihrer Brust ragte. Ein kleines Stück weiter entfernt lag eine zweite Dienstfrau in sich zusammengesunken da; sie hatte eine Pfeil in den Rücken bekommen, so daß es aussah, als hätte sie am Boden gekniet, als sie erschossen wurde.

Und dann hörten sie alle das Piepsen.

Es war ein dünnes, feines Geräusch, aber inmitten des allgemeinen Schweigens deutlich hörbar. Es war nur nicht ganz klar, woher es kam. Es hatte jene merkwürdige Eigenschaft mancher Geräusche, scheinbar aus allen Richtungen gleichzeitig zu kommen.

»Mir gefällt das nicht«, murmelte Alfred.

Aber Angie war bereits von ihrem Pferd gestiegen und lief auf die zweite Dienstfrau zu. Sie faßte die Leiche an den Schultern, rollte sie zur Seite und drehte sie auf den Rücken, so daß das Gesicht eines Mädchens sichtbar wurde, das nicht älter als vielleicht fünfzehn Jahre gewesen war, unter dessen Kleid sich aber bereits üppige Brüste abzeichneten – trotz der dicken Kleidung, die sie für diese winterliche Reise getragen hatte.

Ohne sich um das tote Mädchen zu kümmern, riß Angie ein Bündel an sich, welches das Mädchen mit ihrem Körper bedeckt hatte – beinahe so, als hätte sie es beschützen wollen. Und in diesem Augenblick hörte man das Piepsen abermals und deutlicher als zuvor, so daß es sofort als der Schrei eines Babys zu erkennen war.

»Ein Baby!« rief Geronde. Sie riß die Zügel von Angies Pferd an sich und führte es die wenigen Schritte zu Angie hinüber, die etwas in den Armen hielt, das immer noch stark nach einem Bündel aussah, in dem ein Brett steckte.

»Steigt auf, Angela! Auf dem Boden seid Ihr in Gefahr!«

»Nicht solange ich hier bin«, erklang die rauhe Stimme Araghs, der Angie, Geronde und den beiden Pferden gefolgt war. Geronde drehte sich zu ihm um.

»Ihr habt die ganze Zeit gewußt, daß es hier war!« rief sie. »Warum habt Ihr es uns nicht gesagt?«

»Ich wollte sehen, wie lange Ihr brauchen würdet, um es selbst zu finden«, erwiderte Aragh. Sein Maul hatte sich zu einem lautlosen, wölfischen Lachen geöffnet. »Aber ich hätte nicht gewartet, bis das Junge gestorben wäre. Ja wirklich, ich hätte sogar die Frau gerettet, die es bei sich trug, denn sie hat versucht, es mit ihrem Körper zu schützen.«

»Gib mir das Kind, Angela«, sagte Geronde befehlend, denn Angie versuchte auf ihr Pferd zu steigen, ohne das Baby loszulassen, das sie in den Armen hielt.

Widerstrebend reichte Angie das Baby an Geronde weiter, die es festhielt, bis Angie sich in den Sattel geschwungen hatte und es augenblicklich wieder an sich nahm.

»Habt Ihr das gehört?« fragte Angela. »Sie hat versucht, ihr Baby mit ihrem eigenen Leben zu schützen – und sie haben sie trotzdem getötet!«

»Sie war eine Amme, nicht mehr!« widersprach Geronde beinahe ungeduldig. »Seht doch, das Kind ist in feinstes Tuch gewickelt – feines Tuch wie das, aus dem die Kleider seiner toten Eltern gemacht sind. Das Mädchen war nur eine Amme. Seht Euch doch ihre Kleider an!«

Aber Angie hörte nicht zu. Sie wiegte das Kind in den Armen, obwohl das Brett, das man ihm auf den Rücken gebunden hatte, ziemlich sperrig war. Das Kind hatte eine Weile im Schnee gelegen – aber dennoch gluckste es Angie durch den schmalen Schlitz in den Tüchern, die über seinem Gesicht zusammengeschlagen waren und es fast verbargen, fröhlich an. Aber nach einigen Augenblicken schwand die Fröhlichkeit dahin, und ein jämmerliches kleines Weinen ertönte.

»Es hat bestimmt Hunger!« sagte Angie.

»Nun, wir haben keine Ammen bei uns!« erwiderte Geronde entschieden. »Aber ich habe etwas feinen Zucker bei mir. Den können wir in ein wenig Wasser auflösen, dann tunken wir den Zipfel eines Tuchs hinein und lassen das Kind daran saugen.«

»Das Wasser muß zuerst gekocht werden!« wandte Angie schnell ein.

»Gekocht!« entfuhr es Brian. »Mylady, wir befinden uns mitten im Wald; es wird bald Nacht, und die Priorei von Edsley ist noch ein gutes Stück entfernt.

Wir können kaum ein Lager aufschlagen, nur um etwas Wasser zu kochen. Es gibt genug Schnee, den man im Handumdrehen schmelzen kann. Aber ihn abzukochen, das ist etwas ganz anderes ...«

»Brian hat recht, Angela«, sagte Geronde.

»Das Wasser muß gekocht werden!« beharrte Angie stur. Sie sah Jim an.

»Ja!« sprang Jim ihr bei, der sofort begriff, was sie meinte. »Es muß auf jeden Fall abgekocht werden, um – um die Simulacra der Toten davon abzuhalten, dem Kind seine Zukunft zu depravieren!«

Es gab keine Widerrede. Der Magier hatte gesprochen, und das mit so absolut unverständlichen Worten, daß niemand auch nur daran gedacht hätte, ihm zu widersprechen. Brian machte sich sofort daran, alles Notwendige zu veranlassen.

»Alfred!« sagte er, »Ihr galoppiert voraus und veranlaßt, daß einer meiner Helme mit genug Schnee für eine Tasse Wasser – nur eine Tasse, Alfred, hört Ihr – gefüllt und dieses über einem Feuer gekocht wird. Wenn wir dort ankommen, muß es bereits kochen!«

Alfred galoppierte mit donnernden Hufen durch die Bäume.

»Vier von euch anderen«, sagte Brian zu den übrigen Bewaffneten, »machen aus den Zweigen, die ihr hier finden könnt, eine Matte, auf der ihr die Leichen des toten Ritters und der Dame zu uns übrigen transportiert. Wir werden diese beiden zu einem christlichen Begräbnis in die Priorei von Edsley bringen. Alle übrigen, die sonst nichts zu tun haben, kommen mit uns zurück.«

Er bekreuzigte sich und murmelte einige wenige Worte, die offensichtlich zu einem Gebet gehörten, dann sah er noch einmal auf die Leichen im Schnee hinab. Geronde folgte seinem Beispiel, und schließlich wendeten sie ihre Pferde, um auf die Straße zurückzukehren. Jim und Angie sowie die zusätzlichen Bewaffneten folgten ihnen. Sie bewegten ihre Pferde in einem schicklichen, gemessenen Tempo, allerdings nicht zu ihrer eigenen Behaglichkeit, sondern weil Angie sich weigerte, schneller zu reiten, um das Baby nicht unnötig durchzuschütteln.

Sobald sie wieder mit dem Rest ihrer Reisegruppe vereint waren, stellten sie fest, daß das Feuer bereits entzündet war. Das Wasser kochte natürlich noch nicht. Niemand sagte etwas dazu. Die Männer indes wurden ein Stück weiter weg geschickt – und ließen sich das nur allzu gern gefallen –, während Angela, Geronde und ihre eigenen drei Dienstfrauen um das Kind herumflatterten und versuchten, ein wenig Nahrung in seinen Magen zu bekommen.

Es verging nicht unbeträchtliche Zeit.

»Verdammt«, fluchte Brian mit leiser Stimme nur an Jim gewandt. Sein Blick begegnete dem Jims.

Aber in genau diesem Augenblick verebbte das Weinen des Säuglings, und kurze Zeit später gesellten sich die Frauen mit einem Baby zu ihnen, das, wie man ihnen mitteilte, fest schlief.

Der Rest des Ritts in dem schwindenden Tageslicht zur Priorei von Edsley war ziemlich anstrengend. Angie ließ sich von Geronde endlich zu der Einsicht bringen, daß ein Baby, welches seine Eltern vor ihrem Tod offensichtlich ein beträchtliches Stück auf dem Pferd transportiert hatten, an die Bewegung eines schaukelnden Reittieres gewöhnt sein mußte. Widerstrebend gab sie nach. Sie kamen allesamt besser voran. Die Sonne befand sich noch immer oberhalb des Horizonts, als sie aus den Bäumen auf die Lichtung ritten, auf der die dunklen Steingebäude der Priorei standen. Die Priorei selbst war im Grunde eine Burg, und man gewährte ihnen unverzüglich Einlaß, sobald Brian und Jim dem Torhüter ihren Namen und ihren Rang nannten.

Jim war über die Maßen glücklich, als er endlich

durch das Tor auf den Innenhof ritt, und noch glücklicher, sein Pferd schließlich einem der Männer zu überlassen und in die bereits von einem Binsenlicht erhellte Eingangshalle der Priorei zu treten. Aber in dem Gebäude war es fast genauso kalt wie draußen – nur daß die eisige Brise hier nicht bis ins Mark seiner Knochen dringen konnte, so wie sie es draußen scheinbar vermocht hatte.

Die Bewaffneten waren bereits zu den Ställen geführt worden, wo Stroh und die Kleider, die sie am Leibe trugen, ihnen genügen sollten, um sich einzugraben und Nester zu bauen, die sie davor bewahrten, in der Nacht zu erfrieren. Falls ihnen das nicht gelang, würde die Priorei diesen Umstand gewiß bedauern, aber er würde als Wille Gottes hingenommen werden. Die beiden Knappen kamen mit in die Priorei hinein, wo man sie in einem wandschrankgroßen Zimmer nahe der Küche unterbrachte.

Jim und seine Gefährten sahen auf dem Weg durch das Gebäude nur einige wenige Kamine, in denen magere Feuer brannten, aber in dem Raum mit dem schmalen, teppichverhangenen Fenster, den man Jim und Angie zur Verfügung stellte, loderten muntere Flammen.

Jim jedoch wurde augenblicklich von dem warmen Plätzchen verbannt, das sofort in ein Kinderzimmer verwandelt wurde, in dem Angie, Geronde und die Dienstfrauen Quartier nahmen. Alle möglichen Dinge mußten für den Säugling getan werden, vor allem, da er ohne Kleidung zum Wechseln in ihre Obhut gelangt war und ohne eine Amme, die ihn versorgen konnte.

Jim meinte sich daran zu erinnern, daß man in seiner Welt des zwanzigsten Jahrhunderts herausgefunden hatte, daß selbst kinderlose Frauen Milch für Säuglinge bilden konnten, falls die richtigen Reize vorhanden waren. Aber das würde Angie natürlich wissen. In der

Zwischenzeit, so erwies sich – obwohl er keine Ahnung hatte, wie die Nachricht sich so schnell verbreiten konnte –, hatte die Priorei bereits in ihre umliegenden Ländereien geschickt, um eine stillende Mutter herbeizuholen, die das Baby, solange es in der Priorei war, mit Milch versorgen sollte.

Jim selbst wurde zu Brian in den Verschlag – man konnte ihn kaum als Raum bezeichnen – geschickt, in dem man seinen Freund untergebracht hatte. Andererseits verfügte auch diese kleine Kammer über einen Kamin, und das Feuer verströmte bereits eine behagliche Wärme.

Brian hatte es sich, wie Jim sofort sah, mit Essen und Wein gemütlich gemacht – beides Dinge, die ihre Gastgeber wahrscheinlich unaufgefordert beigesteuert hatten und die jetzt auf einem kleinen Tisch standen. Der Wein war von hellem, einladendem Rot, wahrscheinlich ein Jahrgang, den man für Gäste von Rang reserviert hatte. Das Essen bestand aus einer Platte mit Stockfisch, den Jim riechen konnte, sobald er in den Raum trat. Für den Augenblick zumindest schenkte Brian ihm keine weitere Beachtung. Wahrlich eine Fastenspeise.

»Nehmt Euch ein Glas und setzt Euch, James!« rief Brian. Er saß behaglich auf einem gepolsterten Wannensessel und hatte die Beine von sich gestreckt; die Füße ruhten auf einem Teil seines Gepäcks, so daß die durchweichten Sohlen seiner Reitstiefel – dem Aussehen nach eher Halbsocken aus Leder und ohne Absätze, wie es im vierzehnten Jahrhundert Mode war – den Flammen im Kamin möglichst nahe waren.

»Nein«, fuhr er fort, »nicht aus dem Krug. Aus der Flasche dahinter. Ich habe etwas guten Wein mitgebracht, und es wäre eine Schande, ihn an irgendeinen Gast des Grafen zu verschwenden, der mich dort zufällig auf meinem Zimmer besucht.«

Jim befolgte die Anweisungen seines Freundes, ohne

zu zögern. Er setzte sich mit einem Becher auf das – abgesehen vom Bett – einzige weitere Möbelstück des Raumes, einen Wannenstuhl, der bereits vorm Feuer stand.

Die Wärme des Kamins schlug ihm angenehm ins Gesicht, wärmte seine Hände und belebte langsam auch den Rest seines Körpers wieder, während der Wein aus Brians Flasche seiner Kehle und seinem Magen einen ähnlichen Dienst erwies. Es war tatsächlich ein guter Wein, stellt Jim fest und erinnerte sich flüchtig daran, daß er bei seinem Erscheinen in dieser Welt Weine lediglich aufgrund ihrer Farbe zu unterscheiden vermocht hatte.

Er seufzte dankbar.

»Wahrhaftig«, sagte Brian, »wie gut es tut, wieder im Warmen zu sitzen, nicht wahr, James? Wer hätte auch gedacht, daß Ihr und Lady Angela mit einem Kind in den Armen Eurer Dame beim Grafen ankommen würdet? Kinder werden für gewöhnlich nicht zu einer solchen Weihnachtsgesellschaft mitgebracht, bevor sie alt genug sind, herumzulaufen und allein den Abort zu finden; und selbst dann ist es eigentlich nicht üblich. Allerdings ...«

»Haben wir es morgen noch weit bis zur Burg des Grafen?«

»Weniger als einen halben Tagesritt«, erklärte Brian. »Wenn ich auch nur ein klein wenig von diesen Dingen verstehe, macht Ihr Euch besser darauf gefaßt, hier bei mir zu schlafen. In Lady Angelas Zimmer wird es die ganze Nacht lang von beflissenen Frauen nur so wimmeln.«

»Da habt Ihr wahrscheinlich recht«, sagte Jim. »Ich nehme an, daß uns morgen auf unserer Strecke keine Gefahren begegnen sollten, oder? Jetzt, da Angie sich um dieses Baby kümmern muß ...«

»Nein, nein«, beschwichtigte ihn Brian. »Der Ritt führt über offenes Land. Ihr könnt Euch beruhigen und dem Essen und Trinken widmen. Ich habe, was den morgigen Tag betrifft, keine bösen Vorahnungen.«

Er streckte die freie Hand nach dem Tisch aus, der sich in bequemer Reichweite befand, griff nach einem Stockfisch und begann gleichmütig darauf herumzukauen. Zwischendurch blickte er gelegentlich ins Feuer, spülte seine Bissen mit Wein hinunter und war für den Augenblick offensichtlich zufrieden.

Jim saß da und trank Wein, aber um seine Zufriedenheit war es nicht ganz so gut bestellt. Er ignorierte den Stockfisch, der widerlich roch und noch übler schmecken würde. Brian war immer schon der Typ gewesen, der die Dinge fröhlich nahm, wie sie kamen, ob sie nun gut oder schlecht sein mochten. Jim hatte diese Art von Selbstdisziplin nie beherrscht. Gerade in diesem Augenblick mochte sein Körper zwar hier sein, aber seine Gedanken waren bei Angie, den anderen Frauen und dem namenlosen Kind, das sich nun in ihrer Obhut befand.

Trotz der hektischen Betriebsamkeit, die alle Frauen verströmten, schienen sie über das neueste Mitglied ihrer Reisegruppe sehr glücklich zu sein. Es wäre untertrieben gewesen zu sagen, daß Angie glücklich war. Sie war beträchtlich mehr als das. Und genau dieser Umstand war es, der es Jim unmöglich machte, eine Zufriedenheit zu empfinden, die der Brians gleichgekommen wäre.

Für den Augenblick war ja alles gut und schön. Aber irgendwann in der Zukunft würde Angie das Baby einer anderen Frau überlassen müssen. Jim hatte keine genaue Vorstellung davon, was passieren würde, wenn dieser Augenblick kam; aber sein ungewisses Bild hatte etwas Beklemmendes.

Er hatte böse Vorahnungen.

5

»Nun, da kommen wir der Sache schon näher«, sagte Angie.

Jim pflichtete ihr bei. Angie sprach von den beiden Räumen, die man ihnen beim Grafen zugewiesen hatte – Quartier, das Jims Hoffnungen bei weitem übertraf, das sie aber offensichtlich nur der Tatsache verdankten, daß man Jim als Baron akzeptierte. Das war ein Ergebnis seiner spontanen Lüge, als er sich bei seinem Erscheinen in dieser Welt hatte vorstellen müssen.

Er hatte behauptet, Baron von Riveroak zu sein; Riveroak war das kleine College, an dem er und Angie ihren Abschluß gemacht und als Assistenten gearbeitet hatten.

Aber nicht einmal das, überlegte er nun, hätte genügt, ihm *zwei* Räume zu verschaffen, wäre da nicht das Baby gewesen, das neben Jims Titel in die Waagschale fiel. Nicht daß ein Baby an sich in diesem Jahrhundert viel bedeutet hätte, dessen Kinder zu einem erschütternd großen Teil nicht einmal die ersten sechs Monate nach ihrer Geburt überlebten – aber eine gute Geschichte bedeutete einiges.

Und genau das war es gewesen: Die ganze romantische Geschichte, wie sie auf die niedergemetzelte Reisegruppe im Wald gestoßen waren. Hinzu kam die Tatsache, daß man den Toten anhand von Brians Beschreibung des Wappens identifizieren konnte; es handelte sich um Sir Ralph Falon, den verträumten – denn wer außer einem Mann, der nicht recht bei Verstand war, würde mit einer so kleinen Eskorte reisen –, aber wohlhabenden und mächtigen Baron von Chene. Sie hatten seinen Leichnam und den der Dame in seiner Gesellschaft, die sich als seine dritte, sehr junge Ehefrau erwiesen hatte, zur Beerdigung in die Priorei von Edsley gebracht. Die Tatsache, daß auch sie getötet worden war und von der ganzen Reisegesellschaft allein dieses Kind überlebt hatte – all das ergab eine bemerkenswerte Geschichte. Und die Tatsache, daß sich dieses Geschehen fast zum Jahrestag der Geburt des Christuskindes zugetragen hatte, verlieh Jims kleiner Gesellschaft eine geradezu biblische Aura.

All das gab dem Grafen die Gelegenheit zu einem großen und beinahe königlichen Auftritt – eine Gelegenheit, die die höheren Gesellschaftsränge in mittelalterlichen Zeiten immer zu schätzen wußten. Er hatte sich der Gelegenheit gewachsen gezeigt, indem er ein großes Getue um Jim, Angie und das Kind machte und dafür sorgte, daß sie von allem nur das Beste bekamen. Und dazu gehörten eben auch diese beiden Zimmer hoch oben im Hauptturm, die nach mittelalterlichen Maßstäben groß, sauber und bequem eingerichtet waren und sogar über gut schließende Läden für die beiden recht ordentlich bemessenen Fenster verfügten.

So also waren Jim und Angie zu einem kleinen privaten Königreich gekommen, einem Raum, der ausschließlich für das Kind und die Amme genutzt werden konnte, die die Priorei ihnen zur Verfügung gestellt hatte – sie hatte ihr eigenes Kind verloren und konnte daher dem Findelkind Nahrung geben. Das andere Zimmer diente Jim und Angie als Schlaf- und Wohnzimmer. Beide Räume verfügten über angemessene Kamine und reichlich Brennholz.

Hinzu kam das tröstliche Wissen, daß wegen des Kindes wohl kein betrunkener Gast des Grafen zu mitternächtlicher Stunde an ihre Tür klopfen würde, getrieben von geselligen Neigungen, die eher dem Alkohol als dem gesunden Menschenverstand entsprangen. Man gestattete ihnen sogar, einen Wachposten vor ihre Tür zu stellen.

»Ja«, sagte Jim, »es ist viel besser, als ich erwartet hatte.«

Für den Augenblick waren sie allein in dem äußeren Raum, dessen zum Korridor führende Tür fest verschlossen war. Der innere Raum hatte keine Tür, aber man hatte einen schweren Wandbehang vor die Türöffnung gehängt. Das Gejammer des Babys drang zwar ebenso wie andere häusliche Geräusche zu ihnen durch, aber man konnte nun mal nicht alles haben.

»Das arme Würmchen«, sagte Angie, die sich neben Jim vors Feuer gesetzt hatte und nun nach dem Glas griff, das Jim ihr vor gut zwei Stunden mit Wein gefüllt hatte und von dem sie bisher kaum gekostet hatte. »Zu denken, daß er der Baron von Chene ist!«

»Ich bin mir nicht so sicher, ob er dem Gesetz nach Baron ist oder nicht«, meinte Jim. »… Durchaus möglich, daß er zuerst auf irgendeine Weise identifiziert werden muß. Vielleicht muß er auch erst ein gewisses Alter erreichen, bevor er als rechtmäßiger Erbe der Baronie auftreten kann.« Er schwieg kurz, bevor er fortfuhr. »Aber wie dem auch sei, er ist jetzt ein Mündel des Königs.«

»Des Königs!« wiederholte Angie und setzte sich sehr aufrecht hin.

»Ja«, sagte Jim, der es vermied, sie direkt anzusehen. Er hatte diese Neuigkeit bewußt eingestreut, um sie auf die Tatsache vorzubereiten, daß das Kind möglicherweise fast ohne Vorwarnung in andere Hände übergehen könnte. »Wann immer ein adliges Paar von Rang stirbt und ein Kind allein zurückbleibt, wird dieses Kind Mündel des Königs. Er kann die Vormundschaft jedem übertragen, dem er sie zu übertragen wünscht.«

»Dieser alte Säufer in London? Der würde den kleinen Robert jedem geben!« Den Namen des Babys hatten sie seiner Kleidung entnommen, wo er mit Nadel und Faden eingestickt worden war.

»Er ist nicht ständig betrunken«, beschwichtigte Jim sie. »Außerdem wird die Vormundschaft über ein wohlhabendes Mündel wahrscheinlich gar nicht von ihm entschieden, sondern von den einflußreichen Leuten in seiner unmittelbaren Umgebung – wie Sir John Chandos.«

»Und Sir John mag dich«, sagte Angie.

»Ja. Ich glaube schon«, sagte Jim. »Aber er hat nur eine Stimme. Wichtiger ist wohl die Tatsache, daß der König im allgemeinen eine gute Meinung von mir hat, weil die Geschichte beim Verhaßten Turm für seinen Ruf von Vorteil war.«

Er sprach von der Fülle beliebter Balladen, in denen seine Rettung Angies vor den dunklen Mächten am Verhaßten Turm gefeiert wurde – ein Unternehmen, bei dem ihm Brian, Aragh, der walisische Bogenschütze Dafydd ap Hywel und Carolinus geholfen hatten. Die ersten Bänkelsänger, die ein Lied darüber ersonnen hatten, hatten eine Strophe erfunden, in der Jim zuerst den König um Erlaubnis gebeten hatte, das Böse beim Verhaßten Turm angreifen zu dürfen. Eine Erlaubnis, die der König ihm gnädig gewährte. So hatte sich der allgemeine Eindruck durchgesetzt, daß die ganze Angelegenheit auf Veranlassung des Königs durchgeführt worden war. Das hatte dem König gefallen.

»Das stimmt«, sagte Angie und entspannte sich ein wenig. Woraufhin Jim den Mut faßte, ihr noch eine weitere schlechte Nachricht zu überbringen.

»Übrigens ist Sir Ralph Falons Schwester bereits hier beim Grafen«, sagte er.

Angie wurde stocksteif in ihrem Sessel. Sie setzte das Weinglas ab, aus dem sie immer noch nicht getrunken hatte.

»Schwester?«

»Ja, Lady Agatha Falon. Eine jüngere Schwester von Sir Ralph. Sie waren die beiden einzigen Kinder des vorherigen Barons. Ich glaube übrigens, sie ist eine Halbschwester von Sir Ralph. Sie ist das Kind der zweiten Frau des verstorbenen Barons, aber sie hat trotzdem einen Anspruch auf den Besitz …«

Er versuchte den letzten Teil seiner Nachricht unbefangen klingen zu lassen.

»Andererseits«, sagte er, »schließt die Tatsache, daß Sir Ralph eine junge Frau hatte und daß sein Sohn noch am Leben ist, die Schwester vom Erbe so ziemlich aus.«

»Ach ja?« fragte Angie grimmig.

»Ja«, antwortete Jim.

»Nun, das ist wohl nur recht und billig«, sagte Angie. »Der kleine Robert sollte alles bekommen. Schließlich ist er derjenige, der in seiner Baronie Truppen ausheben und sie für den König in die Schlacht führen muß, wenn er erst erwachsen ist, während sie wahrscheinlich in ihrem ganzen Leben noch keinen Finger gerührt hat!«

Jim konnte sich auf keine Frau besinnen, die er in dieser mittelalterlichen Welt kennengelernt und die noch nie in ihrem Leben einen Finger gerührt hätte. Alle Frauen hier schienen geradezu verzweifelt betriebsam zu sein, genauso sehr wie die Männer, wenn nicht noch mehr. Aber er kannte Angie gut genug, um diesen Gedanken nicht ausgerechnet jetzt laut zu äußern. Außerdem mußte er ihr noch eine weitere bittere Pille verabreichen.

»Es ist nur natürlich, daß sie sich um den Jungen kümmert«, fuhr Jim fort. »Wem auch immer die Vormundschaft über den kleinen Robert zugesprochen wird, er wird bis zu dessen Volljährigkeit das Einkommen der Chenesschen Ländereien verwalten. Nun, du hast sicher von ihnen gehört – selbst ein Herzog wäre nicht unzufrieden mit den Einkünften daraus. Ich weiß nicht, aus welchem verrückten Grund der Baron mit nur acht bewaffneten Gefolgsleuten zu der Weihnachtsgesellschaft des Grafen gereist ist – vor allem durch ein Land wie dieses.«

»Du meinst«, sagte Angie, ohne irgend etwas anderes zu beachten, »daß diese Angela das Einkommen aus den Cheneschen Ländereien einstreichen möchte – zumindest während der Vormundschaft?«

»So, wie die Dinge in diesen Zeiten liegen«, meinte Jim, »kann ich mir nicht vorstellen, daß sie nicht daran interessiert wäre.«

Gerade in diesem Augenblick ertönte ein lautes Klopfen an der Tür, gefolgt von einer Pause und zwei weiteren furchtsameren Klopfversuchen – als wäre der Person vor der Tür plötzlich eingefallen, wer sich in den Räumen aufhielt, in die sie Einlaß begehrte.

»Ja?« sagte Jim mit erhobener Stimme.

Die Tür wurde einen Spaltbreit geöffnet, und das besorgte Gesicht Brians erschien.

»Jim – Angela!« begrüßte er sie. »Jim, Carolinus hat mich gebeten, Euch zu überreden, herunterzukommen und Euch zu den anderen Gästen im Palas zu gesellen. Alle anderen sind schon da.«

Jim erhob sich.

»Ja, dann gehe ich wohl besser auch«, sagte er zu Angie. »Dir wird es niemand verübeln, wenn du die meiste Zeit hier oben verbringst, Angie. Aber von mir erwartet man, daß ich mich unter die übrigen Gäste mische.«

Er ging zur Tür.

»Hm …« Geistesabwesend stand Angie auf und trat auf den inneren Raum zu. Sie verschwand mit nachdenklicher Miene hinter dem Wandvorhang, der den Eingang verhüllte.

Im Palas tummelten sich, als Jim und Brian eintraten, eine Vielzahl von Herren und Damen, alle Gäste dieser Weihnachtsgesellschaft. Sie waren wie Jim mit der Morgendämmerung aufgestanden, um pflichtschuldigst zur Frühmette zu gehen, dem ersten Gottesdienst des Tages. Danach hatten höchstwahrscheinlich eine ganze Reihe derer, die Jim nun hier sah, dasselbe getan wie er und sich in ihre Zimmer zurückgeschlichen, um noch etwas zu schlafen. Heute um Mitternacht begann das Weihnachtsfest – mit der Christmette –, und er würde daran teilnehmen, nachdem er bereits den größten Teil des Tages gesellig verbracht hatte.

Kurz zuvor, nach dem Morgengottesdienst, waren einige tatkräftigere Gäste auf Wildschweinjagd gegangen und hatten einen kalten Vormittag damit zugebracht, die Wälder mit Hunden zu durchstreifen, ohne auf Wildschweine zu stoßen. Aber trotzdem würden sie, wie Brian berichtete, annähernd vollzählig im Saal des Obergeschosses versammelt sein, so daß fast ausnahmslos alle Geladenen im Augenblick dort anzutreffen waren.

Der Saal war so etwas wie der Wohnraum der Oberschicht des vierzehnten Jahrhunderts. An einer Wand stand ein Tisch, der wie die meisten mittelalterlichen Tische auch zwischen den Mahlzeiten nicht abgeräumt wurde, sondern stets mit Speisen für die hungrige Elite beladen war. Wie alle anständigen Tische des Mittelalters bedeckte ein schneeweißes Leinentuch seine Blöße.

Auf dem Tisch standen im Augenblick eine Reihe von Schüsseln mit Speisen, die unter buchstabengetreuer Einhaltung der Fastenregeln für den Advent zubereitet waren: kein Fleisch, keine Eier und keine Erzeugnisse aus der Milchkammer wie Butter oder Sahne. Aber dafür gab es eine Anzahl frischer Fischgerichte, die gegrillt, gebraten, gebacken oder sonstwie zubereitet waren.

An Wein herrschte natürlich kein Mangel, und es gab fürstliche Köstlichkeiten wie Pasteten, die die verbotenen Zutaten mieden, dafür aber schmackhafte Dinge enthielten und wahrscheinlich zum großen Teil mit Mandelmilch hergestellt worden waren.

Daher konnten die anwesenden Herrschaften sich ein Glas Wein und etwas zum Knabbern gönnen, während sie im Saal umherspazierten, sich unterhielten oder vielleicht einen Blick aus dem einen, recht großen – und sogar verglasten – Fenster warfen, um die gemeinen Männer von den Ländereien des Grafen zu beobachten. Einige dieser Gemeinen amüsierten sich (wenn sie gearbeitet hätten, wäre das eine Sünde gewesen) damit, den Turnierplatz von dem frischen Schnee zu befreien, der über Nacht gefallen war.

Jim kannte nur die wenigsten Gäste. Carolinus war in ein angeregtes Gespräch mit Sir John Chandos verstrickt, an dem auch ein großer, muskulöser Mann mit glattem, eisengrauem Haar und quadratischem Gesicht teilnahm, ein Mann von vielleicht Mitte Vierzig, gekleidet in das Schwarze der Benediktiner. Er war Jim am Vortag als Bischof von Bath und Wells vorgestellt worden. Aber er sah ganz und gar nicht aus, wie man sich einen Bischof gemeinhin vorstellte, und erweckte den Eindruck, daß ein reuiger Sünder bei ihm eher Prügel als Trost zu erwarten hatte.

Jim und Brian ließen sich im allgemeinen Gedränge zu dem Tisch treiben, und Brian versorgte sich mit einem bis zum Rand gefüllten Glas Wein und einer Handvoll kleiner Pasteten. Jim nahm sich ebenfalls ein Glas Wein, aber nur drei von den kleinen Küchlein. Es war nicht mehr lange hin bis zum Mittagsmahl. Schließlich wandten sie sich vom Tisch ab, um anderen den Weg zu den Speisen freizugeben.

»Ihr dürft Euch nicht von diesem Baby und Angelas Fürsorge für den Jungen in Euren Räumen festhalten lassen, James«, begann Brian gerade. »Ihr … ha!«

Brians Blick fixierte etwas, das sich hinter Jim befinden mußte, und sein Gesicht hatte den Ausdruck verändert. Jim kannte seinen Freund mittlerweile gut genug, um die Zeichen zu deuten. Genau so hatte er Brian schon einige Male zuvor gesehen – immer dann, wenn er in die Schlacht zog.

Jim drehte sich gerade rechtzeitig um, um Brian auf einen ein wenig größeren Mann ungefähr seines Alters zustolzieren zu sehen. Der Mann war vielleicht ein wenig magerer als Brian, aber ihm ansonsten in vieler

Hinsicht nicht unähnlich. Der andere war ebenfalls ein Ritter, denn er trug den Schwertgürtel eines Ritters – als Gast im Hause des Gastgebers natürlich ohne Schwert. Sein Haar war schwarz, die Augen haselnußbraun, und er trug einen eindeutig teuren, pflaumenfarbenen Rock über einer grauen Hose und schwarzen, feinen Schuhen.

»Ha!« sagte Brian noch einmal und blieb einen langen Schritt vor dem anderen Mann stehen.

»Ha!« erwiderte der andere.

Diese beiden Ausrufe erhoben sich über das allgemeine Gemurmel und Geklapper im Raum. Die anderen Gespräche erstarben, und immer mehr Blicke richteten sich auf Brian und den anderen Ritter. Augenscheinlich waren die beiden ›Ha!‹ keine bloßen Grußworte gewesen, sondern entschieden bedeutungsvoller.

»Sir Harimore!« stieß Brian hervor. »Ich finde Euch wohlauf?«

Sir Harimore hatte einen kleinen, sorgfältig gestutzten Oberlippenbart. Davon abgesehen war er glatt rasiert. Der Schnurrbart verfügte kaum über Zipfel zum Zwirbeln; aber Sir Harimore hob dennoch die Hand, um einen Zipfel zu zwirbeln.

»Überaus gut, Sir Brian«, antwortete der andere in demselben barschen Tonfall. »Und Ihr, Sir?«

»Gott sei gedankt, ich könnte mich nicht besserer Gesundheit erfreuen!« erwiderte Brian.

»Ha!« sagte Sir Harimore und zwirbelte seinen Schnurrbart.

»Ha!« sagte auch Brian.

Es folgte ein Augenblick angespannten Schweigens.

»Dann werde ich also in den nächsten Tagen hier auf Euch treffen?« fragte Sir Harimore.

»Sir, das werdet Ihr!« sagte Brian.

»Es wird mir ein Vergnügen sein!«

»Ganz meinerseits!«

Mit diesen letzten Worten schien sowohl Brian als auch Sir Harimore zu Bewußtsein zu kommen, daß die Gesellschaft um sie herum in völliges Schweigen versunken war. Ein wenig steif verbeugten die beiden sich voreinander. Sir Harimore wandte sich wieder den beiden Frauen und dem Mann zu, mit denen er sich unterhalten hatte, und Brian kehrte zu Jim zurück. Die übrigen Gäste nahmen ebenfalls ihre Unterhaltungen wieder auf.

»Wer war das?« erkundigte sich Jim mit leiser Stimme und im Schutz des allgemeinen Lärms in dem Raum.

»Sir Harimore Kilinsworth!« Brians blaue Augen blickten immer noch wild drein.

Dieser Name sagte Jim nichts.

»Ich kenne ihn nicht«, meinte Jim. »Wer ist er? Was ...«

Er konnte sich auf keine höflich umschreibende Ausdrucksweise besinnen, um Brian zu fragen, warum der bloße Anblick des Fremden ihn in solche Wut versetzt hatte. Brian nahm einen Schluck Wein und tat dies so abrupt, als hätte er beabsichtigt, ein Stück des Glases abzubeißen.

»Was ich meine, ist ...«, begann Jim verlegen, als Brian ihn unterbrach.

»Sir Harimore Kilinsworth«, erklärte Brian, »ist ein hervorragender Schwertkämpfer. Ich habe selten jemanden wie ihn kennengelernt. Er versteht sich überdies auch bestens auf andere Waffen, aber vor allem die Lanze weiß er auf bewunderungswürdigste Art und Weise zu benutzen ... Ich kann den Burschen nicht ausstehen!«

»Nein?« fragte Jim. »Aber warum nicht? Was stimmt nicht mit ihm?«

»Nun ja, er verfügt über all diese Fähigkeiten, aber man könnte auch sagen, daß er ihnen zu großen Wert beimißt. Er hat ein Benehmen, daß mir die Galle überläuft. Wir hätten die Sache beinahe in dem Gasthaus ausgetragen, von dem ich Euch erzählt habe – vor allem nach dem, was er über Geronde sagte.«

»Er sagte etwas über Geronde?« Dies mußte ein Teil der Geschichte sein, die Brian auf Malencontri nicht hatte beenden können. Jim hatte nicht drei Jahre in dieser Welt gelebt, ohne die Empfindlichkeit von Leuten wie Brian zu bemerken, wenn es um gewisse Worte und Ausdrücke ging. »Was hat er gesagt?«

»Ich erinnere mich nicht mehr an den genauen Wortlaut«, antwortete Brian, »aber ihre Bedeutung war nur allzu klar – und genau das war seine Absicht. Der Bursche hat mich mehr oder weniger des Treuebruchs bezichtigt.«

»Des Treuebruchs?«

»Ja, ja.« Brian bemühte sich, leise zu sprechen, obwohl er einen Anflug von Ärger nicht verbergen konnte. »Das Treuegelöbnis, das ich Geronde gegeben habe, natürlich. Eine ganz üble Beschuldigung. Ein Mann darf doch wohl einmal einen Blick auf die schöne Gestalt einer anderen Frau werfen, auch wenn er verlobt ist? Wir sind doch schließlich alle Adamssöhne, oder?«

Jim wollte gerade fragen, was Adam mit der Sache zu tun hatte und erst recht seine Söhne, als jemand an seinem Ärmel zupfte. Als er sich umdrehte, stand Carolinus neben ihm.

»Ich möchte …«, hob Carolinus an.

Aber in genau diesem Augenblick erzitterte der Boden, auch die Wände zitterten, und ein kleines Erdbeben erschütterte alles um sie herum.

6

»Bei Beelzebubs Töchtern!« entfuhr es Carolinus, dessen Stimme in dem aufgeregten Hin und Her im Raum, das sich bereits langsam wieder legte, ungehört blieb.

»Er soll das sofort bleiben lassen! Um Euch das zu sagen, bin ich eigens hierhergekommen – kein Burgbeben in dieser Woche oder der nächsten! Ihr geht hinunter und sagt ihm das. Sofort!«

Jim hatte gar nicht gewußt, daß Beelzebub Töchter hatte. Aber ging es ihm ein wenig wirr durch den Kopf, wenn Adam Söhne gehabt hatte – was zutraf –, war es wahrscheinlich völlig vernünftig anzunehmen, daß Beelzebub Töchter gehabt hatte. Aber wer war ›er‹?

»Wer ist *er?*« fragte Jim.

»Der Riese in dieser Burg!« antwortete Carolinus, der klugerweise die Stimme senkte, da die Lautstärke der allgemeinen Gespräche wieder ein wenig gesunken war. Andere ringsum versicherten denjenigen unter den Gästen, die zum ersten Mal auf der Burg waren, daß es sich »nur um den Riesen in der Burg« handele. »… und er ist in Wirklichkeit gar kein Riese«, fuhr Carolinus fort, »aber darum geht es hier nicht. Ihr begebt Euch jetzt hinunter, Jim. Und Ihr, Brian, solltet ihn besser begleiten – damit er auf jeden Fall den Weg hinunter und später wieder unbeschadet hinauf findet!«

»Jawohl, Magier«, sagte Brian.

Carolinus machte kehrt und trat wieder zu Chandos und dem Bischof von Bath und Wells. Jim fühlte sich abermals am Ärmel gezupft. Aber diesmal war es der andere Ärmel, und es war Brian, der das Zupfen besorgte. Brian zeigte mit dem Kopf auf den Durchgang, der aus dem Saal führte, und Jim folgte ihm ohne ein Wort. Sobald sie draußen waren, drehte Brian sich um und ging voraus zur Haupttreppe des Turms, der an ein Ende der Haupthalle grenzte.

»Was soll dieses Gerede von einem Riesen in der Burg?« wollte Jim wissen. Der Flur war im Augenblick verlassen, und niemand konnte seine Frage mitanhören.

»Ach, es hat schon immer einen Riesen in der Burg

des Herzogs gegeben«, erwiderte Brian. »Das weiß doch jeder.«

»Und warum nennt Ihr ihn plötzlich Herzog?« fragte Jim. »Ich erinnere mich daran, daß Ihr ihn Herzog nanntet, als ich Euch das erste Mal von diesen Weihnachtsgesellschaften hier auf der Burg sprechen hörte. Ich habe ihn dann lange selbst als Herzog bezeichnet, bevor ich herausfand, daß alle anderen ihn einen Grafen nannten. Was ist er denn nun?«

»Ach, er ist durchaus ein Graf«, meinte Brian. Dann warf er einen Blick über die Schulter in den leeren Korridor hinter sich und senkte ein wenig die Stimme. »Es ist nur so, daß er meint, er sollte eigentlich ein Herzog sein. Seine Familie, wißt Ihr, läßt sich auf die Zeiten der alten Römer zurückführen. Sein ältester Vorfahr war ein Herzog – oder ein Dux, wie die Leute das damals nannten. Jedenfalls wünscht er sich von Herzen, Herzog genannt zu werden, und jene von uns, die ihn gut kennen, tun ihm in privaten Gesprächen manchmal den Gefallen – natürlich nur, wenn wir unter uns sind, Ihr versteht. Es ginge auf keinen Fall an, ihn in der Öffentlichkeit mit Herzog zu titulieren. Aber das ist einer der Gründe, warum er den Prinzen dieses Jahr eingeladen hat. Er würde gerne eines Tages wirklich zum Herzog erhoben werden, und dieser Tag könnte sehr wohl kommen, wenn unser junger Prinz König wird und ihm seinen Wunsch erfüllt – falls Edward am Ende findet, daß ihm diese zwölf Tage und der Graf selbst gefallen haben.«

Sie waren im Erdgeschoß angelangt, am breiten Eingang zum großen Rittersaal des Palas, wo die Mundschenke alle Hände voll zu tun hatten, die auf ihren Böcken ruhenden Tischplatten für das Festmahl zu decken.

»Auf der anderen Seite«, fuhr Brian fort, »sieht die Sache vom Standpunkt des Prinzen folgendermaßen aus: Je mehr einflußreiche Männer er seine Freunde nennen kann, um so stärker ist seine Position, wenn es um die Frage der Nachfolge seines Vaters geht. Niemand kann vorhersagen, ob nicht irgendwo ein anderer Thronanwärter auftauchen könnte, ein entfernter Cousin oder etwas Derartiges. Um sich dagegen zu wappnen, ist der Prinz gut beraten, dafür zu sorgen, daß die Mächtigen des Königreiches auf seiner Seite stehen. Seine Ratgeber, zu denen auch Sir John Chandos gehört, werden ihm das gewiß erklärt haben. Die Situation ist also vertrackter, als es den Anschein hat, versteht Ihr?«

»Ja, ich verstehe tatsächlich«, erwiderte Jim.

Sie waren jetzt im Untergeschoß angelangt, wo für den Notfall Pferde für den Herzog und sein unmittelbares Gefolge bereitstanden. Hierher brachte man die Tiere auch, wenn die Burg belagert wurde und die Verteidiger sich zum letzten Gefecht in diesen Turm zurückzogen. Bis hier hinunter drang kaum noch Tageslicht, und die Beleuchtung durch die in Wandhaltern steckenden Binsenfackeln war immer schwächer geworden, je tiefer sie kamen. Jim hatte nicht die leiseste Ahnung, warum sie in den Ställen irgendeinen Riesen finden sollten – aber seine Verwirrung steigerte sich noch, als Brian ihn ein kurzes Stück von den Ställen weg zu einer weiteren Treppenflucht führte, die noch weiter in die Tiefe ging.

»Holla! He! Ho! Einen Augenblick mal! Was glaubt Ihr, wo Ihr da hingeht?«

Jim und Brian drehten sich um, bevor sie einen Fuß auf die erste Stufe der Treppe gesetzt hatten. Augenblicklich sahen sie sich in dem schwachen Licht einem eher kleinen, rundlichen Mann gegenüber; er hatte einen borstigen, grauweißen Schnäuzer, einen kleinen, spitz zulaufenden, grauweißen Bart auf dem Kinn eines rundlichen Gesichtes und wilde, blaue, ziemlich hervortretende Augen unter makellos weißen Augenbrauen. Auch sein Haar war von makellosem Weiß.

Von der Taille seines dunkelroten, üppigen Wollgewands baumelte ein Schwertgürtel mit einem schweren Schwert daran. Unmittelbar hinter ihm standen zwei große Bewaffnete, die blanke Schwerter in Händen hielten.

»Mylord!« sagte Brian, als er das Gesicht erkannte, das ihn in der Finsternis anblinzelte. »Ich glaube, Ihr seid Sir James, dem Baron von Malencontri et Riveroak, bereits einmal begegnet. Er ist ein Lehrling …«

»Lehrling?« explodierte der weißhaarige Mann und übertönte Brians letzte Worte. Die weißen Augenbrauen hatten sich hoch in seine Stirn geschoben, aber Brian hatte sich bereits zu Jim umgewandt.

»Sir James«, fuhr er fort, »Ihr steht vor Eurem Gastgeber und unserem Grafen, Sir Hugo Siwardus, dem Herrn von Somerset.«

»Lehrling?« blaffte der Graf Brian an. Jim hatte eine ziemlich klare Vorstellung, warum er auf diese Weise reagierte. Ein Lehrling mußte zwangsläufig eine gewöhnliche Person sein, und eine solche unter seinen Gästen zu finden, ob sie sich nun Ritter nannte oder nicht …

»Ein Lehrling bei Magier Carolinus, Mylord«, erläuterte Brian weiter.

Die Augenbrauen des Grafen sanken bei der Erwähnung von Carolinus auf Halbmast, und es entstand eine kurze Pause.

»Ah, der Drachenritter!« Seine Augenbrauen entspannten sich. »Mein lieber Sir …« Er streckte Jim die Hände entgegen, und auf seinen rötlichen Zügen malte sich ein Lächeln ab. »Ich bin verdammt froh, Euch hier zu wissen! Ich wollte Euch und Eure Dame nicht stören nach all den Abenteuern auf Eurer Reise. Ich hoffe, daß diese Schurken in meinen Diensten Euch gut versorgt haben, so wie ich es ihnen aufgetragen habe?«

»Überaus gut, Mylord«, versicherte Jim ihm. Er hatte

schon halb und halb befürchtet, daß der Graf ihn umarmen wolle, wie Brian und Giles es zu tun pflegten, aber diesmal umschlang sein Gastgeber lediglich mit freundlichem, aber kräftigem Griff seinen Unterarm und strahlte ihn an. Höflicherweise umklammerte Jim seinerseits den Unterarm der Hand, die den seinen umklammerte. Dann ließen beide Männer los.

»Aber …« Wieder runzelte der Graf die Stirn. »Was bringt Euch in meine unteren Stockwerke? Es ist streng verboten, hier herunterzukommen! Streng …« Er blies für einen Augenblick die Wangen auf. »Sogar ich gehe fast nie hier hinunter.«

Seine Wangen fielen wieder zusammen, und in seine Augen, die kühn Jims Blick begegnet waren, trat plötzlich ein verschlagener Ausdruck, und er wich Jims Blick aus.

»… genau genommen überhaupt nicht …«, murmelte er kaum hörbar.

»Carolinus hat Sir James hier hinuntergeschickt und mich gebeten, ihn zu begleiten«, warf Brian ein, »um jeden, den wir hier unten antreffen mögen, zur Ordnung zu rufen.«

»Ha!« sagte der Graf und wurde deutlich lebhafter. »Das hat er getan, wie? Erstklassige Idee! Ja ja, natürlich. Wie freundlich von dem alten Carolinus, daran zu denken. Ich möchte einem Gast natürlich keine Umstände machen, aber wenn es sich andererseits um den Drachenritter handelt …«

»Aber«, sagte Brian, »wenn Eure Lordschaft irgendwelche Einwände haben …«

»Nein«, fiel ihm der Graf hastig ins Wort, »aber nicht doch. Befolgt die Anweisungen Eures Meisters der Magie, Sir James. Hervorragender Magier, dieser Carolinus. Es gibt keinen besseren! Ja – tut, was er sagt. Ich muß jetzt wieder hinauf zu meinen Gästen, aber ich freue mich schon darauf, Euch später noch einmal zu sprechen.«

»Vielen Dank, Mylord«, sagten Jim und Brian wie aus einem Mund.

Der Graf und seine beiden Bewaffneten drehten sich um und eilten davon. Jim und Brian gingen weiter die Treppe hinunter.

Wortlos stiegen sie mehrere Stockwerke abwärts. Beleuchtung war so gut wie keine mehr vorhanden, und Brian hatte ein Binsenlicht aus einem Wandhalter gezogen, das er nun mit hinuntemahm. Zu guter Letzt kamen sie in einen Bereich, der unter den Fundamenten der Burg zu liegen schien. Alle steinernen Pfeiler über ihnen schienen auf großen Steingewölben zu ruhen, und unter ihren Füßen war, soweit sie erkennen konnten, nur noch Erde.

»Er muß hier irgendwo sein«, meinte Brian. »Sein Gestank spricht eine deutliche Sprache. Ist Euch aufgefallen, James, daß hier überall bis ungefähr zu der Größe eines Mannes alles fellbedeckt ist?«

»Ich glaube, es handelt sich um Haar. Vielleicht reibt er sich an allem, was er finden kann, um sich zu kratzen«, vermutete Jim. Vorsichtig schnupperte er an einem tragenden Steinbogen in der Nähe. Der Geruch war jedoch nicht von der Art, die einen Brechreiz auslösen konnte. Es war eher ein scharfer Duft, wie von einem wilden Tier. »Ich glaube, es ist das Haar, das man riecht.«

Brian sah sich im Schein der Fackel um. In seiner Stimme hatte keine Furcht gelegen, aber doch unüberhörbare Vorsicht.

»Carolinus hat gesagt, der Riese sei kein richtiger Riese, nicht wahr?« fragte Brian.

»Das hat er gesagt«, erwiderte Jim.

»Na, dann ist es ja gut«, murmelte Brian und spähte in die Finsternis außerhalb des von dem Binsenlicht beleuchteten Bereichs, »denn die Balken und Steine über uns sind nur wenige Zoll höher als unsere Köpfe, James. Nun, dann wollen wir uns mal umsehen.«

Er ging voran und wählte anscheinend planlos einen Weg in die Dunkelheit. Jim folgte ihm.

Eine Weile wanderten sie zwischen den Gewölben umher, schauten sich um, so weit die Beleuchtung des Binsenlichts das zuließ, aber es gab nichts zu sehen und nichts zu hören.

»So kommen wir nicht weiter.« Brian blieb schließlich stehen. »Auf diese Weise könnten wir noch eine Ewigkeit hier herumspazieren.«

Er hob die Stimme.

»Ho! Riese!« rief er. »Wenn Ihr nicht zu furchtsam seid, Euch zu zeigen, dann kommt heraus!«

Die Antwort kam so schnell, daß es Jim den Atem verschlug.

Plötzlich war das Binsenlicht in der neuen Beleuchtung so bleich, daß man es kaum noch sehen konnte. Um sie herum erstrahlten Bögen, Balken – ja sogar der Boden unter ihren Füßen – in einem fremdartigen, aber kräftigen Licht, so daß sie ungefähr zehn Meter weit in jede Richtung sehen konnten.

Aber es war gar nicht notwendig, zehn Meter weit zu sehen, um das Individuum zu erblicken, das nun vor ihnen stand. Es war keine zehn Fuß von ihnen entfernt, und seine Erscheinung war nicht von der Art, die in ihnen den Wunsch erweckt hätte, vorzutreten und es zu begrüßen, wie das vielleicht bei anderen Personen der Fall gewesen wäre.

»Bei allen Heiligen!« entfuhr es Brian. »Ein Troll. Aber größer als jeder Troll, von dem ich jemals gehört hätte! Könnt Ihr sprechen, Troll?«

»Natürlich spreche ich, Mensch!« kam die Antwort in einer rauhen, tiefen und kräftigen Stimme, die Brians Stimme wie die eines Jungen klingen ließ. »Erzählt mir, warum Ihr es wagt, hier herunterzukommen, bevor ich Euch in Stücke reiße und verspeise!«

Der Riese der Burg sah so aus, als könnte er genau das tun. Aber Carolinus hatte recht gehabt. Genaugenommen war er wirklich kein Riese. Er war mindestens einen Zoll kleiner als Jim, wenn auch größer als Brian.

Die Schultern dieses Trolls, dachte Jim, mußten mindestens genauso breit sein, wie er groß war. Das war höchst verwirrend. Die meisten Trolle, selbst die größten Nachttrolle, waren angeblich nur hundertzwanzig Pfund schwer. Dieser da sah aus, als könnte er es in puncto Körpergewicht mit einem Gorilla aufnehmen.

Hinzu kam, daß die Arme sehr lang waren. Seine übergroßen Hände baumelten bis unter die Knie herab, und beide Arme und Beine zeigten pralle Muskeln. Jim hatte schon viel von Trollen gehört, war aber noch nie zuvor einem begegnet. Der Kopf des Trolls, dem er nun gegenüberstand, faszinierte ihn. Er sah ein wenig aus wie ein übergroßer Kopf, der zusammengestaucht worden war. Er war breiter, als ein menschlicher Kopf sein konnte, die Nase groß, die Nasenlöcher weit; die Augen lagen tief in ihren Höhlen und waren von einer dunklen Farbe, die Jim in diesem Licht nicht genau auszumachen vermochte. Der Mund war ungewöhnlich breit mit einem mächtigen Unterkiefer darunter. In diesem Augenblick waren die Lippen zurückgezogen, so daß sie scharfe, spitze Zähne entblößten, um die ein Säbelzahntiger den Troll beneidet hätte.

Auf den ersten Blick hatte Jim geglaubt, der Troll sei mit einem eng anliegenden Anzug aus gegerbtem Leder bekleidet. Jetzt wurde ihm klar, daß es sich um die Haut des Trolls handelte. Er trug nichts außer einem kurzen und schmutzigen Kilt um die Taille, auf dem schwarze Reihen von einzelnen Strichen grob eingeritzt waren, als hätte jemand von höchst geringer Erfahrung dort mit Hilfe von Kerben über die eine oder andere Sache Buch geführt.

»So wisset denn, Troll«, sagte Brian, »daß der Edelmann hier neben mir Sir James Eckert ist, Baron de Malencontri et Riveroak und Magier. Er bringt Euch einen Befehl von seinem Meister der Magie, keinem Geringeren als Carolinus selbst. Denkt darüber nach. Seid Ihr in den Tiefen dieser Burg so von der Welt abgeschieden, daß Ihr noch nie von Carolinus gehört hättet?«

»Natürlich habe ich von Carolinus gehört!« knurrte der Troll. »Der Wolf hat mir von ihm erzählt. Ich werde Euch zeigen, was ich von Carolinus halte. Ich werde Euch beide verspeisen und ihm Eure Knochen hinaufschicken!«

Ein tiefes Knurren formte sich in der Dunkelheit jenseits des beleuchteten Bereichs. Es kam näher und tönte immer voller und tiefer und schien in den Steinen selbst widerzuhallen.

Sie alle wandten sich der Quelle dieses Knurrens zu.

»Vielleicht überlegt Ihr Euch das noch einmal, Troll!« sagte eine gleichermaßen rauhe Stimme, die vielleicht eine Spur heller war, und Aragh trat ins Licht. Er hatte die Ohren aufgestellt, der Schwanz ragte hinter ihm in die Höhe, und seine gelben Augen hatten einen starren, mörderischen Ausdruck, als wäre alles Licht in ihnen erloschen.

»Das sind meine Freunde«, sagte Aragh. »Ihr werdet niemals einen Zahn in ihre Knochen bohren.«

»Ich nehme keine Befehle von Euch entgegen, Aragh«, entgegnete der Troll. »Ihr seid mir von Nutzen gewesen, als Ihr mir Nachrichten von draußen gebracht habt; und Ihr habt es gewagt, aus dem Wald in meinen Tunnel hinunterzukommen, durch den ich hinauf nach oben gehe, wenn ich mir die Nahrung suche, die ich benötige. Aber niemand ist jemals aus eigenem Antrieb hier heruntergekommen, in all den achtzehnhundert Jahren nicht, bis zum heutigen Tag. Niemand – bis heute. Aber glaubt ja nicht, daß ich Euch nicht auch verspeisen könnte und daß ich nicht auch Eure Knochen mit diesen hier hinaufschicken könnte – um Euretwillen, haltet Euch fern!«

Aragh lächelte. Aber es war nicht sein gewöhnliches Lächeln. Die Lefzen hatten sich zurückgekraust, zuerst in der Mitte und dann nach außen hin, so daß sie die funkelnden Messer seiner unbarmherzigen Zähne entblößten.

»Aragh soll sich fernhalten?« fragte er. »Alle Trolle sind Narren, und Ihr, Mnrogar, als der älteste und größte von allen seid offensichtlich auch der größte Narr. Greift nur einen von uns an, und Ihr werdet erfahren, wie es ist, wenn Aragh sich zurückhält!«

Der Troll stieß ein donnergleiches Knurren aus und machte einen Schritt auf Aragh zu. Araghs Kiefer schlossen sich mit einem klirrenden Geräusch. Seine Lefzen krausten sich noch weiter zurück, und er duckte sich halb zum Sprung. Aber in diesem Augenblick zeigte Jim mit dem Finger auf den Troll, und seine Stimme hallte von den Wänden wider.

»Still!«

Mnrogar erstarrte mitten in der Bewegung und verlor, da er seinen Schritt kaum vollendet hatte, beinahe das Gleichgewicht. Aragh entspannte sich langsam und richtete sich aus seiner geduckten Haltung wieder auf. Dann öffnete er die Kiefer abermals, diesmal jedoch zu dem vertrauteren, lautlosen Wolfslachen.

»Also, wie ist es jetzt um Eure Idee bestellt, uns zu verspeisen und unsere Knochen irgendwo hinaufzuschicken, Mnrogar?« fragte er. »Schon der Lehrling hat Euch hilflos gemacht. Was, wenn Ihr seinem Meister gegenüberstündet?«

Mnrogar antwortete nicht, aber das hatte seinen guten Grund: er konnte es nicht. Um dies zu tun, hätte er die Lippen bewegen müssen, und alle dem Willen unterworfene Beherrschung seines Körpers stand im Augenblick unter Jims magischem Befehl. Ein Magier durfte – im Gegensatz zu einem Hexenmeister – seine Kräfte nicht zum Angriff benutzen. Aber jemandem die Bewegungsfähigkeit zu rauben, galt nicht als widerrechtliche Benutzung von Magie. Mnrogar hatte sich in eine Trollstatue verwandelt – nach wie vor aus Fleisch und Blut, aber ansonsten völlig reglos.

Jim ging um ihn herum, bis er genau vor den Augen des reglosen Trolls stand.

»Weder ich noch sonst irgend jemand hier wollen mit Euch streiten, Mnrogar«, sagte Jim. »Aber Ihr müßt wissen, daß Ihr, so stark Ihr auch seid, es nicht mit einem Magier aufnehmen könnt …«

»Sprecht nur für Euch selbst, James«, sagte die rauhe Stimme Araghs, und der Wolf strich an Jims Bein vorbei, um die Nase fast bis an das Gesicht des reglosen Mnrogar zu heben.

»Seht Ihr diese Wölbung unter seinem Oberarm, James? Ich habe zu meiner Zeit mit einer ganzen Reihe von Trollen zu tun gehabt und viele von ihnen getötet. Das ist kein Muskel, sondern eine der Adern seines Körpers, durch die sein Blut fließt. Eine große Ader mit viel Blut. Sie liegt dort ganz dicht unter der Oberfläche, und ich könnte sie mühelos aufreißen. Es gibt noch andere solche Stellen an seinem Körper, von denen ich weiß. Glaubt ja nicht, Mnrogar, daß Aragh Euch nicht töten könnte. Ihr Trolle kämpft alle gleich, weil ihr daran gewöhnt seid, Euer Opfer mit den Krallen zu packen und mit Klauen und Zähnen zu zerreißen. Ihr bewegt Euch alle auf dieselbe Weise, und ein englischer Wolf weiß, wie man Euch aufschlitzt und wie man sich lange genug von Euch fernhält, bis Euer Körper sein Blut verloren hat. Was unweigerlich geschieht, wenn man eine dieser Adern aufreißt. Ich werde sterben, wenn meine Zeit kommt, weil ich ein Wolf bin. Ihr werdet noch Tausende von Jahren leben, wenn niemand Euch tötet, aber ich sage Euch nun eines – auch wenn Ihr lebt, bis Eiche, Esche und Dorn allesamt in diesem Land vergessen sind, Ihr würdet Aragh niemals töten können.«

Er trat einen Schritt von dem Troll zurück, so daß Jim ihn nicht mehr sehen konnte.

»Mnrogar«, sagte Jim, »ich werde Euch jetzt freilassen, damit Ihr Euch wieder bewegen könnt. Aber vergeßt nicht, daß niemand hier irgendeinen Groll gegen Euch hegt. Und selbst wenn einer von uns das täte, könntet Ihr ihm nichts anhaben. Eure Kraft ist nichts gegen meine Magie. Vergeßt das nicht. Und vergeßt auch nicht die Nachricht, die ich Euch von Carolinus bringe. Ihr werdet die Burg in den nächsten zwei Wochen nicht wieder erbeben lassen, ganz gleich, wie Ihr das anstellt!«

Er wartete einen Augenblick, um seinen Worten Nachdruck zu verleihen.

»Ihr könnt Euch jetzt wieder bewegen«, sagte er dann.

Mnrogar bewegte sich, aber nicht auf einen von ihnen zu. Mit einem wilden Heulen streckte er die Arme aus und schlang jeden um eine Steinsäule. Dann warf er sein ganzes Gewicht abwechselnd gegen die eine und andere Säule, immer hin und her, und alles um sie herum erzitterte.

»*Still!*« blaffte Jim ihn an.

Mnrogar stand plötzlich wie angewurzelt da, und das Beben verebbte. Jim hörte, wie sein Atem rauh ging in der plötzlichen Stille. Aber sonst hörte er nichts; weder Aragh noch Brian gaben einen Laut von sich. Er brauchte einen Augenblick, um den jähen, grundlosen Ärger zu bezähmen, der angesichts des unvermittelten Ungehorsams des gewaltigen Trolls in ihm aufgestiegen war.

»Mnrogar«, sagte er schließlich mit einigermaßen ruhiger Stimme, »ich könnte Euch in diesem Zustand belassen, so daß ihr stehen bleiben müßtet, solange Euer Körper Euch trägt. Vielleicht könntet Ihr für alle Zeit so stehen bleiben – ich habe keine Ahnung, ob Ihr sterben würdet, bevor Euer Körper fiele oder nicht. Aber ich werde Euch nicht so zurücklassen. Ich werde es nicht tun, weil ich nicht bin wie Ihr, der Ihr solche Dinge ohne Grund tut, nur um anderen Unannehmlichkeiten zu bereiten. Also, ich gebe Euch jetzt noch eine Chance. Aber diesmal rate ich Euch, nichts zu tun, was mich zwingt, Euch abermals aufhalten zu müssen. Denn wenn das der Fall sein sollte, werde ich Euch nie wieder freilassen.«

Er wartete kurz ab, damit der Troll den Sinn seiner Worte begreifen konnte. Dann erhob er abermals die Stimme.

»Ihr könnt Euch wieder bewegen«, sagte er.

Mnrogar bewegte sich. Er warf den Kopf zurück und heulte, ein Heulen, das von den Steinbögen um sie herum widerhallte. Sein Gesicht war zu einem Ausdruck furchtbaren Kummers verzerrt. Er öffnete den mit Fangzähnen bewehrten Mund und heulte wie ein gequältes Tier.

»Ohne Grund?« rief er. »Aber sie gehört mir! Es ist meine Burg, es sind meine Ländereien! Kein anderer Troll soll sie haben!«

Er warf sich der Länge nach hin und begann, sich den Kopf auf die Erde zu schlagen, und das mit einer solchen Wucht, daß es ihm eigentlich den Kopf vom Leib hätte reißen müssen.

»Gott steh uns bei!« sagte Brian neben Jim mit gedämpfter Stimme. »Das Geschöpf weint!«

7

Es stimmte. Große Tränen rollten über das häßliche Gesicht des Trolls, und seine breite, mächtige Brust wurde von heiseren Schluchzern geschüttelt.

»Achtzehnhundert Jahre!« stieß er erstickt hervor und blickte wie ein im Käfig gefangenes Tier zu Jim auf. »Achtzehnhundert Jahre habe ich diesen Hügel gehalten und dieses Land, so daß kein anderer Troll es wagte, einen Fuß darauf zu setzen. Achtzehnhundert Jahre ...«

Er umklammerte den Kilt an seiner Taille und hob Jim den Saum entgegen.

»Lest! Zählt! Jeder Strich – zehn Jahre. Jeder Strich bedeutet, daß dieser Platz mir gehört!«

»Ich verstehe«, erwiderte Jim, denn trotz allem, was sich zuvor ereignet hatte, ging dieser jähe und überwältigende Ausbruch von Trauer ihm unwillkürlich zu Herzen. »Ich glaube Euch, Mnrogar«, sagte er. »Ich sehe die Striche. Ja, ich glaube Euch – achtzehnhundert Jahre.«

»All diese Zeit!« stieß Mnrogar, immer noch schluchzend, hervor. »Und jetzt bringt Ihr, irgendeiner von Euch Menschen, ausgerechnet mir einen anderen Troll auf mein Land, in mein Haus – und Ihr haltet mich davon ab, etwas gegen ihn zu unternehmen!«

Der Schmerz des Trolls war so stark, daß Jim ihn nicht länger ertragen konnte. Hastig suchte er in Gedanken nach irgendeinem Zauberspruch, mit dem er den Schmerz des Elementargeistes lindern konnte. Sein Grundstock an Zaubersprüchen war so gering, daß ihm zuerst nichts einfallen wollte. Aber dann wurde ihm klar, daß er doch etwas tun konnte.

»Schlaft!« sagte er und zeigte auf Mnrogar.

Mnrogars Gram endete mitten in einem lauten Schluchzen. Er schloß die Augen und sank auf dem Boden reglos in sich zusammen. Sein Gesicht glättete sich, und unter den Augenlidern quollen keine Tränen mehr hervor. Im Schlaf verlor sein Gesicht den Ausdruck der Qual, der es zuvor gezeichnet hatte.

»Wovon hat er geredet?« wollte Brian wissen, der nun neben Jim getreten war. »Ein anderer Troll? Hier? Und einer der Gäste soll ihn in die Burg gebracht haben? Das kann nicht sein!«

»Ich kann es mir auch nicht vorstellen«, meinte Jim kopfschüttelnd. Dann sah er Aragh an, der ebenfalls näher getreten war, um den schlafenden Mnrogar zu beschnuppern. »Aragh, könnt Ihr einen Troll in der Burg riechen?«

Die Fähigkeit der Wölfe, Witterungen aufzunehmen, hatte in Jims Welt des zwanzigsten Jahrhunderts als beträchtlich gegolten. Und während der drei Jahre, die Jim Aragh nun kannte, hatte der Wolf ihm deutliche Beweise geliefert, daß diese Einschätzung keineswegs übertrieben war. Aber in diesem Fall machte Aragh sich nicht einmal die Mühe, die Nase in die Luft zu heben und zu schnuppern.

»Was soll ich wohl sonst riechen«, gab Aragh zurück, »wo hier genau vor meiner Nase ein Troll hockt?«

Die Antwort war eigentlich zu erwarten gewesen. Jim kam sich töricht vor. Möglicherweise schien etwas anderes den Wolf mehr zu beschäftigen.

»Bedeuten die Kerben auf diesem Ding, das er sich um den Leib geschlungen hat, wirklich, daß er diese Burg seit achtzehnhundert Jahren hält?« wollte er wissen.

»So scheint es«, antwortete Jim.

»Wenn das stimmt«, sagte Aragh, der den Kopf hob, um Jim anzusehen, »hat er Großes vollbracht. Ich weiß von keinem anderen Troll, der mehr als vierzig Jahre die Stellung gehalten hätte. Vielleicht solltet Ihr noch einmal nachdenken, bevor Ihr ihn gegen einen anderen Troll eintauscht, James.«

»Welchen anderen Troll?« fragte Jim überrascht.

»Den da oben – wenn da oben einer ist«, sagte Aragh. »Ansonsten wird früher oder später ein anderer Troll den Tunnel hinunterkommen und diesen, falls er ewig weiterschlafen sollte, töten. Ich verstehe diese Dinge, Jim; einem Menschen wie Euch mag das vielleicht nicht möglich sein. Die Trolle haben ihr eigenes Territorium, das sie gegen alle Fremden verteidigen, genau wie wir Wölfe es tun. Aber davon abgesehen haben sie nicht viel mit uns gemein. Jeder von ihnen wird von seiner Mutter, die ihn geworfen hat, allein gelassen. Wenn er kann, wird er erwachsen und lebt – und kämpft, um sein eigenes Territorium zu erringen.

Dann hält er an diesem Ort fest, bis ein anderer kommt und ihn tötet und ihm sein Territorium nimmt. So ist es bei uns Wölfen. So ist es bei den Trollen.«

»Aragh!« sagte Jim. »Ist dieser Troll ein Freund von Euch?«

»Ein Freund?« fragte Aragh. »Erst vor wenigen Minuten habt Ihr gesehen, daß ich bereit war, ihn zu töten. Ich verstehe ihn; das ist alles.«

Jim fühlte sich beschämt. Gleichzeitig überschlugen sich seine Gedanken. Wenn irgendwo oben in der Burg ein Troll war und Araghs Nase in seine Nähe gebracht werden könnte, wäre es dem Wolf ein leichtes, den Eindringling auszumachen. Aber warum ein Troll auf der Burg sein sollte und warum irgendein Gast einen mitbringen sollte, das waren Fragen, auf die es keine vernünftige Antwort zu geben schien.

»Aragh«, sagte er, »wenn mir etwas einfiele, womit ich Euch unsichtbar machen könnte – oder jedenfalls so gut wie unsichtbar –, so daß niemand von denen da oben Euch sehen würde, könntet Ihr dann Eure Nase benutzen? Ich meine, wenn Ihr ein gutes Stück von Mnrogar entfernt wäret, würdet Ihr den anderen Troll doch gewiß finden können, oder? Das heißt, wenn es überhaupt einen gibt.«

»Das könnte ich, aber ich will nicht«, sagte Aragh. »Ihr wißt, ich habe nichts übrig für diese Dinge, die man Burgen und Gasthäuser nennt, genausowenig wie für die anderen Fallen, in denen Ihr Menschen Euch zusammenkauert. Nein, ich werde nicht mit Euch nach oben gehen. Kommt mir nicht mehr mit solchen Bitten, James. Meine Antwort wird dieselbe bleiben. Außerdem habe ich auch keinen Grund mehr hierzubleiben. Ich werde gehen.«

Augenblicklich war er in der Dunkelheit verschwunden, jenseits des Lichtes.

Jim schwieg, und Brian schien auch nichts zu sagen zu haben. Wenn Aragh solche Reden führte, wäre es eine Verschwendung von Zeit gewesen, hätte man versucht, ihn umzustimmen.

»Was werdet Ihr jetzt machen, James?« erkundigte sich Brian. Er war zwar ein Ritter und Burgherr, aber Auseinandersetzungen mit Elementarwesen wie dem Troll Mnrogar fielen nicht in seine Verantwortung.

Die lag jetzt bei Jim. Ihm kam eine jähe Erleuchtung. Er grinste boshaft – aber nur innerlich. Dann schrieb er einen magischen Befehl auf die Innenseite seiner Stirn.

CAROLINUS ICH BRAUCHE DICH JIM

Wenn ein Lehrling seinem Meister Gehorsam schuldete, so schuldete der Meister seinem Lehrling seinerseits Schutz und Hilfe.

Einen Augenblick lang hielt er die Magie in seinen Gedanken fest, dann ließ er sie los. Er lächelte Brian an, der ihn verwirrt beobachtete – und das war auch schon alles, wozu Jim noch Zeit hatte.

Er hatte mit einer gewissen Verzögerung gerechnet, aber Carolinus war plötzlich da. Er sah Jim an, sah den schlafenden Mnrogar an, schloß seinerseits für eine Sekunde die Augen, als erschaffe er vor seinem inneren Auge ein Bild der letzten Ereignisse, dann öffnete er die Augen wieder und sah Jim mit seinem gewohnt zornigen Blick an.

»Ihr seid nicht hier, um Trolle zu verhätscheln!« sagte er.

Ausnahmsweise einmal fühlte Jim sich dem erfahrenen Magier nicht unterlegen.

»Das ist nicht das Problem«, meinte er. »Das Problem ist der andere Troll irgendwo da oben in der Burg und die Schäden, die Mnrogar im Laufe der letzten achtzehnhundert Jahre mit seinem Gerüttel an der Burg angerichtet hat.«

»Hm ...« Carolinus warf erst einen Blick auf den

Troll, dann auf die Steinbögen. »Ich kann nicht glauben … nun, wir werden abwarten müssen.«

Schließlich wandte er sich an Brian.

»Brian«, sagte er, »Ihr findet doch gewiß allein wieder hinauf, oder?«

Brian sah sich in der Dunkelheit jenseits des Troll-Lichtes um, das sie wie eine Kugel zu umgeben schien.

»Das Binsenlicht, das ich mitgenommen habe, ist heruntergebrannt«, sagte er mit einem Blick auf die Fackel, die jetzt nichts mehr war als ein rußiger, kalter Stumpen. »In der Dunkelheit, Magier, könnte ich eine ganze Weile umherirren. Vielleicht …!«

Plötzlich hielt er ein vollkommen neues, lichterloh brennendes Binsenlicht in der Hand.

»Brecht unverzüglich auf«, sagte Carolinus. »Geht schnell, aber ohne Aufmerksamkeit auf Euch zu lenken. Lauft nicht, und bewegt Euch auch nicht mit unziemlicher Hast. Geht sogleich in Jims Quartier, wo Ihr Angie vielleicht noch antreffen werdet. Aber wie dem auch sei, sorgt auf jeden Fall dafür, daß der Diener Euch in den äußeren Raum läßt. Dort wartet Ihr, bis Jim zu Euch stößt. Jim und ich werden uns auf magische Weise bewegen.«

»Ich verstehe, Magier, aber …«

Jim sollte nie erfahren, was Brian vielleicht noch sagen wollte. Der Schimmer um ihn und Carolinus herum erlosch, und statt dessen fand Jim sich zusammen mit dem älteren Magier in einem staubigen Raum wieder. Er war angefüllt mit alten, hoch an den Wänden aufgestapelten Möbeln. Offensichtlich befanden sie sich in einem Turmgemach, denn die äußeren Mauern waren leicht gerundet, und hinter den Möbeln und den aufgestapelten Dingen fielen schwache Lichtstrahlen durch eine Öffnung im Mauerwerk.

»Einen Augenblick mal«, sagte Jim. »Wir haben Mnrogar so, wie er war, zurückgelassen. Ich habe ihm befohlen zu schlafen. Er wird bis in alle Ewigkeit schlafen, es sei denn, dieser Befehl würde zurückgenommen ...«

»Glaubt Ihr, ich bin so ein wirrköpfiger junger Tor wie Ihr?« blaffte Carolinus ihn an. »Ich habe ihm den Befehl gegeben, in fünf Minuten zu erwachen. Und nicht nur das; ich habe ihm gesagt, was ihm blüht, wenn er die Burg noch einmal erzittern läßt. In diesem Falle werden seine Arme geschlagene fünf Minuten ihre Kraft einbüßen. Das sollte ihn für den Augenblick im Zaum halten!«

Carolinus wandte seine Aufmerksamkeit wieder dem Gerümpel vor der Wand zu.

»Aus dem Weg, ihr alle!« sagte er zu den aufgestapelten Möbelstücken.

Mit entschuldigendem Quietschen, Krachen und Rumoren begannen sich die Möbelstücke und alle anderen Gegenstände an der Wand augenblicklich zu bewegen, und im Handumdrehen war die Steinmauer freigelegt. Eine Schießscharte wurde sichtbar, durch die Tageslicht einfiel. Aber das war nicht alles. Keine sechs Zoll rechts neben der Schießscharte klaffte ein senkrechter, sechs Fuß hoher Riß in der Wand, der oben und unten zu einer bloßen Linie im Gemäuer zusammenlief, in der Mitte jedoch etwa ebenso breit war wie die Schießscharte.

»So etwas habe ich noch nie gesehen«, meinte Carolinus nachdenklich und zeigte auf die Schießscharte. »Unser Gastgeber ist mit diesem Problem zu mir gekommen. Aber Hugo ist nicht der Mann, mit dem man über Lösungen sprechen könnte, da er sich eher von seinen Gefühlen leiten läßt als von seinen Gedanken. Solche Risse finden sich überall im Hauptturm – wahrscheinlich insgesamt zwei Dutzend oder mehr. Die meisten davon sind glücklicherweise kleiner als dieser hier. Er hat die Sache bisher geheimgehalten.«

Schon nach seiner kurzen Begegnung mit dem Grafen von Somerset konnte Jim sich nur allzugut vorstellen, daß der Graf augenblicklich explodieren würde, ohne sich die Zeit zu nehmen, darüber nachzudenken, ob eine Lösung vernünftig wäre oder nicht.

»Daher«, fuhr Carolinus nun fort, »habe ich Sir John Chandos ins Vertrauen gezogen, der einen klugen Kopf besitzt. Außerdem habe ich mit dem Bischof von Bath und Wells gesprochen, dessen Überlegungen in solchen Dingen nie zu verachten sind. Überdies verfügen beide Männer über Erfahrungen, an denen es mir gebricht. John hat viele Burgen kennengelernt, alte wie neue; und der gute Bischof beschäftigt nach wie vor Architekten, Steinmetze und dergleichen Handwerker mehr für seine Kathedrale in Wells. Nach einem dieser Männer hat er nun schicken lassen, damit er den Schaden in Augenschein nimmt und feststellt, was sich da tun läßt. Er soll den Turm still und leise wieder instandsetzen und dafür sorgen, daß sich solche Schäden in Zukunft vermeiden lassen. Aber wie es überhaupt so weit kommen konnte, gibt uns allen Rätsel auf.«

Er sah Jim unvermittelt an.

»Dann«, sagte Carolinus, »kam mir der Gedanke, daß Ihr ...«

»Resonanz!« rief Jim, ohne nachzudenken.

»A-h!« Carolinus sah ihn scharf an. »Ich hatte also recht. Bei Euren Anderweltkenntnissen findet sich etwas, das sich auf diese Situation anwenden läßt.«

»Ich kenne mich in solchen Dingen nicht aus«, sagte Jim mißmutig.

Er war sehr wütend auf sich selbst, weil er drauflos geredet hatte, ohne über die möglichen Konsequenzen nachzudenken.

»Ich weiß genausowenig über Statik, wie irgend jemand sonst hier«, sagte er. »Und es war nur eine Vermutung.«

»Aber ...«, wandte Carolinus ein. »Sprecht weiter!«

»Hm«, brummte Jim, »es gibt etwas, das nennt man Schwingungen. Es ist das Phänomen, das eine Harfensaite zum Klingen bringt, wenn man sie zupft. Man kann auch andere Dinge in Schwingungen versetzen, obwohl sie vielleicht nicht so deutlich in Erscheinung treten. Ich erinnere mich nicht mehr genau, ob dieses Verfahren auf die römische Armee zurückgeht oder nicht; aber alle Armeen hatten früher die strikte Regel, daß eine größere Truppe von Männern beim Überqueren einer Brücke nicht im Gleichschritt marschieren durfte, damit sie nicht mit ihren gemeinsamen Tritten die Brücke in so starke Schwingungen versetzten, daß sie möglicherweise einstürzte.«

Jim sah Carolinus an, um festzustellen, ob der andere ihn verstand.

»Ah ja?« bemerkte Carolinus freundlich.

»Ja«, sagte Jim, »auch wenn die Schwingung nur gering wäre, würde sie sich jedesmal verstärken, wenn viele Füße immer wieder in gleichem Takt auf das Bauwerk stampften.«

»Aha!« sagte Carolinus.

»Also«, kam Jim zum Ende, »ich weiß nicht, ob es irgendeinen Zusammenhang zwischen diesem Phänomen und jenem gibt; aber ich vermute, daß das der Fall sein könnte. In den Hunderten von Jahren hat Mnrogar möglicherweise zwei besonders leicht zu schüttelnde Pfeiler gefunden, die er hin und her rütteln konnte. Auf diese Weise hat er möglicherweise eine Schwingung verstärkt, die zu guter Letzt das gesamte Gemäuer des Turms zerstören könnte.«

Er hielt inne. Ihm wurde bewußt, daß Carolinus ihn anstrahlte.

»Mein lieber Junge«, sagte Carolinus, »Eure Wortgewandtheit ist bewunderungswürdig. Die Hälfte Eurer Worte ergibt keinen Sinn, aber ich bin durchaus bereit zu glauben, daß sie in Eurer früheren Welt eine gewisse Logik haben könnten. Wenn dem so ist, könnten sie auch hier einen gewissen Sinn ergeben. Also, was sollen wir wegen dieser Schwingungen unternehmen? Wenn wir verhindern, daß der Troll die Burg in Zukunft weiter durchschüttelt, wird der Turm sich dann von selbst heilen?«

»Nein«, entgegnete Jim. »Wenn ich recht habe, ist der Schaden bereits angerichtet, und es wird immer schlimmer werden, selbst wenn Ihr Mnrogar auf Dauer von seinem Tun abhalten könnt.«

»Und ich weiß auch nicht, ob das moralisch vertretbar wäre.« Carolinus zupfte an seinem Bart. »Nachdem er achtzehnhundert Jahre hier ist, könnte sich das möglicherweise als verbotene Einmischung meinerseits in den Ablauf der Geschichte erweisen.«

Einen Augenblick lang dachte er, immer noch an seinem Bart zupfend, nach.

»Vergeßt nicht, Jim«, sagte er, »was ich Euch über die Stellung der Magie zwischen Geschichte und Zufall erklärt habe. Wir können der Geschichte zu Hilfe kommen, wenn der Zufall die Oberhand gewinnt – denn wenn man dem Zufall gänzlich freie Hand ließe, würden wir im Chaos enden. Und wir können dem Zufall zu Hilfe kommen, wenn die Geschichte alle Dinge zu ihren Gunsten zu fügen scheint und die Gefahr besteht, daß der Zufall vollends verdrängt wird – in welchem Falle uns Stillstand drohen würde. Aber in den normalen Lauf der Geschichte dürfen wir nicht eingreifen, genausowenig wie wir die Waagschalen des Zufalls zur einen oder anderen Seite neigen dürfen. Aber lassen wir das für den Augenblick – Ihr sagtet, der augenblickliche Schaden würde sich weiter verschlimmern, auch wenn Mnrogar von seinem Tun abließe?«

»Ja«, bekräftigte Jim, »denn der Turm ist in seiner allgemeinen Struktur bereits geschwächt; und hinzu kommen die Risse, die Ihr jetzt im Gemäuer sehen könnt. Allein die alltäglichen Beanspruchungen genügen, um den Schaden zu vergrößern.«

»Ja«, sagte Carolinus nachdenklich. »Der Troll muß auf jeden Fall dauerhaft dazu gebracht werden, von seinem Schütteln abzulassen – soviel steht fest. Aber die andere Sache ist ebenfalls ein Problem; obwohl ich möglicherweise – nur möglicherweise, versteht Ihr – vielleicht mit Magie im Rahmen des moralisch Erlaubten etwas ausrichten könnte. Ich muß einmal genauer darüber nachdenken und mich vielleicht auch mit den zwei anderen Magiern der Kategorie Eins Plus in dieser Welt beraten.«

Er verfiel in Schweigen und starrte ins Nichts. Jim ließ ihn starren.

»Nun, nun, es ist schlicht und einfach etwas, das irgendwie erledigt werden muß«, meinte Carolinus nach einer Weile. Dann richtete er seine Aufmerksamkeit wieder auf Jim.

»Was den anderen Teil des Problems betrifft – um Mnrogar auf Dauer an seinem Tun zu hindern, müssen wir dessen Grund herausfinden. Zweifellos hat er die Grundfesten der Burg schon seit etlichen Jahren erschüttert – vielleicht hat es etwas mit seiner uralten Fehde mit dem Grafen und den Vorfahren des Grafen zu tun –, aber die Ankunft dieses anderen Trolls, der sich seiner Behauptung nach in dieser Burg aufhält, obwohl keiner von uns übrigen etwas davon weiß, hat die Situation verschärft. Bei aller mir vertrauten Magie schwöre ich, daß ich keine Spur von irgendeinem anderen Troll spüren oder entdecken konnte. Aber wenn Mnrogar sagt, es wäre einer hier, dann hat er wahrscheinlich recht.«

»Wie sollen wir den anderen Troll finden?« fragte Jim.

»Genau darauf wollte ich hinaus.« Carolinus sah ihn mit strenger Miene an. »Ihr müßt Euch sofort an die Arbeit machen, Jim.«

»Ich?« fragte Jim. »Was soll ich denn tun?«

»Den anderen Troll finden, natürlich. Los, los, fangt sofort an!« blaffte Carolinus. »In der Zwischenzeit kümmere ich mich um meinen Teil der Angelegenheit.«

Mit diesen Worten verschwand er und ließ Jim allein.

8

»Mein lieber Sohn«, sagte der Bischof von Bath und Wells zu Jim, »darf ich Euch einen Bissen von diesem hervorragenden gedämpften Aal anbieten?«

Jim blickte nach rechts. Der Bischof hielt eine tiefe silberne Schüssel in Händen, von der er den Deckel abgenommen hatte. Den Deckel hatte man ebenso wie die Schale selbst auf Hochglanz poliert. Jim konnte Aal weder in dieser noch in irgendeiner anderen Form ausstehen. Aber der Bischof erwies ihm lediglich die gewohnte Höflichkeit bei Tisch.

»Vielen Dank, Exzellenz«. Jim sah zu, wie der Bischof mit dem Messer ein Stück Aal aus der Soße auf Jims dicke Scheibe Brot legte, die ihm als Teller diente und später den Hunden gegeben werden würde. Bis zu diesem Zeitpunkt würde sie von Soße durchtränkt und daher sehr nahrhaft sein. »Nur noch ein ganz kleines Stück, bitte. Aal ist eine gute Speise für die Fastenzeit, aber es belastet mein Gewissen, vor der heutigen Mitternachtsmette, mit der das Fasten endet, allzuviel zu mir zu nehmen.«

Der Bischof nahm mit feierlicher Miene sein Eßmesser – bei dem es sich eher um einen kleinen Dolch handelte – und schnitt ein weiteres Stückchen Aal ab, das kleiner ausfiel, als Jim befürchtet hatte. Dann legte er den Fisch auf Jims Speisebrett.

Außerdem bedachte er Jim mit einem beifälligen Blick. Er strahlte nicht eigentlich; das wäre zuviel gesagt gewesen. Richard de Bisby war nicht der Mann, der irgend jemanden anstrahlte, aber Jims Worte schienen ihm offensichtlich vom rechten Geist der Adventszeit zu künden.

Er stellte die Schale mit dem Aal wieder auf den Tisch und legte den Deckel darauf.

»Ich muß zugeben«, fuhr er mit leiserer Stimme fort, »daß ich unseren Gastgeber gebeten habe, uns nebeneinander zu setzen, damit wir uns ungestört unterhalten können. Ihr hättet Euch vielleicht einen anderen Tischgefährten gewünscht – sagen wir, jemanden wie Lady Agatha Falon dort drüben. Aber ich kann Euch versichern, daß sie sich sehr für unseren hochwohlgeborenen Grafen zu interessieren scheint.«

»Lady Agatha Falon?« Jims Interesse war sofort geweckt. Er sah sich um.

Die Frau neben dem Grafen war die Schwester des Toten, den sie im Wald gefunden hatten. Sie mußte tatsächlich, ging es Jim durch den Sinn, eine jüngere Halbschwester sein, denn zwischen ihr und dem Toten im Wald klaffte, was das Alter betraf, ganz offensichtlich eine Lücke von mindestens zwanzig Jahren. Sie war kaum mehr als durchschnittlich groß und kleiner als Angie, die sich angeregt mit ihrem Tischnachbarn, Sir John Chandos, unterhielt.

Auf den ersten Blick war Agatha Falon nicht weiter bemerkenswert, allerdings auf unbestimmte Art attraktiv, wenn auch ein wenig knochig. Mit ihrem toten Bruder hatte sie nicht die geringste Ähnlichkeit. Ihr Haar war schwarz, die Augen waren braun und lagen ein wenig weiter auseinander als üblich, sie hatte eine Stupsnase und einen breiten, ziemlich dünnen Mund, der aussah, als könne er sich leicht zu einem unleidlichen Ausdruck verziehen. Ein spitzes Kinn vervollständigte das ovale, ein wenig bläßliche Gesicht.

Im Augenblick war dieses Gesicht jedoch sehr lebhaft, und über den Puffärmeln und dem engen Mieder ihres himmelblauen Kleids wirkte sie in ihrem angeregten Gespräch mit dem Grafen beinahe hübsch. Der Graf, dessen Augen noch stärker hervorquollen als sonst – Jim glaubte, daß dies etwa in gleichem Maße an seiner Gefährtin wie am Wein lag –, war offensichtlich fasziniert, entweder von ihr oder von dem, was sie ihm zu sagen hatte.

»Vielen Dank, daß Ihr mich auf sie hingewiesen habt,

Exzellenz«, bemerkte er zum Bischof. »Sie ist die Schwester des unglücklichen Herrn, zu dessen Rettung wir auf unserem Weg hierher leider zu spät kamen, wie Ihr vielleicht bereits wißt.«

»Ja.« De Bisby tupfte sich mit einer Serviette, die er affektiert in seiner kräftigen Hand hielt, die Lippen ab. »Ein feiges und unglückliches Ende für einen Mann aus guter Familie. Aber ich vertraue darauf, daß die guten Brüder in der Priorei von Edsley ihm und seiner jungen Frau zu einem ordentlichen christlichen Begräbnis verholfen haben.«

»Das haben sie wahrlich«, sagte Jim. »Aber Ihr sagtet vorhin, Ihr wolltet ungestört mit mir reden?«

»Ja«, erwiderte der Bischof und senkte abermals die Stimme, die in der Zwischenzeit beinahe ihre gewohnt durchdringende Lautstärke erreicht hatte. »Es geht um die Angelegenheit, über die Carolinus gewiß bereits mit Euch gesprochen hat. Um diese Burg.«

Er warf Jim einen wissenden Blick zu, den Jim ebenso geheimnisvoll erwiderte. Sie gehörten jetzt beide zu den Kräften hinter den Kulissen bei dieser Angelegenheit, die beinahe ein Staatsgeheimnis war.

»Eure Ankunft bei unserem Mahl hat sich unglücklicherweise verzögert«, fuhr de Bisby fort. »Aber eine solche Verzögerung ist völlig verständlich, da Ihr über eine junge Christenseele wacht – die hoffentlich bereits getauft ist … Ach, übrigens, es würde wahrscheinlich nicht schaden, das Kind noch einmal zu taufen, da die unsterbliche Seele des Säuglings immer noch in Gefahr sein könnte. Aber wie dem auch sei, ich verstehe selbstverständlich, daß Ihr und Eure Gemahlin nicht mit derselben Pünktlichkeit an der Tafel erscheinen konntet wie die übrigen Gäste. Dennoch, ich muß zugeben, ich war in Sorge, daß Ihr vielleicht überhaupt nicht erscheinen würdet.«

»Oh, diese Gefahr hat nie bestanden, Exzellenz«, entgegnete Jim.

Die Verzögerung war in der Tat unvermeidlich gewesen. Carolinus war aus dem Raum mit dem Riß in der Außenmauer einfach verschwunden und hatte offensichtlich vollkommen vergessen, daß er ursprünglich auch Jim auf magischem Wege zurückzubringen gedacht hatte. So war Jim nichts anderes übriggeblieben, als aus eigener Kraft den Weg zu Angie und Brian zurückzufinden.

Gemeinsam waren sie die Haupttreppe hinunter ins Erdgeschoß gegangen, wo der Palas an den Hauptturm grenzte und sich der Eingang zum Rittersaal befand. Bei ihrem Eintritt stellten sie fest, daß das Festmahl bereits in vollem Gange war. Die Diener huschten mit einer endlosen Anzahl von Schüsseln um die Tische herum, die vor allem den Gästen von höherem Rang auf dem gebeugten Knie dargereicht wurden. Die Musiker spielten auf ihrer Empore bereits eine muntere Weise. Jim bemerkte, daß unter den Posaunen, Lauten und Tamburinen auch sein Lieblingsinstrument, eine irische Harfe war.

Der Haushofmeister des Grafen erwartete sie bereits und geleitete sie in den Saal.

Brian wurde an einen der beiden Tische geführt, die sich durch die ganze Länge des Saals erstreckten, und Jim und Angie geleitete man zu der hohen Tafel auf dem Podium quer zu den beiden anderen Tischen am Kopfende des Rittersaals. Dort saßen bereits der Prinz, der Graf und die anderen wichtigen Gäste.

Jim war sich keineswegs sicher gewesen, ob ihm und Angie dort ihre Plätze zugewiesen würden. Nun gut, er war ein Baron. Aber im England des vierzehnten Jahrhunderts konnte ein Baron ebensogut eine wichtige Persönlichkeit sein wie ein Niemand.

Die jährlichen Einkünfte aus den Ländereien eines Edelmannes konnten – abhängig von einer Vielzahl von Umständen – weniger als fünfzig Pfund im Jahr betragen. Deshalb nahm Brian an Turnieren teil und versuchte, Rüstungen und Pferde zu gewinnen, die er für den Unterhalt seines kleinen Besitzes verkaufen konnte. Genausogut war es möglich, daß ein Baron über ein jährliches Einkommen von fünfhundert Pfund verfügte, was ihn finanziell dem höheren Adel des Königreiches, ja sogar einigen Angehörigen des Königshauses gleichstellte.

In der Tat rangierte Jim mit seinen Einkünften eindeutig im unteren Drittel. Daß man ihm mehr Aufmerksamkeit schenkte als den meisten Baronen seiner Einkommensklasse, verdankte er einzig der Tatsache, daß er ein Magier war und sich als Drachenritter, der seine Braut vor den Dunklen Mächten am Verhaßten Turm errettet hatte, einiger Berühmtheit erfreute.

Außerdem hielt es Jim nicht für ganz ausgeschlossen, daß er und Angie ihre Plätze an der hohen Tafel dem Einfluß des Bischofs und Chandos', wenn nicht gar Carolinus' selbst verdankten – obwohl es Carolinus gar nicht ähnlich gesehen hätte, seinen Einfluß auf solche Weise geltend zu machen.

Als Jim diese Überlegungen abgeschlossen hatte, wurde ihm klar, daß der Bischof immer noch auf eine Antwort von ihm zu warten schien.

»Wie kann ich Euch zu Diensten sein, Exzellenz?« fragte er hastig.

»Mit einem vollen Bericht all dessen, was Ihr über diese Angelegenheit wißt«. Dann fügte der Bischof etwas weniger gestreng hinzu: »Und ich hätte gern Euren Rat, wenn ich ihn benötige.«

»Aber natürlich, Exzellenz«, sagte Jim.

»Nun denn, Sir James«, fuhr der Bischof fort, »ich habe gehört, daß Ihr Euch auf die Suche nach dem Riesen unter dieser Burg gemacht hättet und dabei tatsächlich auf den Satan gestoßen wäret.«

»Eigentlich handelte es sich um einen Troll«, erklärte Jim. »Sehr groß und ungewöhnlich stark für seine Rasse; aber wißt Ihr, Trolle sind lediglich Elementarwesen und nicht von Natur aus böse, daher sollte man sie nicht als Satan betrachten.«

»Ich bin mir der Einstellung der Heiligen Kirche in solchen Angelegenheiten natürlich bewußt!« versetzte de Bisby steif. »Aber ich tue mich schwer mit der Vorstellung, daß ein Wesen wie ein Troll nicht zumindest etwas Teuflisches an sich haben sollte. Das gleiche mag wohl auch für die Dschinns gelten, die der ungläubige Saladin in Gefäße verschlossen und in die Tiefe des Ozeans geworfen hat, damit sie der Menschheit keinen Schaden zufügen konnten. Kaum denkbar, daß Satan da nicht seine Hände im Spiel hat. Ein Troll, der Menschenfleisch verzehrt! Ha!«

»Die Haie des Ozeans fressen ebenfalls Menschenfleisch, Exzellenz«, sagte Jim diplomatisch, »aber Ihr würdet sie kaum als Teufel bezeichnen.«

»Ich habe keine Kenntnis von irgendeiner Stellungnahme der Kirche zu dieser Angelegenheit.« Dann fügte der Bischof sehnsüchtig hinzu: »Dennoch, im Falle der Trolle wäre es vielleicht möglich, daß ein solches Geschöpf von der Macht des Teufels angesteckt sein könnte, so daß man es zumindest teilweise als Satan betrachten könnte. Wenn dem so wäre, wäre es meine Pflicht, den Versuch zu unternehmen, es mit allen mir zu Gebote stehenden Mitteln zu zerstören – sei es mittels einer Keule, sei es mittels der mir von der Kirche anvertrauten Kräfte.«

Die Stimme des Bischofs war gegen Ende ein wenig lauter geworden, und Jim glaubte bei dem Kirchenmann denselben Eifer gehört zu haben, der ihm bei vielen Rittern wie Brian begegnet war. Er glaubte sich daran zu erinnern, daß er irgendwo schon einmal von einem Sir Roger de Bisby gehört hatte, wahrscheinlich einem nahen Verwandten des Bischofs, der seinen Mut und seine Angriffslust in den Niederlanden bewiesen hatte.

»In der Tat«, nahm der Bischof den Faden wieder

auf, bevor Jim Gelegenheit fand, etwas zu erwidern, »werde ich mich glücklich schätzen, eine kräftige Streitmacht in den Keller zu führen und dafür zu sorgen, daß dem Geschöpf der Garaus gemacht wird.«

»Ich fürchte, die Situation ist derart, daß Euer Bestreben möglicherweise zu nichts führen würde, Exzellenz«, sagte Jim diplomatisch. »Ich bin natürlich nur ein Lehrling, aber ich fürchte, wenn Ihr dort hinunterginget, würdet Ihr am Ende gar nichts finden. Wenn Ihr Euch auf die Suche nach dem Troll machtet, könnte er einfach verschwinden, und Ihr würdet vergebens nach ihm suchen.«

»Das kann er nicht!« sagte der Bischof. »Ich habe diese Burg und die umliegenden Ländereien gesegnet. Nichts Magisches – sei es böse oder gut – kann während dieser heiligen zwölf Tage hier geschehen, nicht bevor ich selbst aufbreche.«

»Natürlich, Exzellenz«, sagte Jim. »Aber ich meine mich erinnern zu können, daß mein Meister der Magie, Carolinus, mir einmal etwas über die Elementarwesen erzählt hat. Er sagte, das, worüber sie verfügten, sei keine wahre Magie. Es ist im Grunde etwas, das sie selbst nicht einmal verstehen und worüber sie auch keine Kontrolle haben – wie zum Beispiel die Fähigkeit, Wasser oder Luft zu atmen, wo immer sie gerade sind. Oder, wie im Fall dieses Trolls, unsichtbar zu werden, wenn ein Suchtrupp ihn in die Enge triebe und er keine andere Möglichkeit hätte, mit dem Leben davonzukommen. Wie ich schon sagte, ich bin nur ein Lehrling. Ich könnte mich irren. Mein Meister könnte Euch das genauer sagen.«

»Es ist eine böse Macht!« stieß der Bischof mit leiser Stimme hervor. »Ich werde Carolinus selbst befragen. Aber in diesem Falle muß es noch andere Mittel und Wege geben, um uns von diesem Troll zu befreien.«

»Ich glaube nicht, daß das so einfach sein wird«, gab Jim zu bedenken. »Im Augenblick scheinen wir nur eins tun zu können: Wir müssen den anderen Troll finden – den einer der Gäste hierhergebracht hat, wie der Burgtroll behauptet. Wir müssen ihn finden und uns seiner entledigen. Seine Anwesenheit hier fordert die Vormachtstellung des Burgtrolls heraus, der alle anderen Trolle seit achtzehnhundert Jahren von hier ferngehalten hat … Ich nehme an, mein Meister hat Euch berichtet, was der Troll Sir Brian und mir erzählt hat?«

»Das hat er«, murmelte de Bisby. »Nun denn, laßt uns keine Zeit verlieren und diesen anderen Troll suchen.«

»Wir sind im Augenblick damit beschäftigt, eine erfolgversprechende Methode zu finden«, sagte Jim. »Der andere Troll vermag offensichtlich in der Gestalt eines menschlichen Wesens in unserer Mitte aufzutauchen. Nicht einmal Carolinus weiß, wie man einen Troll in dieser Maskerade entdecken soll.«

»Auch das ist mir unbegreiflich!« sagte de Bisby mit zusammengepreßten Zähnen. »Der bloße Gedanke, daß zu dieser heiligen Zeit und an diesem gesegneten Ort ein Troll in menschlicher Verkleidung unter uns sein soll! Das erzürnt meine Seele!«

Er sah Jim wütend an. Jim blickte entschuldigend drein und wartete ab.

»Nun denn«, fuhr de Bisby nach einem Augenblick fort, »kann der Burgtroll diesen anderen Troll finden, wenn man ihn hinaufbringt, damit er selbst unter den Gästen suchen kann? Ich würde ihn persönlich begleiten und allen Anwesenden versichern, daß ich sie vor ihm beschützen würde, es sei denn, einer von ihnen wäre tatsächlich der Troll, auf den der andere es abgesehen hat. Wahrlich …«, de Bisbys Miene hellte sich auf.

»Wahrlich, das scheint mir die perfekte Lösung zu sein!« rief der Bischof. »Warum habe ich nicht sofort daran gedacht?«

»Wenn Ihr mir meine Aufdringlichkeit verzeihen

wollt, Exzellenz«, sagte Jim, »ich bin mir nicht sicher, daß der Troll uns trauen würde.«

»Wie meint Ihr das?« Ein einstweilen unausgesprochenes, höhnisches *»Herr!«* bebte unverkennbar auf den Lippen des Bischofs, aber er sprach es nicht laut aus.

»Er könnte Angst haben«, erklärte Jim, »daß man ihn erschlägt, während er nach dem anderen Troll sucht.«

»Er würde dem Wort eines Kirchenfürsten mißtrauen?« De Bisby starrte Jim wütend an.

»Ich – ich fürchte, ja«, antwortete Jim wahrheitsgemäß. »Natürlich solltet Ihr auch in dieser Angelegenheit besser meinen Meister der Magie fragen. Carolinus könnte Euch dazu gewiß mehr sagen.«

»Genau das werde ich tun!« erwiderte der Bischof.

Das wütende Stirnrunzeln war nun so deutlich zurückgekehrt, daß Jim sich unbewußt wappnete, wie er es im Falle eines drohenden körperlichen Angriffes zu tun pflegte; obwohl eine solche Möglichkeit geradezu lächerlich war. Kein Bischof würde seine Würde auf solche Weise aufs Spiel setzen.

»Bedenkt«, sagte Jim, »er ist nur ein Troll und weiß es nicht besser.«

Die bischöfliche Stirn glättete sich allmählich, und de Bisbys Gesicht nahm wieder seinen gewohnten Ausdruck an; mit einiger Mühe brachte er auch ein kleines, beruhigendes Lächeln zustande.

»Wie dem auch sei«, sagte er und hielt seine Stimme bewußt leise, »Ihr habt Euch bisher wacker geschlagen, mein Sohn.«

»Vielen Dank, Exzellenz«, entgegnete Jim.

»Also …«, begann de Bisby.

»Exzellenz! Euer Gnaden!« rief eine scharfe, weibliche Stimme ein Stück weiter rechts von ihnen am Tisch. Jim und der Bischof reckten beide die Hälse, um besser sehen zu können. Agatha Falon beugte sich vor und winkte dem Bischof zu.

»Mylady?« fragte der Bischof.

»Könnten wir uns einen Augenblick unterhalten? Der Herr Graf und ich ... Könntet Ihr uns einige Sekunden Eurer Zeit schenken?«

Sowohl der Prinz, der genau in der Mitte der Tafel saß, als auch der Graf befanden sich zwischen ihnen. Der Bischof erhob sich von seiner mit einer Rückenlehne versehenen Bank – mehr war ihre Sitzgelegenheit nicht, aber sie war gepolstert, anders als die gewöhnlichen Bänke, auf denen die Gäste an den niederen Tischen saßen. Der Bischof erhob sich und ging ein Stück die Tafel hinunter, um sich zwischen Agatha Falon und den Grafen zu stellen und leutselig das Haupt zu neigen. Sir John Chandos, der auf Agathas anderer Seite saß, ignorierte ihren Ausruf höflich und unterhielt sich statt dessen weiter mit der neben ihm sitzenden Angie.

Der Graf sagte etwas mit einer Brummbaßstimme, die so leise war, daß Jim die Worte nicht verstehen konnte. Aber den Inhalt ihres Gesprächs erfuhren er und alle anderen kurz darauf und bei weitem verständlicher und schriller von Agatha Falon.

»Wir führen eine Debatte, der Herr Graf und ich«, trällerte Agatha, »ob es zwischen Menschen von einem gewissen Altersunterschied wahre Liebe geben könne. Nicht nur das, sondern ob es vielleicht auch wahre Liebe auf den ersten Blick geben könne.«

»Ich würde mich nicht als Autorität in Sachen Liebe betrachten, Mylady«, entgegnete der Bischof mit gestrenger Miene. »Andererseits ...«

»Aber Ihr müßt doch mit zahlreichen Paaren zu tun gehabt haben, bei denen, sagen wir, der Mann ein wenig älter war als die Braut. Daher solltet Ihr in der Lage sein, Zeugnis abzulegen – und zwar in meinem Sinne –, daß ein solcher Altersunterschied auch nicht das geringste für die Gefühle der Betreffenden zu bedeuten hat?«

Jim spürte, daß ihn jemand am Rücken seines Gewandes zupfte. Er hatte gerade noch Zeit für einen leisen Anflug von Verärgerung – nur einen leisen Anflug heutzutage, da ihm ähnliches bereits so viele Male zuvor passiert war. Aber es war ihm immer lächerlich erschienen, daß in einer Welt, in der einer dem anderen nur wegen eines bösen Blicks mit einer Streitaxt den Schädel spalten konnte, die Menschen über so viele winzige, pedantische Gesten verfügten. Diener kratzten an der Tür, bevor sie eintraten – das heißt, wenn sie nicht einfach ohne jede Vorwarnung hereinplatzten –, Menschen jeden Ranges zupften ihren gewünschten Gesprächspartner vorsichtig an einem Teil seiner Kleidung, statt ihn anzusprechen oder auf nachdrücklichere Weise zu berühren, um seine Aufmerksamkeit zu wecken. Aber es gab keine Abstufungen. Entweder wurde man gezupft, oder man erhielt einen regelrechten Schlag, der einen zum Kampf herausforderte.

In Erwartung eines Mundschenks, der nicht nur ihm, sondern auch den anderen umsitzenden Speisenden eine neue Schale darbieten wollte, wandte Jim sich um.

Es war kein Mundschenk. Statt eines Dieners des Grafen sah Jim eine Gestalt in einem teuren, waldgrünen, dicken Wollgewand mit einer Kapuze buchstäblich hinter seinem Stuhl hocken.

Dann erkannte er das Gewand und die Kapuze als einen Teil von Angies Reisekleidung. Es konnte jedoch nicht Angie sein, da sie ein Stück von ihm entfernt am Tisch saß und sich mit beträchtlichem Vergnügen von John Chandos unterhalten ließ. Als Jim tiefer in die Kapuze hineinspähte, sah er das erschrockene Gesicht der Amme, die oben im Turm hätte sitzen sollen, eingesperrt in das Zimmer mit dem kleinen Robert Falon, bis Jim und Angie oder Brian zurückkehrten.

»Vergebt mir, Mylord, bitte vergebt mir!« wisperte die Amme.

»Was ist geschehen?« fragte Jim mit leiser Stimme; er war plötzlich sehr wachsam und sehr besorgt.

»Mylord, vergebt mir, aber ich dachte, ich hätte recht getan …«

»Wovon redet Ihr? Heraus damit!« knurrte Jim.

»Ich weiß, Mylady sagte, ich solle die Tür nur für Euch drei öffnen«, stieß sie hervor, »aber es war eine Dienstmagd von Agatha Falon, die dem kleinen Neffen von Lady Falon ein Geschenk bringen wollte; einen Ring von ihr mit dem Familienwappen. Man hat mich lediglich gebeten, die Tür weit genug zu öffnen, daß sie mir den Ring durchreichen konnte.« Die Amme blickte drein, als stünde sie kurz vor einem Tränenausbruch. »Ich – ich habe es getan.«

»Ja?« fragte Jim. »Und weiter? Ist das der Grund, warum Ihr so fertig mit den Nerven seid?«

»Fertig mit den Nerven, Mylord?« Die Amme sah ihn verständnislos an.

»Aufgeregt. Durcheinander!« erklärte Jim ungeduldig.

»O nein«, sagte die Amme. »Die Dienstmagd hat nur getan, was sie gesagt hat. Sie hat lediglich ihre Finger mit einem Ring für den kleinen Lord durch die Tür gestreckt, dann die Hand wieder zurückgezogen. Ich habe die Tür dann so hastig wieder geschlossen und verriegelt, daß ich ihr beinahe die Finger eingeklemmt hätte.«

»Nun denn«, sagte Jim. Mittlerweile war er vollkommen durcheinander. »Was soll dann dieses ganze Getue?«

»Erst nachher fiel mir ein, Mylord, daß man – wo Ihr doch ein Magier seid und es viele unsichtbare Dinge gibt – gefährliche, magische Dinge in das Zimmer Eurer Lordschaft bringen könnte und daß der Ring vielleicht mit einem bösen Zauber oder etwas in der Art behaftet sein könnte. Und ich hatte ihn angenommen. Je länger ich darüber nachdachte, um so größer wurde meine Angst. Glücklicherweise war Wilfred, Euer Bewaffneter, Mylord …«

»Ja, ja«, sagte Jim. »Ich habe ihm Order gegeben, draußen im Korridor Wache zu stehen.«

»Nun«, fuhr die Amme fort, »ich habe ihn hineingerufen, damit er bei dem Kind bleibt und mir die Tür bei meiner Rückkehr wieder aufsperrt. Dann habe ich dieses Gewand von Lady Angela genommen – oh, ich weiß, es war falsch von mir, Mylord, es zu berühren, ganz zu schweigen davon, es anzuziehen –, aber ich wollte hinunterkommen und Euch von dem Vorfall berichten, ohne daß jemand mich erkennt.«

»Nun, ich verstehe nicht recht ...«, begann Jim und hielt dann inne.

Plötzlich verstand er sehr wohl. Das, was man ihm gerade berichtet hatte, hatte zwei Seiten. Die eine war die Angst der meisten dieser Leute vor magischen und dunklen Mächten, die sich ihrem Einfluß entzogen, und ihre feste Überzeugung, daß sie im Angesicht solcher Dinge hilflos sein würden. Die andere Seite war die Tatsache, daß ein Geschenk wie dieses von Agatha Falon, die bisher nicht das geringste Interesse an dem kleinen Robert gezeigt hatte, gelinde gesagt ein wenig merkwürdig war. Schließlich verfügte diese Welt tatsächlich über Magie, und ein Ring konnte durchaus etwas Magisches an sich haben – etwas Magisches, das schon vor dem Segen des Bischofs in der Burg gewesen war; dieser Segen verhinderte schließlich nur das Wirken *neuer* Magie.

»Na gut«, sagte er. »Geht wieder hinauf. Ich bin gleich da.«

Die Amme schlüpfte davon. Jim blickte auf und den Tisch hinunter. Der Bischof stand immer noch zwischen dem Grafen und Agatha Falon, beugte sich jedoch nicht zu weit vor, um auf keinen Fall seine kirchliche Würde zu verletzen. Angie war weiterhin in ein angeregtes Gespräch mit Sir John Chandos verstrickt. Diese letzte Beobachtung irritierte Jim – und zwar nicht wenig.

Jim mochte Sir John Chandos. Und mehr als das, er bewunderte ihn. Chandos hatte einen brillanten Verstand und war von beträchtlichem Scharfsinn. Jim war sich überdies der Tatsache bewußt, daß Chandos im Laufe ihrer Bekanntschaft noch nichts gesagt oder getan hatte, was über die üblichen Artigkeiten Angie gegenüber hinausgegangen wäre.

Aber Sir John war unleugbar gutaussehend und beeindruckend dank seiner zusätzlichen Jahre, seiner Intelligenz und seiner Stellung im unmittelbaren Umfeld des Throns. Irgendwie hatte Angie in ihm einen Mann gefunden, mit dem sie gern zusammen war und mit dem sie sich gerne unterhielt. Daran gab es nichts auszusetzen, wäre da nicht die unbehagliche Tatsache gewesen, daß Sir Johns Benehmen auch die übliche Einleitung zu dem Spiel der Verführung war, das in der Maske höfischer Artigkeiten ausgetragen wurde. Es war nicht auffällig genug, um zügellos genannt zu werden, und wurde bei Zusammenkünften wie dieser gern gespielt. Besonders die Weihnachtsgesellschaft des Grafen war in dieser Hinsicht berühmt, genauso wie sie für ihre Speisen, ihre Turniere und Geselligkeiten berühmt war.

Aber all das waren Dinge, über die Jim sich später den Kopf zerbrechen konnte, nicht jetzt.

Jim warf noch einen schnellen Blick in die Runde. Niemand sah ihn an.

Leise erhob er sich und ging in eine Richtung davon, die darauf schließen lassen konnte, daß er lediglich den Abort der Burg aufsuchen wollte. Dieselbe Richtung würde ihn jedoch auch zu der Treppe des großen Turms und auf direktem Wege zu den Räumen führen, die er mit Angie teilte.

Kurz bevor er den Saal verließ, änderte sich der Geräuschpegel. Alle Instrumente bis auf die irische Harfe waren verstummt, und die volltönenden, traurigen Klänge ihrer Saiten begannen sich herrlich klagend über das Geräusch der allgemeinen Unterhaltung zu erheben.

»Verdammt!« entfuhr es Jim. »Ausgerechnet jetzt!«

Nachdem er die Musik bedauernd hinter sich gelassen hatte, eilte er den Flur hinunter und der Treppe entgegen.

9

»Hier scheint doch alles in Ordnung zu sein«, bemerkte Jim.

Er war wieder oben in dem äußeren Raum ihrer beiden Gemächer. Sie hatten die Tür verriegelt, und die Amme wieselte ängstlich um ihn herum, während der kleine Robert im Nebenzimmer friedlich schlief, nachdem er einmal kräftig die Ärmchen und Beinchen gereckt und sich seiner Bewegungsfreiheit erfreut hatte.

Vor einigen Stunden hatte Angie die Amme Stillschweigen schwören lassen – und das halbwüchsige Mädchen so furchtbar erschreckt, daß es nun zu glauben schien, man hätte ihm ein Krongeheimnis anvertraut. Dann hatte sie Robert, sobald sie in ihrem Zimmer waren, von dem langen Windelstreifen befreit, der ihn fest an das Holz an seinem Rücken band – ein kurzes Brett mit einem Loch in der Nähe des Kopfendes, damit seine Amme ihn bequem an einen Haken hängen konnte, wenn sie anderweitig beschäftigt war. Angie hatte jedoch sogleich mit einigem Ingrimm verkündet, daß Babys Platz bräuchten, um sich zu *bewegen;* und daß von nun an sie, Angie, darüber befinden würde, wie man mit Robert umzugehen habe.

Überdies hatte sie Jim veranlaßt, einem ihrer Bewaffneten den Auftrag zu geben, insgeheim eine Art Wiege zu bauen, in der das Baby die notwendige Bewegungsfreiheit haben würde.

»Nein, an dem Ding ist nichts Gefährliches«, wiederholte Jim nun, während er den Ring in den Fingern drehte.

Der Ring war ein schlichter Goldreif, passend für den Finger einer Frau, mit abgeflachter Oberseite, auf der das Wappen der Falons eingraviert war. Ein Siegelring, dazu gedacht, daß man ihn in heißes Wachs preßte, um einen Brief oder ein anderes Dokument zu versiegeln und gleichzeitig Zeugnis für den Rang und die Identität des Absenders abzulegen.

Und wirklich, er sah völlig harmlos aus. Jim mußte sich natürlich darauf beschränken, den Ring mit nicht magischen Mitteln zu untersuchen, da der Bischof die Burg gesegnet hatte und keine *neue* Magie ermöglichen würde, solange er hier weilte. Der einzige Test, den er hatte durchführen können, um einen möglichen Zauber zu ermitteln, war das Ergebnis einer nicht lange zurückliegenden Unterredung mit Carolinus. Sein alter Lehrer hatte davon gesprochen, daß ein erfahrener Magier anhand eines Kribbelns in den Fingern in der Lage sein sollte, zu spüren, ob ein bestimmter Gegenstand mit Magie behaftet sei oder nicht.

Jim verspürte kein Kribbeln in den Fingern, als er den Ring zur Hand nahm. Andererseits war nicht auszuschließen, daß er als Magier nicht über genügend Erfahrung verfügte, um einen solchen Test durchzuführen.

»Aber ich werde ihn selbst behalten«, sagte er schließlich. »Carolinus kann ihn sich ansehen und mir sagen, was er davon hält. Ich bin mir ziemlich sicher, daß der Ring völlig ungefährlich ist. Das Baby kann ihn ohnehin nicht tragen; obwohl man ihn wohl irgendwie an seiner Kleidung befestigen könnte.«

»Ja, Mylord«, sagte die Amme, »ich könnte ein Band daran nähen, das man ihm umhängen könnte.«

»Nun denn«, sagte Jim, wandte sich der Tür zu und war recht froh, daß er den Raum verlassen konnte – beide Zimmer, in denen ein munteres Kaminfeuer brannte, waren vollkommen überheizt. Brian hatte Angie vorsichtig darauf hinzuweisen versucht, daß es vielleicht nicht gut sei, das Baby zu überhitzen oder es an eine im Grunde genommen tropische Temperatur zu gewöhnen. Aber Angie hatte ihn mit einer weiteren grimmigen Bemerkung, daß *sie* befinden würde, was das beste für das Kind sei, zum Schweigen gebracht. Sie klang stark wie eine Wölfin, und das seit dem Augenblick, da sie den kleinen Robert aus dem Schnee geholt hatte. Weder Brian noch Jim hatten es gewagt, mehr als ganz vorsichtig Einspruch zu erheben.

Jim drehte sich um und streckte die Hand nach dem Riegel aus, mit dem die Tür verschlossen war. Aber gerade in diesem Augenblick wurde er aufgehalten.

»Mylord!« quiekte eine dünne Stimme hinter ihm. »Sir James! Oh, Sir James!«

Jim und die Amme fuhren beide zum Kamin herum.

»Jiiiih!« rief die Amme mit einer Stimme, die auf bewundernswerte Weise Entsetzen und allergrößte Neugier vermischte.

Beide Gefühle waren jedoch nur allzu gerechtfertigt, dachte Jim. Mitten in der Luft über den Flammen im Kamin hockte scheinbar auf einer dünnen Rauchsäule eine kleine, braune Gestalt in ziemlich rußigen Kleidern, zu denen eine enge Hose gehörte, eine enge Jacke und eine kleine, flache Kappe, die fest auf seinem gleichermaßen kleinen, runden Kopf thronte. Seine Nase war knollig, die Augen waren leuchtende Stecknadelköpfe, und der kleine Mund zeigte ein zaghaftes Lächeln.

»Ich bin's nur, Mylord. Kob – Euer Küchenkobold. Ich bitte um Vergebung, Herr. Ich glaube nicht, daß Ihr mich schon jemals gesehen habt, Mylord. Aber ich kenne Euch natürlich gut, und ich würde Euch jetzt nicht stören, Mylord, aber es geht um eine Angelegenheit von höchster Dringlichkeit – hat der Drache gesagt.«

»Kob?« fragte Jim. »Drache?«

»Ja, Mylord. Ein Drache namens Secoh, Mylord. Er kam in die Burg, weil er höchst verzweifelt nach Euch suchte. Es war seine Idee, in die Küche zu gehen, woraufhin all Eure Diener das Weite suchten. Dann rief er mich durch den Schornstein, daher bin ich natürlich hinuntergekommen. Er hat mich mit einer Nachricht zu Euch gesandt – da er selbst Euch nicht ohne Gefahr hier in dieser Burg aufsuchen kann. Für gewöhnlich, Mylord, würde ich Euer Ritterlichkeit niemals stören. Aber ich dachte, in diesem Falle – nun, jedenfalls bin ich den Rauch über die Baumwipfel hierhergeritten, so wie Kobolde es tun, wenn sich die Notwendigkeit erhebt.«

Er verfiel in Schweigen.

»Ich bin wirklich Euer Küchenkob«, fügte er ängstlich hinzu. »Es ist nur so, daß wir alle Kob heißen. Wir Kobolde, meine ich.«

Die letzten Worte hatten einen traurigen Beiklang.

»Was hat das denn mit dieser Angelegenheit zu tun?« fragte Jim ein wenig gereizt. Zu viele Dinge drangen in allzu schneller Folge auf ihn ein.

»Nichts! Überhaupt nichts, großer, magischer Ritter!« rief Kob mit plötzlich furchtsamer Stimme. »Es ist mir nur herausgerutscht. Vergebt mir, Mylord – ich bin bloß Euer Kobold – und stehe stets zu Diensten. Vertrauenswürdig und aufrichtig – wenn auch natürlich klein. Ich wollte diese Sache mit meinem Namen gar nicht erwähnen …«

»Magst du es nicht, wenn man dich Kob nennt?« Jim war ein wenig verwirrt und versuchte, dem Wortschwall des kleinen Elementarwesens ein wenig Sinn zu geben.

»Ich hasse ihn – ich meine, ich liebe ihn. Nennt mich einfach Kob, Mylord. Vergeßt, daß ich davon gesprochen habe. Es ist ein guter Name. Ich … Ich mag ihn.«

»Du meinst in Wirklichkeit, daß du einen anderen Namen willst, ist es das?«

»Ja – nein – nennt mich einfach Kob, Mylord ...« Kob wurde von Sekunde zu Sekunde furchtsamer.

»Ich nenne dich Kob-Eins«, sagte Jim ungeduldig, bedauerte aber sofort seinen schroffen Tonfall. »... de Malencontri natürlich.«

»KOB-EINS?« Die kleinen, grünbraunen Augen in dem braunen Gesicht wurden weit aufgerissen. »... DE MALENCONTRI? Und das alles für mich?«

»Aber gewiß«, entgegnete Jim.

Das frisch umgetaufte Elementarwesen machte eine bemerkenswerte Veränderung durch. Der kleine Kobold strahlte förmlich.

»Oh, vielen Dank, Mylord! Vielen Dank! Ich kann Euch gar nicht sagen ...«

»Keine Ursache. Warum kommst du so oft in die Küche, um ein Freßgelage abzuhalten?« fragte Jim, um seine Gedanken wieder zu sammeln.

»Ich weiß es nicht!« sagte Kob-Eins demütig. »Es überkommt mich einfach, Mylord. Ich muß den Schornstein hinunterrutschen und in der Küche von einem zum anderen stürzen und alles kosten. Ich weiß nicht, warum ich es tue. Es tut mir sehr leid, Mylord – aber ich kann nicht dagegen an. Die meisten von uns Koboden werden häufig einfach wild. Wir wissen nie, warum.«

»Nun, vielleicht können wir der Sache auf den Grund gehen; und wenn es dir nicht gefällt, kann ich dir vielleicht auf magische Weise helfen, diese Angewohnheit abzulegen«, meinte Jim. »Du mußt vielleicht für eine Weile enthaltsam bleiben – ich meine, du mußt möglicherweise ohne deine Freßanfälle auskommen, aber wenn du dich gern von ihnen befreien würdest ...«

»Oh, das würde ich, Mylord«, sagte Kob. »Ich weiß nicht. Es scheint mich immer zu überkommen, wenn ich mich besonders klein und einsam fühle ...«

Jim begriff mit einem Mal, warum Kob auf Freßtour ging.

»Ja«, sagte er entschlossen, »von jetzt an werden dich alle auf Malencontri Kob-Eins nennen. Vielleicht auch nur EINS, um es kurz zu machen. So, jetzt hast du einen Namen. Du bist die Nummer eins – der Kobold Nummer eins. Und wenn du nun auf deine Botschaft zu sprechen kämest ...«

Hinter der Tür war plötzlich eine junge, männliche Stimme zu hören. Der junge Mann war offensichtlich zornig, so daß seine Worte durch die Holzvertäfelung bis in das Zimmer drangen.

»Welche Befehle, Bursche?« rief die Stimme. »Sie gelten nicht für mich! Ich bin der Prinz!«

»Jiiih!« entfuhr es Kob-Eins, und wenn es nicht dieses Wort war, dann doch ein sehr ähnliches. Einen Augenblick später war er den Schornstein hinaufgeschossen.

»Und was jetzt?« murmelte Jim. Aber die Wahrheit war, daß er die Stimme bereits erkannt hatte. Es handelte sich um den jungen Kronprinzen Englands, den er das letzte Mal an der Speisetafel in mürrischem Schweigen hatte trinken sehen. Er wandte sich der Amme zu, die abwartend neben ihm stand. »Geh ins Nebenzimmer und warte, bis ich dich rufe. Versuch, Robert ruhigzuhalten, wenn du kannst.«

Sie verschwand hinter dem Vorhang der Verbindungstür. Jim trat an die äußere Tür und entriegelte sie. Der Prinz stolperte hinein, lief durch das Zimmer auf die beiden gepolsterten Sessel zu, ließ sich in einen hineinfallen und stützte sich mit dem Ellbogen auf den Tisch daneben.

»Wein!« rief er. »Und auch ein Glas für Euch, Sir James. Ich muß mit Euch reden.«

»Nein«, sagte Jim, der ungerührt stehengeblieben war und nun auf den königlichen jungen Mann hinabblickte.

Einen Augenblick lang schien das Wort nicht in das vom Alkohol umnebelte Gehirn des Prinzen durchzudringen. Dann begriff er seine Bedeutung und errötete wütend.

»Das war ein Befehl, Sir James!« schrie er. »Holt mir Wein, habe ich gesagt!«

»Und ich sagte nein«, entgegnete Jim. Im Nebenzimmer war der kleine Robert von der lauten Stimme des Prinzen geweckt worden und in jämmerliches Weinen verfallen. Aber die Amme konnte ihn offensichtlich schnell wieder beruhigen, denn das Weinen verwandelte sich im Handumdrehen in einen Schluckauf. Dann herrschte wieder Schweigen.

»Wie könnt Ihr es wagen!« rief der Prinz. »Ich habe Euch einen königlichen Befehl gegeben. Für diese Unverschämtheit könntet Ihr sterben!«

Er setzte sich auf und starrte Jim wütend an. Jim jedoch sagte nichts, und langsam änderten sich sowohl der Gesichtsausdruck als auch der Tonfall des Prinzen.

»Warum wollt Ihr mir keinen Wein geben?« fragte er beinahe jämmerlich.

»Ihr habt schon ziemlich viel davon gehabt, Hoheit«, entgegnete Jim.

»Wie könnt Ihr es wagen ...« Der Prinz brach ab und schien geradezu in seinem Sessel zusammenzusinken; all sein Zorn hatte sich in Rauch aufgelöst. Mit beinahe mitleiderregender Stimme fuhr er fort. »Sir James – mein guter Sir James, ich muß mit Euch reden. Ihr seid der einzige, mit dem ich reden kann, aber ich brauche ein Glas Wein, um es zu tun. Ich bin nicht an solche Gespräche gewöhnt. Es geht gegen all meine Ehre, mit einem Außenseiter über eine private Angelegenheit wie diese zu sprechen. Aber ich brauche Wein dafür. Ich sage Euch, ich muß reden oder in Stücke brechen!«

Er war plötzlich sehr jung und hilflos. Jim sah ihn lange an und gab dann nach.

»Ich werde nachsehen, ob wir welchen haben«, sagte er, machte auf dem Absatz kehrt und ging an dem Vorhang vorbei in das Nebenzimmer, wo die Amme den schlafenden Robert in ihren Armen wiegte.

»Haben wir Wein da?« fragte er mit gedämpfter Stimme.

Sie sang Robert leise etwas vor.

»Ba ba, kleiner Wurm …«, sang sie. Dann hob sie die Stimme ein wenig, um Jim zu antworten. »Da drüben in der Ecke, Mylord, in der Truhe.«

Dann fuhr sie mit ihrem beinahe stimmlosen Singsang fort. Jim trat an die Truhe, öffnete den Deckel und fand nicht nur Wein, sondern Brot und auch einige kleine Kuchen darin. Er überlegte, ob er auch einige der Kuchen mitnehmen sollte, um vielleicht ein wenig feste Nahrung in den Prinzen hineinzubekommen – dann ging es ihm durch den Sinn, daß der Prinz bereits gegessen haben mußte. Es würde wahrscheinlich nicht viel nutzen, wenn man versuchte, noch mehr feste Nahrung in ihn hineinzuzwingen.

Er nahm eine Flasche Wein und einen Lederkrug mit sorgsam abgekochtem Wasser, das man mit dem Wein mischen konnte. Außerdem griff er nach zwei Metallbechern, die er ebenfalls ins Nebenzimmer mitnahm und auf den Tisch vor den Prinzen stellte. Dann zog er sich den anderen Sessel heran und setzte sich dem jungen Mann gegenüber. Nachdem er den Becher des Prinzen ungefähr zu einem Viertel mit Wein gefüllt hatte, griff er nach der Lederflasche.

»… kein Wasser!« rief der Prinz.

Jim beachtete ihn nicht und schenkte wenigstens genauso viel Wasser wie Wein in den Becher. Dann gab er einen Schluck von beidem in seinen eigenen Becher.

Der Prinz erhob keine Einwände mehr, sondern griff nach dem mit Wasser gemischten Wein und nahm durstig einen Schluck. Jim setzte seinen Becher ebenfalls an die Lippen, aber nur, um sie zu befeuchten. Dann stellte er ihn wieder auf den Tisch.

»Was ist es, das Euch Sorgen bereitet, Hoheit?« fragte Jim.

»Agatha Falon!« antwortete der Prinz.

Jim war verwirrt. Er wußte zu wenig von Agatha Falon, um zu begreifen, wovon der Prinz redete. Durchaus möglich, daß der junge Mann sich einfach zurückgesetzt, mißachtet oder irgendwie gekränkt fühlte. Er versuchte einen Schuß ins Blaue.

»Ja«, sagte er, »ich habe sie beobachtet, wie sie in ein angeregtes Gespräch mit dem Grafen verstrickt war.«

»Ach das?« meinte der Prinz mit einer wegwerfenden Handbewegung, bevor er sich endgültig in seinem Sessel zusammensinken ließ. »Das ist doch nichts. Sie sammelt Trophäen. So ist sie eben. Sie ist keine Schönheit, aber sie buhlt immer um die Aufmerksamkeit des höchstgestellten Mannes in ihrer Reichweite. Nein, der Graf bedeutet ihr nichts. Es geht um meinen Vater!«

»Den König?« Jim wußte, daß fast alle ungebundenen und auch gebundenen Frauen, die an den Hof kamen, hofften, die königliche Aufmerksamkeit zu erregen. Der König, der die mittleren Jahre noch immer nicht überschritten hatte, mochte zwar ein Trunkenbold sein, konnte aber dennoch unter den verfügbaren Damen seine Wahl treffen. Wahrscheinlich hatte ein reicher Baron wie der Vater des kleinen Robert beträchtliche Zeit am Hof verbracht, und Agatha war natürlich bei ihm gewesen. Aber nach dem, was Jim von ihr gesehen hatte, überraschte es ihn, daß eine Frau wie sie sich zu einem Problem entwickeln konnte, sei es für den König oder für den ersten Prinzen des Landes, dem ihr Interesse an seinem Vater zu schaffen machte.

»Ich kann mir nicht vorstellen, daß Seine Majestät …« Jim suchte immer noch nach dem richtigen Wort, als der Prinz ihn unterbrach.

»Pfui!« sagte der Prinz.

Jim war verblüfft. Er hatte noch nie zuvor jemanden tatsächlich ›Pfui‹ sagen hören.

»Diese aufdringliche Dirne!« fuhr der Prinz fort. »Nicht, daß er neuerdings so … Ich hielt ihn in meiner Jugend für einen Gott, wenn ich ihn in seiner Robe und mit seiner Krone sah, und auch damals, als er die Rüstung trug, die er für die große Seeschlacht mit den Franzosen angelegt hatte. Aber er ist der König! Und sie hat es nicht nur auf die königliche Gunst abgesehen – sie will Königin werden!«

Jim war verblüfft – mehr, als er das jemals bei einer solchen Eröffnung erwartet hätte. Vielleicht hatten ihm die wenigen Jahre, die er hier verbracht hatte, ein schärferes Bewußtsein für die Konsequenzen der Worte des Prinzen gegeben.

»Aber sie kann doch unmöglich hoffen, Königin zu werden? Ich meine, ihr Rang ist einfach nicht entsprechend«, sagte Jim.

»Genau!« knurrte der Prinz. »Sie ist kaum mehr als eine Bürgerliche! Und meine Mutter war eine wahrhaftige Königin – Isabella von Frankreich! Aber er … heutzutage …«

Der Prinz warf sich rastlos in dem Sessel hin und her, griff nach seinem Becher und nahm abermals einen tiefen Zug. Dann setzte er ihn mit einem lauten Knall wieder ab. »Wie kann ich darüber reden?«

»Aber wie kann sie auch nur hoffen …«, setzte Jim an.

»Einige Menschen wagen einfach alles«, bemerkte der Prinz düster, »und sie – das muß man ihr lassen – sie ist kühn genug, um hoch zu träumen. Es wäre nicht undenkbar. Er ist zum zweiten Mal ohne Frau, und sie war nie verheiratet. Es gibt Mittel und Wege. Man könnte ihr einen höheren Rang verleihen und … es wäre zu machen …«

Er hielt inne, griff nach seinem Becher und setzte ihn wieder ab.

»Mein Becher ist leer, Sir James«, sagte er.

Widerstrebend goß Jim ein wenig mehr Wein in den

Becher und eine ganze Menge Wasser. Der Prinz hob ihn an die Lippen und trank das Gemisch, offensichtlich ohne es zu kosten.

»Und wenn es zum Schlimmsten kommt, James«, sagte der Prinz, der unverwandt die Tischplatte betrachtete, »wäre es nicht unklug von mir, mich vor einem Dolch in meinem Rücken vorzusehen, oder jemanden meine Speisen kosten zu lassen, bevor ich davon esse.«

»Das kann doch nicht Euer Ernst sein, Königliche Hoheit!« Die Worte des Prinzen hatten Jim buchstäblich betäubt. Dies war England, dachte er plötzlich. Ein Mordanschlag auf den Kronprinzen konnte hier doch nicht stattfinden. Aber andererseits, wenn er länger darüber nachdachte, war es durchaus möglich. Ein solcher Mordanschlag konnte überall geschehen, wenn der Preis hoch genug war – und das war der Thron von England gewiß.

»Schon wegen der kleinsten Kleinigkeit, die sie begehrt, wird sie vor nichts haltmachen!« sagte der Prinz. »Weil sie noch mehr wagen wird, wird sie noch mehr gewinnen. Am Ende wird sie alles bekommen, was sie will – die Krone, die meine Mutter trug. Und ich bin hilflos!«

Er warf sich wieder in seinen Sessel, starrte die Decke an und schloß wie in höchster Qual die Augen.

Jim beobachtete ihn schweigend, bis ihm plötzlich klar wurde, daß die Augen des Prinzen sich nicht wieder geöffnet hatten und daß sein angespanntes Gesicht friedlich und sein Atem regelmäßiger geworden war.

»Hoheit«, sagte er zaghaft.

Der Prinz gab keine Antwort.

Jim streckte vorsichtig eine Hand nach dem Arm seines Gegenübers aus. Ein Mitglied der königlichen Familie ohne besondere Erlaubnis auch nur zu berühren, galt als eines der schlimmsten Verbrechen. Aber der

Prinz regte sich nicht. Jim zupfte vorsichtig an dem blaugewandeten Arm.

Der Prinz reagierte immer noch nicht.

Jim erhob sich, lauschte einen Augenblick lang auf Edwards Atem, der sich beinahe in ein Schnarchen verwandelt hatte, und ging an die Tür zum Korridor. Er entriegelte sie und trat hinaus, um mit dem Bewaffneten zu sprechen, der dort Dienst tat.

»Kennen irgendwelche Burgbediensteten, die im Augenblick im Rittersaal servieren, Euch vom Sehen, Wilfred?« fragte er.

Wilfred schüttelte den Kopf.

»Ich glaube nicht, Mylord.«

»Dann möchte ich, daß Ihr hinuntergeht. Sorgt dafür, daß Ihr den Saal leise betretet und ohne Aufmerksamkeit zu erregen, wenn sich das machen läßt. Begebt Euch hinter Sir John Chandos und Lady Angela an die hohe Tafel und überbringt Sir John eine Botschaft. Sagt ihm, daß ich ihn dringend hier oben benötige – so schnell wie möglich. Und falls Lady Angela ebenfalls mit hinaufkommen möchte, sagt Ihr, ich sei der Ansicht, sie bliebe besser unten.«

»Jawohl, Mylord.« Wilfred legte seinen Schwertgürtel ab und ließ ihn mitsamt seinem in der Scheide steckenden Schwert sachte auf den Boden des Korridors fallen, denn es war ihm nur auf Grund einer Sondererlaubnis des Grafen und wegen der Anwesenheit des kleinen Robert Falon gestattet, in der Burg Waffen zu tragen, aber diese Erlaubnis galt nur für die privaten Räume von Jim und Angie.

»Habt Ihr alles verstanden?« fragte Jim, obwohl er die Antwort kannte.

»Wort für Wort, Mylord.« Wilfred grinste ein flüchtiges, zahnlückiges Grinsen. Dann machte er kehrt und ging den Korridor hinunter, wobei er sich geschwind, aber lautlos auf seinen absatzlosen Schuhen bewegte. Jim kehrte in das Zimmer zurück.

Er setzte sich hin, um zu warten. Es dauerte nicht mehr als zehn Minuten, da öffnete sich die Tür, und Chandos trat ein. Wilfred stand im Eingang, bis Jim ihm zunickte, daß er die Tür hinter sich schließen könne.

»Eure Dame wäre ebenfalls mitgekommen.« Chandos ging zu dem Sessel hinüber, auf dem der Prinz lag. Er blickte auf den jungen Mann hinab, der nun offensichtlich in einen trunkenen Schlummer gesunken war. »Ich habe meine Worte neben den Euren in die Waagschale geworfen, um sie von diesem Gedanken abzubringen. Es gibt schon mehr leere Plätze an der hohen Tafel, als das zu diesem Zeitpunkt des Mahls der Fall sein sollte.«

Er wandte den Kopf um und sah Jim durchdringend an.

»Hat er gesagt, was ihn anficht?« fragte Chandos.

»Agatha Falon.« Jim war versucht, ein Wort über den königlichen Vater des Prinzen hinzuzusetzen; aber bei einem Mann von Chandos' Geistesschärfe war das wohl kaum erforderlich.

Chandos nickte und warf noch einen Blick auf den Prinzen.

»Dennoch, so etwas darf einfach nicht passieren«, meinte Chandos.

»Ich wußte nicht, wie ich ihn ohne Aufmerksamkeit zu erregen in sein Quartier zurückschaffen konnte, sagte Jim. Zumindest die Diener hätten gewiß etwas bemerkt. Das ist der Grund, warum ich meinen Bewaffneten nach Euch geschickt habe. Ich hoffe, Ihr haltet mich nicht für allzu dreist, daß ich Euch in diese Angelegenheit verwickle …«

»Aber nicht doch, James«, widersprach Chandos. »Es wird bei weitem besser sein, wenn man ihn in diesem Zustand in meiner Gesellschaft sieht als in Eurer. Wenn Ihr mir Euren Bewaffneten borgen würdet, könnten wir ihn gemeinsam in mein Quartier bringen, das nicht so weit von hier entfernt liegt wie das seine. Mit etwas Glück werden wir unterwegs niemandem begegnen. Sobald wir dort sind, lasse ich ihn schlafen. So etwas wird nicht noch einmal vorkommen, wenn ich mit ihm gesprochen habe.«

Er sah Jim an.

»Er wird am Morgen wieder soweit ernüchtert sein, daß er zuhören kann. Und in diesem Kopf sitzt ein zu scharfer Verstand, als daß er nicht begreifen würde, daß er mit einem solchen Benehmen einer Frau wie Agatha Falon in die Hände spielt, statt sich vor ihr in acht zu nehmen. Würdet Ihr nun Euren Bewaffneten holen?«

Jim ging zur Tür und rief Wilfred herein.

Mit Jims Hilfe bekamen sie den Prinzen auf die Beine, legten einen seiner Arme schlaff über Chandos' und den anderen über Wilfreds Schulter; sowohl Sir John als auch der Bewaffnete hielten jeweils einen Arm umfangen, legten ihre freien Arme um die Mitte des Prinzen und hielten ihn mit vereinten Kräften aufrecht.

Jim öffnete die Tür, und sie gingen hinaus in den Korridor. Er war leer.

Chandos wandte sich zum Gehen und sah Jim an.

»Hey-ho«, seufzte Chandos, »und das so kurz vor dem Jahrestag der Geburt unseres Herrn. Eine schöne Weihnachtsgesellschaft ist das bei unserem Grafen dieses Jahr – und dabei hat sie erst begonnen. Ich wünsche Euch noch einen schönen Abend, James.«

10

»Du siehst also«, sagte Jim zu Angie, »nichts von alledem geht mich im Grunde genommen etwas an, aber wie gewöhnlich stecke ich mal wieder mittendrin.«

Es war spät am Vormittag des Weihnachtstages. Er und Angie saßen in dem äußeren Raum ihres Quartiers. Robert lag in festem Schlaf im Nebenzimmer, und es war niemand bei ihm. Angie hatte die Amme zu einer Besorgung fortgeschickt und dafür gesorgt, daß auch die Dienstfrau, die sie aus Malencontri mitgebracht hatten, nicht zugegen war, damit sie unter vier Augen reden konnten. Jim hatte bisher vergebens auf eine Gelegenheit gewartet, mit ihr zu sprechen, seit der Prinz in diesem Zimmer zu Gast gewesen war.

Angie hatte zwar einige Pflichten wie die mitternächtliche heilige Messe in der Burgkapelle umgehen können, aber Jim konnte nicht umhin, dort zu erscheinen. Dabei konnte er noch von Glück sagen, daß er als Gast der hohen Tafel behandelt wurde; so hatte er sich setzen können, wenn auch nur auf eine harte, ungepolsterte Bank in der Nähe des Altars. Die meisten der Gäste der Burg hatten stehen müssen, sonst hätten sie sich nicht alle in die kleine Kapelle zwängen können.

Auf diese Weise war er bis nach Mitternacht aufgewesen und hatte überdies die wahrscheinlich notwendige, aber unbequeme Entscheidung getroffen, bei einer Wildschweinjagd zu erscheinen, die für den Morgen des Weihnachtstages angesetzt war – eine Jagd, von der er gerade erst zurückgekehrt war.

Man konnte sagen, daß er auch bei der Wildschweinjagd Glück gehabt hatte. Sie waren mehrere Stunden frierend und mit jaulenden Hunden durch den Wald geritten, ohne daß ein einziges Wildschwein in Erscheinung getreten wäre; dann waren sie plötzlich auf ein Exemplar dieser Gattung gestoßen, das beinahe so groß schien wie ein junger Stier, gewiß genauso schwer wie ein solcher war und wahrscheinlich um ein mehrfaches gefährlicher.

Jims Glück hatte darin bestanden, dem Geschehen nicht nahe genug zu sein, daß man ihm Feigheit hätte nachsagen können, weil er nicht augenblicklich versuchte, sich als erster auf das Wildschwein zu stürzen.

Es herrschte kein Mangel an Jägern, die darauf brannten, genau das zu tun. Das Wildschwein jedoch ließ ihnen keine Chance.

Der Keiler hatte sie sofort angegriffen. Er hatte einige der Hunde zerrissen, war wie ein Armbrustbolzen durch Binsengeflecht durch das Rudel geschossen, hatte zwei der vorausreitenden Reiter umgeworfen und war geflüchtet.

Die Hunde wären ihm gefolgt und die übrigen Jäger mit ihnen, aber der Zufall wollte, daß einer der mitsamt Pferd zu Boden Geworfenen der Graf selbst war. Der Graf war zweifellos in seinen besten Jahren ein kräftiger und tüchtiger Jäger gewesen. Aber diese Zeit gehörte schon der Vergangenheit an, und nun lag er hilflos auf dem Rücken im Schnee, bekam kaum noch Luft, und seine Rüstung machte es ihm beinahe unmöglich aufzustehen, selbst wenn er ein wenig Luft in seine Lungen bekommen hätte. Dieser Zwischenfall brachte die Jagd zu einem frühen Ende. Die Hunde ließen sich sichtbar widerwillig zurückrufen – auf sich allein gestellt wären sie dem Wildschwein bis in alle Ewigkeit gefolgt, obwohl unverkennbar war, daß sie nicht einmal mit ihrem ganzen Rudel etwas gegen den Keiler hätten ausrichten können.

So war die Jagd also zu Ende gegangen. Jim fühlte sich auf Grund des Schlafmangels und aller anderen Widrigkeiten noch elender als zuvor und saß nun erschöpft in seinem Sessel, während er versuchte, Angie von allen Ereignissen zu berichten, seit Carolinus ihn mit Brian zu dem Troll in den Keller der Burg hinuntergeschickt hatte.

Sie mußten sich noch für das Mahl ankleiden, das in nur anderthalb Stunden beginnen würde. Da dieser Tag unter den zwölf Weihnachtstagen der wichtigste war, würden alle in ihren prächtigsten Kleidern erscheinen, und selbst wenn Jim sich kaum darum scherte, wie er aussah, mußte er doch den äußeren Schein wahren. Angie dagegen wünschte sich dringend, genug Zeit zu haben, um sich anzukleiden und fertigzumachen. Daher spielte eine leise Ungeduld in die Besorgnis, mit der sie Jim sonst zugehört hätte – und Jim konnte nicht umhin, dies zu bemerken.

»Ich nehme an«, fuhr Jim fort, »daß diese Sache mit dem Troll im Keller der Burg und dem mysteriösen, vielleicht ebenfalls in der Burg befindlichen Troll hier oben unter den Gästen an mir hängenbleibt, da ich Carolinus' Lehrling und ihm gegenüber verpflichtet bin. Aber alles, was Agatha Falon betrifft und ihre Absichten auf König Edward sollte eigentlich nicht mein Problem sein. Meinst du nicht auch?«

»Spielt es eine Rolle, was ich dazu meine?« fragte Angie. »Besteht dein eigentliches Problem nicht darin, was alle anderen dazu meinen werden? Carolinus, der Prinz, Chandos ... Wir möchten doch, daß der König die Vormundschaft über den kleinen Robert einer vertrauenswürdigen Person überträgt.«

»Ich glaube nicht, daß die Meinung des Prinzen in einem solchen Fall bei seinem Vater ins Gewicht fällt«, sagte Jim. Eine kleine, aber unübersehbare Gewitterwolke schien sich auf Angies Stirn zusammenzuballen, und so fügte Jim hastig hinzu: »Aber natürlich würde ich nichts tun, was unsere Position bei der Vergabe der Vormundschaft gefährden könnte.«

»Und das bedeutet, daß du dem Prinzen und Chandos und auch dem Grafen helfen mußt. Aber sie können schließlich nichts Unmögliches von dir erwarten. Wenn du also diesen anderen Troll nicht findest oder wenn es dir nicht gelingen sollte, dem Prinzen hinsichtlich dieser Agatha Falon zu helfen, dann können sie dir das kaum zum Vorwurf machen. Es überrascht mich nicht. Diese Frau wird alles versuchen, ganz zu schweigen davon, Königin von England zu werden – und da wir schon von dem Ring sprechen, wo ist er eigentlich? Du hast ihn doch nicht etwa an die Kleider des kleinen Robert nähen lassen, oder?«

Sie hatten noch gar nicht über den Ring gesprochen, dachte Jim ein wenig grollend. Angie hatte das Thema einfach mitten im Satz aus dem Nichts gegriffen. Aber er verbarg seine Gefühle gut.

»Natürlich nicht«, sagte Jim. Er griff in den Beutel, der an seinem elegantesten Rittergürtel befestigt war, und fischte den Ring heraus. Dann reichte er ihn Angie.

Sie nahm ihn argwöhnisch in Augenschein und hielt ihn sich sogar unter die Nase, um ihn zu beschnuppern.

»Nein«, sagte sie schließlich widerstrebend, »er scheint nichts Böses an sich zu haben – jedenfalls nicht, soweit ich das beurteilen kann.«

»Ich glaube es auch nicht«, sagte Jim. »Es könnte eine vollkommen normale Geste sein. Sie ist Roberts Tante. Du weißt, wie der Adel über Familie denkt. Sie wollte wahrscheinlich einfach, daß er den Ring bekommt.«

»Ha!« sagte Angie.

Das war das zweite Mal in den vergangenen beiden Tagen, dachte Jim, daß Angie tatsächlich sehr mittelalterlich klang.

»Ich habe dir doch erklärt«, sagte Jim, »daß ich Carolinus den Ring überprüfen lassen werde, bevor wir ihn auch nur in die Nähe des kleinen Robert bringen.«

»Unbedingt!« sagte Angie. »Jetzt, da diese Agatha von Roberts Existenz weiß, wird sie ihre Hoffnungen auf die Ländereien der Falons dahinschwinden sehen. Als erstes wird Roberts Vormund die Kontrolle über die Ländereien haben, und sobald Robert volljährig ist, er selbst. Vielleicht solltest du besser diesen anderen Troll finden.«

»Ich wäre froh, wenn ich wüßte, wie ich das anstellen soll«, versetzte Jim. »Was meinst du, wie ich die Sache angehen soll?«

»Carolinus wird dir gewiß weiterhelfen«, erwiderte Angie. »Ich glaube nicht, daß es nicht irgendeine magische Lösung gibt. Er stellt sich nur an, wie er das immer tut, wenn es darum geht, daß du irgend etwas allein zuwege bringst.«

»Das können wir nicht sicher wissen«, wandte Jim ein. Aber weil er wußte, daß die Richtung, in die dieses Gespräch verlief, zu nichts anderem als einem unfruchtbaren Streit führen konnte, fügte er hastig hinzu: »Außerdem, was ist das für eine Sache mit unserem Küchenkobold? Ich habe Kob-Eins seit dem Erscheinen des Prinzen nicht mehr gesehen. Was ist mit dieser Botschaft, die er mir von Secoh überbringen sollte?«

»Vergiß das für den Augenblick«, sagte Angie entschieden. »Kob-Eins ist nicht hier. Übrigens – ist dir kein besserer Name für ihn eingefallen?«

Aber sie fuhr fort, ohne eine Antwort abzuwarten.

»... Wahrscheinlich wirst du irgendwann die Erlaubnis einholen müssen, dich weit genug von der Burg zu entfernen, um deine Magie benutzen zu können. Dann kannst du dich in einen Drachen verwandeln und ausfliegen, um Secoh zu suchen und mit ihm zu reden. Aber dafür hast du noch zwölf Tage Zeit. Jim, ich finde, wir müssen uns jetzt wirklich umziehen.«

»Ich bin bereits umgezogen«, entgegnete Jim freundlich.

Das war er tatsächlich. Neben seinem besten Gürtel mit den Emailleplaketten, von dem seine beste Scheide und sein kostbarster Dolch herabhingen, trug er einen beinahe brandneuen, roten Rock über einer blauen Hose. Seine offen gearbeiteten Schuhe, die genauso absatzlos waren wie die aller anderen hier auch, waren ebenfalls rot gefärbt.

Angie würde natürlich das Prunkstück der Familie sein. Sie hatte ein völlig neues Staatsgewand, ein langes Kleid mit engem Mieder von der Farbe hellgoldenen Safrans. Die voluminösen Ärmel, die sich über dem Ellbogen zu Puffärmeln aufblähten und darunter bis zum Handgelenk eng anlagen, waren natürlich abnehmbar; aber Angie hatte beschlossen, gegen die allgemeine Sitte zu verstoßen, zu dem safrangefärbten Gewand eine Kontrastfarbe zu tragen.

Statt dessen würde sie die passenden Ärmel des Gewandes selbst tragen und dazu die riesigen Rubine, die Rrrnlf, der Seeteufel, ihr geschenkt hatte. Man hatte sie aus der Kette gelöst und mit ihren Unterseiten in zwei Reihen auf die enganliegenden Teile der Ärmel genäht, statt der Knöpfe, die solche Ärmel normalerweise aufwiesen.

»Ich glaube, ich muß noch meine Schlafunterlage aufrollen«, sagte Jim. Er und Angie nahmen, wohin sie auch gingen, ihre eigenen Matratzen mit und vermieden es, in den Betten zu schlafen, die man ihnen in den Burgen und in sämtlichen Gastshäusern anbot, einfach weil es unter gewöhnlichen Umständen in diesen Betten vor Ungeziefer nur so wimmelte. »Dann nehme ich es mit hinunter in Brians Zimmer und versuche, vor dem Essen noch schnell ein Nickerchen zu machen. Du kannst mich dort abholen, wenn du fertig bist, so daß wir zusammen in den Rittersaal hinuntergehen können.«

Sie erhoben sich aus ihren Sesseln. Angie lächelte ihm zu und nahm ihn in die Arme.

»Keine Sorge«, sagte sie. »Ich werde darüber nachdenken, wie du die Sache in den Griff bekommen könntest.«

Jim, den ihre Worte trösteten, sah sie an dem Wandvorhang vorbei ins Nebenzimmer verschwinden, rollte seine Schlafunterlage auf und machte sich auf den Weg zu Brians Quartier. Aber als er den Flur hinunterging, kam ihm eine Idee. Er saß an der hohen Tafel, Brian nicht. Brian würde sich also frei bewegen können und wahrscheinlich nicht vermißt werden, während Jim bei gleichem Verhalten aufgefallen wäre. Er wußte noch nicht genau, wie Brians Bewegungsfreiheit genutzt werden konnte, aber er hatte das Gefühl, als wäre dies der Kern einer Idee, wenn nicht mehr.

Er klopfte an Brians Tür, rechnete jedoch im Grunde nicht damit, Brian in seinem Zimmer vorzufinden. Aber zumindest sein Knappe oder einer seiner Bewaffneten sollte dort sein, um Brians Besitz zu hüten. Theoluf hätte für gewöhnlich dasselbe für Jim getan, aber die Gegenwart des Babys hatte alles verändert, und Theoluf selbst nutzte nur allzugern seine Freiheit, um ein Auge auf die Bewaffneten zu haben. Aber wider Erwarten öffnete Brian ihm selbst die Tür und bat ihn hinein.

»Ah, James!« sagte er. »Wie schön, Euch zu sehen! Wie sehe ich aus?«

Brian drehte sich vor Jim einmal um seine eigene Achse. Er hatte sich offensichtlich bereits für die Hauptmahlzeit der Feiertage angekleidet; er trug einen blauen Rock, der nur leicht verblichen war, und dazu kleine, sehr saubere, erst jüngst neu geschwärzte Schuhe. Sein Rittergürtel mit dem in der Scheide steckenden Dolch war das einzig Prächtige an ihm; er war eine der Trophäen eines Turniers gewesen, an dem er an diesem Tag teilgenommen hatte.

All dies schmückte einen mageren, durchtrainierten, sehnigen Körper. Sein Freund mochte zwar nur einen Meter fünfundsiebzig messen, hielt sich aber, als sei er mindestens einen Kopf größer – und das mit Recht.

Brian hatte mit vielen Männern gekämpft, die um einiges größer, schwerer und möglicherweise auch stärker waren als er – und hatte sie besiegt.

»Ihr seht ganz hervorragend aus, Brian«, sagte Jim und meinte es auch so.

»Ha!« rief Brian zufrieden und drehte sich wieder um. »Sehr freundlich von Euch, das zu sagen, James. Ich möchte mir nicht nachsagen lassen, ich könne mich nicht meiner Stellung geziemend kleiden.«

Plötzlich kehrte er ihm wieder den Rücken zu.

»Aber dennoch, James«, fuhr er ängstlich fort, »würdet Ihr so gut sein, den Kragen hinten an meinem Rock zu begutachten? Er ist ein wenig abgenutzt. Eine Frau in meiner Burg, die sich bestens auf den Umgang mit der Nadel versteht, hat ihn nach innen gewendet, um die abgenutzte Stelle zu verbergen. Aber wenn ich den Rock jetzt trage, will mir scheinen, als könnte ich im Nacken immer noch die rauhe Stelle in dem Stoff fühlen. Sagt mir, seht Ihr den Schaden, wenn Ihr hinter mir steht?«

Jim betrachtete den Kragen von Brians Rock. Die abgenutzte Stelle, von der er gesprochen hatte, war kaum noch zu sehen, aber eben doch nicht ganz verdeckt. Dennoch mußte man genau hinter Brian stehen und angestrengt dessen Nacken studieren, um die schadhafte Stelle zu finden.

»Ich sehe nichts«, sagte Jim.

»Ah, das erleichtert mich«, erwiderte Brian und drehte sich um. »Seid Ihr bereit, in den Saal hinunterzugehen, James? Wo ist Angela?«

»Sie wird hierherkommen, um mich abzuholen, wenn sie soweit ist«, sagte Jim. »Wenn Ihr warten wollt, können wir alle zusammen hinuntergehen.«

»Aber natürlich warte ich!« sagte Brian. »Wahrhaftig, es kann meinem Ruf bei den Gästen hier nur von Nutzen sein, wenn man sieht, daß ich gemeinsam mit Euch, Lady Angela und Geronde zum Mahl erscheine und nicht nur mit Geronde allein. Wenn der Haushofmeister Euch ankündigt, muß er mich zwangsläufig mit gleicher Lautstärke nennen, und alle Augen in der Halle werden sich natürlich auf uns vier richten.«

»Ihr unterschätzt Euch, Brian«, meinte Jim. »Angie und ich sind diejenigen, denen es zur Ehre gereichen wird, gemeinsam mit dem wohlbekannten Sieger so vieler Turniere einzutreten. Mit einem der hervorragendsten Ritter Englands.«

»Nun, nun«, wiegelte Brian ab, »ich würde mich keinesfalls einen der hervorragendsten Ritter Englands nennen, aber lassen wir das. Wenden wir uns lieber anderen Themen zu – setzt Euch, ich hole uns etwas zu trinken.«

»Ich wollte eigentlich ein Nickerchen machen …« Als Jim die Enttäuschung in Brians Gesicht sah, brach er ab.

Wegen des baufälligen Zustands von Burg Smythe lud Brian nur sehr selten Gäste ein. Aber er war ein geborener Gastgeber, und hier in diesem Zimmer hatte er endlich die Gelegenheit, sich ganz zu entfalten. Daran änderte auch die Tatsache nichts, daß dieses Zimmer beträchtlich kleiner war als jeder der beiden Räume, die man Jim und Angie zugewiesen hatte, und daß er es obendrein noch mit seinem Knappen teilen mußte. Mit einem unterdrückten Seufzer sah Jim den anderen Mann an. »Ach, wenn ich so darüber nachdenke, wäre mir ein Becher Wein hoch willkommen!«

»Wohl gesprochen!« rief Brian und durchstöberte seine Besitztümer, die in einer Ecke des Raumes unordentlich übereinanderlagen. Dann kam er mit einer großen Lederflasche herbei, die normalerweise Wasser enthielt, ihrem Besitzer aber auch gute Dienste tat, wenn er Wein transportieren mußte: Eine Lederflasche konnte im Gegensatz zu einem Krug auf Reisen nicht zu Bruch gehen. »Ich habe nur zwei Becher und keine Möglichkeit, sie auszuwaschen. Aber vielleicht genügt es Euch, wenn Ihr den Becher abwischt, James.«

Jim entschied sich für den kleineren Becher, goß ein wenig Wasser aus dem ledernen Wasserkrug auf dem Tisch hinein und zog aus einer der geheimen Innentaschen seines Rockes ein Tuch hervor. Dann rieb er flüchtig seinen Trinkbecher ab; die Gefahr, sich hier irgendwelche unfreundlichen Bakterien zuzuziehen, war in diesem Falle gering.

»Ah, Wein«, sagte Brian und schenkte aus dem Krug,

den er zur Hand genommen hatte, ein wenig ein, »gut für die Seele, gut für …«

Weiter kam er nicht; offensichtlich hatte ihn an dieser Stelle die Inspiration verlassen. Jim überlegte, daß in Brians Fall der Wein wirklich gut für die Seele war. Tatsächlich sogar gut für alles, und das zu jeder Stunde des Tages oder der Nacht und in beträchtlichen Mengen genossen. Aber bei ihm selbst schien der Wein keine besondere Wirkung zu zeitigen. Andererseits war dies genau die Gelegenheit, auf die er gewartet hatte.

»Ach übrigens, Brian«, sagte er, nachdem er seinen Wein mit Wasser verdünnt hatte, »ich wollte etwas mit Euch besprechen. Erinnert Ihr Euch noch an die Sache mit dem Troll unter der Burg?«

»Aber ja doch, James«, sagte Brian mit ernster Miene. »So kräftig hatte ich mir Wesen dieser Art nicht vorgestellt, das schwöre ich Euch.«

»Nun«, fuhr Jim fort, »Carolinus hat mir die … hm … Pflicht auferlegt, den anderen Troll zu finden. Den, von dem der Burgtroll behauptet, er sei hier oben. Das ist der erste Schritt, um die Sache mit dem Burgtroll zu regeln. Darüber hinaus haben sich seither noch andere Dinge ergeben …«

Er erzählte Brian von Agatha Falons Geschenk, dem goldenen Ring, und von dem übermäßigen Weingenuß des Prinzen – davon, daß der Prinz erzählt hatte, er müsse um sein Leben fürchten, wenn es Agatha gelänge, seinen Vater zu heiraten und auf diese Weise Königin von England zu werden. Als Jim mit seinem Bericht zu Ende gekommen war, sah Brian ihn mit nachdenklichem Kopfschütteln an.

»Ich kann mir kaum vorstellen, daß etwas Derartiges geschehen könnte …«, sagte Jim.

»Seltsame Dinge geschehen bei Hof, James«, versetzte Brian. »Außerdem kann sogar ein König, wenn er genug Wein im Leib hat, Schönheit sehen, wo ein nüchternes Auge keine zu entdecken vermöchte; oder doch zumindest nur sehr geringe. Wer weiß? Und was die Frage betrifft, was Lady Agatha tun würde, wenn sie erst Königin wäre und unserem königlichen Lehnsherrn einen weiteren männlichen Erben schenkte, wer vermag das zu sagen? Männer wie Frauen sind böser Dinge fähig, um zu erreichen, wonach ihnen der Sinn steht.«

Jims leise Hoffnung, der Prinz könne das Ganze übertrieben haben, schwand dahin. Wenn Brian es so ohne weiteres für möglich hielt, daß der Prinz in Gefahr sein könne, wenn eine Frau wie Agatha auf den Thron käme, entschied das die Angelegenheit. Er hatte sich bis dahin halb und halb eingeredet, Brian würde eine solche Möglichkeit weit von sich weisen.

»Aber das ist noch nicht alles«, fuhr Jim fort. »Ein Kobold ist durch den Schornstein in unser Quartier gekommen …«

Und er erzählte Brian von seinem Gespräch mit Kob-Eins. Und jetzt sah Brian ihn tatsächlich ungläubig an.

11

»DAS IST MEHR als seltsam, James«, bemerkte Brian. »Ich habe noch nie gehört, daß ein Drache einen Kobold gebeten hätte, eine Botschaft für ihn zu übermitteln. Andererseits will mir scheinen, daß dies kaum etwas mit der Angelegenheit des Trolls unter dieser Burg zu tun haben kann, ebensowenig wie es mit dem Prinzen und dieser Agatha Falon zusammenhängen könnte.«

»Das denke ich auch, Brian«, erwiderte Jim. »Aber der Gedanke, unser alter Gefährte könnte dort in unserer Küche darauf warten, mir eine Botschaft zu überbringen, ist mir einfach schrecklich. Andererseits kann ich die Burg nicht gut verlassen und mich in einen Drachen verwandeln, um nach Malencontri zurückzufliegen und selbst mit Secoh zu reden.«

»Ihr stellt Euer Licht unter den Scheffel, James«, sagte Brian.

»Nicht in diesem Fall«, erwiderte Jim grimmig. »Und dann wäre da noch die Abwesenheit von Carolinus. Ich kann ihn nicht finden, um ihn um Hilfe zu bitten. Ich habe ihn nicht mehr gesehen, seit er mich im Turm allein gelassen hat, und da der Bischof die Burg gesegnet hat, kann ich ihn auch nicht auf magischem Wege zu mir rufen, wie ich das normalerweise täte.«

Jim wurde mit einem Mal klar, daß er sich langsam, aber sicher selbst dazu überredete, die Burg doch zu verlassen.

Brian sah ihn mitleidig an.

»Nun – in dieser Sache bleibt mir keine Wahl«, sagte Jim schließlich. Er warf – die Macht der Gewohnheit – einen Blick auf sein nacktes linkes Handgelenk. Er lebte nun seit einigen Jahren in dieser Welt und konnte sich immer noch nicht daran gewöhnen, keine Armbanduhr mehr zu besitzen.

Allerdings war in dieser Welt auch keine vonnöten. Er hatte ein ziemlich genaues Gefühl für die Zeitspanne, die ihm für das Gespräch mit Brian zur Verfügung stand, bevor Angie auftauchen würde. Da plötzlich fiel ihm Geronde wieder ein.

»Geronde kommt doch nicht etwa auch hierher, um Euch abzuholen, bevor sie hinuntergeht, oder?« fragte er.

»Nein, natürlich nicht, James«, antwortete Brian. »Ich soll sie aufsuchen, wenn es soweit ist. Ich habe mir überlegt, ob nicht vielleicht Angela, Ihr und ich zusammen zu ihr gehen könnten. Auf diese Weise müßten wir keine der beiden Damen über Gebühr warten lassen.«

Er hüstelte und wirkte eine Spur verlegen.

»Nun, das läßt sich gewiß machen«, sagte Jim. Angesichts der Wichtigkeit dieses Festmahls und der Tatsache, daß Angie zum Aufbruch bereit sein würde,

würde Geronde den Nutzen von Brians Plan schnell einsehen – daß sie nämlich alle vier gleichzeitig hinuntergehen konnten. Sie würde Jim und Brian wahrscheinlich nicht allzu lange im Flur warten lassen, bevor sie mit Angela zu ihnen stieß.

»Während wir warten«, fuhr Jim fort, »habt Ihr vielleicht die Freundlichkeit, mir ein wenig mehr über Trolle im allgemeinen zu erzählen. Da ich mich jetzt um den Troll dieser Burg kümmern muß, wäre es vielleicht hilfreich, wenn ich ein wenig mehr über diese Geschöpfe wüßte.«

»In Wahrheit«, sagte Brian, »weiß ich nur wenig – nicht mehr, als die Geschichten erzählen.«

»Ich verstehe«, sagte Jim. »Aber Ihr dürft nicht vergessen, daß ich nicht in England aufgewachsen bin und von diesen Dingen daher so gut wie gar nichts weiß.«

»Ja«, sagte Brian, »das hatte ich ganz übersehen.« Er schwieg einen Augenblick und fuhr dann fort.

»Man erzählt sich, die Trolle seien ganz und gar einzelgängerische Geschöpfe. Man findet sie immer nur einzeln, und zwar an verschwiegenen Orten, in den Wäldern, unter Brücken und dergleichen mehr. Wenn zwei Trolle aufeinandertreffen, bekämpfen sie sich bis zum Tod. Der Verlierer wird aufgefressen.«

»Ich habe noch nie zuvor einen Troll gesehen«, meinte Jim. »Sind alle so wie der, den wir unter der Burg kennengelernt haben?«

»Wie ich schon bemerkte, James«, antwortete Brian, »ist dieser hier der größte, von dem ich je gehört habe. Aber abgesehen von seiner Größe scheint er genauso zu sein wie alle anderen dieser Geschöpfe auch.«

Jim schwieg einen Augenblick und dachte nach. »Nun, wie dem auch sei«, meinte er und wechselte das Thema, »ich muß unbedingt mit Secoh reden. Die Schwierigkeit besteht darin, daß ich irgendeinen Weg finden muß, mich aus der Burg zu stehlen, wenn mich höchstens einige Diener fortgehen sehen. Diener kann ich mit einer Geschichte abspeisen, aber ich möchte nicht gern einem anderen Gast über den Weg laufen oder einem wichtigen Mitglied des Burgpersonals, das sich fragen könnte, warum ich nicht an dem Festmahl teilnehme.«

»Ja, wirklich«, entgegnete Brian, »man würde Euch an der hohen Tafel vermissen.«

»Nicht, wenn man zu wissen glaubte, warum ich fehle«, sagte Jim. »Und deshalb möchte ich Euch um Hilfe bitten, Brian.«

»Ich helfe nur allzu gern«, sagte Brian entschieden.

»Wartet besser, bis Ihr gehört habt, was ich vorschlagen will«, sagte Jim. »Seht Ihr, ich muß mich nur weit genug in den Wald hineinbegeben, um nicht mehr von der bischöflichen Segnung der Burg betroffen zu sein. Im Grunde genommen müßte es genügen, wenn ich die Burg verlasse und mich auf den Turnierplatz begebe. Aber wenn ich so weit fortginge und mich plötzlich in einen Drachen verwandelte oder einfach verschwände, könnte mich einer von den Wachposten der Burg entdecken, und es würde Gerede darüber geben, warum ich das Festmahl verlassen habe – vor allem am Weihnachtstag. Besser gehe ich in den Wald. Aber das ist nicht das Hauptproblem. Ich muß eine Entschuldigung finden, die es mir ermöglicht, das Festmahl zu verlassen. Es muß ein Grund sein, der mich lange genug vom Rittersaal fernhält, um nach Malencontri zu fliegen und Secoh zu finden oder mich vielleicht auf magischem Wege dorthin zu begeben, so wie Carolinus es tut. Ich habe eine Idee, wie sich das anstellen ließe, aber dazu bräuchte ich Eure Hilfe, Brian.«

»Ihr könnt in jeder Hinsicht auf mich zählen«, versicherte ihm Brian. »Also, wie sieht Euer Plan aus, James?«

»Nun ja«, sagte Jim, »ich möchte, daß Ihr etwas für mich tut – nicht sofort, aber, sagen wir, etwa zur Halbzeit des Banketts, nachdem die ersten zwei oder drei

Gänge aufgetragen worden sind. Ihr und Geronde werdet doch zusammensitzen?«

»Das ließe sich einrichten«, erwiderte Brian vorsichtig. »Normalerweise freut sich Geronde, die während der übrigen Zeit des Jahres so wenige andere Damen zu sehen bekommt, bei einigen von ihnen zu sitzen. Und ich gestehe bereitwillig, daß ich die Gespräche von Tischgefährten zu schätzen weiß, die ebenfalls Edelmänner sind und die Neigung haben, von Dingen zu sprechen, an denen ein Ritter Gefallen finden könnte.«

»Nun«, sagte Jim, »es ist im Grunde nicht wichtig, daß Geronde neben Euch sitzt. Sie sollte nur nahe genug sein, um Euch im Auge zu haben. Nachdem Ihr, sagen wir, den dritten Gang verzehrt habt, möchte ich, daß Ihr so tut, als wäre Euch schlecht geworden – ich meine, als fühltet Ihr Euch plötzlich krank ...«

»Krank?« fragte Brian. In der von Rivalität beherrschten Welt der Ritterschaft des vierzehnten Jahrhunderts gab niemand zu, verletzt oder krank zu sein, es sei denn, der Grund dazu war offenkundig und die Verletzung oder die Krankheit überwältigend.

»Oh«, fügte Jim hastig hinzu, »Ihr müßt nur irgendwie stöhnen und von Eurer Bank fallen, als hättet Ihr – hm«, er suchte nach dem bestmöglichen Wort, »einen Ohnmachtsanfall erlitten.«

»Oh?« Brian dachte angestrengt nach. »Ich soll in eine Ohnmacht sinken, wie? Als hätte ich eine Vision gehabt oder so etwas?«

»Das ist es!« rief Jim. »Ihr fallt von Eurer Bank und versinkt in eine plötzliche Ohnmacht oder tut sonst etwas, das alle Augen auf Euch lenken wird. Dann möchte ich, daß Geronde an Eure Seite eilt, und wenn Angie sich nicht bereits ebenfalls von der hohen Tafel zu Euch auf den Weg gemacht hat, soll Geronde sie holen – und ich hätte eine Ausrede, ebenfalls zu Euch hinunterzugehen. Dann können wir alle vier den Rittersaal verlassen, wobei uns vielleicht einige Diener helfen, Euch zu tragen oder zumindest zu stützen.«

»Wir sollen das Weihnachtsbankett vorzeitig verlassen?« fragte Brian ungläubig.

»Ich weiß, es ist viel verlangt, Brian«, sagte Jim. Einmal mehr blickte er auf sein wenig hilfreiches, nacktes Handgelenk. Angie konnte jeden Augenblick auftauchen. So wie es ihm bei seinen besten Plänen stets erging, war es durchaus möglich, daß sie ausgerechnet diesmal zu früh auftauchte. Er wollte zuerst Brians Einverständnis gewinnen und *dann* Angie ins Vertrauen ziehen und dafür sorgen, daß Brian das Ganze später Geronde erzählte. Aber er wollte nicht, daß Angie Brians Ohnmachtsanfall für etwas anderes als reine Verstellung hielt – sonst konnte ihre Reaktion seinen schönen Plan über den Haufen werfen.

»Wenn ich erst fort bin«, sprach er nun weiter, »könnt Ihr und Geronde natürlich zum Bankett zurückkehren. Ihr sagt einfach, der Zwischenfall sei wohl auf etwas zurückzuführen, das Ihr vor einigen Stunden gegessen hättet. Angie wird auf jeden Fall zur hohen Tafel zurückkehren müssen. Ich weiß, es ist viel verlangt. Aber wenn Ihr Euch dazu bereit fändet …«

»James«, sagte Brian fest, »ich werde es tun. Wenn es Euch hilft, könnt Ihr auf jeden Beistand zählen, den ich Euch leisten kann.«

Nicht zum ersten Mal empfand Jim sehr gemischte Gefühle – Freude über Brians Hilfsbereitschaft einerseits und Schuld andererseits. Das Schuldgefühl rührte daher, daß er im zwanzigsten Jahrhundert die Art von Freundestreue, die Brian ihm wieder und wieder erwies, weder erfahren noch selbst entgegengebracht hatte – und er bezweifelte, daß er sich in dieser Welt Brian gegenüber schon einmal ähnlich treu gezeigt hatte.

Er versuchte sich mit dem Gedanken zu beruhigen, daß er bisher nicht viel Gelegenheit gehabt hatte, sich

Brian gegenüber ebenso verläßlich zu erweisen – vielleicht einmal abgesehen von dem einen Mal, als er Brian geholfen hatte, seine Burg Smythe vor einer Rotte von Piraten zu retten, die auf einem Plünderzug landeinwärts geglaubt hatten, die halb verfallene Burg mühelos einnehmen zu können.

Aber das war nur ein einziges Mal gewesen und nicht mehr als die Art Hilfeleistung, die jeder Ritter ganz selbstverständlich von einem freundschaftlich gesinnten Nachbarn erwarten konnte. Eines Tages, sagte er sich, mußte er eine Gelegenheit finden, die Treueschuld zu begleichen, die die Freundesdienste des anderen aufhäuften.

»Gut«, sagte Jim. »Ich bin Euch sehr dankbar, Brian. Wenn Ihr das für mich tun würdet ...«

Weiter kam er nicht. Die Tür, die vom Korridor in Brians Zimmer führte, wurde ohne die Andeutung eines Klopfens oder Kratzens geöffnet, und vor ihnen stand nicht nur Angie, sondern auch Geronde.

Jetzt, da die beiden angekleidet waren, konnten sie es kaum mehr erwarten, augenblicklich hinunterzugehen. Daher brachen sie alle vier auf, und Jim erläuterte unterwegs und mit Brians Unterstützung seinen Plan. Angie sah anfangs ein wenig zweifelnd drein, und Geronde schien geneigt zu sein, nach Haken und möglichen verborgenen Gefahren in dem Plan zu forschen, aber schließlich gebot Brians Haltung all ihren Bemühungen in dieser Hinsicht Einhalt, eine Haltung, die sich wahrscheinlich am besten mit den Worten: *Es ist meine Pflicht und ich werde es tun!* ausdrücken läßt.

So kam es, daß sie sich, nachdem sie den Rittersaal betreten hatten, in grundsätzlicher Übereinstimmung trennten. Brian und Geronde wurden zu einem der niederen Tische geführt, und Jim und Angie geleiteten die Diener wie am Vortag zur hohen Tafel.

An diesem höchsten Weihnachtsfeiertag saßen sie, sehr zu Jims Freude, nebeneinander. Wie am vergangenen Tag saß Agatha Falon neben dem Grafen, beherrschte ganz das Gespräch der beiden und schmeichelte diesem langsam in die Jahre kommenden Edelmann ungemein.

Der Graf schien jedes ihrer Worte aufzusaugen. Er stand bereits ein wenig unter dem Einfluß des Weins – wahrscheinlich, um sich von seinem beim Sturz verrenkten Knöchel abzulenken. Hinter seinem Stuhl lehnte ein Gehstock mit rundem Griff.

Dieselbe gemütlich stämmige, betagte Dame, die zuvor zu Jims Linken gesessen hatte, war auch heute wieder da. Sie konnte es gar nicht erwarten, Jim und Angie auf die bevorstehenden Höhepunkte dieser außerordentlich bedeutsamen Mahlzeit hinzuweisen.

Es würde eine szenische Aufführung der Seeschlacht geben, die bei Sluys mit dem Sieg über die französische Marine geendet hatte. Anscheinend hatte der Graf seinerzeit dabei eine heldenhafte Rolle gespielt. Diese Aufführung sollte am Ende der Mahlzeit stattfinden.

In der Zwischenzeit fanden sich Jongleure zwischen den beiden langen Tischen ein, die munter vor sich hin jonglierten. Während der nächsten Gänge würden Akrobaten an ihre Stelle treten. Indessen sägten, hämmerten und zupften die Musiker hoch oben auf ihrer Empore drauflos, obwohl die Speisenden ihnen nicht die geringste Beachtung zu schenken schienen.

Auch die irische Harfe war wieder da, aber ihre melodischen, traurigen Klänge, die Jim so sehr mochte, gingen im Lärm der anderen Instrumente unter. Jim seufzte bei sich – er hatte jede Menge Zeit zum Seufzen, denn Angie und die ältliche Dame unterhielten sich jetzt über ihn hinweg, und er lehnte sich auf seinem Platz zurück, damit sie einander beim Sprechen ansehen konnten. Er war, um genau zu sein, erleichtert, sich nicht an dem Gespräch beteiligen zu müssen.

Die beiden Frauen schwatzten nicht nur munter drauflos, sondern brachten es gleichzeitig auch zuwege, zu essen und zu trinken. Jim aß ebenfalls – obwohl er nur gemessen trank –, mußte aber zu seiner Verlegenheit feststellen, daß Angie die mittelalterlichen Tischmanieren bei weitem besser beherrschte als er. Wann sie die Zeit gefunden hatte, ihre Sachkenntnis zu entwickeln, konnte Jim sich nicht vorstellen. Zu Hause auf Malencontri benutzten sie großzügig Löffel und Gabeln, und zwar mit der Begründung, daß Jim als Magier so ziemlich alles zuzutrauen war und Angie als seine Frau seinem Beispiel natürlich folgte. Daher hatten sie genauso gegessen wie im zwanzigsten Jahrhundert und nur einige kleine Zugeständnisse an die mittelalterlichen Gewohnheiten gemacht.

Aber hier gab es keine Gabeln. Jeder benutzte das Messer am Gürtel, um Fleisch oder andere Dinge zu zerschneiden – obwohl ein Großteil der Speisen bereits in bissengroßen Portionen serviert wurde. Löffel wurden nur für Speisen in flüssiger Form benutzt – also üblicherweise für die Soßen, auf die die Köche des vierzehnten Jahrhunderts besonders stolz waren.

Jim hatte gelernt, seinen Dolch bei Tisch zu handhaben, wie es sich für das Mittelalter geziemte, aber der heikle Teil des Ganzen kam im Grunde nach dem Schneiden. Nachdem man sich etwas Eßbares abgesäbelt hatte, nahm man es so zierlich wie nur möglich mit den Fingerspitzen auf und führte es auf diese Weise zum Mund. Wer seine Finger zu tief in die Soße tunkte, handelte sich ein Stirnrunzeln ein, und regelmäßig kamen Dienstboten mit Wasserschalen und Tüchern, so daß man sich die unvermeidlichen Anhängsel von den Fingern spülen konnte.

Und da saß Angie nun neben ihm und hob anmutig ein Stückchen Fleisch oder Törtchen mit den Fingerspitzen auf, wobei sie es nur gerade eben in einen Teller oder eine Schale mit Soße tunkte, wie es erforderlich war. Anschließend führte sie diese Happen geschickt an ihre Lippen.

Während Jim also dasaß, aß und trank und gelegentlich die Fingerspitzen in einen Krug mit parfümiertem Wasser tauchte, um sie sich dann an einem Handtuch abzuwischen, versank er halb und halb in einen Tagtraum, in dem er eine Reihe verschiedener Argumente erprobte; er mußte Mnrogar irgendwie dafür gewinnen, ihm bei der Suche nach dem anderen Troll zu helfen.

Angie und die ältere Dame setzten ihr lebhaftes Gespräch immer noch fort – ja, man konnte sagen, daß er im Prinzip verschwunden war und genausogut ein leerer Stuhl zwischen den beiden Frauen hätte stehen können. Seine Gedanken beschäftigten sich wieder mit dem Troll und dem Grafen, die Erbfeinde waren. Er malte sich ein angenehmes Szenario aus, in dem er die beiden zu einem Gespräch zusammenbrachte, in dem er selbst die Vermittlerrolle übernahm … Sie legten ihre Schwierigkeiten bei, stellten fest, daß sie einander mochten, und kamen überein, in Zukunft die Burg gemeinsam zu besitzen.

Der Graf erzählte gerade dem Troll, daß es in einem Korridor der Burg eine Mauer mit einem geheimen Guckloch gebe und daß er eine Möglichkeit habe, sämtliche Gäste einen nach dem anderen daran vorbeiflanieren zu lassen. Der Troll konnte sie daher durch das Guckloch beobachten, im Vorübergehen ihren Geruch aufnehmen und den herausfinden, der ein Troll in menschlicher Verkleidung war. Überflüssig zu sagen, daß den Troll diese Idee in Entzücken versetzte …

Das Phantasiegebilde wurde jäh von einem wilden Heulen aus einem anderen Teil des Saales unterbrochen.

Jim kehrte ruckartig in die Gegenwart zurück und blickte in die Richtung, aus der das Geräusch gekommen war. Auch alle anderen Gäste am hohen Tisch und überall sonst im Saal waren nun aufmerksam geworden, und viele hatten sich erhoben, um besser sehen zu können.

Jim hatte es insgeheim befürchtet: Brian übertrieb maßlos. Vom Podium der hohen Tafel aus konnte Jim über die Köpfe derjenigen hinweg, die sich schon in einem kleinen Kreis um Brian scharten, sehen, wo sich sein Freund auf den mit Binsen bestreuten Boden geworfen hatte. Dort lag er jetzt mit steif von sich gestreckten und zusammengepreßten Beinen auf dem Rücken, die Arme zu beiden Seiten ausgebreitet wie ein Gekreuzigter.

»Es ist Brian!« rief ihm nun Angie aufgeregt und mit bedeutungsvoller Miene zu.

»Das sehe ich«, sagte Jim, und seine Stimme klang in seinen eigenen Ohren gespreizt und unnatürlich. »Was kann ihm nur zugestoßen sein? Das wüßte ich doch gern.«

»Vielleicht sollten wir zu ihm gehen!« Angie sprang von ihrem Platz auf. »Ich glaube – oh, da kommt Geronde!«

Es war tatsächlich Geronde, die pünktlich hinter ihnen erschien. Mit hübsch gespielter Atemlosigkeit trat sie neben Angela, die sich noch immer nicht von der Stelle bewegt hatte.

»Angela, kommt, helft mir!« rief sie. »Wir sprachen gerade über das Heilige Grab, das mein Vater mit solcher Leidenschaft zu sehen begehrte, daß er den Plan faßte, am Kreuzzug teilzunehmen. Brian wollte gerade etwas dazu sagen, als er ein Gesicht machte, als hätte ihn eine Vision überkommen. Er stieß einen lauten Schrei aus und stürzte nieder!«

»Ich komme sofort mit Euch!« sagte Angie.

»Ich auch«, sagte Jim so laut, daß alle Umstehenden es hören konnten. »Vielleicht ist dies ein Fall, den ich mit Hilfe von Magie enträtseln kann.«

»Ich komme ebenfalls mit!« rief eine kräftige Stimme vom anderen Ende des Tisches. Es war die Stimme des

Bischofs. »Wenn er gerade etwas Heiliges im Sinn hatte, als die Vision ihn befiel, geht es auch die Kirche an und ...«

»Beeilt Euch!« sagte Jim für die anderen unhörbar zu Angie und Geronde. Dann rannten sie die Stufen des Podiums hinunter zur unteren Tafel. Jim übernahm die Spitze ihrer kleinen Gruppe und drängelte sich durch die Neugierigen, die ihm Platz machten, sobald sie sahen, um wen es sich handelte.

Eingedenk des Bischofs, der sich hastig näherte, beugte Jim sich über Brians reglose Gestalt, der mit fest geschlossenen Augen dalag.

»Eine Ohnmacht, natürlich«, sagte er laut und um der lauschenden Ohren um ihn herum willen. Dann stieß er Brian ganz sachte mit den Zehenspitzen in die Seite. »Ich glaube, er kommt langsam wieder zu sich.«

Brian rührte sich nicht.

»Ja«, sagte Jim, lauter diesmal. Dann stieß er noch einmal zu. »Er hat die Augen geöffnet!«

Abrupt riß Brian die Augen weit auf.

»James!« sagte er mit munterer Stimme – mit zu munterer Stimme. »Was ist passiert?«

»Ihr seid in eine Ohnmacht gesunken«, sagte Jim. »Könnt Ihr Euch erheben? Ich werde Euch helfen.«

Er bückte sich und griff nach Brians Arm, gerade noch rechtzeitig, um Brian, der mit seiner gewohnten Tatkraft hatte aufspringen wollen, daran zu hindern.

»Langsam ...«, zischte er Brian leise ins Ohr.

Brian begriff und ließ sich von ihm aufhelfen.

»Er muß auf der Stelle zur Ader gelassen werden!« sagte eine Stimme hinter Jims rechter Schulter. Er drehte sich um und sah Sir Harimore Kilinsworth, den Ritter, der sich an ihrem ersten Tag in der Burg ein Wortgefecht mit Brian geliefert hatte.

»Oh, ich glaube nicht, daß das notwendig ist ...«, begann Jim hastig.

»Sir James!« Sir Harimore zwirbelte die so gut wie

nicht existente Spitze einer seiner Schnurrbarthälften. »Ihr seid ein Magier, das wissen wir alle; aber ich wage zu sagen, daß Ihr im Falle eines Ritters, der eine Ohnmacht erlitten hat, vielleicht doch nicht wißt, was das beste für ihn wäre. Ein guter Aderlaß …«

»Eitle Sünder, einer wie der andere!« donnerte die Stimme des Bischofs hinter Jim. »Macht einem Fürsten der Kirche Platz! Und Ihr, Sir Harimore, heilt Euch selbst und kümmert Euch um Eure unsterbliche Seele, bevor Ihr es wagt, Vorschläge zur Behandlung eines Ritters zu machen, der von einer Heiligen Vision gesegnet worden ist!«

Er ging um Jim herum, um Brian ins Gesicht zu sehen.

»Was habt Ihr gesehen, Sir Brian?« wollte er wissen.

»Ich … ich …«, stammelte Brian, vollkommen aus dem Takt gebracht, da er entweder einen Bischof belügen – ein Ding der Unmöglichkeit – oder allen um ihn herum erklären mußte, daß er seine Ohnmacht lediglich vorgeschützt hatte.

»Möglich, daß er sich nicht sofort erinnern kann«, schaltete Jim sich hastig ein. »Vielleicht braucht er erst etwas Ruhe – und ein wenig Zeit, um sich auf das zu besinnen, was er gesehen hat –, falls er sich überhaupt an etwas erinnern kann, bevor alles verloren geht.«

»Es darf nicht verloren gehen!« rief der Bischof. Er sah Brian wütend an. »Wann seid Ihr das letzte Mal zur Beichte gegangen?«

»Heute morgen, Mylord«, antwortete Brian. »Ich wollte eigentlich vor der letzten Adventsmesse um Mitternacht zur Beichte gehen, aber da mir stets das eine oder andere dazwischengekom …«

»Heute morgen! Bestens!« sagte der Bischof. »Und Ihr habt Eure Buße getan?«

»Jawohl, Mylord. Ich …«

»Gut! Sehr gut«, sagte der Bischof. »Eine reine Seele – wir dürfen hoffen.«

Dann fuhr er zu Jim herum.

»Sir James! Ich glaube, Ihr seid wie geschaffen für diese Pflicht. Sorgt dafür, daß Sir Brian in sein Quartier geführt wird und er all die Ruhe findet, deren er bedarf, um sich zu erholen. An diesem Heiligen Tag einen aus unserer Mitte mit einer Heiligen Vision gesegnet zu wissen, das ist eine Kostbarkeit, der wir auf keinen Fall verlustig gehen dürfen. Daher mache ich Euch dafür verantwortlich, und ich will Euch, Sir James, an die Übereinkunft erinnern, nach der die Heilige Kirche Männern wie Euch gewisse Künste gestattet, bekannt als Magie, und der Euch dem Befehl der Kirche unterstellt, wann immer eine Autorität wie ich dies für notwendig erachten sollte. Ich befehle Euch, dafür zu sorgen, daß Sir Brian jede Gelegenheit bekommt, sich an seine Vision zu erinnern.«

»Jawohl, Exzellenz«, sagte Jim. »Wenn ich vielleicht die Hilfe von zwei Dienern erbitten dürfte, damit wir ihn in sein Zimmer tragen ...«

»Ihr sollt sie bekommen«, sagte der Bischof. »Tretet zurück, Ihr alle. Du da – setz diesen Krug ab und komm hierher; und du mit den Pasteten, setz das Tablett augenblicklich ab und komm herüber.«

Zwei der Diener, die ihre Pflichten an den Tischen versahen, hatten offensichtlich großes Interesse an den Ereignissen um Sir Brian, wagten es aber nicht, von ihren gewohnten Aufgaben abzulassen. Nun kamen sie bereitwillig auf Jim und Brian, Geronde und Angie zugelaufen.

»Sollen wir Euch tragen, Sir Brian?« fragte Jim ihn. »Oder meint Ihr, daß Ihr mit ein wenig Hilfe selbst auf Euer Quartier gehen könntet?«

»Ich kann gehen«, antwortete Brian hastig. Dann fügte er, offensichtlich um eine sicher klingende Stimmlage bemüht, hinzu: »Ich mag noch ein wenig unsicher auf den Beinen sein, aber mit einem Diener an jeder Seite ...«

»Habe ich nicht gesagt, Ihr sollt zurücktreten!« rief der Bischof mit voller Kanzelstimme. Die dicht an dicht stehenden Gäste teilten sich vor der kleinen Gruppe mit Brian in ihrer Mitte, wie das Rote Meer sich vor den Israeliten geteilt hatte, um ihnen die Flucht vor ihren Verfolgern, den Wagenlenkern des Pharaos von Ägypten, zu ermöglichen.

12

BRIAN WAR VERSTÄNDLICHERWEISE enttäuscht, als er in sein Zimmer zurückkehrte und feststellen mußte, daß zwar Geronde und Angie zum Bankett zurückkehren konnten, er hingegen nicht. Schließlich hatte der Bischof unmißverständlich Anweisung gegeben, daß er sich ausruhen und sich seiner Vision erinnern solle.

»Es tut mir wirklich leid«, sagte Jim zu ihm. »Ich weiß nicht, wie ich Euch das wiedergutmachen soll. Aber ich werde es tun, das verspreche ich Euch. Ich werde es tun.«

»Oh, ich mache Euch keine Vorwürfe, James«, entgegnete Brian. »Ich habe meine Rolle allzu gut gespielt. Das ist das Schlimme. Aber ich könnte hier oben vergehen – ohne Gesellschaft, Essen und Trinken.«

»Ich bleibe bei Euch«, sagte Geronde. »Ja, wirklich, man würde es von mir erwarten.«

»Ich kann ebenfalls bleiben, wenn Ihr wollt«, erbot sich Angie. »Mich interessiert das Festessen nicht im mindesten, um die Wahrheit zu sagen.«

»O nein, Angela«, widersprach Geronde. »Ihr geht zurück. Das wird man erwarten. Außerdem könnt Ihr allen an der hohen Tafel erzählen, daß er gleich wieder in tiefen Schlaf gesunken sei, daß ich bei ihm wache und wir die Hoffnung hegten, er werde sich beim Erwachen an die Vision erinnern, es sei denn, er hätte sie für alle Zeit vergessen.«

»Ja, das werde ich«, erwiderte Angie. Dann hellte ihre Miene sich auf. »Wenn ich so darüber nachdenke, kann ich auch erzählen, Brian hätte gesagt, er glaube, die Vision sei eine Botschaft für ihn gewesen und er würde sich ihrer vielleicht erst irgendwann in der Zukunft entsinnen, wenn der Augenblick seines Lebens gekommen ist, für den sie Geltung hat.«

Sowohl Brian als auch Geronde sahen sie unbehaglich an.

»Würdet Ihr etwas Derartiges zu dem Bischof sagen, Angela?« fragte Geronde zweifelnd.

»Aber gewiß!« sagte Angie. »Das könnte durchaus zutreffen. Tatsächlich, woher wollen wir wissen, daß Brian nicht wirklich eine Vision hatte, auch wenn er glaubte, er habe nur eine Rolle gespielt? Es könnte doch sein, daß unser ganzer Plan, ihn eine Ohnmacht vortäuschen zu lassen, in Wirklichkeit einzig den Sinn hatte, ihm eine Botschaft zu übermitteln – die er inzwischen vergessen hat und an die er sich nicht erinnern wird, ehe sie nicht auf ein zukünftiges Ereignis anwendbar ist, bei dem er eine Entscheidung treffen muß.«

»Genau!« sagte Jim plötzlich. »Erzählt mir, Brian, habt Ihr Euch irgendwie anders als gewöhnlich gefühlt, als Ihr Euch zurückwarft und mit geschlossenen Augen auf dem Boden lagt? Glaubt Ihr, daß Ihr Eure Rolle vielleicht deshalb so gut gespielt habt, weil Ihr in Wirklichkeit vom Stuhl geworfen wurdet, einen Augenblick lang bewußtlos wart – etwas, woran Ihr Euch jetzt natürlich nicht mehr erinnern könnt – und tatsächlich eine Vision hattet?«

»Ich habe mich anscheinend wirklich mit mehr Kraft zurückgeworfen, als notwendig gewesen wäre«, meinte Brian nachdenklich. Er rieb sich den Hinterkopf. »Und ich bin mir nicht ganz sicher, wie lange ich dort gelegen habe, obwohl es mir nur sehr kurz erschien.«

»Ich habe den Eindruck, daß Ihr vielleicht wirklich eine Vision gehabt haben könntet, Brian, und meine Bitte, eine Ohnmacht vorzutäuschen, war eine Art wunderbaren Zufalls. Auf diese Weise würdet Ihr nämlich bezweifeln, daß Ihr wirklich eine Vision hattet und sie vergessen, bis die Zeit gekommen ist, da Ihr Euch ihrer erinnern solltet.«

Brian und Geronde – ja, sogar Angie – starrten ihn an.

»Ihr meint, das wäre möglich, James?« fragte Brian mit gedämpfter Stimme.

»Brian«, sagte Jim feierlich und mied dabei bewußt Angies Blick, »alles ist möglich.«

Brian bekreuzigte sich. Geronde tat es ihm nach und ebenso – in dieser Reihenfolge – Angie und Jim.

»Ihr seht also«, sagte Jim, »wenn es sich so zugetragen hat, wird die Erinnerung sich womöglich wirklich erst wieder einstellen, wenn die Zeit gekommen ist. Wenn ich so darüber nachdenke, könnt Ihr ruhig nach einer Weile zurückkehren und sagen, Ihr hättet das Gefühl, daß Ihr nicht darüber sprechen dürftet – auf diese Weise werden die anderen am Tisch Euch nicht danach fragen, und Ihr könnt wieder zum Bankett hinuntergehen.«

»Vor allem«, sagte Brian, »möchte ich die szenische Aufführung der großen Seeschlacht bei Sluys sehen.«

»Brian«, ermahnte ihn Angie, »Jim hat lediglich sagen wollen, daß es sich so zugetragen haben könnte, nicht daß es wirklich so war.«

»Nein«, räumte Brian ein. »Entweder hatte ich eine Vision, aber es war mir bestimmt, sie zu vergessen. Oder ich hatte keine, dann habe ich ohnehin niemandem etwas zu sagen. Das werde ich denen unten auch erklären.«

»Brian ...«, hub Geronde an. Er machte eine Handbewegung, um sie zum Schweigen zu bringen.

»Ich habe mich entschieden!« sagte er mit fester

Stimme. »Ich werde wieder hinuntergehen und dem Bischof wie auch allen anderen Anwesenden erklären, daß ich ihnen nichts zu sagen habe.«

Seine Festigkeit ebbte ab. Er lächelte Geronde zu.

»Geronde«, sagte er, »Ihr werdet mich begleiten. Ihr könnt mich unterstützen, wenn ich von meiner schnellen Genesung berichte. Ihr könnt meine Zeugin sein.«

»Nun«, meinte Geronde langsam, »vielleicht ...«

Brians Miene wurde plötzlich wieder nüchtern. Er wandte sich an Jim.

»Aber Ihr, James«, sagte er. »Ihr wollt doch ...«

»Und will es noch immer«, versetzte Jim, nachdem er hastig nachgedacht hatte. »Ihr könnt den Gästen erzählen, Eure Ohnmacht hätte mich an etwas von höchster Wichtigkeit erinnert und ich hätte mich augenblicklich auf die Suche nach Carolinus begeben.«

»Was hat Carolinus mit der ganzen Sache zu tun?« fragte Angie.

»Nun, das ist genaugenommen eine andere Geschichte«, erklärte Jim. »Aber weil ich ihn ohnehin aufsuchen muß, kann ich ihm genausogut gleich von Brians möglicher Vision berichten, solange ich das Ganze noch frisch in Erinnerung habe. Ich werde jetzt auf unser Quartier gehen und mich umkleiden. Und wenn du mich begleiten möchtest, will ich es dir unterwegs erklären.«

»Abgemacht«, sagte Angie.

»Merkst du etwas?« fragte Angie, als sie sich auf den Weg zu ihrem Quartier machten. »Brian glaubt wirklich, eine Vision gehabt zu haben.«

»Nun«, sagte Jim, »das wird es ihm leichter machen, sich dem Bischof gegenüber zu erklären.«

»Darum geht es nicht«, sagte Angie. »Er ist so leicht zu beeinflussen. Du solltest dich schämen!«

»Es schadet niemandem, wenn er denkt, er hätte eine Vision gehabt«, erwiderte Jim.

»Ha!« sagte Angie. »Niemandem außer ihm!«

Jim zuckte innerlich zusammen. Dann bogen sie in den Korridor ein, der zu ihren Räumen führte.

»Genug von Brian und seinen Visionen«, sagte Angie. »Ich muß zurück zur hohen Tafel. Was soll ich den Leuten sagen, wenn sie mich nach dir fragen?«

»Genau das, was ich Brian gesagt habe«, antwortete Jim. »Es ist die Wahrheit. Ich werde mich auf die Suche nach Carolinus machen. Er sollte eigentlich hier sein, wo wir ihn brauchen. Dir ist doch sicher aufgefallen, daß er nirgends zu sehen ist? Er war beim Essen gestern abend nicht da. Genaugenommen habe ich ihn seit unserer Begegnung mit dem Troll nicht mehr zu Gesicht bekommen.«

»Das hatte ich gar nicht bemerkt«, erwiderte Angie. »Ich komme wegen des kleinen Roberts kaum aus unserem Quartier heraus. Meinst du, er wäre überhaupt nicht mehr in der Burg?«

»Ich bin mir dessen sogar ziemlich sicher«, entgegnete Jim. »Es ist möglich, daß ich einen ganzen Tag lang fort sein werde. Wenn ich die Burg erst hinter mir habe, kann ich natürlich meine Magie benutzen, um ihn aufzuspüren – das heißt, nachdem ich Secoh aufgesucht und herausgefunden habe, von welchen Problemen *er* zu berichten hat.«

»Nun, etwas Ernstes kann es doch nicht sein, oder?« wollte Angie wissen.

»Wahrscheinlich nicht«, antwortete Jim. »Aber daß Carolinus in letzter Zeit nicht aufgetaucht ist, gefällt mir gar nicht.« Er hielt inne.

»Könnte Aragh etwas darüber wissen?« fragte sie.

»Das wäre durchaus möglich«, meinte Jim. »Wenn wir auf Malencontri wären, könnten wir ihm ein Signal geben. Hier haben wir keine Möglichkeit, ihn zu benachrichtigen. Vielleicht kann ich mit meiner Magie wenigstens ihn finden, falls mir das bei Carolinus nicht gelingen sollte. Ich begreife einfach nicht, was Carolinus tut – ist er nun hier zu Gast oder nicht?«

»Es ist eigentlich nicht seine Art«, sagte Angie.

»Meine auch nicht«, versetzte Jim düster. »Es macht mir Sorgen, daß er von Dingen Kenntnis haben könnte, in die er mich nicht eingeweiht hat – das wäre nicht das erste Mal. Aber so oder so, wirst du mich beim Grafen und den anderen Gästen entschuldigen? Sag aber nicht gleich, daß ich möglicherweise einen ganzen Tag lang fort sein könnte, sondern laß das zunächst offen.«

»Na gut«, meinte Angie. Sie waren außer Hörweite des Bewaffneten stehengeblieben, den sie vor ihrer Tür postiert hatten. »Ich möchte lieber vor Brian und Geronde unten sein. Ich will dafür sorgen, daß Brian zuerst mit dem Bischof redet.«

»Ja«, pflichtete Jim ihr bei.

Dann sah er ihr einen Augenblick lang nach, während sie mit gerafftem Rock den Korridor entlangging. Schließlich drehte auch er sich um und ging in den vorderen ihrer Räume.

Als er im Nebenzimmer nachsah, lag Robert friedlich schlummernd in seinem Bett. Die Amme schlief auf ihrer Pritsche auf dem Fußboden. Angies Dienstfrau war nirgends zu erblicken.

Möglichst lautlos sammelte er die Rüstung und sein Schwert ein und nahm sie mit in das andere Zimmer, um sich dort vor dem Feuer umzukleiden, das erst vor kurzem geschürt worden war und munter prasselte. Er zog mehrere Schichten Kleidung übereinander, band sich den Schwertgürtel um die Taille, setzte den Helm auf und bedeckte alles übrige mit einem langen, grauen Kapuzenumhang.

Er wollte gerade hinausgehen, als er bemerkte, daß er vergessen hatte, seine Sporen anzuschnallen. Gewiß würde er eines der Pferde mitnehmen wollen, die er in den Ställen des Grafen untergestellt hatte. Im Wald konnte er dann versuchen, sowohl sein Pferd als auch sich selbst auf magischem Wege zu transportieren.

Er hatte gerade die Sporen festgeschnallt und sich der Tür zugewandt, als hinter ihm unerwartet eine Stimme laut wurde.

»Mylord? Mylord, geht noch nicht!«

Jim drehte sich ruckartig herum. Kob-Eins hockte mit verkreuzten Beinen mitten in der Luft über den Flammen im Kamin.

»Ich habe wieder und wieder versucht, Euch abzupassen, Mylord«, sagte Kob-Eins tadelnd. »Aber Ihr seid ja nie allein!«

»Muß ich denn allein sein?« fragte Jim streitlustig. »Was gibt es überhaupt? Ich muß fort.«

»Ich meine, in den meisten Fällen wäre es wohl nicht weiter gefährlich, aber man kann nie wissen. Außerdem gehöre ich nicht hierher. Als ich Euch das erste Mal aufsuchte, hatte ich vorher den Küchenkobold des Grafen um Erlaubnis bitten müssen.«

»Verstehe«, sagte Jim.

»Natürlich gebe ich ihm«, Kob-Eins hob stolz die Stupsnase, »seit Ihr mir einen neuen Namen gegeben habt, nur noch Befehle. Immerhin ist er lediglich ein gewöhnlicher Küchenkobold. Ich habe ihn darauf hingewiesen.«

»Ach ja?« fragte Jim ein wenig verblüfft über das Ergebnis seiner unbedachten Umbenennung des kleinen Elementarwesens.

»Aber ja!« rief Kob-Eins.

»Und er – ähm – hatte keine Einwände?«

»›*Schelm!*‹ sagte ich zu ihm«, fuhr Kob-Eins fort. »›*Ich bin Kob-Eins de Malencontri. Ich werde Eure Burg von Zeit zu Zeit aufsuchen. Überdies werde ich mich nicht herablassen, das Wort an Euch zu richten, es sei denn, ich bedürfte Eurer aus irgendeinem Grund. Wenn dies der Fall ist, erwarte ich, daß man mir den geziemenden Respekt erweist, den ein Höhergestellter wohl erwarten darf!*‹«

»Na, der Teufel ...« Jim konnte sich gerade rechtzeitig bremsen. In dieser Welt sprach man nicht leichthin vom Teufel und schon gar nicht davon, daß er einen holen kommen solle. Er fuhr fort. »Aber ich muß jetzt gehen ...«

»Oh, aber Mylord ...!« Kob-Eins ließ seine Aura der Überlegenheit augenblicklich von sich abfallen. »Ihr habt Euch überhaupt nicht angehört, was ich Euch von Secoh ausrichten sollte – diesem Drachen, Ihr wißt schon ...«

»Ich kenne Secoh«, sagte Jim. »Tatsächlich ist er einer der Gründe, warum ich nun nach Malencontri zurückkehre. Befindet er sich noch dort?«

»Ja, tatsächlich, Mylord«, antwortete Kob-Eins. »Ich hörte Euren Haushofmeister John zu Eurem Ersten Mundschenk sagen, daß er den Bewaffneten Weisung geben könne, den Drachen aus der Burg zu schaffen. Aber er hielt dies dann doch nicht für angeraten, da dieser Drache ein besonderer Freund von Euch ist. Also ist er dortgeblieben, ißt und trinkt und wird immer wütender auf mich. Schon mit einigen wenigen seiner großen Zähne könnte er mich in zwei Hälften knacken. Er ist schlimmer als ein Troll. Wißt Ihr, daß unter dieser Burg ein Troll lebt?«

»Ich habe mit ihm gesprochen«, entgegnete Jim.

»Oh. Nun, Ihr seid ein großer Magier mit einem Schwert«, sagte Kob-Eins, »aber wir Kobolde – selbst ein Kobold wie ich, Kob-Eins de Malencontri –, wir können gegen niemanden kämpfen. Unsere Devise ist, uns unsichtbar zu machen.«

»Ich werde nun zu Secoh gehen«, sagte Jim, »und je früher ich loskomme, um so besser. Wenn du schneller nach Malencontri gelangen kannst als ich, kannst du ihm gleich sagen, ich wäre unterwegs.«

»Oh, das werde ich«, sagte Kob-Eins. »Ich kann in wenigen Augenblicken dort sein, wenn ich den Rauch reite.«

»Verstehe«, sagte Jim. »Nun, dann brich jetzt auf und sag es ihm. Leb wohl.«

Er wandte sich der Tür zu.

»Wohin geht Ihr?« fragte Kob-Eins hinter ihm. »Wißt Ihr, Mylord, ich könnte Euch mitnehmen.«

Jim blieb stehen und drehte sich abermals um.

»Das könntest du?« fragte er.

»O ja, das ist eines der wenigen Dinge, die wir Kobolde können – jemanden mitnehmen, wenn wir den Rauch reiten. Im allgemeinen tun wir das natürlich nicht. Nur manchmal, da nehmen wir Kinder mit. Sie sind klein und sie mögen uns; und selbst wenn sie später den Erwachsenen davon erzählen, glaubt ihnen niemand. Daher ist die Sache für uns vollkommen ungefährlich. Aber da Ihr mir die Ehre angetan habt, mir einen Namen zu geben, möchte ich Euch helfen, Mylord. Wollt Ihr mit mir auf dem Rauch zurückreiten?«

»Ich wollte eigentlich ein Pferd mitnehmen«, sagte Jim stirnrunzelnd.

»Ihr habt Pferde auf Malencontri«, meinte Kob-Eins ein wenig furchtsam.

Das stimmte natürlich. Jim kam sich ein wenig töricht vor.

»Gut denn.« Dann warf er einen Blick auf das Feuer, das im Kamin herunterbrannte und nach einem ziemlich unbequemen Aufenthaltsort aussah. »Wie soll ich das denn machen?«

»Gebt mir einfach Eure Hand, Mylord.« Kob-Eins streckte den Arm aus und Jim ergriff die kleine braune Hand. Einen Augenblick später reiste er bereits den Kamin hinauf, ohne eigentlich zu wissen, wie er dort hingekommen war.

Er hatte sich den Aufstieg durch den Schornstein als eine rußige, enge und unbequeme Angelegenheit vorgestellt. Aber dies war ein mittelalterlicher Schornstein, der breiter und tiefer war als jene, die er aus dem zwanzigsten Jahrhundert kannte. Außerdem war vielleicht ein Elementarzauber des Kobolds am Werke, denn sie flogen hinauf, ohne daß er sich den weiten

Umhang beschmutzt hätte. Dann hatten sie den Schornstein schon hinter sich, bevor er überhaupt Zeit fand, sich auf irgend etwas zu besinnen.

Fast im gleichen Augenblick schwebten sie bereits über die Wipfel der blattlosen Bäume und den schneebedeckten Boden.

Jims erster Eindruck war, daß sie sich nicht besonders schnell bewegten, aber dann änderte er seine Meinung und befand, daß sie tatsächlich schneller vorankamen, als er in seinem Drachenkörper hätte fliegen können. Aber es war eine sehr ruhige, mühelose Fortbewegung. Diese Art des Fliegens war eher wie eine Reise in einem Traum.

Es war großartig. Jim erinnerte sich daran, daß er bei seinem ersten Flugversuch in seinem Drachenkörper vollkommen hingerissen gewesen war von dem herrlichen Gefühl, sich geschwind in die Luft zu erheben, zu schweben oder mehrere hundert Fuß tief hinabzuschießen. Aber mit dem Kobold über die weiße Landschaft dahinzutreiben war noch herrlicher. Diese Art der Fortbewegung fühlte sich tatsächlich so an, als trieben sie schwerelos durch die Luft.

»Keine Spur von dem Troll«, sagte Jim laut und ohne nachzudenken. Er blickte auf die Schneedecke unter sich, die nur gelegentlich eine Tierfährte erkennen ließ. Er versuchte sich vorzustellen, welche Spuren die großen, nackten Plattfüße des Trolls wohl hinterlassen mochten, dessen riesige Zehen in krallenartigen Nägeln endeten.

»Das liegt daran, daß sie alle unter dem Schnee stecken«, meldete Kob-Eins sich unerwartet zu Wort. Jim drehte sich zu dem Kobold um. Er ritt anscheinend auf einem einzigen, dünnen Rauchschwaden. Jim blickte an seinen Beinen hinunter und sah, daß er dasselbe tat. »Unter dem Schnee?« wiederholte er. »Ich habe von dem Troll gesprochen.«

»Ich auch«, erwiderte Kob-Eins düster. »Ich mag

weder Trolle noch Drachen. Und keine Nachtschatten und keine Sandmerker und keine großen Küchenmamsells mit riesigen Messern ...«

»Wie meinst du das, unter dem Schnee?« fragte Jim. »Selbst wenn der Schnee hoch genug wäre, um einen Troll zu verbergen ...«

»Oh, sie legen sich nicht einfach irgendwo hin und warten darauf, daß der Schnee sie zudeckt, Mylord«, erklärte Kob-Eins. »Sie suchen sich Plätze aus, an denen der Schnee sich zu einer hohen Wehe auftürmen wird. Dort legen sie sich dann nieder. Die Kälte macht ihnen natürlich nichts aus – genausowenig wie irgend etwas sonst. Sie können unter der Schneewehe liegen bleiben, solange sie wollen, bis jemand vorbeikommt. Dann springen sie aus dem Schnee auf, packen ihn und fressen ihn. Für gewöhnlich sind es natürlich nur unschuldige Rehe oder Kaninchen, aber es könnte jeden treffen – sogar einen Kobold wie mich!«

»Nun, es dürften eigentlich keine Trolle hier in der Gegend sein, die dir das antun könnten«, meinte Jim. »Der Burgtroll sagt, er hätte sein Gebiet seit achtzehnhundert Jahren gegen andere Trolle gehalten.«

»Das behauptet er vielleicht«, meinte Kob-Eins. »Aber da unten lauern Hunderte. Ich habe sie gesehen, als sie noch darauf warteten, daß der Schnee sie zudeckte. Das war, als ich zum ersten Mal nach Euch suchte und es noch geschneit hat.«

»Hunderte?« fragte Jim. »Du mußt dich täuschen.«

»Nein, Mylord, ich täusche mich nicht«, versetzte Kob-Eins ernsthaft. »Ich erkenne einen Troll, wenn ich einen sehe, und es waren Hunderte da unten. Mindestens.«

Jim wurde plötzlich ganz flau im Magen.

»Wenn so viele hier draußen sind, warum weiß der Burgtroll dann nichts davon? Er hat mit großem Nachdruck behauptet, daß es ihm gelungen sei, all diese Jahre sein Gebiet gegen andere Trolle zu verteidigen.«

»Davon weiß ich nichts«, sagte Kob. »Aber ich bin auch nur ein Kobold.«

»Warum könnten die Trolle hier sein?« fragte Jim.

»Das weiß ich nicht, Mylord«, erwiderte Kob-Eins.

Jim konnte sich gerade noch davon abhalten, eine scharfe Bemerkung dahingehend zu machen, daß Kob-Eins von nichts etwas zu wissen schien.

Er riß sich zusammen. Schließlich war der kleine Bursche genau das, was er gesagt hatte. Von jemandem, der seine Tage und Nächte in einem Küchenschornstein zubrachte, konnte man schlecht erwarten, daß er über den Rest der Welt viel wußte, auch wenn er gelegentlich ausging. Außerdem erinnerte sein kleiner Temperamentsausbruch ihn an Angies Worte, nachdem sie Brian und Geronde zurückgelassen hatten. Wie gewöhnlich drängten sich Angies Bemerkungen einige Zeit später in sein Bewußtsein zurück, um an ihm zu nagen.

Sie hatte natürlich ganz recht. Er hatte Brians Leichtgläubigkeit ausgenutzt – und so etwas machte man nicht mit seinem besten Freund, in keinem Jahrhundert. Nun, hoffentlich würde Brian den Leuten erzählen, er könne sich an die Botschaft nicht mehr erinnern. Dann würde die ganze Sache gewiß bald in Vergessenheit geraten. Dennoch nahm Jim sich fest vor, in Zukunft eine Möglichkeit zu finden, wie er die Sache wiedergutmachen konnte.

»Wir sind fast da!« unterbrach die Stimme von Kob-Eins seine Gedanken.

Jim blickte nach vorn und sah die Lichtung mit den Mauern und Türmen von Malencontri. Er stieß einen Seufzer der Erleichterung aus und erinnerte sich dann daran, daß die Burg nicht Erleichterung versprach, sondern nur ein weiteres Problem, das einer Lösung harrte.

Für einen Augenblick verbannte er alle sorgenvollen Gedanken aus seinem Kopf. Jetzt, da die Burg in Sicht war, konnte er die Geschwindigkeit, mit der sie sich fortbewegten, erst richtig einschätzen. Die Burg schien auf ihn zuzuschießen.

»Und nun – hinunter!« sang Kob-Eins beinahe glücklich; sie stürzten in einen Schornstein, der nach Jims Vermutung wohl in die Anrichtestube im Turm führte.

Um ihn herum war plötzlich alles dunkel, dann kam er jäh zum Stehen, wobei seine beiden Absätze über den Boden vor einem Kamin scharrten, in dem ein behagliches Feuer brannte. Aber es war nicht die Anrichtestube und auch kein anderer Raum in der Burg, den er wiedererkannt hätte.

Es handelte sich um das Innere von Carolinus' kleinem Häuschen beim Klingelnden Wasser, das einige schneeüberzogene Meilen von seiner Burg entfernt lag. Vor ihm stand mit wilder Miene Carolinus. Das Zimmer wurde nur vom tanzenden Feuerschein erhellt, der in den entlegeneren Teilen des Raums seltsame Spiele von Licht und Schatten warf und der Seherkugel des Magiers einen überraschend hellen Schimmer verlieh.

»Mich braucht Ihr nicht zu fragen!« fuhr Carolinus ihn an. »Es ist nicht Eure Schuld; aber ich kann Euch nicht helfen.«

13

JIM STARRTE DEN älteren Mann an. Carolinus sah genauso aus wie immer; er trug eine rote Robe mit den Flecken, die sich spätestens nach ungefähr einem Tag auf seinen Gewändern einzustellen schienen. Aber um die Augen des alten Mannes zeichneten sich Linien der Anspannung ab. Jim ließ sich von dem Grimm des Magiers nicht täuschen. Dies war nicht Carolinus, der seiner gewohnten Reizbarkeit freien Lauf ließ; es war Carolinus, der etwas vertuschte, indem er so tat, als lasse er seiner gewohnten Reizbarkeit freien Lauf.

»Ich bin nicht hergekommen, um Euch um Hilfe zu

bitten«, sagte Jim. »Zumindest nicht in dem Sinn, wie Ihr es zu glauben scheint. Ich muß mit Euch reden. Eigentlich wollte ich zuerst mit Secoh sprechen, aber ich habe nichts dagegen, daß ich statt dessen zuerst Euch über den Weg gelaufen bin. Ich nehme an, Ihr habt mich hierher umgeleitet.«

»So ist es!« erwiderte Carolinus.

»Nun, ich möchte Euch als erstes folgendes erzählen«, sagte Jim. »Die Burg des Grafen ist von einer Armee von Trollen umstellt.«

»Das weiß er. Ich habe es ihm gesagt«, mischte sich eine vertraute Stimme in ihr Gespräch. Aragh trat aus einem der unruhigen Schattenflecke hinaus ins Licht. Er wirkte im Kerzenschimmer und dem Licht der Seherkugel mit seinen gelben Augen beinahe wie ein Dämon.

»Habt Ihr sie gesehen?« fragte Jim.

»Sie waren bereits unter dem Schnee«, sagte Aragh, »aber ich habe sie gerochen. Der ganze Wald stinkt nach Trollen. Ich würde jeden einzelnen Troll riechen, selbst unter einer fußhohen Schneeverwehung.«

»Aber warum schien Mnrogar sich nur wegen dieses Trolls zu sorgen, der sich seiner Meinung nach oben unter den Gästen der Burg aufhält?« fragte Jim.

»Die anderen Trolle befinden sich außerhalb seines Territoriums«, erklärte Aragh. »Außerdem könnte er sie da unten in der Burg vielleicht auch gar nicht riechen, es sei denn, der Wind wehte genau in seinen Tunnel hinein. Und wer weiß, vielleicht würde er sie nicht einmal dann riechen.«

»Die Trolle waren also schon da, als Ihr uns verlassen habt?« erkundigte sich Jim. »Ihr seid ohne weiteres an ihnen vorbeigekommen?«

Aragh lachte sein lautloses Lachen.

»Sie liegen nicht Schulter an Schulter unterm Schnee«, meinte er. »Diese Trolle trauen einander nicht. Selbst für ein langsames Tier war genug Platz zwischen ihnen, um mit etwas Glück durchzukommen; für mich war das kein Problem. Außerdem, was würde es einem Troll schon einbringen, mich aus dem Schnee heraus anzuspringen? Nichts als seinen eigenen Tod. Sie sind aus einem anderen Grund dort.«

Jim drehte sich zu Carolinus um.

»Sie haben es auf die Burg abgesehen, auf den Grafen und seine Gäste?« fragte er Carolinus.

»Nein.« Carolinus' verblaßte blaue Augen verströmten unter den weißen Augenbrauen ein grimmiges Leuchten. »Sie haben es auf Mnrogars Territorium abgesehen. Nur einer von ihnen kann es im Zweikampf mit Mnrogar erringen, aber ob er gewinnt oder verliert, ob er das Territorium nach seinem Sieg gegen andere Herausforderer unter den Trollen halten kann, das spielt keine Rolle. Die bloße Tatsache, daß sie dort sind, um es zu versuchen, könnte ein Anlaß sein, auf den die Dunklen Mächte schon seit einiger Zeit gewartet haben – ein Vorwand, um Euch all Eurer magischen Kräfte entkleiden zu lassen, damit Ihr schutzlos vor ihnen steht. Und wie ich schon sagte, in dieser Sache kann ich Euch nicht helfen. Da Ihr mein Lehrling seid, muß ich beiseite treten.«

Jim blinzelte ihn an.

»Das verstehe ich nicht«, meinte er. »Was soll das heißen – mich meiner magischen Kräfte zu entkleiden? Und was soll das ganze Gerede von den Dunklen Mächten? So wie ich es verstanden habe, ist die Burg, wenn sie erst gesegnet wurde …«

»Die Burg ist sicher«, sagte Carolinus. »Alle darin sind sicher, selbst wenn der Bischof abreist. Nur Mnrogar und Ihr seid gefährdet.«

»Nun, wenn die Menschen in der Burg in Sicherheit sind, ist das immerhin eine große Erleichterung«, sagte Jim und atmete langsam aus. »Ihr meint, die Trolle werden die Burg nicht alle gemeinsam angreifen?«

»Die doch nicht!« entfuhr es Aragh. »Die würden

nur gemeinsam kämpfen, wenn all Eure bewaffneten Männer sich zusammenschließen würden, um sie zur Strecke zu bringen – oder alles, was je für einen Troll gegolten hat, gilt nicht mehr, und die Sonne und der Mond sind erloschen.«

»Dann brauchen wir uns deswegen auch keine Sorgen zu machen«, sagte Jim. »Also, warum meint Ihr, daß ich in Gefahr sei, und was haben die Dunklen Mächte damit zu tun?«

Carolinus runzelte die Stirn.

»Ihr scheint immer noch nicht zu begreifen, was ich Euch so viele Male schon zu erklären versucht habe«, sagte Carolinus. »Es geht wieder einmal um das Gleichgewicht zwischen Geschichte und Zufall – darum, daß dieses Gleichgewicht immer aufrechterhalten werden muß und die Dunklen Mächte versuchen, es durcheinanderzubringen, während wir Magier auf unserem Posten sind, um sie davon abzuhalten. Das ist die Art aller Dinge, ein Gleichgewicht zu bewahren. Die Dunklen Mächte hatten keine Ahnung, daß Ihr Euch als zu stark für sie erweisen könntet. Sie haben Euch überhaupt nicht erwartet. Ihr kommt nicht nur aus einer anderen Welt, sondern verfügt über ein Wissen, das über ihren Verstand geht. In der Zwischenzeit haben sie einiges hinzugelernt, und sie schmieden seit jeher Ränke, um Eure eigene Kraft gegen Euch zu wenden. Jetzt haben sie einen Weg gefunden.«

Jim schwieg einen Augenblick lang. Er kannte das Wort für die Angelegenheit, die Carolinus da beschrieb. Es hieß Technologie – Technologie des zwanzigsten Jahrhunderts. Die Dinge, die er für selbstverständlich gehalten hatte in der Welt, aus der er und Angie gekommen waren und die gut sechshundert Jahre in der Zukunft dieses vierzehnten Jahrhunderts lag, in dem er nun lebte. Carolinus hatte mit dem, was er Jim beinahe von Anfang an hatte klarmachen wollen, ganz recht gehabt – daß nämlich Magie eine Kunst war. Kleine, ganz gewöhnliche Dinge aus dem zwanzigsten Jahrhundert, die Jim über Mechanik oder Medizin wußte – oder über die Menschen und die Gesellschaft selbst –, hatten seine Magie zu etwas Einzigartigem gemacht, so wie die Magie eines jeden wahren Magiers etwas Einzigartiges war. Und seine Kenntnisse hatten es ihm ermöglicht, Probleme auf Wegen zu lösen, die seine mittelalterliche Umgebung nicht einmal erahnen konnte.

»Ich verstehe nicht ...«, begann er.

»Nein«, sagte Carolinus beinahe sanft, »und man kann Euch auch keinen Vorwurf deswegen machen. Erinnert Ihr Euch an Eure letzte Frankreichreise? Als Ihr Hypnose benutzt habt, um den Zauberer Ecotti und den französischen König lange genug unter Eure Kontrolle zu bekommen, damit Ihr und Eure Freunde zurück nach England fliehen konntet?«

»Ja.« Jim irritierte dieser scheinbare Themenwechsel.

»Und Ihr erinnert Euch gewiß, daß ich mich in Folge Eures Tuns mit einem ostasiatischen Magier der zweiten Kategorie messen mußte, der behauptete, das, was Ihr Hypnose nanntet, sei ein Teil der orientalischen Magie. Ferner behauptete er, Ihr wäret nicht von einem für orientalische Magie qualifiziertem Magier darin unterwiesen worden.«

»Natürlich erinnere ich mich!« sagte Jim.

»Also«, sagte Carolinus nun, »Ihr erinnert Euch natürlich auch an den Namen meines Gegners. Son Won Phon hat sich seit jenem Tag mit Eurem Status beschäftigt und unter den Magiern der Welt eine beträchtliche Anzahl gewonnen, die dazu neigen, ihm recht zu geben.«

»Ihr meint«, sagte Jim, »er nimmt mir die Sache übel?«

»Aber nicht doch!« rief Carolinus. »Magier nehmen nicht übel!«

Er hüstelte.

»Das heißt«, fuhr er fort, »das gilt zumindest für Magier, die einen höheren Rang bekleiden als den Rang dritter Klasse, den Ihr innehabt. Nein, die Wahrheit ist, daß er in seinen Ansichten ein wenig konservativ ist. Ihr braucht den Hintergrund des Ganzen nicht zu begreifen; und wir wollen keine Zeit damit verschwenden, ausgerechnet jetzt darüber zu reden. Wir haben etwas zu besprechen, und dazu sollten wir besser ungestört sein. Laßt mich um ein wenig Hilfe bitten.«

Er hob einen langen Finger, und ein schwaches, melodisches Klingeln ertönte von seiner Spitze. Nach einem Augenblick kam ein antwortendes Klingeln aus dem Dunkel in einer Ecke des Raumes sowie etwas, das sich als eine sehr schöne, geflügelte Fee erwies. Die Fee, die nicht größer als ein Kolibri war, kam aus der Dunkelheit geflogen und schwebte zu Carolinus hinüber. Ihre Flügel schlugen auf der Stelle, während sie mit einer winzigen Hand Carolinus' Fingerspitze umfaßte.

»Ah, T. B.«, sagte Carolinus. »Ich hoffe, ich habe Euch nicht in einem Augenblick gestört, da Ihr mit wichtigen Dingen beschäftigt wart.«

T. B. klingelte ihn an.

»Wie freundlich von Euch, das zu sagen«, erwiderte Carolinus. »Ich möchte Euch um einen Gefallen bitten. Wir drei müssen eine bestimmte Angelegenheit besprechen und brauchen dazu Bedingungen, unter denen man uns unmöglich belauschen kann. Könntet Ihr uns drei an jenen Ort bringen?«

Die kleine Fee klingelte.

»Vielen Dank«, sagte Carolinus. »Wir wissen Eure Freundlichkeit sehr zu würdigen. Wie nett von Euch, daß Ihr uns helfen wollt.«

Die Fee klingelte abermals.

»Aber nicht doch«, sagte Carolinus. »Ich bin mir durchaus bewußt, daß Ihr uns einen großen Gefallen erweist. Nein wirklich, wenn Ihr das für jeden Magier tätet, der Euch darum bittet, wäre Eure Insel ständig übervölkert. Ich weiß das sehr wohl; und mir ist bewußt, daß Ihr eine große Ausnahme für uns macht. Also dann, jederzeit, sobald Ihr bereit seid.«

Einen Augenblick später befanden sie sich auf einer kleinen, von sehr großen, tropisch aussehenden Bäumen umgebenen Lichtung. Die Bäume hatten schwere Blätter, groß wie Elefantenohren, und in ihrem Schatten breitete sich weicher grüner Rasen aus. Oberhalb der Baumwipfel schien helles, klares Tageslicht zu herrschen, aber die Bäume und ihre Blätter waren so dicht, daß es auf dem Boden angenehm schummerig war. T. B. klingelte noch einmal und verschwand.

Ein vorübergehendes Individuum, das piratenhaft mit einem grünen Hemd und zerlumpten grauen Hosen bekleidet war und eine rote Schärpe mit zwei Pistolen und einem Entermesser um die Taille trug, tippte bei Carolinus' Anblick höflich an den schwarzen Strohhut. Carolinus nickte ihm zu.

»Ich rieche Salzluft«, bemerkte Aragh, der die Nase in die schwache Brise hob, die sich um die dicken Baumstämme schlängelte.

»Natürlich«, erwiderte Carolinus, »das Meer ist ganz nahe. Aber nun zu wichtigeren Dingen. Jim, hört mir genau zu!«

»Das tue ich schon, seit ich in Eurem Haus angekommen bin«, sagte Jim.

»Ts, ts«, erwiderte Carolinus. »Euer Temperament! Ihr müßt es besser beherrschen, Jim. Nehmt Euch ein Beispiel an mir. Seid jederzeit freundlich und gelassen.«

Diese letzte Bemerkung machte Jim derart sprachlos, daß er den Eindruck erweckte, die Gelassenheit zur Schau zu stellen, die Carolinus von ihm wünschte.

»Also, wo war ich?« meinte Carolinus. »Ach ja. Wie ich schon bemerkte, Son Won Phon hat unter den Magiern eine Anzahl Gleichgesinnter um sich geschart.

Ohne näher auf die Gesetze, Statuten und Präzedenzfälle einzugehen, auf die er seine Schlußfolgerungen stützt, ist seine Meinung in dürren Worten folgende: Ihr selbst seid ein möglicher Störfaktor sowohl für die Geschichte als auch für den Zufall; und wir sollten Euch daran hindern. Wenn wir Euch nicht dahin zurückschicken können, woher Ihr gekommen seid, sollten wir eine andere Möglichkeit finden, Euch absolut hilflos zu machen.«

»Ihr würdet uns wirklich zurückschicken?« Jim wurde plötzlich von einer atemberaubenden Erregung gepackt. Wenn die Magier ihn zurückschickten, würden sie gewiß Angie mit ihm zurückschicken, und damit wären all ihre Probleme gelöst. Er und Angie würden ins zwanzigste Jahrhundert zurückkehren; und das vierzehnte Jahrhundert dieser Welt würde wieder ungestört und glücklich sein – das heißt, ungestört und glücklich, falls Son Won Phon recht hatte. Was Jim im übrigen nicht glaubte.

»Weshalb ist er so sicher, daß ich eine Störung für Geschichte und Zufall darstelle?« fragte Jim.

»Das wollte ich Euch vorhin gerade erklären«, sagte Carolinus, »als mir klar wurde, daß ich es Euch besser an einem Ort auseinandersetzen sollte, an dem niemand sonst uns hören kann.«

»Niemand wie Son Won Phon, nehme ich an?« fragte Jim.

»Unfug!« sagte Carolinus. »Magier lauschen nicht – aber selbst wenn sie es täten, wäre es ihnen in meinem Haus genauso unmöglich, unser Gespräch mit anzuhören wie hier.«

»Wo sind wir eigentlich?« knurrte Aragh.

»Das spielt keine Rolle!« sagte Carolinus. »Das ist etwas, wovon Wölfe eigentlich nichts wissen dürften.«

Er sah Jim plötzlich wütend an.

»... und auch Lehrlinge nicht, was das betrifft!«

Jim hatte übrigens eine ziemlich konkrete Vorstellung davon, wo sie sich befanden. Sie waren auf der Insel der Verlorenen Jungen aus James Barries Stück »Peter Pan«, aber die Aussicht, daß er und Angie ins zwanzigste Jahrhundert zurückkehren konnten, beherrschte seine Gedanken derart, daß ihr Aufenthaltsort ihn überhaupt nicht interessierte.

»Aber warum können wir sicher sein, daß uns niemand hier hören kann?« fragte Jim.

»Weil das, was hier ist, für alle Zeiten feststeht«, erklärte ihm Carolinus. »Was Ihr seht, existiert nur schriftlich und auf der Bühne. Und es enthält nichts als die Geschichte, die das Stück erzählt. Es ist absolut unveränderlich. Die vergangene Geschichte ist ebenfalls unveränderlich. Diese Tatsache ist es auch, warum Son Won Phons Haltung so ...«

Carolinus hielt inne und suchte nach dem richtigen Wort.

»Ehm ... Warum seine Argumente so dürftig sind. Er behauptet steif und fest, daß Ihr einfach durch Eure Anwesenheit Gefahr lauft, die zukünftige Geschichte zu verändern. Und nicht nur Ihr allein, sondern auch Angie.«

»Da könnte er recht haben«, meinte Jim – es konnte nicht schaden, die Würfel ein wenig zugunsten ihrer Rückkehr in ihre Heimatwelt rollen zu lassen –, »ich habe selbst bemerkt, daß es in Eurer Welt Dinge gibt, die sich von derselben Zeit in der Vergangenheit meiner eigenen Welt unterscheiden – einige Ereignisse hier haben sich entweder später oder früher zugetragen als in der Geschichte, wie ich sie studiert habe ...«

»Das, was Ihr studiert habt, war zweifellos fehlerhaft«, entgegnete Carolinus. »Ich hoffe, Ihr wollt Euch nicht erdreisten, mir zu erklären, Ihr hättet immer recht, oder?«

»Nein, natürlich nicht«, sagte Jim. »Aber ...«

»Verschont mich mit Euren Abern!« entgegnete Carolinus. »Son Won Phons Argumente sind meiner Meinung nach so durchsichtig wie ein Sieb. Aber darum geht es hier nicht. Selbst wenn eine größere Minderheit der Magier dieser Welt ihm recht gibt, werde ich gezwungen sein, Euch als meinen Lehrling zu entlassen und aller magischen Kräfte zu entkleiden, die Ihr besitzt, bis auf jenes Guthaben, das Ihr Euch selbst erworben habt. Und ich glaube, daß Ihr dieses schon vor langer Zeit verausgabt habt – dieses und einen beträchtlich größeren Betrag an Magie, den ich für Euch habe bereitstellen lassen, seit Ihr mein Lehrling wurdet.«

»Und deshalb würde mir von den Dunklen Mächten Gefahr drohen, zumindest, bis ich fortgeschickt würde?« fragte Jim.

»Euch – und Angie«, sagte Carolinus.

Angie. Damit sah die Sache ein wenig anders aus. Wenn er allein gewesen wäre, wäre Jim vielleicht bereit gewesen, sein Glück zu versuchen. Aber Angie zu gefährden, das war etwas vollkommen anderes.

»Was soll ich also in dieser Sache unternehmen?« fragte er plötzlich sehr ernst.

»Ich weiß nicht, was Ihr tun könnt«, erwiderte Carolinus. »Wenn ich Euch helfen könnte, gäbe es natürlich das eine oder andere zu tun. Aber ich kann Euch nicht helfen. Kein Magier darf seinem Lehrling helfen, wenn ein anderer Magier gegen ihn die Stimme erhebt, der mindestens einen Rang der zweiten Kategorie bekleidet. Ich konnte den Zweikampf mit Son Won Phon einzig und allein deshalb antreten, weil man seine Aussage als Beleidigung gegen mich auffassen konnte statt als Anklage gegen Euch. Aber …«

Carolinus seufzte.

»Was ist denn?« fragte Jim. Denn während Carolinus geseufzt hatte, war er in sich zusammengesunken und sah plötzlich aus wie ein zerbrechlicher, alter Mann, ein Mann, der möglicherweise bis an die Grenzen seiner Kraft gedrängt wurde.

»Ich fürchte, ich habe die Dinge nur noch verschlimmert, indem ich Euch half«, sagte Carolinus. »Ich habe es nur gut gemeint, und gewiß habt Ihr meine Hilfe verdient und benötigt. Aber vom Standpunkt der Argumente, die Son Won Phon nun zusammenträgt, war mein Verhalten unklug. Ihr erinnert Euch sicher daran, was ich für Euch tat, nachdem Ihr die Angelegenheit mit den Hohlmenschen geregelt hattet – ich habe Euch einen höheren Rang verschafft und eine ungewöhnliche Zubilligung an Magie. Euer Konto ist sogar höher als das, auf das ein Magier der dritten Kategorie für gewöhnlich Anspruch hat. Das ist den anderen Lehrlingen gegen den Strich gegangen; und unausweichlich ist es auch ihren Meistern der Magie – zumindest einigen ihrer Meister – gegen den Strich gegangen.«

»Und ich kann nichts an dem Gefühl ändern, das bei den älteren Magiern vorherrscht?« fragte Jim. »Das fällt mir schwer zu glauben. Da müßte es doch irgend etwas geben!«

»Ja«, knurrte Aragh.

»Genau betrachtet«, sagte Carolinus, »gibt es drei Möglichkeiten. Obwohl mir nicht klar ist, wie Ihr Euch eine dieser drei Möglichkeiten zunutze machen könnt. Erstens könntet Ihr sein Argument widerlegen, daß Ihr möglicherweise die zukünftige Geschichte beeinflussen könntet – aber da niemand etwas von der zukünftigen Geschichte weiß, weil diese von den gegenwärtigen Ereignissen abhängt, wüßte ich nicht, wie Ihr das bewerkstelligen solltet.«

»Nein«, meinte Jim nachdenklich.

»Oder Ihr könntet Son Won Phon selbst angreifen, obwohl das ziemlich anmaßend wäre. Immerhin seid Ihr ein Student der Magie der dritten Klasse und damit immer noch ein Lehrling. Es ginge nicht an, einen Magier der zweiten Kategorie, also einen anerkannten Magier, anzuklagen. Ihr würdet überall mißbilligende Blicke ernten und wahrscheinlich die meisten Meistermagier dieser Welt gegen Euch einnehmen. Daher wäre ein solcher Versuch nutzlos.

Die dritte Möglichkeit wäre folgende: Ihr müßtet eine vollkommen neue Magie erschaffen und sie dem Vorrat von Magie in unserer Welt und Zeit hinzufügen. Die Magie bewegt sich, wie ich Euch erklärt habe, allmählich aus unserem Bereich in das gewöhnliche Leben hinein; daher geht uns ständig ein wenig davon verloren. Nur gelegentlich wird sie von jemandem, der neue Magie erschafft, wieder ergänzt. Daher muß die Magie zu guter Letzt völlig aus unserer Welt verschwinden. Aber ich kann mir nicht vorstellen, daß Ihr neue Magie erschafft.«

Lange herrschte Schweigen. Jims Gedanken überschlugen sich wie verrückt. Bei seinem Aufbruch aus der Burg war er von dem Gedanken erfüllt gewesen, daß er mal wieder ein abscheuliches Problem am Hals hatte, das ihn im Grunde gar nichts anging, das man ihm aber irgendwie in die Schuhe geschoben hatte. Eine unangenehme Situation, aber nicht weiter erschreckend.

Jetzt sah er sich einem Problem gegenüber, das überaus erschreckend war und das nur ihn und Angie anging und sonst niemanden. Es war ein Problem, das er lösen mußte, um sich und Angie vor dem Tod zu bewahren – oder vor etwas vielleicht noch Schlimmerem, auch wenn es ihm im Augenblick unvorstellbar war. Plötzlich hatte er das Gefühl, als stünde er im Zentrum eines Rings von Speerspitzen, ohne daß es einen erkennbaren Ausweg gegeben hätte.

»Es tut mir leid, Jim«, sagte Carolinus mit sanfter Stimme. »Alle Verantwortung liegt bei mir. Ich hätte Euch niemals in diese Lage gebracht, wenn ich sie irgendwie hätte vorhersehen können. Ich kann natürlich zu Son Won Phon gehen und feststellen, ob er nicht einfach Eurer augenblicklichen Rückführung zustimmen würde, was Euch vermutlich lieber wäre als alles, was Euch und Angie hier in unserer Welt zustoßen könnte, wenn man Euch Eurer Magie entkleidete. Im Falle einer Rückführung wäret Ihr beide zumindest wieder in einer Welt, an die Ihr gewöhnt seid, ganz gleich, wie schrecklich sie vielleicht ist; aber es wäre eine Welt, in der Ihr die Regeln kennt und wißt, wie Ihr Euch zu benehmen habt. Ansonsten sehe ich absolut keine Hoffnung, wie Ihr mit der gegenwärtigen Situation fertig werden könntet.«

»Laßt ihm doch etwas Zeit«, brummte die rauhe Stimme Araghs.

Jim und Carolinus sahen den Wolf an. Er hatte sich auf die Seite gelegt, als wäre ihm ihr Gespräch zu langweilig, um stehen zu bleiben und zuzuhören. Jetzt gähnte er und schnappte nach einem vorbeifliegenden Insekt – und verfehlte es, was ihn aber nicht weiter zu stören schien. »Eine Jagd, die zu einem erfolgreichen Mahl führt, läßt sich nicht binnen einer Sekunde bewerkstelligen, Magier. Laßt ihm Zeit, und er wird eine Antwort finden, vielleicht eine, die Euch nicht einmal im Traum eingefallen wäre.«

»Er hat Zeit – jedenfalls ein wenig«, meinte Carolinus. »Soviel habe ich für ihn erreichen können. Er und Angie haben Zeit bis zum Ende der zwölf Weihnachtstage. Aber wenn er meinem Rat folgt, wird er diese Tage nutzen, um sich auf das vorzubereiten, was ihm und Angie bevorsteht. Was bringt Euch auf den Gedanken, daß er irgendeine Lösung finden könnte?«

Der Wolf gähnte abermals.

»Ich kann sie in ihm riechen.« Aragh streckte sich träge im Gras aus, reckte die Hinterbeine zur Seite und die Vorderbeine nach vorne und legte den Kopf darauf. Seine ganze Haltung zeugte von tiefster Geringschätzung.

Aber etwas kitzelte in Jims Gehirn. Araghs Unterstützung machte ihm plötzlich gewaltig Mut. Sie hatte ihn aus der Benommenheit befreit, in den Carolinus'

Eröffnung ihn gestürzt hatte. Dabei ging es nicht so sehr um die Rückkehr, die Angie sich seit einiger Zeit wünschte und mit der er selbst sich vollkommen ausgesöhnt hatte, sondern um die ungeheure Gefahr, daß man sie vielleicht nicht zurückschicken, sondern ihnen weit Schlimmeres antun konnte. Zuerst hatte diese Erkenntnis ihn scheinbar gelähmt. Jetzt fühlte er, wie eine Woge von Adrenalin durch seinen Körper schoß.

»Ich habe tatsächlich eine Idee«, sagte er. »Das war einer der Gründe, warum ich mit Euch reden wollte, Carolinus.«

14

JIM HATTE DIE BURG tatsächlich mit einer Idee im Hinterkopf verlassen, die er mit Carolinus hatte erörtern wollen. Aber es war eine Idee, die eine Lösung für das Problem in der Burg bot und nicht eine für diese neue, unerwartete Situation.

Aber angespornt von einer beträchtlichen Wärme in sich, die von Araghs ungeteilter Zuversicht herrührte, daß Jim die Sache mit Son Won Phon meistern würde, war ganz hinten in seinen Gedanken wieder eine Frage aufgeflackert. Wenn er die Situation mit Mnrogar, der Armee von Trollen und der Fehde zwischen Mnrogar und dem Grafen – ganz zu schweigen von dem mysteriösen Troll, der sich unter die Gäste gemischt hatte – lösen konnte, würde ihm das vielleicht eine Handhabe gegen Son Won Phon verschaffen.

Carolinus hatte Jim ursprünglich zu dieser Gesellschaft geschickt, damit er nach ungewöhnlichen Vorkommnissen Ausschau hielt, die Hinweise auf das Wirken der Dunklen Mächte geben konnten. Jim hatte es auf bewunderungswürdige Weise verstanden, seltsame Vorgänge aufzuspüren, daran konnte kein Zweifel bestehen. Er hatte andererseits keine genaue Vorstellung davon, welche dieser Ereignisse im Zusammenhang mit den Dunklen Mächten stehen mochten – aber er hatte versucht, sämtliche Probleme zu lösen, ob sich hinter ihnen finstere Verschwörungen verbargen oder nicht. Vielleicht konnte er auf diese Weise seine Position bei den Magiern stärken. Der Gedanke war zumindest einiger Überlegung wert.

Einer der Gründe, warum er die Hoffnung hegte, daß seine Idee vielleicht Erfolg haben würde, lag in der Tatsache, daß er schon früher seine Erfahrung und sein Wissen aus dem zwanzigsten Jahrhundert erfolgreich genutzt hatte, um Probleme des vierzehnten Jahrhunderts zu lösen. Und es sollte eigentlich nicht notwendig sein, Son Won Phon persönlich zum Rückzug bewegen zu müssen, wenn er die Weltgesellschaft der Magier derart beeindruckte, daß sie ihn und Angie lediglich zurückschickten – da Angie sich das ohnehin wünschte. Ihre einzige Gefahr lag nicht in der Rückführung, sondern darin, daß man Jim seiner Magie entkleiden konnte. Dann wäre er außerstande, sie beide gegen die Dunklen Mächte zu verteidigen.

»Lassen wir meine Situation für den Augenblick einmal beiseite«, sagte er. »Die Idee, über die ich mit Euch reden wollte, Carolinus, war eine Möglichkeit, wie man den unbekannten Troll in der Burg finden könnte. Wenn sich das bewerkstelligen ließe, wäre Mnrogar vielleicht in der Lage, diesen Herausforderer zu vertreiben, der möglicherweise die ganze Armee von Trollen, die sich im Augenblick um die Burg schart, angezogen haben könnte.«

Er drehte sich zu Aragh um.

»Was haltet Ihr davon, Aragh?« fragte er. »Wenn Mnrogar diesen Herausforderer besiegen kann, werden dann all die anderen Trolle wieder dahin zurückkehren, woher sie gekommen sind?«

»Ich habe so etwas noch nie erlebt«, meinte Aragh.

»Aber wenn Mnrogar gewinnt, hätten sie keinen Grund mehr zu bleiben, es sei denn, sie wollten einer nach dem anderen unter seinen Klauen sterben.«

»Wie schätzt Ihr Mnrogars Aussichten ein, wenn dieser Troll seinen Plan wahr macht und ihn herausfordert?« fragte Jim. »Ich nehme an, daß er nicht annähernd so groß und stark ist wie Mnrogar.«

»Mnrogar würde nicht verlieren, weil er zu schwach ist, James«, sagte Aragh. »Ein Troll ist nicht wie Ihr oder ich, die mit der Zeit alt und langsam werden. Trolle wachsen lediglich im Laufe des Älterwerdens; sie werden größer, stärker und gefährlicher. Kein anderer Troll käme normalerweise auch nur auf den Gedanken, ihn herauszufordern.«

»Warum will dieser es dann überhaupt versuchen?« fragte Jim.

»Irgendwie wittert er eine Chance«, sagte Aragh. »Ich weiß nicht, wieso. Aber wenn ich raten soll, könnte ich es Euch vielleicht erklären.«

»Ich bitte Euch darum«, sagte Jim.

»Dann sieht die Sache folgendermaßen aus«, erwiderte Aragh. »Während ein Troll selbst zwar im Laufe der Jahre nicht schwächer wird, könnten sein Herz und seine Willenskraft durchaus schwächer werden. Die Trolle müssen allein sein, um zu leben, und vielleicht bringt die Einsamkeit sie an einen Punkt, an dem sie nicht mehr leben wollen – Ihr erinnert Euch, daß ich ihm bei unserem Gespräch unter der Burg gesagt habe, was ihm fehlt?«

»Hm«, sagte Carolinus.

»So geht es allen anderen auch«, fuhr Aragh den Magier an. »Warum nicht auch einem Troll? Er sieht sich vielleicht als ein von allen anderen Trollen getrenntes Wesen. Am Anfang gefällt ihm das. Allein lebende Trolle verlieren nicht wie Menschen den Verstand. Aber er könnte das Gefühl entwickeln, daß es ihm langsam egal ist, was aus ihm wird. Der Troll, der ihn herausfordert, hofft vielleicht, daß das aus irgendeinem Grund geschehen sein könnte.«

Wie um sie zu ärgern, hörte Aragh auf zu reden.

»Und wenn das bei Mnrogar der Fall ist?« fragte Jim.

»Nun, Mnrogar will vielleicht gar nicht gewinnen«, antwortete Aragh. »Wenn einen Menschen, ein Tier, ein Elementarwesen oder sogar einen Gott der Kampfgeist verläßt, dann ist es um ihn geschehen. Wo sind all die alten Götter geblieben, von denen alle behaupten, es hätte sie einmal gegeben? Ohne Kampfgeist müssen alle Dinge sterben. Ein Troll, der glaubt, Mnrogar hätte seinen Kampfgeist verloren, könnte ihn vielleicht in der Hoffnung auf einen Sieg herausfordern. Das ist der einzige Grund, warum meiner Meinung nach einer von ihnen das Risiko eingehen könnte, Mnrogar herauszufordern.«

»Als Brian und ich an diesem Tag mit Mnrogar geredet haben«, sagte Jim zu Carolinus, »erschien es mir, als errege er sich beinahe unnatürlich über den Gedanken, daß ein anderer Troll in die Burg gelangt sein sollte. Und das trotz der Tatsache, daß keiner von uns es zu begreifen schien – und daß Mnrogar uns auch keinen Grund genannt hat –, warum es überhaupt möglich ist, daß ein anderer Troll sich in der Burg aufhält. Aber als ich ihn von einem ›Still‹-Befehl entbunden habe, warf er sich zu Boden und schlug mit dem Kopf auf die Erde wie ein Kind, als sei er der Situation hilflos ausgeliefert.«

»Das ist alles ziemlich weit hergeholt, Jim«, meinte Carolinus. Nun sah er seinerseits Aragh an. »Ihr glaubt, es bestünde die Möglichkeit, daß Mnrogar innerlich gealtert sei?«

»Die Möglichkeit besteht«, sagte Aragh. »Ein anderer Grund fällt mir nicht ein. Ich bin nicht so ein großer Denker, wie Ihr beide es seid.«

Er bedachte sie mit einem bösartigen Grinsen.

»Ich bin lediglich ein aufrichtiger englischer Wolf,

der mit allen vier Beinen auf der Erde steht und sich an die Dinge hält, mit denen er sich auskennt. Und ich sage Euch das nur, weil es Jim vielleicht hilft.«

Aragh erhob sich.

»Und jetzt«, sagte er, »schafft uns zurück in Euer Haus am Klingelnden Wasser, Carolinus. Ich weiß nicht, wie Ihr beide das seht – vielleicht wollt Ihr Euch auch noch die nächsten drei Tage unterhalten, aber ich habe zu tun.«

»Wartet!« fuhr Jim dazwischen. »Ich brauche noch ein paar Informationen, Carolinus.«

Immer noch auf allen vieren zog Aragh den oberen Teil seines Körpers zurück und hob verärgert Kopf und Nase.

»Reden, reden«, sagte er voller Verachtung. »Den Menschen ist das Reden wichtiger als allen anderen Wesen, die ich kenne. Nun, ich gebe Euch noch ein klein wenig Zeit.«

»Vielen Dank«, sagte Jim. »Es dauert nicht lange.«

Dann wandte er sich wieder an Carolinus.

»Ich hatte folgendes im Sinn«, sagte er. »Vielleicht gelingt es mir, dafür zu sorgen, daß der Graf und der Troll miteinander verhandeln, wem die Burg und das Territorium gehören. Wenn man sie dazu bewegen könnte, jeweils den Standpunkt des anderen einzusehen, werden sie vielleicht beinahe Freunde. Zumindest so weit, daß der Graf es dem Troll ermöglicht, ohne Gefahr hinaufzugehen. Und dort könnte er aus einem sicheren Versteck heraus jeden Gast beschnuppern und so den Troll unter ihnen ausmachen. Wenn er keinen Troll riecht, wird das ein Beweis sein, daß er sich geirrt hat und daß es oben auf der Burg gar keinen weiteren Troll gibt. Und dann kann er sich entspannen.«

Carolinus und Aragh sprachen beide gleichzeitig.

»Völliger Blödsinn!« begann Carolinus. »Der Graf würde niemals ...«

»Ihr habt keine Ahnung von Trollen!« sagte Aragh,

und als Jim den Wolf betrachtete, sah er, daß sein Maul zu einem lautlosem Gelächter geöffnet war.

»Glaubt, was Ihr wollt«, sagte er halsstarrig. »Aber wenn ich die beiden dazu bekommen könnte, sich an einen Tisch zu setzen – sagen wir, irgendwo außerhalb der Burg –, kann ich dann auf Euch beide zählen, wenn ich sie soweit habe?«

»Wozu braucht Ihr unsere Hilfe?« wollte Aragh wissen.

»Ich möchte nicht, daß die beiden miteinander kämpfen!« sagte Jim. »Sie können einander an den Kopf werfen, was sie wollen, aber ich möchte nicht, daß es zu einem Kampf kommt, weil es danach keine Hoffnung mehr gäbe, sie jemals wieder zusammenzubringen …«

»Danach«, warf Aragh ein, »habt Ihr nur noch Mnrogar, aber keinen Grafen mehr.«

»Genau«, sagte Jim. »Oder vielleicht – einen Grafen und keinen Mnrogar.«

Aragh schnaubte ungläubig.

Jim fuhr unbeirrt fort. »Aragh, auf Euch würde der Troll vielleicht hören. Carolinus, Ihr könntet die beiden mit Hilfe von Magie davon abhalten, einander zu berühren oder zu verletzen. Das ist der Grund, warum ich sie an einem Tisch im Wald zusammenbringen wollte. Der Gedanke dahinter ist, daß die beiden sich außerhalb der Burg treffen, wo der Segen des Bischofs keine Wirkung hat und man Magie anwenden könnte.«

»Hm«, meinte Carolinus nachdenklich. »Nicht daß Ihr glaubt, ich würde auch nur einen Augenblick lang davon ausgehen, daß Ihr die beiden tatsächlich an einen Tisch bekämt, um zu – welches war noch das Wort, das Ihr benutzt habt?«

»Zu verhandeln«, sagte Jim. »Das bedeutet, daß sie ihre Meinungsverschiedenheiten in aller Ruhe erörtern und eine Möglichkeit finden, sie beizulegen. Auf diese Weise können sie Freunde werden oder doch zumindest in Harmonie miteinander leben. Ich werde in meinem Drachenkörper dort sein, wodurch es mir möglich sein sollte, die beiden bis zu einem gewissen Grad in Schach zu halten. Ich bezweifle nämlich, daß selbst Mnrogar mit einem Drachen kämpfen möchte.«

»Der doch nicht«, sagte Aragh. »Trolle sind keine Idioten. Sie hassen Drachen, und einer der Gründe dafür ist der, daß Drachen zu groß sind, als daß ein Troll sie töten könnte. Ich glaube, in Wahrheit fürchten sie sich vor Drachen – nicht daß einer von ihnen sich nicht gegen einen Drachen zur Wehr setzen würde, wenn man ihn zu einem Kampf zwingen und in die Enge treiben würde.«

»Verhandeln ...«, sagte Carolinus, als drehte er das Wort auf seiner Zunge hin und her, um festzustellen, wie es schmeckte.

»Ja«, sagte Jim. »Das machen wir da, wo ich herkomme, häufig.«

Im Geiste drückte er die Daumen, daß keiner der beiden ihn fragte, wie oft denn Verhandlungen dort, wo er herkam, erfolgreich verliefen. Glücklicherweise fragten sie nicht.

»Nun«, sagte Carolinus, »wenn Ihr die beiden zusammen bekommt und glaubt, das könnte Erfolg haben, würde ich auf jeden Fall auch kommen und das Wissen eines Magiers der Kategorie Eins Plus benutzen, um die beiden mit Hilfe von Magie daran zu hindern, einander etwas anzutun.«

»Ich werde auch anwesend sein«, meldete Aragh sich zu Wort. »So, können wir jetzt gehen?«

»Ja«, sagte Jim.

Carolinus hob den Finger, und augenblicklich klammerte sich die kleine Fee daran fest.

»T. B.!« sagte Carolinus. »Das ging aber schnell!«

Die Fee klingelte.

»Also, T. B., Ihr verfügt *nicht* über das Zweite Gesicht. Nur Menschen haben ein Zweites Gesicht. Elementargeister, Dämonen, Gespenster, Mächte oder Feen haben so etwas nicht.«

Die Fee ließ ein neuerliches Klingeln hören.

»Es tut mir leid, meine Liebe«, sagte Carolinus, »aber Ihr müßt zu Eurem eigenen Besten Eure Grenzen erkennen.«

Die Fee ließ ein ärgerliches Klingeln hören.

»Ich habe gesagt, daß Ihr keins habt!« sagte Carolinus stirnrunzelnd. »Ich vermute stark, daß Ihr nur deshalb so schnell erschienen seid, weil Ihr gelauscht habt.«

Die Fee ließ ein lang anhaltendes, diesmal sehr zorniges Klingeln hören.

»Na schön, ich nehme das zurück«, sagte Carolinus. »Wir stehen ohnehin tief in Eurer Schuld, und da ich weiß, was für ein freundliches Herz Ihr habt, weiß ich, daß Ihr mir die paar Worte, die ich gerade gesagt habe, nicht übelnehmen werdet.«

Ein deutlich erfreuteres Klingeln wurde hörbar, und alles veränderte sich.

Jim fand sich plötzlich in der Anrichtestube von Malencontri wieder, unmittelbar neben dem Rittersaal. Aragh und Carolinus waren nicht mehr bei ihm.

»Aber sie muß doch gelauscht haben«, sagte Jim zu sich selbst – und sprach es unbewußt laut aus. »Wie hätte sie sonst wissen sollen, daß wir gehen wollten?«

»Sie sagt, sie hätte auch gelauscht«, sprach die dünne Stimme von Kob-Eins hinter ihm.

Er drehte sich um und sah den Kobold hinter sich im Kamin, in dem nur ein niedriges Feuer brannte, kaum mehr als ein paar Kohlen. Aber von den Kohlen stiegen dünne Rauchfäden auf, und auf einem davon hockte Kob im Schneidersitz.

»Ich bin froh, daß Ihr gekommen seid, Mylord«, sagte Kob. »Er ist langsam wirklich verzweifelt!«

Bei den letzten Worten blickte er an Jim vorbei, und Jim, der sich umdrehte, sah Secoh in dem Bogengang zu dem kurzen Flur sitzen, der von der Anrichtestube in den Rittersaal führte. Secoh sah tatsächlich erschöpft und verzweifelt aus. Seine Ohren hingen schlaff herab, und sein ganzer Gesichtsausdruck war für einen Drachen geradezu jämmerlich. Die Erbärmlichkeit dieser Miene hätte Jim nicht so betroffen gemacht, wäre er nicht gelegentlich selbst ein Drache, so daß er zwangsläufig einiges über Drachenmienen gelernt hatte.

»Mylord ...«, sagte Secoh verloren und brach dann hilflos ab. Statt weiterzusprechen, saß er einfach nur da und starrte Jim an.

»Was ist passiert?« fragte Jim, der neben Gewissensbissen plötzlich von einer neuen Angst geplagt wurde. »Es tut mir leid, daß ich so lange gebraucht habe, um zu Euch zu kommen, aber ich wußte nicht, daß die Sache dringend war. Ich hatte in den letzten Tagen wirklich viel zu tun.«

Im Angesicht von Secohs tragischer Miene klang die Entschuldigung bemerkenswert dürftig.

»Das ist schon in Ordnung, Mylord«, sagte Secoh. Aber sein Tonfall paßte weder zu seiner Miene noch zu seinem allgemeinen Benehmen, das eine gewisse Ähnlichkeit mit dem eines Drachen hatte, der in wenigen Augenblicken sein Leben aushauchen würde.

»Gut«, sagte Jim ermutigend. »Dann erzählt.«

»Also, Mylord«, holte Secoh aus, »ich bringe eine Nachricht von den Cliffside-Drachen – das heißt, nicht direkt eine Nachricht. Ich meine, sie wollten, daß ich mit Euch rede und Euch die Situation erkläre. Wir haben schon vor einer Weile von dieser Zeit gehört, die Ihr Georgs Weihnachtszeit nennt. Wißt Ihr, vor fünfhundert Jahren haben wir auf solche Dinge nicht viel gegeben – nun ja, vor fünfhundert Jahren war eben alles noch anders. Zum einen waren wir Sumpfdrachen damals genauso groß und gesund wie die Drachen von Cliffside, was Ihr natürlich wißt. Aber mein Ururururgroßvater hat angeblich gesagt: ›Gebt acht auf diesen

Verhaßten Turm. Der wird noch unser Verderben sein.‹«

Secoh entspannte sich ein wenig, und seine nächsten Sätze klangen weniger gewunden.

»Es scheint, als hätte man seine Worte nicht vergessen, weil, wie Ihr wißt – nun ja – es ist sehr schwierig, Euch das zu erklären, Mylord; aber für uns ist die Angelegenheit von allergrößter Bedeutung. Wie mein Ururgroßvater sagte …«

Secohs Augen nahmen wieder diesen wilden Ausdruck an, und seine Worte wurden immer zusammenhangloser. Er kämpfte ebenfalls, wie Jim feststellte, gegen den Drachendrang, bis zum Anbeginn der Zeit zurückzugehen, um etwas zu erzählen, und über Jahrhunderte der Geschichte hinweg schließlich zu dem Punkt zu kommen, um den es ihm im Augenblick ging. Plötzlich hatte Jim eine ziemlich genaue Vorstellung davon, warum Secoh vor ihm stand und nicht einer der Cliffsider Drachen selbst.

Secoh war von der verkümmerten Gestalt aller gegenwärtigen Sumpfdrachen, die ein Ergebnis dessen war, was der Verhaßte Turm ihnen angetan hatte – genau wie Secohs Urahn prophezeit hatte. Bei ihrer ersten Begegnung war Secoh das furchtsamste und unterwürfigste Geschöpf gewesen, das Jim sich hatte vorstellen können. Aber das war gewesen, bevor er sich mit Brian, dem walisischen Bogenschützen Dafydd und Smrgol, dem Großonkel des Drachen, dessen Körper Jim damals bewohnt hatte, zusammengetan hatte. Smrgol war ein ältlicher, von einem Schlaganfall verkrüppelter Drache gewesen, hatte aber eine gehörige Portion Mut besessen, und sie hatten seine Hilfe gebraucht, um die Entscheidungsschlacht mit den Dunklen Mächten im Verhaßten Turm zu gewinnen.

Secoh hatte nie die Absicht gehabt, sich ihnen anzuschließen. Aber Smrgol hatte dem Sumpfdrachen in dieser Angelegenheit keine große Wahl gelassen. Secoh hatte am Ende wie ein Held gekämpft, so daß ihr Sieg zum Teil auf sein Konto ging. Seither hatte sein Charakter sich völlig verändert. Er stolzierte umher und forderte jeden Drachen heraus, ganz gleich, wie groß dieser zufällig sein mochte. Er war jetzt von seinem Mut überzeugt, und so wie er es sah, konnte er einfach nicht verlieren. Ein größerer Drache mochte durchaus stark genug sein, um ihn in Stücke zu reißen, aber sein Tod würde nach einer Herausforderung eines so viel machtvolleren Gegners nur um so ruhmreicher erscheinen.

Auf der anderen Seite gingen die großen Drachen Secohs Herausforderungen geflissentlich aus dem Weg. Von ihrem Standpunkt aus gesehen hatten sie keine Möglichkeit zu siegen. Selbst wenn es ihnen gelang, Secoh zur Unterwerfung zu zwingen oder ihn auf der Stelle zu töten, hätten sie lediglich einen sehr viel kleineren und schwächeren Drachen bezwungen, als sie selbst es waren. Außerdem würde Secoh als der Berserker, als der er sich einmal erwiesen hatte, ihnen zweifellos ziemlich üble Verletzungen zufügen.

Kurz gesagt, wenn Secoh mit dieser Nachricht hierher nach Malencontri gekommen war, dann aus dem Grund, daß die anderen Drachen Angst hatten, Jim gegenüberzutreten. Eine seltsame Situation.

»... natürlich wissen sie, daß Ihr immer sehr freundlich zu mir wart, Mylord«, sagte Secoh, und seine Worte überschlugen sich beinahe, »daher dachten sie, es wäre besser, wenn ich mit Euch reden würde. Wie mein Urgroßonkel einmal sagte: ›Wenn du nicht um einen Anteil an der Beute bittest, wirst du wahrscheinlich auch nichts abkriegen ...‹«

»Also, sie wollen etwas von mir verlangen, nicht wahr?« fragte Jim, um dem Sumpfdrachen ein wenig auf die Sprünge zu helfen.

»O nein, Mylord!« rief Secoh. »Nicht *verlangen.* Niemals würden sie etwas verlangen. Erbitten! Ich überbringe Euch eine Bitte der Cliffsider Drachen. Eine Bitte um Hilfe, um Erlaubnis … um Hilfe zu dieser Zeit des Jahres.«

Es war Jim unerklärlich, warum die Drachen von Cliffside seine Hilfe wünschten, erst recht zu dieser Zeit des Jahres, da sie sich gemütlich in ihre warmen Höhlen zurückzogen und es zufrieden waren, ihre Weinvorräte zu leeren, einander Geschichten zu erzählen und einfach abzuwarten, daß es Frühling wurde. Solchermaßen verwirrt kam Jim sogleich auf den Kern der Angelegenheit zu sprechen.

»Was genau wollen sie?« fragte er.

»Mylord«, antwortete Secoh und bedachte ihn mit einem tragischen Blick. »Sie wollen – wir alle wollen – Teil der Weihnachtsgesellschaft sein.«

Jim starrte ihn an.

»Wirklich?« fragte Jim.

»Und sie dachten« – Secoh stieß die nächsten Worte mit einer Art letztem Atemzug aus –, »daß Ihr das einrichten könntet.«

15

STÜCK UM STÜCK SONDERTE JIM sachdienliche Fakten aus einer Fülle von Einzelheiten aus – über Secohs persönliche Vorfahren, Geschichten von Drachen, die sowohl Sümpfe wie Klippen bewohnten – und einem bruchstückhaften Bericht über die Beziehungen zwischen Drachen und Georgs, wie die Drachen die Menschen zu bezeichnen beliebten.

Die Drachen hatten die Georgs einst gejagt wie andere Tiere auch, aber schließlich herausgefunden, daß sie eine schwierige Beute darstellten. Es wurde immer schwieriger und schwieriger, die Georgs zu besiegen, bis sie in den letzten Jahrhunderten richtiggehend gefährlich geworden waren. Schließlich schälte sich der Kern dessen heraus, worum Secoh ihn bitten wollte.

In den jüngeren Jahrhunderten hatten die Drachen es sich nach und nach angewöhnt, den Menschen, statt sie zu jagen, nach Möglichkeit aus dem Weg zu gehen. Aber erst seit der Schlacht am Verhaßten Turm hatten sie begonnen, sich wirklich für die Menschen zu interessieren. Ein Zwischenfall, bei dem ihre Rasse Seite an Seite mit den Georgs gekämpft hatte, war ein machtvoller Anreiz für die Drachenneugier. Seither hatten sie gelegentlich zaghaft und friedlich versucht, Kontakte zu einzelnen Georgs herzustellen. Diese Versuche waren übrigens von Secoh ermutigt worden, der den anderen immer wieder von seinen Abenteuern mit Jim, Brian und den anderen erzählte.

In der Folge waren einige Legenden, die die Menschen kannten, zu den Drachen durchgesickert. Diese Legenden kamen natürlich von Leuten wie Holzfällern, einsam lebenden Bauern und anderen Schriftunkundigen, die man ein gutes Stück von anderen Georgs entfernt antreffen konnte oder an einem Ort, an dem man einen Drachen, der sich törichterweise in ein Gespräch verwickeln ließ, nicht so ohne weiteres in eine Falle locken konnte.

Drachen liebten Geschichten. Geschichten galten nur ein kleines bißchen weniger als Wein, und der Wein rangierte auf der Liste der Dinge, die die Drachen schätzten, gleich an zweiter Stelle nach ihren Horten. Jetzt hatten sie entdeckt, daß die Menschen ebenfalls Geschichten liebten. Überdies waren die Geschichten, die sie am meisten liebten, Geschichten von Wundern und anderen seltsamen oder blutrünstigen Ereignissen – was den Drachenvorlieben sehr entgegenkam.

Die besten dieser Geschichten ließen sich auf die Bibel oder auf Heiligenlegenden zurückführen, von denen einige von unbekannten Schreibern stammten, die sich den Anschein gaben, als stammten die Schriften von wohlbekannten Heiligen.

Dieser Bereich war den Drachen nicht unbekannt gewesen. Schon seit einigen hundert Jahren hatten sie Kenntnis vom heiligen Georg und dem Drachen. Überraschenderweise hatte ihre Empörung über die Tatsache, daß der Drache der Schurke im Stück war – und schlimmer noch, der Verlierer des Kampfes –, nur die ersten fünfzig bis achtzig Jahre gewährt. Dann war die Legende zu einer reizvollen Geschichte geworden, die zu der vergnüglichen Debatte darüber führte, wie der Drache den heiligen Georg hätte bekämpfen sollen, um ihn zu besiegen. Fast jeder Drache, der seit jener Zeit das Licht der Welt erblickt hatte, hatte seine eigene Theorie entwickelt, auf welche Weise besagter Drache damals gegen den heiligen Georg hätte kämpfen müssen.

Ein Nebenprodukt des Ganzen war die Tatsache gewesen, daß die Drachen sämtliche Menschen nun ›Georgs‹ nannten.

Aber wie dem auch sei, der Appetit der Drachen auf menschliche Legenden und wunderbare Geschehnisse war immer weiter gewachsen. Zu guter Letzt waren sie auf eine Legende gestoßen, die Jim aufgrund von Secohs höchst verzerrter Version schließlich doch zu erkennen vermochte. Es war eine Geschichte, die ihren Ursprung nur in einer der Apokryphen des Neuen Testaments haben konnte. Ein Werk von einem unbekannten Verfasser, das in Jims Zeit und Welt unter der Bezeichnung ›Pseudo-Matthäus‹ bekannt war.

Diese Legende hatten die Cliffsider Drachen irgendwie mit dem Gedanken des christlichen Festes von Jesu Geburt vermischt, und dies hatte zu einer Reaktion geführt, die an die Gefühle der Drachen rührte.

Kurz und bündig, die Geschichte, die Jim einmal in Palgraves *Golden Treasury* gelesen hatte, spielte zu der Zeit, als die Heilige Familie auf der Flucht nach Ägypten war, um Herodes' Ermordung der unschuldigen Kinder zu entfliehen. Denn Herodes, König von Israel, hatte gehört, daß eines dieser Kinder das Christkind war, das in die Welt gekommen war, um ihn vom Thron zu stürzen.

Mit königlicher Logik hatte Herodes überlegt, daß er diese Möglichkeit vereiteln konnte, bevor es überhaupt so weit kam, indem er einfach alle kleinen Kinder töten ließ.

In der Geschichte, die Jim gelesen hatte, waren Josef, Maria und der kleine Jesus auf ihrer Flucht vor Herodes nach Ägypten von allen möglichen Tieren begleitet worden, dem Löwen und dem Ochsen, dem Wolf und dem Schaf – von Räuber und Beutetier gemeinsam, die als Ehrenwache für Maria, Josef und den kleinen Jesus in vollkommener Harmonie Seite an Seite gingen. Dann hatte die Heilige Familie über Nacht in einem zerklüfteten Land in der Nähe von Felsen ihr Lager aufgeschlagen. Es hatte dort eine Höhle gegeben – oder vielleicht waren es auch nur einige große Felsbrocken… Jim stellte fest, daß er die Einzelheiten nicht mehr so recht im Gedächtnis hatte.

Aber als sie beim ersten Lichtstrahl am nächsten Morgen aufstanden, kamen aus den Felsen unerwartet Drachen zum Vorschein, Geschöpfe, die zu groß und zu mächtig waren, als daß die Tiere die Heilige Familie vor ihnen hätte beschützen können. Josef hatte Angst vor den Drachen.

Aber der kleine Jesus beruhigte seinen Vater.

»Fürchte dich nicht«, sagte er zu Josef. »Diese braven Geschöpfe haben lediglich die Worte Davids, des Propheten, erfüllt: *›Lobet den Herrn auf Erden, ihr Drachen und ihr wilden Tiere. Lasset sie zu mir kommen.‹*«

Und er hatte den Drachen seinen kleinen Arm hingestreckt, um sie zu sich zu winken, damit sie sich segnen ließen.

Das war die Legende, soweit Jim sie noch im Gedächtnis hatte. Zwar waren seit seinem Studium von Palgraves *Golden Treasury* als Teil seiner Abschlußarbeit nur sechs Jahre vergangen, aber in dieser Zeit war viel geschehen, vor allem in den drei letzten Jahren in dieser Welt.

Secoh erzählte die Legende größtenteils so, wie Jim sie in Erinnerung hatte. Aber doch nicht ganz genau so; er hat sie sehr schön mit den gegenwärtigen Verhältnissen verwoben und eine Reihe zeitgenössischer Personen mit eingeflochten.

Mittlerweile brauchte Jim jedoch nur noch zuzuhören. Nachdem er Secoh wie eine Flasche mit schäumendem Wein entkorkt hatte, mußte er ihn daran hindern, daß er nicht bis in alle Ewigkeit weitersprudelte.

»… Ihr seht also, was passiert ist«, sagte Secoh nun. Für ihn waren wie für jeden anderen Drachen ›Geschichten‹ und ›Geschichte‹ ein und dasselbe. »›*Lobet den Herrn auf Erden, ihr Drachen und ihr wilden Tiere. Lasset sie zu mir kommen.*‹«

»Ja«, sagte Jim.

»Nun, *Ihr* versteht!« sagte Secoh. »Ihr seid ein Drache wie wir, selbst wenn Ihr einen Teil der Zeit ein Georg sein müßt. Ihr wißt, wie wir Drachen sind. Das Dumme mit den Georgs ist, daß sie uns lediglich für Tiere halten. Aber das sind wir nicht. Wir sind *Drachen!*«

Endlich waren sie zum Kern all der verworrenen Stränge legendärer Erzählungen gelangt, auf den Secoh sich zugearbeitet hatte.

Jim verstand tatsächlich.

Als er damals hierhergekommen war und in seinem Drachenkörper gesteckt hatte, hätte er Secohs Worte, auch wenn er zu jener Zeit selbst ein Drache war, nicht verstanden. Aber jetzt schon. Er hatte zu verstehen begonnen, als der verkrüppelte Smrgol mehr durch Willenskraft als durch irgend etwas sonst Secoh buchstäblich in die Schlacht am Verhaßten Turm gezerrt hatte. Smrgol hatte Brian, Jim und Dafydd erzählt, wie das zugegangen war, und die ganze Sache mit seiner gewaltigen Baßstimme herausgedröhnt.

»… Und einen Georg in einen Kampf ziehen zu lassen, den man selbst sich nicht aufzunehmen traut! ›Junge‹, sagte ich zu ihm, ›komm mir ja nicht mit dem Blödsinn, du wärest lediglich ein Sumpfdrache. Die Sümpfe haben nichts damit zu tun, was für ein Drache du bist. Was wäre das für eine Welt, wenn wir alle solche Reden führten?‹«

Und Smrgol hatte versucht, jemanden nachzuahmen, der mit schriller Stimme sprach, hatte es jedoch nur vermocht, seine Worte ungefähr bis auf mittlere Baßhöhe zu heben.

»›Oh, ich bin nur ein Feld-und-Wiesen-Drache. Da mußt du mich schon entschuldigen. – Ich bin nur ein Berhang-Drache …‹ ›Junge!‹ sagte ich zu ihm, ›du bist ein DRACHE! Hoffentlich geht das ein und für alle Mal in deinen Schädel! Und ein Drache handelt *wie ein Drache oder er handelt überhaupt nicht!‹«*

Später hatte es eine Zeit gegeben, da Brian und Jim auf einer geheimen Mission in Frankreich gewesen waren. Secoh war unerwartet mitten in der Nacht in dem Gasthaus aufgetaucht, in dem Jim wohnte. Um die Leute im Gasthaus und in der Stadt an der Entdeckung zu hindern, daß er einen Drachen in seinem Quartier hatte, hatte Jim Secoh um seiner eigenen Sicherheit willen in ein menschliches Wesen verwandelt. Secoh hatte einen einzigen Blick auf seinen mageren, natürlich nackten Menschenleib geworfen und war in blankes Entsetzen verfallen.

»O nein!« hatte er gejammert.

Die Wahrheit, wie Jim sie langsam begriffen hatte, war, daß Drachen sich keineswegs als eine dem Menschen unterlegene Spezies betrachten – sondern einfach nur als eine andersartige. Vor allem zogen sie die Möglichkeit, daß sie für die Georgs nur eine von vielen Tierarten sein mochten, schlechterdings gar nicht in Erwägung. Soweit es sie betraf, bestand die Hierarchie der Welt aus Drachen, einer Stufe darunter den Georgs und unter den Georgs allen anderen Tieren. Ihre Entrüstung darüber, daß jeder Georg, der ihnen über den Weg lief, selbstverständlich davon ausging, daß sie nicht mehr waren als ein großes Tier – möglicherweise eins, das zur Hälfte ein Dämon war, aber ansonsten eben schlicht ein Tier – hatte seit jenem historischen Duell mit dem heiligen Georg in jedem Drachen gegärt und geschwelt.

Daher wußte Jim jetzt genau, was die Cliffside-Drachen so erregte und warum Secoh so sehr erpicht darauf war, ihn um Verständnis und Hilfe anzuflehen.

»›Ihr Drachen *und* ihr wilden Tiere‹«, wiederholte Secoh. »Versteht Ihr, Mylord? Euer Christuskind selbst hat es so gesagt. Und da es nun mit Eurem Freund Sir John von London hergekommen ist …«

Jim blinzelte. Jetzt brachte Secoh einige ganz abwegige Elemente in die Geschichte hinein. Nicht in hundert Jahren wäre es ihm in den Sinn gekommen, daß die Drachen es fertigbringen würden, Christus mit dem jungen Prinzen Edward zu verwechseln, der gerade beim Grafen weilte. Offensichtlich waren Secoh und die übrigen Drachen der felsenfesten Überzeugung, daß die Geburt Christi sich entweder an diesem speziellen Weihnachten ereignete oder auf wundersame Weise jedes Weihnachten von neuem geschah. Sie schienen zu glauben, daß die Episode mit den Tieren und den Drachen jetzt unmittelbar bevorstand und sich in den nächsten Tagen ereignen würde.

»Also, wenn Ihr nichts dagegen hättet«, kam Secoh endlich zum Schluß, »würden wir Euch bitten, mich und einige andere Drachen in diese Burg mitzunehmen, in der Ihr im Augenblick wohnt, damit wir rechtzeitig dort sein können, um dem Christuskind unsere Verehrung zu erweisen, damit es uns segnet. So geht die Geschichte nämlich weiter, müßt Ihr wissen. Es segnet uns. Was heißt das übrigens, Mylord? Die Sache mit dem Segen, meine ich?«

»Es ist ungefähr so, als bekäme man ein unsichtbares

Geschenk«, improvisierte Jim eilig. »Ihr könnt es nicht sehen oder fühlen oder riechen, aber es macht Euch glücklicher und bedeutet, daß Ihr von da an ein besserer Drache sein werdet.«

Secohs Augen waren rund vor Aufregung.

»Wieviel größer?« fragte er.

»Besser«, sagte Jim, »nicht größer. Ihr werdet nachher edler und tapferer sein.«

»Ich bin jetzt schon ziemlich tapfer«, meinte Secoh.

»Nun«, sagte Jim, »ihr werdet überrascht sein. Eure Tapferkeit kennt keine Grenzen. Ein jeder wird darüber staunen, um wie vieles tapferer Ihr geworden seid. Wartet's nur ab. Vielleicht wird man Eurer sogar in einer eigenen Geschichte gedenken.«

Secoh strahlte.

Das war eine der guten Seiten der Drachen, dachte Jim. Sie konnten mit einem Augenzwinkern ihre Sorgen vergessen und glücklich sein.

Aber nun zum Hauptproblem.

»Was die Möglichkeit betrifft, Euch in die Weihnachtsfeiern einzuschließen«, sagte Jim, »das ist komplizierter, als sich so ohne weiteres erklären läßt. Ich bin mir nicht ganz sicher, wie ich das zuwege bringen soll. Aber die Weihnachtsfeiern dauern noch elf Tage, und das, wovon Ihr gesprochen habt, wird wohl nicht vor dem letzten Tag passieren.«

»Oh«, sagte Secoh.

»Fliegt jetzt zurück und erzählt den Drachen von Cliffside, ich täte mein Bestes, um Euch alle in die Weihnachtsfeiern einzuschließen. Es ist nicht auszuschließen, daß es mir nicht gelingen wird, aber ich werde mich sehr, sehr anstrengen – und ich glaube, Ihr alle wißt, daß es mir für gewöhnlich, wenn ich mich sehr anstrenge, gelingt, gewisse Dinge zu erreichen.«

»Aber ja!« rief Secoh. »Wir machen uns keine Sorgen, denn Ihr schafft es immer.«

»Hm, ich nehme an …«, sagte Jim schuldbewußt.

Er warf einen Blick über die Schulter, um sich zu versichern, daß Kob immer noch auf seinem Rauchfaden saß.

»Also«, sagte er, »ich sollte Kob-Eins jetzt bitten, mich so bald wie möglich in die Burg des Grafen zurückzubringen, damit ich die Sache in Angriff nehmen kann.«

»Vielen Dank, Mylord!« sagte Secoh. »Ich weiß gar nicht, wie ich Euch danken soll. Keiner der Cliffside-Drachen wird wissen, wie er Euch danken soll. Aber wir werden unser Bestes tun.«

»Das ist sehr freundlich von Euch«, meinte Jim und fühlte sich noch schuldbewußter. »Nun, dann wollen wir uns für den Augenblick verabschieden. Ich hoffe, Euch bald wiederzusehen.«

»Das werdet Ihr!« sagte Secoh inbrünstig.

Das Schlimme war, überlegte Jim, während Kob-Eins ihn über die Schornsteinroute in sein Quartier beim Grafen zurückbrachte, daß nicht nur ein oder zwei Drachen mit Secoh beim Grafen erscheinen würden, um Teil der legendären Geschehnisse zu werden. Und daß er außerdem nicht die leiseste Ahnung hatte, wie er ihre Anwesenheit ermöglichen sollte.

Wenn einer kommen wollte, würden gewiß sämtliche Drachen von Cliffside denselben Wunsch hegen. Und wenn es einen Ritter unter den Gästen in der Burg gab, dem bei dem Gedanken an einen Kampf mit einem Drachen das Wasser im Munde zusammenlief, dann galt das wahrscheinlich für sie alle. Kurz und gut, wenn Jim es schaffte, den Drachen die Teilnahme zu ermöglichen, hätte das mehr oder weniger einen Angriff der Ritter auf die arglosen Drachen zur Folge, und das Ergebnis würde eine Rauferei sein, die gewiß in die Geschichte eingehen würde.

Und wahrscheinlich wäre für die nächsten dreihundert Jahre jede Hoffnung auf eine Freundschaft zwischen Menschen und Drachen zunichte gemacht.

Aber in diesem Augenblick fand Jim sich plötzlich vor dem Kamin seines vorderen Zimmers wieder, und Angela kam gerade aus dem inneren Zimmer hinein. Sie zuckte zusammen und stieß einen leisen Schrei aus.

»Ich wünschte, du würdest nicht jedesmal erschrecken, wenn ich auf magische Weise zurückkomme«, sagte Jim gereizt. »Das geht jetzt immerhin schon einige Jahre so ...«

»Aber das ist gar nicht der Punkt!« fuhr Angie wütend auf. »Ich kann nicht jede Sekunde meines Lebens damit rechnen, daß du plötzlich irgendwo auftauchst. Und wenn ich nicht damit rechne, wie soll ich dann nicht erschrecken, wenn du plötzlich vor mir stehst?«

Gegen diese Logik ließ sich kein Einwand erheben. Aber andererseits, dachte Jim, hatte er ohnehin noch nie viel Glück bei seinen Auseinandersetzungen mit Angie gehabt.

»Da wirst du wohl recht haben«, sagte er.

»Und ob ich recht habe!« Angie wirkte seltsam erregt, als könne sie jeden Augenblick explodieren. Aber sie gab sich Mühe, faßte sich wieder und lächelte Jim an.

»Trotzdem freue ich mich, daß du wieder hier bist«, sagte sie und ging auf ihn zu.

Sie küßten einander.

»Ah ...« Angie öffnete die Augen und löste sich aus seiner Umarmung. Dann schob sie ihn in einen Sessel und nahm ihm gegenüber Platz. »Jim, du mußt irgend etwas wegen dieser Agatha unternehmen!«

»Ich?« fragte Jim. »Warum?«

»Sie war schon zweimal hier«, erklärte Angie. »Das gefällt mir nicht!«

»Aber das ist doch nur natürlich«, sagte Jim. »Ich meine ... warum gefällt es dir nicht?«

»Sie ist gekommen, um den kleinen Robert zu sehen!« Angie sprach mit einer falschen, sirupsüßen Stimme. Sie hatte die Hände auf dem Schoß gefaltet und die Augen mit übertrieben engelshafter Frömmigkeit halb geschlossen. »Weil er doch jetzt ihr einziger lebender Verwandter ist! Jetzt, da ihr armer Bruder tot ist! Als wüßte ich nicht, daß er nur ihr Halbbruder war und daß sie in den letzten zehn Jahren kaum noch ein Wort miteinander gewechselt haben!«

»Woher weißt du das?« erkundigte Jim sich neugierig. »Ich meine, daß sie die letzten zehn Jahre nicht miteinander geredet haben?«

»Ach, das weiß doch jeder«, antwortete Angie. »Darum geht es auch nicht. Es geht darum, daß sie mich nicht hinters Licht führen kann. Sie interessiert sich gar nicht für Robert. Ihr geht es um seinen Besitz. Sie möchte die Vormundschaft, und sie schiebt diese Dinge nur vor, um ihn besuchen zu können, weil sie hofft, irgend etwas hier zu entdecken, das sie benutzen kann, um sich diese Vormundschaft zu sichern. Glücklicherweise hat sie nichts entdeckt.«

»Bist du dir sicher?« fragte Jim.

Angie legte die übertriebene Miene ab, setzte sich aufrecht hin und sah ihn scharf an.

»Weswegen soll ich mir sicher sein?« fragte sie.

»Nun, wegen beider Dinge«, sagte Jim. »Daß sie sich nur für die Vormundschaft interessiert und daß sie nach einem Grund sucht, damit sie behaupten kann, du würdest dich nicht ordentlich um Robert kümmern.«

»Natürlich bin ich mir sicher«, sagte Angie. »Dies hier ist nicht das zwanzigste Jahrhundert, Jim.«

»Das weiß ich«, sagte Jim aufgebracht.

»Sie weiß nichts über das Kind – wußte nichts darüber, bis sie hörte, daß ihr Bruder mit einer neuen Frau und dem Baby hierher unterwegs war. Wie kann sie jetzt so tun, als läge Robert ihr am Herzen? Ganz zu schweigen davon, daß sie überhaupt kein Herz hat. Ich sage dir, ich kenne diese Frau. Ich habe sie auf den ersten Blick durchschaut. Selbst wenn es anders wäre, es ist ein offenes Geheimnis. Sie ist ehrgeizig. Sie hat all die Jahre von einer Apanage ihres Bruders gelebt. Aber Ehrgeiz kostet Geld – das heißt, Geld hilft jedenfalls eine ganze Menge, um einen Ehrgeiz wie den, Königin von England werden zu wollen, voranzutreiben. Wer Roberts Besitzungen bis zu seiner Volljährigkeit verwaltet, kann eine Menge Geld einstreichen, und sie wird keine Skrupel haben, das Geld an sich zu raffen. Später, wenn sie Erfolg hatte, würde es niemand mehr wagen, sie zur Rechenschaft zu ziehen. Und selbst wenn sie keinen Erfolg haben sollte, ist es nur das, was die meisten Leute tun würden, wenn man ihnen ein Mündel wie Robert zusprechen würde.«

»Da hast du zweifellos recht«, sagte Jim. »Aber was ist mit meiner zweiten Frage? Ich wollte wissen, warum du so sicher bist, daß sie nichts entdeckt hat, das sie gegen uns verwenden könnte.«

»Ach das?« fragte Angie. »Ich hatte natürlich mit ihr gerechnet. Ich habe dafür gesorgt, daß wir der Inbegriff guter Fürsorge für Robert sind, so wie dieses Jahrhundert es fordert. Ich habe ihn sogar wieder an das Brett gebunden, den armen kleinen Kerl. Das war meine einzige Sorge. Sie hätte herausbekommen können, daß ich ihn aus seinen Windeln genommen und in ein Bettchen gelegt habe. Das hätte sie gegen uns ins Feld führen können. Aber ich kann es nicht ertragen, ihn die ganze Zeit gewindelt zu sehen. Unser Bewaffneter, der draußen Dienst tut, hat Anweisung, sie aufzuhalten, wenn sie kommt, und dann zu sagen, er müsse erst hineingehen, um Erlaubnis zu erhalten, sie in unser Zimmer führen zu dürfen. Das wird ihr zwar nicht gefallen, aber sie kann nichts dagegen machen.«

»Nein, wahrscheinlich nicht«, sagte Jim.

»Natürlich nicht«, fuhr Angie fort. »Es ist nur ein Beweis dafür, daß wir ganz besonders gut auf Robert aufpassen. Außerdem entschuldige ich mich immer bei ihr, wenn sie hereingeführt wird; sie durchschaut die

Entschuldigung natürlich, aber dagegen kann sie nichts machen. Nun, wie dem auch sei, auf diese Weise haben wir genug Zeit, Robert aus der Wiege zu holen, die Wiege zu verstecken und ihn wieder zu windeln. Jedesmal, wenn sie hier war, hat sie ihn auf traditionelle Art und Weise gewindelt vorgefunden.«

»Gut!« sagte Jim erfreut. »Das sollte ihr wohl den Wind aus den Segeln nehmen.«

»Bisher hat es genügt«, meinte Angie. »Aber man kann nicht sagen, was sie sich als nächstes einfallen läßt. Ich habe mit Geronde gesprochen, aber die war keine große Hilfe.«

»Nein?«

»Na, du kennst doch Geronde«, sagte Angie. »Oder jedenfalls solltest du sie mittlerweile kennen. Sie ist meine beste Freundin hier, aber ihre Anschauungen lassen mir manchmal die Haare zu Berge stehen. Ihr bester Vorschlag bestand darin, daß wir ein paar Geächtete anheuern sollten, die niemand vermißt und die bereit sind, so ziemlich alles zu tun. Denen sollen wir den Auftrag geben, Agathas Reisegruppe beim Verlassen der Burg aufzulauern. Sie hat zwanzig Bewaffnete bei sich, daher wäre es nicht ganz einfach, ihre gesamte Reisegruppe zu töten – aber Geronde meinte, das sei auch gar nicht nötig. Der Angriff solle lediglich ein Vorwand sein, um dafür zu sorgen, daß Agatha selbst getötet würde. Und dann hat Geronde sich auch noch ausgedacht, wie man das Ganze einfädeln könnte. Wir würden dafür sorgen, daß sich einige Leute in den Wäldern verstecken, um die Männer zu schnappen, die dafür verantwortlich sind. Dann würden wir sie töten, so daß sie niemandem mehr erzählen könnten, wofür wir sie bezahlt haben. Du würdest dann als der Retter dastehen, der ein klein wenig zu spät kam, genau wie bei ihrem Bruder.«

»Das könnte ich unmöglich tun!« rief Jim.

»Natürlich nicht«, sagte Angie. »Aber das ist typisch

für Geronde. Also liegt es jetzt an dir. Jim, mit ein wenig Magie und allem anderen, was dir an Hilfsmitteln zu Gebote steht, müßte dir doch irgendeine Möglichkeit einfallen, wie du Agatha jede Hoffnung nehmen könntest, die Vormundschaft für den kleinen Robert zu bekommen. Und sobald sie einsehen muß, daß sie keine Aussichten hat, wird sie ihn nicht mehr belästigen, und er wird in Sicherheit sein.«

Jim lächelte innerlich. Wie gewöhnlich wurde ihm eine unmögliche Aufgabe gestellt; diesmal allerdings von Angie, während es sonst Carolinus war oder irgendwelche äußeren Ereignisse, die ihn in irgend etwas hineindrängten. Aber diesmal hatte er ein As im Ärmel. Angie würde überrascht sein.

»Ach, ich glaube, darum brauchen wir uns keine Sorgen mehr zu machen«, sagte er. »Die ganze Angelegenheit wird uns ohnehin aus den Händen genommen werden. Angie, ich habe gerade alles Notwendige in die Wege geleitet, damit die versammelten Magier dieser Welt uns in unser zwanzigstes Jahrhundert zurückschicken können. Daher werden wir in Kürze wieder dort sein. Wie gefällt dir das?«

Angie starrte ihn an, und ihr Gesicht wurde weiß. Sie starrte ihn so lange an, bis Jim sich leicht unbehaglich fühlte. Schließlich fand sie ihre Stimme wieder.

»Aber wir können jetzt unmöglich weg«, sagte sie. »Wahrscheinlich achtzehn oder zwanzig Jahre lang nicht!«

16

Die mittelalterliche Welt, in der er sich befand – und nach allem, was er wußte, auch das Universum, das sie umschlossen hielt – geriet um Jim herum ins Wanken.

»Achtzehn bis zwanzig …«, sagte er benommen.

»Nun, vielleicht auch nur acht – oder sechs. Wir müssen sicher sein, daß du zu Roberts Vormund bestellt wirst, und wir müssen Zeit genug haben, um ihn großzuziehen, bis er alt genug ist, um ihn Leuten zu übergeben, die in diese Zeit gehören«, meinte Angie. »Sagen wir, für eine absehbare Zeit. Wir könnten ihn natürlich auch mit ins zwanzigste Jahrhundert nehmen ...«

Jim war sich keineswegs sicher, ob das gestattet sein würde. Möglicherweise würde es ganz und gar nicht gestattet sein. Aber Angie sprach weiter.

»... Aber nein. Wir können jetzt unmöglich zurückkehren«, sagte sie. »Das ist undenkbar!«

»Undenkbar«, wiederholte Jim mit stierem Blick. Angie stand von ihrem Sessel auf und setzte sich schwungvoll auf seinen Schoß, bevor sie ihm die Arme um den Hals schlang.

»Liegt dir denn so viel daran, Jim?« fragte sie und zog ihn fester an sich.

»Ich habe nicht geahnt, daß es dir soviel bedeutet. Ich dachte, es würde dir hier sehr gut gefallen, und du wolltest bloß um meinetwillen nach Hause zurückkehren.«

»Nun, so war es auch«, murmelte Jim, der zu betroffen war, um nicht die Wahrheit zu sagen.

»Das war schrecklich lieb von dir«, sagte Angie. »Und es sieht dir mal wieder ähnlich. Natürlich hätte mir klar sein müssen, daß du es ausgerechnet jetzt tun würdest. Aber verstehst du denn nicht, wir müssen wenigstens warten, bis wir die Vormundschaft haben; und selbst danach müssen wir immer noch achtgeben, daß Robert im Leben Fuß faßt. Es erscheint mir nicht richtig, ihn als Kind zweier armer Akademiker ins zwanzigste Jahrhundert zu bringen, während er hier reich sein würde.«

»Da hast du wahrscheinlich recht«, sagte Jim mit einigem Unbehagen.

Aber Angie sprach weiter.

»... Du weißt ja, wie viele Babys und Kleinkinder

hier sterben«, sagte sie. »Es gibt so viele Dinge, die es ihnen unmöglich machen können, das Erwachsenenalter zu erreichen. Robert ist so ein zerbrechlicher kleiner Bursche. Wenn du ihn in den Armen gehalten hättest, wie ich es getan habe, wüßtest du, daß wir ihn nicht einfach dieser grausamen Welt ausliefern können. Niemand würde sich darum kümmern, ob er lebt oder stirbt. Es gibt Leute wie Agatha, denen es durchaus recht wäre, ihn vom Antlitz der Erde verschwinden zu sehen. Hinzu kommen noch all die Kinderkrankheiten – von denen wir beide mehr wissen als irgend jemand sonst hier – und die Gedankenlosigkeit der Menschen um ihn herum. Selbst die Diener, die für ihn sorgen sollen, würden ihn vernachlässigen, vielleicht sogar seine eigene Amme. Und selbst wenn die Amme ihn liebt wie das junge Mädchen, das sich im Augenblick um ihn kümmert, könnte ihre Unwissenheit verhindern, daß Robert überhaupt erwachsen wird. Verstehst du das nicht, Jim?«

»Doch«, sagte Jim. »Ich verstehe.«

»Sag das nicht so«, bedrängte ihn Angie. »Es wird uns beiden gefallen, weißt du. Wir werden sehr glücklich sein, den kleinen Jungen einige Jahre lang heranwachsen zu sehen. Bist du nicht auch meiner Meinung?«

»Wahrscheinlich schon«, sagte Jim ausweichend.

Tatsächlich blieb ihm kaum etwas anderes übrig, als ihrer Meinung zu sein. Erstens wußte er, daß er ungeachtet seiner gegenwärtigen Gefühle am Ende tun würde, was Angie wollte, einfach weil er sie glücklich wissen wollte. Zweitens fühlte er sich zwar im allgemeinen nicht sehr zu Babys hingezogen und hatte sich bisher nur sehr wenig um den Jungen im Nebenzimmer gekümmert, aber dennoch entsprach alles, was Angie gesagt hatte, vollkommen der Wahrheit. Was Kleinkinder betraf, war Robert tatsächlich ein recht ansprechender kleiner Kerl. Vor allem weinte er überraschend selten und hörte schnell wieder auf, wenn sein unmittelbares Bedürfnis gestillt war.

Außerdem stimmte alles, was Angie gesagt hatte. Roberts Situation war heikel, um es mit einem möglichst optimistischen Ausdruck zu umschreiben. Jim konnte sich kaum bereit erklären, ihn im Stich zu lassen, bevor der König ihm einen vertrauenswürdigen Vormund bestellt hatte.

Jim überlegte, ob er Angie erzählen sollte, daß man ihm im Falle seines Hierbleibens möglicherweise all seiner Magie entkleidete und daß dann nicht nur Robert, sondern sie alle mehr oder weniger schutzlos dastehen würden.

Nach allem, was er wußte, konnte er sogar seine Fähigkeit verlieren, sich in einen Drachen zu verwandeln – das würde Carolinus ihm sicherlich sagen können. Vielleicht gehörte seine Verwandlung in einen Drachen zu den Dingen, die er aus eigenem Recht erworben hatte. Immerhin war er schon ein Drache gewesen, bevor er Carolinus' Lehrling wurde, so daß er diese Fähigkeit vielleicht behalten durfte. Wenn ja, würde das ein Vorteil sein, allerdings auch der einzige, der ihnen bleiben würde.

Jim kam zu dem Schluß, Angie die Sache für den Augenblick noch zu verschweigen. In dürren Worten ausgedrückt, mußte er sich jetzt auf irgendeine Möglichkeit besinnen, wie er Son Won Phon aufhalten konnte und mit ihm alle anderen Magier, die sich gegen ihn verschworen hatten. Es mußte irgendeine Lösung geben, und es lag an ihm, diese Lösung zu finden. Es hatte keinen Sinn, Angie zu beunruhigen, die ohnehin nichts tun konnte. Dazu war nur er allein imstande, und da er es ohnehin allein tun mußte, konnte er es genausogut für sich behalten.

»Du hast recht, Angie«, sagte er. »Wir werden bleiben müssen, zumindest für den Augenblick. Ich weiß nur nicht, wie die Zukunft aussehen wird, aber vielleicht sehen wir später klarer. Es gibt so viel zu tun ...«

»Ach, mein Liebster.« Angie drückte ihn an sich. »Ich wußte, du würdest mich verstehen. Hör zu! Ich habe dir doch gesagt, ich würde über dein Problem mit dem Troll unter der Burg und dem anderen Troll nachdenken, der angeblich hier oben bei den Gästen ist?«

»Was?« fragte Jim. »Ach das. Ja, stimmt, das hast du gesagt.«

»Nun, mir ist etwas eingefallen!« Angie richtete sich auf seinem Schoß triumphierend auf. »Möchtest du es hören?«

»Natürlich«, sagte Jim mit so viel Begeisterung, wie er aufbringen konnte.

»Es wird dir gefallen!« Angies Augen sprühten geradezu Funken, wie Jim mit einiger Überraschung bemerkte. »Du erinnerst dich doch an diese szenische Aufführung der Seeschlacht bei Sluys? Du warst beim Abendessen nicht bis zum Schluß dabei, daher konntest du die Aufführung nicht sehen. Aber du erinnerst dich doch, daß sie stattfinden sollte?«

»Ja, ich erinnere mich«, sagte Jim.

»Also«, sagte Angie, »es war das Dürftigste, Kitschigste und Übertriebenste, das ich je gesehen habe. Sie haben das Stück vor der hohen Tafel aufgeführt, so daß sie uns ansahen, allen anderen im Saal aber den Rücken zukehrten. Den anderen Gästen schien das jedoch nicht viel auszumachen.« Sie hielt inne, um Luft zu holen.

»Sie hatten Kästen dabei – oder jedenfalls so etwas Ähnliches –, auf denen der Schauspieler stand, der König Edward spielte. Diese Kästen sollten die Brücke seines Schiffes sein, das die englischen Schiffe in die Schlacht führte. Sie hatten auch Trittleitern oder Gerüste, die erhöhte Stellen auf dem Schiff darstellen sollten. Außerdem mußte man sich vorstellen, daß die Männer, wenn die Schiffe zusammenkamen, von einem Schiff aufs andere sprangen, aber in Wirklichkeit war da nur der leere Boden, und sie fingen an, quer darüber hinweg zu kämpfen, als enterten sie … und so weiter. Es war alles ziemlich idiotisch. Ich hatte große Mühe, nicht laut loszulachen.«

Trotz seiner niedergedrückten Stimmung mußte Jim lächeln.

»Ich kann es mir vorstellen«, sagte er. »Die Bühnenausstattung und viele andere Dinge sind der Phantasie des Publikums überlassen. Um genau zu sein, erwartete man im Mittelalter eine ganze Menge Phantasie von seinem Publikum, wenn ein Stück aufgeführt wurde.«

»Na ja, die Leute hatten jedenfalls Phantasie, und mehr als genug!« Angie sprang auf. »Du hättest die Gäste sehen sollen, sie haben die Sache förmlich verschlungen. Mir war vorher gar nicht klar, wieviel den Menschen hier jede Unterhaltung, jedes Spektakel bedeutet.«

»Ich glaube, mir war das bisher auch nicht bewußt«, meinte Jim nachdenklich. Er erinnerte sich an all die Ausschmückungen, die die Balladendichter seinen Taten am Verhaßten Turm hinzugefügt hatten.

»Aber du weißt doch, wie Kinder sind, wenn man ihnen eine Geschichte erzählt?« fragte Angie. »Sie *leben* geradezu in der Geschichte. Wenn man ihnen von etwas Beängstigendem erzählt, bekommen sie wirklich Angst. Wenn man ihnen von etwas erzählt, das gut schmeckt, kann man förmlich sehen, wie ihnen das Wasser im Mund zusammenläuft. Wenn man ihnen von einer Burg erzählt, ist die Burg da. Nun, genauso war es bei dieser Aufführung.«

»Wirklich?« Jims Interesse war trotz all seiner anderen Sorgen geweckt.

»Absolut«, versicherte ihm Angie. »Ich hätte es selbst nicht geglaubt, wenn ich es nicht gesehen hätte. Aber ich schwöre dir, die meisten Männer konnten sich kaum bezähmen, nicht von ihren Stühlen aufzuspringen und mit den Schauspielern zu kämpfen. Und die Frauen waren genauso hingerissen. Und mehr als das – du weißt doch, wer alles an der hohen Tafel saß? Der Graf und der Bischof, Chandos und alle anderen? Sie sind genauso mitgegangen wie die Leute an den beiden langen Tischen.«

»Kein Wunder, daß Brian die Aufführung nicht verpassen wollte«, sagte Jim. »Weißt du, mir war nicht klar, um welches Vergnügen ich ihn da beinahe gebracht hätte. Ich habe ein ziemlich schlechtes Gewissen wegen der ganzen Angelegenheit – ich hatte wirklich nicht geplant, daß er eine Vision haben sollte …«

»Ich weiß«, sagte Angie. »Es war der Bischof, der ihm und allen anderen diese Idee in den Kopf gesetzt hat. Aber der Graf, der Bischof, Chandos – alle waren von dieser scheinbaren Schlacht gefesselt wie die Kinder!«

»Nun, ich werde dafür sorgen, daß ich die nächste Aufführung nicht verpasse. Wann soll denn wieder eine stattfinden?«

»Das ist es ja«, sagte Angie. »Es stehen noch zwei weitere auf dem Programm, aber im Vergleich zu der Schlacht bei Sluys handelt es sich wohl nur um ziemlich kleine Angelegenheiten. Die Aufführung der Schlacht war etwas Besonderes, weil heute der erste Weihnachtsfeiertag war. Aber Jim, die Sache hat mich auf eine wunderbare Idee gebracht. Warum führen wir nicht ein Stück für sie auf?«

»Ein Stück?« Nach all den anderen Dingen, die ihm in letzter Zeit widerfahren waren, hatte Jim ernsthafte Mühe, Angie zu folgen. »Wir? Warum?«

»Ja, verstehst du denn nicht?« rief Angie. »Alle in der Burg werden dort sein, sogar die Diener. Sie haben sich, während die Schlacht bei Sluys aufgeführt wurde, in sämtlichen Eingängen des Rittersaals zusammengedrängt, und niemand hat sie weggejagt, nicht einmal die älteren Diener, weil die das Stück ebenfalls verfolgt haben. Wenn alle an einem Ort sind, könntest du deinen Troll heraufholen und ihn ein wenig herumschnuppern lassen und – vielleicht könntest du ihn unsichtbar machen oder so etwas …«

»Vergiß nicht«, sagte Jim, »der Bischof hat die Burg gesegnet …«

»Ach ja. Nun, ich bin mir sicher, irgend etwas läßt sich da machen«, sagte Angie. »Diese Aufführungen sind aber die einzige Möglichkeit, um alle zusammenzubekommen, so daß du deinen Troll ohne Gefahr nach oben bringen kannst, ohne daß irgend jemand ihn sehen würde. Denk darüber nach, Jim. Ist die Idee nicht großartig?«

Sie sah Jim erwartungsvoll an.

»Ich denke nach«, sagte Jim.

»Ich habe mir überlegt, daß wir vielleicht die Krippenszene nachstellen könnten. Du weißt schon, das Christuskind in der Krippe.«

»Ja, ich denke schon«, erwiderte Jim wenig überzeugt.

»Weißt du«, sagte Angie, »wir könnten einen Unterstand bauen, der ein wenig wie ein Stall aussieht; und ich wette, wir bekommen einen richtigen Ochsen und einen Esel – und natürlich Maria und Josef; und echtes Stroh für den Boden und die Hirten und die drei Könige mit ihren Geschenken …«

»Ich bin mir nicht sicher, ob die drei Weisen und die Schafhirten zur selben Zeit gekommen sind«, wandte Jim ein. »Es wäre allerdings zu machen. Bloß verfügt die Szene nicht gerade über viel Handlung.«

»Nun, etwas Handlung können wir wohl erfinden, oder?« sagte Angie. Jim sah, wie die Wolken der Enttäuschung sich auf Angies Stirn zusammenballten.

»Ich habe überhaupt nichts gegen deine Idee«, versicherte er ihr hastig. »Nein wirklich, es ist eine hervorragende Idee; mir machen bloß die Details zu schaffen. Zum einen ist heute der erste Weihnachtstag, und so etwas müßte eigentlich am Weihnachtstag aufgeführt werden, meinst du nicht auch? Außerdem sollte ich, da es sich um eine religiöse Szene handelt, vorher mit dem Bischof reden und feststellen, ob es irgendwelche religiösen Einwände gibt.«

»Warum sollte es religiöse Einwände geben?« fragte Angie.

»Das weiß ich nicht«, sagte Jim. »Aber denk daran, daß wir es mit der Kirche des Mittelalters zu tun haben. Bisher hat niemand eine Krippenszene erwähnt. Wenn die Leute nicht darüber reden, haben sie vielleicht aus dem einen oder anderen Grund Vorbehalte dagegen.«

Angie sah ihn enttäuscht an.

»Ich weiß nicht, ich habe nur über die verschiedenen Möglichkeiten nachgedacht«, setzte Jim schnell hinzu. »Aber ich wüßte nicht, warum sich das nicht machen lassen sollte. Ich weiß zwar noch nicht, wie ich den Troll unsichtbar machen soll, damit er alle beschnuppern kann, oder ob er in einem Raum voller Leute überhaupt den Geruch eines Trolls ausmachen könnte. Mir scheint, das wäre vielleicht doch ein wenig schwierig für ihn. Aber laß mich noch einmal nachdenken. Vielen Dank, Angie. Das ist eine wirklich gute Idee. Ich will lediglich die Einzelheiten überprüfen und feststellen, ob es sich wirklich machen ließe. Wir wollen doch nicht vorpreschen, nur um dann festzustellen, daß wir irgendwelche Einwände übersehen haben. Und vergiß nicht, wenn wir etwas Derartiges täten und die Leute sich aufregten, könnte das meine Chancen auf Roberts Vormundschaft verringern.«

»Daran habe ich gar nicht gedacht«, sagte Angie. »Du hast recht, Jim. Du solltest die Sache besser von allen Seiten betrachten. Aber in der Zwischenzeit kann ich schon mal über Kostüme und dergleichen nachdenken.«

»Ja, tu das«, sagte Jim.

Es war seltsam; so verrückt die Idee klang – und schließlich hatte er wahrhaftig schon genug andere Dinge im Kopf –, sie hatte eindeutig etwas Verlockendes an sich, das ein prickelndes Gefühl in ihm auslöste. Aber in der letzten Zeit war einfach zuviel passiert. Im Augenblick war er keines klaren Gedankens fähig. Da kam ihm plötzlich etwas anderes in den Sinn.

»Sag mal«, meinte er zu Angie, »heute ist doch immer noch der erste Weihnachtstag, oder?«

»Der späte Abend des ersten Weihnachtstages.« Angie hatte die Hand bereits auf den Vorhang gelegt, der die Tür zum Nebenzimmer bedeckte. Sie wollte ihn offensichtlich allein lassen. »Warum?«

»Ach, ich weiß nicht«, antwortete Jim. »Ich hatte anscheinend Schwierigkeiten, klar zu denken. Dann wurde mir klar, daß ich glaubte, der erste Weihnachtstag sei gestern gewesen. Wahrscheinlich bin ich einfach müde. Heute ist mehr passiert, als ich dir in der ganzen nächsten Woche erzählen könnte.«

»Ach ja?« Angie ließ den Vorhang los und kehrte ins Zimmer zurück. »Was ist denn passiert?«

»Das ist der Grund, warum ich …« Jim brach ab und gähnte herzzerreißend. »Ich glaube, ich bin nicht in der Verfassung, um dir ausgerechnet jetzt alles zu erzählen. Ich …«

Aus dem Flur erklangen Stimmen, deren Lautstärke das gewohnte Maß eindeutig überstieg.

»Tritt beiseite, du elender Kerl!« rief eine der Stimmen laut aus. »Was denkst du dir überhaupt dabei, mir mit solchen Fragen zu kommen?«

»Mylady hat es mir aufgetragen«, entrüstete sich die andere Stimme. »Stell Fragen, bis ich hinausgelaufen komme, dann dreh dich langsam im Zimmer um und frag, ob ich jemanden einlassen möchte.«

»Ach ja? Dann frag, Bursche!« rief die erste Stimme – jetzt jedoch mit ein wenig verringerter Lautstärke. »Du weißt, wer ich bin. Also frag!«

»Jawohl, Sir Brian!«

Die Tür wurde geöffnet, und der Bewaffnete aus dem Flur schob sein bleiches Gesicht hindurch.

»Mylady – Mylord?« Das bleiche Gesicht starrte Jim an, der nicht an dem Bewaffneten vorbeigekommen, aber dennoch da war. Der Wachmann schluckte und riß sich zusammen. »Sir Brian begehrt Einlaß, Mylord, Mylady …«

»Dann laß ihn ein«, sagte Angie.

Brian wurde eingelassen. Er war nicht betrunken, aber offensichtlich auch nicht mehr ganz nüchtern.

»James!« rief er mit einer Stimme, die Jim auch aus fünfzig Metern Entfernung hätte verstehen können. »Schön, Euch zu sehen. Ihr seid also wieder da …«

»Pst!« zischte Angie, und ihr Zischen klang so nachdrücklich, daß Brians Tonfall augenblicklich fast auf ein Flüstern herabsank.

»Man hat mich gebeten hinaufzugehen, James, um nachzusehen, was es Neues von Euch gäbe. Ihr müßt hinunter kommen. Wir sind alle im Palas versammelt. Ihr *müßt* hinunterkommen. Nein wirklich, heute ist der erste Weihnachtstag, und Ihr sitzt abseits von allen anderen hier oben? Angela, ich weiß, daß Ihr hier bei dem Waisenkind gewisse Pflichten verseht, aber Ihr solltet auch mitkommen.«

»Später vielleicht«, entgegnete Angie.

»Würdet Ihr es mir verzeihen, wenn ich nicht mit Euch käme?« fragte Jim müde. »Vergebt mir, Brian. Ich werde Euch alles erzählen, wenn ich mich ausgeruht habe. Aber ich habe einen langen Tag hinter mir, und ich habe große Strecken zurückgelegt, auf magischen und anderen Wegen. Ich brauche jetzt einfach etwas Schlaf.«

»Am Abend des ersten Weihnachtstages?« fragte Brian entgeistert. »Wenn es überhaupt einen Abend gibt, den man nicht mit Schlafen verschwenden sollte …«

Er brach jedoch ab und sah Jim an.

»Aber Ihr seht wirklich müde aus, James«, sagte er ein wenig milder. »Fürchtet nichts. Ich werde allen anderen erklären, daß Ihr weit gehen mußtet, um Carolinus zu suchen, daß Ihr ihn aber gefunden hättet und Euch jetzt ausruht. Wir werden morgen weiter reden. Ihr habt es doch sicher nicht vergessen? Morgen gehen wir auf die Falkenjagd – natürlich in kleinen Trupps, ansonsten werden sich mehr Falken auf ein einziges Opfer stürzen, als das jemals an irgendeinem Ort in der Christenheit geschehen ist. Ihr dürft auch nicht fehlen, Angela. Die Falkenjagd ist auch für die Frauen ein Vergnügen – aber ich hatte vergessen, Ihr habt keinen eigenen Vogel. Vielleicht wird Euch der Graf einen borgen.«

»Ich kann nichts versprechen, Brian«, sagte Angie energisch. »Aber vielleicht komme ich. Laßt mich selbst mit dem Grafen reden, wenn ich mir einen Falken leihen muß. Ansonsten reite ich einfach nur mit, um bei den anderen zu sein.«

»Das walte Gott!« sagte Brian. »Und es wäre die Sache gewiß wert, vor allem an einem hellen, frostklaren Morgen, mit dem wir morgen wohl rechnen dürfen, jetzt, da der Wind die Wolken weggeblasen hat. Nun denn, ich werde Euch beide jetzt allein lassen, in den Saal zurückkehren und Euch bei den anderen entschuldigen. Hm ... Da bleibt mir nur noch, Euch eine gute Nacht zu wünschen!«

Er wandte sich der Tür zu.

»Gute Nacht«, sagten Jim und Angie beinahe gleichzeitig.

17

»Wo BIN ICH?« fragte Jim.

Aber er lag natürlich auf seiner Matratze, die sie aus Malencontri mitgebracht hatten, in dem äußeren der beiden ihnen zugewiesenen Räume. Soweit er sich erinnern konnte, hatte er die ganze Nacht wie ein Stein geschlafen und war nicht ein einziges Mal aufgewacht. Helles Tageslicht fiel durch die schmale Schießscharte der Außenwand, ihr einziges Fenster.

Jim bekam die Augen endlich ganz auf und sah, daß seine Kleider neben ihm lagen. Er hatte es behaglich warm unter den Decken, die sich über ihm auftürmten, aber trotz des Feuers in der Schlafkammer konnte man die Luft im Zimmer, die sich durch den offenen Fensterschlitz erneuerte, nicht gerade lau nennen.

Er griff nach den Kleidungsstücken und streifte sich eines nach dem anderen über, während er noch immer die Behaglichkeit des warmen Nestes genoß, in dem er geschlafen hatte. Als er endlich angekleidet war, warf er die Decken ab und setzte sich auf. Plötzlich wurde ihm klar, daß er Hunger und Durst hatte. Vor allem Durst.

Automatisch blickte er auf den kleinen Tisch, der nur einige Fuß von seiner Lagerstatt entfernt stand. Darauf befand sich eine der ledernen Flaschen, die sie bei ihren Ritten an den Sattelknäufen trugen. Auf der Flasche stand, von Angie in Blockbuchstaben mit wasserfester Tinte geschrieben: ›*Abgekochtes Wasser*‹. An der Flasche lehnte eine Notiz in ihrer Handschrift auf einem Stückchen des kostbaren Papiers, das Jim aus Frankreich mitgebracht hatte. Zum Schreiben hatte Angie ein Stückchen Kohle benutzt.

Jim füllte ein Glas mit Wasser aus der Lederflasche, leerte es, füllte es abermals, leerte es wieder und trank, nachdem er sich einen Augenblick besonnen hatte, noch ein ganzes weiteres Glas.

Augenblicklich fühlte er sich bedeutend besser.

Er las Angies Notiz. Sie hatte sie in ihrer modernen Handschrift verfaßt, so daß sie für keinen mittelalterlichen Leser zu entziffern war, auch wenn die Worte fein säuberlich geschrieben waren.

›Brot und Käse auf dem Tisch‹, stand auf dem Papier, *›wenn Du rechtzeitig auf bist, möchtest Du Dir vielleicht ein Pferd nehmen und zur Falkenjagd ausreiten. Niemand wird etwas anderes denken, als daß Du den größten Teil des Vormittags von einer Gruppe zur anderen gewechselt bist und von Anfang an dabei warst, wenn Du möchtest, daß es so aussieht. Ich habe mir einen Terzel des Grafen ausgeborgt. Alles Liebe, Angie.‹*

Ein Terzel konnte ein männlicher Greifvogel jeder Art sein, aber gewöhnlich meinte man damit das Männchen des Wanderfalken. Das Weibchen war um ein Drittel größer als das Männchen und wurde daher für die Falkenjagd vorgezogen. Jim verzehrte das Brot und den Käse und ging sogar so weit, seinem nächsten halben Glas Wasser ein wenig Wein hinzuzufügen.

Angie hatte recht. Es war vielleicht keine schlechte Idee, so zu tun, als hätte er den ganzen Morgen auf Falkenjagd verbracht.

Eine halbe Stunde später sah man ihn im Sattel sitzen. Bekleidet mit einigen zusätzlichen Umhängen, einer leichten Rüstung und einem Wettermantel trottete er durch den Schnee und suchte nach der Jagdgesellschaft, zu der auch Angie gehörte.

Er fand sie. Aber erst nachdem er mit drei anderen Gesellschaften eine Niete gezogen hatte, die ihn alle in eine Richtung schickten, die sich am Ende als die falsche entpuppte. Die vierte Gruppe, auf die er stieß, bestand aus sechs Reitern, zwei Frauen und vier Männern, die stehengeblieben waren, weil ein schönes Wanderfalkenweibchen, das einem der Männer gehörte, seine Beute verfehlt hatte.

Der Falke hockte nun grimmig auf einem Zweig ungefähr zwanzig Fuß über dem Boden in einem Baum, den man nicht hinaufklettern konnte, weil der Stamm unten keine Äste aufwies. Offensichtlich war das Falkenweibchen nicht in der Stimmung, auf einen Kletterer zu warten, der sie erreichte und packte. Sie saß in sich zusammengesunken da und schaute boshaft auf sie alle hinab, wobei ihr Blick auch Jim einschloß.

»Könntet Ihr sie vielleicht mit Magie für mich herunterholen, Sir Drache?« fragte der Ritter, dem der Falke offensichtlich gehörte. Er war ein großer, ziemlich stämmiger Mann mit Neigung zum Fettansatz von gut dreißig Jahren.

Jim, den die Frage ein wenig aus dem Gleichgewicht warf, blickte zu dem Falken auf. Wahrscheinlich konnte er ihn wirklich herunterholen, obwohl er sich fragte, ob eine solche Verwendung seiner Magie zu rechtfertigen war. Glücklicherweise kam ihm während seiner kleinen Bedenkpause eine Erkenntnis: Je weniger er bei dieser Weihnachtsgesellschaft mit seinen Fähigkeiten protzte, um so mehr überließ er ihrer Phantasie. Es schien geradezu typisch für die Menschen zu sein, daß ihre Achtung vor ihm in dem Maße sank, wie er seine Magie zur Schau stellte, denn auf diese Weise wurde sie zu etwas Alltäglichem.

Außerdem hatte er das Gefühl, in dem Falken eine verwandte Seele zu finden. Die Dinge waren für ihn nicht gut gelaufen und seine schlechte Stimmung nicht verwunderlich. Sollten sie den Vogel doch auf andere Weise zurückbekommen.

»Ich fürchte, nein, Sir«, antwortete Jim. »Es ist schließlich Weihnachten, und den geringen Fähigkeiten, über die ich verfüge, sind gewisse Grenzen auferlegt. Ich bedaure meine Unfähigkeit, Euch helfen zu können.«

Der Besitzer des Vogels sah ihn verdrossen an, erhob aber keine Einwände.

»Ach, übrigens«, fuhr Jim ein wenig lockerer fort, »ich suche Lady Angela, meine Gemahlin. Ich weiß nicht einmal, mit welcher Jagdgesellschaft sie im Augenblick unterwegs ist. Hat einer der Herrschaften eine Ahnung, in welcher Richtung ich nach ihr suchen sollte?«

Einer der Männer zu Pferde, der Jim bisher den Rücken zugewandt hatte, wendete sein Tier, so daß sie einander in die Augen sahen.

»Ich glaube, ich kann Eure Frage beantworten, Sir Drache«, sagte er. Eine Hand fuhr hinauf, um das winzige Ende seiner rechten Schnurrbartspitze zu zwirbeln. »Erlaubt mir, Euch zu ihr zu begleiten.«

Es war Sir Harimore.

»Ha!« sagte Jim, ohne nachzudenken.

Sir Harimore sah ihn neugierig an.

»Ich bin mir sicher«, sagte er, »daß sie nur ein kleines Stück von hier entfernt mit einigen anderen zusammen ist.«

Er hatte sein Pferd bereits in Bewegung gesetzt, und Jim wendete nun sein Pferd, um neben dem Ritter herzutraben, der sich nicht einmal die Mühe gemacht hatte, sich von den Leuten in seiner Gesellschaft zu verabschieden.

»Es ist sehr freundlich«, sagte Jim, »daß Ihr es auf Euch nehmen wollt, mir den Weg zu zeigen.«

»Nicht mehr als eine gewöhnliche Gefälligkeit«, erwiderte Sir Harimore. Er saß im Sattel, als hätte er einen Stock verschluckt, was ihn offensichtlich nicht die geringste Mühe kostete. Er war vollkommen entspannt, vollkommen Herr seiner selbst, und sein Gesicht zeigte keinerlei Ausdruck.

Jim war die Situation ein wenig peinlich. Er hatte Sir Harimore vor seinem Zusammenstoß mit Brian im Palas des Grafen am Tag vor Weihnachten nie gesehen, und Sir Harimore mußte gehört haben, daß Jim ein enger Freund Sir Brians war. Aber der Mann schien nichts anderes im Sinn zu haben als ganz gewöhnliche Freundlichkeit. Jim gab sich Mühe, es ihm nachzutun.

»Ihr habt mich gerade Sir Drache genannt«, bemerkte Jim. »Das ist heute nicht das erste Mal, daß mich jemand so nennt. Genau betrachtet genügt Sir James – James Eckert. Das ist der Name, an den ich gewöhnt bin.«

Sir Harimore wandte sich abrupt zu ihm um und warf Jim einen stählernen Blick zu.

»Sir Harimore Kilinsworth zu Euren Diensten!« sagte er. »Habe ich Euch beim falschen Namen genannt, Sir?«

»Nein, nein«, sagte Jim beschwichtigend. »Durchaus nicht, Sir Harimore. Es ist nur so, daß ich nicht daran gewöhnt bin, Sir Drache genannt zu werden.«

Der Stahl in Sir Harimores Blick schmolz.

»Wenn man von Euch spricht, werdet Ihr gewöhnlich Sir Drache genannt«, sagte er. »Ich vermute nun, daß es sich um eine Art Beinamen handelt.«

»Zweifellos«, antwortete Jim hastig. »Ich habe keine Einwände dagegen, daß man mich Sir Drache nennt. Um genau zu sein, interessiert es mich gar nicht, ob die Leute mich so nennen. Es macht wirklich keinen Unterschied, ob ich ›Sir Drache‹ oder ›Sir James‹ bin – solange ich nur mitbekomme, daß ich derjenige bin, von dem – oder mit dem – gesprochen wird.«

»Ha!« rief Sir Harimore. »Ich werde es mir merken und jedem sagen, der mich danach fragen wird.«

»Vielen Dank«, sagte Jim.

»Nicht der Rede wert.« Sir Harimore blickte stur geradeaus und führte sein Pferd zwischen zwei dicht nebeneinander stehenden Bäumen hindurch. Dann drangen sie in einen dichteren Teil des blattlosen Waldes ein. »Vielleicht sucht Ihr auch nach Sir Brian Neville-Smythe?«

»Ja, ich hatte mir schon gedacht, daß Lady Angela bei derselben Jagdgesellschaft sein könnte wie er.«

»Was das betrifft, bin ich mir nicht so sicher«, meinte Sir Harimore. »Ich habe aus der Ferne nur Eure Dame und Sir John Chandos erkannt. Aber es waren noch zwei andere Männer bei der Gesellschaft, von denen einer durchaus Sir Brian gewesen sein könnte. In jedem Falle werden wir es in Kürze erfahren.«

Jim fragte sich unwillkürlich, ob er nicht irgend

etwas unternehmen konnte, um Brian und diesen Ritter miteinander auszusöhnen.

»Ihr kennt Sir Brian schon einige Zeit?« fragte er.

»So ist es«, erwiderte Sir Harimore. »Ich bin mehrmals bei Turnieren gegen ihn geritten, und ich bin ihm auch bei verschiedenen anderen Gelegenheiten begegnet.«

»Er ist ein braver Ritter.« Jim wählte eine ungefährliche Ausdrucksweise, die auf jeden angewandt werden konnte, der die Sporen und den Gürtel eines Ritters trug.

»Er ist hochmütig«, sagte Sir Harimore. »Aber ein Edelmann, das muß ich ihm lassen. Und ein guter Mann, wenn es um die Benutzung seiner Waffen geht.«

Das entsprach Brians Beschreibung von Sir Harimore, nachdem Jim Zeuge ihrer Begegnung im Saal geworden war. Plötzlich wurde Jim bewußt, daß Sir Harimore ihn abermals ansah, und auch der stählerne Ausdruck war in seine Augen zurückgekehrt.

»Verstehe ich recht, daß Ihr Sir Brians kleinen Zwist mit mir aufgreifen wollt, Sir James?« Nun hatte auch Sir Harimores Stimme wieder eine stählerne Schärfe angenommen.

»Aber nein, auf keinen Fall. Von welchem Zwist redet Ihr?« fragte Jim unschuldig.

»Ihr mögt ja über einige Magie gebieten, Sir James, aber das spielt für mich nicht die leiseste Rolle. Wenn es Euer Wunsch ist, daß wir uns hier und jetzt mit diesem Zwist auseinandersetzen, braucht Ihr nur ein einziges Wort zu sagen.«

»Oh«, erwiderte Jim hastig. »Ich könnte bei einer Begegnung mit einem Ritter keine Magie anwenden. Das ginge einfach nicht an. Aber andererseits habe ich, wie ich bereits bemerkte, keinerlei Absicht, mit Euch – ähm – zu disputieren.«

Der Stahl schwand dahin, aber Sir Harimores Blick war weiterhin auf Jim gerichtet. Der Ritter schien jetzt beinahe ein wenig verwundert zu sein.

»Keine Magie?« fragte Harimore. »In diesem Fall, Sir James, muß ich mich doch wundern, warum Ihr glaubtet, einen Mann wie mich herausfordern zu können.«

»Ich habe Euch gar nicht herausgefordert«, sagte Jim, aber nun schwang in seiner Stimme eine gewisse Gereiztheit mit. Sir Harimores Beharren, Jim könne ihn zu einem Kampf aufgestachelt haben, ging ihm langsam ein wenig auf die Nerven. »Aber wenn Ihr den Kampf wünscht, stehe ich Euch gerne jederzeit zur Verfügung. Hier oder an irgendeinem anderen Ort – ja, und ich versichere Euch, ich werde keine Magie verwenden.«

Als er sah, daß der andere ihn immer noch anstarrte, brauste er von neuem auf.

»Ich habe Euch mehrmals gesagt, daß ich nichts Derartiges beabsichtigte. Also glaubt Ihr mir nun, oder glaubt Ihr mir nicht?«

»Wahrhaftig, Sir James«, sagte Sir Harimore, »ich muß mich doch ein wenig darüber erstaunen. Es ermangelt Euch nicht an Mut – aber das sagte mir schon der Ruf, in dem Ihr steht. Dennoch – daß Ihr eine Auseinandersetzung mit mir auch nur in Erwägung zieht – Ihr müßt Euch doch der Tatsache bewußt sein, daß es kein gerechter Kampf sein würde.«

»Kein gerechter Kampf?« wiederholte Jim, der jetzt vollständig verwirrt war.

»Wohl kaum«, sagte Sir Harimore. »Man würde mich betrachten wie einen Mann, der mit einem Zwölfjährigen den Kampf aufnimmt. Nichts für ungut, Sir James, aber Ihr müßt Euch doch gewiß bewußt sein, daß Ihr nicht die leiseste Hoffnung hegen dürftet, länger als ein oder zwei Augenblicke standzuhalten. Man muß natürlich immer der Ehre Genüge tun, aber für mich ist unzweifelhaft erkennbar, daß Ihr kaum eine Ausbildung genossen habt, die Euch für den Kampf mit einem Mann wie mir – oder auch nur Eurem Freund, Sir Brian – befähigen würde. Und jeder, der mich kennt, würde wissen, daß ich das gleich bei unserer ersten Begegnung erkannt hätte.«

»Und was genau habt Ihr erkannt?«

»Na, kommt schon, Sir James«, sagte Sir Harimore. »Hundert Dinge. Die Art, wie Ihr im Sattel sitzt, die Art, wie Ihr geht. Ihr habt so eine gewisse Unbeholfenheit …«

Jims Temperament, das bereits in Wallung gebracht war, befand sich nun gefährlich dicht vor dem Siedepunkt. Er wußte genau, daß seine körperlichen Reflexe bedeutend schneller waren als die der meisten Menschen. Seit seinen High-School-Tagen hatten die Sportreporter seine Gewandtheit und Schnelligkeit auf dem Volleyballplatz bemerkt und lobend erwähnt. Andererseits stimmte es, daß er trotz Brians Bemühungen in dieser Richtung erst die Anfangsgründe dessen beherrschte, was der durchschnittliche Ritter gelernt hatte. Allerdings begann der durchschnittliche Ritter mit seiner Ausbildung, sobald er alt genug war, um allein herumzustapfen und zuzusehen, wie seine älteren Verwandten sich in der Waffenkunst übten.

»Wahrhaftig«, rief Sir Harimore, »in eben diesem Augenblick steckt Euer Schwert weit hinten an Eurem Gürtel, um Euch das Reiten bequemer zu machen, statt weiter vorn, wo Ihr es im Notfall schneller ziehen könntet.«

Jims Zorn sank in sich zusammen wie ein angestochener Ballon. Er konnte nicht leugnen, daß Sir Harimore recht hatte. Er hatte es sich angewöhnt, sein Schwert beim Reiten beinahe gedankenlos zurückzuschieben, bevor er aufsaß. Er konnte den leichten Druck an seinem Schenkel spüren wie ein Abzeichen der Schande vor dem erfahrenen Kämpfer auf dem Pferd neben ihm.

»Aber trotzdem …«, begann er schwach.

»Ihr braucht nicht mehr zu sagen, Sir James«, meinte Sir Harimore. »Ich weiß es zu schätzen, daß Ihr bereit wart, Euch Eures Freundes wegen mit mir zu schlagen, obwohl Ihr wußtet, daß Euer Versuch hoffnungslos sein mußte. Nichts Geringeres hätte ich von Euch erwartet. Nun weiß ich auch, daß die Legenden der Wahrheit entsprechen. Aber seht! Da vorne reiten Eure Dame und die anderen, nach denen wir suchen!«

Jim sah in die gewiesene Richtung. Nur ein Dutzend Meter vor ihnen standen an einem kleinen offenen Platz vier Männer und eine Frau neben ihren Pferden und untersuchten etwas auf dem Boden. Eine weitere Frau saß ein kleines Stück von der Gruppe und dem, was sie da betrachteten, entfernt.

Die Frau auf dem Pferd war Angie.

»Tatsächlich!« rief Jim. »Ich bin Euch sehr verpflichtet, Sir Harimore!«

Er ließ sein Pferd in Trab fallen, und Sir Harimores Pferd, das scheinbar kein Zeichen von seinem Reiter benötigte, hielt mühelos mit Jims Pferd mit. Die Leute auf der Lichtung blickten auf, als die beiden Ritter herankamen. Sir Harimore zügelte sein Pferd ungefähr zehn Fuß vor den drei Leuten, die nebeneinander standen, während Jim auf Angie zuritt. Als er näher kam, sah er, daß ihr Gesicht weiß war.

»Jim!« Sie streckte die Hand nach ihm aus, so gut sie es vermochte, während ihre beiden Pferde Seite an Seite standen. Sie beugte sich zu ihm vor, zog ihn so dicht wie nur möglich zu sich heran und stieß zwischen zusammengebissenen Zähnen hervor: »Hol mich hier raus! Ich halte das einfach nicht mehr aus!« Sie klammerte sich an ihn, zog die unbeholfene Umarmung in die Länge und fuhr fort. »So ein winziger kleiner Fuchs! Gänzlich in Stücke gerissen – und sie tun so, als hätten sie einen Löwen getötet!«

»Ja«, murmelte Jim. »Hältst du es noch ein oder zwei Sekunden lang aus? Ich muß mir etwas ausdenken.«

»Ja. Aber mach schnell!«

Jim löste sich von ihr und lenkte sein Pferd in die

Richtung, wo die anderen standen. Ihm am nächsten standen Sir John Chandos, der Bischof und Brian, und hinter ihnen sah er Geronde und einen Mann, den er nicht kannte. Brian sah Sir Harimore direkt in die Augen, der seinen Blick erwiderte. Beider Mienen zeigten keinerlei Ausdruck.

»Ihr könnt uns beglückwünschen, Sir James!« sagte der Bischof gut aufgelegt. »Mein Wanderfalke hat einen Fuchs erbeutet. Nun gut, es war nicht in der Luft, wo er nach seinem Opfer suchen sollte, aber er hat ihn trotzdem angegriffen und getötet. Allerdings hat er, fürchte ich, den Verlust von nicht wenig Flugfedern zu beklagen. Der Fuchs hat sich umgedreht, als mein Falke bereits seine Krallen in seinem Fleisch hatte, und nach ihm gebissen. Mein Falke wird eine ganze Weile nicht mehr jagen können. Aber er hat sich wacker geschlagen!«

»Ich gratuliere Euch, Exzellenz«, sagte Jim, obwohl er, was den Fuchs betraf, eher Angies Meinung war. »Ich komme jedoch in einer dringlichen Angelegenheit, die ich abseits der anderen mit Euch und Sir John besprechen möchte. Aber meine Gemahlin ist sehr ermüdet. Sie hätte heute nicht mit hinauskommen sollen. Sie muß sobald als möglich in die Burg zurückkehren und ein wenig ruhen ...«

»Es wird mir eine Ehre sein, ihr das Geleit zu geben!« erklang hinter Jim die Stimme von Sir Harimore.

»Ich«, sagte Brian und brachte das Wort hervor wie einen Knall, »bin der gegenwärtige Begleiter von Mylady Angela.«

»Vielleicht könntet Ihr sie beide begleiten«, meinte Sir John Chandos.

Jim zuckte innerlich zusammen. Brian und Harimore mochten zwar in der Lage sein, auf dem Rückweg zur Burg einem offenen Streit aus dem Wege zu gehen; aber sie würden beinahe mit Gewißheit einen Vorwand finden, um die Burg anschließend wieder zu verlassen und ihre privaten Meinungsverschiedenheiten hier im Wald und auf blutige Weise austragen, wenn sie auch gemeinsam zu der Jagdgesellschaft zurückkehrten. Die beiden mußten um jeden Preis voneinander ferngehalten werden. Andererseits mußte Angie wirklich in die Burg zurückgebracht werden. Jim öffnete den Mund, ohne zu wissen, was er sagen wollte; aber Geronde kam ihm zuvor.

»Was soll das alles?« rief sie, ließ den Fuchs Fuchs sein und sprang buchstäblich auf den Sattel ihres Pferdes. »Ich werde Angela begleiten. Die beiden Herren können mit uns kommen, aber ich möchte, daß Sir Brian in Reichweite bleibt, bis ich sie wohlversorgt in ihrem Quartier weiß. Kommt, Brian!«

Jim seufzte innerlich vor Erleichterung auf. Schnell wendete er sein Pferd und ritt zu Angie zurück. Gleichzeitig schwang Brian sich ebenfalls in den Sattel. Chandos und der Bischof folgten seinem Beispiel.

»Fall in Ohnmacht!« flüsterte er, als er Angie erreicht hatte.

»A – aaah …«, seufzte Angie, ohne Zeit zu verlieren, und brach über ihm zusammen.

Jim fing sie in den Armen auf – sonst eine einigermaßen einfache Angelegenheit; aber in diesem besonderen Fall hatte er vergessen, in welch prekärer Lage sie sich befanden: er saß auf einem schlüpfrigen Ledersattel auf dem Rücken eines Pferdes.

Das einzige, was er tun konnte, um zu verhindern, daß er und Angie zwischen den beiden Pferden auf den verschneiten Boden stürzten, war der Druck seines linken Knies auf die freie Flanke seines Pferdes. Angie war für ihre Größe ziemlich schlank, aber sie war auch sehr groß, und einer ganzen Reihe von Jahren hier im Mittelalter hatte sie kräftige Muskeln zu verdanken.

Aber glücklicherweise eilte nun Geronde zu seiner Rettung.

»Du kannst jetzt aufwachen!« zischte Jim gerade, als sein Knie nachzugeben begann.

»Wo bin ich?« Angie riß die Augen auf und setzte sich wieder aufrecht in ihren Sattel.

»Ihr seid bei uns, meine liebe Freundin«, sagte Geronde. »Keine Bange. Wir werden Euch im Handumdrehen wieder in Euren Gemächern haben – es ist alles in Ordnung, James! Ich bin jetzt bei ihr. Brian!«

»Ich bin hinter Euch, Mylady«, sagte Brian.

»Dann kommt mit. Ihr müßt auf Angelas anderer Seite reiten. Sir Harimore!«

»Ich stehe ebenfalls zu Eurer Verfügung, Mylady«, sagte Sir Harimore. Einen Augenblick später ritten sie in Richtung Burg zurück.

Jim sah ihnen mit einem Seufzer der Erleichterung nach. Angie hatte vollkommen entkräftet ausgesehen. Es schien doch anstrengender für sie zu sein, sich um Robert zu kümmern, als er gedacht hatte, zumal sie sich gelegentlich bei den weihnachtlichen Festlichkeiten und Vergnügungen zeigen mußte.

Er wollte sich gerade wieder an Chandos und den Bischof wenden, als er Carolinus' Stimme in seinem Kopf hörte.

»Folge Aragh«, sagte Carolinus. *»Er und ich haben für die von Euch vorgeschlagenen Verhandlungen bereits den besten Ort in der Nähe der Burg ausgewählt. Zeigt ihn auch dem Bischof und John Chandos. Ich werde mich vielleicht zu Euch gesellen können; wenn nicht, haltet die Sache ab, wie Ihr es vorhattet, und laßt Euch von den beiden nichts aufreden. Paßt auf den Bischof auf; er ist es gewohnt, die Dinge so hinzubekommen, wie er sie haben will. Bietet ihm die Stirn!«*

Carolinus' Stimme brach ab. Jim wendete gerade sein Pferd, als er hinter sich die Stimme des Bischofs vernahm.

»Ein Dämon!« rief der Bischof, als Jim ihn nun ansah. Neben dem Bischof stand Sir John. Beider ungeteilter

Aufmerksamkeit galt Aragh, der sie aus einer Entfernung von ungefähr zwanzig Fuß ansah. »Die Gesetze der Kirche untersagen es mir, christliches Blut zu vergießen. Aber auf Dämonen findet dieses Gesetz keine Anwendung. Da drüben steht ein solcher, oder ich erkenne ein solches Geschöpf nicht, wenn ich es vor mir habe! Würdet Ihr mir bitte Euer Schwert leihen, Sir John? Ich als Kirchenmann werde uns gegen den Dämon beschützen!«

In eben diesem Augenblick bemerkte er, daß Jim sich ihnen beigesellt hatte.

»Fürchtet Euch nicht, Sir James«, fügte er hinzu. »Der starke Arm der Kirche beschützt Euch!«

»Es besteht keine Notwendigkeit, irgend jemanden zu beschützen, Exzellenz«, sagte Jim hastig. »Darf ich Euch mit Aragh bekannt machen, einem englischen Wolf, in dessen Adern nicht ein einziger Tropfen Dämonen- oder Satansblut fließt. Er ist ein alter Freund von mir und war einer meiner Gefährten, als wir beim Verhaßten Turm gegen die Dunklen Mächte kämpften – daher könnte man sagen, daß er schon damals auf der Seite der Kirche stand …«

»Ich …«, begann Aragh hastig.

»Still!« sagte Jim, der in diesem Augenblick ganz vergaß, daß der Befehl bei dem Wolf nicht wirken würde. Aber Aragh hielt inne, und Jim gab ihm heimlich ein Zeichen mit der Hand in der Hoffnung, daß der Wolf es als die Bitte begreifen würde, die es war. Jim fuhr fort. »Sir John hat ihn bereits kennengelernt, nicht wahr, Sir John? Ihr erinnert Euch gewiß. Es war, als wir auf Malencontri im vergangenen Sommer von den Seeschlangen belagert wurden.«

»Ja wirklich, Exzellenz«, erklang die weiche Stimme von Chandos. »Ein tapferer und hilfsbereiter, wahrer englischer Wolf. Ich kann ihn Euren guten Wünschen nur aufs höchste anempfehlen.«

»Kein Dämon?« Der Bischof sank in seinem Sattel ein

wenig in sich zusammen. »Hm. Na gut.« Araghs Augen schienen aufzuflammen.

»Nein, Mylord«, erklärte Jim. »Außerdem ist er hier, um uns zu einem Ort zu geleiten, den ich Euch zeigen möchte. Niemand kennt die Gegend hier so gut wie er!«

»Ich sehe, ich bin da mal wieder in eine von diesen blödsinnigen Menschengeschichten hineingeraten, wo ich mich besser um meine eigenen Angelegenheiten gekümmert hätte!« fauchte Aragh. »Aber wie dem auch sei, genug für den Augenblick. Wenn Ihr mir folgen wollt!«

Mit diesen Worten drehte er sich um und trottete davon.

»Wir müssen hinter ihm her, Mylord, Sir John«, sagte Jim. »Ich bitte Euch, übt Nachsicht mit mir. Ich verspreche, ich werde unterwegs alles erklären.«

»Was diese Erklärung betrifft, die Ihr abzugeben habt, Sir James ...« Der Bischof wandte sich an den vierten Mann ihrer ursprünglichen Gesellschaft, ein mageres, gutgekleidetes Individuum, das jedoch eine unterwürfige Haltung an den Tag legte. »Hocking bringt den Falken zurück in die Burg.«

»Sehr wohl, Mylord.«

Die drei Männer setzten nun ihre Pferde in Bewegung, um Aragh zu folgen.

»Wie ich schon sagte, Sir James«, fuhr der Bischof fort, »ich hoffe, Eure Erklärung ist der Situation angemessen. Ich akzeptiere natürlich Euer Wort, aber für mich sieht er trotzdem mehr nach einem Dämon aus als nach einem englischen Wolf; ein gewöhnlicher Wolf ist kaum mehr als halb so groß wie er.«

»Gewiß, Exzellenz«, pflichtete Sir John ihm bei, »der Wolf verdient es tatsächlich, daß Ihr ihn zu würdigen wißt.«

»Was das betrifft«, versetzte der Bischof, »das werden wir noch sehen. In der Zwischenzeit warte ich auf

Eure Erklärung, Sir James. Was hat das zu bedeuten? Der Wolf führt uns ja wieder in die Nähe der Burg unseres verehrten Grafen!«

18

»ICH GLAUBE NICHT, daß er uns den ganzen Weg bis zurück zur Burg führen wird, Exzellenz«, meinte Jim. »Wie gesagt, er kennt die Gegend hier besser als irgend jemand sonst; und er hat mir einen besonders guten Platz ausgesucht, wo ich die Verhandlungen zwischen unserem Herrn Grafen und dem Troll der Burg abhalten kann.«

»Verhandlungen?« fragte der Bischof. »Ein Austausch zwischen einer menschlichen Seele und einem Satan – oder wie nanntet Ihr noch gleich dieses Geschöpf?«

»Ein Elementarwesen, Exzellenz«, erwiderte Jim. »Elementarwesen haben im Grunde nichts mit einem Satan gemeinsam. Sie können nichts dafür, daß sie sind, was sie sind, genausowenig wie …«

Er wollte gerade sagen, *wie wir etwas dazu können, Menschen zu sein,* als ihm klar wurde, daß das Wort ›Mensch‹ bei dem Bischof eine Verärgerung auslösen konnte.

»… wie Aragh etwas dazu kann, daß er ein Wolf ist«, beendete Jim seinen Satz. »Sie sind nicht ganz menschlich …«

»Sie haben keine unsterbliche Seele!« fuhr der Bischof auf. Seine dichten Brauen zogen sich wie Donnerwolken über den Augen zusammen.

»Nein, natürlich nicht«, sagte Jim. Er fand sich in einer Zwickmühle. Dies war eine Welt voller sprechender Drachen, sprechender Wölfe, Magier, Hexenmeister, Feen und allem anderen, was einem noch so einfallen konnte. Es wäre unklug gewesen, den Bischof darauf hinzuweisen, daß es vielleicht auch für ihre Anwesenheit hier einen göttlichen Grund geben konnte.

Auf der anderen Seite fiel Jim keine andere vernünftige Erklärung für ihre Anwesenheit hier ein. »Vielleicht geht ihre Existenz über unser Begreifen.«

»Vielleicht«, brummte der Bischof. »Zweifellos wird sich der Allmächtige mit ihnen beschäftigen, wenn er die Zeit für gekommen hält.«

»Jawohl«, sagte Jim. »Aber ich wollte eigentlich über etwas anderes mit Euch und Sir John reden, nämlich über die Verhandlungen. Seht Ihr, ich habe bisher weder mit dem Herrn Grafen noch mit dem Troll darüber gesprochen. Aber trotz der zwischen ihnen bestehenden Fehde haben die Vorfahren unseres Gastgebers mehr als tausend Jahre lang in Frieden mit dem Troll gelebt; erst vor kurzem hat er begonnen, die Burg erbeben zu lassen. Seither fügt er der Burg, wie mein Meister Carolinus mir erklärt hat, in verschiedener Hinsicht großen Schaden zu. Die naheliegendste Lösung scheint mir daher zu sein, den Grund für das Treiben des Trolls aus der Welt zu schaffen. Also, Ihr wißt ja, daß er behauptet, in der Burg befinde sich in der Maske eines der Gäste ein anderer Troll …«

Der Bischof und Chandos nickten beide.

»Ihr wißt ebenfalls«, sagte Jim, »daß dieser Umstand den Burgtroll beinahe in den Wahnsinn zu treiben scheint. Schließlich ist die Burg Teil seines Territoriums, und kein anderer Troll hat das Recht, dort zu sein. Aber er wagt es nicht, sich in die oberen Räume zu begeben, damit er den Troll riechen kann. Offensichtlich haben Trolle einen bestimmten Geruch, den andere Trolle und Tiere wittern können.«

»Ich habe vorgeschlagen, daß er sich unter meinem Schutz nach oben begibt«, sagte der Bischof. »Aber Ihr habt mir erklärt, daß er dem Wort eines Kirchenmannes nicht vertrauen würde! Warum soll sich sein Elend da nicht ganz allein auf sein Haupt ergießen?«

»Es ist die Burg, die auf das Haupt des Grafen stürzen wird, wenn er den anderen Troll nicht findet, Exzellenz«, schaltete Chandos sich ein.

»Gut, gut«, murmelte der Bischof. Er sah Jim wütend an. »Was nun?«

»Hm«, sagte Jim, »mir ist der Gedanke gekommen, daß es eine andere Möglichkeit geben müsse, dem Troll in aller Heimlichkeit zu ermöglichen, die Witterung des maskierten Trolls aufzunehmen. Ich bin sicher, die Kirche wäre ebenfalls der Meinung, daß wir uns während des Heiligen Festes wohler fühlen würden, wenn sich kein als Mann oder Frau verkleideter Troll unter uns befände.«

»Das ist wahr!« stieß der Bischof plötzlich hervor. Seine Miene hatte sich aufgehellt. »Das ist unsere allererste Pflicht, den Troll unter uns auszumerzen, genauso wie es unsere Pflicht ist, den Satan in uns selbst auszumerzen – das heißt, in den meisten von uns. Und das hat nichts damit zu tun, ob der Troll unter der Burg zufrieden ist oder nicht. Vielleicht können wir selbst herausfinden, wer es ist.«

»Mylord«, sagte Jim, »meint Ihr nicht, unserem Herrn Grafen wäre es lieber, die übrigen Gäste erführen nicht, daß es einen verkleideten Troll unter uns gegeben hat? Wenn sie wüßten, daß es einem Troll gelungen ist, sich in seine Weihnachtsgesellschaft einzuschleichen, werden seine Gäste sich in Zukunft vielleicht unbehaglich fühlen …«

»Durchaus möglich«, sagte der Bischof grimmig. »Nun, was habt Ihr vorzuschlagen, Sir James?«

»Diese Verhandlung, von der ich sprach …« Jim hob eine Hand, denn der Bischof wollte gerade wieder etwas sagen. »Ich versichere Euch, daß es bei diesen Verhandlungen um nichts Unchristliches gehen wird. Es würden lediglich die beiden ständigen Bewohner der Burg zusammenkommen und entscheiden, wie sie einen Eindringling, den sie beide nicht in der Burg haben wollen, am besten loswerden können. Sie brauchen sich lediglich auf eine Vorgehensweise zu verständigen. Es geht nur darum, daß sie sich zusammen hinsetzen und miteinander reden, bis sie feststellen, daß sie in dieser Hinsicht ein gemeinsames Interesse verfolgen. Sobald ihnen das klargeworden ist, können wir schnell und in aller Heimlichkeit eine Lösung finden.«

»Eine hervorragende Idee, sollte ich meinen, Sir James«, bemerkte Chandos.

Der Bischof warf schnell einen Blick auf Chandos, sah dann wieder Jim an und wandte sich zu guter Letzt Chandos zu. »Ihr meint wirklich, das wäre machbar, Sir John?« fragte er. »Ich vertraue Eurem Alter und Urteil mehr als dem von Sir James. Glaubt Ihr, Sir James hätte einen bedenkenswerten Vorschlag gemacht?«

»Das glaube ich, Exzellenz«, sagte Chandos. »Ja wirklich, der Vorschlag, den er uns anbietet, ist möglicherweise unsere einzige Hoffnung, die Dinge wieder ins reine zu bringen.«

»Das meint Ihr also?« Der Bischof sah nun wieder Jim an. »Also schön, Sir James. Ich höre Euch zu.«

Jim hoffte inbrünstig, daß sich dieser Zustand eine Weile erhalten würde.

»Ihr versteht also, Exzellenz, und Sir John ...«, begann er, als sie den dichten Wald verließen und über eine kleine Lichtung ritten, bevor die Bäume sie abermals umschlossen. Über den ferneren Wipfeln waren jetzt die oberen Zinnen zu sehen, auf denen kleine Wimpel und Banner flatterten. Das Banner des Grafen überragte alle anderen, eine große Standarte in Gold und Grün. Jim spürte, wie ein wachsendes Unbehagen in ihm aufkeimte. Aragh brachte sie wirklich in die unmittelbare Nähe der Burg, wenn nicht sogar in die Burg selbst. Jim hatte eher einen abgeschirmten Platz tief im Wald im Sinn gehabt. Aber Aragh mußte wohl wissen, was er tat.

Plötzlich wurde sich Jim der Tatsache bewußt, daß

sowohl der Bischof als auch Chandos ihn ansahen, und sie schienen darauf zu warten, daß er einen Satz zu Ende führte, den er begonnen hatte. Aber was hatte er nur sagen wollen? Seine Gedanken überschlugen sich, während er hastig versuchte, sich zu erinnern.

»Wie ich gerade bemerken wollte«, sagte er, »als dieses leichte Kitzeln in meiner Kehle mich verstummen ließ – Euch ist sicher bewußt, daß der Graf und der Troll bei ihrer ersten Begegnung voll der Klagen übereinander sein werden; sie werden sich gewiß auf nichts verständigen können. Man muß ihnen die Sache langsam nahebringen. Das ist das Wesen der Verhandlung – eine dritte Partei wird benötigt, um die beiden Verhandlungspartner sanft zu einem Punkt zu führen, an dem sie langsam einen Grund zur Übereinstimmung sehen. Ich habe die Absicht, dieser dritte Verhandlungsteilnehmer zu sein, der gemeinhin als Vermittler bezeichnet wird und die beiden Partner zur Übereinstimmung führt.«

»Ich sollte ebenfalls zugegen sein«, sagte der Bischof.

»Wenn Ihr mir verzeihen wollt, Exzellenz«, wandte Jim ein, »die Erfahrung zeigt, daß so etwas am besten verläuft, wenn es nicht mehr als drei Parteien gibt; sind mehr als drei an der Sache beteiligt, wird lediglich eine weitere Meinung in die Verhandlung einfließen, die eine Einigung verzögern könnte. Und es hat schon Fälle gegeben, bei denen so etwas die ganze Verhandlung zunichte gemacht hat.«

»Ihr schlagt also vor ...«, begann der Bischof; aber Chandos meldete sich zu Wort, bevor jener den Satz beenden konnte.

»Mag sein, daß Sir James in dieser Hinsicht recht hat«, sagte er mit seiner ruhigen, wohltönenden Stimme. »Ich wollte ebenfalls vorschlagen, an dieser Verhandlung teilzunehmen, aber was er gerade gesagt hat, ergibt für mich durchaus Sinn. Außerdem ist zu bedenken, daß mich viele mit der Politik unseres Königs und seines ältesten Sohns in Verbindung bringen. Also könnte man hinterher denken, die Krone hätte mit den Ergebnissen dieser Verhandlung, wie auch immer sie ausfallen mögen, etwas zu tun gehabt. Ich möchte die Krone aus dieser Sache lieber heraushalten, auch wenn eine mögliche Gefahr nur gering wäre. Und vielleicht, Exzellenz, kämt Ihr nach reiflicher Überlegung zu der Auffassung, daß es klug wäre, auch die Kirche aus dieser Sache herauszuhalten, immerhin einer magischen und einigermaßen ungewöhnlichen Vorgehensweise, eine Übereinkunft zwischen einem Christen und einem Elementarwesen herbeizuführen.«

Der Bischof sah nachdenklich von einem zum anderen.

»Zweifellos war es etwas Derartiges, daß Ihr im Sinn hattet, Sir James?« fragte Chandos an Jim gewandt.

Jim nahm das Argument, das Chandos ihm in den Schoß gelegt hatte, dankbar an.

»Um genau zu sein, Sir John«, sagte er, »das war es. Um so mehr, als mein Plan vorsah, beschwichtigend zwischen dem Grafen und dem Troll zu vermitteln, vor allem, da ich meine Rolle bei der Verhandlung in meinem Drachenkörper zu spielen gedenke. Auf diese Weise kann man die Unterredung weder mit der Kirche oder der Krone in Verbindung bringen noch mit den Menschen im allgemeinen. Diese Vorgehensweise erschien mir notwendig, damit man im Falle irgendwelcher unerwarteten Schwierigkeiten niemandem die Schuld geben kann als denen, die an der eigentlichen Verhandlung beteiligt waren.«

»Hm«, sagte der Bischof, der nun wirklich nachdenklich geworden war.

»Befinden wir uns bald an der Stelle, an die der Wolf uns führen wollte, Sir James?« fragte Chandos. »Hinter den nächsten Bäumen befindet sich bereits die Burg. Ja wirklich, wenn man genau hinsieht, kann man das Gemäuer durch die Bäume schimmern sehen, obwohl ich glaube, daß im Sommer die Blätter es an dieser Stelle noch verbergen würden.«

»Hm, ja«, erwiderte Jim. »Wenn Ihr Aragh weiterhin folgen wollt und mir vergeben könntet, wenn ich Euch einen Augenblick allein ließe, möchte ich ein Stück vorausreiten und ihn selbst deswegen befragen.«

Ohne wirklich auf eine Antwort der beiden Männer zu warten, gab Jim seinem Pferd die Sporen und galoppierte voraus, bis er auf gleicher Höhe mit Aragh war. Der Wolf blickte mit gelben Augen zu ihm auf.

»James«, sagte Aragh mit einem leisen Knurren, »tut das nie wieder. Versucht niemals, Eure Magie zu benutzen, um mich davon abzuhalten, etwas zu sagen, was ich zu sagen wünsche, sonst wird unsere Freundschaft von diesem Augenblick an gestorben sein.«

»Es tut mir wirklich sehr leid, Aragh«, erwiderte Jim. »Ich hatte keine Zeit zum Nachdenken, und es ist von allergrößter Wichtigkeit, daß der Bischof sich nicht in diese Begegnung zwischen Mnrogar und dem Grafen einmischt. Daher habe ich gehandelt, ohne nachzudenken. Es tut mir wirklich leid. Glaubt mir, es wird kein nächstes Mal geben. In Zukunft werde ich immer nachdenken, bevor ich etwas Derartiges tue.«

»Nun, lassen wir das für den Augenblick«, sagte Aragh immer noch mit demselben leisen Knurren. »Es ist nicht nötig, daß Ihr wie ein junger Hund vor mir auf dem Bauch kriecht, James. Vielleicht hätte ich mehr gesagt, als unter den gegebenen Umständen klug gewesen wäre. Nichtsdestoweniger, was ich gesagt habe, muß gelten. Ich will nie wieder gegen meinen Willen von irgend jemandem zum Schweigen gebracht werden, nicht einmal von Euch oder Carolinus. Bei einem Wolf herrscht absolute Freiheit auf beiden Seiten, oder es gibt keine Freundschaft.«

»Ich werde es mir merken«, sagte Jim.

Einen Augenblick lang schwiegen beide.

»Dürfte ich Euch fragen, wo diese Stelle ist, zu der

Ihr uns führt?« erkundigte sich Jim. »Der Bischof und Sir John fragen sich langsam, ob wir am Ende im Burghof selbst landen werden.«

»Ihr habt die Stelle direkt vor Augen«, sagte Aragh. »Sie ist nicht weit entfernt von dem äußeren Ende von Mnrogars Tunnel. Das wird ihm gefallen.« Aragh, der einige Schritte vor Jims Pferd lief, führte ihn auf eine Lichtung, die auf der einen Seite vollkommen frei von Bäumen und von der Burg aus leicht einsehbar war. Jim brachte sein Pferd abrupt zum Stehen.

Aragh war ebenfalls stehengeblieben und wandte sich nun zu ihm um; seine Kiefer standen zu einem Wolfslachen geöffnet.

»Ihr reitet jetzt besser zurück und seht zu, daß die beiden anderen nicht auf die Lichtung kommen«, riet ihm Aragh. »Euch wird man von der Burgmauer aus nicht erkennen, aber die beiden wahrscheinlich doch. Es hat keinen Sinn, Aufmerksamkeit auf diese Stelle zu lenken, es sei denn, es wäre unbedingt nötig.«

»Aber dieser Platz kommt nicht in Frage …«, begann Jim, als Carolinus' Stimme, wie es schien, direkt hinter seinem Pferd laut wurde.

»Im Gegenteil, James«, sagte die Stimme, »er ist ideal. Reitet nur zurück, und kommt zu uns.«

Jim wendete sein Pferd, ritt zu den Bäumen zurück und sah dort nicht nur den Bischof und Sir James, sondern auch Carolinus – wie gewöhnlich in einer roten Robe, wie er sie in jeder Umgebung und zu jeder Jahreszeit zu tragen pflegte.

»Aber, Carolinus«, entgegnete Jim, »diese Stelle …«

»Seht noch einmal hin, Jim«, sagte Carolinus. »Glaubt Ihr nicht, es wird Euch bei weitem leichter fallen, den Grafen zu einer Begegnung mit Mnrogar zu überreden, wenn er die Burg und seine Bewaffneten in seinem Rücken weiß?«

»Ja«, erwiderte Jim, »aber Mnrogar wird sich möglicherweise genau deswegen nicht so leicht überreden lassen. Außerdem habe ich das Gefühl, daß es ohnehin schwieriger sein wird, ihn zu überreden als den Grafen, selbst wenn der Treffpunkt nach seinem Geschmack wäre.«

»Seht noch einmal hin«, sagte Carolinus. Jim blinzelte. Die Stelle war nun zu allen Seiten von dichten Bäumen umringt, von der Burg war keine Spur mehr zu sehen.

Diesmal hatte Jim nicht mal mehr Zeit zu blinzeln. Plötzlich waren die Bäume, die kurz zuvor aufgetaucht waren, wieder verschwunden; die Stelle war nicht nur von dieser Seite her wieder einsehbar, sondern auch die Burg stand wieder dort, wo sie gestanden hatte, nur ungefähr fünfundsiebzig Meter weit entfernt, und einige kleine Gestalten blickten neugierig über die Zinnen hinweg auf jene von ihnen herab, die nicht hinter Büschen verborgen standen.

»Wenn der Graf sich umsieht«, sagte Carolinus, »wird er ganz in der Nähe seine Burg sehen und feststellen, daß er sich auf vollkommen freiem Gelände befindet. Dasselbe werdet Ihr anderen sehen. Wenn Mnrogar hinschaut, wird nichts da sein als tiefe Wälder – und mehr als das; auch seine übrigen Sinne, vor allem sein Geruchssinn, werden ihm sagen, daß er sich tief im Wald befindet. Er wird fest davon überzeugt sein, daß er und der Graf in völliger Abgeschiedenheit miteinander reden, und daß nur Ihr als – wie nanntet Ihr Euch noch? – als ›Vermittler‹ zugegen seid.«

»Ihr werdet an dieser Stelle für den Troll die Illusion eines tiefen Waldes schaffen. Habe ich das richtig verstanden?« fragte Jim.

»Nein«, antwortete Carolinus verächtlich.

»Dann versetzt Ihr uns zwischen hier und einer Stelle tief in den Wäldern hin und her, je nachdem, wer gerade in Richtung Burg schaut?«

»Nein.« Carolinus schüttelte den Kopf. »Manchmal vergeßt Ihr, daß es einen Unterschied gibt zwischen dem, was ein Meister der Magie tun kann, und dem, was ein Lehrling wie Ihr mit unserer großen Kunst zu tun vermag. Was ich hier tue, ist etwas, das Ihr erst noch lernen müßt.«

19

»WENN ES EUCH NICHTS ausmachen würde«, sagte Jim, als er sich in der Burg von John Chandos trennte. Sie waren im Augenblick allein.

»Aber wo denkt Ihr hin, James«, erwiderte Chandos. Etwas, das man beinahe als Zwinkern hätte deuten können, erschien in seinen gewöhnlich ernsten, grauen Augen. »Ich will gern zu Eurer Flöte die Laute spielen, um den Grafen von der Notwendigkeit dieser kleinen Unterredung mit dem Troll zu überzeugen. Mir scheint Eure Vorgehensweise ganz und gar nicht dem Gewohnten zu entsprechen, und daher interessiert sie mich.«

»Ich stehe in Eurer Schuld«, sagte Jim, der sich einmal mehr ins Gedächtnis rief, daß man Chandos nie unterschätzen durfte; mit einer leichten Verbeugung nahmen die beiden Männer fürs erste Abschied.

Jim ging die Treppe hinauf zu seinem Quartier und fühlte sich wie jemand, der einen guten Kampf ausgefochten und gewonnen hat. Na schön, es würde gewiß nicht leicht sein, den Grafen zu überzeugen. Mnrogar zu überzeugen würde sogar noch schwieriger werden – aber Aragh hatte versprochen, ihm dabei zur Seite zu stehen. Es war nicht so, daß Jim Araghs Beistand für notwendig erachtete, und das hatte er dem Wolf auch erklärt; aber wenn Mnrogar überhaupt jemandem im gewissen Maße vertraute, dann schien das – so seltsam es war – Aragh zu sein. Obwohl Jim keinen Zweifel hatte, daß die beiden einander, falls es erforderlich sein sollte, ohne eine Sekunde zu zögern töten würden.

Nichtsdestoweniger hatten sie große Fortschritte erzielt. Als nächstes mußte er Brian aufspüren und herausfinden, wie der genaue Zeitplan für die restlichen Weihnachtstage aussah. Während er leichtfüßig die Treppe hinaufeilte, versuchte er sich darauf zu besinnen, wie der Text des Liedes lautete, das der Liebende seiner wahren Liebe am dritten Weihnachtstag sang – also dem Tag, der ihnen morgen bevorstand.

Am ersten Tag war es ›ein Rebhuhn in einem Birnbaum‹ gewesen. Am nächsten Tag hatten es dann ›zwei Turteltauben‹ sein müssen. Dann kam der dritte ... Aber da ließ sein Gedächtnis ihn im Stich. Es waren entweder ›drei Mädchen, die tanzten‹ oder ›drei Herren sprangen‹. Er war sich so gut wie sicher, daß die springenden Herren in die nächste Zeile gehörten – ›vier Herren sprangen ...‹

Er ging den Korridor hinunter, umrundete die Mauer des Burgturmes zu dem Eingang, der in sein Quartier führte, und versuchte immer noch, das Rätsel zu lösen. Je länger er darüber nachdachte, mußten es doch ›drei Mädchen, die tanzten‹ sein – es sein denn, es waren weder Damen noch Herren. Vielleicht konnte Angie ihm weiterhelfen.

»Heil allewege, Tom!« sagte er unbeschwert zu dem Bewaffneten, der vor ihrer Tür Dienst tat.

»Heilt es draußen, Mylord?« fragte Tom verwirrt.

»Nein, nein, Tom«, sagte Jim und hielt kurz inne. »Ich habe nur gescherzt. Ich wünsche Euch ein frohes Weihnachtsfest!«

»Und ich Euch, Mylord«, sagte Tom hinter ihm, als Jim durch die Tür trat und sie hinter sich schloß.

Was Jim im nächsten Augenblick hörte, ließ ihn jäh erstarren.

Aber auch nur einen Augenblick lang. Es waren zwei zornig erhobene Frauenstimmen aus dem Nebenzimmer, und eine dieser Stimmen gehörte Angie.

So schnell er konnte, stürzte er auf den Ledervorhang in der Türöffnung zu und in das andere Zimmer, wo er Robert in seiner Wiege weinen sah. Die junge Amme lag regungslos auf dem Boden. Angie rang mit einer Frau, die einen Dolch in der Hand hielt. Nur Angies Hand, die das Handgelenk ihrer Gegnerin festhielt, hielt die Frau davon ab, ihre Waffe zu benutzen.

Jim stürzte sich auf den Arm der Hand, die die Waffe hielt.

Angie war die größere der beiden Frauen; sie hatte schon im zwanzigsten Jahrhundert als athletisch gelten können, aber in ihren Jahren hier noch an Kraft gewonnen. Dagegen war die andere Frau schwerer und offensichtlich hart wie Stahl. Sie lieferte Angie einen gleichwertigen Kampf. Jim übertraf jedoch beide Frauen an Gewicht um mindestens vierzig Pfund; sein Aufprall glich dem eines Footballspielers. Eine seiner Hände schloß sich um das Gelenk der Hand mit dem Dolch, während er mit der anderen die Hand und den Dolch zugleich packte und den Dolch dem Griff der Finger entwand.

Sein Aufprall ließ die beiden Frauen auseinandertaumeln, aber keine stürzte. Ein einziger Blick auf Angie zeigte ihm, daß sie zwar außer Fassung, ansonsten aber unversehrt war. Er sah die Frau an, der er den Dolch entwunden hatte. Es war Agatha Falon. Ihr Blick ruhte starr auf Jim, und er hätte nie geglaubt, daß ein menschliches Gesicht auf so bösartige Weise zornverzerrt sein konnte.

»Ich werde dafür sorgen, daß Ihr beide dafür den Kopf verliert!« sagte sie mit leiser, ungleichmäßiger Stimme.

»Nein, das werdet Ihr nicht«, sagte Jim und war überrascht zu hören, daß in seiner Stimme beinahe genauso viel angedrohte Gewalt lag wie in ihrer.

»O doch!« Agatha Falon zischte die Worte. »Der König wird tun, was ich sage.«

»Nein, das wird er nicht«, entgegnete Jim. »Er mag zwar immer noch etwas für Frauen übrig haben, aber mehr als alles andere schätzt er die Freiheit, sich zu betrinken und sich zu amüsieren, während die großen Herren und Ratgeber um ihn herum das Königreich beherrschen. Eben diese Herren und Ratgeber werden erfahren, was Ihr hier zu tun versucht habt. Sie sind sich bereits der Gefahr bewußt, daß Ihr Macht über den König gewinnen könntet. Am Ende seid vielleicht Ihr diejenige, die ihren Kopf verliert, meine Dame!«

»Das werden wir ja sehen!« gab sie zurück. Ein wildes, unvernünftiges Gefühl durchschoß Jim.

»Es sei denn«, sagte er und hob langsam einen Finger, um auf sie zu zeigen, »ich beschlösse, Euch auf der Stelle in etwas Kleines und Schleimiges zu verwandeln!«

Agatha stieß ein leises kehliges Geräusch aus, das starke Ähnlichkeit mit einem tierischen Laut hatte, und schoß aus dem Zimmer. Sie hörten noch die Tür zum Flur hinter ihr zuschlagen.

Jim und Angie sahen einander an. Dann sprach Angie mit einer Stimme, die Jim bei ihr noch nie zuvor gehört hatte.

»Nur gut, daß du im richtigen Augenblick zurückgekommen bist, Jim«, sagte sie. »Wenn ich an diesen Dolch herangekommen wäre, wäre sie jetzt tot.«

Jim blickte auf die Waffe in seiner Hand. Mit einer plötzlichen Aufwallung von Abscheu warf er sie in die hinterste Ecke des Zimmers. Angie fiel ihm in die Arme, und er hielt sie fest, während das Beben, das sie schüttelte, allmählich nachließ und zu einem leichten Zittern wurde, bis sie wieder ganz ruhig war.

»O Jim!«

Er hielt sie immer noch fest, bis sie sich von ihm löste und einen Schritt zurücktrat.

»Hättest du das wirklich getan?« Angie zitterte plötzlich vor Lachen, während sie sich gleichzeitig mit dem Handrücken über die Augen fuhr. »Hättest du sie wirklich in etwas Kleines und Schleimiges verwandelt?«

»Ich glaube nicht, daß ich das gekonnt hätte, um die Wahrheit zu sagen«, antwortete Jim düster. »Ich bin mir nicht sicher, ob die Gesetze für Magier es mir erlaubt hätten; zudem hat der Bischof die Burg gesegnet. Aber ich hätte es versucht.«

»Dabei hätte es so gut zu ihr gepaßt«, sagte Angie mit einem zittrigen Lachen.

Jim sah die Amme an. In diesem Augenblick regte sie sich und murmelte etwas, aber ihre Augen blieben geschlossen.

»Was ist mit ihr passiert?« fragte Jim.

»Sie kommt schon wieder auf die Beine«, sagte Angie, »aber wir werden Robert bis morgen Zuckerwasser zu trinken geben müssen. Agatha hat sie betrunken gemacht.«

»Betrunken?« Jim starrte Angie an. »Mit Wein?«

»Nein«, sagte Angie. »Mit Brandy, glaube ich. Weißt du, selbst dieses Jahrhundert kennt Branntwein, obwohl er nicht viel getrunken wird. Ich vermute, daß es französischer Brandy war – vielleicht auch etwas aus Südfrankreich. Der Hof des Königs ist sicher einer der Orte, an dem man so etwas finden kann.« Jim nickte.

»Ich verstehe, warum du nicht willst, daß sie dem Kind die Brust gibt, solange sie Alkohol im Leib hat«, sagte Jim. »Aber es überrascht mich doch, daß Agatha sich die Zeit genommen hat, sie betrunken zu machen.«

»Vergiß nicht, Jim, Menschen ihres niederen Ranges können von Glück sagen, wenn sie in ihrem ganzen Leben überhaupt einmal Wein zu kosten bekommen. Und wenn sie eine Gelegenheit dazu sehen, kippen sie ihn auf dieselbe Weise runter, wie sie ihr Dünnbier zu kippen pflegen.«

Ihre Stimme wurde härter.

»Es war ein Wunder«, sagte sie. »Ich wollte in den

Palas gehen, hatte aber plötzlich ein unangenehmes Gefühl; und ich habe mich nicht geirrt. Als ich hierher zurückkam, sagte Tom, er habe Agatha eingelassen, weil die Amme ihm erklärt habe, sie sei schon früher eingelassen worden. Also bin ich ins Zimmer gerannt. Die Amme war bereits bewußtlos, und Agatha wollte den kleinen Robert in … in seiner Wiege« – ihre Stimme zitterte – »ersticken …«

Bei den letzten Worten wurde ihre Stimme tiefer und nahm wieder diesen unnatürlichen Klang an, den Jim bis vor wenigen Sekunden noch nie zuvor bei ihr gehört hatte.

»Du mußt im allerletzten Augenblick gekommen sein …«, setzte Jim an.

»Sie versuchte, Robert so hinzulegen, daß es aussah, als wäre sein Tod ein Unfall gewesen!« sagte Angie. »Das ist der einzige Grund, warum Robert nicht schon tot war, als ich hereinkam. Aber auch wenn ich ihn tot und sie bei ihm vorgefunden hätte, wäre mir alles klargewesen. Also machte ich mich daran, sie rauszuwerfen, und sie zog ihren Dolch.«

Da war es wieder, dieses zittrige Lachen.

»Ich hatte selbst einen Dolch an meinem Gürtel, und ich habe nicht einmal an ihn gedacht«, sagte sie. »Ich habe sie geschlagen. Damit hat sie nicht gerechnet, und einen Augenblick lang hat sie das aufgehalten. Dann konnte ich plötzlich wieder klar denken und habe den Arm mit dem Dolch gepackt. Sie war furchtbar stark, aber ich wollte sie weder an mich noch an Robert ranlassen. Ich kann von Glück sagen, daß du im richtigen Augenblick aufgetaucht bist!«

»Ich hätte selbst eine Vorahnung haben sollen«, sagte Jim trostlos. »Ehrlich gesagt kam ich gerade die Treppe hinauf und versuchte, mich an ein Lied zu erinnern.«

Angie kam auf ihn zu, nahm ihn in die Arme und küßte ihn. »Du bist gekommen«, sagte sie. »Und nun laß uns ins Nebenzimmer gehen. Robert ist ganz von allein eingeschlafen, jetzt, da hier wieder alles still ist; und ich möchte diesen Raum im Augenblick am liebsten nicht mehr sehen.«

»Was ist mit der Amme?« fragte Jim. »Sollten wir sie nicht irgendwo hinlegen, auf ihre Pritsche vielleicht?«

»Nein«, sagte Angie, »laß sie auf dem Boden. In den nächsten Stunden spielt es ohnehin keine Rolle für sie. Und wenn sie aufwacht und sich einfach grauenhaft fühlt, kann ihr das nur guttun. Sie sollte auf alles, bis hin zur Todesstrafe, gefaßt sein, aber ich werde ihr nur sagen, daß sie sich für ihre Tat beim Allmächtigen wird rechtfertigen müssen. Das wird schlimmer sein als alles, was ihrem Körper geschehen könnte. Und jetzt komm ins Nebenzimmer, Jim.«

Nebenan setzten sie sich in die beiden Sessel an dem kleinen Tisch, auf dem der Wein, die Wasserflaschen und die Gläser standen. Angie beschäftigte sich bereits damit, ihr Haar glattzustreichen und das braune Gewand zurechtzuzupfen – ihr Lieblingskleid, wie Jim wußte –, als hätten ihre Hände einen eigenen Willen.

Das Gewand war aus einer feingesponnenen Wolle, und sein Braunton paßte perfekt zu ihren Augen. Es wies den rechteckigen Ausschnitt auf, der der Mode dieser Zeit entsprach, ebenso wie das enge Mieder und der bodenlange Rock. Angie hatte es auf eine Art und Weise umarbeiten lassen, die ihm einen Hauch von zwanzigstem Jahrhundert gaben. Als verheiratete Frau konnte sie ihr Haar gelockt und zu zwei Knoten aufgerollt tragen, einen an jeder Seite ihres Kopfs. Aber über diesen Knoten trug sie ein Band im Haar, und darüber hing der traditionelle, durchsichtige Netzschleier hinter ihrem Kopf herab. Diesem Schleier hatte sie kleine Glitzerpunkte aus Silberfolie hinzugefügt.

Jim schenkte ihnen Wein ein, machte sich aber nicht die Mühe, auch noch Wasser hinzuzugeben.

»Das brauche ich nicht«, sagte Angie und zeigte mit dem Kopf auf ihr Weinglas.

»Trink es trotzdem«, sagte Jim. »Du brauchst etwas, um einen Schlußstrich unter diese ganze Geschichte zu setzen.«

Angie hob das Glas an die Lippen, nippte daran und nahm einen ordentlichen Schluck davon. Danach setzte sie das Glas wieder ab und begann hastig zu reden.

»Vielleicht hast du recht«, sagte sie. »Jim, ich wollte gerade in den Palas, um mich dort zu zeigen, da wir beide uns seit heute morgen mehr oder weniger unsichtbar gemacht hatten. Ich war am Vormittag einfach zu erschöpft. Ich hatte plötzlich das Gefühl, all diesen Jubel nicht mehr ertragen zu können, nur weil ein Falke einen kleinen Fuchs getötet hat.«

Angie verstummte plötzlich und saß ganz still da. Dann nahm sie noch einen Schluck Wein.

»Ich habe dir erzählt, warum ich zurückgekommen bin«, sagte Angie, deren Stimme nun schon wieder ruhiger klang. Sie trank noch einen Schluck von ihrem Wein. »Warum bist du zurückgekommen?«

»Ich wollte dir erzählen, was ich wegen dem maskierten Troll unternehmen will«, sagte Jim. »Ich dachte mir, daß ich dich hier oben finden würde, weil du dich ausruhen wolltest.«

Angie lachte. Dieses Lachen klang zum ersten Mal wieder wie ihr gewohntes Lachen.

»Ganz gleich, wie du die Sache drehst«, sagte sie, »was ich hier oben getan habe, als du mich gefunden hast, hatte mit ausruhen nichts zu tun!« Sie warf einen Blick auf ihr Glas. »Jim, ich habe nicht geglaubt, daß es so schnell gehen würde, aber du hattest recht. Der Wein hilft wirklich.«

»Nach einem Erlebnis, wie du es gerade hattest, wirkt der Wein erheblich schneller«, sagte Jim.

Angie nippte noch einmal an ihrem Glas.

»Also«, sagte sie, »schieß los.«

»Ich hatte eine Idee«, sagte Jim. »Es ging darum, Mnrogar und den Grafen an einen Tisch zu bekommen, mit mir als Schiedsrichter. Ich wollte, daß die beiden die Dinge bereden und sich auf eine Möglichkeit verständigen, wie Mnrogar ohne gesehen zu werden hinaufkommen kann. Auf diese Weise hätte er dann Gelegenheit, sämtliche Gäste nach und nach zu beschnuppern.«

Er füllte ihr Glas noch einmal.

»Das brauche ich nicht«, sagte Angie mit Blick auf das Glas in ihrer Hand.

»Dann laß es stehen«, erwiderte Jim ungerührt. »Die Frage ist, wie es dem anderen Troll gelingt, sich in der Maske eines Menschen zu zeigen.«

»Und du weißt nicht, wie er das macht – ich meine, welche Magie er benutzt – falls es sich um Magie handelt?« fragte Angie.

»Nein«, erwiderte Jim. »Das ist ja gerade das Rätselhafte. Der bischöfliche Segen dieser Burg verbietet natürlich jede neue Magie, aber es könnte sich um einen Zauber handeln, der vorher eingerichtet wurde. Andererseits können Elementarwesen keine Magie wirken. Aber es ist schwer, sich vorzustellen, auf welche Weise dem anderen Troll seine Maskerade gelingen könnte, wenn nicht durch Magie. Weißt du, Chandos ist derjenige, der mich wirklich interessiert …«

Im Nebenzimmer stieß Robert ein zaghaftes Wimmern aus.

»Ach herrje«, rief Angie und stand auf. »Bleib, wo du bist. Ich hole ihn.«

»Nein«, sagte Jim, der sich nun ebenfalls erhob. »Ich werde hinuntergehen und feststellen, ob ich das Gespräch mit Mnrogar nicht so bald als möglich arrangieren kann. Aragh muß erfahren, wann wir beide uns unter der Burg treffen wollen. Ich möchte Mnrogar überreden, bevor ich zum Essen hinaufkomme. Wirst du mich an der hohen Tafel entschuldigen? Erzähl ihnen, ich käme ein wenig später.«

Die letzten Worte mußte Jim hinter Angie herrufen,

die bereits nach nebenan verschwunden war. Roberts Wimmern verstummte und wich scheinbar erleichterter Stille.

»Schon gut«, rief Angie zurück. »Wenn du auf der Treppe Enna begegnest, sag ihr, sie soll auf der Stelle wieder herkommen. Sie hätte dieses Mädchen auf keinen Fall mit Robert allein lassen dürfen, obwohl sie wußte, daß ich unten beim Essen sein würde!«

»Wird erledigt!« sagte Jim. Ennelia Boyer war die Dienstfrau, die Angie aus Malencontri mitgebracht hatte, eine verläßliche Dienerin von gut dreißig Jahren. Jim, der sich nur noch die Zeit nahm, sein in der Scheide steckendes Schwert an seinem Gürtel zu befestigen – eine offenkundige Verletzung der gewohnten Gastgesetze, wenn man zu Besuch im Haus eines anderen weilte –, trat durch die Tür hinaus auf den Korridor.

Enna hatte gewiß nicht die Absicht gehabt, lange fort zu bleiben. Sie war zu verantwortungsbewußt. Andererseits würde Angie angesichts des Zustands der Amme nicht zum Essen hinuntergehen können, bevor die ältere Dienerin zurück war.

Vielleicht sollte er zuerst nach Enna suchen, bevor er in Mnrogars Höhle hinunterging. Wahrscheinlich hatte sie sich, sobald Angie gegangen war, in den Rittersaal hinuntergestohlen, um Angie in ihrem Gewand am Tisch sitzen zu sehen – es war schließlich Enna gewesen, die die einzelnen Glitzerpunkte an den Schleier genäht hatte.

Wie der Zufall es wollte, traf er sie auf der Treppe, und nach seinen ersten erklärenden Worten eilte sie hastig davon. Aber bevor er seinen ursprünglichen Plan bezüglich Mnrogars weiter verfolgen konnte, kam ihm Brian entgegen.

»James – da seid Ihr ja!« rief er. »Eilt Euch! Ihr habt gerade noch Zeit.«

Zeit? Wofür? fragte Jim sich.

»Giles ist doch noch gekommen«, fuhr Brian fort. Seine Stimme hallte durch das große, leere Treppenhaus des Turms. »Obwohl er das Pech hatte, sich den Schwertarm zu verletzen! Ihr müßt sofort mitkommen. Ich möchte, daß Ihr Sir Harimore mit stumpfem Schwert und Schild gegen Sir Butram of Othery kämpfen seht. Die beiden sind ungefähr gleich gute Kämpfer, obwohl Sir Harimore im Vorteil ist. Der Kampf wird sowohl für Euch als auch für Giles gewiß sehr lehrreich sein. Kommt schnell. Vielleicht haben sie bereits begonnen!«

Während Brian sprach, rannte er die Stufen hinauf und kam Jim um die Biegung des Turms entgegen. Jim lief auf ihn zu – achtete jedoch sorgfältig darauf, sich an der Mauer zu halten, da es wie in den meisten Türmen dieser Art kein Geländer gab, das einen vor einem gefährlichen Sturz bewahrt hätte.

»Giles ist hier?« fragte er glücklich.

Sir Giles de Mer war bei ihrer ersten Frankreichexpedition zur Rettung des jungen Prinzen ihr Gefährte gewesen. Giles war ein Ritter aus Northumbria, in dessen Adern Silkieblut floß. Brian und Jim hatten ihm das Leben gerettet, indem sie seinen toten Menschenkörper ins Meer geworfen hatten. Als Seehund war er augenblicklich wieder zum Leben erwacht, und obwohl er gewisse Schwierigkeiten hatte, anschließend wieder seine menschliche Gestalt annehmen zu können, war es ihm zu guter Letzt doch gelungen.

Er war jung, blond, von eckigem Körperbau und wildem Temperament. In dramatischer Abwendung von den Sitten der Ritter seiner Epoche trug er einen gewaltigen Schnauzbart, der im Verein mit seiner übergroßen Adlernase seine Gesichtszüge derart beherrschte, daß Jim einige Zeit gebraucht hatte, um eines weiteren Merkmals des jungen Ritters gewahr zu werden: Was Jim anfänglich für ein unrasiertes, wenn auch vorspringendes Kinn gehalten hatte, war in Wirklichkeit der Versuch eines kleinen Spitzbarts, wie einige Ritter ihn als Gegengewicht zu einem sauberen, kleinen Schnurrbart zu tragen pflegten.

Schließlich war Jim auf gleicher Höhe mit Brian.

»Ihr sagt, Giles sei im Augenblick unten …«, begann Jim gerade, als eine Stimme hinter Brian ihn unterbrach.

»Nein, nein!« rief die Stimme, und einen Augenblick später stand Giles neben ihnen. Er trug den rechten Arm in einer Schlinge, sah in Jims Augen ansonsten aber ganz so aus wie immer. Er trug noch seine Rüstung sowie die Sporen und Kleider, die für eine Reise zu Pferde passend waren. »Ha! James – wie schön, Euch zu sehen!«

In der nächsten Sekunde wurden Jims Rippen von Giles unverletztem Arm in eine schraubstockähnliche Umarmung genommen, während er gleichzeitig einen Kuß auf beide Wangen erduldete – Giles hatte sich offenkundig einige Tage lang nicht rasiert.

»Auch ich freue mich, Euch zu sehen, Giles!« sagte Jim aufrichtig. Wenn Brian sein bester Freund war, kam Giles gewiß gleich danach. »Wie habt Ihr Euch den Arm verletzt?«

»War nur ein dummer Sturz vom Pferd, als ich mich um ein paar Geächtete kümmerte, die uns auf dem Weg begegnet sind. Bei diesem kalten Winterwetter leiden sie in den Wäldern große Not und sind unberechenbar wie Tiere …«

»Kommt! Kommt!« drängte Brian, der vor Ungeduld von einem Fuß auf den anderen trat.

»Wir sollten wohl besser gehen, Giles«, sagte Jim. »Wir werden später sicher noch genug Gelegenheit zum Reden finden!«

Einen Augenblick später eilten sie, angeführt von Brian, die Treppe hinunter. Sie gingen ins Erdgeschoß und durch den Rittersaal hinaus zu dem Platz, den man für die später am Tag angesetzten Turniere vom Schnee befreit hatte.

Als Jim sich zu einem Unterstand für die wichtigeren Leute umwandte, sah er dort den Grafen und den Bischof – und gleich neben dem Bischof Agatha, die diesem eifrig ins Ohr flüsterte, obwohl der Bischof ihr kaum zuzuhören schien.

Die Aufmerksamkeit des Bischofs galt ganz und gar den drei Schwertkämpfen, die unten auf dem Feld im Gange waren. Er, Agatha, der Graf, der Diener des Bischofs – ein Junge, dessen Aufgabe Jim bis jetzt nicht recht klargeworden war – und Chandos saßen allesamt eingehüllt in Kleider und Pelze auf der obersten Reihe der Tribüne und sahen sich die drei Wettbewerbe an.

Mit Brian an der Spitze drängten Jim und Giles sich durch die Menge, die sich besonders vor dem zweiten Kampf gebildet hatte. Zwischendurch rief Brian immer wieder: »Bitte um Vergebung, meine Herren, meine Damen! Mit Eurer Erlaubnis! Pardon. Sir James muß dies aus nächster Nähe sehen. Es ist eine Angelegenheit von größter Wichtigkeit!«

Während sie sich ihren Weg durch die Menge bahnten, wurden allgemein ungehaltene Rufe laut, weil niemand sich gern so rüde beiseite drängen ließ. Aber als die Leute sahen, daß Jim und ein Ritter mit einem Arm in der Schlinge Sir Brian – der in jedem Falle auf Grund seiner Fähigkeit im Umgang mit Waffen Anerkennung fand –, folgten, gab man ihnen den Weg frei. Diese Freundlichkeit war ein Gebot der Höflichkeit, ganz zu Schweigen von dem Respekt angesichts der Tatsache, daß Jim einen Ehrenplatz an der hohen Tafel einnahm. Auf der Stelle verstummten alle zornigen Einwände.

Brian brachte sie endlich bis zur vordersten Reihe der Zuschauer. Sir Harimore kämpfte eifrig gegen einen etwas älteren und beträchtlich breiteren und schwereren Ritter, bei dem es sich um Sir Butram of Othery handeln mußte.

»Ha! Hervorragend! Gut gemacht, Sir Harimore!«

rief Brian, sobald sie ihre Position unter den Zuschauern eingenommen hatten. »Habt Ihr das gesehen, James, Giles? Wie er Sir Butrams Schlag abgelenkt hat? Seht genau hin, dies ist ein lehrreicher Kampf. Sir Butram ist der stärkere, und er ist viel schneller, als die meisten denken würden, daher ist es gefährlich, sich so nahe an ihn heranzuwagen. Sir Harimore, der zwar der leichtere Mann ist, kontert diese Vorteile mit Geschicklichkeit und Schnelligkeit. Seht nur, wie er hin und her springt, um Sir Butram dazu zu verleiten, ihm zu folgen. Aber Sir Butram ist ein alter, erfahrener Kämpe und läßt sich nicht so leicht ködern – da, Sir Butram macht einen Schritt, aber wirklich nur einen, und schon stehen beide Füße wieder fest auf dem Boden. Er zwingt Sir Harimore, zu ihm zu kommen, und dieser muß am Ende einige Risiken eingehen. Aber ich wette, daß zu guter Letzt Sir Harimore den Sieg davontragen wird ...«

Brian setzte seine Erläuterungen und kritischen Bemerkungen fort und erinnerte Jim an einen Radiokommentator, der über ein Sportereignis berichtet. Jim hatte die Absicht gehabt, sich während des Kampfes leise mit Giles zu unterhalten, um mehr über dessen Unfall und die Verspätung in Erfahrung zu bringen. Aber er mußte feststellen, daß Giles für nichts anderes Ohren hatte als für Brian. Auch schien es, als könne er keine Sekunde lang den Blick von dem Kampf abwenden, der vor ihnen ausgetragen wurde.

Dasselbe galt für alle anderen, die in Hörweite standen. Offensichtlich wurde Sir Brians Sachkundigkeit großer Respekt entgegengebracht.

»... Sir Butram macht zwei Schritte zurück. Jetzt hat er den Spieß umgedreht. Es ist Sir Butram, der Sir Harimore herausfordert, ihm zu folgen. Sir Harimore folgt ihm – ha!«

Sir Harimore war ihm wahrhaftig gefolgt, und schneller als Jim dies für möglich gehalten hätte, ließ

Sir Butram plötzlich aus allen Winkeln Schläge seines Breitschwerts auf seinen Kontrahenten niederhageln.

»... aber Sir Harimore weiß sich gut zu decken – beachtet, in welchem Winkel er seinen Schild hält, James. Es ist genau das, was ich Euch mit so viel Mühe beizubringen versucht habe. Auf diese Weise wird die Klinge schräg abgleiten. Jetzt ist Sir Harimore mit einigen Schritten außer Reichweite gegangen, während Sir Butram immer noch dort steht, wo er stand, als er Sir Harimore aufforderte, näher zu kommen ...«

Über das Lärmen der Zuschauer erhob sich plötzlich unter der frühen Nachmittagssonne das langgezogene, schaurige Heulen eines Wolfs.

Die Teilnehmer der drei Kämpfe mit stumpfen Waffen achteten nicht darauf. Aber die Zuschauer wurden plötzlich alle still.

»Ein Omen«, murmelte jemand hinter Jim.

»Ein *böses* Omen«, sagte eine andere Stimme.

Wahrlich, dachte Jim, dies war eine häufige Anschauung. Das Heulen eines Wolfs bei hellem Tageslicht – neben vielen anderen ungewöhnlichen Ereignissen – galt diesen Menschen als Hinweis auf ein bevorstehendes Unglück. Und es war tatsächlich ein schauerliches Geräusch, ganz darauf berechnet, den Menschen eine Gänsehaut über den Rücken zu jagen und für abruptes Schweigen zu sorgen.

Jim bescherte das Geräusch jedoch keine Gänsehaut. Er verstand sich nicht auf die Deutung des gewöhnlichen Heulens von Wölfen, aber diese Wolfsstimme hatte er schon viele Male vernommen. Und mehr noch, er erkannte in ihr eine Botschaft, die eigens an ihn gerichtet war.

Es war das Heulen Araghs, der kaum eine Viertelmeile von ihnen entfernt sein konnte.

20

Dieses Heulen konnte nur bedeuten, daß Mnrogar sich in seiner Höhle unter der Burg aufhielt und Aragh bereit war, Jim zu begleiten, wenn er versuchte, den Troll zu einer Begegnung mit dem Grafen zu überreden.

»Giles«, murmelte Jim dem kleineren Ritter ins Ohr. Er sprach so leise, daß die Umstehenden ihn nicht hören konnten.

»Hm?« Giles riß sich widerstrebend von dem Kampf zwischen Sir Harimore und Sir Butram los. Brian belehrte nun nach allen Regeln der Kunst sämtliche Zuhörer und schenkte Jim und Giles nicht mehr wie zu Anfang seine besondere Aufmerksamkeit.

»Ich werde mich jetzt davonstehlen«, sagte Jim immer noch im Flüsterton. »Ich muß gehen. Ich sehe Euch beide später. Wenn irgend jemand sich nach meinem Verbleib erkundigt, sagt, ich hätte mich aufgemacht, um das Heulen des Wolfes auf magischem Wege zu erkunden.«

Giles war alles andere als langsam im Kopf. Er nickte, ohne laut zu antworten.

Jim drehte sich um und bahnte sich unter leisen Worten der Entschuldigung einen Weg zurück durch die Menge. Dann ging er schnell, ohne jedoch den Eindruck übertriebener Eile zu erwecken, zurück zur Burg.

Er behielt dieses beherrschte Tempo so lange bei, bis ihn niemand mehr sehen konnte. Aber sobald er auf der Treppe war, die vom Stallbereich zum Erdgeschoß hinunterführte, ging er, so schnell er konnte, und machte nur im allerletzten Augenblick halt, um sich ein Bündel brennender Zweige aus ihrem Halter am Kopf der Treppe zu ziehen, damit er bei seinem Weg hinunter genug Licht hatte.

Bei nochmaligem Nachdenken zog er auf der vierten und letzten Treppenflucht, bevor er Mnrogars Höhle erreichte, sein Schwert und legte den Rest des Wegs mit blanker Klinge zurück. Brian wäre stolz auf ihn gewesen.

Auf der untersten Ebene des Gebäudes erhellten die tanzenden Flammen der brennenden Zweige die großen Bögen und Strebepfeiler, die die Burg trugen. Am Fuß der Treppe zögerte er, dann wagte er sich noch ein halbes Dutzend Schritte weiter in die Höhle des Trolls. Von dem Bewohner dieses Orts war nichts zu hören, kein Laut und keine Herausforderung.

»Mnrogar?« rief Jim.

Keine Antwort.

»Er ist hier«, sagte die rauhe Stimme Araghs. »Weshalb habt Ihr so lange gebraucht?«

»Ich war außerhalb der Burg, um mir die Schwertkämpfe anzusehen«, erklärte Jim. »Ich bin gekommen, so schnell ich konnte. Aber wo ist Mnrogar?«

»Direkt hinter Euch, Mensch«, sagte die gleichermaßen häßliche Stimme Mnrogars, und plötzlich tauchte das Licht des Trolls sie alle in grelle Helligkeit. Jim war bei der ersten Silbe herumgefahren, die hinter ihm laut geworden war. Mnrogar entblößte seine scharfen Vorderzähne, was möglicherweise ein Grinsen andeuten sollte, obwohl das Bild nichts Komisches an sich hatte.

»Seht ihn nur an«, sagte Mnrogar, »wie er da sein kleines Schwert bereithält. Wißt Ihr nicht, daß die Haut eines Trolls die Klinge eines Schwerts verbiegen kann, Mensch? Wir sind nicht so verwundbar, wie Ihr es seid!«

»Ich brauche kein Schwert, um mit Euch fertig zu werden«, entgegnete Jim. »Das Schwert war nur für die Ratten auf dem Weg hier herunter.«

»Es gibt hier keine Ratten«, knurrte Mnrogar. »Ich habe sie schon vor hundert Jahren alle aufgefressen, und danach hat sich keine mehr hier herunter getraut.«

Er sah Aragh an.

»Wölfe können in völliger Finsternis nichts sehen«, sagte er, »sie brauchen wenigstens einen schwachen Lichtschimmer. Waren Eure Zähne bereit, Wolf?«

»Wir können in völliger Finsternis nichts sehen, Troll«, entgegnete Aragh. »Aber wir haben eine feine Nase, im Gegensatz zu den Menschen und den Trollen. Ihr werdet Euch erst an mich anschleichen können, nachdem man Eure Knochen abgenagt hat.«

Aragh bewegte sich durch das Trollicht, bis er beinahe neben Jim und Mnrogar gegenüber stand. Jim fühlte sich beruhigt, aber nur ein klein wenig. Im Licht des Trolls erschien ihm der Burgtroll größer denn je. Jetzt fiel ihm auch wieder ein, wovon Mnrogar geredet hatte. Die Haut eines Trolls galt tatsächlich als unverwundbar. Er hatte immer geglaubt, dies sei nicht mehr als eine Legende, aber nach der Art, wie Mnrogar redete, mußte die Sache einen wahren Kern haben. Andererseits – hatte nicht Aragh davon gesprochen, daß er mit seinen Zähnen unter Mnrogars Arm ein Blutgefäß aufreißen könne? Diese schmutzige, gelbbraune Haut konnte also nicht vollkommen undurchdringlich sein.

»Mir stehen mehr Waffen zur Verfügung als die Klinge meines Schwerts, Mnrogar, vergeßt das nicht«, sagte er. »Jedenfalls werde ich kein Schwert benutzen, solange ich Magie habe.«

Wie zum Beweis seiner Worte schob er seine Waffe in die Scheide.

»Und was die Magie betrifft – muß ich Euch meine Fähigkeiten noch einmal beweisen?«

»Neiiiin!« Die Antwort des Trolls war ein Heulen, wild und voller innerem Schmerz. »Sagt, was Ihr zu sagen habt und geht dann.«

Es folgte ein Augenblick der Stille und Reglosigkeit dort unter der Burg, in dem alle Dinge in der Schwebe zu hängen schienen.

»Ich habe darüber nachgedacht, wie Ihr die Witterung des anderen Trolls oben in der Burg aufnehmen könntet, ohne daß irgend jemand davon erfährt – außer mir und noch einer Person.«

»Ich soll seine Witterung aufnehmen?« brach es aus Mnrogar heraus. »Dann werden wir es so machen. Was es auch ist, wir werden es so machen …«

Plötzlich brach er ab.

»Aber werde ich da oben auch sicher sein?« fragte er. »Ist das keine Falle?«

»Nein«, erwiderte Jim. »Es ist nur ein Vorschlag. Laßt es mich Euch erklären und entscheidet dann, ob Ihr es machen wollt oder nicht.«

»Wie soll ich das sagen, bevor Ihr es mir erklärt habt?« fauchte Mnrogar.

»Es geht nur darum, daß Ihr und der Graf Euch mit mir hinsetzt und wir übereinkommen …«

»Übereinkommen!« Mnrogars Brüllen schien selbst die steinernen Bogengänge zu erschüttern. »Mit ihm? Eher werde ich ihm ein Glied nach dem anderen aus dem Leib reißen und das Mark seiner Knochen verspeisen! Das ist meine Burg, nicht seine – obwohl er das behauptet! Gebaut auf meinem Land, nicht auf seinem! Bringt ihn mir her, und ihr bringt ihn in seinen Tod!«

»Dann seid Ihr ein Narr«, sagte Aragh.

Mnrogars Brüllen drohte abermals die Bogengänge zu erschüttern.

»Ein Narr, Wolf?«

»Ein Narr, sagte ich«, wiederholte Aragh ungerührt. »Mein Freund James kennt seine Mitmenschen besser, als Ihr es je tun werdet. Außerdem ist sein Verstand um einiges besser als der Eure – fast so gut wie der eines Wolfs. Hört ihn an, bevor Ihr von Morden redet.«

Mnrogar fauchte wortlos, aber das war auch alles. Er wandte sich mit finsterem Blick Jim zu.

»Der Graf ist in der Lage«, erklärte Jim, »Euch unbemerkt nach oben zu bringen und Euch einen Platz zu-

zuweisen, an dem Ihr Euch verstecken könnt; über einen gewissen Zeitraum hinweg könnt Ihr dann alle Gäste beschnuppern. Auf diese Weise könnt Ihr den maskierten Troll ausfindig machen. Ihr mögt ja stark sein, Eure Haut mag ein Schwert verbiegen können, aber da oben gibt es zu viele Schwerter und zu viele Männer für Euch. Wenn Ihr auf eigene Faust hinaufgeht, seid Ihr es, der am Ende sterben wird – es sei denn, der Graf wäre Euer Freund und würde es Euch ermöglichen, ohne Gefahr für Leib und Leben hinaufzukommen. Denkt darüber nach.«

Als Jim von der Möglichkeit gesprochen hatte, daß Mnrogar selbst sterben könne, hatte dieser die Arme gehoben, so daß die grausamen Krallen im Licht glitzerten. Aber jetzt ließ er die Arme wieder sinken und starrte Jim ohne einen Laut an.

Jim wartete. Der Troll dachte offensichtlich nach, und höchstwahrscheinlich vollzog sich dies ziemlich langsam. Es dauerte eine ganze Reihe von Minuten, bevor Mnrogar aufhörte, abwechselnd den Boden und die Bogengänge anzusehen und den Blick wieder auf Jim richtete.

»Dann erklärt es mir«, sagte er. »Warum will er das tun? Er wird doch irgend etwas von mir wollen. Warum sonst sollte er das tun?«

»Er möchte lediglich einen Waffenstillstand«, sagte Jim und hielt sich im Geiste die Daumen, da er mit dem Grafen überhaupt noch nicht gesprochen hatte und es durchaus möglich war, daß dieser genauso vor der Idee zurückscheuen würde wie Mnrogar es getan hatte. »Es gefällt ihm nicht, daß sich unter seinen Gästen ein Troll versteckt, genausowenig, wie Ihr einen anderen Troll hier haben wollt. Wenn Ihr zusammenarbeitet, könnt Ihr gemeinsam herausfinden, um welchen Gast es sich handelt und Euch seiner entledigen. Allein könnt Ihr es nicht und der Graf kann es nicht. Außerdem geht irgend etwas Merkwürdiges vor. Wußtet Ihr, daß sich eine Armee von Trollen draußen versammelt hat, ohne gegeneinander zu kämpfen oder einander aufzufressen?«

»NEIN!« explodierte Mnrogar. »Das stimmt nicht. Das ist unmöglich. Wenn sie sich auf meinem Territorium befänden, wüßte ich davon!«

»Sie befinden sich unmittelbar jenseits Eures Territoriums«, entgegnete Aragh. »Ich hab noch nie davon gehört, daß Trolle sich zusammenfinden. Aber genau das tun sie.«

»So ist es«, pflichtete Jim ihm bei. »Und ihre Anwesenheit muß in Zusammenhang mit dem maskierten Troll stehen, der sich in der Burg aufhält. Wie die Dinge zur Zeit liegen, können wir nicht herausfinden, wie dieser Troll es schafft, wie ein Mensch auszusehen. Aber sobald Ihr uns gesagt habt, um wen es sich handelt, werden wir herausfinden, wie er das fertigbringt. Aber Aragh hat recht. Die Zusammenkunft der Trolle an der Grenze Eures Territoriums muß etwas mit dem Troll zu tun haben. Beide Dinge sind unmöglich, die Art von Dingen, die einfach nicht vorkommen. Wenn sie zur selben Zeit passieren, müssen sie einfach zusammenhängen.«

»Ja«, knurrte Mnrogar, dessen Augen unter den schweren Brauen glitzerten, auch wenn sie halb im verborgenen lagen. »Sich so zusammenzurotten … Wie viele sind es?«

»Vielleicht ein Drittel von einem Drittel der Zahl von Jahren, die Ihr gelebt habt«, antwortete Aragh.

»So viele?« fragte Mnrogar, und zum ersten Mal hörte Jim einen neuen, seltsamen Tonfall in der dröhnenden Stimme des Trolls. »Aber warum so viele, und warum ohne zu kämpfen? Das ist nicht unsere Art – außerdem kann nur einer mein Territorium erobern, wenn ich getötet werde.«

»Sie nennen Euch den König der Trolle«, sagte Aragh.

»Der bin ich auch!« Mnrogar hob den Kopf. »Es gibt keinen wie mich, der so lange gelebt hat, der so gut gekämpft hat, der immer gesiegt hat. Wenn ich mich satt gegessen habe, habe ich mich manchmal in der Nähe der Überreste meiner Mahlzeit versteckt, um zu sehen, ob nicht ein kleinerer Troll herbeikommen und versuchen würde, sich an meinen Brosamen zu laben; und gelegentlich im Laufe der Jahre habe ich einen kleinen Troll gefangen und ihm erklärt, daß ich der König der Trolle sei. Dann habe ich ihn wieder ziehen lassen, damit er den anderen davon erzählte.«

»Ihr habt also keine Ahnung, warum diese anderen Trolle da sind?« fragte Jim.

»Ich?« fragte Mnrogar zurück. »Woher soll ich das wissen?«

»Vielleicht haben sie sich Euch zu Ehren versammelt«, bemerkte Aragh boshaft.

»Sie erweisen mir Ehre, indem sie bei meinem Anblick davonlaufen«, knurrte Mnrogar. »Ich weiß nicht, warum sie hier sind, und es gefällt mir nicht. Aber noch weniger gefällt mir dieser versteckte Troll da oben. Laßt mich mit Eurem Grafen reden, der behauptet, meine Burg und meine Ländereien gehörten ihm!«

»Wir müssen zuerst die notwendigen Vorbereitungen treffen«, sagte Jim. »Die Unterredung muß an einem neutralen Ort stattfinden.«

»Was ist das?« fragte Mnrogar mit großem Argwohn.

»Ein Platz im Wald, wo sonst niemand zugegen ist, wo Ihr Euch ungestört besprechen könnt. Nur ich, Ihr, vielleicht Aragh und noch ein anderer werden zugegen sein. Aber nur Ihr, der Graf und ich werden an einem Tisch sitzen, und ich werde Euch helfen, Euer Gespräch in Frieden zu führen. Ich werde meine Drachengestalt einnehmen – nur um dafür zu sorgen, daß der Graf nicht die Beherrschung verliert – oder Ihr, Mnrogar.«

»Ein Drache?« fauchte Mnrogar. »Seit tausend und noch mal tausend Jahren konnte kein Troll je einen

Drachen leiden. Die Drachen sind alte Feinde von uns.«

»Weil sie nämlich«, meldete Aragh sich zu Wort, »im Zweikampf Euch fressen statt umgekehrt.«

»Das ist eine Lüge …« Mnrogar brach plötzlich ab. Araghs Kiefer hatten sich abermals zu einem lautlosen Lachen geöffnet. »Wir haben andere Gründe, sie zu hassen!«

»Sagen wir«, bemerkte Aragh sanft, »andere Gründe, sie zu fürchten.«

»Ein Troll fürchtet nichts!« ertönte abermals Mnrogars Brüllen.

Aragh lachte.

»Ich sagte, Ihr und Euresgleichen wäret Narren«, erklärte er Mnrogar. »Eure letzten Worte beweisen das. Wer klug ist, ist immer wachsam. Auch Wölfe fürchten nichts. Aber sie reißen sich auch nicht darum, in eine Schlacht zu ziehen, die sie nicht gewinnen können.«

»Nein«, sagte Jim nachdenklich und dachte an sein eigenes zwanzigstes Jahrhundert, »so etwas tun nur Menschen.«

Aber weder Aragh noch Mnrogar interessierten sich für die Torheiten der Menschen.

»Nun denn«, begehrte Mnrogar auf. »Wo soll ich diesen Grafen treffen? Ihr solltet Euch besser einen Platz überlegen, an dem nicht zwanzig andere hinter ihm stehen, die von Kopf bis Fuß in Metall gekleidet sind!«

»Ich habe Euch doch gerade erklärt, daß außer uns nur eine weitere Person zugegen sein wird – der Magier, der mein Meister ist und der das Gespräch lediglich für die Gemeinschaft der Magier beobachten, sich aber nicht einmischen wird. Aber Ihr versteht doch, daß es das Ziel dieser Begegnung ist, diesen versteckten Troll über uns zu entlarven? Das versteht Ihr doch, oder?«

»Ich verstehe«, murrte Mnrogar. »Sorgt dafür, daß Euer Graf es auch versteht. Aber vielleicht sollte ich nicht gehen, es sei denn, Ihr kommt als das, was Ihr seid, als Mensch.«

Jim spürte, wie ein seltsamer kleiner Funke Zorn in ihm aufflammte. Er hatte vor einiger Zeit herausgefunden, daß Drachen sehr stolz darauf waren, Drachen zu sein, und um nichts auf der Welt etwas anderes sein wollten – weder Menschen noch irgendwelche anderen Kreaturen. Jim hatte ebenfalls entdeckt, daß auch er einen gewissen Stolz entwickelt hatte, ein Drache zu sein. Es war so, als hätte sein Drachendenken sich mit seinem Menschendenken vermischt. Er wollte nichts anderes sein, als das, was er war, und er war stolz auf seine Menschlichkeit, aber gleichzeitig auch stolz darauf, ein Drache zu sein.

»Ihr werdet Euch mit mir als Drache abfinden müssen«, sagte er, »oder es wird kein Gespräch geben, und Ihr werdet den Troll oben niemals finden!«

»Na schön«, knurrte Mnrogar. »Aber es werden nur die kommen, die Ihr erwähnt habt. Im Wald – sagtet Ihr?«

»Ja«, antwortete Jim.

Mnrogar wandte den Kopf um und sah Aragh an.

»In meinem Wald? Dem Wald auf meinem Territorium? Nicht in der Nähe dieser anderen Trolle, von denen Ihr sagt, sie hätten sich jenseits meiner Grenzen versammelt?«

»Ja, ja und noch mal ja«, stieß Aragh hervor.

»Magier«, sagte Mnrogar und sah nun wieder Jim an. »Wann?«

»Das kann ich im Augenblick noch nicht genau sagen«, antwortete Jim vorsichtig. »Vielleicht morgen – oder übermorgen. Ich werde es Euch wissen lassen. Vielleicht übernimmt Aragh diese Aufgabe?«

Er sah Aragh an.

»Wenn ich in der Nähe bin«, antwortete Aragh. »Aber nun genug von diesen Dingen. Ich hoffe, das waren jetzt alle Fragen. Ich habe Besseres zu tun, als hier herumzustehen und mit Euch beiden zu reden. Gibt es sonst noch etwas?«

»Von mir aus nicht«, sagte Jim.

»Ich werde warten«, sagte Mnrogar.

Aragh wandte sich ab und war aus dem Lichtschein verschwunden.

»Nun«, sagte Jim zu Mnrogar. Plötzlich fühlte er sich trotz seiner Magie allein mit dem Troll auf einzigartige Weise ungeschützt. »Ich werde ebenfalls gehen, Mnrogar.«

Ohne eine Antwort abzuwarten, machte er kehrt und ging zur Treppe zurück. Hinter ihm erlosch das Licht des Trolls – und er bemerkte plötzlich, daß seine Fackel im Laufe ihrer Unterredung ausgebrannt war. Sobald er das Gewölbe unter der Burg verlassen hatte, würde seine Magie nicht mehr funktionieren, daher tastete er sich in der Dunkelheit nach oben, bis das gesegnete Licht des Stalls, das fahl in das Treppenhaus drang, ihn mit der beruhigenden Gewißheit erfüllte, daß es eine Welt oberhalb der Kellergewölbe gab.

Als nächstes mußte er versuchen, den Grafen zu einem Treffen zu bewegen. Das konnte ziemlich heikel werden. Der Graf war körperlich kein Gegner für Mnrogar – und wußte es.

21

»WARUM?« FRAGTE DER GRAF.

Der Graf war so stur wie zwanzig Maultiere, die alle gleichzeitig bockten. Chandos war Jim bisher keine große Hilfe gewesen. Er hatte lediglich in höchst mildem Tonfall einige von Jims Gründen bestätigt, warum der Graf sich im Wald mit Mnrogar treffen sollte.

»Weil es«, sagte Jim geduldig, »wie ich Eurer Lordschaft bereits erklärt habe, besser für Euch ist, einen großen Troll unter Eurer Burg zu haben, als eine ganze

Reihe kleinerer Trolle, die Eure Wälder durchstreifen, Euer Wild fressen und möglicherweise auch Euer Vieh, wenn nicht gar einige von Euren Leibeigenen. Dieser Troll unter Eurer Burg verfügt über so viel Land zum Jagen, daß er niemals etwas anderes als wilde Tiere fängt, und trotz seiner Größe ißt er weniger, als ein halbes bis ein ganzes Dutzend kleinerer Trolle essen würden.«

»Es ist mein Land, verflucht!« rief der Graf. »Es ist meine Pflicht, es von Trollen freizuhalten – von sämtlichen Trollen. Statt mit ihm zu reden, sollte ich ihn mit einer wehrtüchtigen Schar Bewaffneter aufspüren und erschlagen.«

»Er behauptet, dies sei sein Land«, entgegnete Jim.

»Unsinn!« wütete der Graf. »Trolle können kein Land besitzen! Meine Familie lebt hier seit den Römern!«

»Seinen Worten zufolge«, sagte Jim, »lebt er seit achtzehnhundert Jahren hier. Das würde bedeuten, daß ihm dieses Land schon gehörte, bevor die Römer kamen.«

»Trolle können kein Land besitzen!« rief der Graf.

Dies war der Punkt, auf den sie wieder und wieder zu sprechen kamen. Der Graf hatte sich derart darauf versteift, daß ihn nichts von seiner Meinung abbringen konnte.

Tatsache war, überlegte Jim, daß der Graf zwar einmal tapfer genug gewesen war, sich mit nur zwei Bewaffneten unter das Stallgeschoß zu wagen, um den ›Riesen‹ zu stellen, der angeblich dort unten hauste – dafür aber jetzt die Zeit hatte, noch einmal darüber nachzudenken, sich seines Alters, seines Gewichts und der Schwäche seines Schwertarms zu entsinnen. Daher war er zu der Ansicht gelangt, daß eine Menge dafür sprach, sich mit einer kleinen Armee seiner Männer im Rücken dem Troll zu stellen. Vor allem, wenn er seine Pflicht tat.

Kurzum, die Gebote der Klugheit hatten in dem ansonsten furchtlosen Herzen des Grafen ihr häßliches Haupt erhoben.

Jim hatte darüber nachgedacht, ob er erwähnen solle, daß Carolinus mit seiner Magie unsichtbar bei dem Gespräch zugegen sein würde, um sie zu beschützen und um die Vorgänge im Auge zu behalten. Aber er wußte sehr gut, daß der Graf, sobald er erfuhr, daß noch jemand anderes zugegen sein würde, die Gelegenheit beim Schopf packen würde, um einen oder weitere Leute zu nennen, deren Anwesenheit *er* wünschte – und das würde das Ende der Verhandlung bedeuten.

Zweifellos würde Mnrogar nicht bleiben, wenn irgend jemand außer den ihm Genannten zugegen war. Der Troll würde sich vielleicht mit der Anwesenheit Araghs abfinden. Aber wenn er sonst noch jemanden sah, würde er wahrscheinlich verschwunden sein, bevor man seinen Namen richtig aussprechen konnte.

Das eigentliche Problem bestand darin, daß weder Mnrogar noch der Graf wirklich die Absicht hatten, zu einer Vereinbarung zu kommen. Aber sie mußten sich arrangieren. Jim kehrte zu seinem einzigen stichhaltigen Argument zurück.

»Wenn Ihr Euch Mnrogars entledigt, Mylord«, sagte er zu dem Grafen, »hättet Ihr es nicht nur mit einer Anzahl anderer Trolle in Euren Wäldern zu tun, Ihr würdet auch niemals herausfinden, wer der Troll ist, der sich als einer Eurer Gäste maskiert hat.«

»Woher soll ich wissen, daß es diesen Troll überhaupt gibt?« stieß der Graf hervor. »Alles, was wir haben, ist dieser Mnrogar – oder wie auch immer er sich nennt – und sein Wort darauf. Das Wort eines Trolls – ha!«

Es schien Jim, als würde in dieser ganzen Angelegenheit erheblich zu oft »Ha!« gesagt. Oder vielleicht war ihm diese Angewohnheit bisher nur nie aufgefallen.

»Es scheint kaum wahrscheinlich, daß Euer Burgtroll derart verzweifelt versuchte, die Wände um sich herum niederzureißen, wenn da oben kein anderer Troll wäre«, warf Chandos nachsichtig ein. Der Graf drehte sich zu ihm um.

»Nein, Sir John. Aber …« Der Graf, der während der ganzen Unterredung wütend dreingeblickt hatte, schaute noch ein wenig wütender drein, weil ihm keine gute Antwort einfiel. »Das mag ja durchaus sein. Aber sicher bin ich mir da nicht. Das einzige, was ich sicher weiß, ist, daß es diesen Troll unter meiner Burg gibt.«

»Ja, Mylord«, sagte Jim, »aber was Ihr wegen des Trolls da unten unternehmen könnt, ist nicht viel. Wenn Ihr mit Euren Bewaffneten Jagd auf ihn macht, hat er innerhalb seiner Höhle die Macht, einfach zu verschwinden. Außerhalb der Höhle kann er nicht verschwinden, aber er geht nur hinaus, um zu jagen, was er braucht, und ihn bei einer solchen Gelegenheit zu fangen, wäre reiner Zufall. Er kann zwischen einer Mahlzeit und der nächsten mehrere Tage verstreichen lassen, da er gewaltige Mengen verspeist. Eure einzige Möglichkeit, ihn zu finden, ist die Stelle, an der sein Tunnel in den Wald hinausführt, und Ihr werdet Mühe haben, diesen ausfindig zu machen. Selbst wenn Ihr ihn gefunden habt und eine Wache dort aufstellt, würde er den Mann riechen und sich einen Tunnel in einer anderen Richtung graben, um sich einen neuen Fluchtweg zu schaffen. Kurzum, Ihr habt viel zu gewinnen, indem Ihr wenigstens mit ihm redet, während Ihr auf anderen Wegen nur wenig zu gewinnen habt.«

»Aber es ist meine Pflicht!« brauste der Graf auf. Er sah Chandos an. »Ist das nicht so, Sir John?«

»Zweifellos, Mylord«, beschwichtigte Chandos ihn. »Andererseits mag es wohl sein, daß dieser Vorschlag, zunächst einmal ein Gespräch mit dem Troll zu führen, die beste Möglichkeit ist, um ihn aus dem Weg zu räumen.«

»Das meint Ihr wirklich?« Der Graf hatte keinen langen Bart wie Carolinus, an dem er kauen konnte, um in Augenblicken wie diesen seine Frustration zum Ausdruck zu bringen, aber in Jims Augen sah er ganz so aus, als hätte er jetzt an seinem Bart gekaut, hätte er einen besessen.

»Ja wirklich, Mylord«, meldete Jim sich schnell zu Wort, da er hoffte, in der Steinmauer des Widerstands des Grafen einen Riß entdeckt zu haben. »Ihr seid schließlich der einzige, mit dem der Troll sprechen würde. Auf eine Unterredung mit einem anderen würde er sich gewiß niemals einlassen, und für den Zweck, den Ihr verfolgt, sind Vorgespräche unausweichlich – Ihr wollt doch nicht, daß Eure Burg weiterhin erschüttert wird und weitere Risse in den Burgmauern auftauchen?«

»Ihr wißt davon?« fuhr der Graf auf. Neuerlicher Zorn stieg in ihm auf, und seine Augenbrauen fuhren in die Höhe.

»Jawohl, Mylord. Carolinus hat mir davon erzählt.«

»Ah … hm«, sagte der Graf, dessen Zornesadern langsam wieder abschwollen.

»Wie ich gerade bemerken wollte, Mylord«, fuhr Jim fort, »ist ein Vorgespräch unbedingt notwendig; und ein solches Gespräch kann nur auf höchster Ebene geführt werden, nämlich zwischen dem Burgtroll und Euch selbst.«

»Vorgespräche?« Der Graf starrte ihn an, und seine Augen traten ein wenig hervor.

»Pourparlers, Mylord«, erklärte Chandos.

»Ah, Pourparlers«, sagte der Graf. »Ich nehme an, da ist etwas dran …«

»In der Tat«, sagte Chandos träumerisch und fast wie zu sich selbst, »so etwas ist noch nie dagewesen. Ich bezweifle, daß je ein Graf irgendwo auf der Welt schon einmal mit einem Troll von solch hohem Alter verhandelt hat – einem Troll, der schon auf der Welt war, als die Römer diese Insel beherrschten. Ja, wirklich, ich bin mir dessen sicher. Die Geschichte hätte ein Ereignis von solcher Bedeutung verzeichnet. Der Name des Grafen wäre nicht nur in den Chroniken der Mönche in großen Lettern aufgetaucht, sondern auch in den Legenden der Bevölkerung …«

»Hm …?« Der Graf räusperte sich fragend und sah Chandos an, der seinerseits ins Leere schaute und seinem Blick auswich. »Ob sie sich seines Namens entsinnen würden? Ja, ja – ich denke, das würden sie –, das heißt, wenn es einen solchen Vorfall gegeben hätte. Ja, da habt Ihr ganz recht.«

Jims Gedanken überschlugen sich. Chandos hatte den Riß, den Jim in dem Widerstreben des Grafen ausgemacht hatte, sehr klug genutzt, um an die Eitelkeit des Grafen zu appellieren. In diesem vierzehnten Jahrhundert hatten alle Menschen eins gemeinsam: Sie waren alle verhinderte Schauspieler. Der Kronprinz pflegte Vergünstigungen und Geschenke rechts und links zu verteilen, wenn ihn die Laune ankam, und das trotz aller Versuche, ihn zurückzuhalten – weil ein solches Tun einfach ›königlich‹ war.

Jeder König gierte nach einer Gelegenheit, königlicher als jeder andere König zu erscheinen. Jeder Prinz wollte prinzlicher sein und so weiter, bis hinab zum Grafen. Und genaugenommen setzte sich diese Eigenschaft bis zu den Mitgliedern niederer Ränge fort, da ein jeder bedeutender erscheinen wollte als alle anderen Menschen seines Rangs. In eben diesem Augenblick sah der hochwohlgeborene Graf von Somerset, der hier vor ihnen stand, bereits die Mönche seinen Namen in ihren Chroniken verzeichnen. Diese Aussicht war eine große Versuchung.

Er war immerhin ein Ritter, und ein Ritter brachte sich mit Mut und Tollkühnheit in den Mittelpunkt der Aufmerksamkeit. Daher waren Männer wie der Graf, Sir Brian und Sir Harimore, sobald sie vom Knappen zum Ritter aufstiegen, darauf abgerichtet, jede sich bietende Gelegenheit zu nutzen, um sich ins Rampenlicht zu stellen. In der Erregung des Augenblicks konnten sie jeden Preis, selbst mögliche Verletzungen oder den Tod vergessen – und genau diese Aufregung hielt den Grafen nun in ihren Fängen.

Aber dieser Eigenschaft war in seinem vergangenen Lebensjahrzehnt ein starker Gegner erwachsen. Dem Grafen war bewußt geworden, daß es im Leben noch andere Dinge gab als den Kampf mit Schwert oder Lanze. Dieses Wissen, vereint mit einem gleichermaßen starken Bewußtsein, daß das Leben schön war und er es recht gern noch für eine ganze Anzahl von Jahren weiterleben wollte, trug nun einen harten Kampf mit dem verführerischen Gedanken eines Chronikeintrags aus.

Jim beschloß, alles auf eine Karte zu setzen. Der Graf war ins Wanken geraten, und wenn überhaupt, dann war genau jetzt der Zeitpunkt gekommen, um ihm einen Stoß in die richtige Richtung zu geben. Er hatte beabsichtigt, dem Grafen so wenig wie möglich von Carolinus oder Araghs Anteil an der Begegnung zu erzählen – ganz einfach deshalb, weil er nicht sicher war, daß der Graf nicht etwas durchsickern lassen würde, so daß schließlich alle von den geplanten Verhandlungen erfuhren.

Wenn der Graf allerdings einen Eid leistete, das Geheimnis niemandem preiszugeben, konnte das nicht passieren. Aber es wäre die schlimmste aller Kränkungen, den Grafen zu einem solchen Eid aufzufordern. Er würde darauf beharren, daß sein Wort für jedermann reichen sollte – nur daß Jim sich nicht recht wohl dabei fühlte.

»Mylord«, sagte er, »würdet Ihr bitte zu dieser Schießscharte treten?«

Sie befanden sich in einem der oberen Räume des Turms, und die Schießscharte gab ihnen einen guten

Blick auf den vorderen Teil der Burg, die gerodete Fläche hinter der Ringmauer und die ersten Bäume des Waldes.

»Warum?« begehrte der Graf auf.

»Ich möchte Euch etwas zeigen, Mylord«, sagte Jim. »Dies ist eine Angelegenheit von größter Wichtigkeit und Vertraulichkeit. Wenn Ihr mir den Gefallen tun wolltet …«

Der Graf gab einen unverbindlichen Laut von sich, kam aber wie gebeten an die Schießscharte und blickte hinaus.

»Ihr seht, Mylord«, sagte Jim, »daß hinter dem gerodeten Gelände, wo die Bäume des Waldes beginnen, eine Stelle liegt, wo sich eine natürliche Lichtung zwischen den Bäumen auftut. Vielleicht nicht groß genug für zwei Ritter, die mit Lanzen gegeneinander reiten, aber ansonsten ein gut bemessener Platz. Die Stelle ist zu allen Seiten von Bäumen und Büschen umgeben, außer auf dieser Seite, von der aus man einen Blick auf die Burg hat. Diese Sache muß geheim bleiben, weil mein Meister Carolinus dort außerhalb des vom Bischof gesegneten Bereichs seine großen magischen Fähigkeiten benutzen will, um den bestmöglichen Ort für das Gespräch zwischen Euch und dem Troll zu schaffen. An diesem Gespräch werde ich teilnehmen, und Carolinus wird es aus geringer Entfernung beobachten. Bitte denkt daran, daß wir uns in voller Sicht der Ringmauer befinden werden, die weniger als einen Bogenschuß entfernt ist, und von dieser Mauer aus können Eure Bewaffneten uns alle drei zu jeder Zeit beobachten, so daß sie, wenn nötig, sofort eingreifen können.«

»Ha«, sagte der Graf ein wenig zweifelnd.

»Die einzige Schwierigkeit«, fuhr Jim fort, »liegt darin, daß der Troll sich natürlich nie zu einem Treffen bereit finden würde, wenn er wüßte, an was für einer ungeschützten Stelle dieses Treffen stattfinden soll.

Daher hat Carolinus sich erboten, Magie zu benutzen, damit es dem Troll erscheint, als läge dieser Platz inmitten dichter Bäume. Der Troll wird denken, daß wir vollkommen unbeobachtet sind.«

Der Graf betrachtete die Stelle, drehte sich um und sah Jim an; einen Augenblick später leuchtete seine Miene auf.

»Ha!« rief der Graf.

Jims Laune hob sich sprunghaft. Dieses »Ha!« kam in genau dem Tonfall, den er hören wollte. Aber dann bewölkte sich das Gesicht des Grafen abermals.

»Aber meine Pflicht ...« Zögernd warf er einen Blick auf Chandos.

»Mylord«, sagte Chandos glatt und ließ kaum einen Herzschlag zwischen den letzten Worten des Grafen und seinen eigenen verstreichen, »die Pflicht ist gewiß etwas, das immer als erstes bedacht werden muß. Andererseits gibt es Situationen jenseits des Gewohnten ...«

Sein Blick flackerte kurz zu Jim, dann wandte er sich wieder dem Grafen zu. Das Ganze ging so schnell, daß eine Sekunde lang nicht einmal Jim sich sicher war, ob Chandos ihn wirklich angesehen hatte. Aber besser, er schritt flugs ein, als sich diese Gelegenheit entgehen zu lassen.

»Vergebt mir meine Unterbrechung«, sagte Jim, »aber vielleicht gibt es in dieser Angelegenheit Punkte, die Ihr, Mylord, lieber mit Sir John allein besprechen wollt. Ich sollte Euch deshalb nun besser allein lassen; falls Ihr mich noch einmal zu sprechen wünscht, könnt Ihr nach mir schicken lassen.«

Der Graf brummte etwas Unverständliches. Chandos nickte und Jim verschwand in dem Korridor, durch den er sein Quartier und ein klein wenig Frieden und Ungestörtheit mit Angie – falls es so etwas hier geben konnte – ansteuerte.

»... wenn die Pflicht Dinge von höchster Wichtigkeit

angeht, die gewöhnliche Leute nicht so einfach verstehen können – ja vielleicht nicht einmal der niedere Adel, Mylord …«, sagte Chandos gerade, als Jim die Tür hinter sich zuzog.

Jim ging mit einem Gefühl ungeheurer Erleichterung die Treppe hinunter. Er hatte nicht die geringsten Zweifel daran, daß Chandos dem Grafen genau den Vorwand liefern würde, den dieser suchte. Denn als Jim darauf hingewiesen hatte, daß die Bewaffneten nicht weit sein würden und eingreifen konnten, hatte er alle Zweifel zerstreut. Der Graf fürchtete sich nicht vor harten Schlägen. Der Graf fürchtete sich nur davor, das zu verlieren, was ihm vom Leben noch blieb, oder die Art körperlichen Schadens zu erleiden, die ihn davon abhalten konnte, dieses Leben zur Gänze auszukosten – wozu vielleicht auch Agatha Falon gehörte?

Bei diesem letzten Gedanken geriet Jim ins Grübeln. Hatten der Graf und Agatha lediglich die gewohnten Partyspielchen gespielt, oder ging es um höhere Einsätze? Prinz Edward war sich sicher gewesen, daß sie es auf den König selbst abgesehen hatte. Möglicherweise war dies eine weitere Frage, der er auf den Grund gehen sollte; aber im Augenblick hatte er wahrlich nicht die Zeit, um sich mit zusätzlichen Sorgen zu belasten. Was er brauchte, dachte Jim mürrisch, während er die Treppe hinunterstieg, war ein Urlaub von diesem Urlaub.

»Dreimal darfst du raten, Angie«, sagte er, als er ihr Quartier betrat und Angie zurückgelehnt und mit geschlossenen Augen in einem Sessel vorfand.

»Was ist los?« rief Angie und riß die Augen auf. »Robert …«

Sie wollte sich von ihrem Sessel erheben.

»Nein, nein, nein …« Jim bedeutete ihr, sich wieder hinzusetzen. Mit jähem Schuldbewußtsein wurde ihm klar, daß Angie eine seltene Gelegenheit genutzt hatte, sich eine Ruhepause von ihren Verpflichtungen zu gönnen. Sie ließ sich in den Sessel zurücksinken und blickte ihn nicht allzu erfreut an.

»Weshalb hast du mich geweckt?« wollte sie wissen.

»Tut mir leid, Angie«, sagte Jim. »Mir war nicht klar, daß du schlafen würdest.«

Es tat ihm wirklich leid. Aber etwas sagte ihm, daß Angies Fall in gewisser Weise ähnlich lag wie der seine: Genausowenig, wie er alles selbst hätte tun müssen, was Carolinus und auch alle anderen von ihm verlangten, hätte Angie sich die ganze Sache mit Robert allein auf ihre Schultern laden müssen. Wenn Angie wie fast alle anderen Frauen von ihrem Rang und ihrer Autorität in diesem Zeitalter gewesen wäre, hätte sie Robert ausschließlich den Dienern überlassen und ihn im Laufe der Vergnügungen dieser Festlichkeiten beinahe vollkommen vergessen.

»Was gibt es denn?« fragte sie. »Ich habe mich nur für einen Augenblick hingesetzt und plötzlich stehst du vor mir!«

»Ich konnte ja nicht ahnen, daß du eingedöst warst«, sagte Jim. »Du solltest wirklich mehr hinausgehen, weißt du. Die Amme und Enna können sich durchaus um Robert kümmern, und falls irgend etwas passiert, kann eine bei dem Kind bleiben und die andere loslaufen, um dich zu suchen.«

»Vielleicht ...« Aber Angie hatte immer noch ein klein wenig Ähnlichkeit mit einer Katze, deren Fell man in die falsche Richtung gestrichen hatte. »Also, was gibt es? Weshalb bist du zu mir gekommen?«

»Ich wohne hier, weißt du noch?«

»Das stimmt«, sagte Angie, »das tust du.«

Ein Teil ihres Ärgers schien dahinzuschwinden.

»Aber ich könnte schwören«, sagte sie, »daß du mir etwas erzählen wolltest, als du mich geweckt hast.«

»Um genau zu sein«, entgegnete Jim, »gibt es eine Menge Dinge, die ich dir gern erzählen würde; ich hatte bisher nur keine Gelegenheit. Wer ist im Nebenzimmer – außer Robert, meine ich?«

»Enna«, antwortete Angie. »Wenn Robert schläft, schlafen alle. Nun setz dich und erzähl mir, was du mir erzählen wolltest.«

»Es geht um mehrere Dinge«, sagte Jim, während er sich setzte. Automatisch griff er nach einem Weinglas, dem Weinkrug und der Wasserflasche.

»Du trinkst zuviel«, sagte Angie.

»Hier trinken alle zuviel.« Jim füllte sein Glas zur Hälfte mit Wein und zur Hälfte mit Wasser. »Aber in diesem Fall brauche ich das. Ich habe mich mit dem Grafen herumgeschlagen und versucht, ein Gespräch zwischen ihm und diesem Mnrogar herbeizuführen. Ich habe dir von dem Troll erzählt.«

»Ja, ich bin, was Mnrogar betrifft, auf dem laufenden«, antwortete Angie. »Aber warum wollte er mit dem Grafen reden?«

»Wollte er gar nicht«, sagte Jim. »Und der Graf wollte auch nicht mit ihm reden. Ich möchte, daß die beiden miteinander reden, damit sie vielleicht eine Möglichkeit finden, daß Mnrogar die Witterung des maskierten Trolls aufnehmen kann, der sich unter den Gästen befindet.«

»Ich kann einfach nicht glauben, daß es einen maskierten Troll unter uns geben soll«, sagte Angie.

»Ich weiß«, pflichtete Jim ihr bei. »Auch mir fällt es schwer, das zu glauben. Nicht einmal für Carolinus war es vorstellbar. Aber Mnrogar schwört, daß es einen Troll hier oben gibt. Und mehr als das, er regt sich furchtbar deswegen auf. Ich habe dir doch erklärt, daß dies sein Territorium ist und daß kein Troll sich hierher wagen darf, nicht wahr?«

»Ja«, sagte Angie.

»Die Schwierigkeit besteht darin«, sagte Jim, »daß die beiden sich an einem Ort außerhalb der Burg treffen müssen. Ich glaube, mit Hilfe von Chandos habe ich den Grafen gerade eben zu dieser Besprechung überreden können.«

Er erzählte ihr von seiner Begegnung mit dem Grafen und Chandos.

»Na schön«, sagte Angie, die nun wieder bei der Sache war, »dann hast du jetzt keine Sorgen mehr.«

»Ha!« sagte Jim.

»Das sagst du in letzter Zeit ziemlich oft«, meinte Angie.

»Na ja, alle anderen hier sagen es auch«, erwiderte Jim.

»Die Männer sagen es«, bemerkte Angie in einem Tonfall, der keinen Zweifel daran ließ, wie minimal sich ihrer Meinung nach die Gespräche unter Männern weiterentwickelt hatten, seit die Menschen nicht mehr in Höhlen lebten. »Aber du meinst, du hättest noch andere Sorgen?«

»Und ob«, entgegnete Jim. »Unser Burgkobold hat mich unlängst in diesem Zimmer aufgesucht. Die Drachen wollen allesamt an der Feier des Grafen teilnehmen. Giles ist hier, und Brian erwartet immer noch von mir, daß ich irgendwann mit ihm eine Lanze breche, damit er mir die raffinierteren Aspekte des Turnierkampfs beibringen kann. Die Tatsache, daß ich mir dabei den Hals brechen könnte, ist da natürlich nicht weiter von Bedeutung.«

»Erzähl mir davon«, forderte Angie ihn auf. »Erzähl mir alles.«

Er tat es.

»Der Kobold aus dem Kamin unserer Anrichtestube«, sagte Angie nachdenklich, als Jim zum Ende kam. »Ich frage mich, warum er sich gezeigt hat?«

»Ich glaube, das hätte er sowieso getan, wenn er sich erst an uns gewöhnt hätte«, sagte Jim. »Er ist sehr scheu und furchtsam. Aber es war Secoh, der ihn veranlaßte, mir eine Nachricht zu überbringen, und ich nehme an, das war das einzige, woran er dachte. Man kann von einem Elementarwesen für gewöhnlich keinen großen Intellekt erwarten.«

»Das stimmt«, sagte Angie. »Ich mag Rrrnlf sehr, aber trotz seines riesigen Kopfs, in dem man ein Gehirn von entsprechender Größe vermuten sollte, scheint er in einigen Dingen ziemlich einfältig zu sein. Das heißt, ich meine natürlich nicht einfältig im herkömmlichen Sinne. Ich meine eher, daß er ein wenig kindlich ist und unschuldig.«

»Vielleicht sind alle Elementarwesen ...«, begann Jim gerade, als ein Kratzen an der äußeren Tür ertönte. »Was ist da draußen los?«

Der Bewaffnete, der im Korridor Dienst tat, wertete Jims Worte als Erlaubnis, die Tür zu öffnen und den Kopf hindurchzustrecken.

»Sir Brian ist hier und begehrt Einlaß, Mylord«, sagte er.

»Aber gewiß doch«, setzte Jim an. Brian hatte sich jedoch bereits an dem Bewaffneten vorbeigeschoben und stand nun vor ihnen.

»James! Angela!« sagte er und ließ sich in einen Sessel fallen. Von Jim und jedem anderen außer einem Ritter hätte man gesagt, er sei in dem Sessel zusammengebrochen. Aber Brian war wie alle seines Standes so erzogen, daß es ihm buchstäblich unmöglich war, sich zu lümmeln. Tatsächlich nahm er in dem Sessel eine entspannte Haltung ein, aber er tat dies, indem er so aufrecht saß, als nähme er an einer Parade teil.

»Es muß etwas geschehen!« sagte Brian.

»Was ist denn nun schon wieder?« fragte Angie.

22

»ES GEHT UM GILES«, sagte Brian. Er warf einen durstigen Blick auf den Weinkrug, und Jim schob ihm diesen mitsamt einem Becher hin.

»Würdet Ihr Euch bitte selbst bedienen, Brian?« sagte Jim. »Ich weiß nicht, wieviel Wasser Ihr in Eurem Wein mögt.«

»Ach, Wasser brauche ich keins.« Brian füllte sich das Glas bis zum Rand und leerte es mehr oder weniger in einem Zug. Dann lächelte er Jim und Angie glücklich an. »Ah! Ich brauchte dringend etwas Wein.«

»Dasselbe sagte Jim auch vor wenigen Minuten«, bemerkte Angie. »Aber was ist nun mit Giles? Jim erwähnte, daß er hier ist, aber das war auch alles. Ist ihm etwas zugestoßen?«

»Nicht *ihm*«, sagte Brian, »obwohl er sich auf dem Weg hierher bei einem kleinen Zwischenfall mit einigen Geächteten den Arm verletzt hat, als er von seinem Pferd gestürzt ist. Nein, er ist der beste aller Männer, das wißt Ihr ja, aber er wird weiter reden.«

»Reden?« fragte Jim. »Worüber? Es schadet doch nichts, nur zu reden.«

Die letzten Worte sprach er mit einem Hauch von Erleichterung aus. Er war sich Giles' hitzigen Temperaments durchaus bewußt und kannte auch seine Neigung, jeden beim leisesten Anlaß herauszufordern – je gefährlicher der Gegner, um so besser.

»Nein, nein«, sagte Brian, als hätte er Jims Gedanken gelesen. »Er kommt hier bestens mit allen aus. Sie mögen ihn alle, und er ist, wie gesagt, der beste aller Männer; aber er wird reden!«

»Wenn das, was er sagt, niemanden kränkt«, meinte Jim, »kann er doch keinen Schaden anrichten.«

»Ha!« rief Brian.

Angie stand auf und ging ins Nebenzimmer. Brian sah ihr verwirrt nach.

»Habe ich …«, begann er, aber in diesem Augenblick wurde der Vorhang beiseite geschoben. Angie kehrte zurück und setzte sich mit einem freundlichen Lächeln in Brians Richtung wieder hin.

»Sprecht doch weiter«, sagte sie.

»Nun – wie ich bereits bemerkte«, fuhr Brian fort, »oder eher wie Jim bemerkte, könnte er mit bloßem Reden niemanden kränken. Es geht vielmehr darum, daß die Leute nur allzu glücklich sein werden, zu hören, was er ihnen zu erzählen hat – von uns, von unseren Abenteuern mit diesem Magier in Frankreich und so weiter. Und sie bestürmen ihn, noch mehr zu erzählen.«

»Ich verstehe immer noch nicht, was Euch beunruhigt«, sagte Jim. »Aber als Ihr hereinkamt, schient Ihr sagen zu wollen, daß es irgendein Problem gibt.«

»Und ob es ein Problem gibt, James«, sagte Brian. »Obwohl es nicht allein Giles' Schuld ist. Um die Wahrheit zu sagen, James, Ihr – und sogar Ihr, Mylady Angela – tragt ebenfalls Schuld daran. Oh, ich weiß, Ihr habt einen guten Grund dafür, aber die übrigen Gäste haben Euch kaum zu Gesicht bekommen. Euch ist doch klar, daß sie alle in der Erwartung hierhergekommen sind, den Drachenritter und seine Dame kennenzulernen, die von den Drachen entführt wurde? Vor allem die anderen Damen wollen mit Euch darüber reden, wie das ist, von Drachen entführt zu werden, Angela. Die Herren möchten natürlich von Euch alles über unsere Schlacht beim Verhaßten Turm hören und was sich in Frankreich und auf unserem Weg dorthin und zurück nach England ereignet hat. Sie hatten gehofft, all das schon vor dem heutigen Tag von Euch selbst zu hören«

»Nun, das stimmt«, sagte Jim. »Es tut mir leid. Es ist nur so, daß wir so viele andere Dinge zu tun hatten …«

»Kommt mir nicht mit irgendwelchen Ausflüchten!« sagte Brian streng. »Die Sache hat sich zu einem Problem ausgewachsen. Vergebt mir, wenn ich so zu Euch spreche, aber nicht wenige der Gäste haben das Gefühl, Ihr hättet Euch mit Absicht von ihnen ferngehalten – beinahe so, als betrachtet Ihr sie nicht als ebenbürtig, als wäre Euch nur die Gesellschaft des Prinzen, des Grafen, des Bischofs und Sir Johns gut genug.«

Brians Stimme war leiser geworden und hatte bei seinen letzten Worten einen beinahe entschuldigenden Klang angenommen, denn so sprach niemand gern mit alten Freunden, die ebenfalls Edelleute waren.

Jim und Angie sahen einander an.

»Ich kann ihnen wirklich keinen Vorwurf machen«, sagte Jim langsam. »Diejenigen, die Ihr gerade genannt habt, sind wirklich so ungefähr die einzigen, mit denen ich reden konnte, seit wir hier angekommen sind, und natürlich hatte auch Angie alle Hände voll zu tun.«

»Oh, ich kann mich häufiger freimachen, als ich das bisher getan habe«, schaltete Angie sich in das Gespräch ein. »Ihr habt ganz recht, Brian. Wir werden uns in Zukunft häufiger sehen lassen, nicht wahr, Jim?«

»Absolut!« stimmte Jim ihr von Herzen zu.

»Na bestens!« rief Brian. »Ich wußte, daß Eure Antwort so ausfallen würde. Nun denn, James, Ihr könnt gleich heute anfangen, indem Ihr nach dem Essen unten bleibt – Angela muß natürlich nicht ganz so lange bleiben. Die meisten der – hm, gesitteteren Damen ziehen sich bald nach dem Ende der Mahlzeit zurück. Aber die Herren sitzen immer noch einige Zeit zusammen – gelegentlich bis in die Nacht hinein. Bleibt heute bei uns, und alle Gäste werden das Gefühl haben, daß man ihnen Gelegenheit geboten hat, den Drachenritter näher kennenzulernen. Keiner von ihnen wünscht Euch etwas Böses, James, das solltet Ihr wissen. Es gibt einfach nur einige Leute, die nicht sicher waren, daß sie Euch angenehm sein würden. Aber Ihr solltet Euch jetzt zum Essen umziehen.«

»Zum Essen?« fragte Jim wie jemand, der gerade erst aufgewacht war. Er rieb sich die Augen. »Verzeiht mir, Brian, aber welcher Tag ist heute?«

Brian sah ihn mit einer gewissen Verwirrung an.

»Nun, heute ist der Tag des heiligen Stephan«,

sagte Brian, »der erste Tag nach dem Weihnachtstag selbst.«

»Erst ein Tag nach Weihnachten?«

»So ist es«, bestätigte Brian. Dann hellte seine Miene sich auf. »Oh, ich verstehe, was Ihr meint, James. Für heute sind keine besonderen Messen angesetzt, und der Graf hat keine sportlichen Wettkämpfe nach dem Essen geplant. Wir können bei Tisch sitzen bleiben, solange wir wollen. Aber solltet Ihr beide Euch nicht besser umziehen? Ich werde mich natürlich zurückziehen. Holt Ihr mich auf dem Weg nach unten in meinem Zimmer ab?«

»Warum holen wir Euch nicht statt dessen bei Geronde ab?« schlug Angie vor. »Sagen wir in einer halben Stunde?«

»Eine gute Idee«, sagte Brian und zog sich zurück.

Gemeinsam traten sie eine knappe Stunde später in den Rittersaal. Ausnahmsweise einmal waren sie ziemlich früh dran. Weder der Graf noch der Bischof hatten bisher ihren Platz an der hohen Tafel eingenommen. Das bedeutete, daß das Essen offiziell noch nicht begonnen hatte, obwohl die meisten Anwesenden sich schon mehr oder weniger ausgiebig dem Essen und Trinken hingaben.

Brian hatte auf dem Weg nach unten in weiser Voraussicht vorgeschlagen, die Zeit zu nutzen, indem Geronde Angie einigen Damen aus ihrer Bekanntschaft vorstellte und Brian Jim einigen der anderen Herren zuführte. Infolgedessen gingen sie nicht auf geradem Wege zur hohen Tafel, sondern trennten sich. Geronde ging mit Angie und Brian mit Jim. Auf diese Weise steuerten sie verschiedene Teile der beiden langen Tische an. Jim stellte fest, daß Brian ihn – ausgerechnet – als erstes zu Sir Harimore führte.

»Ein Vergnügen, Euch wiederzusehen, Sir James«, sagte Sir Harimore und erhob sich von der Tafel. »… Sir Brian.«

»Sir Harimore«, erwiderte Brian. »Sir James hat mit mir Euren hervorragenden Trainingskampf mit Sir Butram of Othery verfolgt. Es war außerdem noch ein anderer guter Freund dabei – ein Ritter aus Northumbria mit Namen Sir Giles –, der im Augenblick jedoch nicht anwesend zu sein scheint. Aber sowohl Sir James als auch Sir Giles haben Eurer Schwertarbeit reichlich Applaus gezollt und ich ebenfalls. Sir James und ich wollten Euch zu Eurem Sieg gratulieren.«

»Reiner Zufall«, erwiderte Sir Harimore. »Ein Glücksstreich in einem Augenblick, als Sir Butram seinen Schild eine Spur zu niedrig hielt. Ich machte mir Sorgen um den braven Ritter, als er fiel. Aber er schien nur benommen zu sein, mehr nicht, und kam schon nach wenigen Sekunden wieder zu sich. Ich hörte, daß ihm unser Kampf nichts als ein wenig Kopfschmerzen verursacht hat. Ich hätte ihm niemals Schaden zufügen wollen, nicht einmal, wenn es um ein großes Vermögen gegangen wäre.«

»Ich auch nicht«, pflichtete Brian ihm bei. »Er ist ein guter Ritter und hat das viele Male unter Beweis gestellt.«

»Nun, ich danke Euch und Sir James jedenfalls für Eure guten Wünsche«, sagte Sir Harimore, während er Jim durchdringend ansah.

»Sie sind gewiß wohlverdient«, entgegnete Jim. »Euer Talent hat mich sehr beeindruckt.«

»Oh, das waren lediglich ein oder zwei Kunstgriffe«, sagte Sir Harimore. Dann wandte er sich wieder halb der Tafel zu. »Darf ich Euch mit Mylady Othery bekannt machen, die hier neben mir sitzt? Sir Butram wurde zur Ader gelassen und hütet deshalb das Bett.«

Jim und Brian bedankten sich für die Vorstellung. Lady Othery war beträchtlich jünger als der Mann, den Jim zuvor im Schwertkampf mit Sir Harimore gesehen hatte. Sie hatte blondes Haar, lebhafte blaue Augen und ein fröhliches Gesicht.

»Auf der anderen Seite des Tisches uns gegenüber sitzen Sir Henry Polinar, Sir Gillian of the Burne, Sir Alfred Neys ...«

Jim dankte auch für diese Vorstellung, und die genannten Herren erhoben sich und verbeugten sich gleichfalls. Er suchte nach freundlichen Worten, um mit den neuen Bekannten ein kurzes Gespräch zu führen, und nach einigen weiteren Sätzen führte Brian ihn zu einem anderen Teil des Tischs, wo ihm weitere Ritter und Damen vorgestellt wurden. Als er einmal einen flüchtigen Blick an den anderen Tisch riskierte, sah Jim, daß Geronde und Angie im Mittelpunkt von ungefähr einem halben Dutzend Damen standen, die augenscheinlich in ein angenehmes Gespräch vertieft waren, da von Zeit zu Zeit aus ihrer Richtung Gelächter laut wurde.

Alles in allem lernte Jim fünfzehn oder zwanzig der anderen Gäste kennen, deren Namen in seinem Gedächtnis ein einziges Wirrwarr bildeten. Er wußte schon jetzt, daß ihm diese Namen keineswegs ohne weiteres wieder einfallen würden. Aber alle schienen überaus erfreut zu sein, ihm vorgestellt zu werden, und seine früheren Gewissensbisse, als Brian von der Enttäuschung derer, die ihn kennenlernen wollten, gesprochen hatte, klangen ein wenig ab. Aber alle Gespräche kamen zum Erliegen, als der Graf mit Agatha Falon und dem Bischof in den Rittersaal trat.

Ihr Erscheinen lieferte Jim einen Vorwand, seinen Platz neben Angie an der hohen Tafel einzunehmen.

Es war ihm eine große Erleichterung, der Vorstellung weiterer ungezählter Edelleute zu entgehen, die ihn offensichtlich kennenlernen wollten und am liebsten in seiner legendären Gestalt als Drachenritter mit ihm gesprochen hätten.

»Nun, Sir«, sagte eine Stimme gegenüber von Angies Platz. Er drehte sich um; es war die Dame mittleren

Alters, die hier bisher während aller Mahlzeiten seine Tischdame gewesen war.

Sie hatte ihn offenkundig zuvor in geselligem Treiben mit den anderen Gästen gesehen und wollte nun die Gunst der Stunde nutzen. »Wie schön, Euch wieder bei uns zu haben, Sir James«, sagte sie. »Ich habe schon lange auf eine Gelegenheit gewartet, von Euch etwas über Eure Abenteuer zu erfahren. Erzählt mir doch, wann Ihr das erste Mal entdeckt habt, daß Ihr ein Drache seid?«

Jim suchte hastig nach Worten, die die eigentlichen Geschehnisse in etwas Verständlicheres und Harmloseres übersetzen konnten.

»Es ist einfach eines Tages passiert«, sagte er, »und zwar, als ich entdeckte, daß meine Frau verschwunden war.«

Sie lächelte ihm ermutigend zu. »Und dann, Sir James?«

»Nun, das war in meiner Baronie von Riveroak«, fuhr Jim fort, »weit, weit fort von England. Ich vermutete, daß ein böser Zauberer am Werke gewesen war – und genau das war auch der Fall. Ich machte mich auf die Suche nach ihm und zwang ihn, mich an den Ort zu senden, wohin man Angie gebracht hatte. Als ich hierherkam, fand ich heraus, daß ein Drache sie gefangengenommen hatte und daß ich selbst ebenfalls ein Drache war.«

»Ach wirklich? Wie faszinierend!« sagte die Dame. »Und was ist dann passiert?«

Jim fügte sich resigniert in die Notwendigkeit eines ausgewachsenen Berichts der Geschichte vom Verhaßten Turm.

Es dauerte eine ganze Zeit, bis er wieder die Gelegenheit bekam, mit Angie zu reden. Als es endlich soweit war, fand er sie tief in ein Gespräch mit dem Bischof verstrickt, der zu ihrer Linken saß. Jim war sich nie so recht schlüssig, wie die Platzverteilung zustande kam, aber dies war eine Veränderung. Der brave Kirchenfürst saß nun zwischen Angie und dem Grafen, und in diesem Augenblick übernahm er die Führung des Gesprächs, während Angie mit allen Zeichen tiefer Aufmerksamkeit lauschte.

Jim hätte es vielleicht gewagt, Angie zu unterbrechen, aber er konnte kaum dem Bischof ins Wort fallen, ohne sich großer Unhöflichkeit schuldig zu machen. Er tat so, als sei er ganz in sein Essen vertieft, und glücklicherweise war die Dame, die ihn zuvor ins Verhör genommen hatte, nun selbst an ihrer Mahlzeit interessiert – dies war offensichtlich keine Frau, die wie ein Spatz in ihrem Essen herumzustochern pflegte. Und tatsächlich zeigte sie, nachdem sie sich ihrem Essen zugewandt hatte, ebenfalls großes Interesse an ihrem Wein, und nachdem sie beidem reichlich zugesprochen hatte, döste sie ein und hatte für diesen Tag keine weiteren Fragen mehr an Jim.

Das Ergebnis war, daß Jim, den die Redseligkeit des Bischofs von Angie fernhielt und der vor dem Mahl geradezu belagert worden war, jetzt nichts anderes zu tun hatte, als zu Essen und zu Trinken – beides eine gefährliche Ablenkung für jemanden, der sich weder vollstopfen noch betrinken wollte.

Erst geschlagene drei Stunden später, nachdem Angie und die meisten anderen Damen sich zurückgezogen hatten – eine ganze Reihe davon in Angies Gesellschaft, als trügen sie sich mit der Absicht, eine kleine Geheimversammlung abzuhalten –, nahm das Mahl einen ganz und gar anderen Verlauf. Es verwandelte sich in etwas, das Jim zu seinem Glück bisher im vierzehnten Jahrhundert noch nicht kennengelernt hatte.

Er war es gewohnt, nach der mittelalterlichen Mittagsmahlzeit noch ein wenig herumzusitzen und zu reden. Diese Mahlzeit wurde beim Adel für gewöhnlich am frühen Nachmittag eingenommen und konnte sich bis in den frühen Abend hinziehen, oder zumindest bis zu dem Zeitpunkt, da das Entzünden von Kerzen oder Fackeln notwendig wurde. Aber all seinen früheren Erfahrungen nach waren das Geselligkeiten kleiner Gruppen gewesen, und ein Mann vom Format des unerbittlichen Herrac de Mer, des Vaters von Giles, hatte dabei mit eiserner Hand für Sitte und Anstand gesorgt.

Aber während der Weihnachtsgesellschaft des Grafen verhielt es sich damit gänzlich anders.

Jim war kein Unschuldslamm. Er wußte, daß Geselligkeiten wie diese sich leicht zu langen Trinkgelagen auswuchsen – unter Männern, die nicht unbedingt auf bestem Fuß miteinander standen. Tatsächlich war er in seiner eigenen Welt in gewissen Kneipen in ähnliche Situationen geraten oder auch auf Teenagerpartys, wo reichlich Alkohol geflossen war. Solche Zusammenkünfte endeten fast zwangsläufig in Trunkenheit, Lärm und gelegentlich auch in handfesten Raufereien. Er war darauf gefaßt gewesen, daß einige Abende während dieser Weihnachtsgesellschaft des Grafen ungefähr so ausfallen würden.

Aber er hatte die Ritter gewaltig unterschätzt.

Ohne viel darüber nachzudenken, hatte er erwartet, daß das eherne Muster ihres Verhaltenskodexes die Edelmänner zu allen Zeiten prägen würde, selbst wenn sie weit entfernt von zu Hause waren und sich amüsierten. Es erwies sich, daß er in dieser Hinsicht unrecht hatte – obwohl das erst sichtbar wurde, als nach und nach die letzten Gäste ihre Eßmesser abwischten und wieder wegsteckten. Es wurden immer noch Kleinigkeiten angeboten, aber die völlig übersättigten Gäste stierten sie nur mit vorquellenden Augen an, absolut unfähig, auch nur noch einen einzigen Bissen herunterzukriegen.

Wenn die Gäste auch kein Essen mehr herunterbrachten, beim Wein hatten sie keinerlei Schwierigkeiten, und die Wasserkrüge, die auf dem Tisch standen, fanden immer weniger Beachtung.

Außerdem hatte Jim erwartet, daß die wenigen Frauen, die noch geblieben waren, die Herren an die Notwendigkeit eines einigermaßen gesitteten Benehmens erinnern würden. Er hatte vergessen, daß die Damen dieser Zeit genauso freimütig waren wie die Männer.

Das Ganze entwickelte sich also zu einem trunkenen, unflätigen Gelage. Das einzige, was Jim versöhnte, war die Tatsache, daß es sich überraschend melodisch gestaltete. Als die Party das Stadium erreichte, da den Gästen nach Singen zumute war, entpuppten sie sich als bemerkenswert gute Sänger.

Das einzig Unerfreuliche war, daß in verschiedenen Teilen des Saales verschiedene Lieder gesungen wurden.

Die Erlösung kam von einer unerwarteten Seite.

»... Ruhe!« brüllte der Graf und hämmerte auf den Tisch vor sich. »Ruhe, verdammt! Ich sagte – RUHE!«

Er brüllte immer weiter, und der Lärm nahm allmählich ab, während sich die Botschaft bis in die letzten Winkel des Saals herumsprach. Das Lachen und Reden verstummte, die Sangesgruppen brachen mit einigen letzten, mißtönenden Akkorden ab, und schließlich hätte man im Raum eine Stecknadel fallen hören können.

»Das ist schon besser!« Der Graf hatte seinen Wein offensichtlich auch nicht mit allzu viel Wasser versetzt. »Ich möchte doch um ein wenig Ordnung bitten. Nur ein Lied gleichzeitig, und alle können nach dem ersten Vers mit dem Sänger zusammen singen. Ich werde die Sänger bestimmen. Sir Harimore!«

Sir Harimore stand auf und begann vollkommen ungehemmt und mit einem hellen, reinen Tenor zu singen.

»Deo gracias anglia
Redde pro victoria.

Oure kyng went forth to Normandy ...«

Jim erkannte das Lied sofort. Es war das Agincourt-Weihnachtslied. Im Geiste übersetzte Jim es in die Zeilen, wie er sie aus seinem Studium des Mittelalters in Erinnerung hatte – und füllte, wo sein Gedächtnis ihn im Stich ließ, die Lücken mit dem Englisch des zwanzigsten Jahrhunderts.

»Oure kyng went forth to Normandy ...
Wyth grace and myght of chivalry;
Ther God for him wroghte merveilously,
And so Englond may calle and crie:
Deo gracias!«

Alle anderen kannten das Lied offensichtlich auch. Es handelte vom Sieg König Heinrichs V. über die Franzosen in der Schlacht von Agincourt im Jahre 1415 – aber plötzlich merkte Jim auf.

Er befand sich, wie er schon vor längerer Zeit festgestellt hatte, im England des vierzehnten Jahrhunderts dieser alternativen Welt. Theoretisch hatte die Schlacht von Agincourt also jetzt, da sie hier besungen wurde, noch gar nicht stattgefunden.

Aber andererseits hatte er bereits eine Anzahl von Ereignissen entdeckt, die nicht mit der Geschichte seiner eigenen Welt übereinstimmten. Jedenfalls schienen die anderen im Raum das Lied nicht nur zu kennen, sondern auch mit größtem Vergnügen zu singen.

Alle Stimmen erhoben sich nun zu dem nächsten Vers, in dem die Rede davon war, wie König Heinrich die Stadt Harfleur belagerte. Die Stimmen fügten sich wunderbar zusammen, und die wenigen Frauenstimmen unter ihnen verliehen der Siegeshymne einen beinahe engelsgleichen Klang. Jim konnte nicht widerstehen, mit den anderen mitzusingen, obwohl er seine Stimme leise hielt, damit ihre mangelhafte Qualität die Ohren der Umsitzenden nicht beleidigte. Schließlich arbeiteten sie sich bis zum letzten Vers vor, in den die ganze Gesellschaft mit besonderer Inbrunst einfiel.

»Now gracious god let save oure kyng,
His peple, and alle his wel-wyllyng,
Give him good lyf and good endyng,
That we with mirth may savely synge:
Deo gracias!«

Tiefe Stille senkte sich über die Halle, und Jim lehnte sich mit Vergnügen in seinem gepolsterten Stuhl zurück. Dieses Lied, dem er in seinem Studium begegnet war, dessen Melodie er allerdings nie gekannt hatte, ging ihm zu Herzen.

Aber der Graf rief bereits die nächsten Sänger auf. Ein beleibter Ritter in mittleren Jahren stand auf und sang mit einem volltönenden Bariton ein Lied, das Jim sogar aus seinem eigenen zwanzigsten Jahrhundert kannte, wo es sich zu einem modernen englischen Volkslied entwickelt hatte.

»I have a yong suster
Far biyonde the sea;
Many strange things
That she ther sente to me.«

Sämtliche Gäste im Raum hatten abermals zu singen begonnen. Offensichtlich kannten sie auch dieses Lied, wie sie wahrscheinlich die meisten Lieder kannten, die hier gesungen werden würden. Jim sang mit, manchmal in modernem Englisch, manchmal in dem Chaucerschen Englisch, das er überall um sich herum hörte.

Aber nun näherte das Lied sich seinem Ende. Der

Graf stand auf und suchte nach seinem nächsten Opfer. Sein Blick glitt über die langen Tische, kehrte zur hohen Tafel zurück und verharrte auf Jim.

»Sir Drache!« rief er.

Jim wurde plötzlich flau im Magen. Er erhob sich. Er hatte keine Ahnung, was für ein Lied er diesen Leuten vorsingen konnte. Es mußte verständlich sein und durfte weder ihr Leben noch ihre Sitten oder ihre Religion beleidigen. Offensichtlich war hier ein Weihnachtslied angebracht, aber ihm wollte einfach keines einfallen, das hierher gepaßt hätte. Er hatte das unbehagliche Gefühl, daß er als Magier größte Vorsicht walten lassen sollte. Dann kam ihm plötzlich die Erleuchtung.

Er öffnete den Mund, wünschte sich einen Augenblick lang verzweifelt, daß die anderen Gäste ihm nachsehen würden, daß seine Stimme nie mehr gewesen war als eine Art Küchenbariton, und begann zu singen.

»Godd King Wenceslas looked out
On the Feast of Stephen
Where the snow lay round about
Deep and crisp and even.

Brightly shone the moon that night
Though the frost was cruel
When the poor man came in sight
Gathering winter fuel.

›Hither page, and stand by me
If thou knowest telling.
Yonder peasant, who is he?
Where and what his dwelling?‹

›Sire he lives a goodly league hence,
Underneath the mountain.

Right against the forest fence
By Saint Agnes's fountain.‹

›Bring me flesh and bring me wine,
Bring me pine logs hither,
Thou and I shall see him dine,
When we bare them thither.‹

Page and monarch forth they went,
forth they went together.
Through the cruels wind lament
And the winter weather.

›Sire, the night grows colder now,
And the Wind blows stronger,
Fails my heart I know not how
I can go not further.‹

›Mark my footsteps my good page.
Tread thou in them boldly.
Thou shall find the winter wind
Freeze thy blood less coldly.‹

In his Master's steps he trod
Where the snow lay dinted.
Heat was in the very sod
That the saint had printed.

›Wherefore, Christian men make sure,
Wealth or rank posessing,
Ye, who now shall bless the poor
Shall yourselves find blessing!‹«

Jim kam zum Ende seines Lieds. Niemand war in seinen Gesang eingefallen, und es schien ihm nun, als hätte sich ein besonders tödliches Schweigen über den ganzen Saal gesenkt. Sämtliche Gäste starrten ihn an, und er konnte nicht sicher sagen, ob ihre Miene Ärger oder Verblüffung spiegelten. Verlegen setzte er sich wieder.

Das Schweigen dehnte sich beklommen in die Länge. Dann wurde es plötzlich von einer machtvollen Stimme unterbrochen, die selbst die des Grafen jederzeit mühelos hätte übertönen können. Der Sprecher saß hinter Jim.

»*Deo gratias.* wahrhaftig!« donnerte der Bischof, der offensichtlich gerade erst zu ihnen gestoßen war. Jim drehte sich hastig um und fand sich augenblicklich in der mächtigen Umarmung des Bischofs wieder, der ihn schallend auf beide Wangen küßte. Dann warf der Bischof, als er sich den übrigen Gästen zuwandte, ihn beinahe um.

»Wahrhaftig! Dank sei Gott, ihr Männer und Frauen von Stand und Adel!« rief der Bischof. »Daß ein Ritter, der überdies auch ein Magier ist, Euch alle beschämt, indem er so herrlich an diesem Tag, einem der heiligsten Tage des Jahres, von Gottes Gnade singt! Wirklich, habt Ihr keine Antwort darauf? Kein Eingeständnis Eurer Versäumnisse, christliche Gnade zu üben?«

Der Damm des Schweigens brach. Allmählich dämmerte Jim, daß die Menschen weniger deshalb geschwiegen hatten, weil ihnen das Lied nicht gefiel oder weil sie es nicht verstanden, sondern weil sie nicht recht wußten, wie sie reagieren sollten, nachdem ein Magier ihnen ein Weihnachtslied vorgesungen hatte.

Plötzlich wurde überall auf die Tische gehämmert. Stimmen riefen durcheinander. »Noch einmal, Sir Drache! Singt es noch einmal!«

Jim, der diese glückliche Wendung der Ereignisse kaum fassen konnte, öffnete den Mund und sang. Diesmal fielen zu seiner Überraschung – obwohl er eigentlich nicht hätte überrascht sein sollen – andere Stimmen ein, bis die ganze Gesellschaft mit ihm sang; anscheinend hatten sich alle jedes Wort seines Liedes eingeprägt. Aus der Sicht des zwanzigsten Jahrhunderts war dies beinahe unmöglich, aber diese Leute hatten zwangsläufig das gute Gedächtnis derer, die größtenteils kaum mehr als ihren eigenen Namen schreiben konnten. Hinzu kam ihr gutes Ohr für Musik.

Strahlend vor Glück nahm Jim wieder seinen Platz ein.

23

JIM KAM MIT DEM vagen Gefühl wieder zu Bewußtsein, daß aus irgendeinem Grund eine Herde Elefanten über ihn hinweggetrampelt war. Langsam trieb er aus der verschwommenen Dunkelheit seines Schlummers an die Oberfläche – nicht weil er es wollte, sondern weil er es nicht verhindern konnte. Nach und nach stellte sich auch die Erinnerung an den vergangenen Abend ein.

Er hatte ›Good King Wenceslas‹ gesungen, der Bischof hatte seinen Gesang vor den anderen Gästen gelobt, und schließlich hatte er unter allgemeinem Applaus von neuem zu singen begonnen. Aber das war erst der Anfang des Abends gewesen, nicht das Ende. Jetzt, da sie ihn einmal zu fassen bekommen hatten, wollten die Gäste ihn nicht so einfach wieder ziehen lassen. Sie wollten, daß er noch etwas anderes für sie sang. Sie wollten, daß er noch ein Lied sang, das sie noch nie zuvor gehört hatten.

Jim hatte darauf bestanden, daß auch noch einige andere Leute an die Reihe kamen, aber zu guter Letzt waren sie immer beharrlich zu ihm zurückgekehrt. Während dieser Zeit jedoch hatte er Gelegenheit gehabt, angestrengt nachzudenken. Schließlich stand er auf und sang ihnen die Ballade von den Martins und McCoys, wobei er die geziemenden Veränderungen vornahm, indem er die Martins und die McCoys zu zwei Ritterfamilien des vierzehnten Jahrhunderts machte.

Die Worte, die er gegenüber dem ursprünglichen Text geändert hatte, schwankten zwischen peinlich und unsinnig; und manchmal waren es lediglich sinnlose Laute, die nur dazu dienten, Rhythmus und Zeilenlänge einzuhalten. Aber wenn überhaupt, so war dieses Lied ein noch größerer Erfolg als ›Good King Wenceslas‹.

Danach wurden seine Erinnerungen an den Abend immer bruchstückhafter. Er entsann sich, daß es noch bis spät so weitergegangen war und daß er noch eine Reihe von notdürftig der Zeit und dem Ort seines augenblicklichen Lebens angepaßten Liedern gesungen hatte. Alle Lieder stießen auf großen Beifall bei seinem Publikum. Er sang den Leuten ›The Face on the Barroom Floor‹ als eine romantische Ballade, die mit einem Ritter begann, der vor einem Hexenmeister gefesselt am Boden lag und zu Tode gefoltert werden sollte. Irgendwie gelang es ihm jedoch, seine Ketten zu sprengen und die Prinzessin im Turm doch noch zu retten. Nichtsdestoweniger büßte er die Prinzessin zu guter Letzt wieder ein. Das traurige Ende des Liedes hatte Jim zuerst einiges Kopfzerbrechen bereitet, er hätte sich jedoch keine Gedanken zu machen brauchen. Wie er herausfand, liebten seine Standesgenossen Tragödien beinahe so sehr, wie sie Blut liebten. Und ihr Appetit auf Blut war bemerkenswert.

Danach, so hatte er den vagen Eindruck, hatte er noch ein paar andere Sachen gesungen – aber genau da ließ sein Gedächtnis ihn im Stich. Irgendwie mußte er dann dorthin gelangt sein, wo er sich nun befand. Als er aus der schummrigen Dunkelheit seines Schlummers emporstieg, wurde er sich eines gräßlichen Kopfschmerzes bewußt. Ferner hatte er das Gefühl, zu etwas geworden zu sein, das zum Sterben aus dem Holz gekrochen war, und erst nach und nach ging ihm auf, daß er in dem äußeren der beiden Räume lag, die er mit Angie, den Dienern und Robert teilte.

Er lag auf seiner Matratze auf dem Fußboden, und

neben ihm lag ein Stück Papier, auf dem etwas geschrieben stand. Als er näher hinsah, schien es seinem trüben Blick, als handele es sich um Angies Handschrift, aber im Augenblick war er nicht in dem Zustand, irgend etwas zu lesen. Er hievte sich mühsam hoch, taumelte zum Tisch, fand den Wasserkrug und trank ihn beinahe leer; dann ließ er sich in einen Sessel fallen.

Er wünschte sich verzweifelt, wieder einschlafen zu können, aber es war ihm unmöglich. Zum Schlafen fühlte er sich im Augenblick zu elend.

Er erinnerte sich, daß er schon einmal nach einem unvorsichtigen Abend einen schweren Kater gehabt hatte. Damals war er hinausgegangen und hatte Sir Brian und John Chandos vorgefunden, die Gorp, sein sogenanntes Streitroß, in Augenschein nahmen.

Sowohl Brian als auch Chandos hatten getrunken, und mit der fröhlichen Boshaftigkeit ihresgleichen hatten sie darauf bestanden, daß er augenblicklich einen großen, vollen Becher Wein mit ihnen leerte. Er hatte die Flüssigkeit mit Mühe hinunterbekommen, erinnerte sich jetzt aber daran, daß dieses Mittel durchaus hilfreich gewesen war. Er beäugte den Weinkrug, der vor ihm auf dem Tisch stand, und schauderte.

Nein, das war das Leben nicht wert. Er würde Einsiedler werden und von Wasser und trockenem Brot leben. Er brauchte Hilfe.

Er blickte zu dem Ledervorhang hinüber, der den Eingang zum Nebenzimmer verhüllte.

»Angie!« krächzte er.

Aus dem anderen Zimmer kam keine Antwort, und Angie tauchte auch nicht in der Tür auf. Er rief noch einmal, erhielt aber wiederum keine Antwort. Mit gequälter Miene bückte er sich und griff nach dem Blatt Papier, das neben seiner Matratze gelegen hatte. Er hob es auf, rieb sich die Augen und vermochte es schließlich mit einiger Anstrengung zu lesen.

Jim!

Wenn Du an den nächsten Abenden noch einmal so lange aufbleiben willst, solltest Du bitte dafür sorgen, daß Brian Dich für die Nacht bei sich aufnimmt.

Nachdem Du letzte Nacht zurückgekommen bist, hat keiner von uns mehr ein Auge zugetan – außer Robert. Immer, wenn wir gerade eingenickt waren, hast Du wieder angefangen zu schnarchen und uns geweckt. Ich habe Dich noch nie in meinem Leben derart schnarchen hören. Robert, der kleine Schatz, hat das Ganze irgendwie verschlafen. Aber wir anderen sind alle furchtbar erschöpft, und Geronde war so freundlich, uns in ihrem Zimmer aufzunehmen, damit wir ein wenig Schlaf nachholen können. Sie wird den ganzen Tag lang draußen sein.

Wenn Du irgend etwas möchtest, vergiß nicht, daß Du den Wachposten vor der Tür danach schicken kannst. Ich werde ungefähr eine Stunde vor Mittag zurück sein, um mich zum Essen umzukleiden. Wenn Du Zeit hast, werden wir uns dann sehen.

Es tut mir leid, Jim, aber Du schnarchst wirklich. Wenn Du die ganze Nacht daliegen und dir selber zuhören müßtest, könntest Du das auch nicht aushalten.

Herzlichst,
Angie

Jim ließ das Papier seinen Fingern entgleiten. Von der Tür kam ein Kratzen. Er schloß die Augen gegen den Lärm.

»Was ist denn?« rief er, was ihm einen stechenden Schmerz in den Schläfen eintrug.

Die Tür wurde einen Spaltbreit geöffnet, und der Bewaffnete, der Dienst tat, schob sein Gesicht hindurch.

»Sir Giles ist hier, Mylord«, sagte er. »Er war schon mehrmals hier, aber er wollte Euch nicht stören. Kann er jetzt hineinkommen?«

»Wer? Giles? sagte Jim, obwohl jedes Wort ihn große

Anstrengung kostete und von einem zusätzlichen Kopfschmerz begleitet wurde. »Laßt ihn hinein.«

Die Tür öffnete sich, und Giles trat ein. Er trug eine große Zinnflasche, die mit einem grünen Tuch verschlossen war. Dann ging er auf leisen Sohlen zum Tisch und stellte sie vorsichtig ab.

»Setzt Euch«, sagte Jim, der sich nun wieder auf seine Manieren besann.

Giles setzte sich. Er sah bis auf den Arm, den er immer noch in der Schlinge trug, sehr gut aus – aber besorgt.

»Wir waren letzte Nacht alle ziemlich lange auf«, sagte er mit rücksichtsvoll leiser Stimme, während er gleichzeitig interessiert eine der leeren Wände des Zimmers betrachtete und Jims Blick mied.

Jim sah sich in einer Zwickmühle. Was würde mehr weh tun, zu nicken oder einfach ja zu sagen?

»Ja«, sagte er. Er hatte sich natürlich geirrt. Das Reden war offensichtlich die schlechtere Wahl gewesen.

»Alle reden heute davon, wie schön Ihr gestern nacht gesungen habt«, sagte Giles, der Jim nun mit ernster Miene betrachtete, »und was für eine Ehre es war, mit Euch zu sprechen. Viele haben sich Sorgen gemacht, daß Ihr Euch vielleicht zu sehr ermüdet hättet, als Ihr – ähm – das letzte Lied nicht mehr beenden konntet und Hilfe brauchtet, um den Saal zu verlassen. Lady Angela hat uns heute morgen erklärt, daß der gestrige Abend auf einen sehr anstrengenden Tag folgte, an dem Ihr dringende magische Pflichten versehen hättet. Sie sagte auch, daß Ihr Euch danach normalerweise mindestens vierundzwanzig Stunden ausgeruht hättet. Wir alle verstehen nun natürlich, daß Ihr heute ruhen müßt; und wir alle machen uns Sorgen um Euch und hoffen, daß Ihr bald Eure Kraft wiedererlangen werdet.«

»Oh«, sagte Jim tapfer und ohne auf seine Kopfschmerzen zu achten. Ein Ritter konnte natürlich keinerlei Schwäche eingestehen und sich auch nie so betrinken, daß man ihm aus dem Saal helfen mußte. Das war natürlich reine Theorie, denn so etwas kam beinahe täglich vor. »Das ist sehr freundlich von Euch. In vierundzwanzig Stunden müßte ich eigentlich wieder auf den Beinen sein.«

»Ich bin überglücklich, das zu hören!« sagte Giles so ernsthaft, als glaube er wirklich, daß Jim am Vorabend unter nichts anderem als Ermüdung gelitten hätte. Dann heftete er den Blick jedoch abermals auf die Wand, bevor er nach einer Weile wieder zu Jim hinüberblickte. »Ach übrigens, ich bringe Euch einen Trank mit, der in unserer Familie als bemerkenswerte Heilkur gegen die Müdigkeit gilt, die Euch zu schaffen macht.«

Er zeigte auf die Flasche, die mit dem grünen Tuch zugebunden war.

»Ihr braucht dies lediglich zu trinken, ohne dabei abzusetzen – Ihr dürft auf keinen Fall absetzen, sonst wäre der Trank tödlich –, dann wird es bei einer Übermüdung wie Eurer von großem Nutzen sein.«

Er öffnete die Kordel, die das grüne Tuch über der Flasche festhielt, und schob sie Jim hin, ohne jedoch das Tuch abzunehmen.

Jim beäugte die Flasche voller Argwohn. Es handelte sich offensichtlich um irgendein ungesundes Gebräu, das in dieser Epoche unter der Bezeichnung Medizin lief. Andererseits war es nicht unmöglich, daß es sich als die Art von Volksmedizin erwies, die wirklich half. Im Augenblick war ihm fast alles recht. Außerdem wurde er sich plötzlich der Tatsache bewußt, daß er sich tatsächlich in einem Dilemma befand.

Als Ritter konnte er unmöglich zugeben, betrunken zu sein; daher konnte er auch unmöglich zugeben, einen Kater zu haben. Offiziell durfte er lediglich ›übermüdet‹ sein, wie Giles zartfühlend andeutete. Daher konnte er die aufbauende Medizin, die sein guter Freund ihm gerade gebracht hatte, unmöglich zurückweisen, ohne unhöflich zu sein.

Jim starrte die Flasche noch einen Augenblick lang an. Ihm blieb wirklich und wahrhaftig keine Wahl. Er hielt sich mit einer Hand die Nase zu, zog mit der anderen schnell den grünen Stoffdeckel weg, packte die Flasche und kippte sich ihren Inhalt die Kehle hinunter. Dann schluckte er verzweifelt, bis alles ausgetrunken war.

»So«, sagte Giles nach einigen langen Sekunden, während derer Jim vollkommen ohne jede Bewegung dagesessen hatte. »Ihr fühlt Euch doch jetzt besser, James?«

»Hrrr ...ilfe!« keuchte Jim, dem es endlich gelang, ein wenig Luft in seine Lungen zu pumpen. »Wasser!«

Giles griff nach der Wasserflasche auf dem Tisch und blickte hinein.

»Da ist noch eine kleine Menge ...«, begann er zweifelnd, als Jim seine Manieren in den Wind schrieb, seinem Freund das Gefäß aus der Hand riß und es mit einem Zug leerte. Dann schob er Giles den leeren Krug wieder hin und zeigte mit seiner freien Hand auf die Tür.

»Mehr!« keuchte er.

Giles starrte ihn einen Augenblick lang an, erhob sich dann und ging mit der Wasserflasche an die Tür.

»Seht zu, daß Ihr dies hier auf der Stelle auffüllt, Bursche!« sagte er zu dem Bewaffneten.

»Aber Sir Giles«, protestierte der Wachposten, »es ist mir nicht gestattet, meinen Posten ...«

»Nebenzimmer ...«, stieß Jim so laut er konnte hervor. Verzweifelt zeigte er auf den ledernen Vorhang.

»Seht im Nebenzimmer nach, Dummkopf!« sagte Sir Giles zu dem Wachposten.

»Sehr wohl, Sir Giles.«

Der Mann nahm den Krug und rannte an Jim vorbei. Ein Augenblick der Stille folgte und schließlich das aufreizend langsame Geräusch von Wasser, das von einem Krug in einen anderen gegossen wurde. Es endete mit einem Gurgeln, das darauf schließen ließ, daß der erste Krug leer war. Schließlich kam der Wachposten triumphierend mit dem frisch gefüllten Wasserkrug zurück. Er stellte ihn vor Jim auf den Tisch. Jim funkelte den Mann wütend an. Dieser ging hinaus und zog die Tür hinter sich zu.

Jim riß den Krug an sich, füllte den ihm am nächsten stehenden leeren Becher, trank ihn bis zur Neige aus, füllte ihn abermals, trank auch diesen leer und stellte endlich fest, daß das ungewöhnliche Feuer, das in seinem ganzen Körper gewütet hatte, langsam herunterbrannte und schließlich erlosch. Er setzte das Glas ab und sah Giles an, der nun wieder in seinem Sessel Platz genommen hatte und seinen Freund mit besorgter Miene betrachtete.

»Vielen Dank«, sagte Jim mit wunden Stimmbändern.

»Ach, nicht doch-.« Giles lehnte sich erleichtert und mit einer abwehrenden Geste im Sessel zurück.

Jim bekam sich langsam wieder unter Kontrolle. Dabei entdeckte er, daß die übelsten Nachwirkungen des gestrigen Abends verschwunden waren, einschließlich der Kopfschmerzen. Der Grund dafür war höchstwahrscheinlich ein schlichter Schock und weniger die narkotische Wirkung des flüssigen Dynamits, das er geschluckt hatte. Denn was Giles ihm gegeben hatte, war der reinste aller destillierten Schnäpse, die ihm in seinem Leben jemals untergekommen waren.

Das Gebräu mußte ungefähr neunzig Prozent Alkohol enthalten haben. Sein Mund, seine Zunge und seine Kehle hatten immer noch dieses Gefühl, das er von jenen Gelegenheiten in Erinnerung hatte, bei denen er sich mit heißer Suppe oder Kaffee den Mund verbrannt hatte. Es war das letzte Heilmittel, das Jim von Giles erwartet hätte.

»Wo habt Ihr das her?« krächzte er und fragte sich gleichzeitig, ob dies vielleicht die Flüssigkeit war, der die Amme so reichlich zugesprochen hatte. Es war undenkbar. Das Getränk der Amme mußte wenigstens bis zu einem gewissen Grad verdünnt worden sein. »Ist es das, was man französischen Brandy nennt?«

»Genau!« erwiderte Giles strahlend. »Der Graf hat einen kleinen Vorrat davon und war so freundlich, mir etwas zu geben, als ich ihm erzählte, es sei für den Drachenritter.«

»Ah«, sagte Jim, der sich freute, daß er richtig geraten hatte. Dann kam ihm ein häßlicher Gedanke. Er schob ihn weit von sich – gewiß war nicht einmal Agatha Falon tollkühn genug zu versuchen, einen Magier zu vergiften. Jeder wußte doch, daß ein Magier nicht nur das Gift entlarven konnte, bevor er es auch nur kostete, sondern daß er auch mit allen möglichen magischen Gewalttaten zurückschlagen konnte.

Giles hatte wieder zu sprechen begonnen, aber Jim bekam nicht mit, was er sagte, weil in eben diesem Augenblick ein langgezogenes Heulen zu hören war. Es kam aus dem Wald, und seine Lautstärke wurde von den Fensterläden gedämpft, die immer noch geschlossen waren. Aber das Heulen selbst war unverkennbar gewesen. Aragh rief abermals nach Jim.

Jim suchte in Gedanken hastig nach einer Entschuldigung, mit der er sich unverzüglich von Sir Giles verabschieden konnte. Er suchte immer noch, als Carolinus durch die Tür kam. Der Posten hatte nicht versucht, ihn aufzuhalten, was Jims Meinung nach auf bemerkenswerte Vernunft deutete.

»Nein, nein, kümmert Euch nicht darum!« sagte Carolinus gereizt. Er zeigte mit der Hand in Giles' Richtung und machte einen verärgerten Eindruck. »Euer Freund kann uns jetzt nicht hören. Aber wir brauchen augenblicklich Eure Hilfe. Die Begegnung zwischen dem Grafen und dem Troll wird heute nachmittag stattfinden müssen. Um genau zu sein, sie muß jetzt stattfinden.«

Jim warf einen Blick auf Giles, der scheinbar erstarrt mit offenem Mund und freundlichem, fragendem Blick auf seinem Platz saß. Bevor Jim etwas sagen konnte, fuhr der ältere Magier ein wenig wohlgelaunter fort.

»Meine Güte, diese Hypnose von Euch ist bisweilen ziemlich praktisch!«

»Warum schon jetzt?« fragte Jim, der immer nur eine Sache nach der anderen verarbeiten konnte.

»Ihr habt doch gerade Aragh gehört«, antwortete Carolinus. »Er hat uns erzählt, daß Mnrogar unterwegs zum Treffpunkt sei. Der Graf erwartet uns am Burgtor, und wir wollen ihn an besagten Ort schaffen, bevor Mnrogar auftaucht. Ihr müßt ebenfalls zugegen sein.«

»Aber warum denn so plötzlich?« verlangte Jim zu wissen. »Ist etwas passiert?«

»Nur daß der Graf beschlossen hat, daß er das Treffen auf der Stelle abhalten will«, erwiderte Carolinus. »Ihm ist plötzlich klargeworden, daß er außer dem Bischof keinen seiner Gäste als Zuschauer haben möchte, und dem Bischof haben wir gesagt, er solle die Begegnung heimlich von den Zinnen aus beobachten. Zu dieser Zeit werden alle anderen Gäste beim Essen im Saal sein und jeden Augenblick mit dem Grafen rechnen. Der Graf möchte nicht, daß die Gäste den Troll sehen, was vernünftig ist. Ja wirklich, Ihr hättet das vorher bedenken sollen.«

»Hätte ich?« fragte Jim.

»Natürlich!« entgegnete Carolinus. »Das gehört zu den Pflichten eines Lehrlings – sich um die Einzelheiten zu kümmern! Aber wie dem auch sei, Ihr müßt augenblicklich mitkommen.«

»Aber was soll ich denn mit Giles machen?« fragte Jim. »Ich kann ihn doch nicht einfach hier sitzen lassen.«

»Natürlich könnt Ihr das«, schnaufte Carolinus. »Er wird sich an nichts erinnern als das, was Ihr als letztes zu ihm gesagt habt. Die Unterredung kann nicht allzu lange dauern, und wir sollten so früh zurück sein, daß der Graf und Ihr reichlich Zeit habt, Euch zu den anderen Gästen zu begeben, ohne daß irgend jemand etwas merkt.«

»Es ist einfach nicht richtig, Giles in diesem Zustand zu lassen«, beharrte Jim.

»Also gut!« rief Carolinus wütend. »Ich wecke ihn auf, und Ihr müßt ihn fortschicken. Dann machen wir uns auf den Weg.« Der Magier drehte sich zu Giles um und sprach ein paar Worte, die zu leise waren, als daß Jim sie hätte hören können.

Plötzlich kam wieder Leben in Giles. Er blinzelte Jim an.

»Es ist wirklich merkwürdig, James«, murmelte er. »Ich hätte schwören können, daß ich gerade etwas sagen wollte, aber es ist mir vollkommen entfallen.«

»Das überrascht mich nicht, Giles«, erwiderte Jim hastig. »Was Euch widerfahren ist, ist einfach etwas, das immer wieder passiert, wenn ein anderer im Raum eine magische Botschaft empfängt. Ich habe gerade eine bekommen. Ich muß sofort aufbrechen.«

»Aufbrechen?« Giles sah ihn an. Dann nahm sein Gesicht einen traurigen Ausdruck an. »Ich hatte gehofft, wir hätten vielleicht ein wenig Zeit zum Reden, James.«

»Ich werde zu Euch kommen, sobald ich eine Gelegenheit habe, und dann werden wir alle Zeit zum Reden haben, die wir brauchen, Giles. Ich gebe Euch mein Wort darauf«, sagte Jim.

»Nun ja.« Giles erhob sich langsam und versuchte sich an einem Lächeln. »Pflicht ist Pflicht, natürlich. Aber ich werde Euch doch bald sehen, James?«

»Ja.« Jim stand nun ebenfalls auf. »Ihr habt mein Wort darauf.«

»Oh, Eurem Wort schenke ich natürlich größtes Vertrauen«, entgegnete Giles.

»So war das nicht gemeint«, sagte Jim. »Verzeiht mir, ich bin ein wenig in Eile, weil die Nachricht, die ich bekommen habe, von größter Dringlichkeit ist.«

»Oh. Ich verstehe«, sagte Giles hastig. »Verzeiht mir – ich werde Euch nicht länger aufhalten. Aber ich hoffe wirklich, Euch bald zu sehen, James.«

Noch während er sprach, hatte er das Zimmer durchquert. Nun öffnete er die Tür, trat hindurch und zog sie hinter sich zu.

Jim warf Carolinus einen bösen Blick zu. Carolinus erwiderte den Blick milde und fragend. Jim, der dem älteren Magier eigentlich sagen wollte, was ihm gerade auf der Zunge lag, änderte seine Meinung.

»Nun denn, laßt uns gehen.«

24

ES DAUERTE NICHT LANGE, da stand Jim bereits im Wald im Schnee. Carolinus hatte ihn, sobald sie die Burg hinter sich hatten, auf magischem Wege zu dem Treffpunkt gebracht. Er stand an einem Tisch, der aus einer glatten Holzoberfläche auf zwei Böcken bestand – genau wie die Tische im Speiseraum, nur daß diesem das Leinentischtuch fehlte, das man bis hinunter in die Häuser einigermaßen wohlhabender Pächter finden konnte. Der Tisch, der an einen Picknickaufbau erinnerte, wirkte hier, wo er zu drei Vierteln von Wald umgeben war, traurig fehl am Platze.

Die abnehmbare Tischplatte bestand aus wetterfestem Holz und war drei Zoll dick. Man hatte vier Bretter zusammengefügt – wahrscheinlich mit Zapfen. Bäume umgaben die Lichtung zu drei Seiten. Die vierte Seite war offen und bot einen guten Blick auf die Burg, die einen halben Bogenschuß entfernt lag; die funkelnden Stahlkappen der Bogenschützen und Bewaffneten, die sich auf der Ringmauer zusammengefunden hatten, waren von hier aus deutlich zu sehen. Von Aragh dagegen keine Spur, und auch nicht von Carolinus oder Mnrogar oder dem Grafen.

Jim bemerkte plötzlich, daß er fror. Einige Jahre im Mittelalter hatten ihn gelehrt, im Winter mehrere Schichten Kleider übereinanderzutragen und trotzdem ein hübsches Maß an Kälte zu erdulden. Aber in diesem besonderen Fall verfügte er nicht mal über die zusätzlichen Kleidungsstücke. Mitgerissen von Carolinus' Hast und wahrscheinlich immer noch betäubt von den Nachwirkungen seiner ausschweifenden Nacht hatte er überhaupt nicht darüber nachgedacht, daß er sich warm anziehen mußte, um dem Wetter trotzen zu können. Obwohl der Tag klar und sonnig war und über dem in der Nacht gefallenen Schnee nur wenige Wolken am Himmel hingen, blies ein scharfer Wind, und die Temperatur war auf einige Grad unter Null gesunken.

Leise murrend machte Jim sich daran, einen Zauber zusammenzufügen, der ihm die notwendigen Kleider verschaffte. Er hatte sich nie eine genaue Prozedur zu diesem Zweck zurechtgelegt, obwohl er sich einen speziellen magischen Befehl erarbeitet hatte, um seine Kleider zu entfernen, bevor er sich in einen Drachen verwandelte. Daneben kannte er einen Zauber, mit dessen Hilfe er seine Kleidung auf magischem Wege wieder anlegen konnte, bevor er sich in einen Menschen zurückverwandelte. Erfolglos versuchte er mehrere Varianten dieses Befehls. Zu guter Letzt listete er einfach die Kleidungsstücke auf, die er haben wollte, und befahl ihnen, vor ihm zu erscheinen.

Dies taten sie auch unverzüglich; einen Augenblick später lag vor ihm im Schnee ein säuberlicher Kleiderstapel. Immer noch murrend wischte Jim die Kleidungsstücke ab und legte sie an, mußte sie allerdings zwangsläufig über die Kleider ziehen, die er bereits am Leibe trug. Das Ergebnis würde ihn in den Augen des Grafen gewiß ein wenig merkwürdig aussehen lassen, aber er tröstete sich mit der Tatsache, daß der Graf wahrscheinlich ganz und gar von Mnrogar in Anspruch genommen sein würde.

Aber noch immer war keiner von ihnen in Sicht. Jim fragte sich, ob Aragh irgendwo in der Nähe war. Nach einem kurzen Zögern rief er den Wolf.

»Aragh!«

Er bekam keine Antwort. Entweder war Aragh nicht hier oder er hielt es für unter seiner Würde, auf einen schlichten Ruf zu reagieren, als wäre er ein gewöhnlicher Hund. Plötzlich ging es Jim durch den Sinn, daß die Kleidungsstücke, die er sich in solcher Hast verschafft hatte, nun wieder würden verschwinden müssen. Schließlich wollte er diese Begegnung in seinem Drachenkörper verfolgen.

Widerstrebend schrieb er den magischen Befehl an seine Stirn, der ihn selbst zum Drachen machte und seine Kleider sorgsam in irgendeinem merkwürdigen Raum zwischenlagerte, so daß er sie zurückbekommen konnte, wenn er sie wieder benötigte.

Um ein Haar hätte er bereits den Befehl zur Ausführung des Kommandos gegeben, als ihm klar wurde, daß er seine Verwandlung vor den Augen der Bewaffneten und aller anderen auf der Ringmauer vollziehen würde. Er drehte sich um und stapfte zur einen Seite von der Lichtung weg, bis die Bäume ihn vor den Blicken der Burgbesatzung abschirmten. Dann erst gab er den endgültigen Befehl.

Als Drache watschelte er zurück – watscheln war unglücklicherweise die einzig ehrliche Beschreibung für die Art, wie ein Drache sich fortbewegte, wenn er zu diesem Behufe die Hinterbeine benutzte. Der Tisch für die Verhandlung war so aufgestellt, daß er quer zur Blickrichtung der Beobachter auf der Ringmauer stand. Um den

Tisch herum waren drei Hocker aufgestellt, einer auf jeder langen Seite und einer am Kopfende. Mnrogar mußte mit dem Rücken zu den vorgegaukelten, von Magie geschaffenen Bäumen sitzen, die ihm den Blick auf die Burg versperren würden. Auf diese Weise hatten auch die Zuschauer auf der Ringmauer über Mnrogars Kopf hinweg einen guten Blick auf den Grafen.

Der Hocker am anderen Ende des Tisches war offensichtlich für Jim bestimmt.

Er stampfte nun darauf zu, betrachtete den ihm zugedachten Sitzplatz und beschloß, ihn nicht zu benutzen. Er hatte Secoh im Rittersaal von Malencontri dasselbe tun sehen, wenn er sich zum Reden, Trinken und Essen zu Jim, Angie und den anderen gesellte. Secoh würde sich einfach auf den Boden hocken. Selbst mit seinem verkümmerten Sumpfdrachenleib war er so groß, daß sein Kopf die Tischplatte der hohen Tafel beinahe genauso weit überragte wie die Köpfe der Menschen, die an dem Tisch saßen.

Jim schob den Hocker unauffällig zur Seite und hockte sich am Kopfende des Tisches in den Schnee. Wie gewöhnlich stellte er zu seiner Freude fest, daß er als Drache gegen Kälte oder andere körperliche Mißliebigkeiten unempfindlich war. Wahrscheinlich hatte die dicke Haut etwas damit zu tun. Er dachte gerade darüber nach, wie er den Troll und den Grafen zu einer Zusammenarbeit bewegen konnte, als Mnrogar am anderen Ende der Lichtung aus den Bäumen trat. An dieser Stelle war der Troll von der Burgmauer aus noch nicht zu sehen, aber sobald er zwischen den Bäumen hervorkam, blieb er stehen und starrte Jim an.

Jim hatte vergessen, wie argwöhnisch der andere sein würde, wenn er aus seiner Höhle kam.

»Mnrogar!« rief er. »Ich bin es nur, der Drachenritter in meiner Drachengestalt. Ich sitze einfach hier und warte. Außerdem habe ich nie etwas gegen Trolle gehabt. Kommt und setzt Euch zu mir.«

Mnrogar zögerte, trat dann jedoch langsam vor. Dennoch blickte er Jim finster an und sah so aus, als würde er ihm jederzeit an die Kehle springen wollen oder sich umdrehen und in den Wald zurückjagen.

Jim sagte nichts mehr und regte auch keinen Muskel. Er blieb einfach sitzen, wo er war. Mnrogar, der jedem kleinen Schritt ein ausgiebiges Zögern folgen ließ, erreichte schließlich denjenigen der beiden Hocker, den man absichtlich ein kleines Stück weiter von Jim entfernt aufgestellt hatte als den, auf dem der Graf Platz nehmen sollte. Er setzte sich mit dem Rücken zur Burg und ließ den letzten freien Platz für den Grafen übrig.

»Wo ist er?« knurrte Mnrogar.

»Der Graf?« fragte Jim so unschuldig und milde, wie er das mit seiner Drachenstimme fertigbrachte. »Er müßte eigentlich jeden Augenblick hier sein – ah, da sehe ich ihn auch schon zwischen den Bäumen kommen.«

Jim sah den Grafen tatsächlich kommen. Carolinus war bei ihm, und nicht nur Carolinus – auf der anderen Seite des Grafen ging noch eine andere Person.

Glücklicherweise zucken Drachen nicht zusammen, wenn sie erschrecken. Sie sind einfach nicht so beschaffen, und in diesem speziellen Fall sprach eine Menge für diesen Umstand. Die Person auf der anderen Seite des Grafen war Angie.

Sowohl Angie als auch Carolinus schienen von einer Art Glorienschein umgeben zu sein. Jim blinzelte, aber die Glorienscheine blieben unverrückbar. Mnrogar wandte sich um und sah hin, schien an den drei Gestalten, die auf sie zukamen, jedoch nichts Merkwürdiges zu finden. Sein Blick war ausschließlich auf den Grafen gerichtet, der ihn grimmig erwiderte.

»Es ist jetzt alles in Ordnung, James«, rief Carolinus, sobald sie nahe genug waren. »Angie und ich sind für Mnrogar unsichtbar – und nicht nur für ihn, sondern auch für den Grafen und die Leute auf der Ringmauer.« Carolinus und Angie hinterließen, wie Jim nun bemerkte, keine Spuren in dem Schnee, über den sie gingen.

Der Magier blieb ein kleines Stück vor dem Tisch stehen. Der Graf und Angie gingen weiter, wobei der Graf Mnrogar immer noch finster anstarrte. Er nahm seinen Platz an der Längsseite des Tisches ein, und Angie trat neben Jim, um ihm eine Hand auf seine Drachenschulter zu legen.

»Angie …«, begann er.

»Niemand außer dir und Carolinus kann mich hören«, sagte sie Jim leise ins Ohr. »Dreh dich nicht um, wenn du mit mir sprichst. Ich habe dich und Carolinus gesehen, als ihr die Burg verlassen habt, und ihn eingeholt, nachdem er dich hierher geschickt hatte. Ich habe ihn gezwungen, mir zu sagen, was das Ganze soll, und ihm dann klargemacht, daß ich mich nicht ausschließen lassen würde. Du kannst ruhig mit mir reden, wenn du möchtest. Die anderen werden nicht sehen, daß du den Mund bewegst, solange du nur mit mir sprichst.«

»Du hättest das nicht tun sollen, Angie«, sagte Jim.

»Warum nicht?« fragte Angie. »Weder der Graf noch der Troll können mich sehen oder hören, wie könnte mir da irgendeine Gefahr drohen? Aber vielleicht kann ich dir mit ein oder zwei Vorschlägen weiterhelfen, Jim. Du weißt ja, daß ich in solchen Dingen ein gewisses Geschick habe.«

Das entsprach natürlich der Wahrheit.

»Na schön«, meinte Jim. »Aber versuch nicht, hilfreich zu sein, es sei denn, du bist dir absolut sicher, daß du mich damit nicht aus dem Gleichgewicht bringst.«

»Keine Bange«, sagte Angie beschwichtigend. »Meine Güte, ich hatte ganz vergessen, was für ein hübscher Drache du bist. Der Troll muß in seinem Kilt oder wie auch immer er dieses Ding nennt, ziemlich frieren. Warum erfriert er hier draußen eigentlich nicht?«

»Wahrscheinlich aus demselben Grund, weshalb ich als Drache ohne jedwede Kleider nicht erfriere«, erwiderte Jim. »Kälte, Regen, Wind, Graupel, wahrscheinlich sogar Hagel kann ich ertragen – es ist die Hitze, die mir zusetzt, wenn ich ein Drache bin. Und nun wollen wir nicht länger miteinander reden. Ich muß dieses Gespräch in Gang bringen, bevor die beiden übereinander herfallen.«

Er richtete seine Aufmerksamkeit wieder auf Mnrogar und den Grafen. Mnrogar saß immer noch vollkommen reglos da, und zumindest nach menschlichen Maßstäben war sein Gesicht ohne jeden Ausdruck. Er vermittelte eine seiner Natur entsprechende Bedrohlichkeit, und die spitzen Zähne, die man durch die leichte Öffnung seiner dünnen Lippen sehen konnte, taten ein übriges. Aber davon abgesehen ließ er sich nichts anmerken. Bei dem Grafen indes lagen die Dinge anders.

Die unmenschliche Kraft, die der gewaltige Oberkörper des Trolls offenbarte, schien den Grafen nicht im mindesten einzuschüchtern, ebensowenig wie die drohende Gefahr, die von seinen Zähnen und den grausam gekrümmten Krallen ausging, die an den Enden seiner massigen Finger wuchsen. Als der Graf an den Tisch kam und seinen Platz einnahm, waren seine weißen Brauen finster zusammengezogen, und in seinen leicht vorstehenden Augen lag ein zorniges Funkeln.

Er hatte offenkundig ein verächtliches Schnauben auf den Lippen, und sein Kinn sprang streitlustig hervor. Davon abgesehen wirkte er nur ein wenig dicker als gewöhnlich, aber Jim vermutete mit einiger Gewißheit, daß dies dem Umstand zuzuschreiben war, daß er unter seiner Rüstung mehrere Schichten Kleider trug, so daß die Lederriemen seine Rüstung gerade noch zusammenhielten.

Er trug ein Bastardschwert, das auch als Anderthalbhandschwert bekannt war und nur die Hälfte der Länge eines gewöhnlichen Breitschwerts aufwies. Das Schwert steckte in einer Scheide auf der rechten, Jim abgewandten Seite. Jim hatte nicht gedacht, daß der Graf Linkshänder war. Genaugenommen hatte er unter dem Eindruck gestanden, daß der Edelmann Rechtshänder sein müsse.

Gerade in dem Augenblick, in dem Jim all dies durch den Kopf ging, erhob sich der Graf wieder von seinem Hocker und zog mit der linken Hand sein Schwert. Dann umfaßte er den Griff mit beiden Händen und rammte die Spitze in die Tischplatte, so daß die Waffe leicht bebend aufrecht stehen blieb.

»Merkt auf, Troll!« rief er an Mnrogar gewandt. »Ein Kreuz steht zwischen mir und Euch!«

Mnrogar blinzelte nicht und zuckte auch mit keiner Wimper. Er hätte ebensogut taub sein können. Jim fühlte sich langsam ein wenig unbehaglich.

»Carolinus?« Jim achtete sorgfältig darauf, nicht den Kopf abzuwenden. »Ein Kreuz wird ihm bei einem Elementarwesen nicht viel nutzen, oder?«

»Nein, nein«, beschwichtigte ihn Carolinus' Stimme hinter ihm. »Natürlich nicht. Einigermaßen nützlich bei Gespenstern, Geistern, Vampiren und einigen Dämonenklassen – aber bei Elementarwesen? Genausogut könnte er eine Weidenrute in einen Spalt des Tisches stecken.«

»Aber das willst du ihm doch bestimmt nicht sagen, Jim«, meldete sich Angies Stimme zu Wort.

»Das weiß ich selbst«, brummte Jim. »Keine Bange, Angie, und bitte rede nur mit mir, wenn du es wirklich für notwendig hältst.«

An seiner rechten Seite herrschte Stille, obwohl Angies Hand immer noch auf seiner Schulter ruhte. Jim verspürte einen Anflug von Gewissensbissen. Sie hatte nur versucht zu helfen, aber er mußte sich auf die beiden

Verhandlungspartner konzentrieren, und das war schon schwierig genug, auch wenn Angie wirklich nur dann mit ihm redete, wenn sie es gar nicht vermeiden konnte.

In der Zwischenzeit hatte Mnrogar sich weder bewegt noch seine Miene geändert. Ein Mensch hätte vielleicht herumgezappelt oder sonst irgendeine Regung gezeigt. Entweder taten Trolle so etwas nicht, oder Mnrogar hatte sich bestens unter Kontrolle. Jim beschloß, den Augenblick der Stille zu nutzen, nachdem der Graf wieder Platz genommen hatte und seinen zornigen Blick abermals zwischen seinem Schwert und dem Troll hin und her wandern ließ.

»Mylord«, sagte er, »darf ich Euch mit Mnrogar bekannt machen? Dem Troll, der unter Eurer Burg lebte, noch bevor die Burg selbst erbaut wurde; dem Troll, der all diese Zeit andere Trolle von Eurem Territorium und dem Eurer Vorfahren ferngehalten hat.«

Der Graf schnaubte.

»Mnrogar«, sagte Jim, »darf ich Euch mit dem Grafen von Somerset bekannt machen, dem edlen und berühmten Ritter Sir Hugo Siwardus?«

Mnrogar stieß ein tiefes, kehliges Knurren aus, zeigte ansonsten aber keinerlei Reaktion. Jim fuhr fort.

»Wir sind heute hier zusammengekommen«, sagte er, »um herauszufinden, wie wir am besten gegen den anderen Troll vorgehen können, der sich in die Burg geschlichen hat, indem er menschliches Aussehen angenommen hat. Das ist eine Angelegenheit, die sich nicht einmal Carolinus, mein Meister der Magie, erklären kann. Vielleicht habt Ihr, Mnrogar, eine Ahnung, wie ein Troll es zuwege bringen kann, wie ein menschliches Wesen auszusehen?«

»Nein«, antwortete Mnrogar. Er bemühte sich zweifellos, genauso ausdruckslos zu sprechen wie er dreinschaute, aber seine Stimme und seine allgemeine körperliche Haltung enthielten ebensosehr eine Drohung wie das Schwert des Grafen.

»Warum nicht?« verlangte der Graf zu wissen. »Wenn ein Troll das fertigbringt, sollten doch wohl alle Trolle dazu in der Lage sein! Wenn alle Trolle dazu in der Lage sind, müßte dieser – wie ist Euer Name? Mnrogar? Dann müßtet Ihr es auch wissen. Oder lügt Ihr uns an?«

»Nein«, sagte Mnrogar noch einmal. Abermals kam dieses eine Wort, in dem Jim mehr und mehr den Versuch Mnrogars erkannte, sich nicht unnötig provozieren zu lassen, mit mehr Bedrohlichkeit, als es für menschliche Ohren zu hören angenehm war.

»Ha!« sagte der Graf.

»Was heißt ›ha‹?« fragte Mnrogar schroff.

»Es bedeutet ›ha‹!« blaffte der Graf den Troll an. »Es bedeutet – ich glaube Euch nicht, Herr Troll!«

»Ich kann mir keine Gestalt geben, die so aussieht wie die eines Menschen«, stieß Mnrogar hervor. »Wenn ich es nicht vermag, kann es auch kein anderer Troll!«

»Was bringt Euch dann zu der Behauptung, unter meinen Gästen befinde sich ein Troll?« warf ihm der Graf an den Kopf.

»Weil ich einen da oben riechen kann!« gab Mnrogar zurück.

»Und ich soll Euer Wort darauf nehmen? Das Wort eines Trolls, ha!«

»Das Wort eines Menschen«, fauchte Mnrogar. »Ha!«

Die Wangen des Grafen färbten sich purpurn.

»Was meint Ihr mit ›ha‹?« fragte er mit gefährlichem Unterton.

»Ich meine, was Ihr meint, wenn Ihr ›ha‹ sagt«, sagte Mnrogar.

Mittlerweile lehnten sich beide über den Tisch, so daß sie einander um einiges näher waren als zuvor. Gesegnet seien die Friedensstifter, dachte Jim und beeilte sich, die aufgewühlten Wogen zu glätten.

»Ich glaube, der Graf will auf folgendes hinaus, Mnrogar«, sagte er so sanft, wie es seiner Drachenstimme möglich war. »Wenn Ihr sagt, ein Troll könne nicht in menschlicher Verkleidung dort oben weilen, wie kommt es dann, daß Ihr einen Troll riechen könnt? Denn wenn derjenige, den Ihr riecht, nicht in menschlicher Verkleidung steckt, müßten alle in der Burg ihn allein dem Aussehen nach als Troll erkennen können.«

»Woher soll ich das wissen?« begehrte Mnrogar auf. »Vielleicht hat einer Eurer Magier ihm dabei geholfen.«

»Der arme Kerl weiß ja nicht, wovon er redet«, sagte Carolinus' Stimme in Jims Ohr. »Laßt Euch nicht kränken, Jim.«

»Ich bin nicht gekränkt«, sagte Jim.

Er hatte jedoch vergessen, seine Gedanken und seine Stimme allein auf Carolinus zu richten, und offensichtlich hatten sowohl der Graf als auch Mnrogar ihn gehört. Sie starrten ihn jetzt beide an. Der Graf war offensichtlich erschrocken und verblüfft und Mnrogar höchstwahrscheinlich nicht minder.

»Wie ich schon sagte«, fügte Jim eilig hinzu, »ich nehme nichts von alledem als Kränkung; und ich möchte mit allem Nachdruck vorschlagen, daß auch Ihr, Herr Graf, und Ihr, Mnrogar, nicht gekränkt seid. Wir werden niemals etwas erreichen, wenn wir diese Sache nicht in aller Ruhe und Vernunft bereden. Wir müssen gemeinsam nach einer Erklärung suchen und Mittel und Wege finden, die Situation zu bereinigen.«

Jim fand, daß er ein ziemlich gutes Argument vorgebracht hatte. Aber bei dem Grafen schienen seine Worte nicht auf fruchtbaren Boden gefallen zu sein, und Mnrogar antwortete zu Jims Besorgnis mit einem neuerlichen tiefen, wortlosen Knurren, das diesmal keinerlei Zweifel an seinen Gefühlen aufkommen ließ.

Er war offenkundig in der Bereitschaft hierhergekommen, jede Regelung zu akzeptieren, mit deren Hilfe man den auswärtigen Troll in der Burg entfernen konnte. Aber genauso deutlich war, daß er sich nur bis zu einer gewissen Grenze drangsalieren lassen würde, und der Graf hatte es damit bereits übertrieben.

»Verzeiht mir, Mylord«, bemerkte Jim hastig, »aber wir sind hierher gekommen, um Mittel und Wege zu besprechen, wie wir den Eindringling unter den Gästen aus der Burg entfernen können. Vielleicht sollten wir jetzt über diese Mittel und Wege reden.«

»Na schön«, brummte der Graf. »Also, welchen Plan habt Ihr?«

Er hatte natürlich keinen Plan. Der Plan war das, was sie hier festlegen wollten. Dies war mal wieder, so überlegte Jim, ein typischer Fall, von dem Carolinus sagen würde, daß Lehrlinge sich um die Einzelheiten zu kümmern hätten. Jim fiel jedoch nur eine einzige Möglichkeit ein, wie man in dieser Lage überhaupt noch etwas erreichen konnte, daher stürzte er sich mitten hinein.

»Die einzige Möglichkeit, das Problem zu lösen …«, sagte Jim mit Blick auf den Troll, »… scheint mir darin zu bestehen, daß man Mnrogar in eines der oberen Stockwerke der Burg führt, wo er die Witterung aller Gäste aufnehmen und den ermitteln kann, der wie ein Troll riecht.«

»Hervorragender Plan«, sagte der Graf. »So werden wir's machen. Und sobald wir den Schurken haben, brauchen wir ihn nur noch dazu zu bringen, zuzugeben, daß er ein Troll ist …«

Plötzlich brach er mit ungehaltenem Gesichtsausdruck ab.

»Aber was ist, wenn sich herausstellt, daß er einer der wichtigeren Gäste ist? Jemand von hohem Rang?« Er sah Jim entsetzt an. »Ich würde nur sehr ungern einen ehrenwerten Herren – ähm – einem Verhör aussetzen. Es könnte sich als überaus schwierig erweisen. Peinlich. Vor allem, wenn er dann doch kein Troll wäre.«

»Laßt mich Auge in Auge vor ihn treten«, fauchte

Mnrogar. »Er wird ein Troll sein; und als Troll wird er wissen, was ich mit ihm vorhabe. Daher wird er sich augenblicklich in einen Troll zurückverwandeln und mit Zähnen und Klauen gegen mich kämpfen statt mit einem dieser Spielzeugschwerter oder einer anderen Waffe, wie ihr Menschen sie mit euch herumtragt. Wenn er ein Troll ist, wird er kämpfen wie ein Troll.«

»Nun gut«, schaltete Jim sich hastig ein. »Da wir in diesem Punkt übereinstimmen, ist es nur noch eine Frage der Mittel und Wege – das heißt der Einzelheiten. Natürlich wird Mnrogar sichergehen wollen, daß ihm unter den Menschen keine Gefahr droht, und ich habe da auch einen Vorschlag zu machen. Ich kenne einen Wolf, dem er bis zu einem gewissen Grad vertraut. Dieser Wolf könnte ihn begleiten …«

Er wandte sich an Mnrogar.

»Ich habe mit Aragh noch nicht darüber gesprochen, denn auch er müßte natürlich einverstanden sein, aber wenn er bei Euch wäre mit seiner Nase und seinen Ohren, die Euch vor irgendwelchen Angriffen warnen würden, würdet Ihr Euch dann sicher genug fühlen, um hinaufzukommen und die Witterung des anderen Trolls aufzunehmen?«

Mnrogar stieß ein unsicheres, zögerndes Knurren aus, bevor er schließlich zu sprechen begann.

»Ich werde kommen, wenn Aragh bereit ist«, sagte er.

»Wer ist dieser Aragh?« fragte der Graf argwöhnisch.

»Ein höchst vertrauenswürdiger Wolf und ein guter Freund von mir«, sagte Jim. »Sir John Chandos wird sich für ihn verbürgen, wenn Ihr Euch die Mühe machen wollt, ihn danach zu fragen.«

Nun war es an dem Grafen, ein unsicheres Knurren auszustoßen.

»Nun denn«, bemerkte Jim fröhlich, »jetzt, da all dies geregelt wäre, zu unserer nächsten Frage, werter Herr

Graf. Habt Ihr einen Ort, an dem Mnrogar sich vor den Blicken der anderen Gäste verborgen halten und gleichzeitig im Laufe einer gewissen Zeit jeden beschnuppern kann, ohne daß irgend jemand von seiner Anwesenheit in den oberen Stockwerken der Burg erfährt? Normalerweise könnten wir ihn mit Hilfe meines Meisters Carolinus maskieren und Magie für seine Begegnung mit den Gästen benutzen; aber da wäre der Segen zu bedenken, mit dem der gute Bischof Eure Burg bedacht hat. Ich glaube nicht, daß er sich bereit finden würde, seinen Segen zurückzunehmen, um Mnrogar nach oben zu lassen.«

»Ähm – nein«, sagte der Graf, »ich glaube nicht, daß ich ihn darum bitten könnte.«

»Nun«, erwiderte Jim, »wenn Ihr ein Versteck für Mnrogar hättet, könnte ich vielleicht eine Möglichkeit ersinnen, um ihn und Aragh ungesehen nach oben zu bringen. Also, Mylord, habt Ihr einen solchen Beobachtungsposten für ihn, wo niemand von Euren Gästen ihn entdecken würde?«

»Ich weiß nicht«, meinte der Graf und bedachte den Tisch mit einem grimmigen Blick. »Es gibt gewisse Stellen in der Burg – Orte mit Gucklöchern …«

Er blickte zu Jim auf.

»Sie werden ausschließlich benutzt, wenn ein Feind sich den Weg in die Burg erkämpft und wir herausfinden müssen, wo er sich aufhält, Ihr versteht schon. Aus demselben Grund gibt es einige Gänge zwischen den Mauern, die aufwärts und abwärts durch die Burg laufen … natürlich sehr geheim. Normalerweise werden diese Dinge niemandem außerhalb der Familie preisgegeben. Niemand außer der Familie hat sie je benutzt … Ich weiß nicht …«

»Ich fürchte, etwas in der Art werden wir aber benötigen, Mylord«, wandte Jim ein. »Die Sache ist jedoch noch eine andere. Könntet Ihr eine Möglichkeit ersinnen, wie es Mnrogar möglich wäre, alle Gäste zu beschnuppern, um den verkleideten Troll zu entlarven?«

»Ja, verdammt noch mal, das denke ich doch!« entfuhr es dem Grafen. Er bedachte Mnrogar auf der anderen Seite des Tisches mit einem zornigen Blick. »Ein verdammter Troll in meiner verdammten Burg, der einen anderen verdammten Troll fangen soll – ich hätte nie gedacht, daß ich so etwas einmal erleben müßte!«

»Ich mag Euch auch nicht, Mensch!« sagte Mnrogar mit einem lauter werdenden Knurren.

»Ha!« rief der Graf. »Wen oder was Ihr mögt, interessiert hier nicht. Wen oder was ich mag, das allein zählt. Ihr solltet Euren Platz kennen, Troll, und schweigen, bis ich das Wort an Euch richte. Ihr befindet Euch ohne meine Erlaubnis auf meinem Land. Seid froh, daß Ihr noch am Leben seid!«

»Es ist mein Land!« brüllte Mnrogar und schoß von seinem Platz auf. Der Graf schoß ebenfalls auf.

»Trolle können kein Land besitzen!« schrie er zurück. »Sprecht mir nicht mehr davon, dieses Land gehöre Euch, Troll, oder Ihr werdet dafür sterben!«

»Sterben?« donnerte Mnrogar. Aber der Graf griff bereits nach seinem Schwert, das in der Tischplatte steckte – und unsichtbar für den Troll kamen die ersten Bewaffneten durch das Ausfalltor der Burg im Laufschritt auf sie zu. Plötzlich wurde Jim klar, daß das Schwert des Grafen von Anfang an ein Signal für seine wartenden Männer gewesen war. Indem er es aus der Tischplatte gezogen hatte, hatte er sie zu sich gerufen. Jim schimpfte sich einen Idioten, daß ihm das nicht früher klargeworden war. Aber schon jetzt überstürzten sich die Dinge auf eine Art und Weise, daß er sie nicht mehr aufhalten konnte.

Mnrogar schlug die Hand des Grafen von dem Griff des Schwerts weg, als wäre sie die Hand eines Kindes, das nach einem verbotenen Gegenstand griff. Statt dessen verschlang seine riesige, schwielige Hand das obere Ende des Schwerts, so daß Griff wie Parierstange gleichermaßen verborgen waren. Dann trieb er die Waffe mit einer einzigen wilden Bewegung nicht nur in den Tisch hinein, sondern durch ihn hindurch bis in die gefrorene Erde hinein.

Der Graf riß seinen Poignard heraus und streckte, als Mnrogar die Waffe losließ, die Hand nach dem im Boden begrabenen Schwert aus. Aber so sehr der Graf auch zerrte, es ließ sich nicht bewegen. Schließlich ließ er los, hob den Kopf und blickte zur Burg.

»Holla! Her zu mir! Eilt euch!«

Ihre Schwerter in der Hand rannten die Bewaffneten auf sie zu; sie waren schon auf halbem Wege zwischen der Burg und der Lichtung. Mnrogar verlor jedoch keine Zeit, in die Richtung zu blicken, in die der Graf gerufen hatte. Statt dessen kehrte er dem Tisch flink den Rücken zu, ging in die Hocke, so daß die Hände an den Enden seiner langen Arme den Erdboden berührten, und rannte los. Er hüpfte wie ein Hirsch und bewegte sich mit unglaublicher Schnelligkeit durch die Bäume, bevor er verschwand.

Jim war in seiner Erregung ebenfalls aufgesprungen. Jetzt setzte er sich mit dumpfem Aufprall wieder hin.

»Nun, mein Junge«, sagte Carolinus' Stimme trocken in sein Ohr, »Ihr seid gescheitert!«

»Verdammter Feigling!« sagte der Graf, der in den Wald blickte, wo Mnrogar verschwunden war. Gleichzeitig kamen ungefähr vierzig Bewaffnete ihrem Herrn zu Hilfe geeilt. »Alles elende, verdammte Feiglinge, diese Trolle!«

»Mach dir nichts draus«, sagte Angie in Jims anderes Ohr. »Wir finden eine andere Möglichkeit.«

Jim hoffte es. Aber im Augenblick war ihm wahrhaftig nicht danach zumute, darüber nachzudenken.

25

JIM, ANGIE UND DER GRAF gingen zum Essen. Sie hatten keine andere Wahl, zumindest Jim und Angie nicht, da Brian sie bereits darauf hingewiesen hatte, daß sie bisher zu häufig den Festlichkeiten ferngeblieben waren. Natürlich kamen sie auch diesmal ein wenig zu spät, aber der Graf war, was dies betraf, sein eigenes Gesetz, und Jim und Angie hätten einen weit schlechteren Eindruck gemacht, wären sie ohne ihn in den Rittersaal gekommen.

Jim schlief beinahe im Stehen ein. Nun gut, er hatte die ganze Nacht geschlafen, aber das war ein alkoholbetäubter Tiefschlaf gewesen, und ihm schien, als hätte er sich vom Augenblick seines Erwachens mit einer Geschwindigkeit von neunzig Meilen die Stunde fortbewegt. Und das Ganze nur, um am Ende – wie Carolinus ihm ohne zu zögern mitgeteilt hatte – einen kompletten Fehlschlag bei der Versöhnung des Grafen und Mnrogars zu landen. Nichtsdestoweniger tat er sein Bestes, um den Eindruck zu erwecken, als genösse er das Essen.

Es half, daß Angie diesmal mit ihm reden konnte. Nun war es die mittelalte Dame, die gewöhnlich zu seiner Linken saß, die fehlte. Ihren Platz hatte ein dünner Geistlicher in einem schwarzen Gewand eingenommen. Er mußte ungefähr fünfzig Jahre alt sein, und nachdem er alle Gäste um ihn herum durchdringend gemustert hatte, ignorierte er sie vollkommen. Demzufolge konnte Jim beinahe so ungestört mit Angie reden wie in ihrem Quartier. Der einzige Haken an der Sache bestand darin, daß Jim im Grunde genommen überhaupt nicht in der Lage war, über irgend etwas zu reden.

»Ich glaube nicht, daß ich auch nur noch fünf Minuten lang die Augen offen halten kann«, murmelte er Angie zu, nachdem sie fast drei Stunden bei Tisch gesessen hatten.

»Versuch trotzdem, bis zum letzten Gang durchzuhalten«, flüsterte Angie zurück. »Es kann nicht mehr lange dauern. Sie müßten jetzt jeden Augenblick das Dessert reinbringen.«

»Aaah, gut!« quiekte eine jugendliche Stimme vom anderen Ende des Tisches, deren hoher Klang über die Gespräche der Erwachsenen hinweg überall durchdrang. Jim beugte sich vor und sah den Knabenbischof – einen Jungen aus der Kathedrale des Bischofs, der mit dessen Gefolge gekommen war. Es gehörte zum Weihnachtsfest, daß ein wie ein Miniaturbischof gekleideter Junge mit den anderen Gästen an der hohen Tafel speiste und die Mundschenke sich vor ihm verbeugten und ihn aufs Haar genauso behandelten wie Richard de Bisby höchstpersönlich. Im Augenblick machte er sich strahlend mit seinem Löffel über die Schale her, die man gerade vor ihn hingestellt hatte. Im Grunde war nichts an ihm auszusetzen, dachte Jim verdrossen; wahrscheinlich war er ein guter Junge, aber seine schrille Stimme schien alle anderen Gespräche zu übertönen.

Dankenswerterweise würde seine Rolle morgen ein Ende finden. Heute war der Tag des Evangelisten Johannes. Morgen war der Tag der Unschuldigen Kinder – mit der Kindermesse –, und danach würde dieses kleine Bischofsimitat wieder ein ganz gewöhnlicher Junge sein. In der Zwischenzeit schien seine Stimme Jims Kopf von einem Ohr zum anderen zu durchbohren, denn seine Kopfschmerzen waren zurückgekehrt.

Jim lehnte sich mürrisch zurück. Noch ein Gang. Und wirklich, in genau diesem Augenblick stellte ein Mundschenk eine Schale vor ihn hin. Voller Abscheu betrachtete er deren Inhalt. Dieser war im Grunde recht hübsch anzusehen. Die Nachspeise war ein Wirbel aus roten, goldenen und weißen Farbtönen, und es handelte sich offensichtlich um einen dünnen Pudding. Jim griff nach seinem Löffel, um so zu tun, als äße er, und führte eine kleine Menge zum Munde.

Ärgerlicherweise schmeckte es köstlich; köstlich und sehr süß. Aus irgendeinem Grund schien der Zucker den Appetit anzuregen, den Jim schon Stunden zuvor verloren geglaubt hatte. Die rote Farbe stammte wahrscheinlich von Quitten, und die beiden anderen Zutaten waren Honig und schwere Schlagsahne. Das Kunststück war offensichtlich die Mischung all dieser drei Geschmäcker auf einem einzige Löffel. Zu seinem eigenen Erstaunen aß er die Schale bis auf den letzten Rest leer, und der Zucker in der Speise schien ihn vorübergehend wiederzubeleben.

Seine Laune besserte sich dadurch jedoch nicht.

»Sieh dir die Leute an den langen Tischen doch nur an«, brummte er Angie ins Ohr, »wie sie danach geifern, mich hier festzuhalten, damit ich wieder die ganze Nacht lang mit ihnen hier sitze und trinke und singe!«

»Nichts dergleichen«, flüsterte Angie beschwichtigend. »Ich sehe keinen einzigen, der dich im Augenblick auch nur anschaut. Ach übrigens, wolltest du nach dem Essen gleich zu Bett gehen?«

»Ja, wollte ich.«

»Warum bringst du deine Matratze nicht runter zu Brian?« fragte sie. »Er wird noch eine ganze Weile hier bleiben, und vielleicht macht ihm dein Schnarchen weniger aus als uns.«

»Ich werde heute nacht nicht schnarchen«, versprach Jim.

»Laß uns auf Nummer Sicher gehen«, sagte Angie. »Außerdem hätte es auch für dich Vorteile, wenn du zu Brian übersiedeln würdest. Weder wir noch Robert könnten dich dann stören. Aber geh noch nicht gleich …«

Ihre letzten Worte waren eine Erwiderung darauf, daß Jim sich zu erheben begonnen hatte.

»Noch nicht gleich?« stieß er ärgerlich hervor.

»Trink zuerst noch einen kleinen Schlaftrunk«, sagte Angie.

Jim schauderte. Er hatte es während der ganzen Mahlzeit hindurch vermieden, viel von seinem mit reichlich Wasser verdünnten Rotwein zu trinken. Aber nun straffte er sich und nippte ein wenig von dem gewürzten Wein in seinem Kelch, einem fast rechteckigen Becher mit Säulenfuß, den man vor ihn hingestellt hatte.

»Jetzt lächle«, murmelte Angie. »So ist es richtig. Jetzt steh auf. Küß mich – nein, nein, Jim! Auf die Wange, Jim – die *Wange!* Manieren! Wir befinden uns in der Öffentlichkeit. Jetzt kannst du gehen.«

Jim trieb langsam mit einem Gefühl herrlichen Wohlbehagens aus tiefem Schlaf an die Oberfläche. Zwar schien er alle Zeit der Welt zu haben, aber daneben drang noch ein anderes Gefühl in sein Bewußtsein. Dieses Gefühl verdichtete sich allmählich zu der Erinnerung, daß er die Nacht in Brians Zimmer verbracht hatte statt in dem Quartier, das er mit Angie, Robert und den Dienern teilte.

Er hatte es nicht eilig, die Augen zu öffnen. Zweifellos hatte er die Morgendämmerung, die gewöhnliche Zeit des Erwachens, verschlafen. Brian war gewiß schon vor langer Zeit aufgestanden und ausgegangen – und zweifellos hatte er sich möglichst geräuschlos erhoben und angekleidet, um ihn nicht zu stören. Der gute alte Brian. Was irgendwelche möglichen anderen Pflichten für den heutigen Tag betraf – die schienen keine Rolle zu spielen. Vielleicht würde er einfach den ganzen Tag hier liegen bleiben und dösen …

Aber sein Körper hatte da offensichtlich andere Vorstellungen. Er schien entschlossen zu sein, auch noch den letzten Rest von Schläfrigkeit abzustreifen, ob es Jim nun gefiel oder nicht. Widerstrebend öffnete er die Augen, aber eine Explosion von Licht, die von einem durch eine Schießscharte fallenden Sonnenstrahl verursacht wurde, ließ ihn zuerst niesen und dann die Augen wieder schließen.

Vorsichtig öffnete er sie abermals. Während seine Augen sich dem grellen Licht langsam anpaßten, erkannte er eine Gestalt, die nur wenige Fuß von ihm entfernt am Tisch saß – und einige Sekunden später erkannte er auch, daß es sich um Brian handelte. Sein alter Freund war vollkommen angekleidet und saß mit einem Becher in der Hand da, der wahrscheinlich verdünnten Wein enthielt – nicht einmal Brian war es zuzutrauen, daß er schon früh am Morgen anfing, unverdünnten Wein zu trinken, es sei denn bei besonderen Gelegenheiten. Nun sah der andere Ritter ihn nachdenklich an. Der Raum war ein Labyrinth aus Licht und Dunkel, und Jim war von dem Sonnenlicht zu sehr geblendet, um außer Brian viel zu erkennen.

Natürlich würde es auch nichts anderes zu sehen geben als das Bett und ein oder zwei weitere Stühle …

»Ah, James«, sagte Brian freundlich. »Ihr seid jetzt wach?«

Jim fühlte sich aufs Schärfste versucht, ›nein‹ zu sagen, aber sein gesunder Menschenverstand mahnte ihn, daß er die Tatsache kaum leugnen konnte, solange seine Augen offen waren und sein Blick auf Brian ruhte.

»Ja«, antwortete er und war erfreut zu hören, daß seine Stimme wieder ihren gewohnten Klang angenommen hatte statt des verdrießlichen Krächzens, mit dem er gestern morgen erwacht war.

Das Licht aus dem Fensterschlitz fiel immer noch direkt in seine Augen. Er rollte sich von der Matratze herunter, zog diese dann hoch, so daß die eine Hälfte aufrecht an der Wand lehnte, setzte sich auf die andere Hälfte und zog die zugehörigen Decken wieder über sich. Er hatte gar nicht bedacht, wie kalt es im Zimmer sein würde. Aufrecht sitzend sah er nun zu Brian hinüber.

So war es schon besser. Einige wenige Sonnenflecken tanzten zwar immer noch vor seinen Augen und wirkten greller, als sie es wirklich waren, weil die einzige Lichtquelle des Zimmers dieser eine Sonnenstrahl war, der durch die Schießscharte fiel. Der größte Teil des Raums lag in Dunkelheit. Aber in einem so kleinen Zimmer wie diesem spielten die tiefen Schatten kaum eine Rolle.

Brian war nicht so gekleidet, als wolle er gleich zur Jagd oder zu irgendeiner anderen Vergnügung aufbrechen; er saß einfach nur behaglich da. Sein Hemd war hellgrün und natürlich aus gestrickter Wolle – dick genug, um im zwanzigsten Jahrhundert als Pullover durchzugehen. In ihrer Zeit galt es ungefähr als das leichteste Kleidungsstück, das ein Mann tragen konnte, wenn er sich als Edelmann betrachtete und als geziemend gekleidet gelten wollte.

»Hättet Ihr gern einen Becher von diesem heißen Getränk – wie heißt es noch gleich?« fragte Brian. »Carolinus trinkt es auch, Ihr wißt schon. Tee.«

»Tee?« wiederholte Jim.

Dann sah er, daß auf dem Tisch ein sehr großer Lederkrug mit der von Angie eigenhändig angebrachten Aufschrift GEKOCHTES WASSER stand. Seine Ohren sagten ihm ferner, daß drüben auf dem Kamin ihr Reisekessel leise vor sich hin summte.

Im England dieser Zeit war Kaffee offensichtlich nicht zu haben. Aber Carolinus hatte seinen Tee, und irgendwie hatte Angie ihn dazu überredet, sie mit einer begrenzten Menge Teeblätter zu bevorraten. Jims eindringlichen Bitten, ihm zu erklären, wie er auf magische Weise an Kaffee oder Tee kommen könnte, hatte Carolinus entschlossen widerstanden, ohne seine Gründe darzulegen. Jim vermutete, daß andere Magier Carolinus' Angewohnheit, Tee zu trinken, vielleicht mißbilligten.

Jedenfalls verlangten Jims noch aus dem zwanzigsten Jahrhundert übriggebliebenen Gelüste nach dem Aufwachen zuerst einmal nach einem heißen Getränk.

Am liebsten Kaffee, und wenn es den nicht gab, dann eben Tee. Kakao würde im Notfall auch genügen – aber davon hatte man in dieser speziellen Zeit noch nichts gehört.

»O ja, vielen Dank, Brian«, sagte er.

»Nun, in dem Fall«, sagte Brian, »wäret Ihr vielleicht so freundlich, ihn Euch selbst zuzubereiten. Angie hat mir zwar gezeigt, was ich tun muß, aber ich bin mir nicht sicher, ob ich …«

Seine Stimme verlor sich.

»Aber gern«, sagte Jim. Er erhob sich ein wenig mühsam, aber ansonsten nicht in schlechter Verfassung. Dann stapfte er zu dem Kessel hinüber, nahm ihn zum Tisch mit, entdeckte einen Becher, in dem bereits ein Teesieb mit Tee lag.

Nachdem er seinen Tee aufgegossen hatte, kehrte er in die Behaglichkeit seiner Bettstatt zurück, nippte an seinem Becher und hatte im allgemeinen das Gefühl, daß die Welt in Ordnung sei.

Als er dann richtig wach wurde, dämmerte ihm, daß man ihm diesen Morgen ungewöhnlich behaglich gestaltet hatte. Angie hatte nicht nur das abgekochte Wasser bereitgestellt, mit dem er sich seinen Wein hätte verdünnen können; sie hatte auch den Tee und den Becher gebracht und sogar versucht, Brian die Zubereitung dieses Getränks zu erklären. Brian selbst hatte sich bereit gefunden, auf alle anderen morgendlichen Aktivitäten zu verzichten. Statt dessen hatte er hier gesessen und mit derselben Pflichterfüllung, als kümmere er sich um einen verwundeten Kameraden, darauf gewartet, daß Jim erwachte.

Für gewöhnlich hätte diese Erkenntnis Jim verlegen gemacht. Aber im Augenblick fühlte er sich einfach zu wohl mit seinem Tee, der Wärme seiner Decken und der angenehm schummrigen Beleuchtung, jetzt, da der blendende Lichtstrahl ihm nicht länger in die Augen fiel.

Er verspürte in sich eine Art halb vergrabenen Gefühls, daß er, so wie sich die Dinge in letzter Zeit für ihn entwickelt hatten, solche Bequemlichkeit vielleicht mehr oder weniger verdiente.

»Wie fühlt Ihr Euch, James?« fragte Brian.

»Bestens!« antwortete Jim und wurde sich dann jäh des zwanghaften Wunsches, über seine Sorgen zu reden, bewußt. Wenn es etwas gab, das er brauchte, dann war es ein mitleidiges Ohr, zu dem er sprechen konnte – ein Ohr, das nicht Angie gehörte.

Einige der Dinge, die ihn quälten, wollte er auf keinen Fall Angie erzählen. Außerdem hatte er es sich hier im Mittelalter zur Gewohnheit gemacht, mit seinen eigenen Gedanken und Sorgen zu leben. Aber selbst wenn Brian seine Sorgen nicht nachvollziehen konnte – und es stand hundert zu eins, daß ihm dies nicht gelingen würde –, würde es schon eine große Erleichterung bedeuten, ihm einfach davon zu erzählen.

»Nicht wirklich«, sagte er.

Brians Gesicht spiegelte augenblicklich allergrößte Besorgnis wider.

»Oh? Ihr seid doch nicht krank, James? Das hätte Angela mir gewiß gesagt. Was ficht Euch an?«

»Ein paar hundert – das heißt, eine ganze Reihe von Dingen«, sagte Jim, dem gerade noch rechtzeitig eingefallen war, daß Brian den Gedanken, Jim kämpfe mit mehreren hundert Problemen gleichzeitig, vollkommen wörtlich nehmen würde. »Ich hätte nie gedacht, daß so viele Dinge gleichzeitig schiefgehen können.«

»Nein, wirklich!« sagte Brian mit wohltuender Besorgnis. »Wer ist die Dame?«

»Die Dame?« Jim fand, daß er sich wie ein Papagei anhörte. Er sah Brian fassungslos an. »Was hat denn irgendeine Dame mit all dem zu tun?«

»Oh!« entfuhr es Brian. »Vergebt mir, James. Ich dachte nur – weil dies doch die Gesellschaft des Grafen ist und Ihr so oft fort wart und nicht einmal Angela immer wußte, wohin Ihr gegangen wart – nun, ich habe mich offensichtlich geirrt …«

Das Ganze war ihm unverkennbar furchtbar peinlich.

»Gütiger Himmel, nein!« Dann brach Jim in lautes Gelächter aus. »Bei all den anderen Dingen hätte ich gar nicht die Zeit gehabt, mich mit einer anderen Frau zu beschäftigen – aber davon abgesehen wird es so etwas, solange ich Angela habe, niemals geben. Kopf hoch, Brian. Ich bin derjenige, der sich entschuldigen sollte. Ich habe Euch den falschen Eindruck vermittelt. Nein, bei meinen Sorgen handelt es sich um durch und durch schickliche Dinge; aber sie sind trotzdem schlimm genug!«

»Ach ja?« Brian erholte sich langsam. »Nun, trotzdem muß ich Euch um Vergebung bitten, daß ich …«

»Nein, das ist nicht nötig«, unterbrach Jim ihn. »Das Ganze ist mein Fehler, wie ich schon sagte. Aber wir wollen das für den Augenblick vergessen. Die anderen Dinge sind schlimm genug.«

»Nun, natürlich. Ich nehme an, dieser Troll ist eins davon«, sagte Brian.

»Ja«, bestätigte Jim, dessen angenehm wohlige Gefühle sich langsam in Rauch auflösten. »Ich verstehe das alles nicht. Carolinus benimmt sich, als wäre es das Wichtigste auf der Welt, daß der Graf und der Troll zu irgendeiner Einigung kommen, damit die Burg nicht länger durchgeschüttelt und beschädigt wird …«

»Beschädigt?« fragte Brian.

»Oh – tut mir leid, Brian«, sagte Jim, dem die Verworrenheit der ganzen Situation plötzlich wieder eingefallen war. »Das ist etwas, worüber ich nicht reden darf. Aber wie dem auch sei, Carolinus scheint die Sache für wichtig zu halten. Andererseits überläßt er alles mit einem Achselzucken mir. Und so einfach liegen die Dinge nun einmal nicht. Schließlich sind der Troll und die Familie des Grafen schon seit Jahrhunderten erbitterte Feinde.«

»Ihr seid Carolinus' Lehrling, James«, wandte Brian

vernünftig ein. »Es gehört zu Eurer Ausbildung, daß er es Euch überläßt, Euren eigenen Weg zu finden. Zweifellos könnte der Magier die Angelegenheit mit einem Fingerschnippen in Ordnung bringen. Aber er möchte, daß Ihr aus dieser Erfahrung etwas lernt. So läuft das immer bei Meistern und Lehrlingen.«

»Nun, beim Verhaßten Turm hat er nicht mit den Fingern geschnippt«, sagte Jim. »Er war mitsamt seinem Stab da, um die Dunklen Mächte zurückzuhalten. Aber wir waren diejenigen, die kämpfen mußten. Ihr und ich, Dafydd, Smrgol und Secoh – ach, wo wir gerade davon sprechen, Ihr habt nicht zufällig in letzter Zeit etwas von Dafydd gehört?«

Dafydd ap Hywel war ein walisischer Bogenschütze und ihr Freund, der in der Zwischenzeit Danielle, die Tochter von Giles o' the Wold, geheiratet hatte und bereits der Vater eines Sohnes und einer Tochter oder zweier Söhne war. Irgendwie konnte Jim sich das nie richtig merken.

»Nicht, seit wir beide ihn das letzte Mal gesehen haben«, sagte Brian. »Letzten Sommer, wie Ihr Euch vielleicht erinnert.«

»Wir werden ihn und Danielle vermissen – Angie und ich«, meinte Jim traurig. »Aber noch mehr werden wir Euch und Geronde vermissen, Aragh und all unsere Freunde.«

»Vermissen?« fragte Brian plötzlich. »Wollt Ihr und Angela verreisen?«

»Nicht freiwillig«, antwortete Jim grimmig. Möglicherweise müssen wir dahin zurückkehren, wo wir hergekommen sind, da ich sonst meiner magischen Fähigkeiten entkleidet werde. In diesem Falle könnten die Dunklen Mächte bei ihrem Bestreben, Angie und mich zu vernichten, Erfolg haben. Aber das ist eine lange Geschichte. Ich sollte Euch damit nicht zur Last fallen.«

»Aber Ihr müßt!« rief Brian. »Was höre ich da? Ich

bin Euer Waffenkamerad! Euer Gefährte bei mehr als einem Abenteuer – und ich sollte nicht wissen, wann ich Euch zu Hilfe kommen soll, wenn Ihr mich braucht? Ihr müßt mir unbedingt alles erzählen. Das ist Eure Pflicht, James!«

Jim hatte ganz vergessen, wie ernst es Brian und viele seiner Zeitgenossen mit Freundschaft oder Feindschaft nahmen. Wenn er Brian seine Schwierigkeiten nicht wissen ließ, obwohl dieser ihm vielleicht hätte helfen können, dann kam das beinahe einer Kränkung gleich. Er hatte die Pflicht, es Brian zu sagen, wenn er seine Hilfe brauchte, genauso wie er die Pflicht hatte, seinem Freund zu Hilfe zu kommen, wenn dieser sich in einer Zwangslage befand.

»Verzeiht mir«, sagte er. »Ich habe nicht nachgedacht. Es ist einfach so, daß ein großer Teil des Ganzen ein Geheimnis ist. Außerdem sollte ich auch nicht so hart mit Carolinus sein. Ich habe das Gefühl, daß er alles für mich tut, was in seiner Macht steht. Aber, wie schon gesagt, wir könnten gezwungen sein fortzugehen, oder ich könnte meine Fähigkeit verlieren, Magie zu wirken.«

»So etwas könnte passieren?« Brian starrte ihn an.

Jim nickte.

»Offensichtlich«, sagte er, »könntet Ihr mir in beiden Fällen nicht helfen. Ja, nach Carolinus' Ansicht, kann ich selbst kaum etwas machen. Hinzu kommt, daß Angie, seit wir den kleinen Robert gefunden haben, auf keinen Fall von hier weg möchte. Sie will hier bleiben und den Jungen großziehen, bis er für sich selbst sorgen kann, zumindest bis zu einem gewissen Grad. Das setzt natürlich voraus, daß der König mich mit Roberts Vormundschaft betraut. Ihr müßt nämlich wissen, daß Agatha Falon ebenfalls diesen Wunsch hegt, und sie steht dem König viel näher, als ich das tue. Soweit ich weiß, würde sie erben, falls Robert etwas zustieße.«

»Lady Agatha Falon?« fragte Brian. »Die Frau, die den Grafen umgarnt?«

»Ja«, sagte Jim. »Ich habe Euch schon erzählt, daß sie angeblich ein Auge auf den König geworfen hat. Prinz Edward macht sich Sorgen, daß sie Erfolg haben könnte, denn es ist nicht ausgeschlossen, daß der König sie in den Adelsstand erhebt, so daß er sie zur Frau nehmen kann. Edward sähe sich dann einer zweifachen Bedrohung gegenüber, zum einen der Möglichkeit eines zweiten Erben und zum anderen der Tatsache, daß ihm in Agatha eine machtvolle Feindin erwachsen könnte. Offensichtlich können die beiden einander nicht ausstehen. Aber wie dem auch sei, Agatha hat versucht, Robert zu töten, und hätte dabei beinahe auch Angie getötet ...«

Dann erzählte er Brian auch noch den Rest der Geschichte.

»Aber Sir John Chandos«, wandte Brian ein, als Jim zum Ende gekommen war, »hat dem Grafen doch gewiß von dieser Geschichte erzählt? Was hat der Graf darauf erwidert?«

»Ich fürchte, Angie und ich haben es niemandem erzählt«, sagte Jim. »Wegen dieser Sache mit dem Grafen und dem Troll hatten wir bisher keine Gelegenheit dazu. Es war einfach nicht der richtige Zeitpunkt, um diesen Vorfall zur Sprache zu bringen; wir hielten es für besser, dem Grafen immer nur mit einer Sache gleichzeitig zu Leibe zu rücken.«

»Dieser Troll macht dem Grafen also immer noch Sorgen?« wollte Brian wissen. »Ich hatte gedacht, Ihr oder Carolinus hättet dem ein Ende bereitet. Was ist denn passiert? Oder solltet Ihr mir auch davon besser nichts erzählen?«

»Nein, ich denke, auf diese Frage kann ich Euch antworten«, erwiderte Jim. »Immerhin wart Ihr derjenige, der mich bei meiner ersten Unterredung mit Mnrogar begleitet hat.«

Er erzählte Brian alles, was den Grafen und den Troll und die Burg betraf und schwieg sich nur über den Schaden aus, den der Troll der Burg zufügte.

Als er fertig war, schüttelte Brian den Kopf.

»Wahrhaftig, James«, sagte er. »Das geht über mein Verständnis. Drei solche Plagen – dieses magische Problem, von dem Ihr mir nichts weiter sagen könnt, dann die Feindschaft dieser Lady Falon und schließlich noch diese Sache mit dem Troll und dem Grafen.«

»Oh«, sagte Jim, »habe ich Euch schon von der Armee von Trollen erzählt, die sich direkt außerhalb des Territoriums Mnrogars befindet und offensichtlich auf irgend etwas wartet?«

»Das habt Ihr«, entgegnete Sir Brian. »Aber ich hatte es wieder vergessen. Andererseits stellen diese Trolle für uns doch gewiß keine Bedrohung dar, da es ihnen nur darum geht, daß einer von ihnen an die Stelle des Burgtrolls tritt?«

»Das ist die naheliegendste Erklärung für ihre Anwesenheit«, meinte Jim. »Aber was Carolinus und mir Sorgen macht, ist die Tatsache, daß Trolle sich für gewöhnlich niemals zusammenfinden, ohne einander bis auf den Tod zu bekämpfen. Diese Sache verstößt gegen die Natur der Trolle – und das allein ist schon beängstigend. Wenn sie sich anders benehmen, als sie es je zuvor getan haben, könnten sie sich dann nicht auch in anderen Dingen anders benehmen?«

»Bei den Unschuldigen Kindern, deren Tag wir heute begehen!« rief Brian. »Daran hatte ich überhaupt nicht gedacht!«

»Nun, vielleicht werden wir den Grund für das Verhalten der Trolle später herausfinden«, sagte Jim. »Es könnte bedeuten, daß sie uns auch in anderer Hinsicht noch Schwierigkeiten machen werden.«

»Aber ein solches Zusammentreffen böser Ereignisse!« sagte Brian. »Etwas Derartiges habe ich noch nie gehört. Es erzürnt mich, daß ich Euch in all diesen Angelegenheiten nicht helfen kann!«

Er ließ die Faust niederkrachen und hielt dann geistesabwesend mitten in der Luft seinen Weinbecher fest, bevor dieser zu Boden fallen konnte. Brians offensichtliche Erregung erfüllte Jim mit einem Gefühl warmer Dankbarkeit.

»Ich erwarte nicht von Euch, daß Ihr irgend etwas tut, Brian«, sagte er. »Das ist einer der Gründe, warum ich Euch nicht schon früher von diesen Dingen erzählt habe. Wahrscheinlich hätte ich Euch auch jetzt nicht damit belästigen sollen.«

»Nein, nein«, protestierte Brian. »Ich hatte schon das Gefühl, daß irgend etwas nicht stimmt. Ah, und ich hatte mich so gefreut, daß Ihr ebenfalls an dieser Gesellschaft teilnehmen würdet! Ich hätte Gelegenheit gehabt, Euch so viele Dinge zu zeigen; wie man beim Turnier die Lanze hält und wie man andere Waffen benutzt – Euch und auch Giles, aber vor allem Euch, James. Und nun hatten wir bisher keine Zeit dafür. Und so, wie es aussieht, wird sich daran wohl auch nichts mehr ändern.«

An die Stelle des warmen Gefühls, das Jim zuvor durchflutet hatte, traten nun Gewissensbisse.

»Ich weiß, Brian.« Jims plötzliche Gewissensbisse rührten weniger daher, daß er für diese Dinge bisher keine Zeit gehabt hatte; er fühlte sich vielmehr schuldig, weil er bisher stets bemüht gewesen war, diesen Dingen aus dem Weg zu gehen. Er verspürte nicht den Drang, mit Lanzen aufeinander loszupreschen oder sich im Schwertkampf mit anderen Rittern zu erproben.

Die Gewissensbisse verflüchtigten sich, aber dennoch hatte Brians Kummer Jim mit einer gewissen Melancholie erfüllt; von der Behaglichkeit und dem Gefühl der Wärme, die ihn noch vor kurzem erfüllt hatten, war keine Spur mehr.

»Macht Euch keine Sorgen deswegen, Brian«, sagte er. »Ich werde mir schon etwas ausdenken – oder Carolinus wird sich etwas ausdenken. Vielleicht werden sich die Dinge auf die eine oder andere Weise auch von selbst regeln. Das einzige, was mir wirklich zu schaffen macht, ist die Frage, was passieren wird, wenn ich meine Magie verliere oder wenn Angie und ich von hier fort müssen.«

Er seufzte.

»Aber wißt Ihr, Brian«, sagte er, »vielleicht wäre es für alle das beste, wenn wir fort müßten. Selbst nach all diesen Jahren und obwohl unsere Freunde uns stets geholfen haben, habe ich noch immer nicht den Punkt erreicht, an dem ich hierher gehöre. Ich bin in Wirklichkeit kein besonders guter Magier, wie Carolinus sehr häufig bemerkt; und Ihr selbst wißt, daß ich mit keiner der ritterlichen Waffen besonders viel tauge – und das wahrscheinlich auch nie tun werde. Außerdem ...«

Seine nächste Bemerkung konnte er gerade rechtzeitig noch zurückhalten. Er war im Begriff gewesen, Brian einzugestehen, daß er ihn bei ihrer ersten Begegnung belogen hatte; damals hatte Jim behauptet, Baron eines Orts namens Riveroak zu sein, und er hatte Brian in dem Glauben gelassen, er sei bereits ein Ritter.

Aber Brian machte ihm bereits Vorhaltungen.

»... James, Ihr nehmt die kleinen Schwächen, mit denen Ihr behaftet seid, viel zu ernst«, sagte er. »Ihr werdet schon noch lernen, mit Waffen umzugehen – ich werde es Euch lehren, das verspreche ich Euch. Und all die anderen unwichtigen Dinge werden sich schließlich von selbst klären.«

»Aber«, sagte Jim, der nun so tief in Melancholie versunken war, daß er dieses Gefühl beinahe auskostete, »Ihr wißt schließlich selbst, Brian, daß ich kein Engländer bin.«

»Das stimmt!« entgegnete Brian tapfer. »Aber Ihr seid ein kühner Ritter. Ihr habt immer für gute Zwecke gekämpft und den Sieg davongetragen. Alle Herren und Damen sind stolz auf Euch. Ich bin stolz, Euch zu kennen!«

»Stolz!« sagte eine rauhe, verächtliche Stimme aus einer dunklen Ecke des Raums. »Eines der menschlichen Spielzeuge und nicht mehr. Unter all den Dingen, die von Bedeutung sind, ist der Stolz ein Nichts.«

Jim blickte auf. Seine Augen hatten sich jetzt vollends an die Düsternis des Raums jenseits des einzigen Lichtstrahls gewöhnt, und nun sah er endlich, was er schon zuvor hätte sehen sollen. In einem der dunkleren Winkel der fernsten Ecke lag träge hingestreckt Aragh. Jetzt erhob der Wolf sich und trat vor, bis sein großer, wilder Kopf beinahe zwischen den Gesichtern der beiden sitzenden Männer war.

26

»Aragh!« rief Jim.

Er wußte nur allzu gut um Araghs Widerstreben, sich in das Innere eines Gebäudes zu begeben, wenn es sich irgend vermeiden ließ. Es widersprach offensichtlich jeder vernünftigen Wolfsvorsicht, etwas zu betreten, das sich möglicherweise als Falle entpuppen konnte. Eine Höhle oder ein Plätzchen, an dem er sich zusammenrollen und wo kein Feind sich ihm außer von vorne nähern konnte, das war etwas anderes. Aber die Behausungen der Menschen, vor allem ihre Burgen, waren lediglich große Orte, an denen ein Wolf von allen Seiten gleichzeitig angegriffen werden und wo er in einer Flut starker Gerüche den einen vielleicht unbeachtet lassen konnte, der ihn normalerweise davor gewarnt hätte, daß ihm Gefahr drohte.

»Wie lange seid Ihr schon hier, Aragh?« fragte Jim.

»Ich bin mit Brian gekommen«, sagte Aragh. »Wir haben uns in Mnrogars Höhle getroffen und sind durch die Ställe und die Turmtreppe hinaufgekommen. Die Diener sind alle fleißig bei der Arbeit, während die Gäste in der Halle speisen. Niemand hat mich gesehen. Wenn es anders gekommen wäre, hätten wir so getan, als sei ich nur ein großer Hund. Aber es hat uns niemand gefragt.«

»Nun, ich bin jedenfalls froh, Euch zu sehen, Aragh«, sagte Jim. »Das Licht, das durch die Schießscharte fällt, schien mir in die Augen, sonst hätte ich Euch früher bemerkt. Ihr werdet wahrscheinlich noch besser als Brian begreifen, wie schlecht ich zu Euch allen passe.«

Aragh schnaubte.

Eine Sekunde lang schien es, als wolle er Jim den Rücken zukehren und aus dem Zimmer gehen – der stärkste Ausdruck der Verachtung, dessen ein Wolf fähig war; aber er tat es nicht.

»Wenn Ihr wollt, daß meine Freundschaft mit Euch ein Ende findet«, sagte der Wolf, »sprecht Ihr genau die richtigen Worte, James. Was soll dieses Gejaule, wie man es von einem drei Tage alten Jungen erwarten dürfte? Bevor Ihr hier wart, wart Ihr an einem anderen Ort, sagtet Ihr. Habe ich das falsch verstanden?«

»Nein«, antwortete Jim, »das habt Ihr nicht. Ich bin nur …«

»Und als Ihr dort wart, wart Ihr ein Mann, oder nicht?«

»Natürlich«, sagte Jim.

»Kein Drache?«

»Nein«, erwiderte Jim. »Worauf wollt Ihr …«

»Ich bin ein Wolf«, fiel Aragh ihm ins Wort. »Ich war mein Leben lang ein Wolf. Ich werde ein Wolf sein bis ans Ende meiner Tage. Danach mögen die Raben meine Knochen abnagen. Es wird keine Rolle spielen. Ihr sagt, Ihr wäret da, wo Ihr früher wart, ein Mann gewesen. Ihr seid hier ein Mann. Bleibt ein Mann, und was für eine Rolle spielt alles andere? Die Zeit wird kommen, da Ihr das, was sich gegen Euch stellt, nicht töten könnt. Dann werdet Ihr sterben. Alle Dinge sterben. Aber nichts kann Euch nehmen, daß Ihr von der Geburt bis zum Tod ein Mann wart. Nichts anderes zählt.«

Von Brian kam ein tiefes, kehliges Geräusch, als wolle er etwas sagen. Aragh blickte auf, und Brian ließ sich, das Kinn auf die Hand gestützt, wieder in seinen Sessel sinken.

»Wenn Ihr mir gerade erklären wolltet, daß ich James' Situation nicht begreifen kann«, sagte Aragh zu dem Ritter, »werde ich Euch antworten. Auch das bedeutet nichts im Vergleich zu der Tatsache, daß wir sind, was wir sind. Wir tun, was wir können. Wenn wir das nicht länger können, sind wir erledigt; wir haben unsere Jahre gehabt und sie ausgefüllt, und was mehr können wir verlangen?«

Dann sah er wieder Jim an, dem in diesem Augenblick zu Bewußtsein kam, wie sehr er bei diesen beiden Freunden auf die Tränendrüse gedrückt hatte.

»Ihr habt recht«, war alles, was er hervorbringen konnte.

»Natürlich habe ich recht«, sagte Aragh.

Dann sah er Brian an.

»Wollt Ihr das bestreiten, Brian?«

»Ha – nun«, erwiderte Brian, »ein Edelmann ist doch etwas mehr als nur ein Mann. Ehre, Pflicht … Aber an dem, was Ihr sagt, ist einiges dran, Aragh.«

Und das war es tatsächlich, dachte Jim. Überraschenderweise lag in Araghs Worten beträchtlicher Trost. Seine Stimmung hob sich ihrem fröhlicheren, optimistischeren Normalzustand entgegen; außerdem war ihm gerade erst ein bestimmter Gedanke gekommen.

»Ach übrigens, Aragh«, sagte er, »wißt Ihr etwas über Kobolde?«

»Nur sehr wenig«, erklärte Aragh. »Ich sehe sie von Zeit zu Zeit, wenn sie auf dem Rauch durch die Wälder reiten, um an irgendeinen Ort zu gelangen. Aber im großen und ganzen sind sie Hausgeschöpfe, und ich habe nichts mit ihnen zu tun. Ich weiß jedoch, daß sie furchtsam sind wie Feldmäuse.«

»Schade«, sagte Jim halb bei sich. »Ich habe gerade darüber nachgedacht, was einen Kobold wohl so bewegen mag. Unser Kobold aus dem Schornstein der Anrichtestube auf Malencontri ist neulich hier aufgetaucht, um mir etwas von den Cliffside-Drachen auszurichten.«

»Von den Drachen?« fragte Brian. »Was haben die Cliffside-Drachen mit alledem zu tun?«

»Oh, Secoh hat mir eine Nachricht gebracht«, sagte Jim. »Habe ich Euch noch nichts davon erzählt?«

»Ich erinnere mich nicht daran, daß Ihr mir etwas erzählt hättet, James«, meinte Brian. »Ihr habt doch nicht noch ein Problem, mit dem Ihr Euch herumplagen müßt?«

»Um genau zu sein, doch«, sagte Jim. Er hatte Brian bereits so viel erzählt, daß er ihm ebensogut auch noch alles andere mitteilen konnte. »Die Drachen wollen hierherkommen, zur Feier des Grafen.«

»Drachen? Hierher?« Brian sah ihn fassungslos an. »So dumm können sie doch nicht sein. Es gibt keinen Edelmann in der Burg, der nicht den Wunsch hegen würde, einen Drachen zu töten, wenn sie hierherkämen. Aber warum wollen sie überhaupt kommen?«

Die Erklärung fiel Jim schwerer, als er gedacht hatte.

»Hm«, sagte er, »wegen der Sache, über die Smrgol am Verhaßten Turm geredet hat – daß Menschen und Drachen einander besser kennenlernen sollten. Das ist der Kern der Angelegenheit. Außerdem hat Secoh so viel mit uns zu tun gehabt und Geschichten über unsere gemeinsamen Erlebnisse erzählt. Vor allem einige der jüngeren Drachen haben es sich angewöhnt, mit einzelnen Menschen zu reden, wenn sie diese in der Abgeschiedenheit antreffen – Köhler in den Wäldern und andere Leute, die man allein anzutreffen pflegt.

Und sie haben eine Geschichte gehört, in der Drachen Jesus Christus, dem heiligen Josef und der heiligen Maria begegnen, als diese auf der Flucht waren. Ich meine, auf der Flucht vor König Herodes, der alle kleinen Kinder töten lassen wollte, um sicherzugehen, daß Christus den Thron nicht für sich fordern würde.«

»Wahrlich!« rief Brian. »Ein böser Plan!«

»Ja«, fuhr Jim fort. »Also, aus irgendeinem Grund halten die Drachen Prinz Edward für Jesus, und sie wissen, daß der Prinz bei der Feier des Grafen zugegen ist. In der Geschichte hat Jesus, wie sie gehört haben, die Drachen gesegnet, und sie glauben, das werde nun bei dem diesjährigen Weihnachtsfest des Grafen ebenfalls geschehen. Daher meinen sie, sie sollten hierherkommen, um sich segnen zu lassen.«

»Eine merkwürdige Geschichte.« Brian bekreuzigte sich.

»Oh, ich glaube, sie haben da einfach allerhand durcheinandergebracht«, meinte Jim. »Die Sache ist jedoch die, daß sie von mir erwarten, daß ich alles Notwendige in die Wege leite, damit sie ohne Gefahr hierherkommen und sich segnen lassen können.«

»Ihr müßt ihnen auf jeden Fall klarmachen, daß sie nicht kommen dürfen!« sagte Brian.

Araghs Kiefer standen offen und gaben den Blick auf seine Zahnreihen frei. Brian jedoch kannte den Wolf lange genug, um dessen lautlose Bekundung von Belustigung zu erkennen. Daher wandte er sich nun an Aragh.

»Und was findet Ihr so Komisches daran?« fuhr er den Wolf an.

»Nur den Gedanken, den Drachen etwas ausreden zu wollen – und die Erwartung, man könne damit Erfolg haben!« sagte Aragh.

»Ich fürchte, er hat recht, Brian«, meinte Jim. »Der Versuch, sie von ihrem Plan abzubringen, würde nichts nützen; außerdem gibt es vernünftige Gründe, die gegen diesen Versuch sprechen. Statt dessen sollte ich mir einen guten Grund ausdenken, warum es besser für sie wäre, nicht herzukommen. Aber bisher ist mir einfach nichts eingefallen. Wenn ich sie doch nur unter irgendwelchen Bedingungen herholen könnte, unter denen jeder glauben würde, daß sie aus irgendeinem Grund einfach zur Szenerie dazugehören – oder besser noch, wenn ich sie zu einem Zeitpunkt herholen könnte, da alle anderen zu beschäftigt sind, um den Drachen ihre Aufmerksamkeit zu schenken …«

Er hielt abrupt inne.

»Wißt Ihr«, sagte er, »das wäre vielleicht eine Idee. Brian, ich habe da etwas völlig vergessen. Mal sehen, heute haben wir doch den Tag der Unschuldigen Kinder? Morgen ist also der Tag des heiligen Thomas …«

Er verstummte, da sein Gedächtnis ihn, was die Namen der verschiedenen Heiligen betraf, im Stich ließ. Der Kalender des Mittelalters orientierte sich häufiger an deren Festen als an irgendwelchen Daten.

»Nach dem Tag des heiligen Thomas«, half Brian ihm nun auf die Sprünge, »kommt die Weihnachtsoktave, der nächste Tag ist dann der des heiligen Silvesters – und danach haben wir das Fest der Beschneidung Christi; und dann, ha! Dann liegt wieder ein neues Jahr vor uns …«

Plötzlich korrigierte er sich jedoch.

»Obwohl dem Gesetz nach das neue Jahr eigentlich erst an Mariä Verkündigung, also am 25. März, beginnt. Vergib mir, James. Ich wollte Euch keine Predigt über die einzelnen Tage des Jahres halten.«

»Ihr habt nicht gepredigt. Ich mußte das wissen. Vielen Dank, Brian«, sagte Jim. »Aber an welchem dieser Tage wird das Turnier abgehalten?«

»Nun, um ehrlich zu sein«, meinte Brian, den dieses Thema anscheinend peinlich berührte, »ist es in der Vergangenheit vorgekommen, daß es bei einem Turnier zu kleineren Verletzungen kam; das ist nichts Ungewöhnliches. Aber damit alle Geladenen die zwölf Weihnachtstage möglichst bis zur Gänze auskosten können, ist man seit einigen Jahren darauf verfallen, das Turnier erst am letzten, also am zwölften Weihnachtstag abzuhalten. Am Dreikönigstag, dem 6. Januar.«

»Na bestens«, sagte Jim, dessen Stimmung sich wieder besserte. »Dann habe ich noch jede Menge Zeit, zuerst diese leidige Angelegenheit mit dem Grafen und dem Troll zu erledigen und mich um alle anderen Dinge zu kümmern, die meiner Aufmerksamkeit bedürfen. Ich könnte die Drachen an diesem letzten Tag herkommen lassen, wenn alle beim Turnier sind – es werden doch alle beim Turnier sein, sobald es eröffnet wurde, Brian?«

»Das würde sich niemand entgehen lassen«, erwiderte Brian. »Ritter, Damen, Edelleute, bis hinunter zum niedrigsten Diener, Pächter oder Leibeigenen.«

»Das ist ja wunderbar«, sagte Jim. »Dann kann ich also die Drachen herkommen lassen, während das Turnier im Gange ist, und den Prinzen für kurze Zeit wegholen, damit er ihnen das Gefühl gibt, geziemend gesegnet worden zu sein. Dann können sie wieder verschwinden, und niemand wird auch nur wissen, daß sie hier waren. Was für ein hervorragender Plan!«

Er goß sich etwas Wein in den nächstbesten Becher und trank ihn aus, während er sich gleichzeitig zu seinem Einfall beglückwünschte.

»Aber seid Ihr sicher, daß alle beim Turnier sein werden?« fragte er Brian.

»Habe ich das nicht gerade gesagt?« entgegnete Brian.

»Dann könnte es gar nicht besser sein«, meinte Jim, der genausosehr mit sich selbst sprach wie mit Brian und Aragh. Plötzlich hatte er noch eine Erleuchtung. Möglicherweise konnte er zwei Fliegen mit einer Klappe schlagen.

»Das bringt mich auf eine andere Idee«, sagte er. »Brian habe ich dir erzählt, daß Angie mir sagte, all unsere Gäste hätten die Aufführung der Schlacht von Sluys während des Mahls am Weihnachtstag sehr genossen?«

»Na und ob!« rief Brian. »Ich konnte mich selbst kaum bezähmen; am liebsten hätte ich mich mitten ins Schlachtgetümmel gestürzt. Obwohl ich natürlich wußte, daß es nur ein Schauspiel war. Außerdem hatte ich gar kein Schwert bei mir und war auch sonst nicht für die Schlacht gerüstet. Aber es wirkte alles so echt, James, Ihr könnt es Euch gar nicht vorstellen!«

»Das sagte Angie auch«, antwortete Jim, der sich nun mit einem leisen Gefühl des Unbehagens daran erinnerte, wie sehr ihn Angies Bericht über das kitschige Schauspiel belustigt hatte. »Aber die Sache hat Angie auf eine Idee gebracht. Sie dachte, daß sie und ich an einem anderen Tag dieser Zusammenkunft zur Belustigung der Gäste ebenfalls etwas aufführen könnten. Wir würden natürlich Eure Hilfe brauchen, Brian, und auch Eure, Aragh – möglicherweise auch die von Carolinus und einigen anderen. Der letzte Tag, vielleicht nach dem Essen, das dem Turnier zweifellos folgen wird, wäre der beste Zeitpunkt dafür. Angie hatte an die Krippenszene gedacht.«

»Die Krippenszene?« Brian runzelte die Stirn.

»Ihr wißt schon«, sagte Jim, dem plötzlich klar wurde, daß Brian mit dem Gedanken nicht vertraut war, »ich meine den Augenblick nach der Geburt Christi, in dem Stall mit den Eseln und Ochsen, der heiligen Maria und dem heiligen Josef und den Hirten, die herbeikamen, um dem neugeborenen König zu huldigen.«

»Ach ja?« sagte Brian mit einer Stimme, die Erstaunen und Bewunderung ausdrückte. »Das war mir gar nicht klar gewesen – aber was für eine wunderbare Idee, James. Das solltet Ihr unbedingt tun. Und ich helfe nur zu gern. Dasselbe gilt doch sicher auch für Euch, nicht wahr, Aragh?«

»Warum?« fragte Aragh.

Brian wandte seine Aufmerksamkeit hastig von dem Wolf ab und richtete das Wort wieder an Jim.

»Aber es wäre eine wunderbare Sache für den letzten Tag«, sagte er. »Vor allem, nachdem das Essen am zwölften Tag das Ende der ganzen Feierlichkeiten ist und die Leute noch nie zuvor etwas hatten, worauf sie sich darüber hinaus noch freuen konnten. Ihr würdet es während des Essens im Saal aufführen, so wie es bei der Schlacht zu Sluys gemacht wurde?«

»Um genau zu sein«, sagte Jim, »hatte ich mir überlegt, daß wir die Aufführung besser draußen fern der Burg stattfinden lassen, die ja immer noch unter dem Segen des Bischofs steht. Wir könnten die Szene wahrscheinlich sehr viel eindrücklicher gestalten, wenn Carolinus und ich mit ein wenig Magie nachhälfen ...«

Er brach plötzlich ab.

Sowohl Brian als auch Aragh sahen ihn durchdringend an.

»Ich dachte gerade noch an eine andere Möglichkeit – etwas, das sogar noch besser wäre. Während des Turniers«, fuhr er nach einem Augenblick des Überlegens fort, »könnte ich vielleicht die Frage lösen, wer der maskierte Troll ist; gleichzeitig könnten wir noch für eine besondere Unterhaltung sorgen. Brian, was würdet Ihr sagen, wenn gegen Ende des Turniers ein großer Ritter in einer vollkommen schwarzen Rüstung auf einem schwarzen Hengst erschiene, der sich weigerte, seinen Namen zu nennen – oder, besser noch, der sich weigerte, überhaupt ein Wort zu sagen –, aber zum Ausdruck brächte, daß er jeden der anwesenden Ritter herausfordert, der es wagt, mit ihm eine Lanze zu brechen?«

Brians Augen leuchteten auf.

»Das wäre wahrlich eine großartige Sache, James!«

rief er. Aber dann zog er plötzlich ein langes Gesicht. »Allerdings wäre derjenige, der die Rolle des schwarzen Ritters spielt, den übrigen Gästen schnell bekannt, weil sie nämlich bemerken würden, wer von ihnen fehlt.«

»Aber was wäre, wenn es sich bei dem Ritter um jemanden handeln würde, der nicht zu den Gästen zählt?« fragte Jim. »Dann hätten sie keine andere Wahl, als zu glauben, daß er ist, was er zu sein scheint. Es wäre der größte Ritter in Rüstung, den sie je gesehen haben, auf dem größten und wildesten Streitroß, das ihnen unter die Augen gekommen ist.«

Brian stockte der Atem. Der Schimmer in seinen Augen verwandelte sich in ein helles Strahlen. Aber dann verblaßte es wieder.

»Aber wenn er keiner der Gäste ist, wer soll dieser schwarze Ritter dann sein?« fragte er. »Hier in der Umgebung gibt es keine Edelmänner, die eine solche Rolle übernehmen könnten; sie sind bereits alle zu dieser Weihnachtsgesellschaft geladen.«

Da trat ein beklommener Ausdruck in seine Züge.

»Ich hoffe nur« – er zögerte –, »Ihr oder Carolinus würdet nicht irgendeinen unheiligen Geist erwecken, damit dieser gegen christliche Herren reitet und daß dies der Grund ist, warum Ihr die Aufführung auf dem Turnierplatz stattfinden lassen wollt, weil dieser sich nämlich außerhalb des bischöflichen Segens der Burg befindet.«

»Nein«, widersprach Jim, der seine Begeisterung kaum zu bezähmen wußte, »es wird überhaupt kein böser Geist sein. Lediglich ein Elementarwesen.«

Nun verdüsterte Brians Miene sich endgültig.

»Ich fürchte, das ist unmöglich, James«, sagte er. »Kein Edelmann würde sich zu einem Waffengang mit einem Geringeren als einem anderen Edelmann verleiten lassen – und erst recht nicht mit einem Elementarwesen.«

»Aber ich habe eine Idee«, sagte Jim. »Angenommen, der schwarze Ritter würde gar nicht vorgeben, ein Edelmann zu sein.«

»In diesem Falle würde niemand sich zu einem Kampf mit ihm herablassen«, erwiderte Brian prompt.

»Einen Augenblick«, sagte Jim. »Hört mich an, Brian. Das Geschöpf würde aussehen wie ein großer schwarzer Ritter in Rüstung, aber kein einziges Wort sagen, nicht einmal, um seinen Rang zu nennen. Dann würde sich einer von uns Gästen mit lauter Stimme fragen, ob der Betreffende nicht ein Wesen aus der Unterwelt sein könnte. Dann könnte jemand anderes – ich zum Beispiel – sagen: Wenn der schwarze Ritter wirklich ein unheiliges Geschöpf ist, wäre es dann nicht die Christenpflicht eines jeden Edelmannes, zu beweisen, daß es keinem solchen Wesen gestattet sein sollte, so zu tun, als könne er gegen einen wahren Edelmann antreten; und ich selbst würde mich glücklich schätzen, gegen ihn zu reiten.«

»Beim heiligen Brian, der mein Namenspatron ist!« sagte Brian strahlend. »Da führt Ihr aber triftige Argumente ins Feld, James. Es ist in der Tat die Pflicht eines christlichen Ritters, solche Geschöpfe der Dunkelheit zu vernichten. Ihr braucht Euch nicht selbst für diese Aufgabe zu melden, James. Das werde ich tun.«

»Hm, na ja«, sagte Jim, »ich hatte gehofft, wenn ich mich freiwillig für den Waffengang mit dem Herausforderer melden würde, obwohl dieser möglicherweise nur ein dunkler Geist ist, würden andere Ritter begierig sein, dasselbe zu tun. Und da ich bekanntermaßen kein großer Meister der Waffenkunst bin, würden andere es vor mir versuchen wollen, und ich könnte ihnen höflicherweise den Vortritt lassen, wenn dies wirklich ihr Wunsch wäre ...«

»Ich zweifle nicht daran, daß es genug Männer geben würde, die diesen Wunsch tatsächlich hegen würden«, sagte Brian.

»Ihr seht also«, fuhr Jim fort, »ich hoffe, daß dieser schwarze Ritter über alle anderen Kämpfer siegt, so daß er am Ende den Preis des Tages gewinnt – die Krone oder welche Trophäe auch immer die Dame, die der Graf dazu bestimmt, dem Sieger überreicht. Auf diese Weise hätte der schwarze Ritter die Möglichkeit, zu den Tribünen zu kommen, wo alle Gäste sitzen werden.«

Triumphierend hielt er inne. Brian und Aragh sahen ihn an.

»Versteht Ihr denn nicht?« fragte Jim. »Das ist der Grund, warum ich Mnrogar zu dem schwarzen Ritter machen will. Auf diese Weise hat er die Gelegenheit, dicht an allen Gästen vorbeizureiten und den anderen Troll unter ihnen auszumachen. Dann kann er ihn herausfordern oder auf eine andere Art und Weise entlarven. Damit wäre sein Problem gelöst und das des Grafen ebenfalls.«

Er wartete.

Brian und Aragh zuckten mit keinem Muskel. Beide blieben, wo sie waren, und sahen ihn immer noch unverwandt an. Nach einigen langen Sekunden beugte Brian sich über Jim, legte ihm dann sachte eine Hand auf die Stirn und blickte unterdessen zur Decke empor. Einen Augenblick später nahm er die Hand wieder weg.

»Seltsam«, sagte er nachdenklich. »Ihr fühlt Euch nicht wärmer an als gewöhnlich. Habt Ihr in letzter Zeit unter einem Fieber gelitten, James?«

»Mir geht es bestens!« rief Jim. »Was ist los mit Euch? Mir scheint dieser Plan sehr gut zu sein.«

»Ein Troll, der mit Rittern eine Lanze brechen soll?« fragte Brian langsam und mit undurchdringlichem Blick. »Es wäre einfacher, einem Berg beizubringen, bei Tisch aufzuwarten.«

»Nun, wie ich schon sagte, ich weiß, daß es nicht einfach sein wird«, meinte Jim. »Aber bis zum letzten

Tag der Feiern müßten wir diese Probleme doch in den Griff bekommen können …«

In diesem Augenblick explodierte ein Gedanke in Jims Kopf, und er brach plötzlich ab.

»Laßt mich einen Augenblick nachdenken«, sagte er zu den beiden anderen.

Brian lehnte sich bereitwillig in seinem Sessel zurück. Aragh legte sich auf den Boden und machte alle Anstalten, augenblicklich einzuschlafen, obwohl Jim aus vergangenen Erfahrungen vermutete, daß der Wolf nach wie vor wach war und ihn weiterhin aufmerksam beobachtete.

Jim war in den Sinn gekommen, daß Carolinus ihm nachdrücklich eingeschärft hatte, daß er ihm nicht länger helfen könne. Und der Grund dafür war der gegenwärtige Aufstand in der Magierschaft, weil Jim das Privileg zusätzlicher magischer Energie genoß. Die Frage war nun, ob das bedeutete, daß Carolinus ihm nicht einmal helfen durfte, indem er ihm einen Rat gab. Wenn es tatsächlich bedeutete, daß Carolinus ihn nicht beraten durfte, dann erklärte das auch, warum der ältere Magier ihn in letzter Zeit gemieden hatte – theoretisch konnte dieser Umstand Jims ohnehin heikle Position noch weiter gefährden.

Vielleicht war ein Rat das einzige, was Jim im Augenblick bekommen konnte, aber diesen Rat benötigte er dringend. Er hatte keine Ahnung, wie er auf magischem Wege eine Rüstung und ein Streitroß für Mnrogar herbeischaffen konnte. Er hatte verschwommene Ideen, wie man ein gewöhnliches Pferd in das benötigte Streitroß verwandeln konnte. Solche Dinge lagen gewiß in Carolinus' Macht, und wenn der Magier ihn in die richtige Richtung wies, sollte Jim eigentlich in der Lage sein, sich den Rest selbst zusammenzureimen.

Aber wenn er nicht mit Carolinus reden konnte, hatte er ein Problem. Er hatte Carolinus' Worten entnommen, daß er nicht ungestört mit seinem Meister reden konnte, ohne daß andere ranghöhere Magier erfahren würden, daß die beiden Kontakt miteinander gehabt hatten. Das war gewiß der einzige Grund, warum Carolinus sich von ihm fernhielt. Aber gerade eben war Jim ein bemerkenswerter Gedanke gekommen. Er konnte in der magiersicheren Abgeschiedenheit der Insel der Verlorenen Jungen aus der Geschichte von *Peter Pan* mit Carolinus reden, so wie sie es schon einmal getan hatten. Dazu mußte er lediglich Tinker Bell rufen …

Plötzlich hielt er inne. Ihm war gerade eingefallen, daß er sich noch in der Burg befand, wo seine Magie nicht funktionierte. Er erhob sich und kleidete sich an.

»Kommt«, sagte er. »Ich muß von hier weg, um ein wenig Magie zu erproben.« Brians Gesicht verriet für einen Augenblick, daß der Gedanke an Magie ihn mit einer gewissen Beklommenheit erfüllte. Aber er stand augenblicklich auf, um Jim zu folgen. Dasselbe tat Aragh, allerdings mit undurchdringlicher Miene.

Wenige Minuten später befanden sie sich unter der Burg in Mnrogars Höhle. Jim argwöhnte, daß für Aragh selbst dieser Ort besser roch als die menschliche Behausung, die sie gerade verlassen hatten. Dennoch machte er sich sogleich ans Werk und drängte alle Unerheblichkeiten beiseite.

Im Geiste versuchte er, auf die Innenseite seiner Stirn folgenden Zauber zu schreiben:

ICH WILL REDEN MIT TINKER BELL

Nichts passierte. Er versuchte es noch einmal. Immer noch nichts. Er versuchte sich mit aller Macht an Tinker Bells winzige, silberglöckchengleiche Stimme zu erinnern, die ihm ins Ohr flüsterte … aber die Stimme wollte nicht erklingen.

Er entspannte sich einen Augenblick lang.

Da kam ihm eine neue Idee.

Es mußte nicht die Insel in der Geschichte von *Peter Pan* sein. Warum konnte es nicht irgendein anderer Ort in irgendeiner anderen Geschichte sein? Außerdem deutete Carolinus immer an, daß Jim versuchte, seine Magie auf die falsche Art und Weise zu benutzen. Magie, sagte Carolinus immer wieder, war eine Kunst, und das mußte Jim im Gedächtnis behalten.

Carolinus hatte versucht, ihm etwas zu erklären, aber der Unterschied zwischen dem Denken des vierzehnten und dem des zwanzigsten Jahrhunderts hatte es Jim unmöglich gemacht, den alten Magier gleich zu verstehen. Vielleicht war Magie tatsächlich eine Frage der künstlerischen Auffassung und weniger der tatsächlichen Zaubersprüche oder Befehle? Jim hatte sich bereits mit Erfolg auf magische Weise an verschiedene Orte versetzt. Und immer hatte er das getan, indem er einen Zauber schrieb, aber auch – das wurde ihm jetzt klar – indem er sich den Ort oder die Person, die er suchte, vorstellte.

Er versuchte es noch einmal.

ICH INS HAUS VON SHERLOCK HOLMES

In Gedanken konzentrierte er sich auf die Vorstellung des Raums, der in den Geschichten über Sherlock Holmes so oft beschrieben worden war …

Und er war dort.

Es war der Raum, wie er ihn immer vor sich gesehen hatte, mit den übermäßig dick gepolsterten Sesseln des neunzehnten Jahrhunderts, dem Kaminsims mit der Pfeife des Meisterdetektivs und der üppigen Schale, die mit einer dicken Rußschicht überzogen war. An der Wand sah er die Einschußlöcher, die die Buchstaben SM formten.

Sherlock Holmes selbst war nirgends zu sehen. Ein Mann, kleiner und schwerer, als Jim sich Holmes jemals vorgestellt hätte, stand mit dem Rücken zu Jim an einem Schreibpult.

Die Worte: »Dr. Watson, wenn ich mich nicht irre?« lagen Jim beinahe unwiderstehlich auf den Lippen; aber er drängte sie zurück. Und gerade noch rechtzeitig, wie sich herausstellte. Denn als er den Mund öffnete, um etwas zu sagen, ging die Gestalt von dem Pult rückwärts zur Tür. Die Tür öffnete sich, bevor er sie berührte, dann ging er rückwärts hinaus, die Tür schloß sich, und Jim war allein.

Ein kleiner Fehler in seiner Magie, sagte sich Jim. Er wollte gerade zu Brian und Aragh zurückkehren und noch einmal von vorne anfangen, als es ihm in den Sinn kam, daß es wahrscheinlich eine einfachere Möglichkeit gab.

Wenn Magie eine Frage der Vorstellungskraft war ... Versuchsweise stellte er sich eine Analoguhr mit Stunden-, Minuten- und Sekundenzeiger vor. Dann ließ er den Sekundenzeiger seines Gedankenbilds sichtbar rückwärts kreisen. Schließlich hielt er ihn an und ließ ihn wieder vorwärts gehen.

Die Tür wurde geöffnet. Der kleine stämmige Mann kehrte in den Raum zurück, blieb stehen und sah ihn durchdringend an.

»Also wirklich«, sagte er mit ärgerlicher Stimme, »wie sind Sie hier hereingekommen, ohne daß Mrs. Hudson Sie angemeldet hat?«

»Mein Name ist James Eckert«, sagte Jim. »Es ist von größter Wichtigkeit, daß ich augenblicklich mit Mr. Holmes reden kann. Ist er zu Hause?«

»Einen Augenblick.« Dr. Watson trat wieder aus dem Zimmer und zog die Tür hinter sich zu. Durch ihre Vertäfelung hörte Jim ihn rufen: »Holmes? Holmes, da ist jemand ...« Watsons weitere Worte wurden mit gesenkter Stimme gesprochen, so daß man sie durch die Tür nicht mehr hören konnte.

Jim wartete. Einige Sekunden später wurde die Tür

wieder geöffnet, und Watson schob den Kopf hindurch.

»Mr. Holmes wird in Kürze bei Ihnen sein«, sagte er und zog die Tür abermals kategorisch zu.

Jim tat in aller Eile sein Bestes, sich Carolinus vorzustellen und dazu die verzweifelte Notwendigkeit, ihn zu sprechen – er versuchte sich ausschließlich auf das Bild von Carolinus und das Gefühl, dringend mit ihm reden zu müssen, zu beschränken, ohne irgend etwas in Worte zu fassen. Carolinus würde, Meistermagier, der er war, die Dringlichkeit der Situation gewiß spüren und auch wissen, wo Jim zu finden war.

Er irrte sich nicht.

Es folgte ein kleiner Donnerschlag in dem Raum. Plötzlich stand Carolinus vor ihm, der selbst große Ähnlichkeit mit einer Gewitterwolke hatte, als er Jim nun anfunkelte.

»Wie habt Ihr das geschafft?« fragte er barsch. »Ich habe mein Bestes getan, um mich von Euch fernzuhalten, weil ich wußte, Ihr würdet mich irgendwie an den Ohren herbeizuschleifen versuchen. Damit könntet Ihr das wenige zunichte machen, was ich in dieser Angelegenheit, die Euch und Angie betrifft, hätte tun können! Aber wie habt Ihr das geschafft?«

»Dann habe ich uns also an einen Ort gebracht, an dem wir reden können, ohne daß die anderen Magier etwas davon erfahren?« fragte Jim eifrig.

»Natürlich!« sagte Carolinus. »Aber wie habt Ihr das angestellt? Antwortet mir sofort, denn möglicherweise hängt von der Antwort auf diese Frage Eure und Angies Zukunft ab.«

27

JIM ERZÄHLTE ES IHM.

»Ich verstehe.« Carolinus' Miene hellte sich auf. »Ich nehme an, Ihr habt mittlerweile selbst entdeckt, warum

Ihr keine Antwort von Tinker Bell bekommen habt, als Ihr es versuchtet?«

»Weil ich nur versucht habe, sie zu rufen?« fragte Jim. »Weil ich nicht versucht habe, sie mir vorzustellen, so wie ich mir diesen Ort und Euch vorgestellt habe? So wie ich mir vorgestellt habe, daß die Zeit erst rückwärts läuft und dann wieder vorwärts?«

Carolinus machte ein enttäuschtes Gesicht.

»Hm«, sagte er. »Ich sollte Euch wohl trotzdem gratulieren.«

»Wieso trotzdem?« Jim sah ihn fragend an.

»Trotzdem, weil Ihr endlich die Erfordernisse für einen echten Magier der Kategorie drei erfüllt – allerdings immer noch auf Lehrlingsniveau, vergeßt das nicht!« blaffte Carolinus. »Ein Lehrling steigt von der vierten in die dritte Klasse auf, wenn er aufhört, Worte für seine Magie zu benutzen und statt dessen auf direktem Wege Magie wirkt. Ihr seid also jetzt ein qualifizierter Lehrling der dritten Kategorie, statt nur eine Sondererlaubnis für diese Kategorie zu besitzen.«

»Gut!« sagte Jim.

»Na, immerhin etwas«, brummte Carolinus. »Einen Augenblick lang hatte ich gehofft, Ihr hättet mehr erreicht.«

»Was denn?« wollte Jim wissen.

»Das«, antwortete Carolinus, »müßt Ihr selbst herausfinden. Aber was Ihr da gerade getan habt, erledigt zumindest eine der Beschwerden, mit denen ich mich herumgeplagt habe: daß Ihr ohne die entsprechende Qualifikation der dritten Kategorie zugeordnet wurdet. Ich frage mich allerdings immer noch, wie es Euch gelungen ist, diesen Ort auszusuchen, um ungestört mit mir reden zu können. Die Geschichten, die mit diesem Ort in Verbindung stehen, sind noch nicht geschrieben worden.«

»Da, wo ich herkomme, kennt man sie bereits«, sagte Jim. »Genau wie die Geschichte von Peter Pan.«

»Ach ja?« sagte Carolinus. »Nur gut, daß man unser Gespräch nicht belauschen kann. Es gibt andere in der Magierschaft, deren Auffassung nach die bloße Tatsache, daß Ihr zukünftige Geschichten kennt, Euch einen unfairen Vorteil gegenüber anderen Lehrlingen gäbe. Aber die Antwort darauf wäre natürlich, daß Ihr nicht in dem Bewußtsein hierhergekommen seid, daß Ihr diesen Vorteil haben würdet. Ihr seid freiwillig hierhergekommen, aber ohne einen einzigen Gedanken an Magie im Kopf. Der wichtigere Punkt, nämlich daß man Euch zusätzliche Magie zur Verfügung gestellt hat, Magie, die sogar über die Ansprüche der dritten Kategorie hinausgeht – dieser Punkt ist immer noch die schwerwiegendere Anklage.«

Einen Augenblick lang herrschte Schweigen.

»Nun, trotzdem vielen Dank für die Glückwünsche«, sagte Jim.

»Oh, gern geschehen«, erwiderte Carolinus düster. »Worüber wolltet Ihr eigentlich mit mir reden?«

»Nun, ich habe da eine Idee entwickelt, wie Mnrogar in die Nähe der anderen Gästen kommen könnte, um den Troll unter ihnen zu wittern; aber als ich Brian und Aragh davon erzählte, schien die Sache eine Reihe von technischen Problemen aufzuwerfen ...«

Die Tür hinter Carolinus wurde jäh geöffnet, und ein großer, hagerer Mann mit dünnem Gesicht und scharf blickenden Augen trat mir energischen Schritten in den Raum. Er trug einen leicht verschlissenen, geblümten Morgenmantel.

»Welcher Natur ist Ihr Problem ...«, richtete er das Wort gerade an Jim, als sein Blick auf Carolinus fiel.

»Ah, Carolinus«, sagte er. »Wie nett, Euch einmal wiederzusehen.«

»Ich könnte dasselbe zu Euch sagen, mein lieber Holmes«, erwiderte Carolinus mit größerer Höflichkeit in der Stimme, als Jim sie bei ihm jemals gehört hatte.

»Darf ich Euch Mr. James Eckert vorstellen? Mr. Eckert hat bei mir studiert.«

»Ah, ja«, sagte Holmes, dessen scharfe Augen Jim geradezu zu durchbohren schienen. »Sie sind eindeutig Amerikaner, Mr. Eckert. Aus dem Mittleren Westen?«

»Wie ... ja«, antwortete Jim. »Wie haben Sie das erraten?«

»Ich rate nie«, sagte Holmes. »Ich ziehe Schlußfolgerungen. Nach dem, was ich bei meinem Eintritt von Ihrem Akzent gehört habe, sind Sie Amerikaner. Es schwingt ein winziger Anflug von französischem Einfluß in Ihrem Akzent mit, aber nichts von der schottischen Modulation der Worte, die darauf schließen lassen könnte, daß Sie aus einem weiter nördlich gelegenen Teil des amerikanischen Kontinents kommen. Andererseits weist Ihre Aussprache keines der Merkmale eines der südlichen oder westlichen amerikanischen Akzente auf, mit denen ich mich vertraut gemacht habe. Daher bleibt für Sie nichts anderes übrig, als die Mitte des Kontinents zwischen Nord und Süd.«

»Bemerkenswert!« sagte Jim. »Ihre Schlußfolgerung, meine ich, Mr. Holmes.«

»Nicht im mindesten«, wehrte Holmes ab. »Mein eigentliches Interesse gilt vielmehr der Frage, was Sie mir zu erzählen haben. Wenn es dasselbe ist, was Sie Magier Carolinus vortragen wollen, würden Sie uns vielleicht zuvorkommenderweise gleichzeitig mit Ihrem Anliegen vertraut machen.«

»Nun ...« Jim ertappte sich dabei, daß er schon wieder ›nun‹ gesagt hatte, und schwor sich im Geiste, das Wort für den Rest der Zeit, die er in Holmes' Gesellschaft verbrachte, von seinen Lippen zu verbannen. Er hatte keine Ahnung, wie weit der Detektiv über den Hintergrund der Geschehnisse im Bilde war, aber vernünftigerweise blieb ihm nichts anderes übrig, als ihnen beiden zu offenbaren, was er gerade Carolinus hatte erklären wollen.

Er stellte sich heraus, daß längere Erklärungen vonnöten waren, als er erwartet hatte. Carolinus hörte schweigend zu, ohne sich von der Stelle zu rühren. Sherlock Holmes schlenderte zu seiner Pfeife auf dem Kaminsims hinüber, stopfte sie mit Tabak, zündete sie an und schlenderte zurück, während er den Raum mit Rauchwolken zu füllen begann.

Als Jim schließlich zum Ende kam und auf die Reaktion seiner Gesprächspartner wartete, verharrte Carolinus stirnrunzelnd in seinem Schweigen. Holmes indes nahm die Pfeife aus dem Mund und begann mit entschiedener Stimme zu sprechen.

»Sowohl das Problem, das Sie beschreiben, als auch die betreffenden Personen stehen außerhalb meines gewohnten Erfahrungsbereichs. Heute leben wir natürlich, wie Ihnen bekannt ist, in einer modernen Welt. Außerdem ist Moriarty wieder einmal in London – ich habe gerade ein Telegramm dieses Inhalts erhalten –, und ich muß mich zuerst um ihn kümmern, daher habe ich im Augenblick nicht die Freiheit, mich mit Ihren Sorgen zu befassen.«

Er drehte sich um, trat zurück, klopfte den Tabakrest aus seinem Pfeifenkopf in die Asche im Kamin und legte die Pfeife wieder auf den Kaminsims.

»Allerdings«, sagte er, »gibt es in all diesen Angelegenheiten unausweichliche Muster. Ich würde Ihnen vorschlagen, Mr. Eckert, sich die Mühe zu machen, den geheimen Zeugen aufzuspüren, der bisher geschwiegen hat.«

»Den geheimen Zeugen?« fragte Jim.

Holmes machte noch einen Schritt auf die Tür zu. »Es gibt ihn und Sie werden schneller vorankommen, wenn Sie herausfinden, um wen es sich handelt, und sein verborgenes Wissen ans Tageslicht bringen.«

Mit diesen letzten Worten ging er durch die Tür und zog sie hinter sich zu. Jim und Carolinus blieben sich selbst überlassen.

»Wie hat er das gemeint?« fragte Jim Carolinus.

»Ich weiß nicht mehr als Ihr«, antwortete Carolinus. »Aber sein Rat ist immer zutreffend. Aber wichtiger wäre im Augenblick die Frage, was Ihr von mir wollt.«

»Ich hatte gehofft, Ihr könntet mir einen Rat geben«, sagte Jim. Dann fügte er hastig hinzu: »Ich meine nicht, daß Ihr mir auf magische Weise helfen sollt. Ich möchte Euch lediglich bitten, mir zu sagen, wie ich Mnrogar für seine Teilnahme an dem Turnier auf magischem Wege mit Rüstung und Pferd ausstatten kann.«

»Jim ...«, sagte Carolinus. »Wann werdet Ihr endlich begreifen? Ihr kommt von einem fernen Ort, wo man Dinge tut, die uns Hiesigen magisch erscheinen würden. Aber dennoch seid Ihr von dem volkstümlichen Aberglauben, was die Magie betrifft, verseucht – selbst wenn es um die Magie geht, die ich beherrsche. Ihr glaubt, sie könne beinahe alles bewerkstelligen.«

»Ist das denn nicht so?« fragte Jim. Er hätte beinahe ein *hier* hinzugefügt.

»Weit gefehlt!« Carolinus sah ihn böse an. »Genaugenommen kann die Magie, wie ich Euch schon früher zu erklären versucht habe, nur sehr wenig bewirken. Gewiß können wir Magier Dinge erscheinen und verschwinden lassen. Wir können sogar an einem Ort verschwinden und am nächsten wieder auftauchen; womit wir uns die üblichen Unbehaglichkeiten des Reisens ersparen. Magie kann Wunden heilen. Aber Ihr habt bereits gelernt, daß sie nur wenig gegen Krankheiten auszurichten vermag. Die Frage ist nicht, wieviel man mit Magie erreichen kann. Die Frage ist eher, wie wenig sie vermag, was bei gewöhnlichen menschlichen Angelegenheiten von Nutzen wäre. Die wichtigsten Dinge muß man aus eigener Kraft erreichen. So war es immer. Denkt nur an Euren Zweikampf mit der Seeschlange Essessili. Die Magie kann bestenfalls eine Unterstützung sein oder ein Hilfsmittel, um über eine Illusion eine gewisse Situation zu beeinflussen.«

»Aber genau das ist es, was ich brauche! Eine Illusion!« Jim packte die Gelegenheit beim Schopf. »Ich möchte, daß Mnrogar die Illusion eines schwarzen Ritters vermittelt, der in seiner Rüstung auf einem Pferd erscheint. Auf diese Weise kann er jeden menschlichen Ritter bezwingen, der es wagt, sich ihm entgegenzustellen. Er kann den Siegespreis erringen und langsam an allen Beobachtern des Turniers vorbeireiten. Auf diesem Wege bekäme Mnrogar die Gelegenheit, endlich den maskierten Troll unter den Gästen auszumachen. Ich bitte Euch nur, mir mit einer Belehrung zu helfen, wie ich die Magie wirken muß, um die Illusion eines schwarzen Ritters zu schaffen. Ich hoffe, Brian wird sich bereit finden, den Burgtroll auszubilden. Aber es würde uns sehr helfen, wenn wir es auf magischem Wege Mnrogar erleichtern könnten, zu lernen, wie man eine Lanze benutzt.«

»Und Ihr habt Euch darauf verlassen, daß ich diese Magie für Euch ersinne?«

»Es sei denn natürlich, Ihr könntet es nicht«, sagte Jim.

»Ich könnte es nicht?« fragte Carolinus.

Dann faßte er sich plötzlich wieder und sah Jim wütend an.

»Ihr vergeßt«, fuhr er Jim an, »daß ich immer noch versuche, nichts mit Euch zu tun zu haben, damit niemand mich beschuldigen kann, Euch zu helfen.«

»Aber wenn ich dafür sorge, daß Mnrogar den anderen Troll findet«, entgegnete Jim, »dann wird sich auf diese Weise wahrscheinlich herausstellen, welchen Plan die Dunklen Mächte für die Störung dieses speziellen Feiertagsereignisses beim Grafen hatten. Habe ich nicht recht?«

»Hm ...« Carolinus wurde nachdenklich. »Ihr *habt* plötzlich den Schritt in die dritte Kategorie gemacht ...«

Seine Stimme verklang. Er stand einfach nur da und blickte ins Leere.

»Könnte ich Aragh und Brian herholen, damit sie uns helfen, dieses Problem zu lösen?« fragte Jim.

Carolinus kehrte ruckartig in die Wirklichkeit zurück.

»Was? O gewiß, wenn Ihr das wünscht. Nein. Wartet einen Augenblick … laßt mich es tun …«

Er blickte angestrengt zur anderen Seite des Zimmers hinüber. Der Kaminsims und die Wand mit den Einschußlöchern darin verschwanden. An ihrer Stelle tauchte ein Teil von Mnrogars Höhle unter der Burg des Grafen auf, wo Brian und Aragh noch immer weilten. Brian blinzelte sie an. Aragh sprang augenblicklich auf. Aber keiner der beiden schien dem andersartigen Aussehen dieses Teils des Zimmers in der Baker Street 221B, wo Jim und Carolinus sich befanden, irgendwelche Aufmerksamkeit zu schenken.

»Brian, Aragh«, sagte Jim. »Verzeiht mir. Ich mußte einen Ort finden, an dem ich ungestört mit Carolinus und Euch reden konnte. Ich habe mit Carolinus über die Schwierigkeit gesprochen, Mnrogar als den schwarzen Ritter erscheinen zu lassen.«

»James«, sagte Brian, »wie kann das sein? Ihr und der Magier seid hier bei uns.«

»Jim«, sagte Carolinus' Stimme in Jims Kopf, *»sie können Sherlock Holmes' Zimmer nicht sehen. Sie hören mich auch nicht diese Worte sprechen. Ignoriert die ganze Sache einfach und laßt uns reden.«*

»Carolinus meint, wir sollten derartige Dinge außer acht lassen und einfach reden«, wiederholte Jim wie ein gut dressierter Papagei. Gleichzeitig versuchte er in Gedanken, die Übersicht über die augenblicklichen Vorgänge zu behalten. »Ich habe ihm von meinem Plan erzählt, Mnrogar als den schwarzen Ritter antreten zu lassen; er macht sich wegen einiger praktischer Schwierigkeiten Sorgen.«

»Sorgen!« sagte Carolinus laut. Jim sah, wie Brian und Aragh sich nach dem Magier umdrehten.

Aber Carolinus sprach weiter.

»Zum einen«, sagte er nun, »wo wollt Ihr ein Pferd finden, das sein Gewicht tragen und sich gleichzeitig bei dem Turnier auf geziemende Weise benehmen kann? Versucht gar nicht erst, eine Antwort zu finden, das wird Euch nicht gelingen. Ihr habt Euch darauf verlassen, daß ich dieses Problem für Euch löse. Aber wenn Ihr mich dazu nicht bewegen könntet, wäret Ihr bereit, es selbst zu versuchen, und, Jim, damit hättet Ihr nicht nur die Wirklichkeit auf das Ungeheuerlichste in Verwirrung gebracht, sondern das ganze Gebäude der Magie – und das zu einer Zeit, da Ihr schon genug Sorgen habt! Die Idee ist so weit hergeholt, daß es einem schier die Sprache verschlägt. Wie kann man von einem Troll erwarten, daß er sich wie ein Ritter benimmt?«

»Genausogut könnte man ein wildes Tier in eine Rüstung stecken«, warf Brian ein.

»Ein wildes Tier«, knurrte Aragh, »wäre nicht dumm genug, um sich so etwas gefallen zu lassen.«

Jim schwirrte der Kopf. Es schien, als würde er von allen Seiten gleichzeitig angegriffen, und zwar ausgerechnet von jenen, auf die er sich am meisten verlassen hatte. Er beschloß, einen Punkt nach dem anderen anzugehen.

»Aber ich erwarte doch gar nicht viel.« Er wandte sich an Brian.

»Seht, Brian, wenn wir Mnrogar in die Rüstung und auf das Pferd bekommen, bräuchtet Ihr ihm und dem Pferd lediglich gewisse Bewegungsabläufe beizubringen – nur einige wenige Gesten, die ihnen den äußeren Anschein geben, als wüßten sie, was sie tun. Sie brauchen nicht einmal zu wissen, warum sie es tun. Mit ein klein wenig Magie wäre das Ganze vielleicht nur noch eine einfache Frage der Unterweisung ...«

»James ...« Brian schüttelte traurig den Kopf. »Ihr wißt, daß Ihr selbst im Grunde noch nicht so weit seid, im Turnier gegen irgendeinen einigermaßen erfahrenen Ritter anzutreten. Und das, nachdem ich jahrelang versucht habe, Euch so viele Dinge beizubringen, die ein Mann wissen muß, ob er nun zu Fuß oder zu Pferd in einen Kampf zieht. Gewiß kann man mit Magie die wunderbarsten Dinge erreichen. Aber wie soll die Magie mir helfen, einem Troll mehr beizubringen, als ich Euch beigebracht habe, und das in nur wenigen Tagen! Selbst wenn er sich in der Lage zeigte, etwas zu lernen?«

»Was nicht der Fall sein wird«, schaltete Aragh sich ein.

»Also, in dieser Hinsicht«, sagte Jim, der einen Teil seines Selbstbewußtseins wiedergefunden hatte, »befindet Ihr Euch allesamt im Irrtum. Ich glaube, daß Mnrogar diesen anderen Troll unbedingt finden will und daß er alles dafür tun würde. Und nicht nur das; ich glaube auch, daß es ihm einigen Spaß machen würde, als unbekannter Ritter aufzutauchen und zu versuchen, ein menschliches Wesen mit einer Lanze zu durchbohren. Das entspräche seiner Natur. Man muß ihm dazu lediglich beibringen, daß er, statt jemanden aus einem Versteck heraus anzuspringen und mit Zähnen und Klauen zu kämpfen, mit einer langen, spitzen Lanze auf seinen Gegner zureiten und ihn vom Pferd stechen muß. Es ist lediglich eine andere Art des Angriffs, sonst nichts.«

»*Sonst nichts?*« wiederholte Brian. Nachdrücklich schüttelte er den Kopf.

»Und was die Rüstung und das Pferd betrifft«, fuhr Jim an Carolinus gewandt fort, »da könntet Ihr mir wirklich helfen, wenn Ihr wolltet, nicht wahr, Carolinus? Was ich meine, ist, man kann doch auf magischem Wege ein Ding so aussehen lassen wie etwas anderes?«

»Natürlich kann man das!« entrüstete sich Carolinus. »Aber darum geht es hier doch gar nicht. Hier geht es darum, daß ein solches Unterfangen nur von einem Magier meiner Kategorie zuwege gebracht werden kann. Das wird die Magierschaft sofort begreifen.«

»Wirklich?« fragte Jim. »Schließlich habt Ihr selbst gesagt, ich sei tatsächlich in die dritte Kategorie aufgerückt, indem ich mich in Sherlock Holmes' Räume versetzt habe. Ja, mehr noch, Ihr habt Euch beinahe so benommen, als hättet Ihr gedacht, ich sei noch höher hinaufgelangt.«

»Ich habe nichts dergleichen angedeutet!« protestierte Carolinus. »Aber wie dem auch sei, ich kann meine Kollegen unter den Meistermagiern nicht belügen.«

»Das müßtet Ihr auch nicht«, sagte Jim. »Ich glaube nicht, daß einer von ihnen versuchen würde, Euch mit der Frage zu bedrängen, auf welchem Wege wir diese Ergebnisse erzielt haben.« Carolinus' Schnurrbart stellte sich für einen Augenblick lang empört auf.

»Nein«, sagte er. »Aber sie könnten Verdacht schöpfen.«

»Die Frage ist – werden sie sich sicher sein?« fragte Jim. »Ihr habt selbst gesagt, daß ich, da ich von einem anderen Ort komme, manchmal Ergebnisse erziele, die jemandem, der hierhergehört, unmöglich wären. Es könnte durchaus mein Verdienst sein und nicht Eures. Vor allem, wenn die ganze Sache funktioniert. Habe ich nicht recht?«

Carolinus sah ihn an, öffnete den Mund und zögerte.

»Es ist vielleicht so gerade eben möglich«, sagte er zu guter Letzt. »Aber nur, wenn dieser ganze verrückte Plan aufgeht. Es wäre der Beweis, daß Ihr, wann immer Ihr den Wunsch habt, neue Magie schaffen könnt. Das habt Ihr ja schon einmal getan, damals beim Verhaßten Turm, als Ihr allein mit menschlichen Kräften die Dunklen Mächte besiegt habt. Natürlich dachte die gesamte Magierschaft, dies sei nur ein glücklicher Zufall gewesen ...«

Dann verfiel er für eine Sekunde in Schweigen und blickte an Jim vorbei ins Nichts.

»Trotzdem«, fuhr er fort, und aus seiner Stimme sprach neu erwachtes Interesse, »wenn Ihr dies fertigbrächtet, würde keiner Eure Leistung in Frage stellen. Einmal könnte so etwas ein Zufall sein, das zweite Mal würde auf eine Gabe hindeuten. Man müßte Euch in eine eigene Kategorie einstufen. Und angesichts der Tatsache, daß wir alle ständig Magie verlieren, nimmt die ursprünglich hochgeschätzte und überaus geheime Magie von Tag zu Tag ab. Wir brauchen dringend neuen Nachschub. Die Magierschaft würde Euch mit offenen Armen willkommen heißen, wenn Ihr die Gabe hättet, neue Magie zu schaffen.«

Er wurde nachdenklich. Plötzlich warf er seine langen, dünnen Arme mit gespreizten Fingern in die Höhe.

»Nun, warum nicht?« rief er. »Die Welt steht kopf. Meister dienen ihren Lehrlingen. Trolle werden Ritter. Vielleicht ist dies das Ende der Welt, und das Chaos hat den ordnungsgemäßen Ablauf der Geschichte endgültig aus den Angeln gehoben. Ja, ich könnte es durchaus tun – wenn Ihr Euren Teil beitragen könnt. Aber das kann ich mir einfach nicht vorstellen.«

»Magier!« sagte Brian. »Ihr würdet dies dulden?«

»Warum nicht?« entgegnete Carolinus. »Bisher ist in jeder Nacht dieser Weihnachtsfeier die Wilde Jagd über Eure Köpfe hinweggebraust, so, wie sie das in jedem Jahr um diese Zeit tut. Dennoch ist bisher niemand davon mitgerissen worden. Dieser Plan, den Jim da entworfen hat, ist keineswegs wilder. Wenn er Erfolg hat und der Burgtroll den Troll unter den Gästen vernichtet oder vertreibt, dann wird die Trollarmee, die sich um uns herum versammelt hat, vielleicht in alle Richtungen davonstürmen, und den Dunklen Mächten wird es nicht gelungen sein, diese heilige Zeit zu stören. Das zumindest könnte zu Jims Gunsten sprechen und mein Argument bekräftigen, daß er eine Sonderbehandlung verdient. Es besteht eine winzige Chance, daß dieser Plan ihn retten könnte. Eine Chance unter vielen, wie ein Stern unter all jenen am Himmel. Aber warum nicht?«

»Na also, Brian«, sagte Jim schnell. »Wenn Carolinus helfen wird, werdet Ihr dann ebenfalls helfen? Können wir uns nicht für den Troll und sein Streitroß etwas Einfaches ausdenken?«

»Wenn Ihr ein geeignetes Streitroß für ihn finden könnt«, wandte Brian ein. »Er wiegt gewiß zwanzig Steine oder mehr ...«

Jim stellte in Gedanken schnell eine Berechnung an. Zwanzig Steine waren annähernd dreihundert Pfund. Seiner eigenen Schätzung nach wog Mnrogar möglicherweise noch mehr.

»Er würde jedem Pferd den Rücken brechen, wenn wir überhaupt eins fänden, das ihn zu tragen vermag«, meinte Brian.

In Wahrheit hielt Jim eine Erleuchtung vor den anderen verborgen, die ihm schon vor einiger Zeit gekommen war. Er hatte lediglich den günstigsten Augenblick abgewartet, um sie den anderen zu präsentieren.

»Mit Carolinus' Hilfe«, sagte er und vermied es, dem Magier in die Augen zu sehen, »könnten wir auf magischem Wege dieses große Wildschwein verwandeln, das den Grafen und sein Pferd erschreckt hat, als die Gäste am ersten Morgen zur Jagd ausritten. Wenn man ihm mit Hilfe der Magie das Aussehen eines Pferdes geben könnte, sollte es eigentlich Mnrogars Gewicht tragen können. Und nicht nur das; seine natürlichen Instinkte würden es auch alles angreifen lassen, was sich ihm in den Weg stellt, so daß es sich mühelos daran gewöhnen lassen könnte, über den Turnierplatz zu stürmen.«

»Ja, ich war an diesem Morgen bei den anderen und habe den Keiler gesehen«, meinte Brian ungehalten.

»Ein schönes Tier, aber wie sollen wir es wiederfinden, ganz zu schweigen von der Frage seiner Ausbildung?«

»Ich kenne das Wildschwein, von dem Ihr sprecht«, warf Aragh ein. »Es gibt nur eins von dieser Größe hier in der Gegend. Ich kann es für Euch finden, wenn das alles ist, was Ihr braucht.«

»Bestens ...« Jim riskierte einen Blick in Carolinus' Richtung und war maßlos erstaunt von dem, was er sah. Carolinus' Miene hatte sich völlig verändert. In seine ansonsten so strengen Züge hatte sich ein Anflug fröhlicher Bosheit gestohlen. Jim wollte ihn eigentlich gerade fragen, ob Carolinus bei der Ausbildung des Wildschweins mitwirken würde; aber nun schien ihm die Frage überflüssig zu sein. Der ältere Magier blickte an ihnen vorbei zu einem in weiter Ferne liegenden Punkt.

»Das erinnert mich an die Zeit, als ich noch ein junger Magier war«, sagte er mehr zu sich als zu den anderen. Ein schwaches Lächeln, das sich nur als skrupellos beschreiben ließ, spielte um seine Mundwinkel. »Ja, ja, wirklich ... Jim? Wolltet Ihr noch etwas sagen?«

»Ich wollte nur fragen, ob Ihr uns dabei helfen würdet, das Wildschwein wie ein Pferd auszubilden. Und es müßte natürlich auch wie eines aussehen. Allerdings müssen wir es zuerst einmal fangen, nehme ich an ...«

»Nein, nein«, sagte Carolinus, immer noch mit einem bösen kleinen Lächeln, »das wird nicht nötig sein. Wenn Aragh weiß, wo der Keiler ist, bringe ich ihn einfach dahin, wo ihr anderen mit Mnrogar sein werdet.«

»Aber da wäre noch die Notwendigkeit, ihn wie ein Pferd aussehen und sich wie ein Pferd benehmen zu lassen ...«, begann Jim von neuem.

»Ach, das«, sagte Carolinus. »Ich werde mich mit diesem Wildschwein ein wenig unterhalten. Danach, denke ich, wird es mehr oder weniger das tun, was Ihr von ihm wollt; das heißt, soweit sich eben ein Wildschwein wie ein Pferd benehmen kann. Es gibt gewisse körperliche Beschränkungen, müßt Ihr wissen.«

Aragh schnaubte. Was genau dieses Schnauben bedeuten sollte, konnte Jim nicht mit Gewißheit sagen. Aber er war sich sicher, daß es nicht klug gewesen wäre, den Wolf danach zu fragen.

»Dann wäre da noch diese Sache mit Mnrogar«, sagte Carolinus beinahe träumerisch. »Mit dem kann ich mich auch unterhalten. Das macht ihn natürlich noch nicht zum Ritter, aber genau wie das Wildschwein würde es ihn für Vorschläge zugänglicher machen. Aragh, Ihr habt gesagt, Ihr wüßtet, wo dieses Wildschwein sich aufhält?«

»Ich weiß, wo ich nach ihm suchen muß«, sagte Aragh.

»Ausgezeichnet!« sagte Carolinus. »Dann werden wir beide uns jetzt auf die Suche machen.«

Carolinus und Aragh verschwanden. Brian blickte ausdruckslos drein. Gleichzeitig kam Jim zu Bewußtsein, daß der Teil der Baker Street 221B verschwunden war. Er befand sich zusammen mit Brian in Mnrogars Höhle. Carolinus, der nun seinen Entschluß getroffen hatte, ging nun offensichtlich höchst verschwenderisch mit magischer Energie um.

28

Als Jim in dem hell von Fackeln erleuchteten Saal an der hohen Tafel saß – die Luft war trotz der weit aufgerissenen Läden bereits stickig und überheizt –, erschien eine schlanke, weibliche Gestalt in einem abgetragenen, alten braunen Umhang. Sie hatte sich die Kapuze tief über den Kopf gezogen und hielt sie obendrein noch fest, um das Gesicht darunter zu verbergen. Vorsichtig ließ sie sich auf den Platz neben Jim gleiten.

»Ich bin es«, sagte Angie und zog die Kapuze gerade

weit genug hoch, um ihr Gesicht zu zeigen. »Du bist nüchtern! Gut. Ich habe mir schon Sorgen gemacht, aber ich wollte weder Enna noch die Amme hinunterschicken, um nachzusehen, ob ihr Herr sturzbetrunken ist. Daher habe ich Ennas Robe genommen und bin selbst hinuntergekommen.«

Sie öffnete die Kordel, die den Umhang in der Taille festhielt, und warf das Kleidungsstück von sich, so daß sie in einem grünen Gewand dastand, das ihrer Stellung als einem vornehmen Gast im Rittersaal schon eher entsprach.

»Ich habe mir Sorgen gemacht«, sagte sie.

»Und das mit gutem Grund«, erwiderte Jim.

Sie hatte wahrhaftig guten Grund. Die Mahlzeiten hatten sich im Lauf der Weihnachtstage immer mehr in die Länge gezogen, der Wein war mit immer weniger Wasser verdünnt worden, das Benehmen immer zügelloser geworden. Es war zwischen neun und zehn Uhr abends – was nach den Verhältnissen im zwanzigsten Jahrhundert gleichbedeutend mit einer Uhrzeit zwischen drei und vier Uhr morgens war. Die noch in der Halle verbliebenen Gäste – weil der Graf selbst ebenfalls noch anwesend war, handelte es sich um deren größeren Teil – gehörten zu denen, die grenzenlose Zecherei zu schätzen wußten. Sie aßen seit ein oder zwei Uhr nachmittags. Übliche Umgangsformen hatten schon lange chaotischen und mittlerweile geradezu gefährlichen Platz gemacht.

»Du *bist* doch nüchtern, oder?« erkundigte sich Angie. »Du sitzt nicht nur wie betäubt da und tust nur normal und vernünftig?«

»Nein«, versicherte Jim ihr. »Diesmal habe ich sie überlistet. Ich habe es geschafft, hauptsächlich Wasser zu trinken. Jetzt haben wir den Punkt erreicht, an dem ich nur noch so zu tun brauche, als tränke ich; mehr erwartet niemand – hoppla, da kommt schon wieder einer.«

Ein offensichtlich betrunkener, ganz in Braun gekleideter Ritter in mittleren Jahren, dessen Rock seine ausladende Gestalt nur mit Mühe umspannte, taumelte auf die gegenüberliegende Seite der hohen Tafel zu. Er hielt einen großen Becher, aus dem der Rotwein über den Rand schwappte.

»Auf einen Becher mit Euch, Sir Drache!« sagte er mit belegter Stimme und schwenkte den Becher, daß der Wein nur so herausschwappte. »Auf die Drachen!«

Jim hob seinen Kelch an die Lippen, nahm einen Schluck und hob ihn dann abermals in die Höhe.

»Auf Sir Randall!« rief er.

»Ihr tut mir zuviel der Ehre.« Der Ritter geriet abermals ins Taumeln.

»Wäre es nicht besser gewesen, seinen Familiennamen hochleben zu lassen? Oder ist Sir Randall der Vorname eines anderen Mannes?«

»Nein, es ist schon sein Name«, sagte Jim. »An die meisten Nachnamen kann ich mich beim besten Willen nicht erinnern. Wenn ich mich weder auf den Vor- noch auf den Nachnamen eines Mannes besinnen kann, spreche ich einen Toast auf einen Teil des Wappens aus, das sie alle auf ihrer Kleidung tragen. Im Notfall murmele ich irgend etwas. Sieh mich nicht so an, Angie; ich versuche auszuhalten, bis der Graf sich zurückzieht oder die Besinnung verliert; und ich glaube, daß es jetzt nicht mehr lange dauern kann, bis er ohnmächtig wird.«

»Ich hoffe, du hast recht«, sagte Angie. »Ich glaube nicht, daß du hier sicher bist, solange alle anderen in diesem Zustand sind.«

»Wahrscheinlich nicht«, erwiderte Jim.

Er ließ seinen Blick in der Halle umherschweifen. Vielleicht ein Drittel der Anwesenden hatte sich entweder schon bis zur Besinnungslosigkeit betrunken oder war diesem Zustand doch so nah, daß sie sich kaum noch von ihren Plätzen rühren konnten. Aber es gab auch genügend Leute wie Sir Randall, die sich noch auf den Beinen hielten oder so tun konnten, als wäre alles bester Ordnung – und das war der wirklich harte und gefährliche Kern der Trinker.

Es waren Männer, die sorgsam darauf geachtet hatten, sich nicht über einen bestimmten Punkt hinaus zu betrinken. Nun saßen sie aufrecht auf ihren Plätzen und bedachten alles und jeden, der sich ihnen vielleicht nähern konnte, mit einem glitzernden, auffordernden Lächeln.

Vor allem das Lächeln auf den Gesichtern von Männern wie Brian und Sir Harimore ließ besagte Herren aussehen wie der sprichwörtliche Tiger, auf dem die Lady vom Niger irrtümlich einen Ausritt unternommen hatte.

»Ich bin zu sehr Edelmann, um einen Streit vom Zaun zu brechen«, besagte dieses Lächeln, *»aber falls Ihr Lust haben solltet, mich zu kränken, stehe ich nur allzu gern zur Verfügung, falls es Euch gelüstet, mich zu einem kleinen Scharmützel herauszufordern.«*

»Nun, jedenfalls habe ich jetzt endlich Gelegenheit, dir etwas zu sagen«, ergriff Angie abermals das Wort. »Weißt du, daß Agatha Falon die Diener der anderen Gäste bestochen hat, damit sie unser Zimmer im Auge behalten? Sie möchte den kleinen Robert natürlich, wann immer dies möglich ist besuchen, uns aber nicht häufiger als notwendig stören. Ich sei ja so eine gute Hüterin des kleinen Jungen.«

»Wenigstens gibt sie es zu«, meinte Jim und versuchte sich auf irgend etwas zu besinnen, womit er die Angst zerstreuen konnte, die offensichtlich auf Angie lastete.

»Du bist nicht sehr scharfsinnig, Jim«, erwiderte Angie trocken. »Das ist so ungefähr die schlimmste Beleidigung, deren das vierzehnte Jahrhundert fähig ist. Auf diese Weise stellt sie mich auf dieselbe Ebene wie die Dienerschaft, zusammen mit Enna und der Amme.

Sie sagt damit, daß ich keine Dame bin. Eine schlimmere Kränkung kann es in dieser Gesellschaft kaum geben; vor allem wenn man von einer anderen Frau spricht, die einen höheren Rang bekleidet als man selbst.«

»Na ja«, sagte Jim beklommen. »Ich glaube nicht, daß sie irgend etwas tun kann, daher greift sie zu Beleidigungen. Sie ist seit Beginn des Essens am Tisch beim Grafen gewesen.«

»Sie ist hier?« fragte Angie und versuchte an Jim und dem massigen Körper des Grafen vorbei zu blicken, ohne daß man es ihr anmerkte.

»Ja, wirklich«, bekräftigte Jim.

»Ich bin durch den Seiteneingang gekommen«, sagte Angie und gab das Unterfangen auf. »Ich glaube nicht, daß ich sie bei Tisch gesehen habe. Ist sie betrunken?«

»Nicht so, daß man es bemerkte«, antwortete Jim. »Nach allem, was ich mitbekommen habe, kann sie ganz schön was vertragen – mehr als der Graf, trotz seines beträchtlichen Körpergewichts.«

»Dem Grafen steht demnächst noch eine Überraschung bevor«, prophezeite Angie düster. »Aber egal. Die Sache ist die, Jim, wir sind hier nur noch wenige Tage, und ich bin mir sicher, daß sie irgend etwas gegen uns oder den kleinen Robert im Schilde führt. Ich möchte, daß ein weiterer Bewaffneter oben Dienst tut, und zwar in unserem Vorderzimmer – es sei denn, du oder Brian oder ein anderer unserer Freunde wäre zugegen. Außerdem möchte ich, daß dem Mann verboten wird, mit Enna oder der Amme zu reden, genauso, wie sie nicht mit ihm reden dürfen. Das ließe sich doch machen, oder?«

»Noch ein Bewaffneter?« fragte Jim.

Angie nickte.

»Eigentlich geht das wohl über die Erlaubnis des Grafen, einen bewaffneten Mann vor der Tür haben zu dürfen, hinaus«, meinte er. »Aber ich glaube nicht, daß das jetzt, da die Festlichkeiten so weit fortgeschritten sind, noch eine Rolle spielt. Wie viele Tage haben wir noch vor uns? Doch nur noch morgen und übermorgen, oder?«

»Erzähl mir nicht, du hättest es vergessen«, sagte Angie.

»Ich habe es nicht vergessen«, antwortete Jim. »Ich erinnere mich daran, welchen Tag wir heute haben, auch wenn ich vorhin etwas anderes behauptet habe. Aber ich hatte mit Mnrogar und diesem Wildschwein ziemlich viel zu tun. Brian tut sein Bestes, aber es wird an ein Wunder grenzen, wenn Mnrogar und das Wildschwein sich beim Turnier so benehmen, wie sie es sollten. Außerdem wagt Mnrogar nichts zu sagen, und selbst wenn es anders wäre, würde er es wahrscheinlich auch nicht richtig herausbekommen. Was er braucht, ist ein Page oder ein Herold, der vor ihm herläuft und verkündet, daß er jeden herausfordert.«

Jim räusperte sich.

»... Es wäre wohl nicht möglich, daß du eine Hose und ein Wams anziehst ...«

»Du bist verrückt, Jim!« rief Angie. »Ich bin eine verheiratete Dame. Am Hof in London ließe sich so etwas vielleicht machen. Aber hier auf dem Land würden die Leute uns nach einer solchen Sache behandeln, als wären wir Luft. Würde Brian einen Clownsanzug anziehen und Purzelbäume schlagen, um die Leute zum Lachen zu bringen?«

»Nein«, meinte Jim, den der Gedanke an einen Purzelbaum schlagenden Brian im Clownsanzug doch sehr befremdete, »aber er ist schließlich ein Ritter.«

»Und ich bin die Dame eines Ritters, eine Baroneß«, sagte Angie. »Vornehme Damen haben weit weniger Handlungsfreiheit als vornehme Ritter; und so etwas *tut* man einfach nicht! Das solltest du mittlerweile eigentlich wissen, Jim.«

»Wahrscheinlich würde es niemals jemand herausfinden, wenn du dich wie ein Page verkleiden würdest«, wandte Jim ein.

»Und vielleicht würde ein einziger mich doch erkennen«, entgegnete Angie grimmig. »Dann würde die ganze Welt davon erfahren. Nein.«

»Hm, wahrscheinlich hat du recht«, sagte Jim.

»Natürlich habe ich recht«, erwiderte Angie. »Und wo wir gerade von Leuten sprechen, die sich verkleiden und irgendwelche Possen reißen: Hast du vergessen, daß du an unserem letzten Abend hier den Josef in meiner Krippenszene darstellen sollst? Ich habe versucht, eine Probe anzusetzen, aber du bist nie zu fassen.«

»Angie«, sagte Jim, »ich schaffe es einfach nicht. Ein paar Stunden früher am Tag habe ich diese Sache mit Mnrogar und dem Turnier am Hals. Diese Angelegenheit mit den Drachen hängt ebenfalls noch in der Luft. Ich muß mir irgend etwas ausdenken, wie ich sie hierher bekommen kann, auch wenn sie niemanden als den Prinzen zu sehen bekommen, bevor sie wieder verschwinden. Dann wäre da noch diese Troll-Armee, die am Rand von Mnrogars Territorium hockt. Niemand weiß, was sie im Schilde führt. Ich muß mich an diesem Tag frei bewegen können. Wenn ich wegen dieser Aufführung bei dir sein muß, wären mir die Hände gebunden.«

»Und wenn nicht«, sagte Angie, »wird es keine Aufführung geben. Ich brauche einen Josef.«

»Ich habe dir doch gesagt«, erklärte Jim, »daß ich auf magischem Wege jemanden aus Malencontri hierherholen kann. Wir können ihn in ein Kostüm stecken und ihn mit Hilfe eines Zaubers dazu bringen, die Bewegungen zu machen und die Worte zu sagen, die du von ihm hören willst.«

»Hattest du jemals mit Amateurschauspielern zu tun?« erkundigte sich Angie.

»Natürlich nicht. Und das weißt du auch«, sagte Jim.

»Nun, du weißt, daß ich mich auskenne mit diesen Leuten«, sagte Angie. »Und die Chancen, daß etwas schiefgehen wird, stehen ungefähr neunundneunzig zu eins. Wer auch immer den Josef übernimmt, muß vielleicht improvisieren, um mit irgendwelchen Zufallsereignissen während der Aufführung fertig zu werden. Dein Ersatzmann aus Malencontri wird nicht mehr tun können, als wie ein Papagei zu wiederholen, was du ihm im voraus eingegeben hast. Du bist der einzige, der zu improvisieren in der Lage ist.«

»Nun, ich wiederhole also, was ich schon einmal gesagt habe«, bemerkte Jim. »Ich werde mein Bestes tun, um dazusein, wenn es soweit ist; aber du solltest besser irgend jemanden in der Hinterhand haben, falls ich nicht kommen kann. Vielleicht fällt mir irgendein Zauber ein, mit dessen Hilfe du auch seinen Text sprechen kannst, falls etwas schiefgeht.«

»Jim, klingt meine Stimme in deinen Ohren wie ein Bariton?«

»Ich kann deine Stimme wie einen Bariton klingen lassen«, sagte Jim. »Aber im Augenblick möchte ich nicht mehr darüber nachdenken müssen. Ich muß mich noch um zu viele andere Dinge kümmern.«

»In Ordnung«, sagte Angie. »Ich vertraue dir. Und wenn du die Sache in den Griff bekommst, reden wir noch einmal über deine Rolle. Aber für den Augenblick kannst du die Aufführung getrost vergessen. Wie geht es mit Mnrogar und dem Wildschwein voran?«

»Mnrogar ist ein Troll und das Wildschwein ein Wildschwein«, erklärte Jim.

»Du meinst, sie wollen miteinander kämpfen?« fragte Angie.

»Das nicht. Es ist mehr, daß die beiden niemals dasselbe tun wollen«, sagte Jim. »In dieser Hinsicht könnte man wohl behaupten, sie kämpften miteinander, aber sie tun es nicht absichtlich. Dafür hat Carolinus gesorgt. Sie sind jedenfalls wie die Lämmer hereinmarschiert. Das Wildschwein verwandelte sich in ein stattlich aussehendes Pferd und Mnrogar in einen riesigen, aber glaubwürdigen schwarzen Ritter. Aber von da an wurden die Dinge schwierig. Das Wildschwein mag zwar aussehen wie ein Pferd, aber es ist ein Pferd, das sich benehmen möchte wie ein Wildschwein; und Mnrogar mag aussehen wie ein Ritter, möchte sich aber benehmen wie ein Troll. Carolinus hatte recht. Es gibt da gewisse grundlegende Probleme …«

»Oh, warte mal!« sagte Angie. »Ich habe ganz vergessen, daß Kob-Eins oben hockt und mit dir reden will. Er sagte, es sei eilig. Secoh wartet offensichtlich auf irgendeine Botschaft von dir. Kob sitzt im Schornstein des Kamins im ersten Zimmer, wo Enna und die Amme ihn nicht sehen können.«

»Sie würden ihm schon nichts tun«, meinte Jim.

»Erklär ihm das mal«, entgegnete Angie. »Er vertraut mir nur deshalb, weil ich mit dir in Verbindung stehe. Na, wie dem auch sei, die Sache ist, daß er auf der Stelle mit dir reden will; das war es übrigens, weshalb ich überhaupt hier herunter gekommen bin.«

»Es ist doch lächerlich!« fuhr Jim auf. »Dieser Kobold übertreibt es mit seiner Vorsicht! Na, jedenfalls wird er warten müssen. Ich habe mich entschlossen, hier nicht eher das Feld zu räumen als der Graf. Allerdings glaube ich nicht, daß er sich noch lange auf den Beinen halten wird …«

Er brach plötzlich ab.

»O nein!« rief er.

Angie drehte sich um und blickte in die Richtung, in die Jim plötzlich geschaut hatte. »Was ist denn los? Ich sehe nichts Ungewöhnliches. Lediglich Brian hat sich nun hingesetzt und spricht mit einem anderen Mann, der genauso nüchtern zu sein scheint wie er.«

»Und eben das macht mir Sorgen«, sagte Jim. »Der andere ist Sir Harimore – du erinnerst dich an ihn?«

»Oh«, sagte Angie, »du meinst den Ritter, der sich erboten hat, mich von der Falkenjagd zurückzugeleiten? Warum sollen die beiden sich denn nicht unterhalten?«

»Solange sie sich *nur* unterhalten, habe ich nichts dagegen«, sagte Jim. »Aber sie können einander nicht ausstehen, und ich glaube, sie sind es langsam beide ein wenig müde, darauf zu warten, daß einer der anderen Gäste mit ihnen Streit sucht; daher scheint Sir Harimore zu Brian hinübergegangen zu sein, und am Ende könnten sie sich zu einem kleinen Schwertkampf zurückziehen – in gegenseitigem Einvernehmen.«

»Aber warum sollten sie das tun?« fragte Angie. »Ich dachte, sie fieberten schon dem letzten Tag der Festlichkeiten entgegen, an dem sie einander im Turnier begegnen werden.«

»Nun, das stimmt wahrscheinlich auch«, sagte Jim, »aber das ist nicht alles. Unter der Oberfläche brodelt es schon die ganze Zeit. Du weißt ja, daß Brian darauf angewiesen ist, Turniere zu gewinnen, um von den Preisen seine Burg Smythe zu unterhalten? Nun, Sir Harimore lebt in angenehmen finanziellen Verhältnissen und braucht sich keine Gedanken über sein Einkommen zu machen, aber er weiß, daß Brian am Rand der Armut lebt. Sie haben jeder zwei von vier Turnieren gewonnen, in denen sie gegeneinander geritten sind; und man kann fast sicher sein, daß einer von ihnen diesmal den Preis gewinnen wird.«

»Dann sollte es besser Brian sein«, sagte Angie. »Er wird in Kürze eine Menge Geld brauchen, hat Geronde mir erzählt – sie will allerdings nicht sagen, wozu.«

»Er braucht ständig eine Menge Geld«, sagte Jim. »Aber wie auch immer. Sir Harimore weiß es, und er ist einer von diesen Leuten, die fest entschlossen sind, besser zu sein als alle anderen – du erinnerst dich doch sicher an die Invasion der Seeschlangen. Sir John Chandos war damals bei uns in der Burg, als im Hof, wie es schien, ganz plötzlich ein Kampf losbrach?«

»Ja«, sagte Angie.

»Nun, wie du dich gewiß erinnerst, stellte sich später heraus, daß die Männer nur zur Übung gekämpft haben«, fuhr Jim fort.

»Ich erinnere mich«, bestätigte Angie. »Aber was hat das mit dieser Sache zu tun?«

»Nun, du weißt sicher noch, daß Chandos Brian die größten Komplimente gemacht hat, indem er ihn zu den besten Schwertern rechnete.«

»Das stimmt«, sagte Angie. »Jetzt erinnere ich mich wieder. Ich habe mich natürlich sehr für Brian gefreut und Geronde auch ...«

»Nun, genau darum geht es«, sagte Jim. »Die Sache hat sich herumgesprochen und ist auch Sir Harimore zu Ohren gekommen; und er kann den Gedanken einfach nicht ertragen, daß irgendwelche Leute Brian für einen besseren Kämpfer halten als ihn. Deshalb fürchte ich, daß diese scheinbar harmlose Unterredung zwischen den beiden Männern in dem übereinstimmenden Entschluß enden könnte, sich hinauszustehlen, um die Angelegenheit gleich jetzt mit dem Schwert zu regeln.«

»Aber«, meinte Angie, »sie würden einander doch nicht töten? Nicht, solange sie in der Burg Gäste sind, oder?«

»Nein«, sagte Jim. »Natürlich nicht. Das wäre eine Verletzung der Gastfreundschaft des Grafen. Aber ich fürchte, Harimore könnte die Sache den ganzen Abend lang geplant haben. Vielleicht hat er bisher nur so getan, als tränke er, so daß er Brian verwunden könnte – nicht schwer genug, um ihn von dem Turnier fernzuhalten, aber doch genug, um ihn zu beeinträchtigen.«

»Hm ...«, meinte Angie nachdenklich. »Vielleicht solltest du dem Grafen Bescheid sagen ...«

Jim schüttelte den Kopf.

»Nein. Das wäre undenkbar«, entgegnete er. »Es würde den Grafen nur in Verlegenheit stürzen und mir die tödliche Feindschaft Sir Harimores eintragen. Aber du hast recht. Ich muß sie irgendwie aufhalten ...«

Plötzlich hellte sich seine Miene auf.

»Angie!« sagte er. »Hast du Papier und die Schere bei dir, die unser Schmied für dich gemacht hat?«

Angie trug, wie einige der anderen Frauen, an einem Ziergürtel um ihre Taille einen Gürtel, und darin befand sich unter anderem immer ein Stück gefaltetes, in Frankreich gefertigtes Papier und einige der Kohlestückchen, die sie benutzten, um einander Nachrichten zu schreiben. Die Schere diente unter anderem dazu, ein Stückchen Papier abzuschneiden, auf das man schreiben konnte.

»Bring die Sachen mit«, sagte Jim, während er sich erhob, »und komm mit mir. Ich glaube, ich weiß jetzt, wie ich sie aufhalten kann.«

Beide traten von dem Podium, auf dem die hohe Tafel stand, hinunter und umrundeten den langen Tisch, an dem Brian und Sir Harimore nun saßen, nur wenige Schritte von einer Tür entfernt, die in einen Korridor führte; dieser Korridor zog sich den ganzen Saal entlang und endete an einer Tür, durch die man auf den Hof gelangte.

»Wieviel davon möchtest du haben?« fragte Angie unterwegs. Jim sah sich nach ihr um.

Sie hatte bereits die Schere hervorgeholt und zog das Ende des Papiers heraus, das ungefähr sechs Zoll breit und vielleicht drei Fuß lang war. Sie hatte den Bogen etwa sechs Zoll weit aus ihrer Börse gezogen. Jim dachte einen Augenblick lang nach.

»Ungefähr einen Fuß, schätze ich«, sagte er. »Ja, zwölf Zoll.«

»Was hast du damit vor?« wollte Angie wissen. »Hör mal, können wir vielleicht einen Augenblick stehenbleiben? Es ist nicht so einfach, das Papier im Gehen durchzuschneiden.«

»Du hast recht«, sagte Jim. »Wenn ich darüber nachdenke, muß ich mich sowieso für einen Augenblick irgendwo hinsetzen. Gleich da drüben sind schon viele

Plätze verwaist. Wir können reden, ohne belauscht zu werden.«

Sie blieben stehen und setzten sich. Angie schnitt das Stück Papier ab. Jim nahm es entgegen und begann es wie ein Akkordeon zusammenzufalten.

»Du hast mir noch keine Antwort gegeben«, machte Angie sich bemerkbar. »Was hast du mit dem Papier vor? Und warum faltest du es so zusammen?«

»Du erinnerst dich bestimmt: Wenn man ein Stück Papier auf diese Weise faltet und dann durch sämtliche Schichten eine Papierpuppe schneidet, braucht man es nur aufzufalten, und schon hat man eine Kette von Papierpuppen, die einander an den Händen halten?«

»Natürlich erinnere ich mich«, sagte Angie.

»Nun, ich kann in dieser Burg keine Magie wirken, solange der Segen des Bischofs auf ihr ruht«, sagte Jim. »Aber vielleicht kann ich irgendwie den Gedanken an Magie heraufbeschwören, um auf diese Weise Brian und Harimore davon abzuhalten, eine Dummheit zu machen.«

Er stand auf, schob sich das gefaltete Papier und die Schere in seinen Gürtelbeutel und ging auf den Tisch zu, an dem Brian und Harimore saßen – nur daß sie nicht mehr da waren.

»Sie sind weg!« rief er.

»Sie gehen gerade auf eine Tür zu«, sagte Angie. »Siehst du?«

»Ich sehe sie.« Jim wandte sich nun ebenfalls in diese Richtung. »Wir können sie draußen einholen. Das ist ohnehin besser so. Schnell – aber laß dir nicht anmerken, daß du es eilig hast.«

»Für dich ist das nicht weiter schwierig!« keuchte Angie. »Deine Beine sind länger als meine!«

»Schnell!« sagte Jim. Vor ihnen traten Brian und Sir Harimore durch die Tür in die Düsternis des Flurs dahinter, der zwar ebenfalls von Fackeln erhellt wurde, die man jedoch in größeren Abständen aufgestellt hatte. Er und Angie kamen gleich hinter den beiden Rittern durch die Tür.

Die beiden Männer waren ihnen nur ein halbes Dutzend Schritte voraus, und sie drehten sich beim Geräusch der Füße hinter ihnen nicht um. Jim beschleunigte seinen Schritt und ließ Angie ein kleines Stück hinter sich, während er versuchte, sie einzuholen, gerade als sie unter dem Licht einer der flackernden Fackeln hindurchgingen.

»Meine Herren!« rief er. »Einen Augenblick bitte!«

In dem Augenblick, als er die letzte Silbe ausgesprochen hatte, hatte Angie ihn eingeholt, und er stand direkt hinter den beiden Männern. Sie blieben stehen und drehten sich um.

Jim blickte in zwei Augenpaare, und keines der Augenpaare schien übermäßig erfreut zu sein, ihn und Angie zu sehen.

»Verzeiht mir, wenn ich Eure Unterredung störe, edle Herren«, sagte Jim – zwar hatten weder Brian noch Sir Harimore etwas gesagt, aber darum ging es im Augenblick nicht –, »ich war gerade unterwegs, um festzustellen, ob ich den Grund für das Omen, das ich gerade erhalten hatte, enthüllen könnte. Ich werde es wahrscheinlich erst in ein oder zwei Tagen wissen, aber ich dachte, ich könnte Euch beiden eine kleine Warnung zukommen lassen, obwohl ich im Grund nicht glaube, daß Euch wirklich Gefahr droht. Es ist äußerst unwahrscheinlich, daß einer von Euch beiden auf jemanden stößt, der vor dem Turnier Streit mit ihm sucht. Aber es ist nie eine schlechte Sache, vorgewarnt zu sein.«

»Ein Omen, James?« hakte Brian nach. Das Glitzern, das Jim vor einiger Zeit im Saal in seinen Augen bemerkt hatte, war immer noch da, genauso, wie es auch in Sir Harimores Augen noch zu sehen war, aber in Brians Stimme schwang ein Anflug unmittelbarer Vorsicht mit.

»Was für ein Omen?« wollte auch Sir Harimore wissen.

»Das Omen«, sagte Jim langsam und mit beeindruckendem Gehabe, »der Tanzenden Puppen!«

Die beiden Ritter sahen ihn erstaunt an. Es war natürlich Brian, der die unausweichliche Frage stellte.

»Ich habe noch nie von einem Omen der Tanzenden Puppen gehört«, sagte Brian. »Was ist das, James? Und was bedeutet es?«

»Ich will es Euch zeigen«, erwiderte James mit gewichtiger Stimme. »Ihr beide wißt ja, daß es unter dem Segen des guten Bischofs unmöglich ist, während der Weihnachtstage in dieser Burg Magie zu wirken. Aber solche Dinge wie Omen sind nicht unbedingt Magie.«

Er hob das Papier in die Höhe.

»Seht!« rief er. »Ich schneide willkürlich in dieses Papier und erlaubte der Schere, nach eigenem Willen ihren Weg zu finden.«

Er hielt die geöffnete Schere an den oberen Rand des zusammengefalteten Papiers und schnitt hinein, schnitt einen Arm aus, eine Schulter, einen runden Kopf, noch eine Schulter und dann wieder einen Arm, der zu den zusammengefalteten Rändern zurückführte …

Ohne das Papier loszulassen, schob er die Schere wieder in den Beutel an seinem Gürtel. Dann hielt er das Papier mit beiden Händen auseinander, so daß eine Kette puppenartiger Figuren sichtbar wurde, die einander an Händen und Zehen festhielten.

»Die Tanzenden Puppen!« sagte er mit unheilverkündender Stimme.

Das Glitzern in den beiden Augenpaaren vor ihm hatte eindeutig eine andere Qualität angenommen. Es war immer noch da, aber es war nun ein wachsames Glitzern. Nach einem Augenblick dramatischen Zögerns sprach Jim schließlich weiter. »Was dies tatsächlich zu bedeuten hat, werde ich erst in einiger Zeit wissen; aber im allgemeinen kündet es ein bevorstehendes

Unglück an. Natürlich wollte ich Euch warnen, Brian; und ich schätze mich glücklich, Euch in Gesellschaft Sir Harimores zu finden. Auf diese Weise habe ich Gelegenheit, auch ihm die Warnung zukommen zu lassen; und das macht mich glücklich, da ich größten Respekt für ihn empfinde, vor allem, nachdem ich ihn im Schwertkampf mit Sir Butram gesehen habe.«

»Von welchem Unglück sprecht Ihr, Sir James?« verlangte Harimore zu wissen.

Jim hielt absichtlich einen Augenblick lang inne und sah ihn an.

»Das«, sagte er schließlich so eindrucksvoll, wie es ihm möglich war, »kann ich Euch nicht sagen, Sir Harimore. Ich weiß nur, daß das Unglück, das die Tanzenden Puppen vorhersagen, für gewöhnlich den trifft, der es am wenigsten erwartet, und das auch noch aus einer Richtung, aus der er es nie vermutet hätte. Daher gibt es keinen Schutz dagegen, es sei denn, man ließe in allen Unternehmungen größte Vorsicht walten, vor allem bei solchen Unternehmungen, bei denen einem ein Unglück widerfahren könnte.«

Wieder hielt er kurz inne, dann faltete er die Tanzenden Puppen sorgfältig zusammen und schob sie zu der Schere in seinen Gürtel. Dann wandte er sich an Angie.

»Nun, Mylady«, sagte er, »wir müssen hinaufgehen. Euch beiden noch einen schönen Abend, Brian und Sir Harimore. Seid frohen Mutes, edle Herren. Die Möglichkeit besteht, daß das Omen sich auf jemand ganz anderes bezieht. Ich habe es Euch gegenüber lediglich erwähnt, weil ich der Auffassung bin, daß es nie schadet, in diesen Fällen eine Warnung auszusprechen. Euch noch einen schönen Abend und eine gute Nacht.«

»Gute Nacht, James«, sagte Brian. »Aber einen Augenblick, vielleicht gehe ich mit Euch, da uns unser Weg in dieselbe Richtung führt ...«

Er brach ab und wandte sich an Sir Harimore.

»Habe ich recht, Sir Harimore?« fragte er. »Seid Ihr meines Sinnes? Wir können unsere kleine Unterredung auf einen anderen Zeitpunkt verschieben?«

»In der Tat«, erwiderte Sir Harimore. »Ich rechne darauf, Euch bald wiederzusehen.«

»Das werdet Ihr zweifellos«, sagte Brian.

»Dann wünsche ich Euch allen noch einen schönen Abend«, erklärte Sir Harimore. »Mylord, Mylady, Sir Brian.«

Nach einer kurzen Verbeugung drehte er sich um, ging den Korridor wieder hinunter und trat durch die Tür in den Rittersaal.

»Kommt, Brian«, sagte Angie und reichte ihm ihren Arm. »Der Tag war für uns alle lang genug.«

29

»GESTERN NACHT ...«, BEGANN JIM, als er und Angie an dem Tisch in ihrem Quartier saßen und an ihren Tassen mit heißem, starkem Tee nippten. Die frühmorgendliche Sonne sandte ein paar Lichtreflexe durch die noch immer geschlossenen Läden und schenkte ihnen eine gedämpfte, aber dennoch freundliche Beleuchtung. »... habe ich Kob-Eins da eigentlich gesagt, er solle Secoh und den anderen Drachen Bescheid geben, daß sie sich hierher begeben sollen?«

»Hast du«, erwiderte Angie.

»Genau das habe ich befürchtet. Also warum ...« Jim schüttelte den Kopf wie eine nicht tickende Uhr. »Warum habe ich das bloß gesagt?«

»Keine Ahnung«, meinte Angie. »Du hast es mir nicht verraten. Ich dachte, du hättest gewiß deine Gründe.«

»Ha!« sagte Jim bitter.

»Bitte«, sagte Angie, »können wir auf diese mittelalterlichen Floskeln verzichten – zumindest wenn wir miteinander allein sind und noch dazu so früh am Tag.«

»Entschuldigung«, sagte Jim und rieb sich mit den Handballen Augen und Stirn. »Ich höre es bloß so oft, daß es mir unwillkürlich über die Lippen kommt.«

Er nahm die Hände von den Augen und sah, daß Angie ihn über den Tisch hinweg mitleidig anblickte.

»Warum hast du es dann überhaupt gesagt?« erkundigte sie sich.

»Keine Ahnung«, erwiderte Jim. »Vielleicht dachte ich, mir würde rechtzeitig irgend etwas einfallen. Ich habe sie tatsächlich gebeten, herzukommen, um sich am Abend des letzten Tages das Krippenspiel anzusehen, nicht wahr?«

»Genau«, sagte Angie. »Das ist die Botschaft, die Kob auf deine Anordnung hin Secoh überbringen soll.«

»Nun, dann ist es jetzt zu spät«, meinte Jim. »Ich bezweifle, daß sie sich nach dieser Mitteilung von hier fernhalten würden, selbst wenn ich persönlich zu ihnen ginge und sie darum bäte. Was mich verrückt macht, Angie, ist die Notwendigkeit, mich um achtzehn Dinge gleichzeitig zu kümmern. Und es war nicht der Wein, falls dir dieser Gedanke gekommen sein sollte. Ich habe gestern kaum etwas getrunken. Dabei wollte ich die Sache lediglich hinter mich bringen und für eine Weile vergessen.«

»Bist du dir sicher«, sagte Angie, »daß dich nicht irgend etwas quält, von dem du mir noch nichts erzählt hast?«

»Bestimmt nicht«, antwortete Jim.

Angie sah ihn mit ruhigem Blick unter ihren Wimpern hinweg an.

»Nun ja«, sagte Jim, »eine Sache vielleicht. Es ist natürlich nur eine Möglichkeit, und ich dachte nicht, daß ich dich damit belästigen sollte, solange du dich um Robert kümmern mußtest. Und außerdem ...«

»Was ist es?« fragte Angie sanft.

»Na ja«, sagte Jim, »du erinnerst dich doch an Son Won Phon, diesen Magier, der meine Verwendung von Hypnose kritisiert und behauptet hat, dabei handele es sich um ostasiatische Magie und ich sei nicht geziemend von einem Magier unterwiesen worden, der als Lehrer dieser Magie gelten darf?«

»Ich erinnere mich sehr gut«, sagte Angie.

»Na«, fuhr Jim fort, »jedenfalls sieht es so aus, als regten er und einige andere Magier sich ein wenig darüber auf, daß man mich in den Rang der dritten Kategorie erhoben hat, ohne daß ich wirklich dafür qualifiziert gewesen wäre – ach übrigens, du wirst dich freuen zu erfahren, daß ich mich kürzlich tatsächlich für die dritte Kategorie qualifiziert habe. Als ich das letzte Mal mit Carolinus sprach, hat er mir das gesagt.«

»Wann war das?« fragte Angie.

»Ach, vielleicht vor einem Tag, vielleicht ist es auch schon ein wenig länger her. Vielleicht vor mehreren Tagen. Es schien nicht besonders wichtig zu sein, da man mich sowieso wie einen Magier dritter Kategorie behandelt hat und ich so viele andere Dinge im Kopf hatte. Ich hätte es dir erzählen sollen, aber es ist mir ganz entfallen. Verzeih mir.«

»Das ist ja wunderbar, Jim!« rief Angie. »Aber das war es nicht, was du mir erzählen wolltest, oder?«

»Nicht direkt«, erwiderte Jim. »Das heißt, in gewisser Weise ist es wohl ein Teil davon. Um eine lange Geschichte kurz zu machen, Son Won Phon und einige andere Magier haben sich offensichtlich über meine ungewöhnliche Beförderung in den dritten Rang aufgeregt. Darüber hinaus ging es jedoch auch darum, daß man mir unbegrenzten magischen Kredit gewährt hat. Ihre Lehrlinge fanden, daß sie auch eine solche Chance bekommen sollten; und du weißt ja selber, wie so etwas ist …«

Jims Stimme verlor sich, und er lächelte sie an.

»Sprich weiter«, forderte Angie ihn auf.

»Oh«, sagte Jim. »Nun, es hat also ein wenig Aufregung darum gegeben, und es besteht die Möglichkeit – du verstehst, es ist nur eine entfernte Möglichkeit –, daß eine Mehrheit von Magiern sich dafür aussprechen könnte, daß sie zwei Leute aus dem zwanzigsten Jahrhundert nicht hier haben wollen, weil wir uns in den Lauf der Geschichte einmischen könnten. Möglicherweise beschließen sie, uns ins zwanzigste Jahrhundert zurückzuverfrachten. Als Carolinus mir das erste Mal davon erzählte, da hatten wir noch nicht beschlossen, Robert zu behalten, und ich hatte natürlich gedacht, du wärest nur allzu glücklich, zurückkehren zu können. Aber seit du für Robert sorgst ...«

Wieder gingen ihm die Worte aus.

Angie saß für einen Augenblick still da und blickte mehr oder weniger an ihm vorbei.

»Ja«, sagte sie. »Robert hat alles geändert. Ich könnte ihn niemals dieser Agatha Falon überlassen. Sie würde ihn in einen Brunnen werfen oder ihn im Schlaf ersticken, so wie sie es versucht hat, als ich sie erwischt habe.«

Plötzlich stand sie auf, machte ein paar Schritte auf Jim zu, setzte sich ihm auf den Schoß, schlang die Arme um seinen Hals und küßte ihn.

»Armer Jim«, sagte sie und drückte ihre Wange gegen seine. »Kein Wunder, daß du dich schrecklich gesorgt hast. Du hättest mir schon früher von dieser Sache erzählen sollen.«

»Es gab da noch andere Dinge«, sagte Jim schuldbewußt. »Ich meine, es war nicht nur das ...«

»Mach dir keine Sorgen mehr deswegen«, sagte Angie. »Carolinus wird sich darum kümmern, da bin ich mir ganz sicher; man wird uns nicht zurückschicken. Du kannst dich entspannen und aufhören, dir Sorgen zu machen.«

»Ja«, sagte Jim. »Die Sache ist nur ...«

Er zögerte. Angie richtete sich ein wenig auf und sah ihn argwöhnisch an.

»Gibt es noch mehr, wovon du mir bisher nichts erzählt hast?«

»Wie zum Beispiel was?« fragte Jim beklommen.

»Wenn wir hierbleiben dürfen, wird keins von diesen anderen Dingen auf die Dauer so eine große Rolle spielen, oder?«

»Ja und nein«, sagte Jim, der sich in seiner Haut höchst unwohl fühlte. »Wenn sie uns hierlassen, hat die Sache nämlich einen Haken. Sie könnten mir sämtliche magischen Kräfte nehmen, über die ich verfüge. Auf die Dauer würde mir nichts bleiben.«

»Na und?« fragte Angie. »Wir sind doch auch früher ohne Magie zurechtgekommen. Vielleicht kannst du dann sogar ein bißchen öfter zu Hause sein.«

»So einfach ist das nicht«, widersprach Jim. »Verstehst du, die Dunklen Mächte wollen sich offensichtlich an mir rächen, weil ich ihnen in der Vergangenheit mehrfach dazwischengepfuscht habe.«

Angie sah ihn entsetzt an.

»Du meinst doch nicht, daß all die anderen Magier dich schutzlos den Dunklen Mächten überlassen würden? Hat nicht Carolinus angedeutet, daß die Dunklen Mächte nicht wie ein menschliches Individuum wären und es sie daher nicht nach Rache gelüsten könnte?«

»Vielleicht nicht«, sagte Jim. »Aber ich weiß nicht, ob ich den Dunklen Mächten auch ohne meine Magie ein Dorn im Auge wäre. Ich meine, du und ich, wir haben auch ohne Magie in kleinen Dingen so manches bewirkt. Wie zum Beispiel, daß nun sämtliche Gäste des Grafen den Wortlaut von ›Good King Wenceslas‹ kennen und das Lied singen, Jahre, bevor es überhaupt geschrieben wurde. Außerdem haben wir auch auf Malencontri selbst einiges bewirkt.«

Er hielt inne und machte eine ausladende Geste. »Hinzu kommt, daß wir auch in der politischen Geschichte etwas bewirkt haben, als wir den Prinzen vor Malvinne gerettet haben. Die Dunklen Mächte müßten uns nicht unbedingt aus Rache angreifen. Es würde schon genügen, wenn sie mich für ein Körnchen Sand in ihrem Getriebe hielten. Sie würden mich einfach aus dem Weg haben wollen. Und so, wie sie die Dinge angehen, würde das heißen, daß sie mich vernichten werden – wahrscheinlich uns beide – und sogar Malencontri selbst sowie einige unserer engsten Freunde wie Brian, Giles und Dafydd.«

»Und Robert!« entfuhr es Angie, die sich plötzlich versteift hatte. Sie sprang von seinem Schoß auf und blickte auf ihn hinab. »Jim, du mußt etwas tun!«

»Da hast du's«, sagte Jim müde. Angie bückte sich schwungvoll, nahm ihn in die Arme und küßte ihn noch einmal.

»Ich habe es nicht so gemeint, wie es klang«, sagte sie. »Ich meine, *wir* müssen etwas tun. Ich werde dir helfen, so gut ich kann. Wobei kann ich dir helfen?«

»Ehrlich gesagt«, erwiderte Jim, »fällt mir nichts ein. Außer vielleicht, daß du mir es ersparst, den heiligen Josef spielen zu müssen, und daß du die Rolle des Herolds für Mnrogar übernehmen würdest. Aber du hast natürlich recht damit, daß ich als Josef gebraucht werde, und auch damit, daß du kein Herold sein könntest – und all das sind nur Kleinigkeiten. Das Beste, was du für mich tun kannst, wäre es wohl, wenn du mit Carolinus reden würdest, wie du es gerade vorgeschlagen hast. Wenn irgend jemand ihn dazu überreden kann, sich zu übertreffen, dann bist du das.«

»Ich werde mit ihm reden!«

Jim fühlte sich ein wenig unbehaglich. Angie war in gewisser Hinsicht wie eine geladene Waffe. Man sollte sie eigentlich nicht auf jemanden richten, den man nicht erschießen wollte. Andererseits konnte sie keinen Schaden anrichten, und vielleicht war das die kleine Aufmunterung, mit deren Hilfe man Carolinus dazu bewegen konnte, sie aus dieser Klemme mit den anderen Magiern zu befreien. In der Zwischenzeit …

Er trank seinen Tee aus.

»Na, dann werde ich mich auf den Weg machen«, sagte er. »Brian ist sicher schon mit Mnrogar auf diesem Übungsplatz, den Carolinus so ausgestattet hat, daß niemand zufällig auf der Bildfläche erscheinen kann. Dabei fällt mir übrigens ein, daß Carolinus selbst vielleicht über kurz oder lang dort auftauchen könnte. Wenn ja, werde ich ihm sagen, daß es von größter Wichtigkeit ist, daß du sofort mit ihm sprichst. Wenn es nicht von größter Wichtigkeit ist, wird er es wahrscheinlich aufschieben oder vergessen. Manchmal glaube ich, daß er immer geistesabwesender wird. Wo sind mein Schwertgürtel und mein Schwert? Ach, da sind sie ja.«

Er legte beides an.

»Na, dann seh ich dich später«, sagte er und ging auf die Tür zu.

»Du solltest dich wärmer anziehen«, riet Angie ihm. »Draußen ist immer noch Winter.«

»Ach ja«, rief Jim mit aufgesetztem Grinsen und machte auf dem Absatz kehrt. »Das wollte ich gerade tun.«

Es war nur ein Ritt von etwa fünf Minuten bis zu der Stelle im Wald, wo Brian solche Mühe darauf verwandte, Mnrogar und das verwandelte Wildschwein auf das Turnier vorzubereiten. Aber Jim legte auch diese kurze Strecke auf seinem Streitroß Gorp zurück, angetan mit Rüstung, Schild und Waffen.

All diese kriegerischen Vorbereitungen waren vielleicht nicht notwendig, aber kein Ritter wagte sich zu dieser Zeit in den Wald, ohne nicht zumindest sein Schwert mitzunehmen.

An diesem Morgen war Brian wie gewöhnlich vor Jim da und bereits in die Arbeit mit dem auf magische Weise verwandelten Troll und dem Wildschwein vertieft. Ihre beiden Knappen, John Chester und Theoluf, waren ebenfalls anwesend, um, wenn nötig, zu helfen.

Jim band Gorp bei den anderen Pferden fest, die ein kleines Stück von dem sehr real erscheinenden Turnierplatz entfernt standen. Sie hatten mit wenigen in den Schnee gesteckten Stöcken ein Feld markiert, und Carolinus hatte mit seiner Magie ein übriges getan. Für jeden Uneingeweihten hätte das Ganze wie ein richtiger Turnierplatz ausgesehen, mit einer Barrikade in der Mitte, die dafür sorgte, daß die gegnerischen Ritter auf verschiedenen Seiten der Barrikade gegeneinander anreiten konnten, ohne daß ihre Pferde Gefahr liefen zusammenzuprallen.

Das ganze Feld sah bis auf die umstehenden Bäume genauso aus, wie der Turnierplatz vor der Burg morgen aussehen würde – Jim zuckte bei dem Gedanken, daß es bis zu dem eigentlichen Turnier nur noch vierundzwanzig Stunden waren, innerlich zusammen –, und diese starke Ähnlichkeit war auch notwendig, weil das Wildschwein und Mnrogar nach Möglichkeit unter denselben Bedingungen ausgebildet werden sollten, unter denen sie auch würden kämpfen müssen.

Der größte Teil der Barrikade war reine Illusion. Aber die zwanzig Fuß in der Mitte waren von Carolinus' Magie so weit verstärkt worden, daß sie die notwendige Widerstandskraft besaßen. Das war die einzige Möglichkeit, sich gegen den Drang des Wildschweins zu wappnen, das gegnerische Pferd frontal anzugreifen; dasselbe galt für Mnrogars natürliche Neigung, seinem menschlichen Gegner möglichst nahe zu kommen.

Der Gedanke, Mnrogar könnte im letzten Augenblick von dem Rücken des Wildschweins über die Barrikade springen, um mit dem Ritter auf der anderen Seite zu ringen, war ein Alptraum für Brian und Jim gewesen. Nicht einmal jetzt konnten sie sicher sein, daß sie dem Wildschwein und dem Troll das richtige Benehmen für das Turnier beigebracht hatten. Das Schlimme war, wie Carolinus bereits bemerkt hatte, daß gewisse Dinge bei dem Keiler wie auch bei dem Troll vom Instinkt gesteuert wurden; daher ließen sie sich nicht so ohne weiteres beherrschen, sei es durch Ausbildung oder durch Magie.

Jim steuerte auf Brian zu, der sich mit einem müden Lächeln zu ihm umdrehte.

»Ihr müßt zugeben«, sagte Jim, als er sich seinem Freund näherte, »daß die beiden jetzt wirklich so aussehen, wie sie sollen.«

Und das stimmte auch. Mnrogar war als schwarzer Ritter schon beinahe glaubwürdig, wie er da mit vollständigem Plattenpanzer und Turnierhelm vor ihnen stand – wenn letzterer auch ein wenig Ähnlichkeit mit einem umgestülpten Eimer hatte, dessen Unterseite rund war statt flach und in den man einen Schlitz geschnitten hatte, durch den sein Träger nicht nur sehen, sondern auch atmen konnte.

Im Augenblick saß er vollkommen reglos und in vorbildlicher Haltung auf einem schwarzen Pferd von der Größe eines gewaltigen Brauereigauls, den Jim im zwanzigsten Jahrhundert einmal bei einer Parade gesehen hatte. Der hohe, schlanke Schaft des Turnierspeers ragte aufrecht neben seinem gepanzerten rechten Zeh aus seinem Sockel.

Das verwandelte Wildschwein war nicht minder beeindruckend. Auch das Tier stand vollkommen still und war in seiner Größe und tiefen Schwärze geradezu überwältigend. Einen Augenblick lang sehnte Jim selbst sich nach einem solchen Pferd – natürlich nach einem echten Pferd von dieser Größe, das obendrein ein ausgebildetes Streitroß sein sollte. Weder Troll noch Wildschwein gaben auch nur den geringsten Laut von sich.

»Begreifen sie denn wenigstens vage, worum es bei alledem geht?« fragte Jim.

»Sie haben sich mit der Zeit verbessert«, erwiderte Brian. »Manchmal glaube ich, sie könnten die Sache morgen ohne Fehler hinter sich bringen. Aber kaum ist mir dieser Gedanke gekommen, versucht Mnrogar bestimmt auch schon, seinen Speer wie eine Keule zu benutzen oder das Wildschweinpferd versucht durch die Barrikade zu stürmen. James, ich glaube nicht, daß man den beiden jemals vollkommen vertrauen kann. Wenn die Stunde kommt, müssen wir das Risiko eben eingehen und können nur hoffen, daß sie sich benehmen, wie sie sollen.«

»Vielleicht wird Carolinus ebenfalls auftauchen; er könnte ihnen noch den letzten Schliff zu geben, so daß sie sich auch ganz bestimmt nicht daneben benehmen werden«, überlegte Jim laut.

»Bei der heiligen Dreifaltigkeit!« rief Brian. »Das will ich doch hoffen!«

»Wie haben sie sich heute gehalten?« fragte Jim.

Brian bedachte die reglose, gepanzerte Gestalt und das schwarze Streitroß mit einem Stirnrunzeln und wandte sich von ihnen ab. Jim tat es ihm nach, um weiter mit ihm reden zu können.

»Heute habe ich sie noch gar nicht laufen lassen«, sagte Brian. »Wenn Ihr wollt, können wir das jetzt nachholen.«

»Dann los«, sagte Jim.

Sie drehten sich wieder um.

Der Ritter und das Pferd standen immer noch schweigend da. Aber während Brian und Jim ihnen den Rücken zugekehrt hatten, hatte das Pferd sich niedergelegt – nicht auf die Seite, wie ein echtes Pferd das getan hätte, sondern indem es seine Beine unterm Körper zusammenklappte. Der Ritter saß nach wie vor im Sattel, hatte aber die Beine von sich gestreckt, um nicht auf dem Boden stehen zu müssen. Brian stapfte auf das Pferd zu.

»Steh auf!« brüllte er.

Unbeholfen erhob sich das Pferd wieder auf seine Füße, und der Ritter schob seine Stiefel wieder in die

Steigbügel. Brian nahm die Zügel und führte das Pferd einige Schritte, bevor er es leicht herumdrehte, so daß es an der richtigen Seite der Barriere stand. Jim blickte daran entlang, um festzustellen, ob er erkennen konnte, wo der illusionäre Teil auf den soliden Bereich in der Mitte traf; aber er konnte keine Naht oder dergleichen entdecken. Wahrscheinlich war das nicht weiter überraschend, da das Ganze das Ergebnis von Magie war.

Brian reichte dem Ritter die Zügel wieder hinauf, der sie entgegennahm und mit der rechten Hand, wie es sich gehörte, zwischen dem zweiten und dem dritten Finger hielt.

»Hebt Euren Schild!« fuhr Brian ihn an.

Mnrogar hatte bereits den linken Arm durch die Riemen gezogen, mit denen er den Schild festhielt. Nun schob er diesen schützend vor sich, so daß Jim dessen Rückseite und gleich darauf das makellose Schwarz der Vorderseite sehen konnte. Der Schild schien die Kopie eines echten Schildes zu sein und bestand offensichtlich aus mehreren Schichten lackierten Holzes, das mit einer Lederhülle bespannt war.

Möglich, daß Mnrogars Plattenpanzer ebenfalls eine originalgetreue Kopie war. Nach einer gewissen Zeit würde er sich wahrscheinlich in Nichts auflösen – wahrscheinlich ein oder zwei Tage nach dem Turnier –, wie es das alle magischen Dinge früher oder später taten. Aber im Augenblick sah er so echt aus, wie man es sich nur wünschen konnte.

»John!« rief Brian seinem Knappen zu. »Macht Euch bereit, die Trompete zu blasen!«

Jim sah sich um und bemerkte zu seiner Überraschung, daß John Chester ein langes Silberhorn in Händen hielt, wie königliche Herolde es benutzten.

»Wo habt Ihr das her?« fragte er Brian.

»Was? Oh, natürlich von dem Magier«, sagte Brian. »John, ein Trompetenstoß, bitte!«

John Chester setzte die Trompete an die Lippen und brachte in der hellen Morgenluft einen bemerkenswert silbrigen Ton zustande. Als jedoch nichts geschah, sah Jim Brian fragend an.

»Beim eigentlichen Turnier«, erklärte Brian, »wird es natürlich eine kurze Verzögerung geben, bevor ein anderer Ritter auf die gegenüberliegende Seite der Barriere reitet. Es war Carolinus' Vorschlag, daß wir uns bei allem, was der Troll und das Wildschwein tun sollen, an einen genauen Zeitplan halten sollen. Auf diese Weise können sie die Unterschiede zwischen Übung und Wirklichkeit nicht so verwirren.«

Jim nickte. Sie warteten noch einige Sekunden lang, dann erschien ein anderer Ritter in Rüstung, der einen Helm trug und ein kastanienbraunes Schlachtroß ritt, am anderen Ende der Bahn auf der gegenüberliegenden Seite.

»Laßt das Signal für ›kampfbereit‹ ertönen, John«, sagte Brian.

Abermals wurde ins Horn gestoßen. Der Ritter am anderen Ende der Barriere – oder vielmehr das Abbild eines Ritters – nahm seinen Speer aus der aufrechten Position und legte ihn mit der stumpfen Spitze voraus über den Hals seines Pferdes und die Barriere.

Mnrogar tat dasselbe. Sein Pferd jedoch begann jetzt unruhig zu tänzeln und kleine, zuckende Kopfbewegungen zu machen.

»Macht er das immer noch?« fragte Jim.

»Natürlich!« antwortete Brian angewidert. »Einmal ein Wildschwein, immer ein Wildschwein. Alle Magie der Welt könnte ihn nicht von dem Wunsch befreien, mit seinen Hauern den Boden aufzuwühlen, um seinen Widersacher zu erschrecken. Ich bin ganz ehrlich, James, in dieser Hinsicht habe ich aufgegeben. Aber ich denke, daß es nicht viel schaden wird. Es ist natürlich ein etwas seltsames Benehmen für ein Pferd, aber Mnrogar mit seinen unglaublich breiten Schultern ist schon so seltsam, daß die Leute auf das Pferd gar nicht mehr achten werden. Unerfreulicher ist die Verzögerung, die das Wildschwein mit diesem Benehmen bewirkt. Aber daran läßt sich nichts ändern. Ihr müßt jedoch unbedingt daran denken, daß der Herold des Trolls darauf besteht, daß er derjenige ist, der die drei Signale zum Beginn der Tjost bläst... So, das Wildschwein ist endlich bereit.«

Das Pferd hatte seine wenig pferdeähnlichen Drohgebärden beendet.

»Blast zum Ritt, John!« rief Brian. »Jetzt!«

Ein dritter Ton des Horns erklang, die Gestalt des Ritters am anderen Ende der Bahn drängte ihr Pferd nach vorn, und Mnrogar und sein schwarzes Roß setzten sich ebenfalls in Bewegung, bis sie einen zügigen Galopp ritten. Mnrogar hielt die Lanze jetzt in der richtigen Stellung, quer über dem Sattel, so daß die Spitze über die Barriere hinausragte.

Jim sah voller Faszination zu. Er hatte solche Darbietungen während der vergangenen Tage einige Male gesehen, aber die ganze Angelegenheit war beinahe zu real, um gelassen zuschauen zu können. Die beiden schwerbewaffneten Gestalten stürmten aufeinander zu. Sie begegneten sich, und die Speerspitzen trafen auf die Rüstungen in dem Augenblick, als die Pferde aneinander vorbeistürmten. Der andere Ritter flog aus dem Sattel, während seine Lanze an Mnrogars Brustplatte barst.

Mnrogar ritt weiter; die Wucht der anderen Lanze schien ihn nicht im mindesten aus dem Gleichgewicht gebracht zu haben.

Der Troll brauchte noch zwanzig Meter, um sein Roß zum Halten zu bewegen. Und selbst da mußte er noch den Kopf des Tieres herumreißen, da dessen Wildschweininstinkt mit den gegenwärtig nicht existenten Hauern die Illusion des entfernteren Teils der Barriere zu zerstören drohte. Aber Mnrogars Kraft war der Aufgabe mehr als gewachsen. Er riß das Pferd von der Barriere weg, ließ es eine volle Kehre machen und trottete dann an das Ende zurück, an dem Brian und Jim standen.

»Daran ist nichts auszusetzen!« rief Jim glücklich.

»Ja«, sagte Brian düster. »Aber wird es bei jedem Waffengang so glatt gehen? Kurz und gut, James, haben die beiden die Sache ein- für allemal begriffen oder müssen wir jederzeit damit rechnen, daß etwas schiefgeht?«

»Ich weiß nicht«, erwiderte Jim. »Ich glaube nicht, daß wir da jemals sicher sein können. Wir müssen das Risiko einfach eingehen. Laßt sie noch ein paarmal laufen und seht, ob sie die Sache richtig hinbekommen.«

Sie bekamen sie hin. Mnrogar und das verwandelte Wildschwein machten sich bestens.

»Ich wüßte wirklich nicht, was daran auszusetzen sein sollte«, meinte Jim noch einmal. »Warum sagen wir nicht einfach, die beiden sind soweit – es sei denn, Euch fiele noch etwas ein, woran sie noch arbeiten müssen?«

»Nun ja«, meinte Brian, und er klang fröhlicher, als Jim ihn bisher gehört hatte, »da könntet Ihr recht haben, James. Vielleicht würden wir nur das Schicksal herausfordern, wenn wir weitermachen. Ich bin ganz Eurer Meinung. Bisher haben sie sich hervorragend geschlagen. Da wären natürlich noch einige Kleinigkeiten ...«

Er brach ab und sah zu Mnrogar und dem Wildschweinpferd hinüber, die im Augenblick hinter Jim standen. Die beiden waren gerade von ihrem letzten Lauf zurückgekehrt und hatten ihre anfängliche Position wieder eingenommen.

»Da wäre natürlich noch das.«

Er deutete mit dem Kopf auf etwas hinter Jim, und dieser drehte sich um. Das Wildschweinpferd hatte sich wieder niedergelegt, diesmal jedoch vollends auf die Seite. Mnrogar schien rechtzeitig hinuntergekommen zu sein. Er stand ein kleines Stück von dem Tier entfernt breitbeinig da und bot jetzt, da er auf seinen eigenen Beinen stand und nicht mehr im Sattel saß, ein noch beeindruckenderes Bild, wenn man sich das überhaupt vorstellen konnte.

Das Wildschwein hatte offensichtlich entschieden, sich zu wälzen. Und während es dies tat, trieb es den Sattel auf seinem Rücken in den Schnee und in den gefrorenen Boden.

»Laß das!« rief Jim und machte einen Schritt auf das Tier zu. Brian hielt ihn am Arm fest.

»Das geht schon in Ordnung«, sagte er. »Das macht es jedesmal, wenn es das Interesse am Turnier verliert und beschließt, sich eine Pause zu gönnen. Aber aus irgendeinem magischen Grund leiden weder der Sattel noch die sonstige Ausrüstung irgendwelchen Schaden.«

Jim entspannte sich. Mnrogar nahm den Helm ab, und einen Augenblick später funkelte sie über den in Stahl gewandeten Schultern sein drohendes Trollgesicht an.

»John! Theoluf!« blaffte Brian die beiden Männer an. »Helft Mnrogar aus seiner Rüstung.«

Die beiden Knappen traten vor und machten sich ans Werk.

»Da wäre noch eine Sache, James«, sagte Brian. »Wer auch immer der Herold ist, den Ihr mit der Aufgabe betraut, für den Troll zu sprechen, er muß eines klarstellen. Es darf kein Zweifel daran bleiben, daß Mnrogar auf keinen Fall den Preis annehmen wird, der dem siegreichen Ritter des Tages angeboten wird. Er muß sagen, daß er solcherlei Trophäen verachtet und den Anwesenden lediglich beweisen wollte, daß niemand auch nur die geringste Chance hat, ihm vom Pferd zu werfen.«

Jim sah seinen Freund mit offenem Mund an.

»Aber Brian, das würde die ganze Sache ruinieren!« sagte Jim.

Es war, als sei ihm gerade die ganze Welt auf einmal um die Ohren geflogen. Der schwarze Ritter mußte den Turnierpreis gewinnen. Wie sonst sollte Mnrogar Gelegenheit bekommen, langsam an allen Gästen auf der Tribüne vorbeizureiten und den verkleideten Troll zu wittern?

Aber das hatte er Brian doch gewiß bereits erklärt? Oder etwa nicht?

30

OFFENSICHTLICH HATTE ER das nicht getan.

Brian sah ihn mit einem kalten Ausdruck auf seinem für gewöhnlich freundlichen Gesicht an, einem Ausdruck, den Jim noch nie zuvor bei ihm gesehen hatte.

»Ihr habt doch gewiß nicht erwartet, James«, sagte Brian, »daß ich mich für so etwas hergeben würde? Hier haben wir einen Troll, der unrechtmäßigerweise mit einer magischen Rüstung und einem magischen Roß ausgestattet wurde und der zu etwas ausgebildet wurde, wozu er niemals auch nur im entferntesten die Fähigkeit besäße. Und dieser Troll soll gegürteten Rittern den Preis abnehmen, gegürteten Rittern, die ihr Schwert und ihre Sporen durch Beweise von Mut und Tugend im Kampf gegen ihresgleichen errungen haben? Es ist eine Sache, zu einem guten Zweck oder zur Belustigung aller ein Spiel oder ein Schaustück aufzuführen; aber all die ritterlichen und wahren tapferen Herren zu beschämen, indem man sie einem in einer Höhle lebenden, widerlichen Geschöpf unterliegen läßt, das alle Männer mit Recht bei der ersten Gelegenheit zerstören würden – ein Geschöpf, beim heiligen Antonius, das ohne seine magische Rüstung vor jedem Ritter mit einer Lanze in der Hand wie ein Hase davonlaufen würde!«

»Natürlich! Ja, ich weiß, was Ihr meint«, beeilte Jim sich seinem Freund zu versichern. In Gedanken suchte er verzweifelt nach der richtigen Antwort. »Ihr habt vollkommen recht, Brian. Ich gestehe meinen Fehler ein, und es beschämt mich zutiefst, daß ich die Sache nicht soweit durchdacht habe. Natürlich habt Ihr recht. Mnrogar darf den Tagessieg nicht erringen. Auf der anderen Seite, Brian, muß er eine Gelegenheit haben, an den Tribünen entlangzureiten, um den maskierten Troll auszumachen. Laßt mich nachdenken.«

Verzweifelt suchte er nach einer Lösung. Brian sah ihn abwartend an; sein Gesichtsausdruck war immer noch streng und richterlich.

»Ich hab's!« rief Jim, dem eine jähe Erleuchtung zuteil geworden war. »Natürlich! Keiner der Ritter müßte sich für seine Niederlage schämen, sobald klar würde, daß sie nur deshalb unterlegen waren, weil ihr Gegner mit Hilfe von Magie gesiegt hat. Habe ich nicht recht?«

Zum ersten Mal entspannte Brians Miene sich ein wenig.

»Wenn alle Anwesenden es erfahren«, sagte er. »Aber welchen Sinn hat es, seine echte Gestalt und Natur unter der Rüstung mit dem wappenlosen Schild zu verbergen, wenn nachher ohnehin offenbar wird, daß das Ganze nur Magie war?«

»Er muß sich nur bis zu einem bestimmten Zeitpunkt verborgen halten«, erklärte Jim ihm eifrig, »denn wenn er das nicht täte, könnte der Troll auf der Tribüne Verdacht schöpfen und fliehen. Wer auch immer der maskierte Troll ist, er wird in dem Augenblick fliehen wollen, in dem er Mnrogar in der schwarzen Rüstung riecht. Nun gut, Trolle scheinen nicht so eine gute Nase zu haben wie Aragh, aber wenn der Wind vom Turnierplatz kommt, könnte der Troll auf der Tribüne Mnrogar wittern, sobald er erscheint …«

»Für die Windrichtung morgen gibt es keine Gewähr«, meinte Brian grimmig. »Ich fürchte, worauf Ihr da hofft, James, ist unmöglich ...«

»Nein!« widersprach Jim. »Nein, das ist es nicht. Ich habe gerade nachgedacht. Unmittelbar bevor Mnrogar aus dem Zelt kommt oder auf dem Schauplatz erscheint – wie auch immer wir ihn auftreten lassen wollen –, kann ich jedem auf den Tribünen jeglichen Geruchssinn rauben.«

Brian sah ihn erst erschrocken, dann verwirrt an.

»Jedem, James?« fragte er. »Warum jedem? Warum nicht nur dem Troll, der maskiert unter den Gästen sein wird?«

»Das würde ich sicher machen, wenn ich wüßte, wer der maskierte Troll ist«, sagte Jim. »Aber da ich das nicht weiß, werde ich jedem auf den Tribünen den Geruchssinn nehmen, und zwar für die ganze Zeit, während Mnrogar mit den anderen Rittern kämpft. Der Troll, den wir entlarven wollen, mag zwar bemerken, daß ihm sein Geruchssinn abhanden gekommen ist, da dieser Sinn bei ihm schärfer ausgeprägt ist als bei einem Menschen; aber ich glaube nicht, daß ihn dieser Umstand allein erschrecken wird. Alle anderen werden wahrscheinlich nicht einmal bemerken, daß sie keine Gerüche mehr wahrnehmen. Würdet Ihr es merken, Brian, wenn Ihr plötzlich nichts mehr riechen könntet?«

»Früher oder später schon«, antwortete Brian langsam, »aber es mag sein, daß Ihr recht habt; vor allem angesichts der Aufregung eines Turniers.«

»Und selbst wenn die Leute etwas merken würden«, meinte Jim, den seine eigene Erleuchtung fortriß, »wäre das für sie wohl kaum ein Grund, plötzlich aufzustehen und die Tribünen zu verlassen, oder?«

»Während noch Zweikämpfe im Gange sind?« fragte Brian. »Nur weil man nichts riecht? So etwas wie der Verlust des Geruchssinns kann später geheilt werden, oder auch nicht – ganz wie Gott es will –, aber doch erst nach dem Turnier. Niemand würde aus so einem Grund das Turnier verlassen, nicht einmal, wenn er etwas merkte.«

»Genau das habe ich mir auch überlegt!« sagte Jim.

»Aber Ihr habt meine Sorge noch nicht beschwichtigt«, erwiderte Brian, der plötzlich wieder ernst geworden war. »Wenn Mnrogar alle Gegner besiegt, wird er gewiß vortreten, um den Preis für sich zu beanspruchen, da es das ist, was Ihr wollt; und es ist und bleibt eine Ungerechtigkeit, daß Ritter mit magischen Mitteln besiegt werden. Welchen Sinn hat es also, dafür zu sorgen, daß niemand etwas riechen kann?«

»Oh, was die Frage der Ungerechtigkeit betrifft«, meinte Jim, »vergeßt nicht, was ich Euch gerade gesagt habe. Wenn bekannt würde, daß der schwarze Ritter ein Troll in magischer Rüstung ist, der aufgrund dieses ungerechten Vorteils wahre Ritter aus dem Sattel stoßen konnte – dann würde jede Schmach der besiegten Ritter augenblicklich ein Ende finden. Wie könnte jemand eine abfällige Bemerkung über den Ritter machen, der im Kampf gegen Magie unterlegen war, der er sich nicht gewachsen zeigen konnte? Da seid Ihr doch gewiß meiner Meinung, oder?«

»Nun gut«, pflichtete Brian ihm stirnrunzelnd bei. »Aber wie wollt Ihr dafür sorgen, daß tatsächlich alle erfahren, daß Mnrogar ein falscher Ritter war?«

»Das dürfte nicht weiter schwierig sein, Brian«, sagte Jim. »Mnrogar besiegt jeden, der gegen ihn reitet und tritt vor, als wolle er den Preis für sich beanspruchen. Aber bevor er das tun kann, lasse ich ihn den Helm abnehmen, so daß jeder sieht, daß er nur ein Troll ist – was natürlich bedeutet, daß ihm kein Preis zusteht.«

Jim hielt den Atem an, sah seinen Freund an und drückte im Geiste die Daumen, daß Brian nicht plötzlich noch andere Einwände gegen diese Lösung finden würde.

Einen Augenblick lang wurde Brians Miene noch düsterer. Er blickte zu Mnrogar hinüber und betrachtete dann den verschneiten und aufgewühlten Boden unter seinen Füßen. Aber schließlich sah er zu Jim auf, und auf seinem Gesicht bildete sich ein Lächeln heraus.

»Und Ihr seid sicher, daß Ihr das zuwege bringen könnt, James?« fragte er. »Ihr werdet nicht nur den Anwesenden ihren Geruchssinn nehmen, Ihr werdet auch Mnrogar dazu bringen, seinen Helm abzunehmen, so daß alle sein Gesicht sehen können?«

»Genau dafür ist die Magie da!« sagte Jim und begann langsam wieder zu atmen. »Aber ich schwöre Euch, wenn irgend etwas schiefgeht, habt Ihr mein Wort darauf, daß ich allen die Sache erklären werde, daß Roß und Reiter auf magischem Wege verwandelt wurden. Und dann werde ich ihnen auch von dem maskierten Troll unter ihnen berichten. Verschweigen werde ich lediglich, daß Ihr es wart, der Mnrogar und das Wildschwein trainiert habt.«

»Ah?« sagte Brian. »Ja, das wäre sehr freundlich von Euch, James.«

»Es wird nicht nötig sein, auf diesen Teil der Angelegenheit näher einzugehen, selbst wenn ich eine Erklärung abgeben muß – und ich bin mir sicher, daß das nicht der Fall sein wird«, sagte Jim. Zum ersten Mal seit Tagen hatte er das irrationale Gefühl, daß morgen alles nach Plan laufen würde. Eine schwache Erinnerung quälte ihn einen Augenblick lang mit dem Gedanken, daß bisher jedesmal, wenn er dieses Gefühl gehabt hatte, etwas schiefgegangen war. Dennoch wallte eine solche Erleichterung in ihm auf, daß er Brian nun geradezu anstrahlte.

»Außerdem, Brian«, fuhr er fort, »wird die Aufregung darüber, daß Mnrogar den unter ihnen verborgenen Troll entlarven konnte, sie von allen anderen Dingen ablenken.«

»Gewiß«, bestätigte Brian. »Das wird sicher der Fall sein. Ganz zu schweigen von der Tatsache, daß sowohl das Wildschwein als auch der Troll ihre Sache heute morgen ohne jeden Fehler bewältigt haben. Wenn Ihr mit Mnrogars Verhalten zufrieden seid, kann ich ihm wohl auch vertrauen. Wir können dem morgigen Tag mit Zuversicht entgegenblicken.«

Er war wieder ebenso fröhlich und optimistisch wie gewohnt. Und Jim fand, daß dies ein überaus geeigneter Augenblick war, um ihr Gespräch zu beenden. Er schlug sich mit dem Handrücken auf die Stirn.

»Gütiger Himmel, Brian!« sagte er plötzlich, »mir ist gerade etwas eingefallen. Ich hatte Angie versprochen, sie in unserem Quartier abzuholen. Wahrscheinlich wartet sie schon auf mich. Darf ich also alles weitere Euch überlassen? Und Ihr seid mir nicht böse, wenn ich jetzt so plötzlich gehe?«

»Aber nein!« rief Brian fröhlich. »Zaudert nicht. Fort mit Euch!«

Als Jim in ihr Quartier kam, stellte sich heraus, daß Angie tatsächlich auf ihn wartete, und zwar in dem vorderen ihrer beiden Räume.

»Ha!« sagte Angie. »Da bist du ja. Das trifft sich gut. Du solltest dich besser sofort zum Essen umziehen. Wir sind in den letzten Tagen wahrhaftig zu oft zu spät gekommen. Das ist unser vorletztes Mittagsmahl hier. Zur Abwechslung sollten wir einmal unter den ersten sein.«

Jim überlegte, ob er sie darauf hinweisen sollte, daß sie gerade eben das mittelalterliche »Ha!« benutzt hatte, das sie ihm so energisch auszureden versuchte; er entschied sich jedoch dagegen. Aber die Sache mit dem Essen war etwas anderes.

»Angie«, sagte er, während er seinen Schwertgürtel ablegte und sich von den zusätzlichen Kleidungsstücken befreite, die er zum Schutz gegen die Kälte übergezogen hatte, »ich habe zwischen jetzt und morgen früh die Arbeit von drei Tagen zu erledigen ...«

»Die anderen Gäste reden schon darüber«, meinte

Angie, »wie selten du mit ihnen zusammen bist; es kursieren alle möglichen Vermutungen darüber, was du treibst, wenn niemand dich sieht.«

Aha! dachte Jim. Zweifellos würden einige Gäste derselben irrigen Vorstellung erliegen wie Brian – daß er mit einer der anderen Damen hier ein Techtelmechtel hatte. Angie sollte es eigentlich besser wissen, aber trotzdem war das Gerücht für sie gewiß nicht angenehm.

»Viele Gäste verschwinden von Zeit zu Zeit«, sagte Jim. »Entweder sie verschwinden, oder sie reden davon.«

Jim beschloß, das Thema künftig zu umschiffen. Angie ließ jedoch nicht locker. »Du siehst ja, daß ich mich bereits umgekleidet habe.«

Jim hatte bisher nichts dergleichen gesehen.

»Dein safranfarbenes Kleid? Ich dachte, das würdest du dir für morgen aufheben.«

»Die meisten Leute werden heute die ganze Nacht auf sein, oder jedenfalls fast die ganze Nacht«, erwiderte Angie, »und beim letzten Essen ist wahrscheinlich niemand mehr in der Lage, den Kleidern der anderen viel Aufmerksamkeit zu schenken. Einige Gäste brechen sogar gleich danach auf, weil sie zu einem bestimmten Zeitpunkt wieder zu Hause sein müssen. Aber darum geht es gar nicht. Mir geht es vielmehr darum, daß die Leute langsam aufmerksam werden und darüber reden, wie selten du zu sehen bist. Agatha Falon könnte da ihre Hand im Spiel haben – zumindest denke ich, daß sie das Gerücht in die Welt gesetzt hat. Aber wie dem auch sei, man stellt Fragen. Alles, was ich dazu sagen kann ist, daß Mnrogars Entlarvung des Burgtrolls diese Fragen beantworten sollte. Sonst werden nächstes Jahr alle möglichen Gerüchte über uns die Runde machen. Ich habe dir deine Sachen auf der Matratze auf dem Boden zurechtgelegt.«

»Das sehe ich.« Jim machte sich daran, sich umzukleiden.

»Was genau mußt du zwischen jetzt und morgen alles noch erledigen?« wollte Angie wissen, während sie sich aus Rücksicht auf ihr Kleid vorsichtig in einen der Sessel setzte, um Jim beim Umziehen zuzusehen. »Und was ist heute morgen passiert? Du wolltest nachsehen, wie Brian mit Mnrogar und dem Wildschweinpferd fertig wird, nicht wahr?«

»Das habe ich auch«, antwortete Jim. »Sie haben ihre Sache sehr gut gemacht. Aber Brian hätte beinahe alles über den Haufen geworfen, als er mich daran erinnerte, daß ich unbedingt dafür sorgen muß, daß die Ritter, die gegen Mnrogar kämpfen, nicht ihren Ruf gefährden. Es muß allen Gästen klargemacht werden, daß Mnrogar nur mit Hilfe von Magie den Sieg davontragen konnte. Ich habe Brian jedoch beruhigen können. Der Herold wird verkünden, daß der schwarze Ritter nicht das leiseste Interesse an irgendeinem Preis hat. Er möchte lediglich zeigen, daß er jeden aus dem Sattel werfen kann, der im Turnier gegen ihn reitet.«

»Ja, dieser Herold«, meinte Angie nachdenklich. »Hast du inzwischen einen Herold gefunden?«

»Bisher nicht«, antwortete Jim. »Ich werde nach Malencontri gehen und sehen, ob ich nicht jemanden finde, der wenigstens auf einem Pferd sitzen kann, während ich ihm auf magischem Weg Worte in den Mund lege. Ich dachte an May Heather. Ich könnte sie so verwandeln, daß sie einen hübschen, kleinen Kobold abgäbe – du weißt schon, als Gegengewicht zu dem teuflischen Aussehen von Mnrogar und seinem Pferd –, aber ich bin mir nicht sicher, ob sie Befehle wirklich ausführen würde.«

»Nein«, sagte Angie, »sie ist viel zu unabhängig für eine Elfjährige.«

Daraufhin verfielen sie beide in nachdenkliches Schweigen. May Heather war die jüngste Dienerin, die bei Tisch servierte. Sie war allerdings nicht die jüngste Dienerin in der Burg – es gab noch einen Küchenjungen, der zwei Tage jünger war als sie, aber ein klein wenig größer, was jedoch nicht viel besagen wollte, da May Heather nicht besonders groß war.

»Warum setzt du dich nicht hin, um deine Hose anzuziehen?« meinte Angie.

»Weil ich meinen Gleichgewichtssinn trainieren möchte«, erklärte Jim. »Wie viele Männer in meinem Alter kennst du, die immer noch auf einem Bein stehen und so ein Ding anziehen können, ohne umzufallen?«

»Wie viele Männer, glaubst du, habe ich seit unserer Ankunft in dieser Welt beim Anziehen beobachtet?« fragte Angie. »O Jim, da fällt mir etwas ein. Ich brauche einen der Bewaffneten für eine kleine Rolle; er muß einfach nur dastehen und den Josef mimen. Ich möchte heute abend heimlich eine Probe abhalten. Enna kann uns helfen, aber ich werde den Ochsen und den Esel brauchen, und könntest du bitte die Wände und die Rückseite des Stalls für die Szene herbeizaubern? Wahrscheinlich hast du ohnehin schon einen geheimen Ort im Wald ausgemacht, wo wir die Aufführung geben können. Vergiß nicht, der Bereich um die Krippe muß gewärmt werden – das kannst du sicher auch mit Magie zuwege bringen, oder?«

Nun verlor Jim sein einbeiniges Gleichgewicht vollkommen. Glücklicherweise stand neben ihm ein Sessel, so daß er sich nur in diesen hineinfallen lassen mußte. Er sah sie erschrocken an.

»Was glaubst du, wann ich all das machen soll, wo ich noch so viele andere Dinge zu tun habe?« fragte er. »Die Krippe wärmen? Warum?«

»Weil der kleine Robert darin liegen wird«, erklärte Angie. »Wenn alles vorbei ist, werden wir den Grafen und einige der wichtigeren Gäste auffordern, in den Stall zu kommen. Dann können sie bis in die Krippe hineinschauen, und es wird ein Baby darin liegen. Aber Robert muß es dort natürlich warm genug haben, und zwar genauso warm, als läge er dort im Nebenzimmer. Erzähl mir nicht, daß das ein Problem für dich ist?«

»Ein Problem?« fragte Jim. »Ich weiß nicht mal, ob es mir gelingt, die Stallkulissen herbeizuzaubern. Kann dir nicht irgend jemand anderes den Ochsen und den Esel besorgen? Hast du Theoluf gefragt?«

»Natürlich habe ich das«, sagte Angie, »aber er meinte, daß du die Erlaubnis des Grafen einholen müßtest. Und dann muß ein Mitglied seines Personals die Tiere herbringen. Ich dachte, du könntest sie vielleicht einfacher auf magischem Wege aus unserer Burg holen.«

»Ich ... Angie«, sagte Jim verzweifelt, »mag sein, daß ich im Augenblick über alle magische Magie verfüge, die ich jemals brauchen werde; aber das heißt nicht, daß ich auch weiß, wie ich diese Magie nutzen soll. Ich habe noch nie Magie benutzt, um irgend etwas zu bauen. Ich habe sie noch nie benutzt, um irgend etwas zu wärmen – um eine Innentemperatur zu schaffen, wo Außentemperaturen herrschen. Und ich habe sie nur benutzt, um mich selbst von einem Ort zum anderen zu bewegen. Wie soll ich einen Ochsen und einen Esel von einem vierzig Meilen entfernten Ort herbeischaffen, wo ich nicht einmal weiß, um welchen Ochsen und um welchen Esel es sich handelt oder wo genau die beiden sich im Augenblick befinden?«

Angie hatte sich einige Sekunden zuvor von ihrem Sessel erhoben. Nun setzte sie sich jedoch wieder hin und sah ihn an.

»Jim ...«, sagte sie.

»Hm, Augenblick mal«, unterbrach Jim sie, denn es lag auf der Hand, daß sie ernstlich aufgeregt war. »Ich habe dir das bisher noch nicht erklärt, daher ist die Sache zum Teil meine Schuld, aber du hättest mich auch ein wenig früher fragen können.«

»Das hätte ich offensichtlich tun sollen«, murmelte Angie.

»Nun ja, es ist nicht das Ende der Welt«, beruhigte Jim sie. »Zuerst werde ich selbst mit Theoluf reden.«

Er stellte sich Theoluf vor, wie er nun direkt vor ihm stand. Seine neue Visualisierungsmethode ging viel schneller und war bei weitem einfacher, dachte er mit einiger Befriedigung – und kaum hatte er den Gedanken zu Ende gedacht, kam ihm plötzlich zu Bewußtsein, daß er sich in der Burg befand, wo seine Magie verboten war. Er seufzte und ging zur Tür, um statt dessen den Wachposten nach dem Knappen auszusenden.

Aber Theoluf stand bereits draußen vor der Tür; offensichtlich war er aus eigenem Antrieb hergekommen. Jim fragte sich flüchtig, ob in diesem höchst nützlichen Kopf eine Art Instinkt am Werke war.

»Theoluf«, sagte Jim und räusperte sich. »Kommt doch bitte herein.«

»Jawohl, Mylord.«

»Also, erzählt mir«, sagte Jim, als sie bei Angie im Zimmer standen, »welche Möglichkeiten es gibt, Lady Angela für ihre Aufführung einen Ochsen und einen Esel zu beschaffen. Es müßte doch zu machen sein, diese beiden Tiere hier aufzutreiben.«

»Oh, das ließe sich ohne weiteres machen, Mylord«, sagte Theoluf. »Ich habe mit dem Obersten Haushofmeister des Grafen gesprochen, und er sagte, daß er binnen einer Stunde einen Ochsen und einen Esel herbeischaffen könnte, wenn er die entsprechende Erlaubnis des Grafen bekommt.«

»Nun«, sagte Jim ernüchtert, »damit wäre diese Möglichkeit also vom Tisch.«

»O nein, Mylord!« widersprach ihm Theoluf. »Zwei Silberstücke müßten da eigentlich genügen, obwohl ihr ihm besser drei geben solltet.«

»Oh!« Jim ging langsam auf, daß Theoluf über die normalste Art und Weise sprach, wie man in diesem Jahrhundert irgendwelche Dinge auf inoffiziellem

Wege erledigte. »Seid ihr auch sicher, daß der Haushofmeister sie für drei Schilling herbringen würde?«

»O ja, Mylord«, antwortete Theoluf.

»Wißt Ihr, wo der Mann jetzt ist?« fragte Jim, während er in seiner Börse nach einigen Münzen kramte. Schließlich holte er eine Handvoll heraus und zählte drei Silberschillinge ab. »Natürlich müßt Ihr ihm zuerst zwei anbieten. Ihr wißt, wo Ihr ihn findet?«

»O ja, Mylord«, sagte Theoluf, »er ist unten. Natürlich werde ich ihm zuerst nur einen Schilling anbieten und dann langsam hochgehen. Zweifellos wird er die Tiere dann aus dem Stall holen lassen, und ich nehme sie entgegen. Wo soll ich sie übrigens hinbringen, Mylord?«

Jim sah Angie an.

»Hattest du irgendeinen bestimmten Ort im Sinn, Angie?« fragte er. »Es muß in der Nähe der Burg sein, so daß die Gäste leicht dorthin gelangen können. Außerdem muß es sich um einen Platz handeln, den wir beide gesehen haben, wenn ich die Sache – in die Wege leiten soll.«

»Wie wäre es mit dieser Einbuchtung am Waldrand, wo der Graf und Mnrogar ihre Unterredung hatten?« schlug Angie vor. »Du müßtest dafür sorgen, daß die Leute in der Burg uns bei der Probe nicht sehen können. Aber die Stelle ist leicht zu erreichen. Wenn ich nicht vermeiden wollte, daß die anderen vorzeitig Wind von der Sache bekommen, hätte ich das Stück gerne auf dem Turnierplatz aufgeführt. Die Zuschauer hätten dann auf den Tribünen sitzen können. Das Dumme ist nur, daß diese Barrikade durch die Mitte des Platzes verläuft, und ich nehme nicht an, daß du die irgendwie verschwinden lassen könntest – du weißt schon, so wie du das mit den anderen Sachen immer machst?«

»Das könnte ich nicht«, sagte Jim. »Es wird sowieso schwierig sein, dafür zu sorgen, daß niemand versucht, die Stelle zu erkunden, an der Mnrogar und der Graf ihre Auseinandersetzung hatten. Carolinus hat da einen Trick, Leute von irgendwelchen Dingen fernzuhalten, aber ich kenne ihn nicht. Carolinus?«

Hoffnungsvoll blickte er die leere Luft im Raum an, aber Carolinus erschien nicht.

»Er geht mir absichtlich aus dem Weg«, sagte Jim zu Angie. »Nein, der Treffpunkt von Mnrogar und dem Grafen wird dir genügen müssen. Ich werde feststellen, ob ich nicht irgendwelche Schutzzauber errichten kann, die den Leuten ein gewisses Unbehagen einflößen, wenn sie sich der Stelle nähern. Außerdem werde ich einige Bäume herbeizaubern, in deren Schutz du dich verstecken kannst; aber das kann ich nur, weil ich mich erinnere, wie die Sache von Mnrogars Blickpunkt ausgesehen hat. Das hat Carolinus mir gezeigt. Verstehst du, Angie, alles, was ich jetzt mit meinem inneren Auge sehen kann, kann ich auch mit Magie nachschaffen. Aber wenn ich mir etwas nicht vorstellen kann, bin ich hilflos.«

»Ah«, sagte Angie.

Jim schloß halb die Augen und setzte in Gedanken ein Bild zusammen, wie dieser Platz am Rand des Waldes mit dem Tisch, an dem er, Mnrogar und der Graf gesessen hatten, ausgesehen hatte. Eine Sekunde lang war da nur seine Anstrengung, sich diesen Ort vorzustellen, aber plötzlich sah er die Lichtung klar und deutlich vor sich.

»Ich glaube, ich habe den Ort jetzt gut im Gedächtnis«, sagte er. »Natürlich kann ich den Zauber nicht von hier aus wirken, aber wenn ich hinausgehe und es richtig mache, kannst du und jeder in deiner Begleitung auf diese Lichtung gehen; alle, die Euch von der Burg nachschauen, werden dann den Eindruck haben, als würdet Ihr einfach von der Bildfläche verschwinden. Für sie wird es lediglich so aussehen, als hätte sich der Wald an dieser Stelle hinter euch geschlossen.«

»Wie ich diese Lichtung in Erinnerung habe«, meinte Angie, »müßte dort genug Platz für all unsere angeseheneren Gäste sein. Außerdem wären zwischen ihnen und dem anderen Ende der Lichtung – wo wir die Krippenszene spielen werden – immer noch gut vierzig Fuß Platz.«

Jim und Angie sprachen noch kurz über die Krippenszene. Jim wollte ein klares geistiges Bild für den Augenblick haben, in dem er aus der Burg trat und seine magische Vorstellung in Gang setzte. Zu diesem Zweck mußte er den Teil einer echten Scheune, die seinem Onkel gehörte, zusammensetzen und ein wenig umbauen. Ferner mußte er die Kühe in zweien der Ställe durch einen Ochsen beziehungsweise einen Esel ersetzen. In der Mitte befand sich ein größerer, offener Stall mit einer Krippe an der Wand, die das Futter für die Tiere enthielt, die gerade im Stall standen. Es war ein wenig mühsam, all die Veränderungen vorzunehmen. Aber am Ende hatte er ein scharfes geistiges Bild bis hin zu einigen Strohhalmen auf dem Bretterboden.

»Vergiß die Wärme nicht«, erinnerte ihn Angie.

»Wärme ...«, sagte Jim.

Nun, das war nicht schwierig. Die ursprüngliche Scheune aus seiner Erinnerung war fast immer von der Körperwärme der großen Tiere erfüllt gewesen. Natürlich hatte es dort auch stark nach Kühen gerochen, aber mit ein klein wenig Anstrengung konnte er den Geruch ausblenden und sich ausschließlich an die Wärme halten. Mit einem Mal wurde die Visualisierung stärker, so wie es mit der Lichtung im Wald zuvor gewesen war, und einmal mehr hatte er das Gefühl, daß er die dafür notwendige Magie in seinem Kopf gehabt hatte, wo sie nur darauf wartete, freigelassen zu werden. Er glühte innerlich.

»So, ich habe es. Bäume, Krippe und alles andere auch. Trotzdem ist es sinnvoll, daß du heute abend eine Probe machen willst«, sagte er zu Angie. »Auf diese Weise hast du Gelegenheit, dir das Ganze anzusehen und festzustellen, ob du in letzter Minute noch irgendwelche Veränderungen wünschst. Ich werde allerdings nicht bei dir sein. Ich muß nach dem Essen zurück nach Malencontri und von dort aus weiter zu den Drachen nach Cliffside. Mal sehen, ob ich sie dazu überreden kann, genau an die richtige Stelle zu kommen und zu tun, was ich von ihnen will, so daß sie die Ritter nicht zu einem Angriff herausfordern … Angie!«

»Was ist los?« sagte Angie. »Du hast mich erschreckt!«

»Ich hatte gerade eine wunderbare Idee!« sagte Jim.

Dann riß er sich zusammen, denn ihm war zu Bewußtsein gekommen, daß Theoluf immer noch geduldig wartend dastand.

»Fort mit Euch«, sagte er zu dem anderen Mann, »und wenn Ihr dies hier irgend jemandem in der Burg gegenüber erwähnt …«

Er konnte sich gerade noch rechtzeitig davon abhalten, eine Drohung auszusprechen. Jetzt, da Theoluf Jims Knappe war, ging man davon aus, daß er den Takt und das Verantwortungsbewußtsein eines vornehmen Herren entwickelt hatte.

»Ihr habt in dieser Hinsicht nichts zu befürchten, Mylord«, sagte Theoluf. »Niemand wird etwas erfahren.«

Er ging hinaus.

»Weshalb warst du gerade so aufgeregt?« fragte Angie.

»Ich hatte gerade eine wunderbare Idee!« wiederholte Jim. »Auf diese Weise kann ich den Drachen geben, was sie wollen, ohne sie zu gefährden, und ich kann gleichzeitig sozusagen mit einem Streich auch alle anderen die Drachen betreffenden Probleme lösen. Angie, du erinnerst dich sicher an die Geschichte, in der die Drachen kamen und der heilige Josef Angst hatte, bis der kleine Christus das Wort ergriff und ihn beruhigte …«

»Natürlich erinnere ich mich«, sagte Angie.

»Nun«, fuhr Jim fort, »wir können ein paar Drachen in deinem Krippenspiel mitwirken lassen. Die Stimme des Heiligen Kindes kann einfach aus der Krippe sprechen. Das Publikum wird es nicht sehen. Das ist auch der Grund, warum ich so überrascht war, daß du Robert dort haben wolltest. Ich wollte eine Stimme aus der Krippe sprechen lassen …«

Seine Worte verklangen, und was er sonst noch hatte sagen wollen, verlor sich in dem herzerwärmenden Gefühl des Triumphes, das die Eingebung, die Drachen in dem Stück auftreten zu lassen, in ihm entfacht hatte.

Zum zweiten Male heute hatte er das Gefühl, die Dinge vollkommen unter Kontrolle zu haben, statt ihnen erbarmungslos ausgeliefert zu sein.

»Jetzt weiß ich, was ich heute nachmittag in Cliffside zu den Drachen sagen werde«, erklärte er Angie. »Selbst wenn ich von Anfang an geplant hätte, sie hierher zu holen, könnte es gar nicht besser sein. Die Dinge entwickeln sich genau so, wie sie sollen.«

»Natürlich«, erwiderte Angie. »Ich habe doch immer gesagt, daß du, wenn die Situation sich zuspitzt, schon damit fertig wirst.«

Mechanisch öffnete er den Mund, um ihr zu widersprechen, als er plötzlich begriff, was sie tat. Er sah, daß sie ihn voller Zuneigung anlächelte. Er lächelte zurück. Er liebte sie.

31

Jim erschien auf dem Podest der hohen Tafel in Malencontri, direkt vor Gwynneth Plyseth, der Vorsteherin des Anrichtestubenpersonals, die gerade sorgfältig die hölzerne Oberfläche der hohen Tafel auf Splitter untersuchte, die vielleicht eines ihrer besten Tischtücher ruinieren konnten.

Bei seinem Anblick schrie sie laut auf, aber es war nur ein kurzer Schrei, da sie ihn beinahe in derselben Sekunde erkannt hatte, als er erschienen war. Das Personal von Malencontri hatte sich schon fast daran gewöhnt, daß ihr magiebewanderter Herr zu unerwarteten Zeiten aus dem Nichts auftauchte.

Zuerst hatte es hie und da ein widerwilliges Murren gegeben und dazu einen tiefsitzenden Argwohn, daß Jim vielleicht versuchte, sie bei einem Pflichtversäumnis zu erwischen oder bei etwas, das ihnen eigentlich verboten war. Aber mit der Zeit hatten sie sich davon überzeugt, daß Jim in dieser Hinsicht vollkommen unschuldig war. Mittlerweile hatten sie allesamt einen besitzergreifenden Stolz darauf entwickelt, daß Jim auf solche Weise aufzutauchen vermochte. Nur sehr wenige Burgen konnten sich eines Herrn und Meisters rühmen, der zu jeder Stunde des Tages oder der Nacht unvermittelt vor einem auftauchen konnte.

Jim bemerkte, daß Gwynneth vor ihm knickste. Es war ein ziemlich verkürzter Knicks, da weder ihre Jahre noch ihre Figur eine ausgeprägtere Geste zuließen.

»Wünschen Mylord einen Bissen zu essen und vielleicht einen Teller Suppe?« erkundigte sie sich.

»Nein, nein«, antwortete Jim.

Er hatte sich im Laufe der letzten elf Tage zu einem Meister in der Kunst entwickelt, so zu tun, als spräche er einem üppigen Festmahl zu, ohne sich zu übersättigen. Im Augenblick hatte er jedoch das Gefühl, als bräuchte er mindestens vierundzwanzig Stunden lang nichts mehr zu essen.

Er sah Gwynneth an. Sie war eine erfahrene, vernünftige Frau, die über jeden in der Burg und auf den umliegenden Ländereien Bescheid wußte. Es konnte wahrscheinlich nicht schaden, ihre Meinung einzuholen.

»Gwynneth«, sagte er, »ich brauche jemanden aus der Burg oder von den Ländereien, der bei dem morgigen Turnier in der Burg des Grafen als Herold auftreten könnte. Wer würde sich für diesen Zweck wohl am besten eignen?«

»Als Herold, Mylord?« wiederholte Gwynneth stirnrunzelnd. »Ich weiß nur wenig über Turniere und Herolde und solche Dinge, Mylord. Sie blasen das Horn, glaube ich. Der beste Hornbläser auf Malencontri ist gewiß Tom Huntsman.«

Jim zuckte, wenn auch nur innerlich, ein wenig zusammen. Die Diener hegten allesamt die feste Überzeugung, daß einer von Jims Fehlern die Tatsache war, daß er sich anscheinend nicht so für die Jagd interessierte, wie man das von einem Mann seines Rangs erwarten durfte. Tatsächlich war ihm bereits klargeworden, daß sie Tom Huntsman bemitleideten und dieser selbst sich zurückgesetzt fühlte, weil er das Jagdrudel der Burg nur so selten führen durfte. Er hegte den tiefen Argwohn, daß dieser Umstand der Welt, wenn nicht gar auch Jim persönlich den Eindruck vermittelte, er und seine Hunde seien ihrer Aufgabe nicht gewachsen.

Jim trat zu einer gepolsterten Bank am Tisch, setzte sich nieder und stützte das Kinn auf die Faust.

Er dachte über Tom Huntsman nach. Der Mann war sehr verläßlich, aber kaum der Inbegriff der schlanken, mit einem Heroldsrock angetanen Gestalt, die Jim im Sinn gehabt hatte. Tom Huntsman war ein magerer, aber sehr aufrechter Mann von gut vierzig Jahren und, da er während der Hetzjagden mit seinen Hunden lief, in bester körperlicher Verfassung. Er war glatt rasiert, sein Haar war grau, und er roch für gewöhnlich ziemlich stark nach den Hundezwingern.

Zu seinen Gunsten sprach seine bemerkenswert volltönende, weittragende Stimme. Außerdem war da noch die Tatsache, daß er ein Jagdhorn blasen konnte, wobei es sich für gewöhnlich um ein schlichtes Kuhhorn handelte. Wenn er ein solches Horn blasen konnte, würde er wahrscheinlich auch mit einer Heroldstrompete fertig werden.

Aber im Grunde genommen war Tom Huntsman keineswegs ein abwegiger Vorschlag. Es war eine Schande, dachte Jim, daß er für eine Situation verantwortlich sein mußte, die den Mann in ein ungünstiges Licht setzte. Die Wahrheit war, daß weder Jim noch Angie an der Jagd Geschmack fanden.

Als Jim in seinen Gedanken so weit gekommen war, spürte er, wie etwas seinen Ellbogen anstieß.

Er hob den Kopf in die Höhe, um festzustellen, daß ein Tuch auf dem Tisch ausgebreitet wurde und daß man Krüge mit Wein und Wasser sowie einen großen gläsernen Becher vor ihn hingestellt hatte. Daneben fanden sich sogar einige kleine, gebackene Pasteten.

»Nur für den Fall, daß Euer Lordschaft doch etwas zu essen wünschen sollten«, murmelte Gwynneth ihm ins Ohr.

Jim brachte es fertig, den Seufzer zu ersticken, der in ihm aufstieg. Es hatte keinen Sinn. Er mußte mit etwas Eßbarem vor sich hier sitzen, und sei es auch nur, damit seine Diener sich nicht unbehaglich fühlten. Die Unterbrechung hatte jedoch seine Gedanken wieder auf sein gegenwärtiges Problem gelenkt, und er überlegte, daß er auf jeden Fall mit Tom Huntsman sprechen sollte. Er mochte zwar selbst nicht der ideale Herold sein, aber wahrscheinlich wußte er mehr über Herolde als irgend jemand sonst auf der Burg.

Außerdem schien Jim im Augenblick keine andere Wahl zu haben.

»Schickt Tom Huntsman zu mir«, sagte Jim zu Gwynneth.

»Jawohl, Mylord.«

Jim wartete. Er mußte für gewöhnlich nie lange auf

jemanden warten, der in der Burg Dienst tat, denn meistens kamen die Leute sofort herbei, und zwar im Laufschritt. Geistesabwesend und ohne recht darüber nachzudenken, schüttete er ein wenig Wein in seinen Becher. Er hielt inne und füllte ihn mit Wasser auf. So, wie er sein Getränk gemischt hatte, war es beinahe geschmacklos, aber das war nur gut so. In Gedanken versunken, nippte er an dem Becher. Seine Überlegungen hatten sich wieder den Dingen zugewandt, die er den Drachen in Cliffside würde erklären müssen.

Er würde dort unmißverständlich klarstellen müssen, wo die Drachen sich aufhalten würden, bis ihr Auftritt in dem Schauspiel an die Reihe kam – zumindest der Auftritt einiger von ihnen, korrigierte Jim sich in Gedanken. Es gab über hundert Drachen in Cliffside. Das waren ziemlich viele Drachen. Wahrscheinlich sollte er nur vier oder fünf als Repräsentanten der ganzen Population vortreten lassen.

Außerdem war es gewiß eine gute Idee, ihnen allen einzuschärfen, daß sie sich zwischen den Bäumen halten sollten, ohne auf sich aufmerksam zu machen. Auf diese Weise würden die Streithähne unter den Gästen nicht herausgefordert werden. Am besten würde er den versammelten Gästen gleich von Anfang an erklären, daß Drachen anwesend waren und daß er eine magische Wand zwischen sie und die Drachen gezogen hatte.

»Mylord?«

Er riß sich von der Betrachtung seines Bechers los und sah Tom Huntsman, die Mütze in der Hand, vor dem Tisch stehen.

»Ah, Tom!« sagte Jim, so leutselig er dies vermochte. »Ich fürchte, ich habe den Hundezwingern nicht so viel Aufmerksamkeit geschenkt, wie ich das sollte. Meine Aufgaben führen mich so häufig von der Burg weg, und wenn ich hier bin, habe ich immer so viele andere

Dinge zu tun. Ich darf doch davon ausgehen, daß mit den Hunden alles in Ordnung ist?«

»Sie machen sich gut, Mylord«, erklärte Tom.

»Wie viele haben wir im Augenblick?« fragte Jim.

»Neunundzwanzig, Mylord«, antwortete Tom. »Harebell und Gripper sind letzten Winter eingegangen. Aber erst vor einer Woche hat Styax, eine der jüngeren Hündinnen, uns einen schönen Wurf mit neun Welpen beschert, von denen fünf gewiß ins Rudel aufgenommen werden können, wenn sie diesen Winter überstehen.«

»Gut!« sagte Jim. »Sehr gut. Und sie sind alle bei guter Gesundheit?«

»Sie brauchen Bewegung, Mylord«, sagte Tom.

In der Stimme des Mannes schwang nicht der leiseste Unterton eines Tadels mit. Jim war sich vollauf bewußt, daß Tom den Hunden täglich Auslauf verschaffte, daß er sie auf lange Spaziergänge mitnahm und sie sogar durch den Wald rennen ließ. Aber er jagte nicht mit ihnen. Wenn sie eine Witterung aufnahmen, rief er sie zurück. Die eigentliche Jagd mit den Hunden war eine Beschäftigung für Menschen höheren Ranges, als ein bloßer Burgjäger ihn bekleidete, auch wenn er viel mehr über die Jagd wußte als irgend jemand sonst hier.

»Nun«, sagte Jim, »ich muß wirklich bald einmal Zeit finden, mit ihnen hinauszugehen. Ja, sehr bald. Aber das ist nicht der Grund, warum ich Euch sprechen wollte, Tom. Lady Angela möchte während unseres Besuchs beim Grafen ein Stück aufführen.«

»Ach wirklich, Mylord?« fragte Tom.

»Ja«, erwiderte Jim. »Und daher brauchen wir jemanden, der die Rolle eines Herolds übernehmen kann. Ich dachte, Ihr würdet vielleicht jemanden wissen, der das übernehmen könnte. Er müßte auf einem Pferd sitzen und eine Heroldstrompete blasen können.«

»Auf der Burg und den Ländereien von Malencontri gibt es niemanden, der eine Trompete blasen kann, Mylord«, erklärte Tom unumwunden.

»Oh«, sagte Tom. »Ich dachte, das ginge nicht viel anders, als ein Jagdhorn zu blasen.«

»O nein, Mylord«, sagte Tom. »Beim Kuhhorn wird der Ton durch das Mundstück erzeugt. Bei der Trompete bringt der Spieler den Ton durch seine Lippen auf dem offenen Mundstück hervor.«

»Oh«, sagte Jim noch einmal.

Plötzlich kam ihm in den Sinn, daß er diese eine Silbe vielleicht ein wenig überstrapazierte. Aber wie dem auch sei, wenn der Jäger recht hatte, würde Jim dafür sorgen müssen, daß die Trompete auf magische Weise geblasen wurde. Aber trotzdem brauchte er jemanden, der im Sattel saß und sie an die Lippen hielt. Er hatte ohnehin den Plan gefaßt, für den Herold das Reden zu übernehmen. Er brauchte lediglich einen ordnungsgemäß gekleideten Mann auf einem Pferd – und selbst die Kleidung, den Heroldsrock, konnte er auf magischem Wege beschaffen.

»Nun, dann wollen wir uns darüber keine Gedanken mehr machen«, sagte er. »Aber wen wißt Ihr in der Burg oder auf den Ländereien von Malencontri, der noch recht jung ist – sagen wir zwischen fünfzehn und zwanzig – und reiten und aufrecht im Sattel sitzen kann? Es müßte jemand sein, der aussieht wie ein Herold, wenn man ihn entsprechend kleidet und auf ein Pferd setzt.«

»Nun, da wäre Ned Dunster, Mylord«, sagte Tom. »Er ist ein kluger Bursche. Er kann sich Befehle gut merken. Wenn ich mich recht entsinne, ist er jetzt siebzehn Jahre alt, aber er könnte auch ein Jahr jünger sein. Soll ich ihn zu Euch schicken, Mylord?«

»Wenn Ihr so freundlich sein wollt, Tom«, sagte Jim. »Übrigens, ich habe mich gefreut, von diesem neuen Wurf zu hören. Wenn ich je dazu kommen sollte, das

Rudel einzusetzen, müßten wir die eine oder andere interessante Jagd veranstalten können.«

Er kam sich vor wie der schäbigste aller verlogenen Politiker, als er dies sagte, aber die Angehörigen von Toms Klasse waren es gewohnt, daß Leute von Jims Klasse alles mögliche versprachen und dann vollkommen vergaßen – und er brauchte jemanden, der die Rolle des Herolds übernahm, wenn er Mnrogar den Turnierzuschauern vorstellte. Als er sah, wie Toms Gesicht unter diesem Hoffnungsschimmer aufleuchtete, meldete sich sein Gewissen noch deutlicher.

»Ich werde ihn sofort zu Euch schicken, Mylord«, sagte Tom und eilte davon.

Wenige Minuten später war er mit Ned Dunster wieder zurück, einem jungen Burschen mit klaren Augen, der nur wenige Zoll größer war als Tom Huntsman selbst. Ned stand offensichtlich auf Messers Schneide zwischen dem Ende der Jugend und dem Eintritt ins Erwachsenenleben.

Er war von kräftigem Körperbau, mit geradem, feinem Haar vom gleichen Braun wie seine Augen, einem quadratischen Kinn und einem offenen Gesicht, das eine natürliche Fröhlichkeit ausstrahlte, wie er es nur bei wenigen Menschen bisher erlebt hatte.

Der Frohsinn umgab ihn wie eine Aura. Nicht dieser leicht schelmische Frohsinn, den Jim des öfteren bei vielen Menschen des Mittelalters hatte aufflackern sehen, sondern eine Art ständigen Staunens, steter Freunde – gepaart mit Überraschung – über alles um ihn herum. Es war, als wäre die Welt für ihn selbst nach fast zwei Jahrzehnten Leben immer noch voller wundersamer und aufregender Entdeckungen, die ihm noch bevorstanden. Nun blieb er mit Tom Huntsman vor der hohen Tafel stehen.

»Mylord«, sagte Tom, »das ist der Junge aus dem Hundezwinger, von dem ich Euch erzählt habe, Ned Dunster.«

»Mylord.« Ned nahm seine überaus schmuddelige Kopfbedeckung ab und versuchte unbeholfen, eine Verbeugung zuwege zu bringen.

»Ned«, sagte Jim, »Tom Huntsman erzählte mir, daß du ein Pferd reiten kannst.«

»Jawohl, Mylord«, sagte Ned. »Ich habe als kleiner Junge für den Müller gearbeitet und seine Pferde geritten, bevor ich zur Burg kam.«

»Gut«, sagte Jim. »Ich möchte dir nun zeigen, welche Bewegungen man machen muß, wenn man ein Heroldshorn bläst.«

»Ein Heroldshorn?« Ned sah ihn mit offenem Mund an. »Bitte um Vergebung, Mylord, aber was ist ein Heroldshorn?«

»Etwas wie ein Jagdhorn, du Dummkopf«, knurrte Tom, »nur viel größer, das aus Metall gemacht ist und auch nicht auf dieselbe Art geblasen wird.«

»Ja, das ist richtig, Ned«, sagte Jim. »Weil es auf andere Art und Weise geblasen wird, ist es auch nicht nötig, daß du es bläst. Du brauchst es nur an die Lippen zu setzen, und ich werde das Horn von selbst ertönen lassen. Was ich möchte, ist folgendes: Du sollst auf einem Pferd vor einem Ritter in schwarzer Rüstung herreiten, das Horn an die Lippen setzen, es von selbst erklingen lassen und dann still sitzen bleiben, bis andere Dinge angekündigt werden. Dann, wenn ich es dir sage, drehst du dich um und reitest zu dem Ritter zurück und verschwindest hinter einem Zelt, aus dem ihr beide gekommen seid. Meinst du, du könntest das machen?«

»Ich will's gern versuchen, Mylord«, sagte Ned, der nun leicht stotterte – aber wohl eher vor Aufregung als wegen irgendwelcher Zweifel an seiner Fähigkeit, die Aufgabe erfolgreich auszuführen.

»Hm, gut«, sagte Jim. »Ich verlasse mich also auf dich. Ich werde in Kürze aufbrechen, komme aber im Laufe des Tages zurück, um dich zu holen und in die

Burg des Grafen von Somerset zu bringen. Dort werden wir ein Schauspiel aufführen, in dem du eine Rolle übernehmen sollst.«

»Ich, Mylord?« fragte Ned.

»Ja, du«, brummte Tom.

»Also, halte dich in der Nähe der Hundezwinger, wo ich dich schnell holen lassen kann, wenn ich das nächste Mal wiederkomme«, sagte Jim.

»Er wird dort sein«, sagte Tom. »In den Zwingern gibt es reichlich zu tun, mehr als genug, um ihn für den Rest des Tages zu beschäftigen.«

»Sehr gut«, erwiderte Tom. »Dann sehe ich dich also später, Ned. Und Euch möchte ich danken, daß Ihr mir geholfen habt, Tom.«

»Es war mir eine Ehre, Mylord«, sagte Tom.

Die beiden gingen davon. Jim erhob sich und trat in die Anrichtestube. Zwischen zwei Mahlzeiten fand er den Raum verlassen – ein glücklicher Umstand. Jim ging zum Kamin hinüber, in dem winters wie sommers ein Feuer brannte und rief den Schornstein hinauf.

»Kob-Eins!« Jim bekam keine Antwort. Einen Augenblick später versuchte er es noch einmal.

»Kob-Eins!« rief er wieder, schärfer diesmal. »Kob, ich weiß, daß du da bist. Hier ist dein Herr. Komm sofort herunter.«

Kobs Gesicht lugte verkehrt herum unter dem Kaminsims hervor ins Zimmer.

»Seid Ihr wirklich allein, Mylord?« fragte er.

»Siehst du hier irgend jemanden außer mir?« fragte Jim ein wenig gereizter als beabsichtigt. »Kob-Eins, wenn ich dich rufe, kommst du. Du weißt, bei mir hast du nichts zu befürchten, ganz gleich, ob nun jemand bei mir ist oder nicht.«

Kob-Eins sprang aus dem Kamin und schwebte in sitzender Position auf einem Rauchwölkchen, das plötzlich beschlossen hatte, sich an eine Stelle vor dem Kamin zu begeben.

»Es tut mir sehr leid, Mylord«, sagte er. »Bitte, verzeiht mir. Wenn man ein ganzes Leben lang vorsichtig sein mußte ... Aber ich werde von jetzt an immer sofort herunterkommen, Mylord. Ihr könnt auf mich zählen.«

»Das ist gut«, sagte Jim. »Denn genau das habe ich auch vor. Ich werde jetzt Secoh herbeiholen, und dann werden wir uns auf den Weg machen, um eine Reihe anderer, größerer Drachen zu besuchen.«

»Andere Drachen!« Kob-Eins sprang auf Jims Schulter, schlang ihm die Arme um den Hals und hielt ihn so fest, daß es Jim schwerfiel weiterzusprechen.

»Immer mit der Ruhe, Kob-Eins«, sagte er. »Vergiß nicht, wer du bist und wo du bist. Du bist Kob-Eins de Malencontri, und du befindest dich auf Malencontri selbst.«

Kobs Griff lockerte sich.

»Das ist richtig«, sagte er mit einer hübschen Mischung aus Furchtsamkeit und Ehrfurcht.

Jim stellte sich Secoh auf dem Boden vor ihm vor. Einen Augenblick lang kostete ihn diese Unternehmung eine gewisse Anstrengung – und dann stand Secoh plötzlich mit erschrockenem Gesichtsausdruck vor ihm. Der erschrockene Gesichtsausdruck schwand, als er Jim erkannte.

»Mylord.« Secoh setzte sich hin und versuchte nach Kräften, eine menschliche Verbeugung nachzuahmen. »Wie bin ich hierher gekommen?«

»Ich habe Euch geholt – mit Magie«, sagte Jim.

»Magie?« fragte Secoh.

»Magie!« Kob-Eins klammerte sich wieder fester an Jims Hals. Er hatte sich hinter Jims Kopf geduckt, so daß sein Herr nun zwischen ihm und Secoh stand. »Ist Secoh da?« flüsterte er Jim ins Ohr.

»Das weißt du doch«, sagte Jim. »Jetzt kommst du auf meine andere Schulter, und wir werden mit ihm reden.«

»Oh, Mylord«, sagte Kob-Eins zitternd. »Das kann

ich nicht«, flüsterte er Jim dann wiederum ins Ohr. »Ich habe mich bisher immer außerhalb seiner Reichweite gehalten. Er ist jetzt so nahe. Ich wage es nicht ...«

»Doch, du wagst es«, sagte Jim entschieden. »Vergiß nicht, daß ich bei dir bin. Du hältst dich sogar an mir fest. Du hast nichts zu befürchten.«

Es entstand eine kurze Pause, dann spürte Jim, wie Kob sich millimeterweise um seinen Hals herum schob, bis er sich vorsichtig an eine Stelle bewegte, wo zumindest der größte Teil seines Körpers für Secoh sichtbar sein mußte.

»Hallo, Kob«, sagte Secoh.

»K-Kob-Eins de Malencontri«, verbesserte ihn Kob-Eins, aber seine Stimme zitterte beim Sprechen.

»Sei mir gegrüßt, Kob-Eins de Malencontri«, sagte Secoh.

»Seid mir gegrüßt, Secoh«, erwiderte Kob-Eins immer noch zittrig.

»Kob-Eins«, sagte Jim zu Secoh, »wird uns begleiten, um mit den Drachen von Cliffside darüber zu reden, wie sie morgen zur Burg des Grafen kommen sollen und wie sie sich benehmen sollen. Es ist sehr wichtig, daß sie die Sache richtig verstehen und genau das tun, was ich ihnen sage. Wenn ich ihnen alles erklärt habe, möchte ich, daß Ihr bei ihnen bleibt, bis sie zum Aufbruch bereit sind. Dann fliegt Ihr mit ihnen zur Burg und sorgt dafür, daß sie meine Anweisungen aufs Wort befolgen. Werdet Ihr das schaffen?«

»Natürlich, Mylord«, antwortete Secoh grimmig. »Ich möchte ihnen nicht raten, mir den Gehorsam zu verweigern!«

»Dann wäre da noch etwas«, fuhr Jim fort. »Unser Kob-Eins hier ist viel tapferer als die meisten Kobolde, aber es macht ihm doch ein klein wenig Sorgen, alle Drachen von Cliffside gleichzeitig zu treffen. Er kennt sie nicht so, wie er Euch kennt ...«

»Das stimmt!« meldete Kob-Eins sich zu Wort.

»... und ich dachte, Ihr könntet ihn vielleicht dahingehend beruhigen, daß er keine Angst zu haben braucht, indem Ihr Euch als Vorbild hinstellt. Schließlich habt Ihr selbst vor nichts Angst.«

»Das stimmt«, sagte Secoh, »ich fürchte nichts. Kobold, ich war früher ebenfalls von ängstlicher Natur. Aber ich habe gelernt, daß es niemals einen Grund zur Angst gibt.«

»Für Euch vielleicht nicht«, widersprach Kob-Eins. »Ihr seid ein Drache.«

»Ich bin ein kleiner Drache«, wandte Secoh ein. »Ein Sumpfdrache. Ein Sproß der Linie unserer Rasse, die unter den bösen Auswirkungen des Verhaßten Turms verkümmert ist, dort in den Sümpfen, in denen wir seit alters her leben.«

»Der Verhaßte Turm?« wiederholte Kob-Eins. »Der *Verhaßte Turm?* Ist er in der Nähe?«

»Ein kleines Stück entfernt«, meinte Secoh lässig.

»Ach, du liebe Güte!« sagte Kob-Eins.

»Was gibt es da zu jammern?« wollte Secoh wissen. »Ob weit oder fern, das macht keinen Unterschied. Ob großer Drache oder kleiner, es macht keinen Unterschied. Ich war mit Mylord James und den anderen Gefährten zusammen, einschließlich Smrgol, einem weisen alten Drachen, der mich gelehrt hat, daß Furcht entbehrlich ist. An seiner Seite habe ich gegen einen viel größeren Drachen gekämpft, als ich einer bin, und ich habe gesiegt.«

»Oh!« rief Kob-Eins. »Es gibt Drachen, die noch viel größer sind als Ihr?«

»Viele«, erwiderte Secoh. »Und sie sind sehr viel größer. Sie kommen mir nicht in die Quere. Wenn einer von ihnen mich kränkt, gehe ich ihm an die Gurgel!«

»Das tut Ihr wirklich?« Kob-Eins starrte Secoh an. »Aber wenn sie größer sind als Ihr, ist Euch dann nicht klar, was sie Euch vielleicht antun könnten?«

»Nein«, sagte Secoh, »darüber denke ich niemals

nach. Es gibt nur eine Regel im Kampf. Zögere nicht – geh ihnen an die Kehle!«

»Für Euch mag das ja alles schön und gut sein«, sagte Kob-Eins. »Ihr habt ja auch all diese großen Zähne.«

»Du hast auch Zähne«, sagte Secoh.

»Hm, ja«, antwortete Kob-Eins. »Aber es sind sehr kleine Zähne.«

»Was hat die Größe der Zähne damit zu tun?« fragte Secoh wild. »Was zählt, ist, daß man sich gleich auf sie stürzt!«

Kob-Eins klammerte sich fest an Jims Hals.

»O Mylord«, sagte er Jim ins Ohr, »das könnte ich nie! Wir Kobs sind keine Drachen.«

»Genau so habe ich früher auch gedacht«, meinte Secoh. »*›Oh, ich bin doch nur ein Sumpfdrache‹*, habe ich früher jedem erzählt. Ha! Wenn wir zu den Drachen nach Cliffside gehen, dann gib auf mich acht – wie ich mit ihnen rede, wie ich mit ihnen umspringe! Du wirst schon sehen!«

»Mylord«, sagte Kob-Eins abermals in Jims Ohr, »muß ich wirklich gehen?«

»Ich fürchte, ja.« Jim hatte mittlerweile die Visualisierung der Haupthöhle vollendet, in der die Drachen von Cliffside bei wichtigen Gelegenheiten zusammenkamen, und jetzt hatte er besagte Höhle fest im Sinn. »Und jetzt brechen wir auf, wir alle drei.«

32

JIM STELLTE SICH seinen Zielort vor, und sie befanden sich augenblicklich an einem Ort, der zuerst sehr dunkel erschien, dann aber heller wurde, als ihre Augen sich an die Lichtverhältnisse anpaßten. Es war eine gewaltige Höhle mit einem hohen Gewölbe, einem beckenartigen Boden und einer einzigen senkrechten

Felswand, so daß die ganze Höhle wie ein natürliches Amphitheater wirkte, tief verborgen im Felsgestein, das den Drachen von Cliffside als Heim diente.

Die Wand und die Decke waren aus dunklem Granit. Aber sie waren durchzogen von einem vollkommenen Netzwerk von Adern, die wie geschmolzenes Silber aussahen; keine dieser Adern war dicker als ein Bleistift, aber alle zusammen überzogen sie in einem dichten Netz die Decke. Jede der schmalen Silberlinien verströmte Licht – etwas mehr als ein Schimmern und etwas weniger als eine Kerze.

Das Ergebnis war – und es wurde offenbar, als ihre Augen sich endgültig angepaßt hatten –, daß die ganze Höhle einschließlich ihres gewölbten, natürlichen Dachs von diesen Adern beleuchtet wurde. Es war nicht so hell wie bei Tageslicht – das heißt, man könnte wohl sagen, es war so hell wie an einem Gewittertag. Im Augenblick waren nur wenige Drachen zugegen, von denen einige sich unterhielten und die übrigen durch einen der vielen Eingänge die Höhle betraten, durchquerten oder durch einen anderen Eingang wieder verließen.

Jim zauberte eine der gepolsterten und mit Rückenlehnen versehenen Bänke aus seinem Palas herbei und setzte sich hin. Kob-Eins hockte immer noch auf seiner Schulter. Secoh ließ sich auf seine Hinterbeine nieder – was für einen Drachen keineswegs eine übliche Haltung war, aber er hatte sich diese Art des Sitzens angewöhnt, seit er Jim auf Malencontri besuchte und mit ihm und anderen Menschen Kontakt pflegte.

»Wie geht es jetzt weiter?« flüsterte Kob-Eins Jim ins Ohr. Beim Sprechen sah er vorsichtig zu Secoh hinüber.

»Wir warten«, sagte Jim.

Sie warteten.

Nach und nach schlenderten immer mehr Drachen in die Höhle. Sie kamen durch die verschiedenen Eingänge und hatten die Neigung, sich in deren Nähe zu versammeln, um leise miteinander zu reden. Auf diese Weise drang nur ein tiefes, unverständliches Gebrumm zu Jim, Kob und Secoh hinunter, die an der tiefsten Stelle des schüsselförmigen Bodens warteten.

Während jedoch immer mehr Drachen herbeikamen, wurden die bereits anwesenden langsam, aber sicher auf die Stelle zugedrängt, wo Jim, Kob und Secoh saßen. All das ereignete sich wie von ungefähr, ganz so, als sei es lediglich eine zufällige Bewegung unter den Drachen, die von einer Gruppe zur anderen schlenderten.

Trotzdem war die Höhle binnen einer Viertelstunde annähernd zu drei Vierteln gefüllt. Zu diesem Zeitpunkt vermutete Jim, daß die meisten, wenn nicht sogar alle Drachen von Cliffside eingetroffen waren; aber trotzdem neigten sie nach wie vor dazu, sich in kleinen Grüppchen an der Wand zusammenzudrängen.

Aber dann setzte eine neue Bewegung ein. Es war eine Art Hüpfen, mit der sich die einzelnen Drachen von einer Gruppe zur anderen bewegten, und die Woge großer Leiber floß der Schräge des Bodens folgend zu Jim, Secoh und Kob-Eins hinunter, bis diese die gesamte Masse der Drachenleiber vor sich hatten. Das Ganze geschah unter leisem Gemurmel der Drachen. Aber als sie sich endlich dicht um die Besucher geschart hatten, erstarb das Gemurmel, und ein vollkommenes Schweigen legte sich über die Höhle.

»*Jim!*« rief ein großer Drache in der vordersten Reihe, dessen unglaubliche Baßstimme diese einzelne Silbe von den Wänden der Höhle zurückprallen ließ. In der Stimme schwang ein Hauch von Überraschung mit, als hätte Jim sich gerade in dieser Sekunde vor den Augen des Sprechers materialisiert.

»Gorbash!« erwiderte Jim. Gorbash war der einzige Drache, der Jim nicht mit ›James‹ anredete. Es war ein besonderer Beweis der Vertrautheit zwischen ihnen.

»Also«, dröhnte ein kleiner, breiter Drache, der ebenfalls in der vordersten Reihe stand, ungefähr drei Drachen links von Gorbash, »wann brechen wir zur Burg des Grafen auf?«

Es sah den Drachen durchaus ähnlich, sich einem Thema nur sehr langsam zu nähern und dann plötzlich mitten hinein zu springen.

»Das ist der Grund, warum ich hier bin …« Jim überlegte verzweifelt, wie der Drache hieß, der gerade gesprochen hatte. Eine weiße Narbe, die über den oberen Teil seiner Schnauze verlief, half seinem lückenhaften Gedächtnis auf die Sprünge. »… Lamarg. Ich habe diese Reise eigens unternommen, um Euch allen davon zu berichten. Morgen wird es soweit sein …«

Plötzlich redeten sämtliche Drachen durcheinander.

»Was hat er gesagt?« – »Er sagte morgen.« – »Es hätte zu einem früheren Zeitpunkt sein sollen!« – »Nein, der letzte Tag ist der beste.« – »Halt den Mund, Maglar, du weißt ja gar nicht, wovon du redest!« – »Morgen … das ist ja gleich nach *heute abend!*«

Nach einer Weile erstarben die einzelnen Gespräche, und es herrschte wieder Ruhe in der Halle.

»Wir müssen doch nicht irgend etwas bezahlen, oder?« wollte Lamarg wissen.

Diese höchst angemessene Frage wurde von der Gemeinschaft der Drachen mit einem Brummen quittiert.

»Aber nein«, beruhigte Jim sie in dieser Hinsicht. »Ihr braucht lediglich genau das zu tun, was ich Euch sage. Ich möchte, daß Ihr ohne Gefahr dort ankommt, Euch dort aufhaltet und dann wieder zurückkehrt; aber zu diesem Zweck müßt Ihr genau das tun, was ich Euch sage. Secoh wird Euch begleiten, um Euch daran zu erinnern, falls Ihr zufällig etwas von den Dingen vergessen solltet, die Ihr tun müßt.«

Diese Erklärung forderte weitere, allgemeine Gespräche heraus. »Er ist doch nur ein Sumpfdrache!« hörte man von verschiedenen Mitgliedern der Gemeinschaft, die sich sicher in der Menge verborgen wußten. Secoh plusterte sich nach Drachenmanier auf, indem er seine Flügel halb in die Höhe streckte.

»Warum er, James?« protestierte Lamarg. »Das könnte doch einer von uns besorgen. Er ist ja nicht einmal ein Cliffsider.«

»Weil ich mehr weiß als jeder von Euch, Lamarg. Wer sonst hier verfügt auch nur über ein Zehntel meiner Erfahrung mit den Georgs?« brauste Secoh auf.

Lamarg knurrte wortlos, erhob aber keine weiteren Einwände.

»Außerdem«, warf Jim ein, um die Gemüter zu beruhigen, »war Secoh bei so vielen Gelegenheiten an meiner Seite und hat so oft mit mir zusammen gekämpft, daß er am ehesten weiß, was in einem Notfall zu tun ist. Das macht doch Sinn, oder?«

Die Drachen von Cliffside diskutierten die Frage zwei oder drei Minuten lang. Schließlich kamen sie zu dem Ergebnis, daß es tatsächlich Sinn machte.

Jim wartete geduldig. Was man auch mit den Cliffsidern unternahm, es war immer eine langwierige Sache, aber daran ließ sich nun einmal nichts ändern. In der Zwischenzeit hatte er jedoch Gelegenheit, ein Wort mit Secoh zu wechseln.

Er beugte sich vor und sprach dem Sumpfdrachen ins Ohr.

»Secoh«, sagte er mit leiser Stimme, »ich werde ihnen jetzt erklären, daß Ihr ihnen sagen werdet, wann sie sich auf den Weg zur Burg des Grafen machen sollen. Das Ganze findet nahe einer Lichtung statt, die Ihr von der Luft aus sehen werdet. An einem Ende der Lichtung werden viele Menschen stehen, am anderen Lady Angela, ich selbst und möglicherweise einige andere Gäste des Grafen sowie ein Ochse und ein Esel. Dort werden wir ein Schauspiel aufführen ...«

»Ein Schauspiel?« fragte Secoh mit einem tiefen, aber verschwörerischen Flüstern.

»So nennt man es, wenn eine Geschichte aufgeführt wird«, sagte Jim. Als Secoh ihn dann immer noch zweifelnd ansah und die Stirn runzelte, fügte Jim hinzu: »Bei einer Aufführung tun Menschen das, was in einer Geschichte erzählt wird. Als würden wir den Kampf beim Verhaßten Turm noch einmal nachspielen, so daß die Leute es sehen können.«

Secohs Kopf fuhr in die Höhe, und seine Augen leuchteten auf.

»Könnten wir das tun, Mylord?« flüsterte er.

»Vielleicht«, sagte Jim unvorsichtigerweise – und fügte dann hastig hinzu: »Aber bis wir soweit sind, wird noch eine ganze Menge Zeit vergehen müssen.«

Ein Teil des Lichts, das in Secohs Augen aufgeflammt war, erstarb, aber nicht alles.

»Ja, Mylord«, sagte er. »Wo auf dieser Lichtung wollt Ihr die Cliffsider haben?«

»Das ist der Punkt«, sagte Jim. »Ich möchte, daß sie im Wald landen – seht zu, ob Ihr irgendwo in der Nähe eine kleinere Lichtung finden könnt. Dann kommt zu Fuß herbei, bis Ihr ganz in der Nähe der Lichtung seid, hinter den Leuten, die das Schauspiel aufführen. Die Drachen sollten sich aber so weit in den Bäumen versteckt halten, daß die Leute, die vom anderen Ende der Lichtung zusehen, sie nicht entdecken. Ihr könnt Euch die Dinge zunutze machen, die für das Schauspiel aufgestellt werden, um Euch mehr oder weniger dahinter zu verbergen; aber Ihr müßt auf jeden Fall sehr leise sein.«

»Warum, Mylord?« fragte Secoh.

»Damit keiner von den Zuschauern des Schauspiels Euch hört. Um genau zu sein, solltet Ihr flüstern«, sagte Jim, »und zwar vom Zeitpunkt Eurer Ankunft an bis zu dem Zeitpunkt, da man Euch ruft. Ihr werdet meine Stimme in Eurem Kopf hören, Secoh. Ich sage Euch dann, daß Ihr mit fünf Drachen vortreten sollt, wenn die Zeit gekommen ist. Aber bis dahin sollten die Drachen flüstern, denn der Sinn des Schauspiels ist der, daß bei der Geschichte Drachen mitwirken. Andererseits werden die Zuschauer nicht erwarten, daß echte Drachen da sind, bis diese vortreten. Es wird genauso wie in der Geschichte sein, als der heilige Josef die Drachen kommen sah und Angst hatte; und der kleine Jesus ihm erklärte, daß es nichts zu fürchten gäbe.«

»Ich verstehe, Mylord!« sagte Secoh. »Jetzt verstehe ich!«

»Ihr werdet Euch das alles merken, nicht wahr?« hakte Jim nach.

»Mylord! Ein Drache vergißt nie etwas!«

Das entsprach durchaus der Wahrheit – genaugenommen war es nur allzu wahr. Die Drachen vergaßen nicht nur nichts, sie redeten auch noch nach Hunderten von Jahren darüber. Die Debatte zwischen den Cliffsidern hatte sich mittlerweile ein wenig beruhigt, und sie warteten nun darauf, mehr von Jim zu erfahren.

»Secoh wird Euch erklären, was ihr morgen tun sollt«, sagte er. »Aber eine Sache wäre noch sehr wichtig. Nein, zwei Sachen. Erstens müßt Ihr Euch in den Bäumen um eine Lichtung herum versteckt halten, bis Secoh einigen von Euch das Signal gibt vorzutreten, sozusagen als Repräsentanten Eurer Gemeinschaft. Und denkt daran, keiner von Euch übrigen wird vergessen werden. Die Repräsentanten, die Secoh auswählt, werden sich in unmittelbare Nähe des kleinen Prinzen begeben dürfen; aber sein Segen wird Euch allen gelten.«

Die Cliffsider mußten auch dies bereden, aber da sie in dieser Angelegenheit offensichtlich keine Wahl hatten, verstummten sie schließlich abermals – alle außer Lamarg, der Jim immer noch mit verstockter Miene ansah.

»Was ist das für eine zweite Sache, von der Ihr uns erzählen wollt, James?« fragte er.

»Ach das«, sagte Jim. »Ich wollte nur noch erwähnen, daß Ihr, wenn Ihr dort im Wald seid, möglicherweise einige Trolle riechen werdet. Vielleicht werdet Ihr auch welche zu Gesicht bekommen …«

Das gesamte Publikum verfiel augenblicklich in ein tiefes, unwilliges Knurren, das sich beinahe bis zu einem ausgewachsenen Brüllen steigerte, bevor es neuerlichem Schweigen Platz machte.

»Wir hassen Trolle!« erklärte Lamarg, und es folgte ein Brüllen der Zustimmung.

»Das weiß ich«, sagte Jim beschwichtigend. »Aber ich glaube nicht, daß irgendwelche Trolle Euch so nahe kommen werden, daß Ihr ihnen irgendwelche Aufmerksamkeit schenken müßtet. Und wenn Ihr doch etwas gegen sie unternehmt, könntet Ihr damit den Menschen, die das Schauspiel ansehen, Eure Anwesenheit verraten. Das würde natürlich alles verderben, und Ihr würdet Euren Segen nie bekommen.«

»Es könnte den Segen verderben?« fragte eine Drachenstimme aus der Menge.

»Das könnte es«, sagte Jim.

»Dann sollten sie besser nicht allzu nah kommen«, sagte Gorbash. »Wenn sie damit alles verderben würden …«

Dies von dem Drachen, der – obwohl er diese Tatsache immer zu verbergen bemüht war – vermutlich der friedfertigste aller Cliffsider war, ließ ziemlich genaue Rückschlüsse auf die Haltung der Drachen zu, falls die Trolle auf Mnrogars Territorium auftauchen sollten. Jim zuckte innerlich zusammen. Ein Kampf zwischen den Drachen und den Trollen würde fast genauso schlimm sein wie ein Gemetzel zwischen den Drachen und den Gästen des Grafen.

Jim wünschte, er hätte diesem Aspekt der Sache früher ein wenig mehr Aufmerksamkeit geschenkt. Aber dazu war keine Zeit gewesen.

»Ich wiederhole«, sagte Jim, »daß die Trolle für Euch kein Anlaß zur Sorge sind. Ich habe sie nur erwähnt, weil ich fürchtete, einige von Euch könnten lauter reden und die Zuschauer des Stücks darauf aufmerksam machen, daß Ihr vor dem vereinbarten Zeitpunkt auf dem Schauplatz erschienen seid, also vor dem geplanten Segen.«

Die Drachen murmelten irgend etwas, stimmten dann aber zu – alle bis auf Lamarg, der immer noch schlecht gelaunt zu sein schien. Nun warf er einen ärgerlichen Blick auf Kob-Eins.

»Und was hat dieses kleine Ding da mit unserem Erscheinen in der Burg zu tun? Das ist doch allein unsere Angelegenheit, oder? Welche Rolle spielt er dabei?« wollte Lamarg plötzlich wissen.

»Das«, erklärte Jim, »ist Kob-Eins de Malencontri. Der Kobold von Burg Malencontri und mein Sonderbotschafter; und wenn nötig, kann er, wenn wir morgen auf dem Schauplatz der Aufführung versammelt sind, eine Nachricht von mir zu Secoh bringen und um gekehrt.«

»Was ist ein Kobold?« brummte Lamarg.

Secoh trat einige Schritte auf die anderen Drachen zu.

»Er lebt in einem Kamin auf Malencontri, Lamarg!« sagte er. »Das ist alles, was Ihr wissen müßt.«

»Was ist ein Kamin?« schnaubte Lamarg.

»Ein Ort, in dem ein Feuer entzündet wird und brennt, solange man dies wünscht«, sagte Secoh und hob halb die Flügel. »Kob-Eins lebt über den Flammen eines Feuers. Wie würde Euch das gefallen, Lamarg?«

»Ich müßte ein Narr sein, mich in die Nähe eines Feuers zu begeben«, konterte Lamarg. »Und ich bin kein Narr, Secoh. Ihr werdet es noch einmal zu weit treiben, Sumpfdrache – nehmt Euch besser in acht!«

»Ich fordere niemanden heraus«, sagte Secoh. »Ich weise nur auf etwas hin. Euch würde es nicht gefallen, einem Feuer zu nah zu kommen, aber Kob-Eins de Malencontri macht das nichts aus. Glaubt Ihr, er wäre so klein und unwichtig, wenn er sich an einem Ort wohl fühlen kann, dem Ihr nicht einmal in die Nähe kommen möchtet? Ich wiederhole, er lebt mit den Flammen, Lamarg!«

»Ein Feuergeist!« sagte Lamarg, der jäh einen halben Schritt zurück gemacht hatte – was das Äußerste war, was ihm angesichts der hinter ihm stehenden Drachenleiber möglich war.

Jim spürte eine Bewegung hinter sich. Er sah sich um. Kob-Eins war aufgestanden und hielt sich an Jims Helm fest. Seine winzige Brust war buchstäblich stolzgeschwellt, seine Schultern gestrafft.

»Das würde Euch wohl gefallen, wenn er bloß ein Feuergeist wäre, nicht wahr, Lamarg!« sagte Secoh, der seinerseits noch einen Schritt vorgetreten war. »Da könntet Ihr von Glück sagen, wenn er nur ein Feuergeist wäre. Aber das ist er nicht. Er ist viel mehr als das. Er ist ein Kobold!«

»Ha!« rief Kob-Eins auf Jims Schulter.

»Was hat er da gequäkt?« fragten mehrere Drachenstimmen zur gleichen Zeit.

»Er sagte: ›Ha!‹, Lamarg!« erklärte Secoh. »Jetzt habt ihr ihn wütend gemacht.«

»Ich habe keine Angst vor ihm!« erwiderte Lamarg, während er versuchte, sich gleichzeitig weiter zurückzuziehen, was ihm jedoch unmöglich war.

»Nein, es ist schon gut«, sagte Kob-Eins so tief es ihm nur möglich war. »Ich bin nicht wütend.«

»Dann ist es ja gut«, warf Jim hastig ein. »Wir können uns bei einer solchen Angelegenheit keine Mißstimmigkeiten erlauben. Lamarg und Ihr, Kob-Eins, werdet gewiß bestens miteinander auskommen. Jetzt ist es, glaube ich, Zeit, daß Kob-Eins und ich uns wieder auf den Weg machen. Secoh, ich werde mich noch wegen der letzten Einzelheiten bei Euch melden und Euch sagen, wann Ihr morgen aufbrechen müßt. Ihr werdet doch hier sein, nicht wahr?«

»Aber gewiß, Mylord«, antwortete Secoh. »Ich werde

mich bereithalten, und die Drachen von Cliffside ebenfalls.«

In der Halle brach ein Getöse von Drachenstimmen aus, die alle vermeldeten, *wie* bereit sie sein würden.

Jim nutzte die günstige Gelegenheit, um sich die Anrichtestube auf Malencontri vorzustellen, und im Handumdrehen standen er und Kob-Eins wieder in der Burg.

Diesmal war Gwynneth Plyseth in der Servierstube. Sie stieß einen höflichen kleinen Schrei aus und knickste vor Jim.

»Was wünschen Mylord?« fragte sie.

»Ich möchte mit Ned Dunster sprechen, wenn Ihr ihn herholen wollt«, sagte Jim.

»Sofort, Mylord«, sagte sie. »Er dachte, es gehöre sich nicht für ihn, im Saal zu warten, obwohl Tom Huntsman ihn von der Arbeit im Zwinger freigestellt hat, da Mylord ihn jeden Augenblick benötigen könnte. Ich werde ihn sofort herholen.«

Sie stürzte aus dem Zimmer.

»Kob-Eins«, sagte Jim, »komm von meiner Schulter runter und hock dich irgendwo vor mich hin, ja?«

Das geringe Gewicht des Kobolds verschwand von Jims Schulter, und eine Sekunde später ritt Kob-Eins auf einem Rauchwölkchen vom Kamin ungefähr einen Fuß von Jim entfernt auf Augenhöhe.

»Ich hatte ohnehin auf eine Gelegenheit gehofft, allein mit dir zu reden«, sagte Jim. »Ich möchte, daß du mich zur Burg des Grafen zurück begleitest und dort bleibst. Ich brauche dich dort im Schornstein des Kamins in dem äußeren Raum, den Lady Angela und ich bewohnen. Sobald jemand, der nichts dort zu suchen hat, hereinkommt, schlägst du Alarm. Wenn du dich über dem Feuer in einem Kamin befindest, kannst du dann alles hören, was in dem Zimmer vorgeht, einen schnellen Blick riskieren und dann wieder verschwinden, bevor irgend jemand dich sehen würde?«

»Leicht«, antwortete Kob-Eins, und in seiner Stimme schwang beinahe so etwas wie Autorität mit. »Ich meine – leicht, Mylord. Ich kann mich oben im Schornstein aufhalten, wo man mich nicht sieht, und trotzdem alles mitbekommen, was in dem Zimmer vorgeht.«

»Das ist gut«, sagte Jim. »Denn ich möchte, daß du, solange wir dieses Zimmer benutzen, dort Wache hältst. Falls etwas passiert, mußt du mir eine Warnung schicken – dazu brauchst du nur an mich zu denken und in deinem Kopf mit mir zu reden; ich werde dich dann hören und dir Antwort geben. Meinst du, daß du das kannst?«

»Zweifellos«, entgegnete Kob-Eins. »Was sind das für Leute, die nicht dort sein sollten und die Ihr fürchtet – ich meine, die Ihr erwartet, Mylord?«

»Jeder, der sich für gewöhnlich nicht dort aufhält«, erklärte Jim. »Die Leute, die dort hingehören, sind Lady Angela, ich selbst, eine Dienstfrau namens Enna, eine Amme und der kleine Robert Falon. Zu den ungewöhnlichen Besuchern würde jeder Bewaffnete zählen, der nicht in dem Raum selbst postiert ist oder jeder andere Besucher, selbst wenn Enna oder die Amme ihn einlassen sollten – oder auch jeder Dienstbote, der hineinkommen möchte und den Enna oder die Amme einlassen. Unter den Gästen weilt eine gewisse Lady Agatha, die die Tante des kleinen Roberts ist und die wir im Verdacht haben, daß sie ihm Böses will. Sie wird wahrscheinlich nicht persönlich kommen, aber sie könnte einen anderen schicken, der dem Jungen etwas antun soll. Du brauchst es mich einfach nur wissen zu lassen, sobald irgend jemand ins Zimmer kommt, der sich für gewöhnlich nicht dort aufhält. Kannst du das machen?«

»Gewiß, Mylord!« sagte Kob-Eins. Er saß immer noch auf einem Rauchwölkchen, aber Jim bemerkte nun, daß er abermals die Schultern gestrafft hatte. Auch seine Brust war aufgebläht, so wie er das in der Höhle getan hatte, als Secoh angedeutet hatte, daß Kob-Eins mit einem Feuergeist verwandt sein könnte.

Plötzlich jedoch fiel Kob-Eins in sich zusammen. »Ich meine – ich werde mein Bestes tun, Mylord«, fügte er hinzu.

»Ich weiß, daß du das tun wirst, Kob-Eins«, sagte Jim. »Und außerdem ...«

Aber an dieser Stelle wurde er von Gwynneth unterbrochen, die Ned Dunster hereinführte. Nachdem sie ihre Pflicht getan hatte, knickste sie und ließ sie wieder allein.

»Also, Ned«, sagte Jim, »wir werden jetzt eine kurze Reise machen.«

»Jawohl, Mylord«, sagte Ned. Aber sein Blick ruhte nicht länger auf Jim, sondern auf Kob, der auf seinem Rauchwölkchen thronte. Die Augen des jungen Mannes weiteten sich.

»Du!« sagte er zu Kob-Eins. »Du hast mich einmal vor vielen Jahren bei einem Ritt auf dem Rauch mitgenommen. Damals war ich mit dem Müller in der Burg, um Mehl auszuliefern.«

»Das ist vollkommen ausgeschlossen«, log Kob-Eins.

33

»ABER ICH ERINNERE MICH GENAU!« beharrte Ned. »Es war nachts, ungefähr zur selben Jahreszeit wie jetzt, und es lag Schnee. Man hatte mich zum Schlafen hineingebracht, damit ich es warm habe; irgendwann bin ich dann aufgewacht und hier herüber geschlendert, und da warst du, und du hast mich mitgenommen. Wir sind über den Schnee geflogen und durch die Bäume hindurch, und ich hatte es die ganze Zeit über warm, und es war das Tollste, was ich je erlebt habe. Das kannst du doch nicht vergessen haben!«

»Das habe ich nie getan«, sagte Kob-Eins. »So etwas habe ich nie getan!«

»Na komm schon, Kob-Eins«, griff Jim beschwichtigend ein. Er wandte sich an Ned. »Ned, hast du jemals irgend jemandem davon erzählt, daß Kob-Eins dich auf einen Ritt mitgenommen hat?«

»Nie, Mylord«, sagte Ned, der zwischen Kob-Eins und Jim hin und her schaute. »Die Großen hätten mir nie geglaubt. Außerdem wollte ich es auch niemandem erzählen. Es war so einmalig, daß ich es für mich behalten wollte.«

»Und das hast du in all den Jahren auch getan, oder?« fragte Jim.

Ned nickte langsam.

»Siehst du, Kob-Eins?« sagte Jim. »Ned hat niemals irgend jemandem davon erzählt, und er wird es auch nicht tun. Es ist völlig in Ordnung, wenn du zugibst, daß du ihn als kleinen Jungen einmal mitgenommen hast.«

Kob-Eins entspannte sich langsam.

»Na ja«, sagte er nach einigen Sekunden. »Ich erinnere mich an ihn, weil er so glücklich war, als er mit mir den Rauch ritt. Ich glaube, von allen Kindern, die ich jemals mitgenommen habe, hat er den Ritt am meisten genossen.«

»Ja, wirklich?« fragte Ned, dessen Gesicht aufleuchtete.

»Ja, wirklich«, sagte Kob-Eins. »Daran erinnere ich mich genau. Den Kindern macht es natürlich immer Spaß. Aber bei dir hatte ich den Eindruck, als würdest du alles – den Wald, den Schnee, die Sterne – in die Arme nehmen und festhalten wollen.«

»Genauso habe ich mich auch gefühlt«, sagte Ned mit leiser Stimme. »Und so würde ich mich gerne noch einmal fühlen.«

»Nun, unsere Reise wird am Nachmittag stattfinden, so daß du die Sterne wohl kaum sehen wirst, Ned«, meinte Jim, »aber ich glaube, es ist langsam Zeit, daß wir uns auf den Weg zur Burg des Grafen machen. Bist du bereit, Kob-Eins?«

»Mylord«, sagte Kob-Eins schüchtern, »ich bin mir nicht ganz sicher, ob der Rauch außer mir noch zwei Leute tragen wird.«

»Keine Sorge«, meinte Jim. »Du reitest den Rauch. Ich werde Ned und mich auf magischem Wege hinbringen, und wir werden mit dir Schritt halten, so daß wir alle zusammen reisen.«

Jim schloß halb die Augen und stellte sich vor, wie er und Ned über dem Schornstein, der von dem Kamin neben ihnen zum Dach führte, in der Luft schwebten. Diese Visualisierung war eine gewaltige Verbesserung gegenüber seiner alten Methode, seine Zauberbefehle aufzuschreiben. Aber so schnell die Magie auch war, Kob-Eins war schneller. Er erwartete sie bereits auf seiner Rauchwolke einige Fuß oberhalb des Schornsteins.

»Gut gemacht, Kob-Eins«, sagte Jim zu ihm. »Du fliegst voran, und wir halten mit dir Schritt.«

Kob-Eins machte sich augenblicklich auf den Weg. In scheinbar trägem Schweben zog er über die umliegenden Ländereien hinweg, über das freie Gelände dahinter und schließlich über die ersten Bäume des Waldes. Aber auch diesmal war seine Geschwindigkeit trügerisch, und Jim wußte, daß sie sich viel schneller fortbewegten, als es den Anschein hatte.

Jim, Ned und Kob-Eins blieben zusammen. Jim hatte sich vorgestellt, wie sie alle drei Seite an Seite reisten, und genau das taten sie auch.

»Also, Ned«, fragte Jim den Jungen, »wie gefällt es dir diesmal?«

»Ausgezeichnet«, sagte Ned strahlend. »Obwohl es nicht ganz so hübsch ist, Mylord, ich meine, damals hatten wir Vollmond, und ungezählte Sterne standen am Himmel.«

Seine letzten Worte klangen ein wenig beklommen, und er sah Jim mit einer gewissen Verlegenheit an.

»Schon gut, Ned«, sagte Jim. »Ich verstehe.«

Und er verstand wirklich. Es war nicht Nacht wie bei Neds letzter Reise, sondern Spätnachmittag an einem bewölkten Tag. Der Himmel über ihnen war verhangen, aber nicht allzu sehr, so daß sie alles erkennen konnten, was unter ihnen lag. Die verschneite, baumbedeckte Landschaft, über die sie dahinglitten, lag in unheimlichem Schweigen da. Es wehte kein Wind, der die Zweige hätte rascheln lassen, ebensowenig wie auf dem schneebedeckten Waldboden unter ihnen irgendwelche Tiere zu sehen waren – oder auch nur die Spuren von Tieren.

Jim fragte sich, ob die vielen in der Nähe von Mnrogars Territorium wartenden Trolle nicht das Land seines ganzen Wildbestandes beraubten, um sich mit Nahrung zu versorgen. Aber er konnte auch keine Trollspuren entdecken, und es hatte jetzt seit einigen Tagen nicht mehr geschneit.

Der Gedanke an die Trolle brachte ihn jedoch auf eine Idee. Er blickte hinüber zu Kob-Eins, der auf seiner Rauchwolke ritt.

»Kob-Eins«, sagte er, »du weißt doch, daß die Trolle nach wie vor an den Grenzen von Mnrogars Land warten?«

»Wer ist Mnrogar, Mylord?« fragte Kob-Eins.

»Der Troll in der Burg des Grafen«, antwortete Jim.

»Ach, dieser Troll!« sagte Kob-Eins. »Ich kannte seinen Namen bisher nicht!«

Einen Augenblick lang schien Kob-Eins erschüttert zu sein, dann straffte er abermals die Schultern und hob den Kopf.

»Sind die Trolle noch hier in der Nähe des Territoriums dieses anderen Trolls?« fragte er.

»Ja. Eine ganze Armee von Trollen«, erwiderte Jim.

Kob-Eins sank sichtbar in sich zusammen und riß

sich dann ebenso sichtbar wieder hoch, mit vorgeschobener Brust und zurückgenommenen Schultern. »Sie wagen es nicht, die Grenze zu überschreiten, nicht wahr, Mylord, bis einer von ihnen tapfer genug ist, um gegen den Burgtroll zu kämpfen? Aber warum sind so viele von ihnen hier?«

»Das weiß ich nicht«, antwortete Jim. »Aber ich wüßte es gern. Und plötzlich kam mir der Gedanke, daß ich, wo wir schon einmal hier oben sind, nachsehen könnte, um festzustellen, ob sie noch da sind. Kannst du einen Troll riechen?«

»O ja, Mylord«, sagte Kob-Eins.

»Ja? Na, wunderbar!« sagte Jim. »Würdest du ihn auch dann riechen können, wenn er unter einer Schneewehe liegt und auf eine Beute wartet?«

»Ich glaube schon, Mylord«, sagte Kob-Eins zweifelnd. »Es würde davon abhängen, wie tief die Wehe ist und wie nah ich ihr komme.«

»Als du mich das letzte Mal von der Burg des Grafen nach Malencontri gebracht hast«, sagte Jim, »hast du davon gesprochen, daß du gesehen hättest, wie sie darauf warteten, daß der Schnee sie bedeckte. Weißt du, wo das war?«

Kob-Eins krauste seine kleine Stirn.

»Ich denke schon, Mylord«, sagte er. »Wenn viele von ihnen zusammen sind, ist es für mich vielleicht leichter, sie auszumachen.«

»Erinnerst du dich noch, wo du sie das erste Mal gesehen hast?« fragte Jim.

»O ja, ich erinnere mich«, sagte Kob. »Ich habe es Euch vielleicht noch nicht erzählt, Mylord, aber Kobolde vergessen nie etwas.«

Weder Kobolde noch Drachen, dachte Jim. Und dasselbe galt seiner Erfahrung nach für Ehefrauen, Wölfe, Seeteufel oder die Menschen des vierzehnten Jahrhunderts – nur arme, alte Magier der dritten Kategorie aus dem zwanzigsten Jahrhundert mit Namen Jim schienen andauernd irgend etwas zu vergessen. Aber es hatte im Augenblick wohl keinen Sinn, sich darüber zu beschweren.

»Hervorragend«, sagte Jim. »Wenn wir jetzt auf dem Weg zur Burg wieder über sie hinwegfliegen, möchte ich wissen, ob sie noch da sind.«

»Ich gebe Euch Bescheid, Mylord«, versicherte Kob-Eins ihm. »Es wird nicht mehr lange dauern. Wir sind schon ziemlich in der Nähe. Um genau zu sein, sind wir schon fast über der Stelle.«

Es war weniger als fünf Minuten später, als Kob-Eins abermals das Wort an ihn richtete.

»Wir kommen jetzt an die Stelle, an der ich sie gesehen habe, Mylord«, sagte er. »Es ist nicht genau dieselbe Stelle, die wir beim letzten Mal überflogen haben, aber wenn sie alle hier in der Gegend sind …«

»Ja, das sind sie«, erwiderte Jim. »Versuch einfach festzustellen, ob du ihre Witterung aufnehmen kannst.«

Auch Jim schnupperte. Einen Augenblick lang fühlte er sich versucht, in seinen Drachenkörper zu schlüpfen, da er mit seiner Drachennase besser riechen konnte. Aber da Kob-Eins die Sache erledigen konnte, wollte er weder Ned noch Kob-Eins unnötig erschrecken.

»Hast du bisher irgend etwas gerochen?« fragte er Kob-Eins.

»Noch nicht, Mylord«, antwortete Kob-Eins, der angestrengt auf den Boden unter ihnen blickte. »Ich glaube fast, daß ich einen gewissen Trollgeruch wahrnehme, aber das kann auch daher rühren, daß sie vor einiger Zeit hier waren.«

»Verzeiht mir, Mylord, Kob-Eins«, sagte Ned demütig, »aber vielleicht sind wir zu weit vom Erdboden entfernt. Wenn Kob-Eins etwas tiefer gehen würde …«

Jim sah Kob-Eins scharf an. Kob-Eins war augenscheinlich nicht gerade glücklich über die Aussicht, tiefer hinunterzugehen. Jim erinnerte sich an die bildhafte

Beschreibung des Kobolds von einem verborgenen Troll, der sich von einer Schneewehe zudecken ließ und dort liegen blieb, bis er ein Opfer in der Nähe witterte.

»Ich weiß nicht«, sagte Jim. »Kob-Eins, meinst du, du könntest ein wenig tiefer hinuntergehen, um festzustellen, ob du sie dann riechen kannst?«

»Wenn Ihr es wünscht, Mylord«, sagte er. »Natürlich kann ich tiefer heruntergehen und mich mehr anstrengen. Gleich da vorne ist wieder eine Schneeverwehung …«

Bevor Jim noch ein weiteres Wort sagen konnte, war Kobs Rauchschwade in schrägem Winkel auf die Schneeverwehung unter einer großen Eiche zugeschossen. Die Schneeverwehung hatte sich nach Jims Schätzung mindestens vier Fuß oder vielleicht noch höher vor der schweren, alten Eiche aufgetürmt. Kob-Eins und sein Rauch glitten darauf zu, während Jim und Ned ungefähr fünfzig Fuß weiter oben angehalten hatten.

»Mylord!« rief Kob-Eins triumphierend zu ihnen hinauf. »Ihr hattet recht. Da ist …«

Die Schneeverwehung explodierte, und nicht einer, sondern zwei Nachttrolle brachen zu beiden Seiten des Kobolds hervor. Es handelte sich um die größere, silbern bepelzte Trollrasse, und bevor Kob-Eins flüchten konnte, hatte einer von den beiden ihn mit seiner breiten, mit langen Krallen versehenen Hand gepackt.

»Was ist es?« fragte der Troll, der Kob nicht zu fassen bekommen hatte.

»Keine Ahnung«, antwortete der andere und blickte auf Kob-Eins hinab. Offensichtlich hatte keiner der Trolle aufgeblickt; sie schienen Jim und Ned über sich nicht bemerkt zu haben. »Irgendwas Kleines. Kaum ein Bissen.«

Kob-Eins hatte nicht um Hilfe gerufen. Heldenhaft verbiß er sich in das Netz aus Fleisch zwischen dem krallenbewehrten Daumen und dem Zeigefinger des

Trolls, der ihn festhielt. Mit seinen kleinen Zähnen nagte er an der Haut, die angeblich imstande war, eine Schwertklinge stumpf zu machen.

»Mylord«, begann Ned mit erschrockener Stimme, und die beiden Trolle blickten auf. Aber Jim war nun ebenfalls explodiert; einer seiner seltenen Wutanfälle hatte ihn gepackt. In beinahe demselben Augenblick war er bei den beiden Trollen auf dem Boden und stach mit dem Zeigefinger nach ihnen beiden.

»Freeze!« befahl er. Die beiden Trolle standen augenblicklich reglos da; ihre Münder, die sie geöffnet hatten, gaben keinerlei Laut von sich. Beide glitzerten jetzt, als wären sie mit einer Schicht aus geschmolzenem Eis überzogen.

Jim funkelte sie wütend an. Er brauchte einen Augenblick, um in seiner Erregung zu begreifen, daß er das falsche Wort benutzt hatte. Das Wort, das er eigentlich benutzen wollte, war der vertraute magische *Still*-Befehl. Aber zwanzig Jugendjahre vorm Fernseher mit Krimis, in denen amerikanische Cops die Schurken mit dem Befehl: ›Freeze‹, ›keine Bewegung‹, zu stellen pflegten, hatten ihre Spuren hinterlassen. Und der magische Befehl hatte buchstabengetreu funktioniert.

Die Trolle waren tatsächlich gefroren.

Augenblicklich suchte sein Blick nach Kob-Eins, den er ebenfalls mit Eis bedeckt vorzufinden erwartete. Aber das war nicht der Fall. Der magische Befehl hatte offensichtlich wie ein Blitz nur den Punkt getroffen, auf den er gerichtet gewesen war. Im Augenblick bemühte sich der Kobold jedoch, sich aus der eisigen Umklammerung herauszuwinden – allerdings ohne Erfolg.

Jim zeigte auf die Trollhand, die Kob-Eins festhielt.

»Auftauen! Lockerlassen!«

Das Eis von der Hand des Trolls zerbarst in einem kleinen Schauer von Splittern, und die Hand öffnete sich ein wenig. Kob-Eins zappelte, konnte sich aber immer noch nicht befreien.

Jim streckte die Hand aus, zog die groben Finger ein Stückchen weiter auseinander und hob Kob-Eins heraus. Dann legte er ihn mit einer beschützenden Geste an seine Brust. Kob-Eins klammerte sich an Jims Joppe, und er spürte, wie der kleine Körper an der Innenfläche seiner schützenden Hand bebte. Er blickte hinunter und sah, daß Kob-Eins zur Seite starrte.

»Mylord! Obacht!« rief Kob. Jim blickte um sich und stellte fest, daß von allen Seiten Trolle herankamen.

»Hinauf, Mylord!« rief Kob-Eins ihm zu. »Hinauf!«

Jim spürte einen Druck zwischen den Beinen, und als er hinunter schaute, sah er eine Rauchwolke, die versuchte, ihn in die Höhe zu heben. Aber ihm war nicht danach zumute, sich hochheben zu lassen.

»Geh du hinauf, Kob«, sagte er und versuchte, Kob-Eins auf den Rauch zu setzen, aber dieser klammerte sich an ihn.

»Ich möchte Euch nicht verlassen, Mylord!« Die Stimme des Kobolds klang schrill. »Steigt auf! Ihr müßt fliegen!«

»Den Teufel muß ich!« Er stellte sich vor, wie er und Kob-Eins von einer leuchtenden Aura umschlossen wurden, deren innere Wand kühl war, während sie außen die Temperatur von kochendem Wasser hatte. Gerade rechtzeitig. Die ersten Trolle erreichten ihn und streckten ihre Hände nach ihm aus, stießen sie in das Glühen und prallten, vor Schmerz und Zorn aufheulend, zurück.

»So ist es schon besser«, sagte Jim, der sich, ohne Kob-Eins loszulassen, zu ihnen umwandte. Der ungewohnte Zorn, der sich seiner bemächtigt hatte, loderte zu neuen Höhen auf. »Ihr wollt einen Magier fangen? Nur zu, bedient euch!«

Mittlerweile war er von Trollen umringt, aber keiner von ihnen befand sich in Armeslänge der Aura. Diejenigen Trolle, die weiter weg standen, hatten gebrüllt und geknurrt, aber als das Schweigen der Trolle in Jims unmittelbarer Nähe zu den hinteren durchdrang, wurden auch diese still, bis keiner von ihnen mehr einen Laut von sich gab.

»So ist es schon besser!« rief Jim. Dann wandte er sich halb zu den beiden Trollen um, die Kob-Eins gefangengenommen hatten.

»Taut auf!« befahl er ihnen. Das Eis um sie herum zersplitterte; sie bewegten sich und streckten Arme und Beine aus, als könnten sie kaum glauben, daß sie sich wieder bewegen ließen.

Dann drehte Jim sich wieder zu der Meute um.

»Versucht niemals wieder«, sagte er zu ihnen, »einen Magier oder einen Kobold anzugreifen. Habt ihr mich verstanden?«

Bei den Trollen um ihn herum herrschte immer noch tödliches Schweigen. Ihre Augen glitzerten, und sofern ihre wilden Gesichter überhaupt eines Ausdrucks fähig waren, blickten sie verwundert, aber in keiner Weise eingeschüchtert drein.

»Du da«, sagte Jim und zeigte auf den größten Troll in der vorderen Reihe der Meute, die sie umstellte. »Weshalb seid ihr hergekommen? Antworte mir!«

Der Troll blickte nach links und rechts, dann auf den Boden und schließlich wieder zu Jim hinüber – und sagte nichts.

»Ich werde sprechen!« riefen Stimmen aus dem Hintergrund. Dann ging eine heftige Bewegung durch die Menge, und plötzlich brachen zwei völlig gleich aussehende Trolle bis in die vorderste Reihe durch, wobei sie die, die vorher dort gestanden hatten, rücksichtslos beiseite stießen. Dann bauten sie sich unmittelbar vor Jims Aura auf. Sie sahen nicht nur aufs Haar gleich aus, sondern standen auch auf dieselbe Weise da, die Fäuste in die Hüften gestemmt.

»Was tut Ihr hier, Magier? Das ist mein Territorium!«

Jim blinzelte. Nicht was sie gesagt hatten, verwirrte ihn, sondern die Tatsache, daß sie es beide mit genau denselben Worten und genau zur selben Zeit gesagt hatten. Und beide hatten sie das Wort ›mein‹ benutzt.

»Dann vertreibt mich doch«, antwortete Jim.

Die beiden starrten ihn wild an. Jim starrte zurück, genauso wild, aber gleichzeitig hin- und hergerissen zwischen zwei verlockenden Möglichkeiten. Die eine bestand darin, daß er sich genauso groß und hünenhaft machen konnte wie Rrrnlf der Seeteufel, die andere Möglichkeit bestand darin, sie alle einzufrieren und als Statuen zurückzulassen.

Nein, diese zweite Alternative war vielleicht ein wenig zu brutal. Aber wie dem auch sei, er war nicht in der Stimmung, sich irgend etwas gefallen zu lassen. Er wartete darauf, daß die Trolle abermals zu sprechen begannen.

Die beiden Trolle setzten sich auf unheimliche Weise im selben Augenblick in Bewegung und streckten, ohne ein Wort zu sagen, vorsichtig die Hände nach der Aura aus. Sie spürten die Hitze, bevor sie diese berührten, und zogen die Hände zurück. Dann starrten sie Jim einfach nur weiter an.

»Na schön«, sagte Jim. »Erzählt es mir, ihr beiden. Was wollt ihr hier?«

»Ich warte auf Mnrogar«, sagten sie.

»So, ihr wartet also auf Mnrogar«, sagte Jim. »Und was wollen dann all die anderen Trolle hier? Warten die auch auf Mnrogar? Ich möchte, daß nur einer von euch antwortet. Es ist nicht nötig, daß Ihr beide gleichzeitig redet. Mir ist es egal, wer von euch spricht.«

»Ich muß mit beiden Mündern sprechen!« sagten die beiden Trolle in perfektem Einklang. »Ich bin eine Person. Das ist der Grund, warum ich mit Mnrogar kämpfen und ihn fressen werde. Sein Territorium ist mein!«

Jim konnte nicht umhin, die beiden anzustarren.

»Was soll das heißen, ihr seid eine Person?« fuhr er auf. »Ich sehe doch, daß ihr zwei seid.«

»Nein, ich bin einer. Meine Mutter hat mich in zwei

Hälften gerissen, als ich geboren wurde; aber ich bin immer nur einer gewesen. Ich lebe als einer. Ich esse als einer – und ich kämpfe als einer. Mnrogar wird sterben. Kein Troll kann mich besiegen. Ich kann mir jederzeit jedes Territorium nehmen, das ich haben will; und jetzt ist die Zeit gekommen, ihm, der sich König der Trolle nennt, das seine zu nehmen.«

»Und was soll das nutzen?« fragte Jim.

»Dann wird es keine Zweifel mehr daran geben, wer der König der Trolle ist. Denn wenn ich mir sein Territorium nehmen kann, werden alle Territorien mir gehören. Es ist eine neue Zeit für die Trolle angebrochen; vereint unter einem neuen König. Wir werden alles nehmen – alles; und wir werden nicht nur Mnrogar, sondern Euresgleichen und allen, die auf dieser Insel Stärke heucheln, jeden Knochen im Leibe zerbrechen. Alles wird mir gehören. Mir, auf ewig!«

Jim bemerkte, wie sein Zorn sich angesichts seiner Verblüffung verflüchtigte. So groß Mnrogar auch war, die beiden Trolle vor ihm – von denen jeder größer war als alle anderen hier – hatten gute Chancen, den Burgtroll mit vereinten Kräften zu bezwingen. Vor allem, da er nach annähernd zweitausend Jahren müde zu sein schien – des Lebens und, wenn Aragh recht hatte, des Alleinseins.

Plötzlich ging ihm unerwartet ein Licht auf. Dies hier konnte sehr wohl der Grund sein, warum die Dunklen Mächte glaubten, sie könnten die Festlichkeiten des Grafen stören und gegen das Prinzip der Geschichte verstoßen, und zwar während eines christlichen Festes, von dem sie selbst ausgeschlossen waren. Sie konnten hier nichts auf direktem Wege bewirken, aber Handlanger wie die Trolle konnten das an ihrer Stelle tun, da Elementarwesen über die Fähigkeit verfügten, zumindest bis zu einem gewissen Maß Einfluß auf das Prinzip der Geschichte zu nehmen.

Dieses seltsame Paar, das gleichzeitig sprach und

sich in der ersten Person zu äußern pflegte, mußte bei der Geburt tatsächlich verbunden gewesen sein – ›siamesische‹ Zwillinge. Jedenfalls wenn sie die Wahrheit sagten und wirklich als ein Individuum geboren worden waren, das ihre Mutter entzweigerissen hatte.

Ob sie wirklich glaubten, eine Person in zwei Körpern zu sein oder ob dies ein ausgekochter Plan war, mit dem sie sich einen Vorteil verschaffen wollten, spielte im Grunde keine Rolle. Das einzige, was zählte, war, daß andere Trolle es akzeptierten. Wenn diese beiden tatsächlich in Gedanken wie auch in ihrer Persönlichkeit verbunden waren, würden sie jeden anderen Troll besiegen können.

»Ihr sagt, ihr wäret als einer geboren worden und eure Mutter hätte euch entzweigerissen!« sagte Jim. »Wie kann ich das glauben?«

Ohne ein Wort drehten die beiden sich wie eine einzige Person um, und der eine bot Jim seine rechte Seite dar, während der andere ihm seine linke präsentierte. Sofort sah Jim die häßlichen faltigen Narben, die bei beiden Trollen von den Rippen bis zur Hüfte verliefen.

»Aber wenn ihr getrennt wurdet«, sagte Jim, »könnt ihr euch doch nicht länger als eine einzige Person betrachten.«

»Ich bin einer«, erklangen die beiden Stimmen gemeinsam.

Jim war geneigt zu glauben, daß sie es tatsächlich glaubten – und nach den Mienen der anderen Trolle hier zu urteilen, glaubten sie es ebenfalls. Wenn dem so war, konnte der Sieg der Zwillinge über Mnrogar tatsächlich eine Gefahr heraufbeschwören, falls die Zwillinge klug genug waren, die anderen Trolle als eine geeinte Streitmacht gegen die Menschen einzusetzen. Und selbst wenn sie das nicht taten, würde es genügen, wenn die Trolle so viel Wild zusammentrieben, daß sie ganze Landstriche allen tierischen Lebens berauben würden. Und wenn sie mit vereinten Kräften entlegene Bauernhöfe oder kleine Dörfer angriffen, würden die Trolle sich von Haustieren oder sogar deren Bewohnern ernähren können. Das würde das Königreich Britannien im vierzehnten Jahrhundert dieser Welt zerrütten, so daß die menschliche Geschichte auf eine Art und Weise verzerrt würde, wie man dies noch nie erlebt hatte.

Die beiden waren in Schweigen verfallen, aber Jim kümmerte sich nicht weiter um sie. Er war viel zu sehr damit beschäftigt, in Gedanken jeden neuen Aspekt dieser Entwicklung zu beleuchten. Kein Wunder, daß der Phönix nicht geflogen war, wie er sollte. In Anbetracht dieser Dinge war überhaupt nichts mehr ein Wunder.

Aber das war keine Situation, in der man aus dem Stegreif handeln konnte. Er mußte weg von hier und sich Zeit zum Nachdenken verschaffen – vor allem aber mußte er mit Carolinus sprechen, falls es ihm jemals wieder gelingen sollte, Kontakt zu seinem Meister aufzunehmen.

Das Schlimmste von allem war, daß es ihm als Magier wie auch allen anderen Magiern möglicherweise verboten war, sich unter diesen Umständen in die Angelegenheiten der Trolle einzumischen. Ob die Gesetze der Magier sie tatsächlich an einem Eingreifen hinderten, war eine weitere Frage, zu deren Beantwortung er unbedingt Carolinus' Hilfe bedurfte. Es hatte keinen Sinn, noch länger hier zu stehen und mit diesen beiden Trollen zu reden.

»Hört auf das, was ich sage«, erklärte Jim, so unheilverkündend er dies vermochte, zu dem Paar, das vor ihm stand. »Wenn ihr gegen Mnrogar kämpft, seid ihr verloren!«

Bedachtsam blickte er auf Kob-Eins nieder, den er immer noch mit der Hand verdeckt hielt.

»Komm, Kob-Eins«, sagte er. »Wir wollen diese Trolle allein lassen, auf daß sie Weisheit gewinnen.

Laßt uns unsere Reise zu unserem Bestimmungsort fortsetzen.«

Mit diesen Worten stellte er sich vor, wie er und Kob-Eins wieder bei Ned in der Luft waren – und augenblicklich befanden sie sich ebendort. Ein plötzliches Brüllen des Zorns und der Verärgerung drang von den Trollen zu ihnen hinauf; und als Jim hinunterblickte, sah er, daß sie ihre Gesichter emporgewandt hatten. Jim ließ Kob-Eins los, der von seiner Joppe rutschte und augenblicklich rittlings hinter ihm und Ned auf einem Rauchschwaden saß. Ned war nach wie vor in der Luft, hatte es aber irgendwie geschafft, sich auf den Bauch zu drehen, als hätte er versucht, zum Boden hinunter zu schwimmen.

»Hast du ihn gesehen? Hast du unseren Herrn gesehen?« platzte Kob-Eins an Ned gewandt heraus. »Er hat sie aufgehalten. Er hat ihnen angst gemacht. Sie konnten überhaupt nichts tun!«

»Verzeiht mir, Mylord«, sagte Ned, der immer noch Mühe hatte, sich in eine aufrechte Position zu hieven. »Verzeiht mir, Mylord«, wiederholte er, »ich konnte nicht zu Euch hinunterkommen. Nun gut, ich habe nur mein Messer, aber ich möchte nicht, daß Ihr denkt, ich ...«

»Aber nein, Ned«, beschwichtigte Jim ihn. »Ich wollte, daß du hier oben bleibst. Ich hätte dich gerufen, wenn ich dich gebraucht hätte; und dann wärest du auch in der Lage gewesen zu kommen. Und jetzt vergeßt bitte für einen Augenblick die Trolle. Wir müssen in die Burg des Grafen zurückkehren. Es ist nicht mehr lange hin bis morgen, und wir haben noch viel zu tun.«

34

DIE MORGENSONNE SCHIEN HELL aus einem vollkommen wolkenlosen blauen Himmel auf den Turnierplatz vor der Burg herab. Überall leuchteten die Farben von Bannern und Wimpeln längs der Schranken und vor den hölzernen Tribünen, die mit warm eingepackten Zuschauern besetzt waren. Die Barriere selbst verlief über die ganze Länge des Feldes vor ihnen, so daß die beiden gegnerischen Ritter jeder an seiner Seite der Barriere entlangreiten würden. An jedem Ende der Schranken waren große runde Zelte errichtet worden, die denjenigen Rittern zur Verfügung standen, die als nächste an der Reihe waren.

Es wäre schön gewesen, zu sagen, daß die Sonne vom Himmel *strahlte,* aber das wäre nicht korrekt gewesen. Weder die Sonne noch das harte winterliche Blau des Himmels hatten etwas Strahlendes an sich. Auch verströmte die zertrampelte, schneebedeckte Oberfläche der Erde keine besondere Freundlichkeit, und auch das rauhe Holz der Barriere sowie das unbarmherzige Weiß der Zelte bot keinen erfreulichen Anblick.

Ja, nicht einmal die Menge selbst hatte in dieser Hinsicht etwas zu bieten. Die vornehmen Herrschaften waren gewiß fröhlich und wohlgelaunt – einige von ihnen waren sogar bereits dabei, noch fröhlicher zu werden, da sie weitere Erwärmung aus dicken Weinflaschen bezogen. Aber trotz ihrer guten Stimmung waren sie hergekommen, um Blut und Gewalt zu sehen.

Aber wie dem auch sei, die Tribünen waren gut besetzt. Die einzigen freien Plätze waren die des Grafen und des Bischofs von Bath und Wells. Die Kirche hatte offiziell ihre Mißbilligung dieses rauhen Sports zum Ausdruck gebracht; daher wäre es undiplomatisch gewesen, hätte der Bischof dieses Ereignis mit seiner Anwesenheit beehrt. Dennoch rechneten die anderen Gäste damit, daß er sich ein wenig später unter die Zuschauer mischen würde, wahrscheinlich in der Kutte eines gewöhnlichen Mönchs und mit in die Stirn gezogener Kapuze, um sein Gesicht zu verbergen.

Die anderen Gäste waren jedoch frei von solchen Beschränkungen und Verpflichtungen, bis auf Jim selbst. Er saß da und nahm das Frühstück zu sich, das er einige Stunden zuvor verpaßt hatte, als er noch vor der Morgendämmerung in die frostige Luft hinausgegangen war. Seine Mission hatte darin bestanden, zusammen mit Brian, Ned Dunster, den beiden Knappen und einigen vertrauenswürdigen Bewaffneten den Burgtroll Mnrogar, dessen Rüstung und sein Wildschweinpferd an eine Stelle im Wald zu bringen, wo sie vor neugierigen Blicken geschützt waren.

Jim hatte eine zusätzliche Vorsichtsmaßnahme ergriffen, indem er mit Hilfe einer einfachen magischen Technik, die er vor einiger Zeit erfunden hatte, sowohl das Pferd als auch den Troll für alle Unbeteiligten unsichtbar machte. Nicht daß es sehr wahrscheinlich gewesen wäre, daß Zuschauer versucht hätten, von dieser Seite des Feldes einen Blick auf das Turniergeschehen zu erhaschen. Im Wald würden höchstwahrscheinlich Bewaffnete des Grafen als Wachen postiert sein. Jedem Pächter oder Gemeinen würde es schlecht ergehen, wenn er sich irgendwo herumdrückte, wo er nichts zu suchen hatte.

Aber darum ging es im Augenblick gar nicht. Zur Zeit nahmen Jim und Brian in einem der kleinen Zelte hinter den beiden größeren ihr Mahl ein; hier konnte sie von den Tribünen aus kaum jemand sehen. Die kleinen Zelte dienten verschiedenen Zwecken, beispielsweise der Aufbewahrung zusätzlicher Lanzen und Rüstungen.

Der erste Lanzenritt, die erste Tjost des Tages hatte noch nicht stattgefunden, aber Sir Brian sollte in dem zweiten Wettbewerb reiten und war noch für mehrere weitere Begegnungen aufgeführt. Die erste Tjost sollte zwischen Sir Oswald Aston und Sir Michael Land stattfinden.

In diesem Augenblick füllte Brian, wie immer am frühen Morgen fröhlich und wohlgelaunt, seinen

Weinbecher nach. Jim betrachtete den Becher mit Abscheu; seine Augen waren immer noch aufgedunsen, und wann immer er versuchte, sich zu erheben und irgendwohin zu gehen, schien sein Körper aus Blei zu sein.

»Wann wollten Angie und Geronde auf den Tribünen sein?« fragte er Brian.«

»Oh, sie müßten mittlerweile eigentlich da sein«, antwortete dieser. »Ich kann einen der Bewaffneten hinüberschicken, um es herauszufinden, wenn Ihr wollt. Keine der beiden Damen würde sich freiwillig auch nur eine Minute des Turniers entgehen lassen.«

Auf Geronde mochte das zweifellos zutreffen, dachte Jim. Aber er wußte nur allzugut, daß Angie zwar zugegen sein, das Turnier aber gewiß nicht genießen würde. Sie war sich nur allzu bewußt, welch schwere Schäden die Teilnehmer sich zuziehen konnten. Aber das war natürlich keine Überlegung, die man laut äußern durfte, nicht einmal Brian gegenüber.

»Sie läßt den kleinen Robert nicht gern allein«, sagte Jim.

»Es sind doch ihre beiden Dienerinnen bei ihm und die Amme und zwei Bewaffnete«, sagte Brian. »Was könnte da noch passieren? Ich würde nicht so zu Euch sprechen, wenn Ihr nicht ein guter Freund von mir wäret, aber meint Ihr nicht auch, daß Angela sich zu viele Sorgen um dieses Kind macht? Immerhin könnte der König es Euch binnen eines Monats aus den Händen nehmen. Und es wäre durchaus denkbar, daß es zu Agatha Falon als nächster Verwandter kommt.«

»Genau das macht Angie solche Sorgen«, erwiderte Jim. Er senkte die Stimme, denn das Zelt war nicht vor Lauschern sicher. »Angela ist überzeugt, daß Agatha Falon am liebsten möchte, daß Robert überhaupt nicht erwachsen wird, damit sie die Ländereien der Falons erben kann.«

»Das habt Ihr mir schon einmal erklärt«, sagte Brian.

»Es wäre natürlich eine böse Tat dem Jungen gegenüber, aber … Nun ja, es wird sein, wie Gott es will …«

Er brach abrupt ab, setzte sein Glas nieder und stand mit erschrockenem Gesichtsausdruck auf.

»Bei all den Dingen, die wir heute morgen schon zu erledigen hatten, habe ich etwas Wichtiges ganz vergessen!« sagte er zu Jim. »Ich war nicht zur Beichte. Sollte nicht in einem der Zelte ein Priester sein?«

»Einen Moment, ich erledige das«, sagte Jim. »Ich werde hinausgehen und einen der Bewaffneten nach ihm schicken.«

»Nein, nein«, protestierte Brian und wandte sich dem Zelteingang zu. »Es werden ihn noch andere Ritter in Anspruch nehmen wollen, und ich muß meinen Platz in der Reihe der Wartenden einnehmen oder denen, die bereits warten, die Notwendigkeit klarmachen, daß ich vor ihnen mit dem Priester reden muß. Wartet hier auf mich, James.«

Insgeheim war Jim für einige Augenblicke des Alleinseins durchaus dankbar. Er hatte die ganze Vorbereitung halb verschlafen und war nicht minder müde gewesen, als sie Mnrogar und das Pferd an ihren Platz gebracht hatten. In der Tat war er erst richtig wach geworden, als sie die beiden sicher untergebracht hatten und Mnrogar sich in einem kleinen Zelt zusammenrollte, das dem Troll die Illusion einer Höhle vermittelt hatte. Das Wildschweinpferd war lose an einen Baum gebunden und wieder in ein schlichtes Wildschwein zurückverwandelt worden, solange es wartete. Auf diese Weise konnte es unter dem Schnee wühlen und schnuppern und feststellen, ob es irgend etwas Interessantes dort zu finden gab.

Jim versuchte, sich darauf zu besinnen, was er als nächstes zu tun hatte. Er war sich sicher, daß eine wichtige Aufgabe seiner harrte, aber irgendwie fiel sie ihm nicht ein. Die allgemeine Kälte um ihn herum schien seine Gedankengänge verlangsamt zu haben.

Nicht daß er übermäßig gefroren hätte. Er war in mehrere Schichten warmer Kleidung gehüllt, ganz zu schweigen von der leichten Rüstung, die er trug; er war so dick angezogen, daß die Kälte gar nicht mehr an ihn heran konnte. Im Gegenteil, jetzt, da er eine Weile im Zelt gesessen und etwas in den Magen bekommen hatte, stellte er fest, daß es ihm angenehm warm war.

Er nickte ein.

Und wachte auf, als Brian ihn an der Schulter schüttelte.

»… Auf mit Euch!« sagte Brian. »Ich muß jetzt meine Rüstung anlegen, James. John Chester wird mir helfen, mich vorzubereiten. Ihr solltet jetzt Euren Platz auf der Tribüne einnehmen, zusammen mit Geronde und Angela!«

»Was? Oh … ja«, murmelte Jim. Er hievte sich mit knirschenden Gliedern auf und stolperte aus dem Zelt in das Sonnenlicht, dessen Helligkeit ihn blinzeln ließ. Dann ging er um das Ende der Barriere herum auf die Tribünen zu.

Sein Weg führte ihn beinahe zwangsläufig dicht an den Bäumen an diesem Ende des Platzes vorbei; und plötzlich erklang eine Stimme aus dem Wald.

»James!« Es war Aragh.

Jim blieb stehen, rieb sich das Kinn, als wäre ihm gerade erst etwas eingefallen, drehte sich dann um und ging in den Wald hinein. Als er ungefähr zwanzig Fuß weit gegangen war, stieß er auf Aragh.

»Ich war auf der dem Wind abgekehrten Seite der Tribünen, so nah, wie das möglich war, ohne den Schutz der Bäume zu verlassen«, eröffnete ihm Aragh. »Euer Troll – ich meine den, der sich unter den Gästen verborgen hält – ist heute bei den übrigen. Ich konnte ihn deutlich riechen.«

Jim sah zu den Tribünen hinüber und wandte dann den Blick wieder Aragh zu.

»Ich nehme an, Ihr seid Euch sicher«, sagte er, »daß

es nicht Mnrogar war, den Ihr gerochen habt? Er hält sich nicht weit von dem Zelt entfernt verborgen, aus dem ich gerade gekommen bin.«

»Könnt Ihr Eure rechte Hand von Eurer linken unterscheiden?« fragte Aragh zurück.

»Natürlich«, sagte Jim. »Das ist nicht ...«

»Wie?« fragte Aragh.

»Nun, natürlich ...« Es war eine einfache Frage, auf die er nicht sofort eine einfache Antwort parat hatte. »Nun, zum einen sind sie verschieden.«

»Das sind der Troll auf der Tribüne und Mnrogar auch«, erwiderte Aragh. »Keine zwei Trolle riechen gleich, genausowenig, wie irgendwelche von euch Zweibeinern gleich riechen. Was habt Ihr erwartet?«

»Es war eine törichte Frage«, sagte Jim.

»Das war es«, pflichtete Aragh ihm bei.

»Konntet Ihr herausfinden, an welcher Stelle der Tribünen der andere Troll sich aufhält?«

»Nicht auf diese Entfernung«, antwortete Aragh. »Ich schätze, irgendwo in der Mitte. Ich überlasse es nun Euch, ihn zu finden. In der Zwischenzeit interessiert es Euch vielleicht, daß die Trollarmee weiter auf Mnrogars Territorium vorgerückt ist.«

Diese Neuigkeit erschütterte Jim. Er hatte gehofft, daß die Dinge von jetzt an nicht mehr schlimmer, sondern nur noch besser werden konnten. »Meint Ihr, daß sie während des Turniers hier auftauchen werden?«

»Sie sind Trolle. Wer will das sagen?« entgegnete Aragh. Dann verlor seine Stimme ihren schroffen Ton, und er fuhr ein wenig freundlicher fort: »Ich glaube nicht, daß sie es tun werden, James. Sie haben immer Hunger. So, wie sie die Dinge betrachten, sitzt da auf diesen Tribünen im Augenblick eine ganze Menge Fleisch. Aber andererseits sind da auch viele Männer mit Schwertern und Lanzen und Pferden. Wie ich die Trolle kenne, werden sie sich die Sache zweimal überlegen.«

»Aber es bedeutet, daß sie Mnrogar zwingen werden, herauszukommen und um seinen Besitz zu kämpfen, nicht wahr?«

»Ja, das heißt es«, bestätigte Aragh.

»Es ist ein Zwillingstroll dabei, der die anderen mehr oder weniger anführt, wußtet Ihr das?« fragte Jim.

»Ich wußte es«, antwortete Aragh.

»Das habt Ihr mir gegenüber nie erwähnt«, sagte Jim.

»Warum sollte ich auch?« fragte Aragh.

»Die beiden Brüder waren bei ihrer Geburt miteinander verwachsen, und ihre Trollmutter hat sie getrennt«, fuhr Jim fort. »Sie glauben, daß sie das Recht haben, beide gleichzeitig gegen Mnrogar zu kämpfen – warum lacht Ihr?«

Araghs Kiefer klappten mit einem vernehmlichen Knacken zusammen.

»Das wird sicher sehenswert sein!« sagte Aragh. »Ich glaube, sowohl die beiden als auch Mnrogar werden überrascht sein.«

»Könnte Mnrogar die beiden besiegen?« fragte Jim.

»Vielleicht. Wer weiß?« meinte Aragh. »Wir werden abwarten müssen.«

»Wißt ihr, Aragh«, sagte Jim, der nun kurz davor stand, die Beherrschung zu verlieren, »ich bin Euch dankbar, daß Ihr mir von dem Troll auf der Tribüne und von diesen anderen Trollen, die langsam näher kommen, erzählt habt; aber in anderer Hinsicht seid ihr nicht gerade hilfreich.«

»Ihr Menschen lauft herum und gebt einander Ratschläge«, sagte Aragh. »Wölfe tun das nicht.«

Einen Augenblick lang herrschte Stille zwischen ihnen.

»Soviel will ich Euch jedenfalls sagen«, bemerkte Aragh schließlich. »Ihr solltet Carolinus davon erzählen – und zwar bald.«

»Ich wünschte, das könnte ich«, sagte Jim. »Er hält sich vor mir verborgen.«

Aragh wandte sich schon halb zum Gehen. »Ich werde in der Nähe sein.«

Er verschwand zwischen den Bäumen und den scharfen Schatten, die sie auf den Schnee warfen.

Jim trottete in entgegengesetzter Richtung davon, aus dem Wald heraus und auf die Tribünen zu. Sir Michael und Sir Oswald hatten bereits ihre Rüstungen angelegt und saßen an ihren jeweiligen Enden der Schranken im Sattel. Sir Oswald war immer noch mit der Auswahl seiner Turnierlanze beschäftigt.

Auf den Tribünen war der Platz neben dem Grafen immer noch frei. Jim ging an mehreren Reihen vorbei und fand Angie direkt neben Geronde. Jim verstreute Entschuldigungen nach links und rechts, weil er sich an den bereits in den unteren Reihen sitzenden Gästen vorbeizwängen mußte.

Endlich erreichte er sein Ziel und ließ sich auf dem Platz nieder, den sie für ihn frei gehalten hatten. Erst als er saß, wurde ihm bewußt, daß Angie neben Geronde gerückt war, so daß die beiden jetzt zusammen saßen. Geronde hielt immer noch einen Platz frei, der zweifellos für Brian bestimmt war, falls dieser sich zu ihnen gesellen wollte.

Auf der anderen Seite von Jim saß ein magerer, langnasiger Zuschauer von gut sechzig Jahren, der offensichtlich zu einer fünfköpfigen Gruppe gehörte.

»Ich wünsche Euch einen schönen Tag, Sir Drache«, sagte der Gentleman Jim ins Ohr, als das Getöse sich legte.

»Euch ebenfalls, Sir …« Jim drehte sich zu ihm um.

Der ältere Mann schien die Tatsache, daß Jim seinen Namen vergessen hatte, mit Anstand hinzunehmen und wandte sich wieder dem Gespräch mit anderen Mitgliedern seiner Gruppe zu.

»Ich hatte dich gar nicht so früh hier erwartet«, bemerkte Jim zu Angie.

»Ich wollte auch nicht so früh kommen«, erwiderte

Angie, »aber dann habe ich mich eines Besseren besonnen. Ich habe Vorkehrungen getroffen, daß man mir im Lauf des Vormittags eine Nachricht zukommen läßt, so daß ich früher gehen kann und nicht mehr zurückkehren muß. Es ist nicht gerade der wärmste Wintertag heute. Frierst du, Jim?«

»Ein bißchen«, gab Jim zu. »Aber nicht sehr.«

»Hier, James«, sagte Geronde. Sie griff an Angie vorbei und reichte ihm etwas, das wie ein Stoffbündel aussah. Er nahm es ohne nachzudenken entgegen und bemerkte dann, daß aus dem Bündel der Hals einer irdenen Flasche mit einem Korken herausragte.

»Vielen Dank, Geronde«, sagte er und gab ihr das Bündel samt Flasche zurück. »Aber ich möchte einen klaren Kopf behalten, und ich habe heute morgen schon genug Wein getrunken.«

Geronde schob ihm das Bündel abermals hin.

»Nehmt wenigstens einen kleinen Schluck davon«, sagte sie, »es wird Euch schmecken.«

Nach den Sitten jener Epoche wäre es unhöflich gewesen, auf einer Ablehnung zu bestehen. Er zog den Korken heraus, setzte die Flasche an die Lippen und nahm einen winzigen Schluck. Zu seinem Erstaunen war die Flüssigkeit nicht nur warm, sondern beinahe heiß. Es war gewürzter Glühwein, eine der wenigen mittelalterlichen Weinmischungen, die Jim schmeckte. Dankbar nahm er noch ein paar Schlucke.

»Ich sagte ja, daß Ihr es mögen würdet, James«, meinte Geronde, als Jim die irdene Flasche wieder verkorkte und sie ihr in dem Bündel zurückreichte. Geronde überprüfte, ob der Korken fest genug saß, und schüttelte dann das Bündel, offensichtlich um festzustellen, wieviel von der Flüssigkeit noch übrig war.

»Beatrice«, sagte sie – Beatrice war eine der beiden Dienstfrauen, die sie aus Burg Malvinne mitgebracht hatte –, »wird in ungefähr einer halben Stunde mit einer frischen Flasche zurück sein, daher ...«

Sie wurde von einem Trompetenstoß des gräflichen Herolds unterbrochen, der nun vor dem Platz des Grafen stand, aber alle auf den Tribünen versammelten Gäste gleichzeitig ansprach.

»Mit Eurer wohlwollenden Erlaubnis, Mylord, und der Erlaubnis Seiner Königlichen Hoheit, des Prinzen von England, der neben Euch sitzt, wird die nächste Tjost zwischen Sir Brian Neville-Smythe und Sir Amblys de Brug ausgetragen werden!«

Der Graf machte eine huldvolle Handbewegung, und der Herold wandte sich wieder den Schranken zu, bevor er sein langes Horn an die Lippen setzte. Er blies einen einzigen Ton, und zwei Gestalten in Rüstung kamen aus den großen runden Zelten an den gegenüberliegenden Enden der Schranken geritten.

Von den Tribünen klang ein aufmunterndes Brüllen. Brian war einer der Favoriten. Man erwartete Höchstleistungen von ihm. Andererseits war Sir Amblys als Turnierkämpfer ebenfalls nicht zu verachten.

Die beiden gepanzerten Gestalten nahmen von den Knappen ihre Lanzen entgegen und ritten an das Ende ihrer jeweiligen Seiten der Barrikade, wo sie haltmachten.

In wenigen Augenblicken würde die Tjost beginnen.

35

DIE TROMPETE ERKLANG ABERMALS. Die beiden Ritter jagten auf ihren Pferden aufeinander zu und trafen mit einem ohrenbetäubenden Krachen zusammen, bei dem beide Lanzen splitterten.

Brian saß in seinem Sattel wie festgeschweißt. Sir Amblys taumelte von der Wucht des Aufpralls leicht zurück, blieb aber ebenfalls im Sattel. Beide Ritter drehten um und ritten zum Anfang der Schranke zurück, wo man ihnen für einen zweiten Lauf neue Lanzen reichte.

Aber auf halbem Wege taumelte Sir Amblys plötzlich und sank über dem Horn seines Sattels zusammen. Sofort eilten seine Gefolgsleute herbei, um ihn aufzufangen, bevor er vom Pferd fiel. Er wurde rechtzeitig aufgefangen und auf seinem Pferd zum Ende der Schranke zurückgeführt. Der Ritter und das Pferd verschwanden in dem großen runden Zelt.

Auf den Tribünen erhob sich neuerlicher Jubel.

»Geronde!« sagte Angie mit gefährlichem Unterton. »Wenn Ihr mich weiter so schlagt, werde ich zurückboxen. Und ich weiß, wie man das macht!«

»Ich bitte um Vergebung, Angela«, sagte Geronde. »Ich habe mich mitreißen lassen. Häufig ist es ein Edelmann, der neben mir sitzt, und es macht ihm nichts aus, wenn ich ihn schlage. Bitte verzeiht mir.« Angie und Jim tauschten einen Blick, und eine Sekunde lang blitzte in ihrer beider Augen ein jähes *Begreifen* auf. Natürlich war es die *Unhöflichkeit,* daß sie Angie geschlagen hatte, für die Geronde sich entschuldigte – also ihr undamenhaftes Benehmen. Es ging ihr keineswegs darum, daß Angie irgendwelches Ungemach erduldet hatte.

»Schon gut«, sagte Angie. »Ich verstehe, daß Ihr Euch erregt. Wird Brian jetzt für eine Weile bei uns sitzen?«

»Das weiß ich nicht«, sagte Geronde. »Manchmal tut er das. In diesem Fall sollte er zum anderen Ende der Schranke reiten und sehen, wie es Sir Amblys geht. Brian ist ein sehr höflicher Ritter. Ja – seht Ihr, da reitet er.«

Jim und Angie drehten sich um und sahen Brian, der immer noch in seiner Rüstung steckte, aber statt seines Streitrosses nun auf einem gewöhnlichen Pferd saß; er ritt am Wald entlang bis zu dem großen Zelt, wo er abstieg und hineinging.

Nach wenigen Minuten kam er wieder heraus und sprach mit Sir Amblys' Herold – oder eher dem Herold, der zu dem Zelt an diesem Ende der Schranke gehörte.

Der Herold setzte sein Horn an die Lippen und ließ zwei Töne erklingen, wobei der zweite höher war als der erste. Auf den Tribünen brach abermals Jubel aus.

»Ha!« sagte Geronde. »Sir Amblys ist nicht schwer verletzt. Aber sein Pferd und seine Rüstung gehören Brian. Jetzt müßte Brian eigentlich herkommen, es sei denn, er hätte noch andere Dinge zu tun, die ihn dort festhielten.«

Aber Brian kam nicht. Die Tjosten gingen weiter. Jim versuchte sich auf irgendeine Möglichkeit zu besinnen, wie er mit Carolinus Kontakt aufnehmen konnte, ohne die gesamte Magierschaft darauf aufmerksam zu machen. Als ihm das nicht gelingen wollte, döste er vor sich hin, bis Angie ihn zu Brians zweitem Lanzengang mit einem anderen Ritter wachrüttelte, dessen Name Jim nicht verstanden hatte.

Diesmal flog der andere Ritter sogleich aus dem Sattel und landete mit, wie es Jim schien, tödlicher Wucht auf dem gefrorenen Boden. Er erhob sich jedoch beinahe sofort taumelnd wieder auf die Füße, um zu zeigen, daß er nicht verletzt war, und stieg sogar wieder auf sein Pferd, das Brian für ihn festhielt, ohne selbst aus dem Sattel steigen zu müssen. Dann ritten sie in ihre jeweiligen Zelte zurück.

Die Menge applaudierte. Jim, der zum ersten Mal heute wirklich hellwach war, bestaunte mit einem Gefühl echter Anerkennung Brians Tüchtigkeit. Es war eine Sache, zu wissen, daß man mit einem der besten Turnierkämpfer Englands befreundet war. Etwas ganz anderes war es, ihn in Aktion zu sehen. Und als Brian sein Pferd nun gemächlich zu seinem Zelt zurückführte, glaubte Jim bei seinem Freund ein ruhiges Selbstbewußtsein wahrzunehmen, wie Menschen es ausstrahlen, für die eine bestimmte Angelegenheit nie in Zweifel stand.

Bildete er sich das nur ein, überlegte er, oder lag es vielleicht einfach daran, daß er Brian so gut kannte, daß er die Art, wie dieser zu Pferd saß, zu deuten vermochte, genauso wie ihm andere Zeichen der Körpersprache unbewußte Signale zuzusenden schienen. Vielleicht war es so wie bei Sir Harimore, der behauptet hatte, an der Art, wie Jim sein Schwert trug und in seinem Sattel saß, ablesen zu können, daß Jim keineswegs ein erprobter Kämpfer von Sir Harimores Niveau war. Während er noch darüber nachdachte, ob eine lange Bekanntschaft mit einem Menschen nicht zu etwas Ähnlichem wie Telepathie führen konnte – er und Angie konnten sich mit einem einzigen Blick verständigen – döste er langsam wieder ein.

Danach fand er noch mehrere Male zu einem Halbbewußtsein zurück, wenn ein ungewöhnliches Gebrüll der Menge ihn weckte, aber offensichtlich war Brian nicht noch einmal geritten, sonst hätte Angie ihn darauf aufmerksam gemacht. Wenn Angie wie verabredet weggerufen worden und gegangen wäre, hätte Geronde ihn zweifellos geweckt. Aber keine der beiden Frauen hatte etwas Derartiges getan. Jim war sich vage bewußt, daß der größte Teil des Vormittags verstrichen sein mußte – dann wurde er plötzlich rüde wachgerüttelt und blickte in Brians Gesicht unter einer gewöhnlichen Stahlkappe statt des Turnierhelms, den er vorher getragen hatte. Angies Platz neben ihm war mittlerweile leer.

»James!« zischte Brian ihm ins Gesicht, »Zeit zu gehen!«

Seine Gedanken schreckten zu fieberhafter Hektik auf, aber sein Körper befand sich immer noch im Halbschlaf, so daß er unbeholfen hinter Brian die Tribüne hinunter stolperte und Entschuldigungen murmelte, die nur grobe Annäherungen an jene Worte waren, die er wenige Stunden zuvor ausgestreut hatte. Glücklicherweise ging Brian voran, ein Umstand, der ihm bis zu einem gewissen Maß den Weg freischaffte, so daß die meisten Entschuldigungen überflüssig waren.

Brian führte ihn an dem großen Zelt vorbei zu einem der kleineren Zelte dahinter, das sie sogleich betraten. In dem Zelt warteten neben Brians Knappe, John Chester, und Theoluf, Jims eigenem Knappen, auch vier von Brians Bewaffneten. Brian schob Jim an ihnen vorbei zu einem Stuhl und einem Tisch, auf dem ein Lederkrug mit Wein stand sowie ein weiterer, der wahrscheinlich Wasser enthielt.

Jim ließ sich auf den Stuhl fallen. Brian entkorkte den Weinkrug und füllte einen der großen Metallbecher auf dem Tisch. Dann drückte er ihn Jim in die Hand.

»Trinkt!« sagte er.

»Oh, um Gottes willen, nein!« protestierte Jim. »Nicht noch mehr Wein, Brian. Ich will aufwachen!«

»Und ich will, daß Ihr aufwacht«, sagte Brian. »Trinkt den Becher ganz aus – das wird Euch wieder auf die Beine bringen! Ihr müßt aufwachen, James. Wir brauchen Euren scharfen Verstand, Bruder!«

Es war leichter nachzugeben als zu streiten. Jim trank den Wein. Er war, wenn überhaupt, nur um eine Spur wärmer als die eisige Luft im Zelt, aber es gelang ihm, den Becher zu leeren.

»So«, sagte Brian mit dem Ausdruck größter Zufriedenheit. »Bleibt eine Weile sitzen, James, und laßt den guten Wein seine Wirkung tun. In der Zwischenzeit werde ich ein paar Worte mit unseren Burschen wechseln.«

Er wandte sich den Knappen und den Bewaffneten zu.

»John und Theoluf«, sagte er. »Ihr und diese anderen hier habt den Troll und das Wildschwein bewacht, nicht wahr? Ist irgend etwas Unziemliches geschehen? Irgend etwas, worüber ihr uns berichten solltet? Denn wenn dem so wäre, wäre jetzt der rechte Zeitpunkt zu sprechen.«

»Es gibt nichts, was berichtet werden müßte, Mylord«, sagte John.

»So ist es, Sir Brian«, fügte Theoluf hinzu.

»Gut!« meinte Brian. »Und der Troll schläft immer noch in seinem Zelt?«

»Als ich das letzte Mal nachsah, war er wach, Mylord«, antwortete John. »Das Wildschwein war immer noch ein Wildschwein und lag auf dem Boden.«

»Gut«, sagte Brian. »Also, ihr bewaffneten Männer kehrt jetzt allesamt zu den beiden Bestien zurück und bleibt dort, bis Sir James und ich nachkommen. Ich weiß, ihr hattet bisher Order, alle anderen um jeden Preis fernzuhalten, aber jetzt müßt ihr doppelt Obacht geben, daß niemand zu nahe kommt – auch keine anderen Trolle, falls ihr irgendwelche sehen solltet. Wenn einer von euch einen Blick auf irgendeinen anderen Troll erhaschen sollte, muß er sofort Alarm schlagen. Ich bin gewiß, daß er es nicht mit zweien von euch aufnehmen wird, wenn ihr eure Schwerter zieht.« Eine Sekunde lang stand ein deutliches Glitzern in Brians Augen, das seine Antwort in den Augen derer fand, die er angesprochen hatte.

»Also«, fuhr er fort, »ansonsten möchte ich, daß ihr den Troll und das Wildschwein mit doppelter Anstrengung verborgen haltet, bis Sir James und ich kommen. Alle bis auf einen von euch – diese Aufgabe übernehmt am besten Ihr, Theoluf – kommen dann mit John und mir zum Hauptzelt, weil ich jetzt die letzte Tjost des Morgens gegen Sir Harimore reiten werde. John wird mich ankleiden. Ihr, Theoluf, solltet vor dem großen Zelt stehenbleiben, um die Tjost zu beobachten und dann zurückzukehren und Sir James zu berichten, wie die Dinge ausgegangen sind. Habt Ihr verstanden, Theoluf? Selbst wenn ich verletzt werden sollte und man mich in das große Zelt bringt, müßt Ihr sofort zu Sir James gehen. Habt Ihr mich verstanden?«

»Ich habe verstanden, Sir Brian«, erwiderte Theoluf. »Ich werde alles so machen, wie Ihr es wünscht.«

»Gut!« Brian schlug dem ehemaligen Bewaffneten auf die Schulter. »Ich weiß, ich kann mich auf einen erfahrenen Kämpen wie Euch verlassen.« Schließlich wandte er sich wieder seinem eigenen Knappen zu.

»Wenn ich soweit vorbereitet bin, geht Ihr mit diesen Burschen, John; und bei den beiden Bestien werden alle Angelegenheiten Eurem Befehl unterstehen, bis wir kommen. Habt Ihr ebenfalls verstanden?«

»Jawohl, Mylord«, antwortete John.

»Dann gehen wir jetzt.« Brian sah sich über die Schulter hinweg nach Jim um. »Ihr bleibt still da sitzen, James. Ich bin gewiß, daß ich Sir Harimore aus dem Sattel werfen und in Kürze zurück sein werde.«

Die Knappen und Bewaffneten traten beiseite, um Brian hinauszulassen und ihm dann zu folgen. Jim saß allein im Zelt. Er war überaus dankbar, allein gelassen zu werden, und – so unglaublich es schien – spürte langsam den beruhigenden Einfluß des Weins, den er getrunken hatte.

Dann versuchte er in Gedanken zu ergänzen, was er in den letzten Stunden verschlafen hatte. Brian mußte, wahrscheinlich in Absprache mit Sir Harimore, dafür gesorgt haben, daß sie den letzten Kampf des Tages ausfochten. Es war eine vernünftige Bitte, da beide Männer als Anwärter auf den Preis des Tages galten. Beide waren Favoriten der Zuschauer, und in gewisser Weise stellten ihre Tjosten den Höhepunkt des Morgens dar. Zudem schuf dieser Kampf auch die ideale Situation, in der der Schwarze Ritter erscheinen und seine Herausforderung aussprechen konnte, womit er den scheinbar feststehenden Ausgang des Tages ins Wanken zu bringen drohte.

Auf der Tribüne hatte Jim vergeblich überlegt, wie er

mit Carolinus Kontakt aufnehmen konnte. Jetzt, da sein Kopf klarer war, begriff er die Nutzlosigkeit dieses Unterfangens. Wenn Carolinus früher keinen Kontakt mit ihm gewünscht hatte, würde er ihn gewiß auch jetzt nicht erreichen können. Mit dieser Angelegenheit würde Jim ganz allein fertig werden müssen.

Draußen hörte er das ferne Brüllen der Menge auf den Tribünen, wahrscheinlich das Zeichen, daß Sir Brian und Sir Harimore gerade aus ihren jeweiligen Zelten herausgeritten waren. Nach kurzem Warten hörte er das Krachen von Speeren gegen Metall und das erregte Wiehern eines Pferdes, dann herrschte wieder Stille.

Zum ersten Mal machte Jim sich ernsthaft Sorgen um Brian. Sein Instinkt sagte ihm, daß er aufstehen, das Zelt verlassen und nachsehen sollte, was da vorging. Aber Brian hatte eigens Theoluf den Auftrag gegeben, ihm hier in diesem Zelt Nachricht zu geben, was bedeutete, daß er wollte, daß Jim sich hier verborgen hielt. Er saß da und wartete. Nach einer Zeit, die ihm als viel zu lang erschien, trat Theoluf durch die Lasche des Zelts ein, hielt sie hinter sich zu und begann zu sprechen.

»Keine Entscheidung, Mylord«, sagte er. »Sowohl Sir Brian als auch Sir Harimore haben ihre Lanzen auf dem Schild des anderen zerbrochen; keiner der beiden Männer wurde aus dem Sattel geworfen. Sie werden jetzt neue Lanzen wählen und einen zweiten Lauf angehen.«

»Wenigstens ist Brian nichts passiert«, sagte Jim halb bei sich selbst.

»Mylord«, sagte Theoluf, »Ihr hättet Euch keine Sorgen machen sollen. Ich selbst habe Ritter gekannt, die im Turnierkampf so erfahren waren, daß sie auch ohne besondere Absprache im ersten Waffengang nur ihre Lanzen haben abgleiten lassen, ohne daß einer von ihnen auf die Probe gestellt worden wäre – so daß sie dann zur besseren Unterhaltung der Zuschauer eine zweite Tjost ausfechten konnten. So etwas ist schon vorgekommen.«

Jim blickte auf und sah, daß Theoluf ihn wissend anschaute.

»Ich sagte lediglich, daß so etwas schon vorgekommen sei«, fuhr Theoluf fort. »Zu Zeiten, da ich noch als Bewaffneter unter einem anderen Herrn diente.«

Diese Leute – und Brian führte in diesem Fall die Liste an – gaben Jim immer wieder das Gefühl, als sei er erst gestern auf die Welt gekommen. Natürlich hatte Brian mehr als einen Grund, wenigstens einige Durchgänge gegen Sir Harimore zu reiten, damit die Spannung ihren Höhepunkt erreichte. Abgesehen von allem übrigen würde es die Menge für die Ankunft des Schwarzen Ritters in die richtige Stimmung bringen.

»Vielen Dank, Theoluf«, sagte er. Theoluf ging hinaus, und die Lasche schloß sich hinter ihm.

Jim lauschte wieder dem Toben der Menge und dem Klang der Trompete, die die beiden Ritter in den Kampf schickte. Dann kam das Geräusch ihres Zusammenpralls und schließlich eine neuerliche nervtötende Wartezeit, bevor Theoluf abermals den Kopf ins Zelt steckte.

»Wieder beide Lanzen gebrochen, Mylord, ohne Entscheidung«, erklärte er. »Es wird einen dritten Durchgang geben.«

Er hielt inne.

»Mylord wäre vielleicht daran interessiert zu erfahren, daß ich noch nie davon gehört habe, daß drei Durchgänge ohne irgendeine Entscheidung abgehalten worden wären.«

Er ging hinaus.

So, dachte Jim, das war also ein Turnier, wie es im Buche stand. Er erhob sich und ging im Zelt auf und ab. Diesmal sagte ihm die Wartezeit vor dem Getöse der Menge, daß Brian und Sir Harimore aus ihren Zelten geritten waren und nun ihre Lanzen wählten. Während der weiteren Wartezeit, bis die Trompete ihr Signal ertönen ließ, ging Jim weiter auf und ab und kam auch während der unvernünftig langen Wartezeit vor dem letzten lauten Krachen ihres Zusammentreffens nicht zur Ruhe. All das war schon schlimm genug. Aber schlimmer noch klang seinem ungeübten Ohr das Geräusch, als sie dann tatsächlich aufeinanderprallten, ein Geräusch, das härter war als alles, was er an diesem Tag bisher gehört hatte.

Dann folgte ein Augenblick tödlicher Stille und schließlich etwas wie ein Brüllen von seiten der Menge, das sich zu einem Stöhnen in die Länge zog. Dann herrschte wieder Stille.

Jim ging auf den Eingang des Zelts zu. Zum Teufel mit den anderen, die ihn nicht sehen sollten – wenn das der Grund war, warum Brian ihm Weisung gegeben hatte hierzubleiben. Aber Theoluf kam durch die Zeltbahn, bevor Jim sie erreicht hatte. Sein Knappe hielt ihn auf.

»Es könnte tatsächlich ein dritter Lauf ohne Sieger gewesen sein, Mylord«, sagte Theoluf, »aber etwas an Sir Harimores Sattel ist gebrochen oder aufgesprungen. Es heißt, es sei der Sattelgurt gewesen, aber das sagt man immer, wenn solche Dinge geschehen. Sir Harimore ist nicht gestürzt, aber er mußte sich an den Hals seines Pferdes klammern, um sich aufrecht zu halten, und er hat seine Lanze fallen gelassen. Andererseits waren zu diesem Zeitpunkt, wie schon bei den vorherigen Durchgängen, beide Lanzen gebrochen. Nichtsdestoweniger ist Sir Brian der Sieger des Tages!«

»Wo ist er jetzt?« fragte Jim.

»Er ist in das große Zelt zurückgeritten«, antwortete Theoluf. »Zweifellos wird er in Kürze bei Euch sein. Vielleicht sollte ich ihm schon einmal einen Becher Wein einschenken?«

»Ja.« Jim trommelte ungeduldig mit den Fingernägeln auf die Oberschenkel. »Ja, tut das. Und wenn Ihr die Gelegenheit habt, ein Wort mit ihm zu sprechen, Theoluf, sagt ihm, ich warte hier mit größter Ungeduld auf ihn.«

»Jawohl, Mylord«, sagte Theoluf.

Dann goß der Knappe nicht nur einen vollen Becher für Brian ein, sondern schenkte auch ein klein wenig Wein in Jims Becher. Plötzlich ging Jim auf, was er schon vorher hätte begreifen müssen – daß er mit Brian auf seinen Sieg würde anstoßen müssen, und das bedeutete, daß er einen Becher Wein trinken mußte. Theoluf, der beide Becher nachgeschenkt hatte, ging hinaus.

Aber der nächste, der das Zelt betrat, war nicht Brian. Es war Aragh; und er kroch buchstäblich unter den Zeltbahnen hindurch.

Es verblüffte Jim zu sehen, daß jemand von Araghs ungewöhnlicher Größe unter der straff gespannten Bodenkante eines Zelts hindurchkriechen konnte. Aragh stand auf und schüttelte sich, wobei er Schnee und Schmutz versprühte. Dann sah er Jim an.

»Die Trolle sind näher gekommen«, eröffnete er ihm.

Jim, der immer noch auf und ab lief, blieb jäh stehen. »Wie nah sind sie?« fragte er.

Aragh lachte lautlos.

»Nicht allzu nah«, sagte er. »Und sie werden auch nicht näher kommen. Sie haben hier bereits zu viele Leute mit Waffen gesehen. Diese beiden Brüder werden ihresgleichen vielleicht mit der Zeit lehren, gemeinsam gegen Menschen zu kämpfen; aber diese Zeit ist noch nicht gekommen. Noch leben zu viele Trolle, die frühzeitig gelernt haben, beim Anblick eines bewaffneten Zweibeiners davonzulaufen.«

»Aber nicht weit von hier im Wald warten Mnrogar und das Wildschwein darauf, daß es losgeht«, sagte Jim. »John Chester und einige von Brians Bewaffneten sind zwar bei Mnrogar, aber könnten die anderen

Trolle nicht doch die Gelegenheit ergreifen, an das Wildschwein heranzukommen, wenn nicht sogar an Mnrogar selbst? Mnrogar steckt in einem Zelt.«

»Ich weiß, daß er in einem Zelt steckt«, sagte Aragh. »Wenn sie auch wissen, daß er dort ist – sie werden ihn schon vor langer Zeit gerochen haben –, glaube ich, daß nicht einmal die beiden Brüder ihn jetzt inmitten bewaffneter Menschen angreifen würden. Im Augenblick besteht kein Grund zur Sorge – noch nicht.«

Jim bemerkte, daß er, während er auf Araghs Antwort gewartet hatte, den Atem anhielt. Jetzt atmete er langsam aus.

»Aber«, fuhr Aragh fort, »ich würde vorschlagen, daß keiner der Zuschauer des Turniers später allein durch den Wald schlendert, wenn die übrigen in die Burg zurückkehren. Nicht allein oder auch nur zu zweit oder zu dritt, und keinesfalls kurz vor Einbruch der Dunkelheit – sonst stehen die Chancen, daß Ihr diese Gäste lebend wiederseht, äußerst gering. Vor allem, da die meisten derer, die die beiden Brüder hierher begleitet haben, Nachttrolle sind.«

Jim nickte.

»Aber wenn keine unmittelbare Gefahr besteht …«, begann er.

»Ich bin gekommen, um Euch dies zu sagen«, erklärte Aragh, »damit Ihr Mnrogar bewacht und ihn, wenn er seine Rolle für Euch gespielt hat, bis zu seinem Tunnel Geleit gebt. Einige dieser Trolle könnten tapferer sein als andere. Aber sobald Mnrogar den Eingang zum Tunnel durchschritten hat, wird niemand ihm mehr folgen.«

»Warum nicht?«

»Warum nicht?« blaffte Aragh ihn verärgert an, aber dann wurde sein Tonfall freundlicher. »Ich vergesse ständig, daß all ihr aufrecht gehenden Leute nasenblind seid. Die übrigen Trolle würden, sobald sie im Tunnel sind, genauso blind sein wie Ihr. Alles würde nach Mnrogar stinken, und es wird Stellen geben, an denen er in einer Nische im Tunnel lauern kann, um sie anzuspringen, wenn sie es am wenigsten erwarten. Es wird ihnen auch nichts helfen, daß sie so viele sind, denn irgendein Troll wird als erster gehen müssen – und das wird kein Troll tun. Es gibt keinen einzigen unter ihnen, der nicht bis auf den Tod gegen jeden Troll kämpfen würde, der ihn zu zwingen versuchte, in den Tunnel zu gehen. Sie würden alles tun, um nicht im Dunkeln unter Mnrogars Zähnen und Klauen sterben zu müssen.«

»Oh, verstehe ...«, begann Jim, als Brian das Zelt betrat und abrupt stehenblieb, als er Aragh sah.

»Ihr hier?« sagte er zu Aragh.

»Nein«, entgegnete Aragh. »Ich bin eine halbe Tagesreise von diesem Ort entfernt und erkläre einer anderen nasenlosen Person etwas ganz anderes.«

»Nun, nun«, beschwichtigte Brian ihn. »Es ist schön, Euch zu sehen ...«

»Er ist hier, um uns mitzuteilen, daß die Armee der Trolle nähergerückt ist«, sagte Jim. »Er meinte jedoch, daß Mnrogar und dem Wildschwein so lange keine Gefahr droht, wie John und unsere Bewaffneten bei ihnen sind.«

»Das ist eine gute Nachricht«, erwiderte Brian. »Aber kommt, wir dürfen keine Zeit verlieren. Die Leute werden schon bald die Tribünen verlassen. Wir müssen sie festhalten, wo sie sind, und Mnrogar so bald wie möglich auf seinem Pferd herbeiholen. Ihr sagtet, Ihr würdet einen Herold mitbringen, James?«

»Ja«, antwortete Jim. »Ned Dunster – einen Burschen von meinem Besitz. Ihr habt ihn hier bei den Zelten gesehen. Ich habe das Horn mitgebracht, das Carolinus verzaubert hat, und ich werde es auf magischem Wege ertönen lassen. Dann werde ich auf magischem Wege zu der Menge sprechen, und zwar mit einer Stimme, die weder meine noch seine ist. Ich hole ihn jetzt.«

»Ich werde in der Nähe sein«, sagte Aragh und kroch unter dem Rand des Zelts wieder zurück ins Freie. Indessen war Jim bereits durch die Öffnungsklappe im vorderen Teil des Zelts getreten. Brian folgte ihm. Als sie hinauskamen, wären sie beinahe über Ned Dunster gestolpert, der sie dienstbeflissen ansah.

»Vergebt mir, Mylord«, sagte Ned zu Jim, »aber ich dachte, Ihr würdet mich vielleicht brauchen.«

Es war nur allzu offensichtlich, daß er ihr Gespräch belauscht hatte, aber im Augenblick blieb ihnen keine Zeit mehr, etwas dazu zu bemerken. Ned trug bereits die Hose und das Wams, die Jim ihm nach ihrer Ankunft in der Burg des Grafen gegeben hatte. Außerdem hatte er seinen Heroldsrock angelegt, der aus einer schlichten Stoffbahn mit einer Öffnung für den Kopf bestand, so daß das Gewand vor und hinter ihm locker zu Boden fiel. Der Stoff war grün und zeigte vorne und hinten einen schwarzen Schild. Das magische Horn hielt der Junge in der Hand.

»Gut denn, Ned«, sagte Jim, »stell dich nun vor dem großen Zelt dort auf und setz das Horn an die Lippen. Die Leute haben den Bereich der Zelte verlassen, weil sie denken, der Wettkampf sei vorüber. Achte auf nichts, was der gewöhnliche Herold zu dir sagt oder tut. Ich werde mich von da an um alles kümmern. Du brauchst einfach nur dort zu stehen, das Horn zu halten, bis es erklingt, es dann wieder sinken zu lassen und mit dem Gesicht zu den Leuten zu stehen, die dich beobachten. Und natürlich mußt du deine Lippen bewegen, als riefest du ihnen etwas zu. Ich werde auf magische Weise durch dich sprechen.«

»Dann sorge ich jetzt dafür, daß Mnrogar auf sein Pferd steigt«, erklärte Brian, »und Ihr solltet nun langsam denjenigen herbeiholen, der sein Knappe sein und ihn vorstellen soll. Mich darf man bei der ganzen Sache nicht sehen. Habt Ihr Mnrogar die Rüstung angelegt und dem Wildschwein seine Pferdegestalt gegeben?«

»Nein«, sagte Jim. »Verflucht, das habe ich ganz vergessen. Aber ich kann das von hier aus erledigen, während Ihr unterwegs dorthin seid. Ihr könnt Euch unbesorgt auf den Weg machen, Brian.«

Brian ging; Ned, der noch einen letzten beifallheischenden Blick auf Jim warf, trat ebenfalls hinter das große Zelt.

Jim sah schließlich, wie der Junge das Horn an die Lippen setzte, und stellte sich vor, wie das Instrument drei anschwellende Töne von sich gab, lauter und wilder als alles, was bisher am heutigen Tag erklungen war. Der offizielle Herold hatte sich umgedreht und Ned angestarrt, aber noch nicht beschlossen, ob er ihn ansprechen sollte oder nicht. Ned ließ das Horn sinken und drehte sich zu den Tribünen um. Dann öffnete er den Mund.

Jim, der sich sorgsam hinter der Wölbung des Zelts verborgen hielt, wo er zwar Ned sehen konnte, für die Zuschauer auf den Tribünen aber unsichtbar blieb, hob eine Hand und sprach hinein. Seine Stimme war kaum mehr als ein Flüstern, aber er konzentrierte sich mit aller Kraft auf die Vorstellung, daß die Worte mit einem tiefen, unheilverkündenden Drohen von Neds Lippen klangen.

»Das Turnier ist noch nicht zu Ende!« schien Ned mit drohendem Ton zu verkünden. *»Ein Herausforderer kommt noch!«*

Auf den Tribünen herrschte Bestürzung. Mindestens die Hälfte der Leute hatten sich zum Gehen erhoben und warteten nur darauf, daß die unter ihnen Sitzenden den Weg freigaben. Ein gedämpftes Gemurmel verwirrter Stimmen wehte von den Tribünen zu den Zelten hinunter.

Jim stand da und sonnte sich in dem Erfolg dieses ersten Schritts – dann fiel ihm plötzlich wieder ein, daß er noch immer nicht dazu gekommen war, das Wildschwein in ein Pferd zu verwandeln und Mnrogar in seine magische Rüstung zu stecken.

Hastig schloß er die Augen und stellte sich zuerst Mnrogar in seiner Rüstung vor, dann das Wildschwein als ein großes, schwarzes Pferd, gesattelt, gezäumt und mit einem schwarzen Tuch mit Goldrändern herausgeputzt. Der Sattel und die Lanze, die aufrecht in ihrer Halterung steckte, waren ebenfalls schwarz. Auch die Rüstung war von eintönigem Schwarz, angefangen von dem massiven Turnierhelm bis zu dem Eisen, das die krallenbewehrten Füße des Trolls umschloß – und verbarg.

Jim spürte es wie eine körperliche Bewegung in seinem Kopf, als die Magie griff und Troll und Wildschwein sich veränderten. Dann drehte er sich um und eilte zu der Stelle, wo Mnrogar und das Wildschwein gewartet hatten.

Als er dort ankam, saß Mnrogar bereits im Sattel; er sah unglaublich aus, wie ein schwarzer Riese, der in eben diesem Augenblick durch einen Erdspalt aus unbekannten unterirdischen Reichen gekommen sein mochte.

»Also gut«, sagte Jim, »von jetzt an kümmere ich mich um alles – nein, einen Augenblick. Etwas fehlt noch.«

Er hatte das Szenario für den Auftritt des Schwarzen Ritters in Gedanken ausgearbeitet, aber eine Einzelheit war ihm völlig entgangen. Für den Auftritt, den er sich für Mnrogar wünschte, wurde noch eine weitere Person benötigt, und er hatte ursprünglich die Absicht gehabt, diese Rolle selber zu übernehmen.

»Ein Pferd!« sagte er. »Ich werde als Knappe auftreten; dazu muß ich lediglich auf magischem Wege mein Gesicht verändern. Aber ich brauche ein Pferd. Haben wir ein Pferd hier? Woher bekommen wir jetzt ein Pferd?«

»Da wäre mein Reitpferd«, sagte Brian. »Denn Blanchard von Tours würden die Leute auf den Tribünen sofort erkennen.«

Dies war unwiderlegbar. Brians Streitroß, für das er sein ganzes väterliches Erbe bis auf die verfallene Burg Smythe veräußert hatte, war beinahe genauso berühmt wie er selbst.

»Jemand soll das Reitpferd holen – schnell!« sagte Jim.

»Es ist gleich hier, Mylord«, sagte John Chester. Er lief davon und kehrte mit dem gutmütigen braunen Pferd zurück, das Brian für Alltagszwecke benutzte. Es war ein Wallach von unerwarteter Schnelligkeit, aber weder groß noch besonders kräftig und beinahe gutmütiger, als es wünschenswert war. Er trug bereits Brians Zweitsattel und sein Zaumzeug.

»Gut!« sagte Jim. »Aber ich werde seine Farbe verändern müssen ...«

Hastig versuchte er sich sowohl Pferd wie auch dessen Ausstattung im gleichen Schwarz vorzustellen, wie Mnrogar und sein Roß es aufwiesen.

»Zack! Du bist schwarz«, murmelte er bei sich.

Das Reitpferd nahm jedoch nur ein schlammiges Grau an, bevor es nach wenigen Sekunden wieder braun wurde. Jim sah sich vor die unbequeme Erkenntnis gestellt, daß Visualisierungen nicht einfach aus der hohlen Hand zu machen waren. Er holte tief Luft, zwang sich zur Ruhe, schloß die Augen und konzentrierte sich. Das Reitpferd war plötzlich über und über schwarz, einschließlich seiner Hufe. Diesmal blieb die Farbe.

Jim schwang sich in den Sattel. Dann fiel ihm Brian wieder ein.

»Brian, geht es in Ordnung ...?«

»Gewiß«, sagte Brian.

Aber genau in diesem Augenblick erklang eine seltsam heisere Fistelstimme ungefähr von der Höhe, auf der Jims Knie sich befand.

»Wünschen der Herr einen Herold?« fragte die Stimme. Jim blickte hinunter und sah einen schlanken, recht lächerlich aussehenden Mann an seinem rechten Knie stehen. Der Bursche hatte ein seltsam spitzes Kinn und übertrieben spitz zulaufende Ohren, und unter seiner Nase saß ein Korkenzieherschnurrbart, wie man ihn von dem Romandetektiv Hercule Poirot kannte.

»Angie?« fragte Jim ungläubig.

»Ich bin gekommen, um dir zu helfen«, sagte Angie. »Brauchst du immer noch einen Herold?«

»Nein!« sagte Jim. »Aber ich brauche einen Knappen!«

Er schwang sich aus dem Sattel des Reitpferds und half Angie hinauf.

»Du bist wunderbar! Mich hätten sie vielleicht erkannt«, sagte er, »aber dich werden sie niemals erkennen. Wie hast du das gemacht – nein, warte, erzähl es mir später. Jetzt müssen wir uns beeilen. Setz dich einfach auf dieses Pferd, und ich werde durch deinen Mund sprechen.«

36

»PAPPMACHÉ«, SAGTE ANGIE, als er das Pferd mit ihr im Sattel hinter den Zelten, die ihr Erscheinen vor den Zuschauern auf den Tribünen verbargen, aus dem Wald führte.

»Pappmaché?« wiederholte Jim verständnislos. Das Wort erweckte in ihm ein unklares Bild von Zeitungspapierstreifen, die man in Wasser und Leim tauchte und dann mit den Fingern zu verschiedenen Formen gestaltete. Das würde erklären, wie sie an ihre spitzen Ohren gekommen war. Mit dem Papier des vierzehnten Jahrhunderts würde sich das wahrscheinlich machen lassen, aber wie hatte sie es geschafft, daß ihre Ohren die Farbe von echtem Fleisch hatten? Jim gebot seinen umherirrenden Gedanken Einhalt und konzentrierte sich wieder auf wichtigere Dinge. Er erreichte den Eingang des großen Zelts, blieb stehen – und hatte eine Erleuchtung.

Er hatte bisher nicht viel darüber nachgedacht, wie er Mnrogars Veränderung zuwege bringen würde. Aber Angies selbstgemachtes Make-up hatte seinen Gedanken den richtigen Anstoß gegeben.

»Warte einen Augenblick«, sagte er zu Angie und konzentrierte sich. Das schwarze Tuch, das er auf das Wildschweinpferd gezaubert hatte, entwickelte plötzlich eine dickere Goldborte an seinem Saum. Die Nägel auf der Oberfläche von Mnrogars Schild wurden durch leuchtende Juwelen ersetzt – Diamanten, Rubine und Saphire, und um die Spitze seines Turnierhelms erschien eine goldene Krone.

»Was um alles auf der Welt …?« entfuhr es Angie.

»Du wirst es begreifen, wenn ich durch dich seine Herausforderung ausspreche«, sagte Jim. »Und nun, Angie, möchte ich, daß du um das Zelt herum reitest, so daß du in der Nähe von Ned Dunster stehst, aber vor Mnrogar, der keine Silbe sprechen wird. Ned wird sein Horn an die Lippen setzen, und ich werde es durch Magie erklingen lassen. Warte, bis der letzte Ton Gelegenheit hatte, einige Sekunden in der Luft zu hängen, so daß alle ihn hören konnten. Du bewegst die Lippen, als sprächest du. Ich werde durch deinen Mund Mnrogars Herausforderung aussprechen. Am Ende werde ich fragen, ob irgend jemand die Herausforderung annehmen will.«

»Ich wette, daß binnen weniger Sekunden andere Trompeten mit Ja antworten werden«, sagte Angie.

»Das denke ich auch«, erwiderte Jim. »Du mußt jedoch darauf warten; und wenn die Antwort kommt, drehst du dich wieder um und reitest an Mnrogar vorbei. Dann nimmst du die Zügel seines Pferdes und führst ihn wieder in das große Zelt. Ihr beide, du und Mnrogar, werdet aussehen wie Geschöpfe des Teufels persönlich, daher bin ich mir ziemlich sicher, daß niemand von den offiziellen Herolden auftauchen wird, um zu helfen. Brian, ich und unsere Bewaffneten werden immer noch hier sein. Mnrogar ist soweit fertig.«

»Warum soll ich ihn dann wieder hineinbringen?« fragte Angie. »Das erscheint mir doch ...«

»Ich möchte, daß man ihn nicht sehen kann, außer bei den eigentlichen Tjosten«, sagte Jim. »Mnrogar oder das Wildschweinpferd könnten etwas tun, das den Argwohn der Leute weckt. Und noch etwas. Wenn Ihr später zur Tjost wieder herauskommt, wirst du seine Lanze tragen. Dann steigst du vom Pferd und reichst sie ihm herauf. Anschließend wird Ned Dunster wieder den Herold spielen, und ich lasse seine Trompete erklingen, während Mnrogar gegen den ersten Ritter reitet, der die Herausforderung angenommen hat. Vielleicht werden wir kurze Zeit im Zelt warten müssen, während die Ritter, die sich gegen Mnrogar erproben wollen, unter sich ausmachen, wer als erster gegen ihn reiten wird.«

»Das macht nichts«, sagte Angie. »Enna und die Amme sind in unserem Quartier und die Bewaffneten ebenfalls. Es war übrigens eine sehr gute Idee von dir, Kob-Eins im Schornstein sitzen zu lassen.«

»Ach, das weißt du?« fragte Jim überrascht. »Ich hatte gar keine Zeit, dir zu erzählen ...«

»Kob-Eins fängt langsam an, mir zu vertrauen«, erklärte Angie. »Als ich im vorderen Zimmer allein war, kam er herunter und hat tatsächlich mit mir geredet.«

Sie hielt inne, weil Brian, Mnrogar auf dem Wildschweinpferd und die übrigen Männer hinter ihnen aufgetaucht waren. Als das Wildschweinpferd hinter Brians verwandeltem Reittier stehen blieb, wandte Jim sich an Brian.

»Alles in Ordnung«, sagte er zu ihm. »Angie wird als Knappe vorausreiten, und Mnrogar sollte ungefähr zehn Fuß hinter ihr reiten. Ist er soweit?«

»Das ist er«, bestätigte Brian. »Ich überlasse es jedoch

Euch, ihm zu sagen, wann er Angie folgen soll und wie er sich benehmen soll. Seit Carolinus ihn verzaubert hat, gehorcht er allen Befehlen. Aber es wird zweifellos das Beste sein, wenn er nur Eure Stimme hört, die ihm von jetzt an seine Anweisungen gibt. Und nun muß ich zu den Tribünen zurückkehren, um dort zu sein, wenn die Ritter ihr Recht einfordern, gegen Mnrogar kämpfen zu dürfen. Als Sieger des Turniers gebührt mir ein Ehrenplatz.«

»Brian!« rief Jim. »Ihr habt doch nicht etwa vor, gegen Mnrogar zu reiten, oder? Ihr wißt, wozu er fähig ist, vor allem mit diesem Wildschweinpferd ...«

»Oh, es wäre mir ein Vergnügen, gegen ihn zu reiten. Es ist durchaus möglich, daß ich es vielleicht – aber nein«, sagte Brian, »wir wollen doch, daß Mnrogar alle besiegt, gegen die er antritt. Nach mir gebührt Sir Harimore als nächstem die Ehre, der erste zu sein, der gegen den Schwarzen Ritter antritt. Er wird mir natürlich den Vortritt lassen wollen, aber ich werde erklären, daß Blanchard plötzlich lahmt, und ich möchte ihn nicht gefährden, indem ich ihn heute noch einmal reite. Jeder wird verstehen, daß kein Ritter eine Tjost mit einem Pferd beginnen wird, das nicht gesund ist. Harimore wird wissen, daß das Lahmen nur eine Ausrede ist; aber er wird überdies wissen, daß ich diese Ausrede nicht aus mangelndem Kampfeswillen äußere. Er wird es als Höflichkeit ihm gegenüber auffassen, weil sein Sattel gebrochen ist, so daß er unsere letzte Runde verlieren mußte.«

Angie versuchte erfolglos, ein Kichern zu unterdrücken. Brian sah sie einen Augenblick lang verwirrt an, sprach dann jedoch weiter.

»Danach«, fuhr er fort, »wird sich der nächste Kämpfer zur Stelle melden. Ich bin sicher, daß sich trotz Mnrogars Größe und furchterregenden Aussehens mindestens ein halbes Dutzend melden werden. Überdies erinnert Ihr Euch vielleicht, daß wir darüber sprachen, daß jemand auf der Tribüne die Vermutung äußern könnte, Mnrogar wäre vielleicht gar kein Mensch, so daß jeder christliche Edelmann die Pflicht hätte, gegen ihn anzutreten. Ich werde ebenfalls dort sein, um ein wenig nachzuhelfen, falls irgend jemand Zweifel äußern sollte, daß ein Edelmann sich derart herabwürdigen dürfe, diesem Schwarzen Ritter aus dem Nichts die Stirn zu bieten.«

»Das hatte ich ganz vergessen«, gestand Jim. »Also gut, Brian. Ihr könnt gleich anfangen, wenn Ihr wollt. Mnrogar, hört Ihr mir zu?«

»Ja«, ertönte die hohle und leicht verzerrte Stimme Mnrogars aus dem gewaltigen Helm.

»Ihr sollt jetzt friedlich hinter dem Knappen herreiten«, erklärte Jim. »Ihr werdet nichts sagen. Der Herold wird seine Trompete blasen, und der Knappe wird seine Botschaft vorbringen. Dann wird der Knappe zu Euch zurückreiten, die Zügel Eures Pferdes nehmen und es zurück ins Zelt führen, wo Ihr warten werdet, bis die Zeit für die erste Tjost gekommen ist. Und denkt daran, Ihr dürft nichts sagen. Der Knappe wird alles sagen, was gesagt werden muß. Habt Ihr mich verstanden, Mnrogar?«

»Ja«, sagte Mnrogar abermals.

»Dann los«, sagte Jim. »Reite du voraus, Angie. Mnrogar, Ihr werdet folgen. Wenn der Knappe stehenbleibt, bleibt ihr ebenfalls stehen, und zwar so lange, bis er zurückkehrt, um Euch zu holen.«

»Ja«, antwortete Mnrogar.

Angie hob die Zügel des Reitpferdes und ritt um die Seite des Zelts, die man von den Tribünen aus einsehen konnte. Mnrogar folgte ihr. Als die Zuschauer einen ersten Blick auf den gewaltigen Ritter auf seinem riesigen schwarzen Pferd werfen konnten, erklang ein seltsames Geräusch, beinahe wie ein Stöhnen – als wären die Leute halb von Angst, halb von Entzücken erfüllt.

Angie zügelte das Reitpferd. Hinter ihr zog Mnrogar

die Zügel seines Wildschweinpferdes an, und es blieb stehen. Vor ihnen stand Ned Dunster, der nun die Trompete an die Lippen führte.

Jim lugte vorsichtig um das Zelt herum und konzentrierte sich ganz darauf, den Trompetenklang hervorzubringen – einen einzelnen Ton diesmal, der anschwoll und schließlich mit einem schauerlichen Wimmern endete; einen Laut, den er im zwanzigsten Jahrhundert einmal von einem Dudelsack gehört hatte.

Die Töne waren wirksam, aber vielleicht überflüssig. Mnrogar und Angie hatten ohnehin die ungeteilte Aufmerksamkeit der Zuschauer. Angie war während ihres Studiums Mitglied einer Amateurtheatergruppe gewesen, und Jim hatte das Gefühl, daß sie die Rolle, die sie gegenwärtig spielte, geradezu auskostete. In aller Ruhe wendete sie das Reitpferd, so daß sie mit dem Gesicht zu den Tribünen stand, obwohl Mnrogar immer noch die Schranken hinunter blickte.

Sie öffnete den Mund, und Jim schuf für sie eine dröhnende Stimme und Worte, die lauter, als eine menschliche Stimme dies zu tun vermögen sollte, die Entfernung bis zu den Tribünen zurücklegte.

»Mein Gebieter, der Schwarze Ritter, wurde von keiner Frau geboren. Aber er ist ein König in seinem eigenen Reich, und er hat mir aufgetragen, allen Anwesenden diese Herausforderung zu überbringen. Dies sind seine Worte: *›Ich bin hier, nicht um an einem menschlichen Turnier teilzunehmen, sondern um englische Ritter vor dem Ende meiner Lanze niedergehen zu sehen – wofern einer von ihnen tapfer genug wäre, gegen mich zu reiten!‹*«

Einen Augenblick lang herrschte auf den Tribünen tödliche Stille, dann schwoll ein wahrer Aufruhr erregter Stimmen an. Man konnte sehen, wie der Graf sich vorbeugte und seinem Herold etwas zurief.

Augenblicklich antwortete ein Trompetenstoß. Eine Gestalt im Mönchsgewand beugte sich zu dem Grafen vor und mußte sich zu diesem Zwecke vor eine andere, rot gewandete Gestalt drängen. Wer es auch war, er schien Protest zu erheben. Der Graf hörte nicht auf ihn.

Angie wendete ihr Pferd nun vollends und ritt zurück. Dann ergriff sie den Zügel von Mnrogars Pferd oberhalb des Mundstücks und führte es hinter sich her, abermals um das große Zelt herum und schließlich hinein. Ned Dunster, der die Trompete hielt, folgte ihnen.

Noch im Zelt war das Lärmen von den Tribünen deutlich zu hören. Angie stieg ab und ließ die Zügel ihres Reitpferds fallen. Es blieb gehorsam neben ihr stehen. Sie sah Jim an.

»Solltest du Mnrogar nicht auch gestatten abzusteigen?« fragte sie. »Ich nehme an, es wird eine ganze Weile dauern, bis sie festgelegt haben, wer als erster gegen ihn antreten darf. Für mich klang es so, als hätte jeder da hinten aus Leibeskräften gebrüllt. Ich habe noch nie eine so erregte Menge erlebt.«

»O ja«, sagte Jim. »Mnrogar, Ihr könnt absitzen. John, Theoluf – einer von Euch oder besser einer der Bewaffneten – sollte die Zügel seines Pferdes nehmen. Wir möchten nicht, daß es sich aufregt oder im Zelt herumläuft. Für so etwas haben wir hier nicht genug Platz.«

Theoluf nahm die Zügel und gab sie an einen Bewaffneten weiter, der sie so kurz faßte, daß seine Faust beinahe die Lippen des Wildschweinpferdes berührte; dann blieb er stocksteif stehen wie ein Wächter. Selbst Jims Hausdiener waren in der Gegenwart von Magie gewöhnlich nervös, aber jeder, der mit dieser Angelegenheit zu tun hatte, schien von dem dramatischen Effekt des Ganzen gefangengenommen zu sein, dachte Jim.

Im Zelt stand ein Bett, das offensichtlich für jeden verletzten Turnierkämpfer, der seiner bedurfte, bereitgestellt worden war. Daneben fanden sich noch fünf Hocker und ein quadratischer Tisch. Angie hatte bereits auf einem der Hocker Platz genommen.

»Wie willst du von hier aus die Tjosten beobachten?« fragte sie.

»Ich werde die Rückwand des Zelts ein wenig vom Boden losmachen«, sagte er. »Das ist nicht weiter schwierig. Aragh hat die Umgebung ausgekundschaftet, und er kommt ohne Schwierigkeiten unter der Kante durch, daher müßte ich sie eigentlich auch weit genug hochheben können, um etwas zu sehen.«

»Ich verstehe, was du meinst«, sagte Angie, die in die den Tribünen abgewandte Richtung blickte. »Da kommt er übrigens gerade.«

Jim drehte sich auf seinem Hocker um, und tatsächlich wurde in diesem Augenblick die Zeltwand ein Stückchen angehoben, und Aragh tauchte darunter auf; diesmal kroch er nicht, sondern duckte sich lediglich darunter hindurch. Schließlich stand er in Lebensgröße vor ihnen und sah sie mit seinem lautlosen Lachen an.

»Die Trolle sind noch näher gekommen«, erklärte er. »Aber nicht viel näher. Sie sind aufgeregt. Sie verstehen nicht, was Mnrogar in einer Rüstung zu tun hat und warum er ein Pferd reitet, das wie ein Wildschwein riecht. Ihr habt sie verwirrt. Von jenen, die auf zwei Beinen gehen, erwarten sie seltsame Dinge, aber jeder von uns, die wir auf vier Beinen gehen, sollte sich benehmen, wie wir das immer tun. Wenn es anders wäre, stünde die Welt kopf.«

»Könnte man sie derart beunruhigen, daß sie weggehen und uns und Mnrogar nicht länger belästigen würden?« wollte Angie wissen.

»Das wohl nicht«, antwortete Aragh. Dann legte er sich nieder und leckte eine seiner Vorderpfoten.

»Ach du liebe Güte! Eure Pfoten sind ja völlig zerschnitten!« rief Angie. Sofort stand sie von ihrem Hocker auf und hockte sich neben ihn, um den Schaden in Augenschein zu nehmen. »Was ist passiert?«

»Man kann sich nicht durch Eis und gefrorenen

Boden graben, ohne ein paar Kratzer abzubekommen, Angie«, beruhigte sie Aragh. »Es ist weiter nichts. Ich halte sie mit meiner Zunge sauber, und in ein oder zwei Tagen werden sie wieder genauso sein wie früher.«

Angie kehrte zu ihrem Platz am Tisch zurück.

»Es wären da übrigens noch ein paar Dinge, die für Euch von Belang sein könnten«, fuhr der Wolf fort. »Brian ist auf dem Weg hierher.«

»Schon?« fragte Jim. »Ich dachte, er würde eine Weile warten und sich dann unbemerkt davonstehlen. Wenn er so schnell zurückkehrt, ist vielleicht etwas schiefgegangen.«

»Das bezweifle ich«, entgegnete Angie. »Im Augenblick hat niemand für etwas anderes Gedanken als für Mnrogar. Aber da fällt mir ein – wußtest du, daß sich Carolinus auf den Tribünen aufhält? An einem Tag wie diesem fällt seine rote Robe ungemein ins Auge.«

»Carolinus!« Jim setzte sich auf seinem Hocker aufrecht hin. »Ich hoffe, er bleibt dort. Ich habe versucht, ihn zu erwischen ...«

»Ich weiß«, sagte Angie. »Darum habe ich es ja auch erwähnt.«

»Ich dachte, Ihr wüßtet es«, meinte Aragh gleichgültig, während er sich weiter mit seiner langen Zunge eine Pfote leckte. »Sonst hätte ich es erwähnt.«

»Er sitzt neben dem Grafen«, sagte Angie, »und auf seiner anderen Seite sitzt jemand in einer schwarzen Mönchsrobe. Ich schätze, das ist der Bischof. Auf der anderen Seite des Grafen sitzt Agatha Falon, und auf *ihrer* anderen Seite der Prinz.«

»Es muß der Bischof sein«, bemerkte Jim nachdenklich, »wenn er auf der Ehrentribüne sitzen darf. Aber was tut Carolinus dort?«

Aragh machte sich nicht die Mühe zu antworten.

»Das weiß ich auch nicht«, sagte Angie, »aber wenn

du möchtest, daß ich rate, würde ich sagen, er ist hier, um uns zu helfen.«

»Was bringt dich auf diesen Gedanken?« Jim sah sie fragend an.

»Er muß wissen, was du die ganze Zeit mit Mnrogar im Schilde geführt hast«, antwortete Angie.

»Hm, natürlich«, sagte Jim. »Ich habe ihm von Anfang an von dieser Idee erzählt, genau wie Aragh auch; und er hat mir geholfen, die ganze Sache einzufädeln.«

Er blickte zu Mnrogar hinüber, der von seinem Pferd gestiegen war und zu Jims nicht unbeträchtlicher Überraschung nun dahockte und sich trotz seiner Rüstung recht wohl zu fühlen schien. Für einen Troll mochte es ja vollkommen natürlich sein, in die Hocke zu gehen, wenn er eine Ruhestellung einnehmen wollte, aber es war überaus verblüffend, ein Wesen von solcher Größe, vor allem, wenn es eine Rüstung trug, in einer solchen Position zu sehen. Ritter hockten nicht – zumindest hatte Jim bisher nie einen gesehen, schon gar nicht in voller Rüstung.

»Oh«, sagte Jim, »Ihr könnt jetzt den Helm abnehmen, Mnrogar.« Der Troll tat es und entblößte sein grimmiges Gesicht.

Jim wandte sich wieder Angie zu.

»Aber wieso glaubst du, Carolinus sei hier, um uns zu helfen?« fragte er. »Es gäbe noch eine Menge andere Gründe, die ihn hierherführen könnten.«

»Es war nur so eine Idee«, meinte Angie. »Vielleicht wird Brian uns mehr sagen können, wenn er kommt.«

»Das hoffe ich«, erwiderte Jim düster. Dann blickte er noch einmal durch die halb geöffneten Klappen des vorderen Zelteingangs. »Ich muß wissen, was da vor sich geht.«

Aber es dauerte noch eine gute Viertelstunde, während der Angie in aller Seelenruhe dasaß und Jim nervös hin und her zappelte, bevor Brian ins Zelt trat.

»Ich mußte doch nicht von der Pflicht eines jeden

Ritters reden, den Kampf gegen das Böse aufzunehmen«, sagte Brian, als er durch die vordere Klappe des Zeltes trat. »Das hatte Carolinus den Leuten auf der Tribüne bereits in den Kopf gesetzt.«

»Siehst du, Jim«, rief Angie, »ich habe dir doch gesagt, daß er hier ist, um uns zu helfen.«

»Das muß tatsächlich sein Anliegen sein, Angela«, meinte Brian nun. »Er hat sich angeregt mit dem Grafen und dem Bischof unterhalten. Der gute Bischof glaubt, daß niemand sich mit dem unbekannten Ritter einlassen solle, und er spricht dunkel von Begegnungen mit dem Bösen. Carolinus hat ihm dieselbe Antwort gegeben, die auch Ihr vorgeschlagen habt, James, daß es nämlich die Pflicht eines Ritters sei, solche gottlosen Geschöpfe ebenso zu bekämpfen wie andere Tunichtgute. Dem Grafen wäre natürlich niemals etwas anderes in den Sinn gekommen. Er redet davon, selbst einen Waffengang mit dem Schwarzen Ritter führen zu wollen. Natürlich wurden augenblicklich Stimmen laut, die ihn baten, von diesem Gedanken abzulassen und ihn an seine vornehme Stellung gemahnten, seine Pflicht seinen Gästen gegenüber und so weiter.«

»Aber es gibt doch einige Ritter, die gegen den Schwarzen Ritter kämpfen werden, oder?« fragte Jim.

»An denen herrscht kein Mangel«, antwortete Brian. »Das Turnier hat jedoch so lange gedauert, daß die Sext beinahe vorüber ist. Werft einmal selbst einen Blick hinaus, James, dann werdet Ihr sehen, daß die Sonne den Mittagspunkt überschritten hat. Daher wurde beschlossen, daß nur für fünf Ritter die Zeit bleibt, um gegen den Schwarzen Ritter zu reiten, sonst wäre das Mahl dieses letzten Tags und unser letztes gemeinsames Mahl für dieses Jahr ruiniert. Schließlich muß man bedenken, wieviel Zeit die Anwesenden hier brauchen werden, um in die Burg zurückzukehren und sich vor ihrem Erscheinen im Rittersaal umzukleiden.«

»Dann wird Sir Harimore als erster kämpfen?« erkundigte sich Angie.

»Ja. Er hat meine Geschichte über Blanchards Lahmen überaus höflich entgegengenommen. Aber ich spreche zu voreilig. Er wird natürlich reiten, aber nicht als erster, sondern als letzter. Man war allgemein der Meinung, daß, wenn einer der anderen Ritter den Schwarzen Ritter aus dem Sattel zu werfen vermöchte, dieser zuerst die Gelegenheit haben sollte. Ich glaube indes, daß keiner von ihnen eine Chance haben wird. Harimore vielleicht, aber das wird ganz davon abhängen, wie er seine Lanze einsetzt. Ich glaube, es gibt etwas, das ich weiß und er nicht.«

»Was meint ihr?« fragte Angie.

»Ach, ein bloßer Trick der Lanzenarbeit«, sagte Brian obenhin. »Ich will Euch nicht mit den Einzelheiten ermüden.«

»Ihr würdet mich nicht ermüden«, widersprach Angie. »Aber wenn Ihr es lieber für Euch behalten würdet, dann könnt Ihr das selbstverständlich tun.«

»Vielen Dank, Angela«, erwiderte Brian. »Ich glaube, das möchte ich tatsächlich. James, wie ich bereits sagte, es werden fünf Ritter ausgewählt. Ich weiß nicht, wer als erster gegen den Schwarzen Ritter antreten wird. John?«

John Chester, der draußen Ausschau gehalten hatte, drehte sich um.

»Jawohl, Mylord?«

»Ist bereits der Wimpel für den ersten Ritter herausgebracht worden, der gegen den Schwarzen Ritter antreten soll?«

»Jawohl, Mylord«, sagte John Steward. »Das Wappen zeigt eine Korngarbe und eine Streitaxt.«

»Sir Murdoch Tremaine«, sagte Brian fröhlich. »Eine gute Lanze, verläßt sich aber mehr auf die Geschwindigkeit seines Pferdes als auf seine eigene Geschicklichkeit, seine Lanze richtig zu plazieren. Aber James, wir sollten Mnrogar darauf vorbereiten, wieder hinauszugehen. Es wird jetzt nicht mehr lange dauern, bis aus dem anderen Zelt eine Trompete erklingt, denn der Wimpel wäre nicht da, wenn Sir Murdoch nicht bereits im Zelt angekommen wäre.«

»Richtig!« rief Jim.

Sie wendeten das Wildschweinpferd, setzten Mnrogar auf seinen Rücken und waren gerade rechtzeitig fertig, als die Trompete vom anderen Ende der Schranke ihren langgezogenen Ton erklingen ließ. Ned Dunster ging im Heroldsrock hinter Angie her, die das Reitpferd ritt. Der Junge führte das große schwarze Tier mitsamt seiner Reiterin und brachte sie, wie es sich gehörte, am Ende der Schranke in Position. Angie saß ab, legte Mnrogar die Lanze in die Hände, worauf der Troll ihn so hielt, wie es ihn Carolinus' Magie und Brians Unterweisung gelehrt hatten, quer über seinen Sattel, so daß die Spitze der Waffe über die Barriere ragte und auf seinen Gegner gerichtet war. Angie stieg wieder auf und ritt zurück zum Zelt.

»Alles in Ordnung, Ned!« rief Jim durch die Zeltklappe.

Ned setzte die Trompete an die Lippen, und Jim entlockte ihr einen einzigen magischen Ton.

Beide Ritter saßen auf ihren Pferden und warteten. Dann erklang die Trompete abermals, und Sir Murdoch schoß auf seinem Pferd nach vorn. Mnrogar kam ein wenig langsamer voran, aber als die beiden Gegner aufeinandertrafen, benahmen sowohl er als auch das Wildschweinpferd sich absolut so, wie es sich gehörte.

Als die beiden Kämpfer aneinander vorbei ritten, brach Sir Murdochs Lanze entzwei, aber auch wenn Mnrogar seine Lanze ein wenig unbeholfen führte, so daß sie Sir Murdochs Schild zu hoch traf, hatte sie doch genug Wucht, um den Ritter vom Pferd zu werfen. Mnrogars Lanze zerfiel währenddessen zu einem Sprühregen zahlloser Holzsplitter, aber das war nicht weiter wichtig.

Der Schwung des Wildschweinpferdes trug ihn ungefähr zwanzig Meter weit. Dann gelang es Mnrogar endlich, sein Reittier zu zügeln und zu wenden, um es zu seinem Ende des Platzes zurücktraben zu lassen. Sir Murdoch, der reglos auf dem Boden lag, und dessen Pferd, das sich wieder auf die Beine mühte, würdigte der Troll dabei keines Blickes.

Glücklicherweise kamen sogleich Helfer aus dem Zelt am anderen Ende gelaufen, und wenige Sekunden später setzte Sir Murdoch sich aus eigener Kraft auf und kam mit ein wenig Hilfe auch wieder auf die Beine. Die Leute, die zu ihm geeilt waren, führten ein kleineres Pferd bei sich, in dessen Sattel er stieg und langsam zurück zum Zelt ritt.

»Unbeholfen, sehr unbeholfen!« kommentierte Brian, der aus einem Schlitz spähte, den er mit seinem Dolch in die Hinterseite des Zelts geschnitten hatte. »Normalerweise würden die kampferfahrenen Zuschauer auf den Tribünen ungezählte Fragen stellen – vor allem, warum Sir Murdoch so mühelos aus dem Sattel geschleudert wurde von einem Stoß so hoch auf seinen Schild. Aber bei all der Aufregung hatten sie gewiß nur Augen für Mnrogar und haben den armen Murdoch gar nicht weiter beachtet. Wahrscheinlich wird diese Frage nie gestellt werden. Obwohl ich selbst überrascht bin, daß eine so hohe und scheinbar beiläufige Berührung einen so starken Ritter aus dem Sattel werfen konnte.«

Angie kam auf Brians Reitpferd zurück ins Zelt geritten. Sie führte das Wildschweinpferd mit Mnrogar hinter sich her, der vollkommen reglos wirkte und mit keiner Miene verriet, daß er überhaupt einen Waffengang hinter sich hatte. Nur aus der Nähe konnte man sehen, daß die schwarze Farbe seines Schilds einige Kratzer aufwies. Es war jedoch kein Edelstein abgesprungen oder auch nur gelockert worden.

»Ich muß Euch übrigens gratulieren«, sagte Carolinus'

Stimme unerwartet in Jims Kopf. »*Der Troll und das Roß haben sich wahrhaftig gut gehalten. Ich sehe darin einen Beweis, daß Ihr Eure Magie gut einzusetzen wußtet. Dieser dritte Ton der Trompete Eures Herolds war ein Meisterwerk. Eines Tages müßt Ihr mir erzählen, wo Ihr ihn gefunden habt.*«

»Carolinus!« rief Jim laut aus, ohne nachzudenken. Angie und Brian sahen ihn fragend an.

»Ich wünschte nur, ich könnte Kontakt mit ihm aufnehmen, das ist alles«, erklärte Jim hastig. »Achtet nicht auf mich.« Daraufhin wandten die beiden sich wieder der Aufgabe zu, Mnrogar vom Pferd zu holen und das Wildschweinpferd umzudrehen, so daß er ohne Verzögerung wieder aufsteigen konnte, wenn der nächste Trompetenstoß zum zweiten Lanzengang rief.

»*Tss, tss*«, sagte Carolinus. »*Ihr solltet Euch langsam bessere Ausreden ausdenken, James. Aber zurück zur Sache. Ihr habt Eure Magie sehr gut genutzt, auch wenn sie an den Kanten noch ein wenig rauh ist. Eure Magie hat unleugbar das Niveau der dritten Kategorie – aber rauh. Übung, James, das habe ich Euch schon immer gesagt. Ihr müßt üben, üben, üben!*«

Nicht Übung war es, dachte Jim rebellisch, der er diesen Erfolg zu verdanken hatte. Es waren seine eigenen Ideen und seine Phantasie gewesen. Es sei denn, man betrachtete schon die Anwendung von Magie allein als Übung.

»*Wie dem auch sei, ich bin froh, daß Ihr Euch bei mir gemeldet habt, Carolinus*«, dachte er. »*Ich muß unbedingt mit Euch reden …*«

»*Nicht jetzt, mein Junge*«, unterbrach ihn Carolinus. »*Ich habe Euch nur gerufen, um Euch eine kleine Warnung zukommen zu lassen. Sowohl der Troll als auch das Wildschwein machen ihre Sache wirklich gut, und sie werden sich wohl auch weiterhin gut halten. Aber ich sollte Euch vielleicht darauf vorbereiten, daß jede Art von emotionalem Schock, wie er zum Beispiel dadurch ausgelöst werden könnte, daß einer von ihnen tatsächlich von einer gegnerischen Lanze durchbohrt oder sonst irgendwie verletzt wird, jeden Zauber, den Ihr oder ich den beiden auferlegt haben, beenden könnte. Ich dachte nur, daß ich Euch besser warnen sollte.«*

»*Was kann ich dagegen tun?*« fragte Jim.

Aber es kam keine Antwort mehr. Carolinus hatte die Verbindung offensichtlich unterbrochen.

37

SIR BARTHOLOMEW DE GRACE machte sich bereit, nun jeden Augenblick mit Mnrogar zusammenzutreffen.

Brian hatte seinen Schlitz in der Zeltwand unbekümmert verlängert und so auseinandergezogen, daß er beinahe die gesamte Länge der Schranke im Blick hatte. Am anderen Ende der Barriere hatte man Sir Bartholomew gerade seine Turnierlanze gereicht, und gleich vor dem großen Zelt an ihrem Ende reichte Angie nun Mnrogar dessen Lanze.

Abermals nahm der Troll seine Waffe vollkommen gleichgültig und mechanisch entgegen, legte sie zurecht und saß mit derselben Gleichgültigkeit im Sattel, während er darauf wartete, daß die Trompete ihm das Startsignal gab.

Jim wandte sich von der kleinen Öffnung ab, durch die er Mnrogar beobachtet hatte, und stellte sich neben Brian vor den Schlitz in der Zeltwand.

Von ihrem Platz aus hatten sie Sir Bartholomew voll im Blick. Mnrogar dagegen war für den Moment noch unsichtbar. Aber dann erklang abermals die Trompete von den Tribünen, und von einer Sekunde zur anderen erschien auch der Troll in ihrem Sichtfeld. Das schwarze Wildschweinpferd ging bereits in Galopp über, und Sir Bartholomew näherte sich vom anderen Ende der Schranke, wenn auch nicht mit der ungebremsten Geschwindigkeit, die der vorherige Gegner des Trolls an den Tag gelegt hatte. Er hielt seine Lanze immer noch mit lockerer Hand, so daß die Spitze nicht auf und ab schwankte. Erst kurz vor dem eigentlichen Zusammenstoß würde er sie mit festem Griff umfassen. Mnrogar hatte diesen Kniff allmählich ebenfalls zu beherrschen gelernt.

»Ein ruhiger und erfahrener Mann, dieser Sir Bartholomew«, bemerkte Brian, ohne den Blick von den Schranken abzuwenden. »Bei einem Vorstoß über freies Feld würde ich ihn lieber an meiner Seite wissen als viele andere. Auch wenn er bei Turnierkämpfen keine herausragenden Leistungen ...«

Er hatte keine Zeit, seinen Satz zu beenden, denn in eben diesem Augenblick trafen die beiden gegnerischen Ritter mit dem gewohnten Krachen und Brechen der Lanzen aufeinander.

Wie durch ein Wunder hatte Mnrogar Sir Bartholomews Schild mit seinem Speer genau in der Mitte getroffen, wie es sich gehörte. Und wie der Ritter vor ihm wurde Sir Bartholomew aus dem Sattel katapultiert, fiel zu Boden und blieb reglos liegen. Wie zuvor brauchte Mnrogar zwanzig oder dreißig Meter, um das Wildschweinpferd zum Stehen zu bringen und zu wenden. Dann ritt er zurück, wiederum ohne auch nur einen Blick auf seinen gefallenen Gegner zu werfen.

Als Sir Murdoch vom Pferd geworfen wurde, war die Menge in zorniges Brüllen ausgebrochen. Dasselbe Brüllen war auch jetzt zu hören, obwohl es diesmal mit einem gewissen Stöhnen durchmischt war.

Ob diese Dinge lediglich Entsetzen über Sir Bartholomews Sturz verrieten oder über die Wucht, mit der er aus dem Sattel gerissen worden war, konnte Jim nicht ausmachen. Jedenfalls ritt Mnrogar zu seinem Ende der Schranke zurück, und Angie führte ihn und das Wildschweinpferd wieder ins Zelt. Dort angekommen, hielt Mnrogar sein Roß mit brutaler Gewalt im Zaum. Dann stieg er wie zuvor aus dem Sattel, hockte sich auf den Boden, nahm den Helm ab und blickte ins Nichts.

»Ich schäme mich beinahe«, sagte Brian mit nachdenklicher Stimme, »einen Anteil daran gehabt zu haben, daß zwei so gute Ritter so mühelos aus dem Sattel gehoben wurden, auch wenn man keinen von beiden eine große Lanze nennen kann. Wie Ihr bereits angedeutet habt, James, es ist das Gewicht des Trolls und seines Reittiers, die Mnrogar einen solchen Vorteil verschaffen. Wahrlich, wenn ich beiseite stünde und urteilen müßte, würde ich bei dem, was ich weiß, erklären, es hätte sich um unehrliche Siege gehandelt, erzielt mit unwürdigen Mitteln.«

Brians Tonfall war nicht gerade erregt zu nennen, aber Jim hörte aus seiner Stimme deutliche Zeichen der Selbstanklage.

»Es geschieht für einen guten Zweck, Brian, vergeßt das nicht«, erwiderte er.

»O ja. Das sage ich mir auch immer wieder«, antwortete Brian. »Aber dennoch wünschte ich, es hätte einen anderen Weg zu diesem Ziel gegeben.«

Jim warf einen Blick auf Mnrogar, der nach wie vor auf dem Boden des Zelts hockte. Aber der Troll schien ihr Gespräch mit derselben Gleichgültigkeit aufzunehmen wie die Niederlagen seiner gefallenen Gegner.

Brians Blick war dem Jims gefolgt.

»Aber natürlich bedeutet das für *ihn* überhaupt nichts«, sagte Brian grimmig. »Für Kreaturen wie ihn ist der Sieg in einem Turnier wie das Fällen eines Baumes für einen Waldarbeiter. Eine notwendige Arbeit, nicht mehr. Er hat keine Vorstellung von Ehre und Mut.«

»Es ist ein wenig unfair, so etwas von ihm zu erwarten, meint Ihr nicht auch, Brian?« gab Jim zu bedenken. Er hätte nie damit gerechnet, daß er den Troll eines Tages verteidigen würde. Aber seit Mnrogars wildem Gefühlsausbruch bei dem Gedanken, verlieren zu können, wofür er fast zweitausend Jahre gekämpft hatte, konnte Jim nicht umhin, dem Troll Gefühle zuzubilligen. »Vielleicht würde er genauso reagieren wie wir – nur auf andere Dinge, denen wir keine Bedeutung beimessen würden.«

Brian wandte den Blick von dem Troll ab.

»Da habt Ihr zweifellos recht, James«, erwiderte er, »aber ich habe während all der Jahre, in denen ich die Kunst der Lanze erlernt habe, zu viele Male auf der Verliererseite gestanden, um mir Gedanken darüber machen zu wollen, was diese Dinge sein könnten.«

Plötzlich erscholl vom anderen Ende der Schranke abermals eine Trompete.

»Was ist das? Etwa eine ehrlose Geste von der anderen Seite?« sagte Brian und hob ruckartig den Kopf. »Ein neuer Gegner, und das so bald? Sie wollen anscheinend nur allzu schnell den nächsten Ritter in den Kampf schicken, solange Mnrogar und dessen Pferd noch atemlos und erschöpft von ihrem letzten Waffengang sind. Ich gebe Euch den guten Rat, unseren Antwortruf so lange hinauszuzögern, wie es Euch notwendig erscheint, James. Es wird denen da oben auf den Tribünen recht geschehen, eine Weile auf ihren Händen zu sitzen und sie warm zu halten, während der Troll und sein Pferd wieder zu Atem und Kraft kommen.«

»Ich glaube nicht, daß das notwendig ist, Brian«, sagte Jim, der erst Mnrogar, dann das Wildschweinpferd ansah. »Mnrogar benimmt sich, als hätte er lediglich einen Sonntagsspaziergang hinter sich; und ich glaube, wenn dieses Wildschweinpferd in seiner ursprünglichen Gestalt steckte und über seinen normalen Verstand geböte, würde es nicht nur uns, sondern auch das Zelt und alles andere hier in Stücke reißen, weil er sich nach der letzten Tjost noch immer nicht wieder beruhigt hat. Nur die Magie zwingt ihm die notwendige Ruhe auf, hier bei uns im Zelt zu bleiben.«

»Mag sein, daß Ihr recht habt«, räumte Brian mit

Blick auf das schwarze Roß ein. »Ein normales Pferd würde nach einem solchen Kampf schwitzen und schnauben und wild mit den Augen rollen. Dieses hier ist nur ein wenig störrisch und zittert von Zeit zu Zeit. Dennoch würde ich Euch raten, eine Weile abzuwarten, bevor Ihr irgend etwas tut. Der nächste Gegner muß ohnehin ausharren, bis der Troll wieder für den Kampf bereit ist.«

»Das ist etwas, von dem ich kaum etwas weiß, Brian«, sagte Jim. »Aber warum sollen wir überhaupt warten? Nach dem, wie er seine beiden ersten Gegner erledigt hat, wird Mnrogar nicht die geringste Mühe haben ...«

»So etwas dürft Ihr niemals denken, James!« protestierte Brian. »Die beste Lanze auf der Welt kann von einer unerwarteten Kleinigkeit niedergezwungen werden. Ein Irrtum, eine vorschnelle Entscheidung, ein Eingreifen Gottes – alles mögliche!«

»Nun, das hört sich natürlich vernünftig an«, sagte Jim. »Ich dachte nur, es wäre beeindruckend, wenn Mnrogar nach so kurzer Zeit gleich wieder draußen erschiene und auch mit dem nächsten Ritter nicht die geringste Mühe hätte.«

»Wenn es so wäre«, entgegnete Brian. »Aber wie ich bereits gesagt habe, die beiden letzten waren keine großen Lanzen, und da wären immer die Dinge zu bedenken, die ich gerade erwähnt habe. Jeder noch so sicher scheinende Sieg kann sich im Handumdrehen in eine Niederlage verwandeln. Es ist niemals klug, einen Vorteil preiszugeben, den man ehrenhaft erringen kann. Wenn ein Unbekannter über einen Favoriten siegt, ist immer ein Mißgeschick der Grund. Nachdem ich ungefähr ein Jahr lang in Turnieren gekämpft hatte, wollte es der Zufall, daß ich in einem einzigen Waffengang über einen Ritter von großem Ansehen siegte. Augenblicklich dachte ich, daß ich nun alles wüßte, was es zu wissen gab. Narr, der ich war, hatte ich übersehen, daß einige kleine Mißgeschicke auf seiner Seite mir einen Vorteil verschafft hatten. Als wir uns das nächste Mal trafen, sah ich ihm voller Zuversicht entgegen, aber tatsächlich warf er mich aus dem Sattel, als wäre ich eine Feder gewesen. Und wenn Ihr noch überzeugendere Gründe benötigt, kann ich Euch zwei weitere nennen.«

»Welche sind das?« fragte Jim.

»Erstens«, antwortete Brian, »wenn Ihr Mnrogar hinausschickt, ohne eine geziemende Zeit verstreichen zu lassen, spielte Ihr das Spiel, so wie sie es wollen und nicht so, wie wir es wollen. Sie könnten den vierten Ritter noch schneller gegen Euren Troll antreten lassen, in der Gewißheit, daß sie ihn durch diese Taktik geschwächt haben – und bis zum nächsten Waffengang könnte das durchaus der Fall sein. Und dann würdet Ihr es nicht mehr wagen, ihn ausruhen zu lassen, weil sie sich seiner Schwäche sonst allzu sicher wären. Aber wenn Ihr Euch jetzt zu nichts drängen laßt, macht Ihr denen da draußen klar, daß Ihr genau wißt, was sie vorhaben, und es mit Verachtung betrachtet.«

»Ich verstehe«, sagte Jim langsam.

»Zweitens«, fuhr Brian fort, »werdet Ihr, wenn Ihr einige Zeit verstreichen laßt, den Eindruck erwecken, als bräuchten unser Favorit und sein Pferd die zusätzliche Ruhepause, als wären sie tatsächlich geschwächt – was die nächsten Turniergegner zu übertriebener Siegesgewißheit verleiten könnte. Und Ihr habt gewiß nicht vergessen, daß sein letzter Gegner Sir Harimore sein wird, der gefährlichste, für den der Troll jeden Vorteil benötigen wird, den er bekommen kann. Besser, Ihr belaßt sie in ihrem Irrtum. Ihr könnt nur gewinnen. Wie ich schon sagte, James, verachtet niemals eine Vorteil, ganz gleich, wie klein er sein mag. Er könnte sich als entscheidend erweisen.«

»Das ist ein guter Gedanke«, sagte Jim. »Also gut, wir werden warten.«

»Und in der Zwischenzeit«, erklärte Brian, während er sich an den Tisch setzte, »können wir beide mit Lady Angela einen Becher Wein trinken.«

»Für mich nicht, Brian«, sagte Angie, die bereits am Tisch Platz genommen hatte.

»Der Wein wird Euch wärmen, Angela«, versicherte ihr Brian.

»Vielen Dank«, sagte Angie. »Aber mir ist bereits warm. Ich glaube, ich möchte lieber ablehnen.«

Schließlich saßen sie zu dritt am Tisch und redeten. Aber Jim vermutete, daß keine fünfzehn Minuten vergangen waren, bevor Brian seinen Becher leerte und sich von dem Tisch erhob.

»Ich glaube, jetzt wäre ein guter Zeitpunkt gekommen, um Mnrogar hinausreiten zu lassen«, meinte er. »Abwarten ist eine gute Sache, aber wir wollen es nicht übertreiben.«

Also wurden die entsprechenden Vorbereitungen getroffen. Jim und Brian sahen durch den Schlitz im Zelt zu, während Mnrogar und sein Gegner auf die Trompete warteten, die ihnen das Signal zum Losreiten geben würde.

»Wer ist es jetzt?« fragte Brian, der versuchte, das Wappen auf dem Wimpel zu erkennen, das der kalte Wind in die entgegengesetzte Richtung wehte.

»Sir Reginald Burgh«, antwortete Brian. »Er stammt aus Northumbria, genau wie Giles, wenn auch vom anderen Ende der Grenze – aber was ist das? Seht doch, James! Ist es Euch auch aufgefallen? Als sein Streitroß den Rumpf bewegte, um sich uns ein wenig besser von der Seite zu präsentieren, konnte man sehen, daß Sir Reginalds Harnisch auf einer Seite nur halb verschnürt war. Wie konnte es zu einem solchen Versehen kommen? Ich frage mich …«

Von den Tribünen erklang eine Trompete. Sir Reginalds Pferd setzte sich augenblicklich in Bewegung, und eine Sekunde später schoß Mnrogar von seinem

Warteplatz neben dem Zelt hervor. Mit schier unglaublicher Geschwindigkeit stürmten die beiden Reiter aufeinander zu.

»Ha!« rief Brian plötzlich. »Eine List! Dachte ich es mir doch! Beobachtet seinen Schild, James ...«

Mehr zu sagen, bevor die beiden Reiter zusammenprallten, blieb Brian keine Zeit; aber Jim brauchte keine weiteren Erklärungen. Er sah es.

Im allerletzten Augenblick hatte Sir Reginald sich in seinem Sattel geduckt – das war der Grund, warum sein Harnisch nur halb verschnürt gewesen war; nur deshalb war es ihm möglich, sich ein wenig zu ducken. Außerdem hatte er seinen Schild ruckartig nach hinten geneigt, so daß Mnrogars Lanzenspitze normalerweise davon abgerutscht wäre. Es war vielleicht kein sehr ehrenhaftes Vorgehen, aber doch ein durchaus erlaubter Kniff beim Turnierreiten, Harnischriemen zu lockern und einen Schild nach hinten zu neigen. Jedenfalls spielte es bei Turnieren nur sehr selten eine Rolle, wie der Sieger gewann, solange er nur siegte – es sei denn, die Art seines Sieges wäre nicht ehrenhaft für ihn oder sein Publikum.

Es war eine höchst wirksame List; und sie hätte gewiß funktioniert, hätte Mnrogar sich im Turnierkampf ausgekannt. Aber wie das Glück es wollte, hatte Mnrogar mit seiner Lanze abermals sehr schlecht gezielt, so daß die Spitze Sir Reginalds Schild viel weiter unten traf, als dies eigentlich der Fall sein sollte. Das Ergebnis war, daß Sir Reginald zur Seite aus dem Sattel geschoben wurde. Sein Sturz war nicht so spektakulär wie die Stürze der beiden vorherigen Ritter, aber es war trotzdem ein Sturz. Mnrogar ritt mit der inzwischen gewohnten ungerührten Gleichgültigkeit an ihm vorbei zurück ins Zelt.

Der vierte Ritter, der mit Mnrogar seine Kräfte messen wollte, kam nach einer nur gerade eben angemessenen Pause nach der Begegnung mit Sir Reginald Burgh.

Es war Sir Thomas Hampter, ein Turm von einem Mann, der wie angeschweißt in seinem Sattel saß.

Die Begegnung zwischen ihm und Mnrogar schien diesmal auf beiden Seiten ohne Fehl und Tadel zu sein. Selbst Mnrogar bekam seine Lanzenspitze in die Mitte von Sir Thomas' Schild, und Sir Thomas war sogar noch genauer. Aber die Waffe seines Gegners schien Mnrogar nicht im geringsten zu beeindrucken, während Sir Thomas sich zwar im Sattel hielt, aber beinahe zur Seite weggerutscht wäre. Auch schien es ihm unmöglich zu sein, sein Pferd aus eigener Kraft zum Zelt zurückzureiten, bis die Helfer herbeigeeilt kamen, die Zügel faßten und das Tier zurückführten, während sein Reiter immer noch schräg im Sattel hing und von einem Lakaien gestützt werden mußte.

»Und nun«, sagte Brian, während er sich von dem Schlitz im Zelt abwandte und Sir Thomas in dem Zelt auf seiner Seite der Schranke verschwand, »warten wir auf Sir Harimore.«

In diesem Augenblick wurde auch Mnrogar in sein Zelt geführt. Er stieg aus dem Sattel, nahm seinen Helm ab und hockte sich abermals hin. Soweit sich das feststellen ließ, war er in keiner anderen Verfassung als zu Beginn des Turniers.

Bei dem Wildschweinpferd lagen die Dinge anders. Trotz der Magie, mit der Carolinus es gezähmt hatte, zeigte es einen starken Drang, alle Fesseln abzuschütteln. Nachdem man es ins Zelt geführt hatte, blieb es zwar an seinem Platz stehen, scharrte aber auf dem Boden – die einzige natürliche Wildschweinbewegung, die es oberflächlich betrachtet mit den Bewegungen eines Pferdes gemeinsam hatte. Überdies gab es von Zeit zu Zeit merkwürdige Laute von sich, die offensichtlich einen Versuch darstellten, nach Wildschweinmanier zu schnüffeln. Das Ergebnis dieser Bemühungen war ein Schnauben, das durchaus von einem Pferd hätte stammen können.

»Wird es Mnrogar auch weiterhin Gehorsam leisten, James?« wollte Brian wissen, der das Tier mit einem besorgten Blick streifte. »Wenn es überhaupt einen Ritter gibt, bei dem es besser nicht außer sich geraten sollte, dann dürfte das wohl Sir Harimore sein.«

»Ich fürchte, das kann ich auch nicht vorhersagen, Brian«, antwortete Jim. »Ich weiß nicht, was Carolinus mit ihm gemacht hat oder wie er es gemacht hat. Ich bin nur ziemlich sicher, daß die Sache jenseits meiner Fähigkeiten liegt; also sollte ich besser nicht versuchen, mit den Befehlen herumzupfuschen, die das Wildschwein bändigen. Warum überlassen wir es nicht einfach sich selbst? Vielleicht kriegt es sich ja wieder ein.« Diese höchst moderne Redewendung, die Jim gedankenlos benutzt hatte, nötigte Brian einen verwunderten Blick ab, aber er sagte nichts dazu.

Nun setzten sie sich wieder an den Tisch, an den auch Angie zurückgekehrt war.

»Was erwartet Ihr von Sir Harimore?« fragte Jim Brian.

»Da kann ich nicht einmal eine Vermutung anstellen, James«, antwortete Brian. »Ich weiß in diesem Augenblick nicht mehr, als wenn ich selbst gegen Sir Harimore reiten würde. Wir werden es einfach abwarten müssen.«

Sie warteten schweigend; es war keine übermäßig lange Wartezeit, aber auch keine besonders kurze. Als Jim durch die vordere Zeltklappe schaute, hatte er den Eindruck, daß die Menschen auf der Tribüne entweder zutiefst verärgert waren, daß vier ihrer Kämpen unter Mnrogars Lanze gefallen waren oder daß sie es kaum noch erwarten konnten, den letzten Waffengang zu sehen, vor allem da nun Sir Harimore an die Reihe kam, dessen Ruf ihnen allen bekannt war.

Die Zeit verstrich, und endlich erklang die Trompete vor dem anderen Zelt. Diesmal zauderte Brian nicht. Er ließ Mnrogar auf dem Wildschweinpferd aufsitzen, das sich ein wenig beruhigt hatte, aber immer noch so aussah, als könne ihm jeden Augenblick Schaum vor den Mund treten, bis es vollkommen wild wurde. Aber seine Zügel lagen in Mnrogars eiserner Hand, und das Pferd trabte vom Zelt zur Schranke und stand, ohne irgendwelche Schwierigkeiten zu machen, ruhig da, während Mnrogar seine Lanze gereicht wurde.

Diesmal wurde die Wartezeit bis zum Trompetensignal, mit dem der eigentliche Waffengang eingeläutet wurde, für die Leute in Mnrogars Zelt genauso lang wie für die Zuschauer auf den Tribünen. Am anderen Ende der Schranke saß Sir Harimore bereits mit seiner Lanze im Sattel und sah sehr reglos und sehr tüchtig aus.

Endlich sprach die Trompete. Die Pferde machten einen Satz nach vorn und schossen an der Barriere entlang aufeinander zu. Sir Harimore sah aus, wie er das immer und bei allen Gelegenheiten tat, als sei er die Vollkommenheit selbst und absolut Herr der Lage. Er saß gelassen und mit großer Autorität auf seinem Pferd und hielt die Lanze bis zum letzten Augenblick locker umfaßt; dann packte er sie fester und preßte sie mit dem Ellbogen gegen seine gepanzerte Seite. Das Geräusch des Zusammenpralls war noch lauter als das der vorherigen Zusammenstöße, an denen Mnrogar beteiligt gewesen war.

Beide Speere barsten in tausend Splitter. Mnrogar wurde scheinbar ungerührt von dem Wildschweinpferd weitergetragen. Aber Sir Harimore saß ebenfalls mit demselben Ausdruck absoluter Gelassenheit auf seinem Streitroß.

Beide kehrten in ihre jeweiligen Zelte zurück.

»Hübsch! Wirklich hübsch – ich wußte es!« rief Brian, sobald Mnrogar hereingekommen war. »Oder zumindest hätte ich es wissen müssen. Natürlich würde Harimore zwei Durchgänge reiten wollen, um so viel wie möglich aus der Sache herauszuholen, und ausgerechnet in dieser Begegnung hat Mnrogar seine

Lanze so gut gehandhabt wie heute noch nie. Jetzt muß es einen zweiten Lanzengang geben, und bei unserem Glück wird der Troll bestimmt Pferd und Reiter völlig verfehlen.«

»Nun, vielleicht auch nicht«, beruhigte ihn Jim. »Betrachtet die Sache doch von der freundlichen Seite.«

»Ha!« sagte Brian. »Die freundliche Seite!«

»Das Wildschweinpferd«, sagte Jim, »sieht jedenfalls so aus, als wäre alles in Ordnung. Vielleicht gewöhnt es sich allmählich daran, gegen unbekannte Pferde und Reiter die Schranke entlang zu stürmen.«

»Das mag sein«, meinte Brian, »denn die einzige Übung, die es bisher hatte, waren Kämpfe mit Strohpuppen und dem Geschöpf, das die Magie geschaffen hatte.«

»Hm, sagt mir eins«, bat Jim, »ist der Troll heute in seiner besten Verfassung? Hält er sich besser als an den vergangenen Tagen? Oder ist er schlechter?«

»Ein Ja auf all diese Fragen, James«, antwortete Brian düster. »Man kann nie vorhersagen, wie er sich benehmen wird. Manchmal führt er seine Lanze drei oder vier Läufe hintereinander beinahe nach Christenmanier, nur um seinen Gegner dann vollkommen zu verfehlen.«

»Aber er muß sich im Laufe der Zeit doch verbessert haben, oder?« hakte Jim nach.

»O ja, er ist durchaus besser geworden«, räumte Brian ein. »Aber nur bis zu einer gewissen Grenze. Seht ihn Euch doch an …«

Mnrogar hockte wie gewöhnlich ohne Helm auf dem Boden und blickte ins Leere.

»Er hat kein *Gefühl* für das Lanzenbrechen!«

»Ja«, knurrte Mnrogar unerwartet vom Fußboden.

Sowohl Jim als auch Brian starrten ihn an. Mnrogars Gesicht hatte seinen geistesabwesenden Zug verloren. In seinen häßlichen Zügen stand nun ein wilder Ausdruck.

»Dieser andere Mann mit der Lanze hat etwas zu mir gesagt, als er vorbeiritt«, eröffnete Mnrogar ihnen.

»Gesagt? Was?« wollte Jim wissen.

»Das weiß ich nicht«, fauchte Mnrogar, dessen Stimme im Zelt nun ein wenig lauter klang. »Ich konnte ihn nicht richtig verstehen. Warum sollte er etwas zu mir sagen? Er befindet sich auf meinem Land. Und er sagt etwas zu mir!«

»Ach, das ist nur einer von Harimores kleinen Tricks«, meinte Brian. »Der andere Ritter soll gar nichts verstehen, wenn Harimore etwas sagt. Auf diese Weise stellt sein Gegner sich irgend etwas vor – und für gewöhnlich stellt er sich das Schlimmstmögliche vor, was Harimore sagen könnte. Das macht ihn wütend; und ein wütender Turnierkämpfer ist kein kluger Turnierkämpfer.«

»Nun, bei Mnrogar scheint es funktioniert zu haben«, sagte Jim.

»Wirklich«, bekräftigte Brian seine Worte noch einmal. Dann sah er den Troll plötzlich nachdenklich an. »Er hat es nur gesagt, um Euch wütend zu machen, Troll.«

»Ich bin wütend!« sagte Mnrogar.

»Nun, das ist völlig überflüssig, Mnrogar«, schritt Jim hastig ein. »Er hat nur ein Geräusch gemacht, um Euch zu erzürnen, damit Ihr Fehler macht und er Euch besiegen kann. Ihr wollt Euch doch nicht besiegen lassen, oder?«

»Besiegen? Niemand kann mich besiegen!« knurrte Mnrogar.

»Aber er könnte es vielleicht schaffen, wenn er Euch nur so wütend macht, daß Ihr Euch nicht mehr aufs Lanzenbrechen konzentrieren könnt«, meinte Jim.

»Lanzenbrechen!« Offensichtlich waren Mund, Kiefer und Zunge eines Trolls nicht dazu geschaffen zu spucken; aber es hörte sich sehr stark danach an, als hätte Mnrogar dieses eine Wort am liebsten tatsächlich ausgespien. »Ich werde ihn zerquetschen und seine Knochen fressen!«

»Nein, das werdet Ihr nicht, Troll!« fuhr Brian auf. »Ihr werdet gleich so gut reiten, wie Ihr nur könnt, und Eure Lanze so gut benutzen, wie Ihr es gelernt habt, aber das ist alles, was Ihr tun werdet! Nur daran dürft Ihr denken. Und denkt immer weiter daran, bis Ihr im Sattel sitzt und die Schranke hinunter reitet!«

Mnrogar fauchte wortlos und blickte an Jim und Brian vorbei in die Richtung des anderen Zelts, als könnte er durch den Stoff dieses Zeltes hindurchsehen.

38

AM ANDEREN ENDE DER SCHRANKE erscholl die Trompete.

Mnrogar setzte seinen Helm auf und kletterte wieder auf das Wildschweinpferd, ohne daß man ihn dazu hätte drängen müssen. Sie wurden aus dem Zelt geführt, und einen Augenblick später hatten Jim und Brian ihre Position an dem Schlitz in der Zeltwand eingenommen, wobei Jim seine Seite der Öffnung so weit wie möglich dehnte, um Mnrogar und sein Roß sehen zu können.

»Ich hoffe, das Wildschweinpferd bricht nicht plötzlich aus und tut etwas Falsches!« sagte er.

»Oh, es ist nicht das Pferd, das mir Sorgen macht«, erklärte Brian. »Es ist der Troll.«

»Mnrogar?« Jim wandte für einen Moment den Blick von der Schranke ab, um Brian anzusehen. »Aber Ihr kennt seine Grenzen. Eigentlich dürfte er sich kaum schlechter benehmen als vorher. Das Wildschweinpferd dagegen ist sehr erregt und dürstet förmlich nach einem Kampf …«

»Der Troll auch«, sagte Brian. »Und das war vorher anders. Das macht mir Sorgen.«

Jim wollte noch etwas sagen, aber in diesem Augenblick erklang die Trompete, und Mnrogar und Sir Harimore stürzten aufeinander zu.

Beide bewegten sich schneller als in dem vorangegangenen Lanzengang, und sie stießen mit einem Knall aufeinander, der für Jims ungeübtes Ohr weit lauter und zorniger klang als alles, was er zuvor gehört hatte. Die Lanzen brachen in Stücke, und Sir Harimore wurde in seinem Sattel schräg zurückgedrängt, ohne jedoch den Eindruck zu vermitteln, er könne tatsächlich vom Pferd fallen. Mnrogar schien von der Wucht des Aufpralls ebenfalls im Sattel zurückgeschoben worden zu sein, wenn auch in weit geringerem Maße als Sir Harimore.

»Also, das war gar nicht hübsch«, sagte Brian höchst zufrieden. »Aber wie soll es jetzt weitergehen? Es sollte nur fünf Begegnungen geben, und die Regeln sehen nicht mehr als zwei Ritte zwischen zwei Gegnern vor. Aha – das habe ich doch halb erwartet!«

Sir Harimore rief die Lakaien um sein Zelt herum zusammen, und einer von ihnen griff nun nach einer neuen Lanze, während Harimore auf ihn zuritt. Mnrogar war bereits auf dem Rückweg, und das Wildschweinpferd, das schneller ritt als zuvor, war nun offenkundig erregt.

»Was ist los? Was wird nun passieren?« fragte Jim.

»Sir Harimore macht Mnrogar das Angebot, sofort ein drittes Mal gegen ihn zu reiten!« erklärte Brian. »Seht, er nimmt eine frische Lanze und hebt sie hoch über seinen Kopf. Wir müssen dem Troll sofort eine neue Lanze besorgen.«

Aber Mnrogar war bereits zurück und ergriff die Lanze, die Angie ihm hinaufreichte. Erst da wurde Jim klar, daß Angie nicht mit zurück ins Zelt gekommen war. Brians Stimme war natürlich laut und deutlich bis zu Angie und Mnrogar gedrungen, aber man hatte fast den Eindruck, als wäre dies gar nicht nötig gewesen. Angie reichte die neue Lanze hinauf, und

Mnrogar nahm sie entgegen. Dann wendete er sein Pferd.

»Der Trompeter des Grafen muß zuerst von der Tribüne aus das Signal geben, daß der Graf mit diesem Vorgehen einverstanden ist …«, begann Brian, brach dann aber wieder ab. Mnrogar hatte den Kopf des Wildschweinpferdes herumgerissen, so daß das Pferd sich mit ihm hatte umdrehen müssen. Nun legte er seine Lanze zurecht. Am anderen Ende tat Sir Harimore dasselbe, und noch während die Trompete die Erlaubnis des Grafen kundtat, waren beide Pferde bereits wieder in Bewegung.

»Jetzt«, sagte Brian angespannt, »ist der Zeitpunkt gekommen, Harimore genau im Auge zu behalten, James. Er hat gewiß irgendeinen Trick vor, da er seinen Gegner in Wut versetzt hat. Ja – seht doch! Ihm ist mittlerweile klar, daß er Mnrogar nicht aus dem Sattel stoßen kann, aber wenn er ihn am Schenkel verletzt, könnte der Troll stürzen, einfach weil es ihm an Erfahrung im Sattel mangelt, was jeder leicht sehen kann. Seht …«

Brian hatte keine Zeit, seinen Satz zu beenden. Sir Harimores Lanze zielte tatsächlich auf den unteren Teil von Mnrogars Schild; dies konnte sowohl absichtlich wie versehentlich geschehen, aber Jim sah, daß die Lanze in diesem Fall tatsächlich Mnrogars linkem Oberschenkel sehr nahe kam. Aber mehr konnte er nicht mehr sehen, bevor die beiden Kämpfer aufeinanderprallten.

Sir Harimores Lanzenspitze traf, und die Lanze brach. Jim konnte Mnrogar vom Zelt aus in seinem Helm brüllen hören, als dessen Lanze Sir Harimores Schild in der Mitte traf und einen Augenblick später brach – nur ein kleines Stück vor dem Griff, an dem er sie festhielt. Wutschnaubend ritt Mnrogar in die Barriere hinein, streckte die Hand aus und zielte mit dem zerbrochenen Ende seiner Lanze auf Sir Harimores Oberkörper.

Sir Harimore rutschte aus dem Sattel und fiel zu Boden.

Auch das Wildschweinpferd hatte jetzt in einem Ausbruch aufgestauten Zorns alle Fesseln gesprengt und wollte sich selbst in den Kampf stürzen. Das einzige, was es nun noch sah, war Sir Harimores Pferd auf der anderen Seite der Barriere. Instinktiv versuchte es, sich mit seinen nicht vorhandenen Hauern durch die Barriere zu bohren, stieß statt dessen aber nur mit der Nase dagegen.

Das Wildschwein schrie, wie nur Pferde schreien können, und seine Wildschweininstinkte wichen Pferdeinstinkten. Es stellte sich auf die Hinterbeine und griff mit den Vorderhufen die Barriere selbst an. Diese zerfiel.

»Brian, helft mir!« rief Jim, der aus dem Zelt gestürzt war und nun, so schnell er konnte, die Schranke hinunter zu dem durchgegangenen Wildschweinpferd lief. Hinter sich hörte er den Aufprall von Brians Füßen.

Aber sie kamen nicht weit. Mnrogar selbst, der noch nicht zufrieden damit war, Sir Harimore aus dem Sattel geworfen zu haben, war durchaus bereit, den Kampf mit seinem eigenen Reittier aufzunehmen. Er riß den Kopf des Wildschweinpferdes herum, und das Tier, das auf zwei Beinen das Gleichgewicht halten mußte, sah sich gezwungen, von der Barriere zurückzutänzeln.

Als Jim und Brian näher kamen, stand es zitternd und schnaubend vor ihnen. Mnrogar jedoch war nicht zufrieden damit, es wieder auf den Boden gezwungen zu haben, und trat ihm augenblicklich in die Seite, um zu seinem Zelt zurückzugaloppieren. Jim und Brian mußten in zwei verschiedene Richtungen springen, um nicht niedergeritten zu werden.

In der Zwischenzeit hatten Sir Harimores Helfer ihn vom Boden aufgehoben und trugen ihn zurück zum Zelt.

»Ist Sir Harimore verletzt?« rief Brian ihnen nach.

Sir Harimore entgegnete etwas, das weder Brian noch Jim verstehen konnten, und einer der Helfer antwortete Brian an seiner Stelle.

»Mylord sagt, er sei lediglich ein wenig außer Atem, Sir!«

»Gut«, sagte Brian zu Jim, als sie sich umdrehten und sich ebenfalls keuchend wieder in Marsch setzten. In ihrem Zelt war Angie gerade damit beschäftigt, das Wildschweinpferd zu beruhigen. Das Tier schien bereits einigermaßen gebändigt zu sein, aber Mnrogar, der inzwischen den Helm abgenommen hatte, saß immer noch im Sattel und weigerte sich abzusteigen.

»Lanze!« Er schrie beinahe. »Gebt mir eine Lanze!«

»Was soll dieser Unsinn, Troll?« fragte Brian, während er an den Kopf des Wildschweinpferdes trat und dem zornigen Troll Einhalt zu gebieten versuchte. »Ihr habt Euren Gegner bereits aus dem Sattel geworfen. Ihr bekommt keine Lanzen mehr.«

»Dann werde ich ihn mit bloßen Händen zerreißen!« brüllte Mnrogar.

Die Situation im Zelt drohte nun tatsächlich aus dem Ruder zu laufen; noch dazu war Angie bei ihnen. Jim traf einen Entschluß. Ganz gleich, ob es sich gut in die Magie einfügen würde, mit der Carolinus den Troll und das Wildschweinpferd im Zaum hielt oder nicht, er würde auf der Stelle etwas tun müssen.

»*Still!*« befahl er und stach mit einem Finger nach Mnrogar. Im Geiste hatte er das klare Bild des Trolls, der sich nicht mehr rühren könnte.

Und plötzlich rührte Mnrogar sich tatsächlich nicht mehr. Langsam beruhigte sich auch das Wildschweinpferd wieder.

»Ich hoffe, ich habe es nicht übertrieben«, murmelte Jim. »Aber was nun? Und wo ist Angie?«

»Sie ist draußen auf die andere Seite des Zelts gegangen, Mylord«, antwortete Ned Dunster, der nun ebenfalls wieder bei ihnen war.

»Weshalb?«

»Das weiß ich nicht, Mylord.«

»Puh!« Brian wandte Mnrogar den Rücken zu. Dann trat er zielstrebig an den Tisch und schenkte sich einen halben Becher Wein ein. Nach einem einzigen Schluck schien es ihm bedeutend besser zu gehen.

»Nun, um Eure Frage zu beantworten, James«, erklärte er, als hätte es bei dem Gespräch zwischen ihm und Jim keinerlei Unterbrechung gegeben, »Mnrogar hat das Feld erobert. Er hat alle, die gegen ihn geritten sind, aus dem Sattel geworfen. Jetzt müßte der Graf ihn eigentlich aus Höflichkeit auffordern, an der Schranke vorbei zu den Tribünen zu reiten, so daß der Graf seinen Sieg anerkennen kann. Wir müßten jetzt jeden Augenblick einige Trompetenklänge hören.«

»Nun, das wäre wunderbar«, sagte Jim. »Mnrogar – *entstillt* Euch. Und nun hört zu. Wenn Ihr vor den Tribünen steht, ist das Eure Gelegenheit, diesen anderen Troll unter den Gästen zu wittern.«

»Ja!« stieß Mnrogar hervor. »Dieser andere Troll – den hätte ich fast vergessen!«

Ohne ein weiteres Wort und bevor sie ihn hätten aufhalten können, hatte er den Kopf des Wildschweinpferdes herumgerissen, ritt aus dem Zelt und näherte sich dem anderen Ende der Tribünen. Jim und Brian rannten hinter ihm her und kamen gerade noch rechtzeitig, um zu sehen, daß er seinem Reittier erfolglos mit den gepanzerten, absatzlosen Schuhen in die Seiten trat – Brian hatte ihm nicht genügend vertraut, um ihn mit Sporen auszustatten –, und das Wildschweinpferd, das jetzt Zuflucht zu der Sturheit suchte, die die andere Seite seines wilden Wesens darstellte, weigerte sich, ein schnelleres Tempo vorzulegen als einen leichten Schritt. Nachdem man es schon um den Kampf gebracht hatte, nach dem es ihn verlangte, wollte es nun wenigstens seinen Willen durchsetzen.

Als Jim sich einige Sekunden später umwandte, sah

er, daß Angie auf ihn zu kam – ohne ihren falschen Schnurrbart und die künstliche Nase. Jetzt trug sie wieder Frauenkleidung und dazu den grünen Reiseumhang, den die Amme ihr geborgt hatte, um sich einige Tage zuvor in den Palas hinunterzustehlen und mit Jim zu sprechen.

»Ich hatte mein Kostüm über diesen Kleidern«, erklärte sie, »und habe es dann in einem der kleinen Zelte ausgezogen.« Jetzt sah sie Jim fragend an. »Was ist los?«

Jim zeigte auf Mnrogar.

»Der Graf hat ihn nicht zu sich gebeten!« erklärte Brian. »Das ist sehr ungehörig ...«

»Ungehörig oder nicht«, entgegnete Jim, »ich muß vor Mnrogar dort sein, um ihn zurückzuhalten, falls er etwas Verrücktes tun sollte. Carolinus könnte sich natürlich auch darum kümmern, aber ich weiß nicht, ob ich mich auf ihn verlassen kann ...«

Plötzlich wurde Jim klar, daß er die Sache falsch anging, und er hob die Stimme.

»Ned! Ned Dunster! Bring mir dieses Reitpferd herbei!«

»Ich muß ebenfalls gehen«, sagte Brian. »Möglich, daß einige Leute mich erkannt haben, als ich gerade mit Euch auf den Platz gelaufen bin. Ich muß zurück zu den Tribünen und so tun, als wäre ich die ganze Zeit dort gewesen – oder die Dinge wenigstens so in Verwirrung bringen, daß niemand die Wahrheit erfährt.«

In diesem Augenblick kam Ned Dunster mit dem Reitpferd herbei. Glücklicherweise war es immer noch gesattelt, und Jim konnte sofort aufsitzen.

»Wir können zusammen reiten«, sagte Brian und schwang sich hinter Jim in den Sattel.

»Ich muß ebenfalls zurück!« sagte Angie.

»Angela«, widersprach Brian mit einem Hauch von Verärgerung, »dieses Pferd kann uns unmöglich alle drei tragen! Außerdem könnt Ihr nicht im Herrensitz reiten. Das wäre unziemlich.«

»Zum Teufel damit!« explodierte Angie.

Einen Augenblick lang herrschte allgemeine Erstarrung. Brian sah sie entsetzt an.

»Was ist los mit Euch, Brian?« rief Angie. »Die Frauen hier fluchen ständig. Geronde flucht. Ihr habt sie oft genug gehört!«

»Aber«, entgegnete Brian, »Ihr doch nicht, Angela. Ihr ... Ihr ... Ihr seid ...«

Er wußte offensichtlich nicht mehr weiter.

»Das ist richtig!« erwiderte Angie. »Ich bin nicht wie die anderen, nicht wahr? Ich habe keine eigenen Kinder. Die meiste Zeit habe ich nicht mal einen Ehemann. Ich bin, soweit es alle anderen hier betrifft, nicht einmal eine Frau ...«

Die ersten Tränen rollten ihr über die Wangen. Brian sah sie erschrocken und wie gelähmt an. Jim streckte eine Hand nach ihr aus, aber sie schlug sie weg.

»Versuch nicht, mich zu trösten!« rief sie. »Ich will keinen Trost, ich bin wütend! Ich bin wütend auf Euch alle!«

»Was durchaus Euer Recht ist«, sagte Brian, der wieder zu seiner gewohnten Entschlossenheit zurückgefunden hatte. Er sprang aus dem Sattel und hob die Stimme. »Hoh! Siward! Zu mir! Und bringt Blanchard mit – gesattelt und gezäumt! Also gut, zur Hölle damit; ich nehme die Sünde Eurer Gotteslästerung gleich zusammen mit der meinen auf mein Haupt. Ich werde doch mein Streitroß reiten. Ich nähere mich den Tribünen von der linken Seite und Ihr von der rechten Seite. Wir werden beide durch die Bäume kommen, und ich werde vor Euch dort sein. Ja, wirklich, Blanchard wird die Sache sogar noch vereinfachen. Ich kann behaupten, ich hätte ihn in der Hoffnung geholt, daß der Graf mir vielleicht doch noch einen Waffengang mit dem Schwarzen Ritter gestatten würde, nachdem Sir Harimore gestürzt war.«

Er streckte einen Arm aus, um Angie, die ihn einen Augenblick lang fassungslos angestarrt hatte, aufzuhalten, bevor sie tatsächlich auf das Pferd steigen konnte.

»Nein, nein, Angela«, sagte er freundlich. »Es gibt gewisse Grenzen. James muß im Sattel sitzen und Ihr hinter ihm, oder diese ganze Angelegenheit wird Euch größeren Schaden zufügen, als eine ganze Armee dies vermöchte. Glaubt mir.«

Angie hielt inne und trat beiseite. Jim machte einen Schritt nach vorn, stieg in den Sattel und streckte Angie dann einen Arm hin. Er hatte den Fuß noch nicht in den Steigbügel geschoben, so daß sie nun in das Eisen steigen und er sie hinter sich auf den Sattel ziehen konnte. Jim spürte, wie sie einen Arm um seine Taille legte.

»Ihr reitet also zwischen den Bäumen hindurch. Vielleicht kommt Ihr noch rechtzeitig«, meinte Brian. Er selbst drehte sich nach einem der kleinen Zelte um, die von dem großen Zelt weiter entfernt lagen. »Siward!«

»Ich komme, Mylord«, ertönte es, und ein kleiner, flachshaariger Bewaffneter schoß zwischen den Zelten hervor. Hinter sich führte er den gesattelten und gezäumten Blanchard.

Brian lief leichtfüßig auf das Pferd zu und schwang sich in den Sattel. Blanchard erhob sich, als er Brians Hände an den Zügeln spürte, wie ein Tänzer auf die Hinterhufe, drehte sich mit einer halben Pirouette dem Wald zu und galoppierte davon.

Jim wendete das Reitpferd in die andere Richtung des Waldes, und einen Augenblick später befanden er und Angie sich bereits zwischen dichten Bäumen.

So nahe bei der Burg des Grafen hatte man den Waldboden zwischen den größeren Bäumen von Ästen, Zweigen und Dornen befreit. Die Äste waren weggeschafft worden, weil totes Holz auf dem Boden den Leibeigenen und Pächtern als Feuerholz diente.

Daher konnten sie das Reitpferd ziemlich schnell galoppieren lassen. Aber obwohl sie gut vorankamen, zählte Jim die Sekunden, bis sie hinter den Tribünen waren, das Reitpferd festgebunden hatten und sich unter die übrigen Zuschauer mischen konnten.

Sie hatten es jedoch in recht kurzer Zeit geschafft, und als sie auf die vordere Seite der Tribünen kamen, sahen sie gerade noch, daß Mnrogar ebenfalls nahte. Er hatte aufgehört, sein Reittier zu treten, und hielt sich ruhig im Sattel, während das Wildschweinpferd genauso ruhig dahintrabte – was Jim in beiden Fällen ein wenig beängstigend erschien. Ein zweitausend Jahre alter Troll würde einen solchen Zorn, war er einmal entfacht, nicht so leicht vergessen und das Wildschweinpferd wahrscheinlich auch nicht. Aber im Augenblick wirkten beide zwar imposant und bedrohlich, stellten aber keine nach außen hin sichtbare Gefahr dar.

Jim und Angie stiegen die Tribüne hinauf, wo Geronde ihnen immer noch Plätze freihielt. Angie hatte mittlerweile Zeit gehabt, sich von ihrem Gefühlsaufruhr zu erholen und das Gesicht mit einem in Schnee getauchten Tuch abzuwischen. Auf diese Weise gelang es Angie, ihre Gefühle zumindest vor Geronde verborgen zu halten.

Brian war bereits da, als sie ankamen. Er saß auf Gerondes anderer Seite und tauschte einen bedeutungsvollen Blick mit Jim, bevor Angie neben Geronde Platz nahm. Geronde begann augenblicklich zu reden. Sie erzählte Angie, wie das Lanzenbrechen auf der Tribüne aufgenommen worden war. Geronde wußte, so schloß Jim aus diesem Gespräch, daß Angie mit Jim bei Mnrogar gewesen war, denn sie hatte etwas Verschwörerisches an sich und vermied es sorgfältig, Angie zu fragen, wo sie die ganze Zeit gewesen sei.

Es war jedoch nicht das Gespräch der beiden Frauen, das Jim Kopfzerbrechen bereitete, sondern die Frage, was Carolinus mit dem Grafen und dem Bischof besprechen mochte – wenn es tatsächlich der Bischof war, der im Mönchsgewand neben dem Grafen saß. Andererseits war Jim sich dessen ziemlich sicher. Die drei Männer saßen nur ungefähr zehn Fuß von Jim entfernt und eine Sitzreihe niedriger als er.

Man konnte ein ständiges Gemurmel hören. Die Zuschauer sprachen leise, aber unaufhörlich, und überall gab es Kommentare und Spekulationen zu der Frage, wie der Schwarze Ritter sich nun weiter verhalten würde. Als das Wildschweinpferd den Anfang der Tribünen erreichte, erklang beim Grafen, wenn auch verspätet, zweimal das Trompetensignal, das den Troll zur Tribüne bat. Dann hörte man die Stimme eines Herolds dröhnen.

»Ihr dürft Euch nun dem edlen und huldvollen Grafen Sir Somerset nähern und Seiner Königlichen Hoheit, dem Kronprinzen von England. Tretet näher!«

Mnrogar antwortete nicht; während er an der Tribüne vorbeiritt, erstarb das Gemurmel, so daß sich langsam, aber stetig eine Welle des Schweigens durch das Publikum fortpflanzte.

Langsam – weil Mnrogar sein Roß buchstäblich zu einem geringeren Tempo zwang, als es dem Wildschweinpferd bisher recht gewesen war. Während er an den Tribünen vorbeiritt, unterzog er die Zuschauer einer sorgfältigen Musterung.

Wahrscheinlich ging es ihm weniger darum, die Menschen genau anzusehen, als den Troll unter ihnen riechen zu können, überlegte Jim. Hier draußen konnte Mnrogar, der zudem den Wind von der falschen Seite hatte, die Witterung derer, die weiter von ihm entfernt saßen, offensichtlich nicht so leicht aufnehmen.

Sein langsamer Ritt hatte etwas Merkwürdiges und Bedrohliches. Die Aura des gepanzerten Körpers war wie ein unsichtbarer Schleier des Schweigens, den der Troll über die Menge warf.

»Lächelt ihn an, Sir Hugo«, sagte Carolinus mit

kaum mehr als einem Flüstern, aber jetzt in dieser völligen Stille konnte Jim die Worte verstehen.

Tatsächlich brauchte der Troll nicht mehr viel weiter zu reiten. Er stand nun auf einer Höhe mit dem Grafen, zügelte abrupt sein Pferd und starrte durch den Helmschlitz von einem zum anderen, bis er plötzlich den Grafen ansah und die, die neben ihm saßen.

Der Graf räusperte sich mit einem Laut, den man von einem Ende der Tribünen bis zum anderen hören konnte.

»Sir – ähm, Schwarzer Ritter«, sagte er. »So weh es uns getan hat, unsere guten Ritter vor Eurer Lanze niedergehen zu sehen, müssen wir Eure Überlegenheit anerkennen und Euch Lob dafür aussprechen, jeden besiegt zu haben, der gegen Euch geritten ist. Wie Ihr jedoch selbst bemerktet, seid Ihr nicht hergekommen, um an einem Turnier teilzunehmen, und da das Turnier ohnehin bereits beendet war, könnt Ihr nicht im wahren Sinne des Wortes als Sieger erachtet werden. Dennoch war es uns eine Ehre und eine Belehrung, Euch kämpfen sehen zu dürfen.«

Mnrogar streckte langsam die Hände aus und nahm seinen Turnierhelm ab. Als sein grimmiger Kopf und sein wildes Gesicht zum Vorschein kamen, nahm die Stille plötzlich eine andere Qualität an. Es war so, als hielten alle Anwesenden den Atem an.

»Ihr!« rief der Graf.

Aber Mnrogar sah nicht ihn an. Statt dessen galt seine ungeteilte Aufmerksamkeit Agatha Falon, die neben dem Grafen saß.

»Enkeltochter«, sagte er, »wie kommt es, daß du hier bist?«

»Ergreift ihn!« brüllte der Graf. Und annähernd siebzig seiner gepanzerten Bewaffneten rannten herbei, um seinem Befehl zu gehorchen.

39

»BRINGT IHN HINEIN!« befahl der Graf.

Es war draußen immer noch hell, da der Himmel wolkenlos war, aber das Turmzimmer der Burg, in dem sie sich nun befanden, wurde nur durch Schießscharten mit Tageslicht erhellt. Daher war es in der kleinen Kammer eher düster, auch wenn an allen drei Innenwänden Fackeln brannten und im Kamin ein Feuer loderte.

Aber wenn das Feuer überhaupt jemanden wärmte, dann wohl nur die wenigen, die an den Richtertischen – die natürlich nur inoffiziell als solche gelten konnten – unmittelbar davor saßen. Der Graf saß genau in der Mitte des Tisches, mit dem jungen Prinzen, der beklommen dreinblickte, zu seiner Rechten. Neben dem Prinzen saß der Bischof in seiner gewohnten dunklen Gelehrtenrobe, vor deren schwarzen Hintergrund sein goldenes Brustkreuz nur um so heller glitzerte. Neben ihm saß sein Kaplan, der dünne Mann in Priesterkleidung, dem Jim an dem Abend an der hohen Tafel begegnet war, als der Bischof nicht unter den Gästen weilte.

Links vom Grafen saß Carolinus. Jim, Angie und Brian hatten ein kleines Stück vor dem Tisch auf Hockern Platz genommen. Agatha Falon saß auf einem bequem gepolsterten Wannensessel an der gegenüberliegenden Wand.

Agatha Falon schien nicht im mindesten beunruhigt zu sein. Jim und Angie saßen dicht beieinander und versuchten, gute Miene zu machen, waren insgeheim jedoch überaus verwirrt. Unter dem Sichtschutz ihres weiten Rocks umklammerte Angie Jims Hand. Brian, der neben ihnen saß, machte ein grimmiges Gesicht.

Brian hatte nicht nur die Rüstung und die Pferde seiner Gegner gewonnen, sondern das ganze Turnier. Überdies hatte sein Turniersieg ihm einen Becher voller

Goldstücke eingetragen, die der König dem Prinzen für den Sieger mitgegeben hatte. Aber diese Dinge hatte er alle bereits bekommen, und was in seinen Gedanken herumgeisterte, war das, was er noch nicht bekommen hatte – nämlich ein ordentliches Mahl. Wenn es Zeit war zu essen, mußte Brian unbedingt etwas in den Magen bekommen, es sei denn, man befand sich in einer schweren Krise.

Seiner Ansicht nach war das Festmahl weit wichtiger als das, was im Augenblick hier vorging.

Um dem Ganzen die Krone aufzusetzen, hatte er kaum ein paar Bissen in den Magen bekommen, bevor der Graf sie alle hierher gerufen hatte … Man mußte es wohl als Zusammenkunft bezeichnen, da der Graf nicht von einer Gerichtsverhandlung sprechen wollte. Schließlich war Agatha in diese Sache verwickelt. Als Graf hatte er vor dem Gesetz das Recht, ein Gericht abzuhalten; aber in diesem Falle wollte er offensichtlich so wenig Zeugen und Aufhebens wie nur möglich.

Also brummte Brian leise vor sich hin. In der Zwischenzeit hatte Jim plötzlich ganz andere Dinge zu bedenken.

Als Angie vorhin nach seiner Hand gegriffen hatte, hatten andere Leute im Zimmer sich unterhalten, so daß er im Schutz des allgemeinen Gemurmels leise mit ihr hatte sprechen können.

»Was ist los?« hatte er gefragt.

»Ich weiß es nicht«, war ihre geflüsterte Antwort. »Ich mache mir Sorgen. Schließlich haben wir Mnrogar dabei geholfen, so zu tun, als wäre er der Schwarze Ritter.«

Merkwürdigerweise hatte dieser Umstand Jim bis dahin keinerlei Kopfzerbrechen bereitet, aber jetzt mußte er darüber nachdenken. Die einzige weitere Person außer ihnen, die etwas von dem Schwarzen Ritter gewußt hatte, saß mit dem Grafen am Tisch.

»Keine Bange«, hatte Jim dann zu Angie gesagt. »Carolinus ist der einzige, der die Sache zur Sprache bringen könnte, und er wird es nicht tun.«

Aber kann ich mir da wirklich sicher sein? fragte sich Jim.

Angie hatte seine Hand gedrückt, und er nahm an, daß er sie beruhigt hatte. Aber jetzt konnte er nicht umhin, selbst mit einem gewissen Grad an Besorgnis über die gegenwärtige Situation nachzudenken.

Wieder kam ihm zu Bewußtsein, daß er in letzter Zeit manchmal den Eindruck hatte, als sei Carolinus nicht unbedingt aufrichtig, als könne der Meistermagier sein eigenes Spiel spielen und sie alle irgendwie benutzen. Jim zweifelte nicht daran, daß Carolinus ihm und Angie durchaus zugetan war. Aber so wie die Magierschaft auf Carolinus angewiesen war, war auch Carolinus auf die Magierschaft angewiesen. Falls tatsächlich die Gefahr bestand, daß er seinen magischen Status verlieren könnte, würde man dem Meistermagier kaum Vorwurf daraus machen können, wenn er Jim und Angie den Wölfen vorwarf.

Jetzt kam Jim auch der Gedanke, daß in letzter Zeit vielleicht allzu viele Dinge gleichzeitig schiefgegangen waren. Vielleicht steckte hinter den sichtbaren Problemen ein größeres, verborgenes Problem.

Aber wie sollte er es herausfinden, wenn es sich so verhielt? Im Augenblick ging es dem Grafen, der Mnrogar ohnehin nicht leiden konnte, offensichtlich darum, Agatha Falon von jeder Verbindung mit irgendwelchen Trollen freizusprechen. Dennoch gab es starke Beweise dafür, daß sie sehr wohl der maskierte Troll sein konnte, den Mnrogar unter den Gästen gerochen hatte. Merkwürdigerweise war es keinem von ihnen bisher in den Sinn gekommen, daß es sich bei dem maskierten Troll um eine Frau handeln konnte.

In Gedanken suchte Jim noch immer nach einem Mosaikstein, mit dem alles andere zusammenhing, der allem einen Sinn geben würde. *»Machen Sie sich die*

Mühe, den geheimen Zeugen aufzuspüren, der bisher geschwiegen hat«, hatte Sherlock Holmes gesagt.

Genau in diesem Augenblick wurde Mnrogar hereingeführt, der dem Anschein nach mit hundert Pfund schweren Eisenketten und gefesselt war. Seine Kraft schien diesem Gewicht jedoch gewachsen zu sein. Man hatte den Eindruck, daß er den Ketten kaum mehr Beachtung schenkte, als wären sie aus Hanfseilen statt aus Metall.

Dann sah er wild vom einen zum anderen, und das Glitzern in seinen Augen wurde nur einen Moment lang weicher, als sein Blick kurz auf Agatha verhielt. Aber dann wandte er sich wieder dem Tisch und dem Grafen zu, und die beiden sahen einander mit einer Feindseligkeit an, die alle übrigen im Raum ausschloß.

»Schließt die Tür. Sofort!« befahl der Graf, ohne jemanden Bestimmtes anzusprechen. »Alle, die sich in diesem Raum befinden, wissen mehr über diesen Troll, als daß er bei dem heutigen Turnier vorgegeben hat, ein Ritter zu sein. Alles, was es sonst noch über ihn zu wissen gibt, muß ein Geheimnis bleiben, zum Wohle dieser Grafschaft, zum Wohle des Königreichs, zum Wohle der Christenheit. Deshalb verpflichte ich alle Anwesenden hier zu absolutem Stillschweigen …«

»Verzeiht mir, Herr Graf«, sagte der dürre Priester neben dem Bischof, der sich vorgebeugt hatte, um mit dem Edelmann zu sprechen. »Aber da dies kein Gericht ist, könnt Ihr uns nicht verpflichten …«

»Pst, pst, James!« sagte der Bischof, ohne seinen Kaplan anzusehen – der seinerseits hastig den Kopf zurückzog und kein Wort mehr über diese Sache verlor. Jim sah den Kaplan neugierig an.

Jetzt wollte es ihm scheinen, als unterhielte sich der Kaplan mit dem Bischof in einem Akzent, der sich für ihn stark nach modernem Oxbridge anhörte – diesem speziellen, akademischen Akzent der englischen Oberklasse, der seinen Namen einer Mischung der Namen der berühmten englischen Universitäten Oxford und Cambridge verdankte.

»... hiermit verpflichte ich alle Anwesenden zu Stillschweigen!« wiederholte der Graf und warf dabei einen gehässigen Blick in die Richtung, wo der Kaplan saß.

Daraufhin erhob sich ein verstohlenes Gemurmel, das alles mögliche bedeuten konnte. Lediglich der Bischof, der Kaplan, Carolinus und Jim schwiegen weiterhin. Der Graf schien keine Notiz davon zu nehmen.

»Ihr da!« sagte er und wandte sich wieder Mnrogar zu. »Während des Turniers habt Ihr das Wort an Lady Falon gerichtet, als würdet Ihr sie kennen. Ist das der Fall?«

Mnrogar sagte nichts. Er hatte lediglich unverwandt und ohne einen Wimpernschlag den Blick auf den Grafen gerichtet.

»Wenn nötig, können wir Euch zum Reden bringen!« fuhr der Graf den Troll an.

Mnrogar sagte immer noch nichts und verriet auch mit keiner Regung, ob die Worte des Grafen irgendeine Bedeutung für ihn hatten.

»Es tut mir leid, wenn ich Euch unterbrechen muß, Hugo«, meldete Carolinus sich diplomatisch zu Wort, »aber ich muß Euch sagen, daß Euch das nicht möglich sein wird.«

Der Graf drehte sich mit einer heftigen Geste zu ihm um.

»Nicht möglich? Nicht möglich?« wiederholte er. »Und ob es mir möglich ist!«

»Nun, Ihr könnt es natürlich versuchen, Hugo«, sagte Carolinus. Jim beobachtete ihn neugierig. Dieser weiche Tonfall von Carolinus' Stimme war ihm nur allzu vertraut. Wenn Carolinus so sprach, bedeutete das immer für irgend jemanden eine schlechte Nachricht.

»Nun, warum sagt Ihr dann, es wäre mir nicht möglich?« wollte der Graf wissen.

»Wie Richards Kaplan zweifellos bestätigen wird«, sagte Carolinus, »gehört der Troll zu den Geschöpfen, die landläufig als Elementarwesen bezeichnet werden – also zu den ›*longaevi*‹. Menschen kann man vielleicht unter der Folter zum Reden bringen. Die *longaevi* nicht. Sie verfallen lediglich in Schweigen und verharren in diesem Zustand. Die Fähigkeit der Menschen, andere ihrem Willen zu unterwerfen, beschränkt sich auf andere Menschen. Bei anderen Lebensformen funktioniert das nicht. Ihr könntet zum Beispiel auch keinen heiligen Engel foltern und auf diese Weise zum Sprechen bringen.«

Bei diesem Vergleich erbleichte der Graf, und seine Augen traten merklich aus ihren Höhlen.

»Daher«, fuhr Carolinus fort, »ist die menschliche Anwendung von Folter unwirksam gegenüber anderen Kreaturen, Gespenstern oder Naturkräften. Es hat sogar Männer und Frauen gegeben, denen der Glaube über ihr menschliches Widerstandsvermögen hinaus Kraft gegeben hat. Sie haben die schlimmsten Dinge ausgehalten, die man ihnen antun konnte. Ich bin sicher, der Herr Bischof oder sein Kaplan könnten Euch mühelos Beispiele nennen. Selbst einige Ritter, von denen Ihr gewiß Beispiele gehört habt, waren gelegentlich in der Lage, nur aus Gründen der Ehre die schlimmsten Schmerzen zu erdulden ...«

»Ha!« sagte Brian leise und tief in seiner Kehle. Ein kleiner Teil seiner Aufmerksamkeit konnte sich für einen Augenblick von dem Gedanken an gefarcten Fasan losreißen, einem Gericht, das ansonsten bekannt war als mit Äpfeln und Hafer gestopfter Fasan. Aber nur Jim hörte Brians Bemerkung.

»Ein Elementarwesen«, kam Carolinus nun zum Schluß, »wird nur die Fragen beantworten, die ihm jemand stellt, dem er Antwort geben will.«

Der Graf warf sich in seinen Stuhl zurück.

»Na schön, beim heiligen Antonius!« rief er. »Dann sollt Ihr ihn befragen, Carolinus. Und findet bitte auch gleich heraus, was er damit meint, wenn er sich als König bezeichnet!«

»Aber gern, Hugo«, erwiderte Carolinus. Dann richtete er seine Aufmerksamkeit auf Mnrogar. »Mnrogar, ich glaube, wir haben uns noch nicht kennengelernt, aber die meisten Elementarwesen haben von mir gehört. In den zweitausend Jahren Eures Lebens müßt Ihr ebenfalls von mir gehört haben.«

»Ja«, knurrte Mnrogar.

»Und gehe ich recht in der Annahme, daß Ihr unter anderem auch gehört habt, daß ich ein Freund aller Elementarwesen bin – ja, sogar aller Geschöpfe überhaupt, und daß sie sich ohne Gefahr mit mir anfreunden können. Ist das richtig?«

»Ja«, knurrte Mnrogar abermals.

»Nun denn«, sagte Carolinus, »die einzige Frage ist, ob Ihr das glaubt und mir genug vertraut, um ebenfalls mit mir zu reden. Wollt Ihr das tun?«

Mnrogar warf ihm einen langen Blick zu.

»Ja.«

»Also gut«, sagte Carolinus, »dann wollen wir uns zuerst einer unbedeutenderen Angelegenheit zuwenden. Einige von uns hier sind ein wenig überrascht, daß Ihr Euch als König vorgestellt habt.«

»Ich bin König«, fauchte Mnrogar.

»König wovon, Mnrogar?«

»König der Trolle«, antwortete Mnrogar. »Ich habe mein Land länger als jeder andere von ihnen gehalten, und keiner hat es gewagt, einen Fuß darauf zu setzen. Seit annähernd zweitausend Jahren bin ich König gewesen und habe mein Land hier in Besitz.«

»Euer Land ...« Der Graf, der schon zum Protest ansetzte, unterdrückte jede weitere Bemerkung. Statt dessen brummte er Carolinus an. »Nur weiter, Magier.«

»Also schön«, sagte Carolinus obenhin, »da Ihr solches Ansehen unter den Trollen genießt, wenn auch nicht unter uns Menschen hier, können wir wahrlich nicht behaupten, Ihr hättet mit dieser Behauptung gelogen.«

»Kein Troll lügt«, erklärte Mnrogar, »das haben wir nicht nötig.«

»Wer hat Euch zum Ritter gemacht?« rief der Graf. »Ihr habt Euch als Schwarzer Ritter ausgegeben. Die Ritterschaft wird einem verliehen, man kann sie nicht einfach für sich beanspruchen – fragt ihn, wer ihn zum Ritter geschlagen hat, Magier!«

»Nun, wer hat Euch zum Ritter geschlagen, Mnrogar?« fragte Carolinus.

»Ich«, antwortete Mnrogar. Das Gesicht des Grafen wurde noch eine Spur röter. Carolinus wandte sich zu ihm um und lächelte beschwichtigend.

»Ich glaube nicht, daß wir über diese Frage streiten können, Hugo«, sagte er. »Auch nach Euren eigenen Grundsätzen kann ein König jemanden zum Ritter schlagen, glaube ich?«

»Ja, aber er ... er ...«

Der Graf gab es auf und warf sich abermals auf seinen Stuhl zurück.

»Genug von diesem Gefasel«, sagte er. »Fragt ihn, warum er zu Lady Agatha gesprochen hat.«

»Also gut«, sagte Carolinus. »Mnrogar, Ihr habt zu Lady Agatha gesprochen, als würdet Ihr sie kennen. Habt Ihr sie wiedererkannt?«

»Ich habe sie gerochen«, antwortete Mnrogar.

»Ich gehe davon aus«, fuhr Carolinus fort, »daß Ihr damit meint, Ihr hättet sie an ihrem Geruch erkannt. Wie ist es möglich, daß Ihr sie erkennen konntet?«

»Ich habe sie schon früher gerochen«, sagte Mnrogar.

»Darf ich fragen, wo das war?«

»Im Wald«, sagte Mnrogar.

»Wo? Wie? Warum? Wann?« blaffte der Graf.

»Könnt Ihr diese Fragen, die Hugo gerade gestellt hat, beantworten?«

»Ja«, sagte Mnrogar.

Es entstand eine Pause, aber Mnrogar sagte nichts mehr.

»Dann laßt mich anders fragen«, meinte Carolinus schließlich. »Werdet Ihr diese Fragen beantworten?«

»Nein«, erklärte Mnrogar.

»Darf ich fragen, warum nicht?« beharrte Carolinus.

»Ja.«

»Also, warum nicht?«

Mnrogar schwieg.

»Mnrogar«, sagte Carolinus mit leisem Tadel, »ich dachte, Ihr wolltet mir antworten.«

»Das tue ich auch«, erklärte Mnrogar, »Auf Eure Fragen. Nicht auf seine.«

»Nun denn, wenn ich jetzt dieselben Fragen stellte ...« Carolinus zögerte, und die Sekunden dehnten sich immer weiter in die Länge, während von dem Troll nur halsstarriges Schweigen kam.

»Ah, gut«, sagte er schließlich. Dann wandte er sich an den Grafen.

»Es tut mir leid, Hugo«, sagte er. »Da die Fragen ursprünglich von Euch kamen, wird er nicht antworten. Ich fürchte, daran läßt sich nichts mehr ändern.«

»Aber ich muß es wissen!« empörte sich der Graf. »Dieses Geschöpf hat Lady Agatha besudelt, indem es behauptete, sie zu kennen. In Wahrheit ...«

Jim hörte die Worte, als hätte statt dessen der Graf gesagt: *»Yn sooth ...«* Wenn er nicht richtig aufpaßte, so stellte er wieder einmal fest, schien er mehr von den tatsächlichen Ausdrücken dieses Jahrhunderts mitzubekommen ... *»Yn sooth.«* Es klang irgendwie vertraut.

»... es muß ein und für allemal klargestellt werden, daß er gelogen hat!« bekundete der Graf aufs neue seine Einwände.

»Wie Mnrogar vorhin bereits gesagt hat«, entgegnete Carolinus ihm, »lügen Trolle nicht. Die meisten Elementarwesen lügen nicht. Ich fürchte, Hugo, Ihr werdet nie herausfinden, warum Mnrogar mit Agatha gesprochen hat.«

»Beim Himmel, wir müssen es herausfinden!« rief der Graf und ließ seine Faust auf den Tisch krachen. »Ein Name muß gereinigt werden! Der Ruf einer edlen Dame ist beschmutzt – jawohl, beschmutzt – worden! Sie muß von jedem Verdacht freigesprochen werden, wie ich schon zu Anfang sagte. Das ist der Grund, warum wir hier sind!«

»Das heißt«, mischte sich plötzlich mit genauso lauter Stimme der Bischof ein, »die Wahrheit muß herausgefunden werden! Angeblich wollte dieser Troll einen anderen Troll unter Euren Gästen ausmachen, Mylord. Aber an wen wendet er sich ausgerechnet? An Lady Falon. Er spricht sie mit – Enkeltochter – an. Wenn Lady Falon auch nur die leiseste Spur von Trollblut in sich hat, muß das bekannt werden. Sie hat in der Vergangenheit unserem hochwohlgeborenen König nahegestanden, König von Gottes Gnaden und den vor allen Dingen, seien sie menschlicher oder anderer Natur, zu schützen wir die Pflicht haben. Der königliche Sohn sitzt in diesem Augenblick an Eurer Seite, Somerset! Natürlich müßten wir uns mit jeglicher Verleumdung einer menschlichen Seele auseinandersetzen – wenn es sich tatsächlich um eine ganz und gar menschliche Seele handelt. Aber unsere Pflicht dem König gegenüber steht vor allem anderen, selbst vor Lady Falons Ruf!«

Der Bischof und der Graf waren nun beide aufgesprungen und starrten einander an.

40

»*Setzt Euch*«, sagte Carolinus mit einer Stimme, die nicht einmal Jim je zuvor gehört hatte.

Die beiden Männer funkelten einander wütend an, setzten sich aber wieder hin.

»Angie«, sagte Jim leise und im Schutz eines allgemeinen bedeutungsvollen Räusperns und Hustens auf seiten des Bischofs wie auch des Grafen, »hast du eine Ahnung, wo dieses ›*Wahrheitskästchen*‹ ist – dieser Kasten, den mir der Seeteufel zu Weihnachten geschenkt hat?«

»Er ist oben in unserem Quartier«, antwortete Angie, »in einem Spalt unter der Krippe, die ich nach unserer Ankunft von einem unserer Bewaffneten heimlich habe für Robert anfertigen lassen. Ich habe das Kästchen mitgenommen, weil Carolinus und Rrrnlf davon sprachen, daß du deine Magie darin aufbewahren könntest. Ich dachte, du würdest es vielleicht brauchen können. Daher habe ich es mit unseren übrigen Sachen eingepackt.«

»Es ist hier? Das ist ja wunderbar!« rief Jim. »Hör zu Angie, ich werde gleich vom Stuhl fallen und so tun, als wäre ich ohnmächtig. Mach dir keine Sorgen. Ich brauche lediglich einen Vorwand, um das Zimmer zu verlassen, damit ich den Kasten holen kann. Du bist sicher, daß er immer noch dort ist?«

»Natürlich bin ich mir sicher«, antwortete Angie.

»Also gut«, sagte Jim, »los gehts …«

Er schloß die Augen und ließ sich vornüber auf den Boden kippen, um eine – wie er sich schmeichelte – sehr glaubwürdige Ohnmacht hinzulegen. Allerdings schlug er ein wenig härter als erwartet auf dem Boden auf.

Seine Augen waren geschlossen, aber er hörte Angie ein durchdringendes Kreischen ausstoßen.

»Ein Fieber hat ihn gepackt!« rief Angie. »Mylord!

Herr Graf, Euer Exzellenz! Ich muß ihn sofort auf unser Quartier bringen. Vielleicht ist es nur eine vorübergehende Sache, und er kann gleich wieder mit mir zurückkehren; aber ich muß ihn augenblicklich hinaufbringen!«

»Sir Brian«, sagte der Graf, »kümmert Euch darum. Ihr findet draußen vor der Tür Bewaffnete, die Lady Angela helfen werden, ihren Gemahl hinaufzubringen. Lady Angela, sobald Ihr sicher sein könnt, daß ihm nichts Schlimmes fehlt, kommt Ihr zurück und hinterlaßt ihm die Nachricht, daß er ebenfalls zurückkehren soll, sobald es ihm möglich ist!«

Jim hörte einen schweren Aufprall in der Nähe seines Kopfes. Vorsichtig öffnete er das Lid seines rechten Auges, das beinahe den Boden berührte.

Er blickte auf und sah, daß Brian auf seiner linken Seite kniete. Brians linke Hand faßte ihn am Gürtel, während er mit der anderen Hand nach seinem rechten Handgelenk griff, um ihn in eine sitzende Position zu ziehen. Dann stand Brian auf und ließ Jim über seine Schultern gleiten. Mittlerweile hatte Brian seine rechte Hand losgelassen. Brian ging hinaus. Jim war beeindruckt von der schnellen und geübten Mühelosigkeit, mit der Brian es getan hatte. Offensichtlich hatte Brian schon öfter anderen Personen geholfen, die bewußtlos auf dem Boden gelegen hatten – wahrscheinlich infolge eines Kampfes. Aber es war dennoch eine bemerkenswerte Demonstration von Brians Kraft.

Angie eilte Brian voraus, um ihm die Tür zu öffnen. Jim hörte, wie sich die Tür hinter ihm schloß, und hielt die Augen fest zu.

»Hier, Burschen«, hörte er Brians Stimme, »Lady Angela wird Euch zeigen, wohin ihr ihn bringen sollt.«

Jim fühlte sich in eine Reihe anderer Hände weitergegeben, von denen mindestens zwei seine Beine umfaßten, während zwei andere seine Handgelenke packten und wieder zwei seine Schultern und seinen Kopf nahmen. Dann ging es ein wenig holperig durch einen langen Korridor.

Es war nicht gerade die bequemste Fortbewegungsweise, und der Weg erschien ihm über Gebühr lang. Endlich aber fand er sich mehr oder weniger sanft auf die Matratze auf dem Boden ihres ersten Zimmers gelegt. Er blieb, wo er war, bis er seine Träger fortgehen und die Tür hinter ihnen zufallen hörte. Dann öffnete er die Augen und setzte sich auf. Angie war nicht bei ihm im Zimmer.

Beinahe im selben Augenblick kam sie jedoch aus dem anderen Zimmer. In der Hand hielt sie das ›Wahrheitskästchen‹.

»Es ist leer, wie immer, soweit ich sehen kann«, erklärte Angie. »Das hat mich schon erstaunt, als ich beschloß, es mitzunehmen. Ich nehme jedoch an, daß deine Magie unsichtbar ist?«

»Das hoffe ich«, antwortete Jim. »Aber Carolinus wird natürlich wissen, ob ich irgendwelche Magie benutzen kann.«

»Er wird jedenfalls wissen, daß diese Ausrede eine Lüge war«, sagte Angie. »Alle anderen haben das ohne Fragen geschluckt. Aber wie dem auch sei, was kann dir dieser Kasten nutzen, da der Bischof die Burg bereits gesegnet hat und bis zu seinem Abschied hier keine Magie gewirkt werden kann?«

»Keine *neue Magie*«, erklärte ihr Jim. »Und genau darauf zähle ich. Welche Magie dieses Ding auch enthält, sie könnte immer noch funktionieren. Aber andererseits wäre dann auch Carolinus ... Nun, diese Brücke werde ich überqueren, wenn ich sie vor mir habe.«

»Wie willst du denn den Kasten mitnehmen, ohne daß jeder sich seine Gedanken darüber macht?« fragte Angie.

Jim sah sie an. Soweit hatte er noch gar nicht gedacht.

»Hm, ich könnte dir vielleicht helfen, wenn du willst«, sagte Angie. »Ich könnte das Kästchen an eine Kordel binden und mir diese um die Taille schnüren. Unter diesen weiten Röcken kann man so ziemlich alles verstecken.«

»Angie«, rief Jim, »du bist ein Genie!«

»Ach, das sagst du zu allen Genies«, meinte Angie. »Ich besorge uns eine Schnur.«

Mit diesen Worten ging sie wieder ins Nebenzimmer und kam nach einer Weile wieder zurück. Dann vollführte sie vor Jim einige Tanzschritte.

»Siehst du irgend etwas unter meinem Rock?« fragte sie.

»Nein«, antwortete Jim. »Wird es schwierig sein, den Kasten wieder loszubinden und mir zu geben?«

»Das dürfte kein Problem sein«, meinte Angie. »Aber wir sollten jetzt wohl besser wieder runtergehen, oder?«

»Ja!« Plötzlich ging Jim auf, daß die Dinge sich möglicherweise schon in der kurzen Zeit ihrer Abwesenheit zugespitzt haben konnten, so daß ihnen nicht einmal mehr das Wahrheitskästchen weiterhelfen würde. Er erhob sich hastig und ging zur Tür.

»Was willst du eigentlich damit machen?« erkundigte sich Angie unterwegs.

»Wenn ich Glück habe, kann ich es als Lügendetektor verwenden. Du weißt doch, daß wir, wenn wir uns mit irgend jemandem hier unterhalten, alles so hören, als spräche man hier modernes Englisch – und du weißt, daß das in Wirklichkeit gar nicht der Fall ist? Wenn du genau hinhörst, bekommst du ab und zu ein kleines Echo von den wirklichen Lauten, die die Leute hier produzieren.«

»Ich weiß«, sagte Angie.

»Nun, dieser Gedanke kam mir ganz plötzlich«, sagte Jim. »Der Graf hatte ›in Wahrheit‹ gesagt – also ›in trooth‹. Als er das sagte, hörte ich undeutlich die Laute ›*yn sooth*‹ heraus. Das heißt, er sagte genau dasselbe, nur in einer archaischen Sprache. Und da fiel mir plötzlich wieder etwas anderes ein. Als der Seeteufel mir dieses Kästchen schenkte, nannte Carolinus es eine ›*soothing box*‹. Das Kästchen könnte die Antwort darauf sein, wie wir die wahre Beziehung zwischen Agatha Falon und Mnrogar ans Licht befördern können.«

Mittlerweile hatten sie den Raum, in dem der Graf, der Bischof und die anderen waren, beinahe wieder erreicht. Die Bewaffneten, die davor standen, nahmen nach mittelalterlicher Manier Haltung an. Ohne eigens dazu aufgefordert werden zu müssen, kratzte einer der Männer an der Tür, öffnete sie dann, ohne eine Antwort abzuwarten, und schob seinen Kopf hindurch. Sie konnten seine Stimme hören.

»Sir James und Lady Angela sind wieder da, Mylord!«

»Schickt sie herein!« dröhnte die Stimme des Grafen.

Jetzt, da die Tür offen stand und sie näher kamen, konnten sie hören, daß der Graf und der Bischof immer noch in einen hitzigen Wortwechsel verstrickt waren. Die Bewaffneten schlossen die Tür hinter ihnen, und sie fanden alles beinahe genau so vor, wie sie es vor einigen Minuten zurückgelassen hatten.

Der einzige Unterschied bestand darin, daß Brian jetzt auf dem ersten der drei Hocker auf ihrer Seite des Raumes saß und daß die beiden anderen Hocker neben ihm frei waren.

Bis auf Carolinus und den Kaplan achtete niemand auf sie. Der Graf und der Bischof stritten sich immer noch. Der Prinz war eingeschlafen; die lauten Stimmen schienen ihn nicht weiter zu stören. Mnrogar stand mitten im Zimmer; ganz so, als hätte er nicht nur schon ein Jahrhundert dort gestanden, sondern könne auch noch ein weiteres Jahrhundert dort stehen.

»Meine Burg ist meine Burg!« ereiferte sich der Graf gerade. »Hier habe ich das Sagen ...«

»... nicht in Angelegenheiten der Kirche oder des

Reiches!« brüllte der Bischof. »Und ich spreche für die Kirche ...«

»Meine Herren, meine Herren«, mischte Carolinus sich ein. »Dieser Zwist zwischen Euch könnte für alle Zeit so weitergehen. Besser, wir versuchen noch einmal von Mnrogar zu erfahren, ob es tatsächlich irgendeine Beziehung zwischen ihm und Lady Falon gibt. Wenn er sich weigert, die Frage zu beantworten, kann ich nur erklären, daß wir mit einer weiteren Befragung Mnrogars nichts erreichen werden. Dann müssen wir den anderen Troll in dieser Burg – falls überhaupt einer hier war – auf anderem Wege finden.«

Seine Einwände hatten beide Männer offensichtlich mit einem willkommenen Vorwand für eine Beilegung ihres Disputs versorgt. Aber trotzdem mußten beide noch ein wenig brummen, knurren und protestieren, bevor sie sich damit einverstanden erklärten. In der Zwischenzeit nutzte Jim die Gelegenheit, Angie etwas zuzuflüstern.

»Kannst du mir das Kästchen jetzt geben?« fragte er.

»Einen Augenblick«, sagte Angie.

Nachdem sie einige Sekunden lang mit Unschuldsmiene ins Zimmer geblickt hatte, schob sie Jim hinter ihrem Rücken das Kästchen zu. Jim spürte, wie sich etwas Hartes in seinen Rücken preßte. Er griff hinter sich, und seine Finger schlossen sich um das Kästchen.

»Danke«, flüsterte er.

»War mir ein Vergnügen«, erwiderte Angie.

Unterdessen hatten sich der Graf und der Bischof an den langen Tisch gesetzt, während Carolinus seine Befragung des Trolls wieder aufnahm.

»Ah, Mnrogar«, sagte Carolinus leutselig, »ist Lady Agatha Falon Eure Enkeltochter?«

»Nein«, antwortete Mnrogar.

»Aber Ihr habt sie Enkeltochter genannt, als Ihr an den Tribünen mit ihr gesprochen habt«, wandte Carolinus ein.

Mnrogar sagte nichts.

»Warum habt Ihr sie Enkeltochter genannt?« hakte Carolinus sanft nach.

»Sie ist jung«, antwortete Mnrogar.

»Und Ihr«, sagte Carolinus, »seid natürlich, verglichen mit ihr, sehr alt. Ich verstehe. Es war nur natürlich für Euch, jemanden, der nach Euren Maßstäben erst vor kurzer Zeit geboren ist, Enkel zu nennen – habe ich recht?«

Mnrogar antwortete nicht.

»So!« explodierte der Graf. »Seine Halsstarrigkeit kennt keine Grenzen …«

»Wenn Ihr so gut sein wollt, Hugo«, sagte Carolinus. »Ich glaube, wir können Mnrogars Schweigen auf meine Frage als Beweis werten, daß er sich im Gespräch mit jüngeren tatsächlich so ausdrückt. Ansonsten hätte er mit nein geantwortet.«

Dann wandte er sich wieder Mnrogar zu.

»Ihr habt uns allen erzählt, daß Ihr auf der Suche nach einem anderen Troll wäret, der als Mensch verkleidet unter den Gästen des Grafen weilt«, sagte er zu Mnrogar. »Als man Euch die Gelegenheit gab, alle Gäste hier zu beschnuppern, habt Ihr Euch nur an Agatha Falon gewandt. Wenn wirklich ein Troll unter den Gästen gewesen wäre und Ihr gewußt hättet, daß der andere Troll da war, hättet Ihr Eure Aufmerksamkeit doch gewiß auf diese andere Person gelenkt. Oder wollt Ihr uns erzählen, daß es von Anfang an gar keinen Troll unter den Gästen gegeben hat und Ihr gelogen habt?«

»Trolle lügen nicht«, sagte Mnrogar.

»Ha!« rief der Graf abschätzig.

»Nein, Hugo«, widersprach ihm Carolinus. »Er sagt uns durchaus die Wahrheit. Ich denke, wir können davon ausgehen, daß er tatsächlich etwas über Lady Falon weiß. Ob es auf den Tribünen tatsächlich noch einen anderen Troll gab und was das Ganze mit Agatha zu tun hatte, werden wir wahrscheinlich niemals herausfinden können.«

Jim räusperte sich.

»Herr Graf, Carolinus«, sagte er so höflich wie nur möglich, »dürfte ich etwas vorschlagen?«

»Alles! Absolut alles!« rief der Graf.

Jim holte das Kästchen hervor, das er zwischen sich und Angie verborgen gehalten hatte.

»Ich habe hier zufällig ein Zauberkästchen ...«, begann er.

»Zauberei!« brüllte der Bischof. »Es kann hier keine Zauberei geben! Ich habe diese Burg mit dem Segen des Allmächtigen belegt, und die Zauberei in Eurem Kästchen ist vollkommen nutzlos!«

»Ich fürchte, Richard«, wandte Carolinus ein, »daß Ihr in diesem Fall nicht recht habt. Man kann hier natürlich keine neue Magie wirken. Aber bei diesem Kästchen handelt es sich tatsächlich um eine sehr alte Magie; und alles, worum es bei dem Kästchen geht, betrifft ebenfalls alte Magie. Daher ist es ein Teil des Großen Ganzen; und da es schon immer ein Teil dessen war, kann es von einem späteren Segen nicht vertrieben werden. Außerdem ist es ein Kästchen, das mein Lehrling geschenkt bekam – daher kann ich seine Benutzung nicht untersagen – obwohl es mir Sorgen macht, daß er sich mit der Benutzung dieses Kästchens möglicherweise in Gefahr bringen könnte. Ich ahne, wie er es einsetzen will, und ich muß ihn warnen – ich muß Euch wirklich sehr warnen, Jim – daß das, was Ihr aus diesem Kästchen erweckt, Auswirkungen auf Eure Zukunft haben wird, sei es zum Guten oder zum Schlechten.«

»Ha!« sagte Brian in Jims linkes Ohr. Jim drehte sich um und sah seinen Freund an, der alle Gedanken an Essen weit hinter sich gelassen hatte und in dessen Augen ein kampfeslustiges Glitzern zurückgekehrt war.

Dann drehte er sich zu Angie um und las ganz deutlich in ihren Augen, daß sie ihm sagte, daß es seine Entscheidung war.

»Welche Auswirkungen es auch haben mag, ich werde es jetzt benutzen. Vielleicht bekommen wir auf diese Weise die Antworten, die Mnrogar uns nicht geben will«, erklärte Jim. Im Geiste drückte er die Daumen, daß es tatsächlich funktionieren würde. Er hielt das Kästchen auf dem Schoß. Nun öffnete er den Deckel und sprach mit seinem scheinbar leeren Inneren.

»Ist der Vater von Agatha Falon da?« fragte er.

»Ich bin hier«, erwiderte eine hohle, aber volltönende Stimme aus dem Kästchen. Es war eine Stimme, wie man sie vielleicht aus einem tief im Boden liegenden, offenen Grab heraus vernehmen mochte. Das Feuer im Kamin und in den Wandleuchtern wurde plötzlich schwächer, und der Raum verdüsterte sich. Das ganze Zimmer schien von einem kühlen, erdigen Geruch erfüllt zu sein.

»Erzählt uns alles«, sagte Jim, »was Ihr über Eure Tochter wißt. Vor allem, was die Frage betrifft, ob sie irgendwelche Verbindungen zu einem Troll gehabt haben könnte.«

»Das will ich gern erzählen«, sagte die Stimme. »Ich bin Sir Blandys de Falon. Ich wurde vor beinahe einem Jahrhundert geboren, und sie war das Kind meiner zweiten Frau. Ich hatte nur einen Sohn, der jetzt ebenso tot ist wie ich. Ich hatte nur eine Tochter, meine Agatha, die mir spät im Leben geschenkt wurde. Ich liebte sie um so mehr, als mein Sohn sich zu einem Bücherwurm entwickelt hatte und keinerlei Verlangen zeigte, wie ein Mann zu leben, und die goldenen Sporen der Ritterschaft zu tragen.«

An dieser Stelle brach die Stimme, als sei ihr das Weitersprechen allzu qualvoll, und verstummte schließlich ganz. Tatsächlich lag in der Stimme ein solcher Schmerz, daß die Anwesenden im Raum trotz des hohlen, bedrohlichen Klangs dieser Stimme sich seltsam berührt fühlten. Es war, als wolle die Stimme weinen, konnte es aber nicht.

»Sprecht weiter«, befahl Jim nach einigen Sekunden.

»Ich habe sie über alles geliebt«, fuhr die Stimme fort, »bis sie das Alter von sechs Jahren erreichte. An einem Tag, als ihre Kinderfrau sie auf einem Spaziergang in den nahen Wald mitnahm, kehrte diese Kinderfrau ohne sie zurück; die Frau war zu Tode erschrocken und blutete aus tiefen Schnittwunden. Sie erzählte mir, daß sie meine Tochter verloren hätte. Daß ein weiblicher Troll hinter einem Busch hervorgesprungen sei und ihr meine Tochter weggerissen habe, obwohl sie sich aus Leibeskräften gewehrt und versucht habe, das Kind festzuhalten. Aber die Trollfrau sei zu stark gewesen und mit meinem kleinen Mädchen verschwunden. Danach habe ich es nie wiedergesehen.«

Die Stimme erstarb abermals.

»Wer hat den ...?« fragte der Bischof mit gedämpfter Stimme. Dann sah er Agatha Falon an, die reglos in ihrem Wannensessel an der Wand saß.

»Kann diese Kinderfrau mich jetzt hören?« fragte Jim das Kästchen. »Wenn ja, dann antwortet mir.«

»Ich bin hier«, kam eine dünne, quengelige Stimme, die wie eine leise Brise klang, die sich zwischen dunklen Bäumen in der Ferne verloren hatte.

»Dann erzählt uns, wie es kam, daß Ihr die kleine Agatha Falon verloren habt«, sagte Jim.

»Ich will es erzählen«, erwiderte die dünne Stimme. »Ich bin Winifred Hustings, die Tochter eines armen Ritters. Meine Mutter war schon verstorben, als auch mein Vater starb; aber vor seinem Tod beschaffte er mir bei Sir Blandys de Falon als Kinderfrau für seine Tochter Arbeit und einen Platz zum Leben. Ich bin erst vor zwei Jahren gestorben – eine alte, alte Frau. Aber wie gut entsinne ich mich des Tages, an dem ich die kleine

Agatha zum Spaziergang in den nahen Wald brachte, unweit der kräftigen Mauern des Schlosses derer von Falon. Aber im Wald sprang uns, als wir an einigen kaum erblühten Büschen vorbeikamen – denn es war erst ganz am Anfang des Frühjahrs – ein weiblicher Troll entgegen, so groß wie ich, und versuchte mir Agatha zu entreißen. Agatha klammerte sich an meiner Hand fest, und ich versuchte, sie zu beschützen. Aber die Trollfrau war stärker als ich, und ihre Krallen und Zähne waren grausam. Bevor ich wußte, wie mir geschah, hatte sie Agatha geraubt und war verschwunden. Ich hatte nur noch Kraft genug, um zurückzugehen und Sir Falon zu berichten, was sich zugetragen hatte. Dann fiel ich zu Boden und war einige Tage bewußtlos.

Danach lag ich eine lange Zeit zu Bett, denn die Wunden, die der Troll mir geschlagen hatte, eiterten, und ich war zu schwach, um mich zu erheben und irgend etwas zu tun. Als ich mich endlich erholt hatte, übertrug man mir geringe Pflichten, die mit der Führung des Haushalts in der Burg zu tun hatten – denn Sir Blandys zweite Frau, Agathas Mutter, war im Kindbett gestorben.«

Die Stimme der Kinderfrau verklang, als hätte sie nun auch den letzten Funken Kraft verloren.

»Habt Ihr Agatha Falon niemals wiedergesehen?« wollte Jim wissen.

»O doch«, antwortete die dünne Stimme der Kinderfrau, »sie kam zwei Jahre später zurück. Eines Morgens, als wir das große Tor öffneten, stand sie da. Kaum einen Lumpen hatte sie noch am Leibe; schmutzig und zerkratzt war sie, und für kaum jemanden zu erkennen als für mich. Aber ich erkannte sie sofort. Wir haben sie hineingenommen und gesäubert und umhegt, aber sie konnte oder wollte uns nicht erzählen, wo sie die ganze Zeit gewesen oder was ihr widerfahren war.«

»Sie konnte es nicht einmal Euch erzählen?« fragte Jim. »Hat sie denn nicht mit ihrem Vater darüber gesprochen?«

»Sir Blandys wollte nichts mehr mit ihr zu tun haben«, antwortete die Stimme der Kinderfrau verzweifelt. »Er hielt sie für einen Wechselbalg ...«

Alle im Raum außer Jim, Angie und Carolinus sogen scharf die Luft ein.

»... er glaubte nicht, daß es dasselbe Mädchen war, das wir vor zwei Jahren verloren hatten«, fuhr die Stimme der Kinderfrau zu sprechen fort. »Aber er gab Anweisung, daß sie behütet und versorgt und erzogen werden solle, als hätte sie uns nie verlassen; ferner wurde es jedem unter Androhung des Todes verboten, zu erwähnen, daß sie während dieser beiden Jahre fort gewesen war – obwohl es auf dem Land ihres Vaters und wahrscheinlich noch ein Stück darüber hinaus durchaus bekannt war. Aber mit der Zeit haben es die meisten Leute wohl vergessen. Sir Blandys starb vier Jahre danach, und alles fiel an Lady Agathas älteren Bruder; sie selbst wurde fast vollkommen vergessen, und ihre Geschichte mit ihr.«

»Sir Blandys!« sagte Jim.

»Ich bin hier«, antwortete die Stimme von Sir Blandys.

»Warum wolltet Ihr nach der Rückkehr Eurer Tochter nichts mehr mit ihr zu tun haben?« fragte Jim. »Ihr sagtet vorhin, Ihr hättet sie von Herzen geliebt.«

»Ich habe sie von Herzen geliebt – aber war das Mädchen, das zu mir zurückkam, meine Tochter? Ich glaubte es nicht. Zwei Jahre waren verstrichen. Sie war nicht mehr dieselbe. Sie war ein Wechselbalg, zurückgeschickt von dem Troll, der sie geholt hat ...«

»Und Ihr hattet nach ihrer Rückkehr tatsächlich nichts mehr mit ihr zu tun?« fragte Jim.

»Nach ihrer Rückkehr«, sagte die hohle Stimme von Sir Blandys, »konnte ich den Anblick dessen, was man mir da zurückgeschickt hatte, nicht mehr ertragen. Alles, was ich geliebt hatte, war fort. In diesem neuen Geschöpf, das ihre Gestalt trug, konnte ich es nicht mehr wiederfinden. Aber zum Wohle des Familiennamens hielt ich das, was sie war, geheim. Ich gab Anweisung, daß auch alle anderen es geheimzuhalten hätten. Und ein Geheimnis war es seither.«

Sir Blandys Stimme verstummte.

»Ein Wechselbalg«, sagte der Bischof leise und sah Agatha an. »Lady Agatha, um Eurer unsterblichen Seele willen, erzählt uns die Wahrheit über die Ereignisse, nachdem der Troll Euch geholt hat!«

Agatha antwortete nicht. Ja, sie schien überhaupt nicht zu hören, was der Bischof sagte.

»Wenn Ihr nicht antwortet, Lady Agatha«, ergriff der Bischof nun abermals das Wort, »muß ich daraus schließen, daß Ihr tatsächlich ein Wechselbalg seid …«

Plötzlich erwachte Agatha aus ihrer Versunkenheit und starrte ihn an.

»Ich bin kein Wechselbalg!« rief sie. »Das sind nur Stimmen aus einem leeren Kasten, Stimmen, die nichts bedeuten. Magie, wo keine Magie sein dürfte, wenn die Kirche die Macht hätte, die sie zu haben behauptet. Es ist wahr, daß mein Vater nichts mehr mit mir zu tun haben wollte. Aber er hat mich nie gemocht, auch nicht, als ich noch sehr klein war. Sucht irgend jemanden, der Euch etwas anderes erzählt. Ihr könnt mich nicht aufgrund von Magie verdammen, weil ich etwas anderes sein soll, als ich bin, die wahre Tochter von Sir Blandys de Falon. So will es das Gesetz; so habe ich es viele Male sagen hören. Habe ich nicht recht?«

»Nun, Exzellenz«, sagte der Kaplan des Bischofs, »was Lady Agatha da sagt, ist im rechtlichen Sinne die Wahrheit. Die Kirche kann in ihrer unendlichen Güte niemanden aufgrund von Magie verurteilen oder verdammen. Es ist ein alter Grundsatz, der stets respektiert wird.«

Der Bischof schob diese Worte mit einer ärgerlichen Geste seiner großen Hand beiseite.

»Wir trachten danach, herauszufinden, ob diese Frau ein Wechselbalg und ein Troll ist, nicht sie nach dem Gesetz zu bestrafen«, fuhr er den Kaplan an. »Hier sind Zeugen von jenseits des Grabes, die nicht lügen können. Außerdem ist da ein Troll, der die Witterung eines anderen Trolls aufnehmen sollte und Lady Agatha von allen Anwesenden hier ausgewählt und als einzige angesprochen hat.«

Der Graf blickte entsetzt auf. Plötzlich sah er sehr alt und faltig aus.

»Exzellenz!« sprach Angie unerwartet und mit volltönender, schneidender Stimme den Bischof an. »Ihr zieht voreilige Schlußfolgerungen, nicht wahr? Wer sagt denn, daß diese Leute von jenseits des Grabes sich nicht irren können, nur weil sie von eben diesem Ort zu uns sprechen? Außerdem, was macht Euch so sicher, daß Mnrogar sie ausgewählt hat?«

»Lady Angela«, donnerte der Bischof, »Ihr seid nicht hier, um uns Eure Meinung zu sagen ...«

»Haltet ein!« rief Jim – und bemerkenswerterweise tat der Bischof eben dies.

Der zornige Befehlston seiner Stimme verblüffte Jim ebensosehr wie sein Erfolg. In der Tat kam ihm während der nächsten Sekunde zu Bewußtsein, daß auch alle anderen im Raum ihn verblüfft ansahen, mit Ausnahme von Mnrogar, dessen Miene ausdruckslos war, und Carolinus, dessen Gesichtszüge den Eindruck einer Katze vermittelten, die sich nach dem Genuß einer Schüssel besonders cremiger Sahne die Schnurrbarthaare leckte. Jim beeilte sich, diese höchst flüchtige Gelegenheit zu nutzen.

»Zwei der Zeugen aus meinem Kästchen«, erklärte er, »haben uns widersprüchliche Antworten gegeben. Ich werde noch einmal fragen: Winifred Hustings, glaubt Ihr, daß das Mädchen, das Ihr vor den Toren fandet und zur Familie zurückbrachtet, dasselbe Mädchen war, das Ihr vor zwei Jahren im Wald verloren hattet?«

»Das glaube ich«, antwortete Winifreds dünne Stimme. »Sie war verändert, das ist gewiß. Sie hatte einen runden Stein bei sich, den sie wie einen Schatz hütete und immer bei sich trug; und sie schien einige von ihren Manieren vergessen zu haben, wie man ißt, zum Beispiel, und wie man sich ankleidet, Dinge, die sie gewußt hatte, als sie geraubt wurde. Aber all diese Dinge kamen schnell wieder zurück, und in jeder Bewegung und jedem Ton ihrer Stimme erkannte ich die kleine Agatha, für die ich gesorgt hatte, bevor man sie uns raubte.«

»Das Wort eines Ritters gegen das einer bloßen Dienerin«, rief der Bischof. »Diese Kinderfrau könnte einen alten Groll gegen Sir Blandys hegen und sich nun auf diese Weise an ihm rächen.«

»Ich lüge nicht!« jammerte die Stimme aus dem Kasten.

»Und ob sie lügt!« Das war die Stimme von Sir Blandys.

»Carolinus«, schaltete Jim sich hastig ein. »Könntet Ihr Mnrogar fragen, ob er bereit wäre, uns etwas mehr über Agatha Falon zu erzählen, jetzt, da wir gehört haben, was ihr Vater und ihre Kinderfrau zu sagen hatten?«

»Mnrogar«, sagte Carolinus, »habt Ihr uns noch mehr über Agatha Falon zu sagen?«

Mnrogar antwortete nicht.

»Ach, laßt ihn doch in Ruhe!« brach es aus Agatha Falon heraus. »Ihr alle wißt überhaupt nichts. Ihr könnt nichts beweisen. Für mich spielt es ohnehin keine Rolle, was Ihr sagt!«

Einen Augenblick lang herrschte tiefe Stille in dem Raum – verblüffte Stille auf seiten des Bischofs, nachdenkliche Stille auf seiten seines Kaplans und eine betroffene, betäubte Stille auf seiten des Grafen. Jim spürte, daß immer noch Sherlock Holmes' Worte an ihm nagten, sein Rat, den verschwundenen Zeugen zu suchen. Irgendwo war irgend jemand, den sie noch nicht angehört hatten. Nun, eines konnte er noch versuchen.

»Wahrheitskästchen«, sagte er, »ist noch jemand da, der Agatha Falon während der zwei Jahre ihrer Kindheit, in denen sie ihrer Familie entrissen war, gekannt hat? Wenn ja, fordere ich denjenigen nun zum Sprechen auf.«

Es entstand eine kurze Pause, in der es so schien, als hätte sich eine gewisse Anspannung sämtlicher Anwesender bemächtigt; dann ertönte klar und deutlich eine Stimme aus dem Kasten.

»Ich bin Mnrogar, und ich weile noch unter den Lebenden!« sagte die Stimme – und es war die Stimme des Trolls.

41

»Ich bin Mnrogar, und ich gehe, wohin ich will. Manchmal bin ich weit hinausgegangen, um nachzusehen, ob da nicht ein anderer Troll wäre, der nicht vor meinem Anblick oder meinem Geruch davonlaufen würde ...«

»Bringt das Ding zum Schweigen!« brüllte der in Ketten gefesselte Mnrogar plötzlich und mit rauher Stimme. »Ich werde sprechen!«

Jim ließ den Deckel des Kastens, der immer noch redete, hastig zufallen und schnitt die Stimme mitten in der Silbe ab.

»Ich war einmal weit fort von hier«, erklärte Mnrogar nun. »Ich roch ein Weibchen, dessen Duft sich mit dem eines Menschen vermischte. Ich ging zu ihrer Höhle; als ich diese erreichte, mußte sie mindestens seit zwei Tagen leergestanden haben. Aber draußen vor dem Eingang lag beinahe tot und völlig reglos ein kleiner Mensch. Ein junger Mensch.

Ich hatte keinen Hunger. Ich beobachtete den Menschen für eine Weile. Er versuchte, zu mir zu kriechen. Ich hatte keinen Hunger. Ich hob ihn hoch und nahm ihn mit zu mir nach Hause. Hier in meine eigene Höhle …«

Er starrte den Grafen an.

»… und ihr wißt, wo diese Höhle liegt.«

Der Graf sagte nichts.

»Auf meinem Land gibt es Hirsche, Schweine, Kaninchen … Hier habe ich nie Hunger gelitten. Ich habe dem kleinen Menschen Essen angeboten, aber er konnte nicht essen, wie ich esse. Da ich jedoch schon lange hier lebte, kannte ich die Menschen. Ich ging nachts hinauf, wenn alle schliefen, und brachte Essen, wie die Menschen es essen, mit hinunter, und Wasser. Das aß sie. Mit der Zeit wurde sie stark. Das Weibchen hatte nicht gewußt, wie sie es hätte füttern müssen. Sie hatte das kleine Menschenjunge geraubt, weil ihr eigenes Junges gestorben war – aber es hatte nichts genutzt. Das Menschenjunge konnte das frische Fleisch, das sie ihm zuwarf, nicht essen. Es folgte ihr auch nicht, wenn sie aus der Höhle ging, um zu jagen. Es war schwach und nutzlos. Sie ließ es zurück.

Ich war klüger. Ich habe es gefüttert und bei mir behalten. Das kleine Menschenweibchen wuchs. Sie versteckte oft einen kleinen Stein und zog und zerrte dann an mir, bis ich ihn suchte. Dann mußte ich den Stein verstecken, damit sie ihn suchen konnte. Nach und nach stellte ich fest, daß es mir gefiel, sie hier vorzufinden, wenn ich von der Jagd zurückkehrte.

Aber mit der Zeit hörte sie auf zu essen und wurde wieder dünn. Ich brachte sie dann zu ihrer Menschenbehausung, nicht weit von der Stelle entfernt, an der die Höhle dieses Trollweibchens gewesen war. Dort habe ich sie vor Sonnenaufgang zurückgelassen. Dann bin ich wieder hierhergekommen.«

Er verstummte so abrupt, daß es einen Augenblick dauerte, bis alle Anwesenden im Raum begriffen hatten, daß er mit seiner Erzählung am Ende war.

»Das ist ja alles schön und gut«, sagte der Bischof. Aber seine Stimme klang nicht mehr ganz so schneidend wie zuvor. »Die Tatsache bleibt jedoch, daß dieser Troll vor uns sagte, er hätte unter denen, die heute morgen auf der Tribüne waren, einen anderen Troll gewittert; aber der einzige, den er gewittert hat, war Lady Agatha. Und wenn Lady Agatha auch kein Trollblut in sich hat, wie kommt es dann, daß sie wie ein Troll riecht?«

Die Frage war wie das Haar, an dem das Schwert des Damokles über dessen Haupt hing. Jim sah Carolinus hilfesuchend an, aber Carolinus' Gesicht war ausdruckslos. Dann schenkte ihm die Erinnerung an das in luftiger Höhe hängende Schwert plötzlich eine Erleuchtung.

»Lady Agatha«, sagte er, »Eure Kinderfrau hat uns erzählt, daß Ihr nach Eurer Rückkehr zu Eurer Familie sehr an einem Stein gehangen hättet, den Ihr ständig bei Euch trugt. Habt Ihr diesen Stein auch jetzt bei Euch?«

Agatha Falon starrte ihn wütend an.

»Was spielt das für eine Rolle, ob ich ihn bei mir habe oder nicht?« brauste sie auf.

»Seid nicht töricht!« rief Angie. »Er versucht doch nur, Euch und diesem Troll zu helfen.«

»Wenn Ihr ihn bei Euch habt«, sagte Jim, »dürfte ich ihn dann bitte sehen?«

Einen Augenblick lang zeigte Agatha keinerlei Regung. Dann griff sie in die Börse an ihrem Gürtel und holte etwas heraus, das ein wenig kleiner als ein Tennisball zu sein schien. Zuerst sah es so aus, als würde sie ihn mit einiger Wucht auf Jim schleudern, dann ließ sie den Arm jedoch wieder sinken und warf ihn ihm lediglich zu.

Er fing ihn mit einer Hand auf, während er mit der anderen das Kästchen auf seinen Knien festhielt – aber trotzdem brannte der Stein auf der Haut seiner Hand. Er war schwer und hart, obwohl er vollkommen von einer dicken Schicht aus irgendeinem feinverwobenen Material überzogen zu sein schien.

Jim hielt sich den Stein dicht unter die Nase und beschnupperte ihn. Dann gab er ihn an Brian weiter.

»Sprecht Eure Gedanken noch nicht laut aus, Sir Brian«, sagte er, »aber würdet Ihr so freundlich sein, daran zu riechen?«

Brian nahm den Stein mit erhobenen Augenbrauen an. Er hielt ihn an die Nase, ließ ihn dann sinken und sah Jim an.

»Ist Euch dieser Geruch schon je zuvor untergekommen?« fragte Jim.

»Jawohl«, sagte Brian. »Es war der Gestank, den wir in der Höhle dieses Trolls hier gerochen haben, unter der Burg, als wir auf Magier Carolinus' Geheiß zu ihm gingen, um ihn zur Rede zu stellen.«

»Ja«, sagte Jim und nahm den schweren Stein wieder an sich. »Genau das war auch mein Eindruck, als ich an dem Stein gerochen habe. Seinem Gewicht nach zu urteilen würde ich sagen, es ist wirklich ein Stein, und er ist vollkommen mit etwas bedeckt, das mit einem starken Trollgeruch behaftet ist. Wie jeder sehen kann, haben Trolle einen feinen Pelz, mit dem sie über und über bedeckt sind. Zweifellos werfen sie diese Behaarung zu gewissen Zeiten ab, wie andere bepelzte Geschöpfe das auch tun. Als wir unten in der Höhle waren, ist mir aufgefallen, daß dieses Haar an den Wänden klebte, und wenn Mnrogar achtzehnhundert Jahre sein Körperhaar abgeworfen hat, ist es auch kein Wunder. Wenn dieser Stein aus der Höhle unter der Burg stammt, dann muß er ebenfalls mit

Trollhaar bedeckt sein und stark nach Troll riechen …«

»Ihr habt vollkommen recht, Jim«, sagte Carolinus. »Trolle haaren tatsächlich; und in annähernd zweitausend Jahren muß die Höhle über und über von Mnrogars Haaren bedeckt sein. Außerdem ist wahrscheinlich jedes noch so kleine Stückchen Stein da unten mit einer Schicht dieser Haare überzogen.«

»Magier!« rief der Bischof. »Warum habt Ihr die beiden Ritter in die Höhle des Trolls hinuntergeschickt? Welche Anweisungen habt Ihr ihnen gegeben?«

Carolinus drehte sich um und lächelte ihn huldvoll an.

»Bei allem Respekt vor Eurem hohen Amt, Exzellenz«, sagte er leutselig, »muß ich, wo es um Belange der Magie geht, auf das Privileg der Vertraulichkeit pochen.«

Die Kiefer des Bischofs klappten zu, aber er sagte nichts mehr. Schließlich wandte Carolinus sich wieder an Jim.

»Ich hatte den Eindruck, daß Ihr gerade etwas vorschlagen wolltet, Jim«, sagte er.

»Nur, daß Lady Agatha, wenn sie dies hier bei sich trug, für einen anderen Troll aus einiger Entfernung unweigerlich ebenfalls wie ein Troll riechen mußte. Ich glaube, daß ich, so beschränkt meine eigene menschliche Nase ist, diesen Ball selbst auf Armeslänge riechen könnte.« Er sah zu Agatha hinüber.

»Ihr werdet wohl nicht leugnen, Lady Agatha«, sagte er, »daß es dieser Stein war, mit dem Ihr während Eures Aufenthalts hier mit Mnrogar gespielt habt?«

»Nein. Das leugne ich nicht«, sagte Agatha.

»Also«, meinte Jim nun und wandte sich wieder dem Tisch zu. »Mit allem schuldigen Respekt, Exzellenz, ich möchte hiermit erklären, daß kein Zweifel mehr daran bestehen kann, daß Agatha Falon als Kind ihrem Vater geraubt wurde, und daß ihr Vater schlecht beraten war, sie nach ihrer Rückkehr nicht mehr in seiner Nähe zu dulden oder sonst etwas mit ihr zu tun haben zu wollen. Auf diese Weise erlag er dem Irrtum, sie sei ein Wechselbalg, obwohl das nicht der Fall war.«

»Ein kecker Ritter, dieser Lehrling, den Ihr da habt, Magier«, bemerkte der Bischof mit grimmiger Miene zu Carolinus.

»Nichtsdestoweniger, Mylord«, sagte Carolinus, »kann ich nicht umhin, seine Meinung zu teilen. Ergeht es Euch anders?«

»Ich werde darüber nachdenken«, erwiderte der Bischof. »Jedenfalls haben wir immer noch den Troll in unseren Händen. Wollen wir uns zumindest seiner entledigen, wie es sich gehört.«

Der Graf hatte sich wieder aufrecht hingesetzt und wirkte plötzlich nicht mehr gar so alt wie noch vor einigen Minuten. Er plusterte sich wieder auf und erhob zornig die Stimme.

»Meine Bewaffneten zu mir!« rief er.

Die Tür öffnete sich, und fünf seiner bewaffneten Gefolgsleute stürzten mit gezückten Schwertern ins Zimmer.

»Mylord?« fragte der erste, der nicht nur der älteste war, sondern offensichtlich auch der Anführer zu sein schien.

Der Graf zeigte auf Mnrogar.

»Führt ihn hinaus«, befahl er. »Tötet ihn! Und versichert Euch, daß er auch wirklich tot ist!«

»Nein!« kreischte Agatha Falon.

Sie sprang auf, lief durchs Zimmer und fiel vor dem Tisch des Grafen auf die Knie.

»Mylord, ich flehe Euch an«, rief sie, »im Namen der himmlischen Barmherzigkeit ...«

»Hinaus! Hinaus!« fuhr der Graf die Bewaffneten an. Sein Gesicht war rot angelaufen, und er sah plötzlich sehr erregt aus. Die Bewaffneten eilten sich, seinem Befehl Folge zu leisten.

»Im Namen des Mitleids, das unser Herr Jesus uns befohlen hat!« flehte Agatha. »Laßt ihn leben! Ihr und Eure Familie schuldet ihm über viele Jahrhunderte hinweg mehr, als Euch je bewußt war! Ihr habt Euch so daran gewöhnt, daß Eure Wälder nur so strotzen von Wild und frei sind von jedweden Nachtgefahren, daß Ihr vielleicht vergessen habt, wie es ist, wenn Trolle kommen und eben diese Eure Wälder durchstreifen, um die schönsten Böcke und andere Tiere zu jagen und manchmal sogar Menschen aufzulauern. Er hat nie Menschen gejagt. Verschont ihn, Mylord! Ich, Agatha Falon, liege hier vor Euch auf den Knien und flehe Euch an, ihn zu verschonen. Laßt ihn leben, und Ihr werdet es nicht bedauern. Euer Land wird frei bleiben von Nachttrollen und anderen schauerlichen Geschöpfen, die vielleicht sogar Menschen auflauern würden. Aus Furcht vor Mnrogar halten sich all diese Kreaturen von hier fern. Ihr würdet Euch einen schlechten Dienst erweisen, ihn zu töten, Mylord, und Ihr würdet mir das Herz brechen!«

»Lady Agatha, das ... das ist nicht ziemlich ...«

Stotternd erhob sich der Graf so schnell, daß er seinen Stuhl umwarf. Dann eilte er um den Tisch herum, umfaßte ihre beiden Hände mit den seinen und zog sie auf die Füße.

»Ihr dürft nicht so vor mir knien«, sagte er. »Das dürft Ihr nicht. Vielleicht habt Ihr recht. Vielleicht hat er uns mehr genutzt als geschadet. Dennoch, es gibt Dinge, von denen Ihr keine Kenntnis habt, Dinge, die mit den Grundfesten dieser Burg selbst zu tun haben ...«

»Was auch immer diese anderen Dinge sind, vielleicht ist Mnrogar jetzt bereit, sie zu sehen, wie Ihr sie seht, Mylord«, entgegnete sie. Ihre Stimme wurde weicher und ein wenig heiser, während sie näher an ihn herantrat. »Wenn Ihr meine Anwesenheit als Gast hier noch ein wenig länger dulden wollt, könnten sich vielleicht alle Dinge zwischen ihm und Eurer Lordschaft regeln lassen. Er ist einsam und unglücklich, das weiß ich, und wenn ich zumindest noch ein klein wenig länger hierbleiben dürfte, könnte ich hinuntergehen und ihn ab und zu besuchen …«

Sie wandte sich an Mnrogar.

»Möchtest du gern, daß ich gelegentlich auf eine Stunde zu dir herunterkomme, Großvater?« sagte sie zu ihm.

Mnrogar starrte sie an.

»Ja«, sagte er.

Nun wandte Agatha sich wieder an den Grafen.

»Wollt Ihr dann Gnade und Barmherzigkeit walten lassen, Mylord?« fragte sie. »Und Euch gleichzeitig mit Mnrogar versöhnen? Und ich … ich selbst …«

Ihre Stimme wurde noch leiser und noch heiserer.

»… ich selbst würde Euch genauso ungern wie ihn und diese Burg verlassen, Mylord.«

Der Graf räusperte sich vernehmlich. »Vernünftiger Vorschlag! Warum nicht? Er müßte sich natürlich gut benehmen, wenn wir ihn von diesen Eisen befreien …«

»Oh, Mylord«, sagte Agatha, »ich bin mir sicher, daß er Euch keinen Grund zur Sorge mehr geben wird, wenn Ihr ihn frei laßt. Nicht wahr, Großvater?«

Mnrogar zögerte merklich, bevor er antwortete.

»Nein«, sagte er endlich. Aber Agatha blickte zu dem Prinzen auf, der immer noch am Tisch saß; irgendwann war er aus seinem Schlummer erwacht und hatte die Vorgänge mit Interesse beobachtet.

»Königliche Hoheit«, sagte sie, »wenn ich hier bleibe, bedeutet das natürlich, daß ich nicht mit Euch nach London zurückkehren kann. So leid es mir tut, nicht zu all meinen Freunden am königlichen Hof heimkehren zu können. Aber ich habe das Gefühl, daß hier eine Pflicht meiner harrt. Vielleicht werdet Ihr mich Eurem Vater empfehlen und sagen, daß ich ihn zwar eines

Tages gern wiedersehen würde, daß dies aber in Gottes Hand liegt.«

»Wahrhaftig«, antwortete der Prinz frohgemut, »es wird mir das größte Vergnügen sein, meinem Vater Eure Nachricht zu überbringen.«

»Und was Euch betrifft, Exzellenz«, sagte Agatha an den Bischof gewandt, ohne indes die Hände des Grafen loszulassen, »seid Ihr jetzt davon überzeugt, daß ich kein böses Geschöpf bin, daß ich nichts als reines menschliches Christenblut in meinen Adern habe?«

»Tochter«, sagte der Bischof gestreng. »Könnt Ihr das Gebet des Herrn sprechen?«

»Wenn Euer Lordschaft es wünschen«, erwiderte Agatha. *Pater noster qui es in coelis, sanctifietur nomen …*«

Sie sprach das lateinische Vaterunser, um das der Bischof sie gebeten hatte, bis zum Ende.

»Nun, nun«, sagte der Bischof mit schroffer Stimme, »es kommt kein Rauch aus Euren Ohren und Nasenlöchern. Vielleicht seid Ihr in dieser Hinsicht tatsächlich unschuldig, mein Kind. Nichtsdestoweniger schlagt Ihr vor, hier von Zeit zu Zeit ein Geschöpf zu besuchen, das gewiß nicht gottgefällig ist. Seid Ihr Euch sicher, daß bei Euren Besuchen nichts geschehen wird, womit Ihr Eure unsterbliche Seele gefährdet?«

»Gewiß nicht, Euer Gnaden«, antwortete Agatha mit engelsgleicher Miene. »Bei meiner unsterblichen Seele, ich werde nur von Zeit zu Zeit zu ihm gehen und mit ihm sprechen, damit er nicht allzu einsam ist. Denn die Einsamen sind es, die in dieser Welt viel Unruhe verursachen, und oft kann schon ein kleines Gespräch die Dinge für sie erträglicher machen.«

»Wenn es so ist, wie Ihr sagt«, meinte der Bischof, »dann sehe ich keinen Grund – mit anderen Worten, ich kann, wo es sich um ein Geschöpf wie dieses handelt, solchen Unternehmungen natürlich kaum meinen

Segen geben, aber ich entnehme Euren Worten, daß Ihr glaubt, eine Tat der Barmherzigkeit zu tun, und das ist natürlich immer empfehlenswert.«

In diesem Augenblick ertönte von der Tür ein verzweifeltes Kratzen, dem ein richtiggehendes Klopfen folgte.

»Herein!« brüllte der Graf.

Der ältere Bewaffnete von vorhin trat gerade weit genug durch die kaum geöffnete Tür, um sichtbar zu werden.

»Ich bitte um Vergebung, daß ich Euch störe, Mylord«, sagte er, »aber wir haben gerade eine Nachricht erhalten. Die Burg ist von Trollen in den nahen Wäldern umstellt. Der Wächter auf dem hohen Turm hat nicht wenige von ihnen zu sehen bekommen.«

»Trolle!« riefen der Graf, der Bischof und der Kaplan des Bischofs alle wie aus einem Mund. Mnrogar sagte nichts, aber seine Augen glitzerten.

»Überdies, Mylord«, erklärte der Bewaffnete mit einem vernehmlichen Schlucken, »sagt der Ausguck, er sei beinahe sicher, auch mehrere Drachen gesehen zu haben, die dort draußen landeten ...«

»Drachen!« fauchte Mnrogar. Alle anderen starrten ihn an. »Auf *meinem* Land?«

»Wenn irgendwelche Drachen hier sein sollten«, mischte Jim sich hastig ein, »werde ich gewiß mit ihnen fertig. Wie weit haben sich diese Trolle den Berichten zufolge bereits der Burg genähert?«

»Der Wächter hat sie nur wenige Sekunden lang gesehen, Mylord, als sie durch die gerodeten Bereiche zwischen den Bäumen gingen, meistens nur einen, manchmal aber auch zwei gleichzeitig«, sagte der Bewaffnete. »Sie müßten eine halbe Meile entfernt sein, vielleicht aber auch noch ein wenig weiter.«

»Das dachte ich mir«, sagte Jim. »Sie werden es nicht übermäßig eilig haben, noch näher zu kommen.« Er sah Angie an. »Aber wie dem auch sei, Lady Angela, wir sollten die Aufführung, die wir geplant hatten, vielleicht ein wenig verschieben.«

»Nehmt mir diese Dinger ab«, fauchte Mnrogar und hob die Ketten hoch. »Laßt mich hinausgehen. Da draußen sind zwei, die mich wollen – sie sollen ihren Kampf haben. Die übrigen sind nur mitgekommen, um zu sehen, was passiert, ganz gleich, was die beiden Trolle, die mich suchen, glauben mögen.«

»Ha!« sagte der Graf, und sein Schnurrbart zitterte vor Erregung. »Glaubt Ihr, daß Männer wie wir sich im Kampf gegen Trolle hinter einem anderen Troll verstecken müssen? Nein! Jeder Troll, der sich uns nähert, tut dies auf eigene Gefahr – und es ist mir gleich, wie viele da draußen sein mögen.«

»Und ich werde ebenfalls mit hinausgehen!« rief der Bischof. »Mit meinem Amtsstab ...«

»Mylord«, unterbrach ihn der Kaplan mit leiser, tadelnder Stimme, »die Tage Bischof Odos sind lange vorüber.«

»Nun, dann eben mit einem Kreuz«, sagte der Bischof, »einem guten, schweren Metallkreuz. So etwas muß doch irgendwo in der Burg zu finden sein!«

Angie sah Jim an.

»Die Aufführung sollte ganz in der Nähe der Burg stattfinden«, sagte sie.

»Was diese Trolle betrifft«, mischte Brian sich ein, »uns Rittern würde nichts besser gefallen, als ein ordentlicher Kampf. Und die Drachen ...«

»Um die braucht Ihr Euch nicht zu kümmern«, entgegnete Jim entschlossen. »Der Turmwächter war erregt, nachdem er die Trolle gesehen hatte, und hat wahrscheinlich ein paar größere Vögel für Drachen gehalten. Vergeßt die Drachen. Im übrigen gebe ich Mnrogar vollkommen recht. Ich glaube, daß die meisten Trolle keine Bedrohung darstellen. Sie haben schon vor langer Zeit gelernt, daß sie besser beraten sind, vor bewaffneten Menschen davonzulaufen;

außerdem wollen nur zwei von ihnen mit Mnrogar um dieses Land kämpfen.«

»Was bringt sie auf den unverschämten Gedanken, sie könnten hier Land gewinnen, indem sie diesen Troll erschlagen – nun, verflucht, wollen wir diese Dinge für den Augenblick einmal beiseite schieben«, sagte der Graf.

Dann unternahm er eine nicht unbeträchtliche Anstrengung und senkte die Stimme.

»Die Tatsache ist die«, sagte er, »daß es mir hier nicht an Bewaffneten mangelt, und selbst wenn ich im Augenblick keine anderen Leute hier zu Gast hätte, würde ich auf meinem eigenen Grund und Boden hingehen, wo ich will, ganz gleich, wie viele Trolle vom Turm aus zu sehen wären.«

»Gut!« rief Angie schnell, bevor Jim noch etwas anderes sagen konnte. »Also, ich nehme an, damit ist die Sache erledigt, nicht wahr, Mylord James?«

Jim sah erst sie an, dann die anderen Anwesenden, und stellte fest, daß in allen Gesichtern, außer dem des Kaplans, leidenschaftliche Kampfeslust brannte.

»So wird es wohl sein«, antwortete er.

42

»ABER WIE HAST DU die Tribüne vom Turnierplatz hier herüberbekommen?« fragte Jim.

Sie befanden sich an der Stelle, an der Angies Aufführung stattfinden sollte. Sie schienen ringsum von Bäumen umgeben zu sein, obwohl natürlich die Bäume zwischen ihnen und der Burg – die man zwischen den Baumstämmen noch schwach hindurchschimmern sehen konnte – nur eine von Jims Magie geschaffene Illusion waren. Die Kulisse für das Stück, die Jim sich vorgestellt und ebenfalls auf magische Weise geschaffen hatte, war bereits an Ort und Stelle.

Sie bestand aus dem Gerüst einer Scheune und war überdacht, wo die Krippe mit dem Jesuskind stehen sollte. Gegenüber der Krippe war ein weiterer Stall mit einem Ochsen und einem Tier, das Jim eher für ein Maultier zu halten geneigt war statt für einen Esel.

Angie trug bereits ein weißes, fließendes Gewand – Jim fragte sich, woher sie wohl den Stoff haben mochte –, in dem sie ziemlich plump aussah, da sie es zwangsläufig über einige andere Kleidungsstücke hatte ziehen müssen, auch wenn der Bereich um die Krippe auf magische Weise gewärmt wurde. Robert Falon lag glücklich schlafend unter dicken Decken in der warmen Krippe.

Unweit entfernt von der Stelle, wo er und Angie standen, auf dem offenen, verschneiten Gelände zwischen ihnen und den Tribünen, hockte Mnrogar. Er hatte den Kopf dem echten Wald zugewandt, nicht den magischen Bäumen zwischen ihnen und der Burg. Er rührte sich nicht. Er tat überhaupt nichts außer zu warten – aber allein seine Reglosigkeit vermittelte ein beängstigendes Gefühl schlummernder Bedrohlichkeit.

»Carolinus hat sie für mich bewegt«, sagte Angie.

»Carolinus?« fragte Jim. »Dann hast du also mit ihm geredet.« Jäher Zorn stieg in ihm auf. »Ich habe versucht, ihn zu erreichen, seit dem Mnrogar und Agatha diesem Verhör unterzogen wurden.«

»O ja«, antwortete Angie. »Er ist gleich aufgetaucht, als ich hier herauskam, und hat gefragt, ob er mir irgendwie helfen könne. Also habe ich gesagt, es wäre nett, wenn wir die Tribünen hier hätten. Dann hat er die Hand bewegt, und einen Augenblick später standen die Tribünen genau hier an dieser Stelle.«

»Ich weiß nicht, was er im Schilde führt«, sagte Jim. »Aber ich wette, irgend etwas hat er vor. Und das gefällt mir nicht.«

Er zupfte an seinem braunen Gewand, das er über dicken Kleidungsstücken und einer leichten Rüstung trug; es war sein Kostüm für die Rolle des Josef. Im Grunde hatte es mehr Ähnlichkeit mit einem Mönchsgewand als mit etwas, das man zu biblischen Zeiten getragen hätte. Aber man konnte darauf trauen, daß das Publikum in puncto Kostüm und Kulisse sehr tolerant sein würde.

Jim hatte Angie mit einem kleinen Trupp Bewaffneter vorausgeschickt und war gerade erst nachgekommen. Die Bewaffneten waren jetzt überall auf der Lichtung postiert und schienen nicht gerade begeistert davon zu sein, da sich mittlerweile herumgesprochen hatte, daß die Burg von Trollen umstellt war.

Jim warf einen Blick auf die Tribünen; im Augenblick waren sie noch leer. Unter den männlichen Gästen war es zu einem Disput gekommen, ob die Damen überhaupt hinausgehen sollten.

Schließlich hatten die Damen entschieden, selbst darüber zu befinden, ob sie hinausgehen wollten oder nicht, und es war ihnen auch gelungen, dem Grafen ihren Standpunkt aufzudrängen. Sie würden sich nicht um ein Vergnügen bringen, nur weil die Herren nicht die Mühe auf sich nehmen wollten, sie im Notfall zu beschützen. Sie würden sich selbst beschützen, und es war nicht eine unter ihnen, die nicht mit einem Stilett oder einem Dolch bewaffnet gewesen wäre, den sie um die Taille trugen, auch wenn sie ihn entweder mit einer Schärpe bedeckt oder zwischen zwei Falten ihrer Röcke verborgen hielten.

Geronde, die an vorderster Front der Frauen stand, die entschlossen waren, sich das Stück nicht entgehen zu lassen, hatte für einen gewissen Aufruhr gesorgt, weil sie darauf bestand, eine Saufeder bei sich zu tragen. Dennoch gab es durchaus Stimmen, die meinten, sie triebe ihre Vorstellungen von Freiheit ein wenig zu weit, vor allem für eine unverheiratete Frau.

Schließlich hatte man sich auf einen Kompromiß geeinigt; ein Bewaffneter sollte die Saufeder für sie tragen, sich aber jederzeit bereithalten, ihr die Waffe im Falle einer Gefahr sofort auszuhändigen. Überdies besaß sie ein sehr gefährlich aussehendes Messer, das in einer Scheide an ihrer Taille steckte. Aber ihre ganze Zuneigung galt der Saufeder. Sie war leicht und handlich, und die Kreuzstange, mit der das Wildschwein davon abgehalten werden sollte, den Träger der Waffe anzugreifen, würde auch jeden Troll fernhalten, der versuchte, sich ihr auf weniger als Armeslänge zu nähern.

»Wir müssen uns den Dialog natürlich während der Aufführung ausdenken«, sagte Jim jetzt zu Angie. »Glücklicherweise sind nur wir beide an der Sache beteiligt.«

»Ja, das ist das Gute daran«, antwortete Angie. »Aber ich habe mir folgendes überlegt. Ich will den Leuten zu Anfang die ganze Geschichte erzählen, damit sie wissen, was auf sie zukommt. Ihre Überraschung bekommen sie dann später, wenn wir den Grafen und einige andere herkommen lassen, damit sie entdecken, daß in der Krippe ein richtiges Baby liegt.«

»Außerdem werden sie sicher überrascht sein, wenn die Drachen aus dem Wald kommen und Josef erschrecken«, meinte Jim. »Darauf freue ich mich schon. Und natürlich werde ich für den kleinen Robert sprechen. Es wird vielleicht ein wenig schrill und seltsam klingen, aber die Stimme wird aus der Krippe kommen, wo die Leute ihn nicht sehen können, und ich glaube kaum, daß irgend jemand Fragen stellen wird. Die Leute werden einfach denken, das Ganze sei Magie, bis die Drachen auftauchen. Dabei fällt mir noch etwas ein«, fuhr er fort. »Ich sollte jetzt wohl besser mit Secoh reden und dafür sorgen, daß er und die anderen wissen, was genau sie dann tun sollen. Also vergiß nicht, Angie, deine Aufgabe ist es, Sir Harimore und andere Ritter auf den Tribünen davon abzuhalten, mit gezückten Waffen herunterzustürzen, wenn sie die

Drachen sehen. Du mußt ihnen klarmachen, daß die Drachen nicht hier sind, um irgend jemandem Schaden zuzufügen.«

»Da habe ich mir schon etwas zurechtgelegt«, antwortete Angie. »Ich werde ihnen erzählen, daß es eine unsichtbare Wand zwischen ihnen und dem Bühnenbereich gibt, und daß nichts diese Wand durchdringen könne.«

»Gute Idee«, sagte Jim. »Warum machen wir es nicht wirklich so?« Er konzentrierte sich. »So, die magische Wand steht.«

»Ich wußte gar nicht, daß du so etwas kannst«, sagte Angie und sah ihn an. »Du hast in letzter Zeit reichlich Magie gewirkt – sogar ziemlich wichtige Magie, nicht wahr?«

»Ich scheine die Sache in letzter Zeit besser in den Griff zu bekommen«, meinte Jim. »Aber jetzt muß ich mit Secoh und den anderen Drachen reden.«

»Also gut. Ich warte, bis du zurückkommst, und schicke dann den Bewaffneten mit der Botschaft zur Burg, daß alle kommen können. Geh du jetzt zu den Drachen. Geh!«

Jim hatte sich nicht gerade klar ausgedrückt, was den Platz betraf, an dem die Drachen landen sollten, sondern nur gesagt, daß er ein gutes Stück von der Stelle entfernt liegen mußte, an dem die Aufführung stattfinden sollte. Schließlich durften die Zuschauer die Drachen nicht vorzeitig zu sehen bekommen.

Aber da er selbst einen Teil seiner Zeit ein Drache war, hatte er gewisse Vorstellungen davon, wie Drachen dachten.

Da der Wind aus Südwest kam, würden sie von Nordwest aus landen, was auch der Grund war, warum der Wächter auf dem Turm einige Nachzügler entdeckt hatte. Die meisten der Drachen sollten schon lange zuvor gelandet sein. Die Kälte und der Schnee machten ihnen genausowenig aus wie den Trollen.

Während er über diese Dinge nachdachte, stellte Jim fest, daß er die Drachen beinahe spüren konnte; sie mußten ganz in der Nähe hinter den Bäumen lagern.

Aber nicht die Drachen waren es, auf die er zuerst stieß, sondern ein anderer alter Freund. Aragh stand auf einer kleinen Lichtung vor ihm und schien offensichtlich auf ihn zu warten.

»Aragh!« sagte Jim. »Ich dachte mir schon, daß Ihr in der Nähe sein würdet, aber ich hatte nicht erwartet, so bald schon über Euch zu stolpern.«

»Ihr seid nicht über mich gestolpert«, widersprach Aragh. »Ich bin Euch entgegengekommen.«

»Nun ja«, sagte Jim, »wie auch immer. Wie sehen die Dinge für Euch aus?«

»Die Dinge sehen so aus, wie sie immer aussehen«, sagte Aragh. »Wenn Ihr die Trolle meint, die sind alle hier. Sie warten darauf, daß die Zwillinge ihren Mut zusammennehmen und Mnrogar herausfordern; und sowohl er wie auch die Zwillinge wünschen, daß weder Ihr noch Angie noch Eure Bewaffneten dann zugegen seid.«

»Sie haben Angst vor uns?« fragte Jim. »Das ist gut.«

»Ich würde nicht direkt sagen, daß sie Angst vor Euch haben«, meinte Aragh. »Aber die Trolle haben noch nicht herausbekommen können, oder ob Ihr vielleicht eingreifen könntet, wenn die Zwillinge Mnrogar herausfordern. Im übrigen ist es genau das, was die Zwillinge davon abhält, ihn sofort anzugreifen, wenn Ihr meine Meinung hören wollt.«

»Das weiß ich«, erwiderte Jim. »Aber ich meine, wenn sie schon zögern, nur weil einige von uns hier sind, werden sie doch erst recht zögern, wenn alle Leute aus der Burg herauskommen – meint Ihr nicht auch?«

»Vielleicht«, antwortete Aragh, der sich in den Schnee gesetzt hatte und sich nun mit einer Hinterpfote das Kinn kratzte. »Bei einer solchen Kälte sollten eigentlich sämtliche Flöhe schlafen!«

»Möchtet Ihr, daß ich Euch mit Magie von ihnen befreie?« erbot sich Jim. »Ich glaube nicht, daß ich sie einfach verschwinden lassen kann, aber ich könnte sie an einen anderen Ort bringen.«

»Kümmert Euch nicht darum«, knurrte Aragh. »Das sind meine Flöhe. Wenn irgend etwas mit ihnen zu geschehen hat, werde ich es selbst tun. Eure Drachen sind nur einen Sprung von hier entfernt, selbst für jemanden, der sich so langsam bewegt wie Ihr. Ich lasse Euch allein mit ihnen reden. Gorbash ist ein alter Freund von mir, aber die anderen Drachen und ich, wir haben uns nichts zu sagen.«

»Würde ich Euch später noch einmal sehen ...«, setzte Jim an, aber Aragh war in seiner gewohnten Art bereits verschwunden.

Jim ging weiter durch den Wald und näherte sich einer Lichtung, wo die Luft merklich wärmer war. Der Grund lag auf der Hand. Die Lichtung war angefüllt von großen Drachenleibern, die zwar nicht, wie die Legenden es wollten, Feuer spien, aber doch große Wolken warmen Atems um sich herum verbreiteten.

»Secoh?« fragte Jim. Aber Secoh war bereits zwischen den größeren Drachen aufgetaucht und tat sein Bestes, sich höflich vor ihm zu verbeugen.

»Ja, Mylord«, sagte er glücklich. »Hier bin ich. Und ich habe die Cliffsider mitgebracht – nun ja, jedenfalls fast alle. Der alte Garnoch ist auf den Klippen geblieben, weil ihm sein Rheumatismus zu schaffen macht; und Tanjara stand kurz davor, ihr Ei zu legen. Alle hier wollen wissen, wann wir den kleinen Prinzen zu sehen bekommen.«

»Das kann ich Euch noch nicht sagen«, antwortete Jim. »Diese Frage ist nämlich gar nicht so einfach zu beantworten. Zuerst muß ich Euch etwas erklären –

können mich alle hier hören? Sind alle Cliffsider nahe genug, um mich zu hören?«

In der Menge um ihn herum erhob sich ein allgemeines »Ja«; in den tiefen Baßstimmen der Drachen schwang ein Hauch von Schroffheit mit.

»Mylord«, sagte Secoh tadelnd, »Ihr wißt, wie gut wir Drachen hören.«

»Natürlich. Verzeiht mir«, sagte Jim. »Nun, wie dem auch sei, ich will Euch jetzt erklären, wie es weitergeht. Ihr werdet alles hören können, was Angie und ich und die Zuschauer des Stücks reden.«

»Des Stücks? Was für ein Stück?« fragten mehrere Stimmen in einer Vielfalt verschiedener Tonarten.

»In der Tat wird das für Euch alle ein großes Vergnügen sein«, antwortete Jim. »Angie wird den Anfang machen und eine Geschichte erzählen, und ich möchte, daß Ihr genau zuhört. Ich glaube, die Geschichte wird Euch gefallen. Es geht um den kleinen Prinzen und den Drachen, nur daß die Geschichte diesmal so erzählt wird, wie man sie von Anfang an erzählt hat. So wie sie beim allerersten Mal erzählt wurde, damit alles seine Richtigkeit hat. Das würde Euch doch gefallen, oder?«

Es erhob sich ein allgemeines Gemurmel tiefer Zustimmung.

»Wenn Ihr wollt«, sagte Jim, »könnt Ihr ruhig noch näher kommen und ebenfalls zuschauen. Mit Hilfe von Magie und mit Leuten, die genau das tun, was die Leute in der Geschichte auch getan haben, werden wir etwas machen, das wir eine ›Aufführung‹ nennen. Man bezeichnet so etwas auch als ein ›Spiel‹; es ist so, als würdet Ihr die Geschichte tatsächlich so sehen, wie sie sich seinerzeit abgespielt hat.«

Diesmal nahm das beifällige Gemurmel eine Lautstärke an, die Jim zusammenzucken ließ. Er vermutete, daß Angie und die Bewaffneten auf ihrer Lichtung es ebenfalls hören konnten.

»Aber Ihr müßt sehr leise sein, und Ihr müßt dafür sorgen, daß niemand Euch sieht«, warnte Jim die Drachen.

Die Antwort war ein Stimmengewirr, das ihm versicherte, man würde sie nicht sehen können und sie würden so leise sein wie Frettchen, Mäuse, Schlangen, Geister … und eine Reihe anderer Beispiele von Geschöpfen, die besonders für ihre Lautlosigkeit bekannt waren.

»Gut!« sagte Jim.

»Aber was ist mit diesen Trollen, Mylord?« wollte Secoh wissen. »Sollen wir etwas gegen diese Trolle unternehmen? Wir könnten ein paar von ihnen in Stücke reißen und die anderen vertreiben.«

»Nein, ich glaube, das ist nicht nötig, Secoh«, antwortete Jim. »Sie haben schließlich ihre eigenen Sitten, und es ist nur recht und billig, wenn wir sie sich selbst überlassen. Außerdem machen sie uns im Augenblick keine Schwierigkeiten, und ich glaube auch nicht, daß es soweit kommen wird. Es geht hier lediglich um den Troll, der unter der Burg des Grafen lebt und der von Zwillingstrollen herausgefordert werden soll.«

»Ah, ein Kampf!« rief Secoh glücklich, und ein Summen erfreuter Erregung lief durch die Reihen der Drachen hinter ihm. So sehr die Drachen Trolle verachteten, war es ihnen für gewöhnlich doch bei weitem lieber, einem Kampf zuzusehen, als selbst in einen verwickelt zu werden.

»Nun denn, Secoh«, sagte Jim. »Angie wird bald nach den Gästen schicken, das heißt, die Dinge werden jetzt sehr schnell ins Rollen kommen.«

»Vielen Dank, Mylord«, sagte Secoh.

Jim machte sich auf den Weg, und die Drachen hinter ihm debattierten sogleich leise darüber, wie es wohl sein mochte, sich ein Stück anzusehen oder einem Trollkampf beizuwohnen. Jim ging mit langen Schritten zurück durch den Wald, und als er um eine dickleibige Eiche herumging, die ihm im Weg stand, wäre er beinahe mit Carolinus zusammengestoßen.

»Carolinus!« sagte er und sah den Magier verwundert an. »Ihr seid fast genauso schlimm wie Aragh.«

»So etwas sagt ein Lehrling nicht zu seinem Meister!« gab Carolinus ernst zurück. »Ich bin nicht jemand, der genauso schlimm ist wie andere. Andere dürfen vielleicht hoffen, genauso gut zu sein wie ich – wahrscheinlich aber ohne jede Aussicht auf Erfolg.«

»Natürlich«, erwiderte Jim. »Ach übrigens, vielen Dank, daß Ihr Angie die Tribünen herbeigezaubert habt.«

»Ach das«, sagte Carolinus mit einer wegwerfenden Handbewegung. »Das hatte ich schon wieder vergessen. Das war doch nichts Besonderes. Ihr habt in letzter Zeit selbst eine Menge Magie benutzt.«

»Hm, ja«, antwortete Jim vorsichtig. »Ließ sich nicht vermeiden …«

»Gut!« unterbrach ihn Carolinus.

»Gut?« wiederholte Jim, den diese Bemerkung vorübergehend aus dem Gleichgewicht gebracht hatte. »Ich dachte, Ihr wolltet, daß ich mich möglichst unauffällig verhalte und so wenig Magie benutze wie nur möglich.«

»Aber nein«, widersprach Carolinus fröhlich. »Ihr erinnert Euch gewiß, was ich Euch immer gesagt habe, Jim. Übung! Übung! Übung! Jedesmal, wenn Ihr Eure Magie benutzt, übt Ihr. Das gefällt mir.«

»Ja, aber angesichts dieser Streitigkeiten innerhalb der Magierschaft …«, wandte Jim ein.

»Ach das. Was sein wird, wird sein«, antwortete Carolinus. »Wenn Ihr hier überleben werdet, könnt Ihr gar nicht genug üben. Wenn nicht, spielt es ohnehin keine Rolle, oder?«

»Wahrscheinlich nicht«, erwiderte Jim. »Es überrascht mich nur ein wenig, daß Ihr diese Dinge so leicht nehmt. Ich dachte, Ihr machtet Euch um mich Sorgen.«

»Aber natürlich tue ich das!« sagte Carolinus. »Ich kann zwar viele Dinge tun, Jim, aber nicht zu diesen Dingen gehört, fürchte ich, Eure Rettung vor der allgemeinen Meinung der Mehrheit anderer Magier der Magierschaft.«

Diese Bemerkung brachte das Faß zum Überlaufen. Der Verdacht, den Jim schon seit einiger Zeit hegte, war nun Gewißheit geworden. Mit einer einzigen klaren Anschuldigung würde er nun Carolinus mit der Wahrheit zerschmettern.

»Carolinus«, sagte er, »Ihr habt mich einfach in Eurem eigenen Spiel benutzt, und zwar von dem Augenblick an, als Sir Peter Carley und seine Meute von Plünderern unsere Burg angriffen. Ihr habt dafür gesorgt, daß all unsere Freunde zu spät nach Malencontri kamen, um uns zu helfen, nicht wahr?«

»Aber natürlich!« rief Carolinus.

43

»Tss, tss, mein Junge«, sagte Carolinus. »Erzählt mir nicht, Ihr hättet es nicht gewußt. Nein wirklich, dafür ist doch ein Lehrling da. Ich glaube, mich zu entsinnen, daß Ihr mir, als Ihr hierherkamt, erzählt habt, Ihr wäret ein ›Magister Artium‹ – ha! Aber selbst Euch muß doch die Beziehung zwischen einem Schüler und seinem Meister klargewesen sein. Was Ihr da erwähnt habt, ist ein natürlicher Teil der Aufgabe eines Lehrlings, Jim! Die lästigen Kleinigkeiten zu erledigen. Sich um all die zeitaufwendigen Einzelheiten zu kümmern, mit denen man seinen Meister nicht belästigen darf – während der Lehrling natürlich gleichzeitig in all den Dingen unterwiesen wird, die er können muß, wenn er im professionellen Sinne eine Zukunft haben will ...«

Jim dachte voller Verbitterung an Professor Thibault Shorles, den Dekan der Geschichtsfakultät des Colleges von Riveroak, jener Mann, der dort Jims ›Meister‹ gewesen war.

»Der Lehrling hat sozusagen aufzuwischen«, fuhr Carolinus frohgemut fort, »Dingen, die der Meister vielleicht nur skizziert hat, den letzten Schliff zu geben. Vielleicht sogar einiges an unabhängiger Arbeit zu leisten, für die der Meister nachher das Lob entgegennehmen kann. Das sind immer und überall die Bedingungen einer Lehre, Jim; und das müßt Ihr auch aus eigener Erfahrung gewußt haben. Es fällt mir schwer zu glauben, daß Ihr das bereits vergessen haben solltet. Schämt Euch, mein Junge!«

Jim wußte nicht, wo ihm der Kopf stand. Er konnte natürlich Carolinus für seine Scheinheiligkeit tadeln, da dieser vorgegeben hatte, ein wahrer Freund zu sein; deshalb war es Jim auch nie in den Sinn gekommen, daß er ihre Verbindung so schamlos ausnutzen könnte. Dann begriff Jim plötzlich, daß das eben die Art und Weise war, wie man hier im vierzehnten Jahrhundert die Dinge anging. Menschen von geringerem Rang wurden regelmäßig zum Wohle Höhergestellter verschlissen.

Carolinus tat nur das, was immer getan wurde. Aber Jim hatte nicht die Absicht zu jammern. Er riß sich zusammen.

»Nun, dann möchte ich Euch jetzt etwas sagen, Carolinus!« erwiderte er, und ohne daß er es verhindern konnte, brach sich sein Zorn nun doch noch Bahn. »Ihr könnt tun, was Ihr wollt. Ich mag vielleicht nicht in der Lage sein, Euch daran zu hindern, aber ich werde nicht so tun, als wäre ich glücklich darüber.«

»Jim!« rief Carolinus mit entsetztem Gesichtsausdruck.

»Aber ich sage Euch noch etwas«, fuhr Jim fort. »Seit Ihr dafür gesorgt habt, daß Angie und ich an dieser

Weihnachtsfeier teilnehmen mußten, bin ich mit allen Widrigkeiten hier bestens allein fertig geworden; und ich kann das hier auch ohne Eure Hilfe zu Ende bringen!«

»Das will ich doch stark hoffen, mein Junge«, sagte Carolinus und verschwand.

Jim konnte nur noch den Schnee anstarren, die blattlosen Bäume und den sich immer schneller rötenden Himmel, während sich die Sonne langsam dem Horizont zuneigte.

Er schüttelte die Gefühle ab, die ihn in ihrem Bann hielten, und stapfte zu Angie zurück.

»Ich habe bereits einen der Bewaffneten ausgesandt, um die Gäste herbeizuholen. Wenn du einen Blick auf die Tribünen werfen willst, wirst du sehen, daß einige bereits angekommen sind«, sagte Angie, als Jim sie schließlich erreichte. »Einige Ritter wie Sir Harimore haben nicht einmal darauf gewartet, daß wir sie gerufen haben. Ist dir aufgefallen, wie dunkel es schon wird? Gibt es irgendeine Möglichkeit, wie wir an Licht kommen könnten, falls es zu finster wird?«

»Ach das«, sagte Jim verdrießlich, »ja, das bekomme ich schon hin.«

Mit seiner neuen Art, Magie zu wirken, stellte er sich so etwas wie das Trollicht vor, dem er und Brian bei ihrem ersten Besuch in Mnrogars Höhle begegnet waren. Diesmal jedoch kam das Licht von sämtlichen Bäumen und Ästen – einschließlich der magischen Bäume und Äste, die gar nicht wirklich da waren. Es war im Augenblick noch keine besonders auffällige Beleuchtung, da der Himmel noch immer Tageslicht spendete, aber während der Winternachmittag sich nach und nach verdüsterte, würde dieses andere Licht immer heller erscheinen.

Die Tribünen füllten sich jetzt, und keiner der Zuschauer schien dem zusätzlichen Licht aus den Bäumen um sie herum besondere Bedeutung beizumessen.

Die Anspannung seines Gesprächs mit Carolinus löste sich langsam ein wenig.

»Ach, übrigens«, sagte Angie hinter der Wand mit der Krippe, wo das Publikum sie nicht sehen konnte, »Carolinus hat deine Wand zwischen den Leuten auf den Tribünen und uns wieder weggenommen. Er sagte, ich hätte recht; sie wäre nicht wirklich nötig. Wenn man den Leuten auf den Tribünen sagt, sie sollen bleiben, wo sie sind, werden sie das tun, und wenn wir die Hilfe der Bewaffneten oder der Ritter benötigten, dann wären diese in der Lage, zu uns herunterzukommen.«

»Und er hat die Wand weggenommen? Einfach so?« fragte Jim. »Also das …«

Er schluckte seine Worte herunter; dann fiel plötzlich aller Zorn von ihm ab, und er war nur noch leicht erschöpft. Es hatte keinen Sinn. Carolinus war, was er war.

»Jim!« sagte Angie. »Stimmt etwas nicht?«

»Es ist schon gut, wirklich«, beschwichtigte Jim sie. Er spähte durch einen Spalt zwischen zwei Brettern über der Krippe und sah, daß die Tribünen jetzt beinahe vollständig besetzt waren. Aber nicht nur das; er sah auch Carolinus' rote Robe auffällig in der Mitte der ersten Reihe aufleuchten. Zur Rechten des Magiers saßen der Graf, Agatha Falon und der Prinz. Jim kehrte zu Angie zurück.

»Der Graf ist bereits da«, sagte er. »Er ist es gewohnt, daß alles sofort anfängt, wenn er erscheint. Wir haben jetzt beinahe Zwielicht. Besser, wir zögern nicht mehr lange. Willst du jetzt rausgehen und anfangen?«

»Jederzeit«, meinte Angie fröhlich. »Aber Jim, da stimmt doch irgend etwas nicht!«

»Nein, es ist wirklich alles in Ordnung«, sagte Jim. »Manchmal finde ich das Leben hier einfach ein wenig anstrengend, das ist alles. Kümmere dich nicht darum.«

Angie umarmte ihn, ging um die Stallmauer herum und trat vor das Publikum.

Jim, der sich zwar besser fühlte, sich aber gleichzeitig darüber ärgerte, daß er sich solchermaßen hatte beschwichtigen lassen, kehrte zu dem Spalt zwischen den beiden Brettern zurück.

Ich bin kein Vierjähriger, knurrte er bei sich ... Aber vielleicht war er das in irgendeinem Winkel seines Herzens doch noch. Der Spalt gab ihm den Blick auf Angie und das Publikum frei. Er hatte Angie aufgetragen, mit normaler Stimme zu sprechen; er selbst würde dafür sorgen, daß alle sie hören konnten.

Jetzt konzentrierte er sich auf die Vorstellung ihrer Stimme, die jeden auf den Tribünen erreichte, als stünde sie nur wenige Fuß vor einem jeden einzelnen dort. Erst im allerletzten Augenblick, fiel ihm wieder ein, daß er dafür sorgen mußte, daß ihre Stimme auf dieselbe Art und Weise auch an seine Ohren drang, damit er überprüfen konnte, ob seine Magie funktionierte oder nicht.

Sobald sie zu sprechen begann, war er beruhigt. Ihre Stimme drang so klar und deutlich in sein Ohr, als stünde sie direkt neben ihm.

»Königliche Hoheit, Prinz von England, Herr Graf, Exzellenz, und alle anderen Lords, Edelmänner und Edelfrauen, die Ihr hier versammelt seid«, sprach sie das Publikum an.

Sie machte ihre Sache hervorragend, dachte Jim bewundernd, während er zwischen den beiden Brettern hindurchblickte. Ihre Bühnenausbildung kam ihr jetzt gut zustatten. Angie fuhr fort.

»... an diesem letzten Abend unseres Beisammenseins und mit der gütigen Erlaubnis unseres königlichen Prinzen, des Grafen und unseres hochwürdigen Bischofs möchte ich Euch allen eine berühmte Geschichte von unserem Herrn Jesus Christus erzählen, die sehr gut in diese heilige Zeit hineinpaßt. Nachdem ich berichtet habe, was sich damals ereignet hat, werdet Ihr hier vor Euren Augen eine Aufführung dieser Ereignisse sehen.«

Sie hielt inne.

»Wie die Schriften eines heiligen Mannes uns erzählen, gab es eine Zeit ganz früh im Leben Jesu Christi, unseres Heilands, da Herodes, der damals König über das ganze Land war, hörte, daß ein Kind geboren worden sei, das selbst König werden würde.

Daraufhin wurde Herodes von Furcht gepackt, daß jenes Kind seinen Platz als König einnehmen werde. So kam es, daß Herodes den Befehl erließ, alle Kinder unter vier Jahren zu erschlagen, auf daß keines überlebe, auch nicht dasjenige, das dereinst hätte König werden sollen.«

Sie hielt inne – aber diesmal wegen des wütenden Knurrens von den Tribünen. Sobald es sich gelegt hatte, fuhr sie fort.

»Davon erfuhren auch Maria und Josef, und sie beschlossen, mit unserem kleinen Herrn Jesus nach Ägypten zu fliehen, wo er vor den Männern in Sicherheit sein würde, die Herodes ausgesandt hatte, um die Kinder zu töten.

So zogen sie also fort, und in ihrer Begleitung fanden sich Abgesandte aller Tiere: ein Löwe, ein Ochse, ein Esel, ein Pferd, ein Kamel, alle Tiere gaben ihnen das Geleit, um sie unterwegs zu bewachen. Nachdem sie einige Tage gereist waren, trug es sich zu, daß sie bei Einbruch der Nacht ohne Unterkunft waren. So entfachte also Josef ein Feuer und baute eine notdürftige Hütte für Maria und das Kind, und die Tiere legten sich ringsum nieder, um sie zu bewachen.

So schliefen sie in der Nacht.«

Sie hielt inne.

»Aber als der Morgen kam und die Sonne aufging, erwachten sie und die Tiere, die bei ihnen gelegen hatten, um sie zu bewachen. Sofort sahen sie alle – Maria,

Josef und der Herr Jesus selbst – im frühen Licht der Sonne einen felsigen und mit dichten Bäumen bestandenen Ort nicht weit zu ihrer Rechten. Und von diesen Bäumen aus sahen sie plötzlich riesige Drachen auf sich zukommen.

Die Tiere hatten Angst und zogen sich zurück. Josef hatte Angst.

Aber Jesus sprach von dem Platz, wo er lag, zu Josef: ›Fürchte dich nicht, denn erinnere dich, was König David gesagt hat: *„Lobet den Herrn auf Erden, ihr Drachen."* Diese Drachen sind gekommen, um sich segnen zu lassen. Laßt sie zu mir kommen, damit ich sie segne.‹«

Sie wartete einen Augenblick ab, damit die Zuschauer ihre Worte aufnehmen konnten. Dann erst fuhr sie fort.

»Da hatte Josef keine Angst mehr. Er trat beiseite, und die Drachen kamen ruhig und demütig zu dem Ort, an dem das Heilige Kind lag. Und der Herr Jesus segnete sie, und sie waren froh und gingen von dannen und taten niemandem ein Leid.«

Von den Tribünen kam ein langgezogenes Murmeln allgemeiner Zustimmung.

»Daher, meine verehrten Herrschaften, haltet nun die Augen offen«, sagte Angie, »und Ihr werdet all das sehen, wie es sich von Anfang an zutrug.«

Dann wandte sie sich ab und kehrte um die Ecke der Kulisse zu Jim zurück, so daß sie abermals für die Zuschauer unsichtbar war.

»Fertig?« fragte sie. Jim nickte. »Hast du irgendeine Ahnung, was du sagen willst?« fuhr Angie fort.

»O ja«, antwortete Jim und wandte nun auch den Blick von dem Spalt zwischen den beiden Brettern ab, »da habe ich keine Bedenken. Wir beide können mühelos zusammen improvisieren.«

»Das denke ich auch«, antwortete Angie. »Jetzt gehe ich wieder um dieselbe Ecke raus, um die ich gerade zurückgekommen bin. Du kannst um die andere Ecke gehen, so daß wir uns vorne treffen. Und laß mich bitte zuerst sprechen, ja?«

»Geht klar«, sagte Jim.

Sie kehrten einander den Rücken zu und traten an verschiedenen Enden der Kulisse auf die Bühne, wo sie ungefähr zehn Fuß voneinander entfernt stehen blieben. Dann wandten sie sich beide dem Publikum zu.

»Ich bin Maria!« verkündete Angie. Dann drehte sie sich um und zeigte auf Jim. »Und das ist Josef.«

Das Publikum quittierte dies mit einem neuerlichen erfreuten Gemurmel.

»Und dort in der Krippe«, sagte Angie, »liegt das kleine Jesuskind.«

Hastig projizierte Jim das glückliche Glucksen eines kleinen Kindes zum Publikum.

Diesmal war die Reaktion des Publikums beträchtlich stimmhafter, und man hörte hier und da beinahe ein Kreischen. Allerdings vermochte Jim nicht zu sagen, ob es sich um einen Laut der Freude oder des Erstaunens handelte. Er beeilte sich, dem Publikum seine eigene Stimme zu präsentieren.

»Maria«, sagte er, legte eine Hand über die Augen und spähte in den vom Sonnenuntergang geröteten westlichen Himmel, »die Nacht naht und noch immer ist keine Herberge in Sicht. Ich fürchte, wir müssen bis zum Morgen an diesem wilden Ort bleiben. Aber ängstige dich nicht, ich werde für dich und das Kind eine Hütte bauen, und ich werde die ganze Nacht vor der Hütte Wache halten, während diese guten Tiere mir Gesellschaft leisten und uns beschützen werden. Denn ich sehe hier einige Bäume und Felsen und dunkle Orte, die mir zutiefst mißfallen. Aber so Gott es will, wird uns keine Gefahr drohen.«

»Dessen bin ich mir gewiß, mein lieber Gatte«, sagte Angie laut und deutlich. Dann wandte sie sich abermals um, ging zur Krippe und tat, als spräche sie mit dem glücklicherweise immer noch schlafenden Robert. Das Publikum brachte seine absolute Zustimmung zu ihrer letzten Bemerkung zum Ausdruck.

Jim war klar, daß nun der Zeitpunkt gekommen war, da er so tun sollte, als lege er sich hin, um ebenfalls zu schlafen. Er hatte vergessen, daß er sein Gesicht in ungefähr vier Zoll tiefen Schnee betten mußte. Daran ließ sich nun allerdings nichts mehr ändern, daher wandte er dem Publikum den Rücken zu und legte sich nieder. Unterdessen behielt er weiterhin Angie im Auge, die immer noch mit dem Kind beschäftigt war. Dies war eine goldene Gelegenheit, nach den Drachen zu sehen und sie zu ihrem Auftritt zu rufen.

Während seine linke Wange in unangenehme Berührung mit dem Schnee kam, überlegte er sich genau, wie er das, was er wollte, auf magischem Wege bewerkstelligen konnte. Dann schuf er, ohne daß das Publikum etwas davon sehen konnte, ein Bild von sich selbst, das seine Stelle im Schnee vor der Kulisse einnahm, während sein eigentliches Selbst in die Bäume projiziert wurde, um den Drachen zu erscheinen, die auf ihr Stichwort warteten.

Er hatte ursprünglich die Absicht gehabt, vor Secoh zu erscheinen, und genau das tat er nun. Aber obwohl Secoh mit ihm und den magischen Dingen, die um Jim herum geschahen, durchaus vertraut war, schrak der Drache doch sichtlich zusammen und breitete, als Jim so plötzlich vor ihm auftauchte, schon halb die Flügel aus.

»Mylord«, stieß er hervor. »Ich hatte nicht erwartet Euch zu sehen ...«

»Ruhe!« sagte Jim hastig, denn die Drachen waren jetzt nur noch notdürftig hinter den Bäumen in der Nähe der Krippe verborgen, und Secoh hatte beinahe mit normaler Drachenstimme gesprochen – was das Publikum durchaus hätte hören können.

»Ihr alle«, sagte Jim zu dem verstummten Secoh und

den anderen Drachen. »Seid jetzt sehr leise – vor allem die, die gesegnet werden sollen. Secoh, sind die fünf von Euch, die mit hinauskommen sollen, bereit?«

»Jawohl, Mylord«, antwortete Secoh. »Ich und Gorbash, Tigatal, Norganosh und Arghnach.«

»Gut. Ihr zuerst, Secoh, dann die anderen vier. Also«, erklärte Jim und hob die Stimme, um sich auch bei den hinter Secoh stehenden Drachen Gehör zu verschaffen, »der kleine Prinz wird alle hier versammelten Drachen segnen, auch die, die im Wald bleiben – damit sich niemand hintangesetzt fühlt. Ihr müßt nur genau zuhören, was er sagt.«

Aus dem Wald kam ein tiefes Gemurmel der Zufriedenheit.

»Und nun muß ich zurück zu unserer Aufführung«, sagte Jim. »Wenn ich in den Wald schaue und sage: *›Die Drachen kommen …‹*, dann kommt Ihr fünf heraus und tretet an die Krippe; aber Ihr müßt ungefähr zehn Fuß davor stehenbleiben, und zwar ein wenig seitlich, wenn möglich vor dem Ochsen. Denn der Esel ist leicht erregbar und könnte Schwierigkeiten machen, wenn er plötzlich ganz in der Nähe Drachen sieht – aber nein, wenn ich recht darüber nachdenke, könnt Ihr das alles ruhig wieder vergessen. Ich werde das mit Hilfe von Magie regeln. Aber, wie dem auch sei, kommt nicht näher als bis zum Stall des Ochsen. Auf diese Weise kann das Publikum nach wie vor die Krippe mit dem Jesuskind sehen.«

»Keine Bange, Mylord, wir werden schon alles richtig machen«, versicherte ihm Secoh.

»Hervorragend!« sagte Jim. »Dann werde ich Euch jetzt wieder allein lassen.«

Mit diesen Worten drehte er sich um und eilte durch den Wald davon. Bevor er jedoch wieder seinen alten Platz erreichte, fand er seinen Weg von Aragh versperrt.

»Aragh!« rief er. »Ich freue mich, Euch hier zu sehen …«

»Später werdet Ihr Euch vielleicht noch mehr freuen«, versetzte Aragh. »Die Zwillinge haben endlich all ihren Mut zusammengenommen und wollen Mnrogar angreifen. Die anderen Trolle werden mitkommen, um zuzusehen. Ihr solltet den Zweibeinern auf der Tribüne mitteilen, daß die übrigen Trolle nur Zuschauer sein werden.«

»Und sie werden jetzt sofort kommen?« fragte Jim. »Ich meine, werden sie die Aufführung unterbrechen?«

»Nein«, sagte Aragh. Er lachte sein lautloses Lachen. »Die Trolle haben auch ihren Spaß an Eurem Stück – ob Ihr es glaubt oder nicht. Sie wissen nicht, was da vorgeht, aber sie haben so etwas noch nie zuvor gesehen, und sie möchten es bis zum Ende sehen. Das heißt, alle bis auf die Zwillinge. Die könnten durchaus jederzeit beschließen, Mnrogar anzugreifen, aber ich glaube, dazu müßten sie sich noch ein wenig mehr in Kampfesstimmung bringen.«

»Danke, daß Ihr mir Bescheid gesagt habt«, erwiderte Jim. »Jetzt muß ich aber wirklich zurück. Sitzt Mnrogar immer noch an der gleichen Stelle wie vorhin?«

»Das tut er«, sagte Aragh. »Und verwirrt damit übrigens Eure Leute auf den Tribünen. Da er sich überhaupt nicht bewegt, macht er ihnen nicht solches Kopfzerbrechen, als es der Fall wäre, wenn er die ganze Zeit über auf und ab liefe. Aber wenn er sich erst bewegt, wird jedes Auge auf ihm ruhen.«

»Gut«, sagte Jim. »Ihr selbst werdet Euch auch in der Nähe halten?«

»Ich werde hier sein«, versprach Aragh, »wenn auch nur, um zu sehen, was weiter passiert.«

»In Ordnung«, sagte Jim und lief Richtung Kulisse davon.

Er blieb einen Augenblick lang hinter der Kulisse stehen, aber nicht, um durch den Spalt zu spähen. Er wartete lediglich ein oder zwei Sekunden an der Ecke der Stallmauer ab, um wieder zu Atem zu kommen, ging dann in Gedanken die Visualisierung durch, die ihn an die Stelle seines Abbilds setzen würde, und kehrte dann in den Schnee zurück, wo er zuvor gelegen hatte.

Abermals spürte er eiskalten Schnee an seiner Wange und erhob sich weit schneller als beabsichtigt.

Er reckte sich und sah Angie an. Sie stand von dem Sitzplatz auf, den er neben der Krippe für sie gemacht hatte, und sah ihn mit erleichtertem Gesichtsausdruck an.

»Ah«, sagte Jim zum Publikum, »es ist Morgen. Wie froh ich bin, das Tageslicht zu sehen. Zu denken, daß ich mich gestern nacht geängstigt habe vor dem, was da zwischen diesen Felsen und Bäumen hervorkommen könnte. Nein wirklich, jetzt, da ich all das bei hellem Licht sehe …«

Er hatte sich dramatisch dem Wald zugewandt und wollte gerade den Arm ausstrecken, um die Drachen anzukündigen, als auf den Tribünen ein Schrei erklang.

»Trolle!« rief eine Stimme – sie klang schrill, aber ob der Sprecher ein aufgeregter Mann oder eine Frau war, ließ sich aus dieser Entfernung nicht feststellen.

»Trolle, überall um uns herum! Sie kommen, um uns zu töten!«

Die Leute auf den Tribünen erhoben sich wie ein einziger Körper, und gleichzeitig sah Jim zwischen den Bäumen hinter der Lichtung Trolle hervorströmen.

Verzweifelt suchte er in Gedanken nach irgendeinem Wort, mit dem er das Publikum hätte beruhigen können, aber in diesem Augenblick verwandelte Mnrogar sich von einer Statue in einen lebendigen Troll. Er stand abrupt auf – wie ein Riese, der plötzlich aus der Erde wächst. Die untergehende Sonne, die rot durch die Baumstämme hinter ihm schien, warf seinen schwarzen Schatten über das andere Ende der Lichtung, wo eine Schar deutlich sichtbarer Trolle davor zurückschrak und die beiden Herausforderer den Blicken der Zuschauer preisgab.

»Mnrogar!« riefen die Zwillingsstimmen in perfektem Einklang. »Jetzt komme ich, um dich zu besiegen!«

Und ebenfalls in perfektem Einklang und unter lautem Schreien stürmten die beiden über die freie Fläche dem wartenden Mnrogar entgegen.

44

MNROGAR RÜHRTE SICH NICHT.

Die Zwillinge schrien weiter; sie hatten die Arme hoch über den Kopf erhoben, und ihre spitzen Krallen wölbten sich ihrem Gegner entgegen. Aber als sie den halben Weg zwischen dem Wald und Mnrogar zurückgelegt hatten, wurden sie plötzlich langsamer und langsamer, bis sie stehenblieben.

Sie starrten Mnrogar, der immer noch reglos dastand, einen Augenblick lang an, machten dann abrupt kehrt und brüllten den Trollen am Waldrand etwas zu.

»Worauf wartet Ihr?« riefen die wilden Doppelstimmen. »Ich habe euch gesagt, daß ich mich um Mnrogar kümmern würde; ihr könnt alle anderen haben. Das war die Abmachung. Hier sind mehr von euch als von denen. Warum zögert ihr?«

Die Zwillinge zeigten auf die Krippe.

»Da sind sogar zwei, die haben keine Waffen bei sich, dafür aber ein Junges. Die könnt ihr ohne die geringste Mühe nehmen – und trotzdem zögert ihr. Also, folgt mir jetzt!«

Die Trolle am Waldrand traten vor und kamen auf die Lichtung hinaus, schienen es aber immer noch nicht besonders eilig zu haben.

Plötzlich ertönte ein Brüllen von den Tribünen, und man sah überall Schwerter aufblitzen, während Bewaffnete und Ritter sich von den Zuschauerrängen auf die freie Fläche davor ergossen. Aber einen Augenblick später hielten sie, wie auch die Trolle, abrupt inne, da aus dem nahen Wald ein neues, anderes Geräusch des Zornes erklang – ein anschwellendes Brüllen, wie nur Drachen es hervorbringen. Drachen, die kurz davor standen, um ihren Segen gebracht zu werden.

Die Zwillinge hatten zu einem neuerlichen Ansturm auf Mnrogar angesetzt, aber bei diesem neuen Lärm blieben auch sie stehen und wandten sich dessen Quelle zu. Einen Augenblick lang standen alle auf dem Feld reglos da.

Es war nur ein Warngebrüll gewesen, wie Jim gleich erkannt hatte. Aber die Trolle wußten bereits, daß die Drachen da waren, und ihr Eingreifen, zusätzlich zu dem Unvermögen der Zwillinge, ihren Ansturm auf Mnrogar zu vollenden, verwirrte sie. Die Leute auf den Tribünen hatte dieses Geräusch, das sie genauso schnell wie die Trolle erkannt hatten, buchstäblich gelähmt.

Einen Augenblick lang dauerte die Stille an, dann erhob sich eine einzelne Stimme von den Tribünen.

»Holt Sir Drache!« jammerte die Stimme. »Wo ist Sir Drache?«

Jetzt war Jim an der Reihe, wenn nicht betäubt, so doch verblüfft zu sein. Dann fiel ihm aus seinen Mittelalterstudien wieder ein, daß die Schauspieler in dieser Zeit nach einer Aufführung vortraten und das Publikum daran erinnerten, daß sie nicht wirklich die Charaktere waren, die sie dargestellt hatten.

Der Augenblick der Ungewißheit, in dem alles in der Schwebe hing und nichts sich regte, dauerte noch eine Sekunde länger, und in diesem Augenblick blitzte in Jims suchendem Hirn eine Idee auf. Sie brauchten nun dringend etwas, womit sie die Nerven der Trolle nur noch ein klein wenig mehr anspannen konnten, und plötzlich war ihm die *Aurora borealis* wieder eingefallen, das Polarlicht, das in diesen frostkalten Nächten seine Farben manchmal über gut die Hälfte des Himmels spielen ließ.

Der Abend war noch nicht weit genug fortgeschritten, als daß man diese Lichter normalerweise erwarten durfte. Aber Jim gab sich alle Mühe, sich eben diese Lichter vorzustellen, wie sie den Himmel mit ihren Farben überhauchten.

Es funktionierte.

Hinter den westlichen Bäumen erschienen auf dem roten Abendhimmel große Ströme und Wellen, fließende Vorhänge in ungezählten Farben – Gelb, Grün und ein feineres, helleres Rot als das des Sonnenuntergangs wölbten sich über den Himmel. Alle Köpfe wandten sich nach oben, von Menschen wie Trollen gleichermaßen.

Jim ließ seine Stimme gewaltig anschwellen und sprach, als stünde er hoch oben über der Lichtung.

»Mnrogars Höhle kämpft für Mnrogar!«

Als hätte ein einziger Impuls sie in Gang gesetzt, drehten sich alle Trolle auf der Lichtung um und stürzten zurück in den Wald. Die Zwillinge sahen sich erschrocken um und rannten hinter den anderen her, riefen ihnen zu, daß sie zurückkommen sollten.

Aber keiner der Trolle kehrte um, und die Zwillinge verlangsamten ihr Tempo und blieben am Waldrand stehen. Einen Augenblick lang starrten sie in die Dunkelheit zwischen den Bäumen, dann drehten sie sich abermals um und sahen Mnrogar an.

Mnrogar war still und reglos wie eine Statue.

»Du!« schrien die Zwillinge und stürzten mit erhobenen Armen und gebleckten Zähnen auf ihn zu. Diesmal gab es kein Zögern. Weiter und weiter liefen sie, bis sie beinahe mit Mnrogar zusammenstießen. Ganz knapp außerhalb von Mnrogars Reichweite blieben sie schließlich abrupt stehen. Die beiden und Mnrogar sahen einander mit glitzernden Augen an.

Lange Sekunden standen sie einfach so da, und die

ganze Lichtung hielt den Atem an. Nichts rührte sich, nichts gab einen Laut von sich. Lediglich die Nordlichter über ihren Köpfen bewegten sich unablässig weiter; sie hatten mittlerweile drei Viertel des Himmels überzogen, an dem nun im Osten die ersten Sterne auftauchten.

Mnrogar hatte sich bisher nicht gerührt und rührte sich auch jetzt nicht.

Plötzlich machten die Zwillinge einen Schritt zurück. Dann noch einen, dann noch einen – dann zwei weitere. Schließlich wirbelten sie herum und rannten quer über das Feld auf den Waldrand zu und in den Schutz der Bäume. Auf den Tribünen erhob sich ein allgemeines Gejohle, und hinter Jim erklang plötzlich eine Stimme.

»Die anderen sind fort; und jetzt sind auch diese zwei weg«, sagte Aragh. »Es ist vorüber.«

Jim, der beinahe in Trance war, rief sich mit Gewalt das unvollendete Stück in Erinnerung – und den letzten Gedanken, der ihm durch den Kopf gegangen war, daß nämlich die Leute auf den Tribünen Angie und ihn nun nicht als Lady Angela und Lord James ansahen, sondern als Maria und Josef.

»Maria!« sagte er zu Angie, und Angie wandte den Blick jäh vom Wald ab, um ihm in die Augen zu sehen – und er sah, daß sie verstand und ebenfalls in ihr Stück zurückgekehrt war.

»Maria«, sagte Jim noch einmal, »ich habe die Stimmen von Drachen gehört. Und ich sehe jetzt zu den Bäumen hinüber. Ich fürchte doch, daß Drachen dort sind!«

»Ist das wahr, Josef?« fragte Angie.

»Ich fürchte, ja«, erwiderte Jim – und tatsächlich konnte er nun Secoh und die anderen vier sehen, die sich durch die vorderen Bäume bewegten. »Maria, die treuen Tiere, die uns das Geleit gegeben und bisher bewacht haben, können uns nicht beschützen. Ich fürchte mich!«

Secoh und die vier Drachen in seinem Gefolge kamen in feierlich langsamem Tempo auf ihren Hinterbeinen aus dem Wald gewatschelt. Unter anderen Umständen wäre ihr Anblick vielleicht komisch gewesen. Aber Jim hatte sich mittlerweile derart von dem Stück gefangennehmen lassen, daß er tatsächlich einen Hauch der Angst verspürte, die ein einzelner Mensch im Angesicht einer so tödlichen Macht verspüren konnte. Hastig sorgte er dafür, daß seine Stimme aus der Krippe kam und möglichst große Ähnlichkeit mit der hohen Stimmlage eines Kindes hatte.

»Fürchte dich nicht, Josef«, sagte er mit dieser Stimme, die er quer über das Feld zu den Zuschauern auf den Tribünen lenkte, »denn erinnere dich daran, was König David gesagt hat: *›Lobet den Herrn auf Erden, ihr Drachen.‹* Diese Drachen sind hergekommen, um sich segnen zu lassen. Laß sie zu mir kommen, damit ich sie segnen kann.«

»Unser Sohn hat gesprochen!« rief Jim dem Publikum mit seiner eigenen Stimme zu. »Laß uns tun, was er sagt, Maria, denn er ist kein gewöhnlicher Sohn!«

»Ja, laß es uns tun!« rief Angie.

Jim drehte sich zu Secoh und den vier Drachen hinter ihm um, die nun ganz nahe gekommen waren.

»Ihr Drachen, unser Sohn, der mehr ist als ein gewöhnlicher Sohn, hat uns gesagt, ihr wäret nur gekommen, um euch segnen zu lassen. Ist das wahr?«

Die vier Drachen hinter Secoh sahen gründlich verwirrt drein. Darauf waren sie nicht gefaßt gewesen. Aber Secoh hatte die Geistesgegenwart zu nicken.

»Jawohl, Mylord«, sagte er.

Oh, dachte Jim. Dieses »Mylord« hätte alles verderben können. Er warf einen verstohlenen Blick auf das Publikum auf den Tribünen, aber die Leute saßen allesamt wie hypnotisiert da. Vielleicht war es niemandem aufgefallen. Am besten, ich überspiele die Sache, indem ich schnell etwas sage, überlegte Jim.

»Dann tretet näher«, sagte er – überflüssigerweise, wie sich herausstellte, da Secoh und die Drachen dies bereits taten. *»Still!«* fügte er hinzu, wobei er diesen Befehl auf den Ochsen und den Esel bezog, denn diese beiden zerrten bereits an ihren Haltestricken und rollten im Angesicht der gefährlich aussehenden Drachen bedenklich mit den Augen. Aber kaum hatte Jim den Befehl ausgesprochen, fiel ihm auch gleich ein, daß er bei solchen Tieren keine Wirkung zeigen würde.

Bevor er sich etwas anderes überlegen konnte, schienen die beiden Haustiere von allein ruhiger zu werden, und die Drachen traten vor. »Aber nicht weiter, als bis zum Stall des Ochsen«, befahl Jim. Die Drachen blieben stehen. »Also, wenn ihr nun einigermaßen still stehen wollt, wird unser Sohn euch segnen.«

Hastig verlieh er seiner Stimme wieder den leicht schrillen, kindlichen Klang. In seinen eigenen Ohren hörte sie sich absolut unglaubwürdig an, aber die Leute auf den Tribünen schienen sie zu akzeptieren. Andererseits würden sie wahrscheinlich alles akzeptieren; die Magie, die dieser Szene Wirklichkeit einhauchte, lag in ihnen, nicht in ihm.

»Mögt ihr von diesem Augenblick an bis in alle Ewigkeit gesegnet sein, ihr Drachen«, sagte er von der Krippe aus. »Gehet hin, um in Zukunft bessere und klügere Drachen zu sein und um friedlich auf dieser Erde zu leben, die wir alle teilen und die mein himmlischer Vater geschaffen hat.«

Es war schwer zu glauben, dachte Jim, aber die Drachen strahlten geradezu, sobald der Segen ausgesprochen war. Als sie nun tief einatmeten, schienen sie von Glück und Stolz erfüllt zu sein.

»Und möge dieser Segen künftig für alle Drachen gelten!« rief Jim mit seiner Krippenstimme. »Kehrt jetzt zu euresgleichen zurück und lebt in Frieden miteinander!«

Insgeheim hatte Jim wenig Hoffnung, daß den Drachen das friedliche Zusammenleben besser gelingen würde als irgendwelchen anderen Geschöpfen auf Erden. Er war sich ziemlich sicher, daß sie binnen einiger Stunden ihr altes Gezänk wieder aufnehmen würden – spätestens dann, wenn jeder von ihnen eine andere Schilderung des Segens geben würde. Aber das war nicht weiter wichtig, denn jetzt, da Secoh sich abgewandt hatte, machten auch die anderen Drachen kehrt und gingen gemeinsam wieder in den Wald.

Von den Tribünen erhob sich lauter Jubel. Jim drehte sich um und sah, daß Mnrogar ohne unziemliche Hast auf den Wald zusteuerte. Das Mittelalter liebte einen Sieger, und unter denen, die nun aufstanden und jubelten, war auch der Graf selbst, wie Jim mit großem Interesse bemerkte.

Jim wandte sich wieder an Angie.

»Maria!« sagte er und richtete seine Stimme auf das Publikum. »Nun sind die Drachen gesegnet und wieder fortgegangen, ohne uns ein Leid zu tun. Alles hat ein gutes Ende genommen.«

Maria griff ihr Stichwort sofort auf.

»Du hast recht, Josef«, sagte sie und sah das Publikum an. »Unser Stück ist vorbei.«

Dann trat sie einen Schritt auf das Publikum zu.

»Würden unser huldvoller Prinz, unser Herr Graf und unser Herr Bischof uns die Ehre antun, vorzutreten und sich den Ort ansehen, an dem diese Geschichte erzählt und dieses Stück aufgeführt wurde?«

Eine solche Einladung war, dachte Jim, in gewisser Hinsicht ein zweischneidiges Schwert. Es war eine großzügige Geste, die wichtigsten der Anwesenden zu fragen, ob sie in den Genuß des Privilegs kommen wollten, einen besseren Blick auf die Bühne zu werfen; gleichzeitig war es eine gewisse Herausforderung – in der Hinsicht, daß sie eingeladen wurden, sich einen Ort anzusehen, an dem wunderbare und magische Dinge sich ereignet hatten.

Natürlich konnte keiner der drei Männer das Angebot ablehnen.

Der Graf hatte sich bereits erhoben. Nun stand auch der Prinz auf. Der Bischof tat es ihm nach. Sie gingen die Tribünen hinunter und durch den Schnee zu den Kulissen, und ihr Schritt verriet Entschlossenheit, aber keine unziemliche Eile.

Jim warf noch einmal einen Blick auf den Ochsen und den Esel. Sie waren so ruhig, wie er solche Tiere nur je erlebt hatte. Dann warf er noch einen Blick gen Himmel; die Nordlichter wirkten jetzt, da die Sonne beinahe unterm Horizont versunken war, noch beeindruckender und strahlender als zuvor.

Jim schlenderte scheinbar ohne besonderen Zweck zu Angie hinüber und zischte ihr dann aus dem Mundwinkel etwas zu.

»Die Leute denken vielleicht, daß wir immer noch Josef und Maria sind – die Figuren aus dem Stück«, sagte er, ohne den Blick von den drei näher kommenden Gestalten abzuwenden. »Du bist weiter Maria und ich werde weiter Josef sein, bis wir eine Gelegenheit bekommen uns nach hinten zu schleichen, unsere Überwürfe auszuziehen und als wir selbst zurückzukehren. Ich gebe dir ein Zeichen, um dich wissen zu lassen, wann es soweit ist.«

»Geht in Ordnung«, antwortete Angie.

Es dauerte nur noch ein oder zwei Sekunden, bis der Graf, der Bischof und der Prinz bei ihnen waren. Jim riskierte einen Blick zum Waldrand, wo die Drachen gewartet hatten. Glücklicherweise schienen sie mit ihrem Abflug warten zu wollen, bis das Publikum weggegangen war.

Der Mond ging gerade erst auf, aber man konnte ihn trotz des magischen Lichtes, das Jim durch die nahen Bäume scheinen ließ, klar und deutlich über der Lichtung sehen. Das Licht aus den Bäumen leuchtete natürlich nicht so, wie eine elektrische Glühbirne es tun würde, sondern verströmte einen sanften Schimmer. Bisher schien keiner der Zuschauer bemerkt zu haben, auf welche Weise sie die Lichtung beleuchteten.

Der Graf, der Bischof und der Prinz kamen auf sie zu. Sie näherten sich dem Schauplatz des Geschehens mit solcher Ehrfurcht, daß Jim sich in seiner Überlegung bestätigt sah, daß sie sich tatsächlich ganz in dem Stück verloren hatten und sich nicht Lord und Lady Eckert näherten, sondern Josef und Maria.

Dem Prinzen, dem von seinem Stand her jede Schüchternheit fremd war, war das nicht so deutlich anzumerken, aber es war doch bemerkenswert zu sehen, wie zwei stämmige, herrische Persönlichkeiten wie der Graf und der Bischof beinahe mit den Füßen scharrten, als sie nun vor ihnen standen.

»Willkommen, Hoheit, Exzellenz und Mylord!« sagte Jim mit seiner normalen Stimme. Er hatte gehofft, ihr Klang würde eine Brücke schlagen zwischen der Gestalt des Josef und ihm selbst. Aber das schien offensichtlich nicht zu gelingen. Die drei sahen ihn immer noch ziemlich genauso an wie Meßdiener, die sich dem Bischof persönlich näherten. »Wir hätten natürlich gern alle Anwesenden heruntergebeten, um sich unsere Szene aus der Nähe anzusehen, aber so viel Platz haben wir hier leider nicht. In jedem Falle hätten wir Euch, meine Herren, natürlich als erste geladen.«

Sie sahen ihn immer noch so an, als hätten sie die Sprache verloren.

»Hier entlang, meine Herren«, sagte Angie mit munterer Stimme. »Ich möchte Euch die Krippe und das Jesuskind zeigen.«

Als sie ihr zu der Krippenattrappe folgten, knirschten ihre Füße im Schnee, der herübergeweht war, seit Jim den Stall hergerichtet hatte.

»Aber es ist ja warm hier!« rief der Bischof überrascht, als sie eintraten.

Jim dachte hastig nach.

»Hier«, sagte er mit seiner Josefsstimme, »in diesen Ländern wird es schnell warm, wenn die Sonne draußen aufgeht, wie sie es gerade getan hat. Habe ich nicht recht, Maria?«

»Du hast recht, mein Ehemann«, antwortete Angie mit den Worten und dem Tonfall, die zu ihrer Rolle paßten. Dann wandte sie ihre Aufmerksamkeit wieder den drei Männern zu, die immer noch ungefähr zehn Fuß vor der Krippe stehengeblieben waren. »Tretet vor, Exzellenz, Hoheit und Mylord. Kommt herüber!«

Beinahe widerstrebend traten sie an den Rand der Krippe und blickten hinein.

»*Er* ist es!« rief der Bischof ehrfürchtig.

»Nicht wirklich, Mylord«, sagte Angie mit ihrer sanftesten Stimme. »Es ist nur der kleine Robert Falon, dem die Ehre zuteil wurde, die Rolle des Jesuskindes in diesem Stück spielen zu dürfen.«

Die drei Besucher sahen sie merkwürdig an.

»Nichtsdestotrotz«, sagte der Bischof und ließ sich mit zum Gebet verschränkten Händen auf den Rand der Krippe über dem schlafenden Säugling auf die Knie sinken. Die beiden anderen Männer folgten seinem Beispiel.

Angie und Jim sahen sich an. Hier ließ sich offensichtlich nichts machen. Das mindeste, was man sagen konnte, war, daß diese drei Männer selbst aus der Nähe die Rollen der Schauspieler und ihr eigentliches Selbst hoffnungslos miteinander vermischten. Jim bedeutete Angie schweigend, zu ihm zu treten, und sie legte die Entfernung zwischen ihnen mit zwei langen Schritten zurück, so leise sie es auf dem harschen Schnee vermochte.

»Hör mal«, flüsterte Jim ihr ins Ohr, »wenn der Bischof keine wundersame Verwandlung durchmacht, wird er mindestens ein oder zwei Minuten lang beten. Außerdem achten sie im Augenblick auch gar nicht auf uns. Ich glaube nicht mal, daß sie gehört haben, wie du hierhergekommen bist. Laß uns hinter der Kulisse verschwinden, unsere Gewänder ausziehen und mit unseren normalen Kleidern zurückkommen.«

Sie nickte. Dann drehten sie sich um und machten sich daran, ihren Plan in die Tat umzusetzen.

Sie brauchten nicht mehr als ein oder zwei Minuten, um die Gewänder abzustreifen, die sie über ihren gewöhnlichen Kleidern trugen. Angie stopfte beide Kostüme in den Kleidersack, den sie mitgenommen hatte. Dann strich sie ihr Kleid glatt und zupfte auch Jims Umhang ein wenig zurecht. Als sie fertig waren, gingen sie wieder auf die Vorderseite der Kulisse zurück – und blieben wie angewurzelt stehen.

Vor ihnen stand, rotgewandet und strahlend, Carolinus.

»Keine Bange!« rief er. »Die anderen hier können mich nicht hören – *komm an die Vaterbrust, mein Sohn!*«

Und mit diesen Worten zog er Jim an sich, was Carolinus absolut unähnlich sah. Jim hatte noch nie erlebt, daß er eine andere Person auch nur berührt hätte. Aber dann drehte Carolinus sich um und umarmte auch Angie, die diese Geste ungezwungener über sich ergehen ließ.

Carolinus wandte sich wieder an Jim. »Jim, mein lieber Junge! Ihr habt es geschafft. Ihr habt neue Magie geschaffen!«

»Neue Magie?« fragte Jim. »Was für eine neue Magie?«

»Ich habe jetzt keine Zeit für Erklärungen«, sagte Carolinus. »Ich verschiebe das auf später! Gehabt Euch wohl!«

Mit diesen Worten verschwand er und ließ nur ein flüchtiges Echo hinter sich zurück.

Jim und Angie sahen einander an.

»Wir sollten jetzt wohl besser wieder nach vorne gehen«, meinte Angie.

Jim nickte, und sie gingen hastig auf die vordere

Seite der Kulisse. Niemand hatte die Tribünen verlassen. Offensichtlich waren die Vorgänge hier unten in den Augen des Publikums wichtiger als das Stück selbst. Jim und Angie standen mit dem Rücken zur Tribüne und mußten noch einige Minuten warten, bis der Bischof sich langsam erhob und der Graf und der Prinz – die offensichtlich auf ihn gewartet hatten – sich ebenfalls erhoben und abwandten.

»Sir James?« sagte der Bischof mit einem fragenden Tonfall.

»Ja, Exzellenz«, erwiderte Jim.

Auf dem Gesicht des Bischofs spiegelte sich Enttäuschung wieder, und dieselbe Regung konnte man in den Zügen des Grafen und des Prinzen lesen.

»Ich hatte gehofft …«, sagte der Bischof zögernd. »Ich hatte gehofft, *er* würde mich vielleicht segnen, wie *er* die Drachen gesegnet hat.«

Dies war eindeutig eher eine hoffnungsvolle Frage als eine Feststellung.

»Ich bin sicher, das würde er tun«, sagte Jim hastig, »aber wie Ihr selbst gesehen habt, schläft er jetzt. Ich bin mir indes ganz sicher, daß er Euch seinen Segen erteilt hätte. Zweifellos hätte er Euch alle drei gesegnet. Ich denke, Ihr könnt Euch so gut wie gesegnet fühlen.«

Die drei Männer machten immer noch ein enttäuschtes Gesicht, schienen aber doch ein wenig getröstet zu sein.

»Mylord«, sagte der Bischof nun wieder mit seiner alten Stimmkraft zum Grafen, »ich schlage vor, daß wir sobald wie möglich zurückkehren, um den anderen unsere frohe Kunde zu bringen.«

»Ja, natürlich!« sagte der Graf, und auch der Prinz gab ein zustimmendes Gemurmel von sich. Der Bischof wandte sich wieder an Jim.

»Haben wir Eure Erlaubnis, uns zurückzuziehen, heiliger Jo …« Er brach ab. »Das heißt, Sir James, wir müssen Euch jetzt verlassen.«

»Aber natürlich, Exzellenz«, sagte Jim. »Wie Ihr wünscht.«

Ohne ein weiteres Wort wandten die drei Männer sich um und gingen nun beträchtlich schneller, als sie gekommen waren, an ihre Plätze zurück.

»Das ist so wunderbar am kleinen Robert«, bemerkte Angie. »Nicht nur, daß er kaum Schwierigkeiten macht, wenn er wach ist – er schläft auch wie ein Engel, wenn er erst einmal schläft …« Sie wurde von einem kleinen, nörgelnden Geräusch von der Krippe unterbrochen.

»Ich hätte wohl nichts sagen dürfen«, seufzte sie. Dann wandte sie sich ab, trat hastig an die Krippe und nahm das Kind in Augenschein. »Jim, wir sollten Robert jetzt so schnell wie möglich in unser Zimmer zurückbringen – mit Magie, wenn du es einrichten könntest. Ich habe dort eine Stoffpuppe, die Enna für mich gemacht hat, bevor uns der Gedanke kam, Robert in die Krippe zu legen. Diese Puppe kann ich wieder zu dir herunterschicken; falls dann noch jemand in die Krippe schaut, wird er nur die Puppe vorfinden. Es war schon mehr als genug, daß der Bischof, der Graf und der Prinz dort ein lebendiges Kind gesehen haben.«

»Du hast recht«, antwortete Jim. »Nimm Robert in die Arme, ich stelle mich vor dich hin, als unterhielten wir uns. Dann werde ich Euch beide auf magischem Weg zum Burgtor befördern. Von dort aus mußt du zu Fuß weitergehen. Wenn du oben angekommen bist, such die Puppe und wirf sie aus dem Fenster.«

»Was wird dann passieren?« fragte Angie.

»Ich habe einen Zauber eingerichtet, der die Puppe fangen und zur Krippe bringen wird – für den Fall, daß noch jemand herkommt, bevor wir die Kulisse abgebaut haben. In der Zwischenzeit werde ich Theoluf den Ochsen und den Esel zurückbringen lassen.«

Dann trat er mit Angie an die Krippe; Angie nahm

Robert in die Arme, und Jim stellte sich die beiden vor der Burg vor. Einen Augenblick später waren sie verschwunden. Jim stellte sich nun ein magisches Netz vor, mit dem er die aus dem Fenster geworfene Puppe auffangen und zur Krippe bringen konnte. Als das getan war, drehte er sich um, trat wieder vor die Kulisse und rief dem ihm am nächsten stehenden Bewaffneten etwas zu.

»Ho! Edgar! Sucht Euch jemanden und bringt den Ochsen und den Esel weg. Fragt meinen Knappen, wo die Tiere hingebracht werden müssen.«

Sein Befehl war offensichtlich auch auf der Tribüne gehört worden, denn einige Leute brachen zögerlich auf. Aber viele blieben auch noch. Sie scharten sich um den Bischof, der ihnen einen Vortrag – möglicherweise auch eine Predigt – hielt. Das leise Geräusch seiner Stimme drang bis zu Jim herüber, aber es war unmöglich, seine Worte zu verstehen. Fest stand nur, daß er mit großer Inbrunst sprach.

Jim warf abermals einen Blick auf den Wald, wo die Drachen gelagert hatten und wahrscheinlich immer noch lagerten. Es war bereits ziemlich dunkel, aber Jim beruhigte sich mit dem Gedanken, daß Secoh sie sicher nach Cliffside zurückführen würde.

Er beobachtete die Lichtung und den nahen Wald noch einige Minuten, bis plötzlich Angie wieder neben ihm stand. Sie hielt eine Stoffpuppe an die Brust gedrückt.

»Angie«, sagte er, »du solltest doch nicht wieder herkommen.«

»Ich wollte aber«, sagte Angie. »Deshalb mußte ich mich auch an der Puppe festklammern. Ich werde sie jetzt in die Krippe legen.«

Sie brachte die Puppe weg, kam wieder zu Jim zurück und hakte sich bei ihm ein.

»Ist irgend etwas Bemerkenswertes passiert?« wollte sie wissen.

»Nein«, sagte Jim, »es sei denn, du würdest als bemerkenswert gelten lassen, daß die Drachen immer noch nicht aufgebrochen sind und der Bischof den Leuten auf der Tribüne eine Predigt hält. Bisher ist noch niemand gegangen …«

Dann hielt er abrupt inne. Der Bischof hatte seinen Vortrag beendet. Plötzlich strömten die Leute quer über das freie Feld auf sie beide zu.

»Ich hatte recht«, sagte Jim. »Das gefällt mir nicht, Angie. Ich werde dich wieder zurück in die Burg schicken. Brich mit Robert, Enna und der Amme, unseren Bewaffneten und allen, die du mitnehmen willst, auf. Aber auf jeden Fall möchte ich dich und Robert hier heraushaben. Laß die Pferde bereit machen und ruf alle unsere Bewaffneten zusammen, die du finden kannst. Ich möchte, daß ihr euch sofort auf den Heimweg macht.«

»Nein«, sagte Angie. »Ich werde hier bei dir bleiben.«

Die Leute strömten quer über das Feld und blieben vor ihnen stehen. Dann knieten sie alle nieder, während der Bischof vor ihnen stand und ein Gebet sprach. Auch der Graf und der Prinz knieten. Einige Augenblicke später standen alle wieder auf. Jim und Angie warteten.

Dann begann ohne Vorwarnung eine kräftige Baßstimme »Good King Wenceslas« zu singen, und alle anderen fielen ein.

»Jim!« sagte Angie. »Du brauchst dir keine Sorgen mehr zu machen, es ist alles in Ordnung. Sie wollen uns nur danken. Sie zeigen uns nur, wie glücklich sie sind! Jetzt, da alles in Ordnung ist!«

Das gesamte Publikum sang nun »Good King Wenceslas« – und aus dem Wald zu ihrer Rechten fielen nun auch die Drachen ein.

Die Drachen waren völlig unmusikalisch und konnten nicht singen, auch wenn ihre Stimmen eine beträchtliche Reichweite hatten. Aber nun versuchten sie in einer Art Kontra-Kontrabaß in die Melodie des Lieds einzustimmen … und merkwürdigerweise störten sie den menschlichen Gesang nicht im mindesten, sondern fügten sich bestens hinein.

»Sieh nur, Jim«, hauchte Angie, »ich habe dir doch gesagt, daß alles in Ordnung ist. Sieh nur! Sieh hinauf!«

Jim starrte sie eine Sekunde lang an und hob dann den Blick gen Himmel. Die Nordlichter waren immer noch da, aber quer über sie hinweg, so daß ihr Licht vor seinem Licht zu Nichts verblaßte, erhob sich wie ein Komet mit einem vielfarbigen Schweif – der Phoenix, der erwacht war und über den Himmel flog … mit seinem tausendfarbigen Schweif, der das ganze Firmament auflodern ließ und – besser spät als nie – große neue Dinge für ein neues Jahrtausend verkündete.

Epilog

»IHR SEHT ALSO«, sagte Carolinus zu Jim und Angie, als sie in der Kemenate im Turm von Malencontri saßen – Jim und Angie nach einem Zweitagesritt durch das verschneite Land zusammen mit ihren Bewaffneten und der Amme, und Carolinus, nachdem er nur vor wenigen Minuten auf seine gewohnte unerwartete Art vor ihnen aufgetaucht war –, »Magie ist sowohl ein Handwerk als auch eine Kunst.«

»Zu dieser Schlußfolgerung bin ich auch gekommen«, antwortete Jim wachsam.

»Gut«, sagte Carolinus. »Ihr dürft das nie wieder vergessen, mein Junge. Handwerk und Kunst. Also, den handwerklichen Teil kann man lehren; und er wird, wie Ihr wißt, Lehrlingen und den Magiern der unteren Ränge nahegebracht. Aber die Kunst, die einem die Erhebung in die höheren Ränge einträgt, die kann niemals *gelehrt* werden, die kann man nur *lernen.* Das liegt daran, daß man Kunst nur ausüben kann, nachdem man das Handwerkliche gemeistert hat. Die Folge ist, daß keine zwei Magier, wenn sie erst qualifiziert sind – was für gewöhnlich nicht passiert, bevor sie die erste Kategorie erreichen – die Magie auf dieselbe Art und Weise wirken.«

Diese letzten Worte sprach er mit besonderem Nachdruck. »Erst dann«, fuhr er fort, »beginnen sie ihre eigene, einzigartige Magie zu benutzen, um neue Grenzen zu erkunden, um neues Territorium zu erobern. So ist es im übrigen mit allen Künsten; aber die Magie ist natürlich bei weitem die wichtigste unter ihnen.«

Er hielt inne, nahm einen Schluck Wein aus seinem Glas und sah Jim und Angie durchdringend an.

»Könnt Ihr mir folgen?« fragte er.

»Natürlich«, antwortete Jim. »Soweit es die Künste betrifft, weiß doch jeder …«

»Wenn Ihr so freundlich sein wolltet, Jim«, unterbrach Carolinus ihn mit ernster Miene. »Ich versuche Euch etwas beizubringen.«

»Entschuldigung«, sagte Jim.

Carolinus nahm noch einen Schluck Wein.

»Dieses Experimentieren«, fuhr er fort, »beginnt, wenn der Magier auf den Nutzen der Verbindung zweier verschiedener Teilstücke magischen Wissens aufmerksam wird, die er auf eine neue und fremde Art zusammenfügt, um ein bestimmtes Ergebnis zu erzielen. In der Folge greift er nach dem Unbekannten, das heißt, er greift auf schöpferische Kräfte zurück, um einen anderen Weg zu finden, als er irgendwo in der Nekromantie …«

Jim zuckte innerlich zusammen, als er an den gewaltigen Band mit magischem Wissen dachte, den Carolinus ihn hatte schlucken lassen, als er seinerzeit sein Lehrling wurde. Nun gut, Carolinus hatte ihn zusammengeschrumpft, bis er kaum größer gewesen war als eine winzige Pille. Aber das Ding hatte sich in seinem Magen trotzdem so schwer und unangenehm angefühlt, als hätte es seine ursprüngliche Größe bewahrt.

»Ihr hört mir nicht zu, Jim«, tadelte ihn Carolinus. »Ich werde nun fortfahren. Er benutzt also seine Kreativität, wie ich schon sagte, und was fördert er dann zutage?«

Er hielt inne. Jim fühlte sich versucht, etwas zu sagen, beschloß aber, daß dies ein Augenblick war, in dem man von ihm erwartete, daß er lediglich dasaß und aufmerksam zuhörte. Angie war offensichtlich zu demselben Schluß gekommen; sie hatte sich zurückgelehnt und harrte geduldig der Dinge, die da kommen mochten.

»Er schafft *Neue Magie*«, erklärte Carolinus nun mit einigem Nachdruck. »Magie, die noch nie zuvor von einem anderen gewirkt wurde, die aber jetzt, da die anderen Magier von ihrer Existenz wissen, auch ihnen zugänglich gemacht werden kann. Mit anderen Worten, Neue Magie ist unendlich kostbar.«

»Soweit kann ich folgen«, antwortete Jim. »Aber ...«

»Jim, Ihr müßt es Euch unbedingt abgewöhnen, mich bei jedem zweiten Wort zu unterbrechen«, sagte Carolinus. »Also, wo war ich? Ach ja. In Eurem Fall standet Ihr vor einer Vielfalt von Problemen, die zusammengenommen drohte, die Geschichte unserer gesamten menschlichen Rasse in tausend Stücke zu reißen – und in der Folge die Geschichte aller lebenden Geschöpfe auf der Welt.«

Er hielt inne und sah Jim stirnrunzelnd an.

»Ich will ganz offen sein«, fuhr er fort. »Wenn ein anderer über dieselben, ungewöhnlich günstigen Voraussetzungen verfügt hätte wie Ihr, hätte man diese Aufgabe einem Magier von allerhöchstem Rang übertragen – aber es war nicht sicher, ob überhaupt irgend jemand die Aufgabe würde lösen können.«

»Also«, sagte Jim grimmig, »wußtet Ihr von Anfang an, daß das Ganze ein heilloses Durcheinander war!«

»O ja«, sagte Carolinus. »Ich wußte es natürlich schon eine ganze Weile vorher. Aber es gab damals keinen anderen Ausweg. Ausschließlich natürliche Kräfte waren in die Sache verstrickt. Die Zwillinge waren natürlich geboren, auch wenn sie in gewisser Weise Mißgeburten waren. Mnrogar war bereits annähernd zweitausend Jahre in der Burg gewesen. Agatha Falon hatte sich schon vor einiger Zeit auf ihre heimtückische Art und Weise das Vertrauen des Königs von England erschlichen – und all diese Dinge kamen bei der Weihnachtsfeier des Grafen zusammen – Ihr versteht?«

Er sah Jim und Angie durchdringend an.

»Wir verstehen«, antwortete Angie.

»Das wußte ich«, sagte Carolinus. »Und Ihr, Jim, seid in dieser Situation einen Schritt nach dem anderen vorangegangen; und das muß man Euch wahrlich lassen, mein Junge, die einfachen, faulen Lösungen für ein jedes dieser Probleme haben Euch eindeutig nicht behagt. So hättet Ihr zum Beispiel die endgültige Zerstörung der Burg des Grafen verhindern können, indem Ihr den Trollen gestattet hättet, Mnrogar zu vernichten. Die beiden hätten nie den Mut aufgebracht, Mnrogars Höhle zu übernehmen; und irgendwann wären sie jetzt, da sie den anderen ein Beispiel gegeben hatten, von einer Gruppe anderer Trolle besiegt worden. Sie wären getötet und gefressen worden und anschließend hätte unter den Trollen Anarchie geherrscht. Gleichermaßen einfach wäre es gewesen, Agatha Falon in ihren Untergang gehen zu lassen.«

»Nichts von alledem ist mir je in den Sinn gekommen«, antwortete Jim.

»Nein, das ist es nicht«, entgegnete Carolinus und beugte sich vor. »Und das spricht sehr für Euch, Jim. Ihr habt da etwas, das ich im Augenblick nicht in Worte fassen kann – ein Gefühl für andere Menschen und andere Geschöpfe, das man nur selten findet. Jedenfalls habt Ihr mit Eurer Art, die Dinge ins reine zu bringen, nicht nur Mnrogars Leben glücklicher und Agatha Falon erheblich sympathischer gemacht; Ihr seid auch mit dem Grafen fertig geworden, mit der Armee der Trolle und mit den Drachen, die die ganze Weihnachtsgeschichte völlig mißverstanden hatten.«

»Vielen Dank«, sagte Jim.

»Ich bin froh, Euch das sagen zu hören«, erwiderte Carolinus. »Denn jetzt wißt Ihr, warum ich Euch bei so vielen Dingen allein gelassen habe. Aber dieses Vorgehen hat sich ausgezahlt – ja wirklich, Euch gebührt sogar das Verdienst, den Phoenix geweckt zu haben. Soviel Glück und die Aussicht auf eine strahlende Zukunft, die Ihr sichergestellt habt, mußte selbst einen Langschläfer wie unseren gegenwärtigen Phönix aufwecken. Interessiert es Euch zu erfahren, daß er sehr glücklich war, als er sich erst einmal erhoben und in Bewegung gesetzt hatte?«

»Das wurde aber auch Zeit«, sagte Angie.

»Da bin ich ganz Eurer Meinung, Angie«, versicherte ihr Carolinus. Aber dann hielt er inne, und sein Gesicht verlor seinen fröhlichen Ausdruck.

»Aber«, sagte er, »jetzt kommen wir zu einer eher unglücklichen Angelegenheit, Jim. Während Ihr mit all den Problemen, die wir Euch aufgehalst haben, glänzend zurechtgekommen seid, habt Ihr in einer davon vollkommen unabhängigen Kleinigkeit einen unverzeihlichen Fehler begangen. Das müßt Ihr sofort bereinigen. Es tut mir leid, Euch das sagen zu müssen, aber es geht nicht anders.«

In der Kemenate herrschte Schweigen. Jim und Angie starrten Carolinus an.

»Nun«, sagte Jim nach einigen Sekunden, »dann erklärt mir, was ich angeblich getan habe.«

Carolinus erklärte es ihm.

»Kob-Eins?« fragte Jim und spähte angestrengt in den Rauchfang über dem niedrigen Feuer, das in dem Kamin in der Dienststube kaum noch brannte.

Es entstand eine Pause, dann antwortete eine vertraute kleine Stimme.

»Jawohl, Mylord?«

»Kob-Eins, du brauchst nicht herunterzukommen«, sagte Jim hastig, als ein kleines Gesicht verkehrt herum unter der Oberkante des Kamins hervorlugte.

»Sehr wohl, Mylord.« Das Gesicht verschwand.

»Um gleich zur Sache zu kommen; ich habe eine ziemlich traurige Nachricht für dich«, sagte Jim. »Ich fürchte, eine Autorität, die der meinen überlegen ist, hat mich in einer gewissen Angelegenheit korrigiert, die dich betrifft. Ansonsten würde sich nichts für dich ändern, glaub mir.«

»Ändern, Mylord?«

»Ich fürchte, ja«, sagte Jim. »Es sieht so aus – kurz und gut, man hat mir erklärt, daß ich, als ich dir den Namen Kob-Eins de Malencontri verlieh, ein gewisses Gesetz verletzt habe, das auf Magier und ihre Beziehungen zu Wesen, die einem anderen Reich angehören, Anwendung findet. Ihr Kobolde gehört natürlich in ein anderes Reich; und daher – es tut mir leid –, hatte ich kein Recht, dir einen neuen Namen zu geben.«

Es entstand eine kurze Pause, dann hörte man ein leises ersticktes Geräusch.

»Es war unrecht, Mylord?«

»Ja«, antwortete Jim grimmig. »Um eine lange Geschichte kurz zu machen, du wirst in Zukunft für alle Welt, ja sogar hier in der Burg, nicht mehr Kob-Eins de Malencontri sein, sondern lediglich Kob. Außerdem fürchte ich, wirst du allen anderen Kobolden, mit denen du gesprochen hast, einschließlich dem in der Burg des Grafen, mitteilen müssen, daß du dich in bezug auf deine Umbenennung geirrt hast.«

Diesmal war die Pause ziemlich lang.

»Nicht … Kob-Eins de Malencontri?« stieß die kleine Stimme erstickt hervor.

»Nein«, sagte Jim. »Es tut mir leid, aber es geht nicht anders.«

Jetzt kam aus dem Schornstein ein eindeutiges Schluchzen.

»Also, Lady Angela und ich, wir werden dich weiter Kob-Eins nennen«, sagte Jim hastig. »Das ist unser Vorrecht, und als Privatpersonen kann uns das niemand verbieten. Aber unglücklicherweise wird es in Zukunft nur noch eine Sache zwischen dir und uns sein. Es wird kein offizieller Name mehr für die Welt im allgemeinen sein.«

Ein neuerliches Schluchzen.

»Wenn es irgendeine Möglichkeit gegeben hätte, dies zu vermeiden, Kob-Eins«, sagte Jim, »glaub mir, ich hätte es versucht. Aber es gibt Zeiten, da muß man sich an die Regeln halten. Ich habe eine Regel gebrochen, und jetzt muß ich die Sache wieder ins reine bringen.«

»Ich verstehe, Mylord.«

»Ich … ich bin froh darüber«, sagte Jim. »Und noch mal, es tut mir sehr, sehr leid.«

»Schon in Ordnung, Mylord.«

»Vielleicht lassen sich die Dinge irgendwann in der Zukunft ändern. Auf die Dauer ist alles möglich.«

»Ja, so wird es wohl sein, Mylord. Ihr braucht nicht länger darüber nachzudenken, Mylord.«

»Oh, das werde ich gewiß tun, Kob-Eins«, antwortete Jim. »Ich werde nie aufhören, darüber nachzudenken, wie ich dir deinen Namen zurückgeben kann.«

»Das ist sehr freundlich von Euch, Mylord.«

Jim wartete ab, ob Kob-Eins noch etwas sagen würde, aber aus dem Schornstein kam kein Laut mehr.

»Also dann, gute Nacht, Kob-Eins«, sagte er.

»Gute Nacht, Mylord.«

»Schlaf gut!« sagte Jim, der sich alle Mühe gab, fröhlich zu klingen.

Aber aus dem Schornstein kam keine Antwort mehr.